LA REINA DE LOS HELADOS

SUSAN JANE GILMAN

LA REINA DE LOS HELADOS

Una mujer emprendedora que
logra construir un imperio

Traducción
JOFRE HOMEDES BEUTNAGEL

MAEVA

Título original:
THE ICE CREAM OF ORCHARD STREET
Diseño e imagen de cubierta:
Elsa Suárez sobre imágenes de Solo Masterfile / Latinstock y Shutterstock
Fotografía de la autora:
© François Bourru

© Susan Jane Gilman, 2014
Publicado bajo el acuerdo con Grand Central Publishing, Nueva York, USA.
Todos los derechos reservados.
© de la traducción: Jofre Homedes Beutnagel, 2015
© MAEVA EDICIONES, 2015
Benito Castro, 6
28028 MADRID
emaeva@maeva.es
www.maeva.es

ISBN: 978-84-16363-22-3
Depósito legal: M-21679-2015

Preimpresión: MT Color & Diseño S.L.
Impresión y encuadernación: blackprint
A CPI COMPANY
Impreso en España / Printed in Spain

Para

Steve Blumenthal
y
Frank McCourt

GLOSARIO

Berajot: uno de los tratados del Talmud.

Bubeleh: «niño», o cualquier persona a la que se interpela cariñosamente.

Challah: tipo de pan trenzado que se consume en determinadas festividades judías.

Chutzpah: descaro, atrevimiento.

Gyermek: «niño» en húngaro.

Gonif: ladrón.

Kidush: oración judía que se acompaña con vino, habitualmente en una copa de plata.

Kindeleh: diminutivo de *Kind*, «niño».

Kislány: «niña» en húngaro.

Knish: bollito salado similar a la empanada muy popular entre las comunidades judías.

Kreplach: especie de ravioli que acostumbra a servirse con sopa.

Kugel: platos horneados de la cocina judía que suelen hacerse con fideos o patatas.

Maideleh: diminuto cariñoso de «chica».

Meeskite: feo, referido a una persona.

Schmuck: idiota, inútil; término vulgar y despectivo.

Shtetl: en Europa del Este y Centroeuropa, antes del Holocausto, pueblo habitado predominantemente por judíos.

Tateleh: manera afectuosa de dirigirse a un niño pequeño.

Yarmulke: kipá, gorro judío.

PRIMERA PARTE

1

Solo llevábamos tres meses en América cuando me atropelló el caballo. No sé qué edad tenía exactamente. ¿Seis años? Cuando nací no había registros. Solo me acuerdo de que corría por Hester Street buscando a papá bajo un cielo descolorido, flanqueado por las azoteas y el hierro de las salidas de incendios. Los círculos de las palomas, los gritos de los vendedores ambulantes, el cacarear de las gallinas... Se oía la extraña y chirriante cantinela de un organillero. En torno a las carretillas subían grandes remolinos de polvo que hacían ondear como banderas los rótulos de las tiendas. De repente oí «clop» y rodé por el suelo. El destello de un casco duró apenas un segundo. Luego un aguijonazo de dolor candente, y después nada.

El caballo que me pisoteó arrastraba un carro de helados a penique. Qué vueltas más raras da la vida, ¿eh? Si me hubiera dejado lisiada pongamos que un trapero, o un carbonero, no habría llegado nunca a ser Lillian Dunkle, como me conoce el mundo de hoy. Lo que está claro es que no habría sido nunca una leyenda.

Aun así la gente siempre da por hecho que mi fortuna se debe en exclusiva a mi marido. Hay que ver, cuánto odian los medios a sus reinas... ¡Qué rencor nos tienen! Y para prueba esa foto tan horrible que ha salido en la prensa, esa donde parezco Joan Crawford con una lavativa. ¡Qué rapidez para juzgar!

Ahora bien, queridos, una cosa os digo: el Maravillas de la Tundra con trocitos de chocolate, bolitas de colores, M&M's o cacahuete molido, al gusto. Nuestro nuevo sabor estrella, el

Nilla Rilla, en forma del mono de dibujos animados que es nuestra imagen de marca, con baño de virutas de coco y la capa secreta de crujiente de galleta. Lo habíamos lanzado pensando en cumpleaños y en el Día del Padre, pero no sé si sois conscientes de cuántas versiones se han pedido como tarta de boda. En una recepción en Syosset personalizamos uno para doscientas quince personas. Saldría en *El libro Guinness de los récords*, si se hubiera acordado Bert de la cámara de las narices.

La Torre Espolvoreada. El Everest de Menta. El Cachorro de Toffee. Todos, todos —se han vendido cada año a millones— han sido inventos míos, mis ideas. En nuestros mejores tiempos teníamos trescientas dos tiendas a lo largo y ancho del país. Revolucionamos la producción, la franquicia y el marketing. ¿Qué os pensáis, que fue casualidad? Si hasta el propio presidente Dwight D. Eisenhower me llamó «la reina del helado»... Tengo una foto firmada con él, y Mamie, claro, llena de perlas, y de caries, dándonos la mano en la Rosaleda de la Casa Blanca. Yo llevo el primer traje Chanel de mi vida, uno de un color muy parecido al del helado de frambuesa. (¡Años antes que Jackie Kennedy, por cierto!) Ahora mismo tengo nada menos que tres docenas de placas grabadas, trofeos y medallas. Un frutero de cristal tallado y hasta un cenicero conmemorativo de peltre que es una atrocidad. Me encantaría regalarlo, pero claro, ¿qué diantres haces con un regalo de la Asociación para la Investigación de la Diabetes Infantil que lleva grabado tu nombre? Y una pared entera de certificados: de la Cámara de Comercio de Carolina del Norte, de la Asociación Americana de Industriales Lácteos, de Dow Chemical... Hasta del Instituto Maharishi Mahesh Yogi de Rishikesh, la India. Se ve que a los yoguis les encanta el helado. ¡Qué cosas!

Y sin embargo ahora, al oír mi nombre, la gente solo piensa en titulares sórdidos. Un incidente aislado y transmitido en directo por la tele. Acusaciones de evasión de impuestos y un arresto, injusto para colmo, por si hace falta que os lo recuerde. Chistes sin gracia en el programa del bobo de Johnny Carson. ¿Os queréis reír? Por favor... De eso yo sé mucho.

Ayer mismo me informó mi nieto de que soy una respuesta en la última edición del Trivial Pursuit. «¡Jo, abuela, qué alucinante!», dijo. Supongo que si vives lo bastante ves de todo. En cualquier caso, esto es una caza de brujas. ¡Por Dios, pero si WPIX solo era una emisora regional! ¡Y emitimos a las siete de la mañana de un domingo! ¡Un domingo! Vale, no digo que no me hubiera tomado alguna copa, pero bueno, a ver cómo os saldría a vosotros presentar durante trece años un programa infantil...

Uy. Me estoy precipitando.

Empezaré por el principio, antes de que hubiera camiones con antenas parabólicas al otro lado de la calle, bloqueando la entrada de mi casa. Antes de nuestra campaña de «Sábado de Sundaes», y de los baticócteles sin alcohol, y del payaso Virutas. Mi punto de partida será el caluroso Lower East Side de Manhattan, con su vendedor ambulante y su carro de caballos. Un hombre orondo, sudoroso. Salvatore Dinello. El apellido estaba escrito con letras de plantilla en un lateral del carro, con pintura roja y dorada que había empezado a desconcharse. HELADOS DINELLO. La verdad es que solo quedaba él. La mayoría de los otros ya habían empezado a trabajar para los mayoristas. El señor Dinello llevaba gorra blanca y blusón marrón de tela basta, y en vez de gritar, como los otros vendedores, lo que hacía era cantar. «HE-LAA-DOS, HE-LAA-DOS...» Como un aria. Su voz de barítono se oía desde la otra punta de Hester Street, a pesar del barullo, que era increíble.

Dinello tenía helado de limón, y a veces de cereza. Parecía nieve, por su consistencia. Una vez salimos Flora y yo con el recado de comprar la cena y me gasté el dinero en una bola para cada una. La devoramos. Me acuerdo de que era de cereza y se nos puso la boca de un rojo caramelo de lo más chillón. Fue un delirio. Lo malo es que nada más terminarlo... ¡qué culpables nos sentimos! En principio los dos centavos eran para una patata. A partir de entonces hice lo posible por mantener las distancias, aunque siempre que íbamos por Hester Street lanzaba miradas de añoranza al señor Dinello, mientras él le llenaba a un cliente el vasito de cristal con una pequeña y reluciente montaña. El cliente lamía el vasito hasta dejarlo limpio y se lo devolvía al señor Dinello, que lo aclaraba en un cubo de zinc colgado en la parte trasera del carro. Usaba el mismo vaso para todos. Entonces era así.

Mi familia desembarcó sin un solo penique, pero bueno, ya me diréis quién los tenía entonces. Los que llegaban con dinero a América..., son historias sin ningún interés. ¿Que tu hermano mayor, lord Fulano de Tal, heredó todo el patrimonio de la familia y te viste obligado a hacer fortuna en el Nuevo Mundo? Por favor. No me hagas perder el tiempo con pamplinas.

Cuando tuve el accidente vivíamos en una casa de vecinos de Orchard Street, en un tercero interior. Le pagábamos dos dólares por semana a un sastre que se llamaba Lefkowitz, y él nos dejaba dormir en la sala de estar. Mamá esparcía los cojines del sofá sobre dos cajas de madera que crujían mucho. De día trabajaba para el señor Lefkowitz, cortando patrones en la habitación de delante con dos mujeres más, entre nubes de fibras.

También papá, cuando no estaba en la calle, trabajaba para el señor Lefkowitz. Planchaba camisas con una plancha de hierro muy pesada, calentada en el fogón de la cocina. Cuando el metal caliente silbaba al tocar el algodón, olía a vainilla quemada. Era un olor que me encantaba, y que años después traté de recrear en nuestro laboratorio.

Mis padres trabajaban a dos metros el uno del otro, pero no se hablaban.

Es que no habían pensado para nada acabar en América.

La noche en que huimos de Vishnev, nuestra aldea, mi madre me cosió doscientos rublos en el forro del abrigo. Una parte eran ahorros suyos, y el resto se lo había enviado su hermano, mi tío Hyram, de Sudáfrica. Mamá me hizo un bolsillito secreto justo debajo de la axila; se pinchó dos veces con la aguja de tanto como le temblaban las manos. Habíamos oído demasiadas historias de familias que al viajar en carromato acababan en una cuneta a merced de los cosacos, después de que se lo robaran todo. La semana antes de que nos fuéramos, mamá no quiso que ninguna de las hermanas nos laváramos, para no estar demasiado apetecibles. El abrigo gris de lana que llevaba yo había sido de Bella, y luego de Rose, y luego de Flora. (Por lo visto, al único que le tocaba ropa nueva era a Samuel, cuando aún estaba vivo.) La lana estaba tan gastada que lo de ser un abrigo era más teórico que práctico. «¿Quién quieres que se fije en un andrajo así? —razonaba mi madre—. ¿Quién quieres que se lleve a una niña pequeña con una carita como la tuya?»

Yo era el bebé de la familia, la más pequeña de todo nuestro *shtetl*. Había nacido después de los tumultos, después de que tapasen las casas saqueadas con tablones, después de que barriesen las esquirlas de cristal quemado y de que restregasen con vinagre las manchas de sangre de los suelos de madera. Mientras los demás vagaban en estado de *shock* por Vishnev como fantasmas, yo rasgaba el silencio como solo es capaz de hacerlo un bebé feliz, ajeno a todo.

Hacía piruetas, berreaba y me reía, sin acordarme de taparme la boca como me había dicho mamá. Al pasear por el jardín me inventaba cancioncillas sin ton ni son, con notas que salían de mi boca como el gas de los refrescos. Me acuerdo de dos: «La rana en el pozo» y «Me encantan los pollos». No podía parar de cantar. Era tan natural como balancear las piernas en los taburetes.

Curiosidad también tenía, qué se le va a hacer...

—Mamá, ¿por qué nos quemaron el establo? —preguntaba con voz cristalina—. ¿Por qué le falta un brazo a Sol? ¿Por qué no tiene padres Etta?

Mi madre era una mujer de formas rotundas y facciones duras, castigadas, cuyo pelo se había cubierto de canas prematuramente.

—Esto lo has hecho tú —decía señalando cada cana.

Tenía unas manos enormes y huesudas que amasaban a porrazos la pasta de los *kreplachs* y arrancaban plumas sanguinolentas de pollos que no se dejaban desplumar; manos que traían grandes barreños de agua del pozo, y que después de restregarnos bien a todas las hermanas hacían lo propio con nuestra ropa y la de cama, hasta dejarlo todo, cada viernes por la tarde, en un estado despiadado de pureza.

Y esas mismas manos no tardaban ni un segundo en caer sobre mí para darme el sopapo más grande de mi vida. En poco tiempo parecía que por el mero hecho de abrir la boca se me estampasen las manos en la oreja, o me hicieran un gran «¡plas!» en la espalda acompañado por: «Ya te dije que basta, Malka», o «No seas tan listilla, Malka», o simplemente «¡Pero habrase visto!». Los viernes, en la sinagoga, mamá me señalaba a las demás mujeres y decía ceñuda, con tono de reproche: «Qué boca tiene esa... Solo nos dará problemas».

De nuestra salida de Rusia guardo como único recuerdo estar estirada en un vagón bajo un montón de coles. Mamá me había puesto el triste abrigo de lana como si fuera una armadura. «Si alguien te echa mano al bolsillo, pégale el grito más grande de su vida, nenita. No dejes que se acerque nadie al abrigo, ni siquiera papá, ¿lo has entendido?»

Asentí. Mi madre casi nunca me llamaba «nenita». Me sentí más especial que de costumbre, pero al cabo de un rato, al acabar de arreglarme el cuello, ella se puso seria.

–Con una cara así nunca se casarán contigo –dijo–. Al menos puedes hacer que sirva de algo esa bocaza.

En los puestos de control había hombres con linternas que nos mangoneaban de un lado para otro, susurrando con rabia. Yo me imaginaba que habría ladrones y cosacos a punto de salir de cualquier bosque, y me pasaba el día agarrada al abrigo mientras practicaba mentalmente un grito como no se había oído jamás en ningún lugar del mundo. La verdad, sin embargo, es que con toda la exigua fortuna de mi familia al lado de mi axila no me atrevía a cantar ni a tararear, ni tan siquiera a hablar en voz alta.

Al final –tras varios días o semanas– llegamos a Hamburgo y esperamos en unos bancos del centro de acogida del Hilfsverein, una fundación humanitaria. Tengo un vago recuerdo de dormitorios y de pasillos deprimentes e infinitos. Caos asfixiante. Angustia. ¡Y esa peste a humanidad! Todos con actitud de mendigos, y tratados como tales. Una cosa os digo: en Vermont, ahora mismo, me consta que hay vacas lecheras a las que tratan mejor. Y no me hagáis seguir.

Una tarde, mi padre volvió a nuestro banco con un papel con varios matasellos.

–Ven –me ordenó mi madre.

Entró conmigo en el retrete y echó el pestillo. La peste era insoportable.

–Estira los brazos.

Me quitó el abrigo rasposo y cubierto de polvo, a la vez que lo palpaba. Ya no estaban los rublos. Me habían robado mientras dormía.

Mamá, sin embargo, hurgó a fondo en el relleno y al final sacó los billetes, húmedos y arrugados. Yo exhalé, orgullosa, mientras ella los contaba varias veces.

–¿Qué pasa? –Me miró con dureza–. ¿Quieres que aplauda cada día al sol por salir?

Después abrió la puerta y me indicó por señas que fuera al patio. Se oían risotadas de otros niños.

–Vete. –Suspiró–. Ya puedes armar todo el jaleo que quieras.

Nuestro plan era zarpar para Ciudad del Cabo. El tío Hyram tenía una tienda de confecciones en el Transvaal con unos primos de Vilna. Por lo visto, era un hombre muy religioso. Antes de los pogromos había estudiado para ser rabino. Yo no lo conocía, pero según Bella olía a cebolla hervida, y según Rose tenía un tic en el ojo izquierdo que era como si te lo guiñase sin parar. A papá no parecía caerle demasiado bien; se refería a él como «el tontaina ese», pero el tío Hyram nos escribía cartas y tenía el detalle de mandar dinero. «Venid a Sudáfrica. Dios mediante podremos darte trabajo de contable, y a Tillie de dependienta. Oportunidades hay de sobra.»

Ciudad del Cabo, Ciudad del Cabo... Resonaba todo el rato en mi cabeza. Hoy en día hay atlas, televisores, bibliotecas, pero cuando yo era pequeña no había un solo globo terráqueo o mapa en nuestro *shtetl*. Tampoco mis hermanas tenían libros de texto. ¿Dónde estaba aquello de «Sudáfrica»? Nadie lo sabía. Al final, cuando mi familia fue a las oficinas de la naviera con los papeles y los ahorros de toda nuestra vida —nuestros preciosos rublos y rands cambiados a un tipo exorbitante por marcos alemanes, mientras mamá despotricaba contra los *gonifs* prusianos—, un hombre nos llevó a ver un mapa gigante y descolorido que estaba colgado en la pared, y fue la primera vez que vi el ancho mundo: un mosaico de manchas y de garabatos ensuciado por los dedos de miles de vendedores e inmigrantes. Lo azul claro era «mar» y lo rosa claro «tierra». Los «países» tenían contornos verde lima. Señaló una estrella roja desleída en el centro del mapa, y explicó: «Eso es Hamburgo». Acto seguido bajó con el dedo hasta un redondel pequeño y negro, justo encima de la base: «Y esto de aquí es Ciudad del Cabo».

—¿Es adonde va usted? —preguntó papá.

El hombre puso cara de sorpresa.

—No, no, yo voy a América —dijo con un punto de orgullo, y señaló otro lugar que parecía estar aún más lejos que Sudáfrica, aunque a la misma altura que Hamburgo—: Milwaukee.

América: Milwaukee. Nueva York. Pittsburgh. Chicago. Nombres que oíamos pronunciar con reverencia religiosa desde que habíamos llegado al centro de procesamiento. A-méé-ri-ca. «La medina dorada», la llamaban algunos judíos, embelesados al hablar de pavimentos de oro macizo y ríos de leche y miel. Las propias navieras ponían grandes anuncios en que se escenificaban lujosas fiestas a bordo de sus barcos, cuyo pasaje tenía por destino una bandera americana desplegada sobre una cascada de monedas de oro. Circularon folletos. Por lo visto, éramos los únicos que no íbamos a «A-méé-ri-ca».

—Te dan tierras gratis —dijo alguien.

—Mi hermana me ha escrito que hay árboles de los que llueven las manzanas —dijo otro—. Vive en un sitio que se llama Connecticut.

—Bajas del barco y te contratan enseguida —nos informó otra persona—. En un año te haces rico.

Mi madre, sin embargo, dictaminó que eran simples disparates, ilusiones.

—¡Qué sabrán todos estos locos! —dijo con sorna—. ¿Desde cuándo hay gente que no tiene que trabajar? Parecen idiotas enamorados.

Seis billetes recién adquiridos a Ciudad del Cabo acabaron doblados y metidos con cuidado en el bolsillo secreto del forro de mi abrigo. Me había convertido en el billetero de la familia.

Ciudad del Cabo, Ciudad del Cabo...

Tres días antes de zarpar, mi hermana Rose, que a mi modo de ver era una llorona, se despertó gritando. Estaba siempre pálida, temblando, quejándose de nervios en la barriga, de que le salían sarpullidos por culpa del sol, de que era de constitución delicada... Era mayor que yo y primorosa como la porcelana china. Yo no entendía su insistencia en llamar siempre la atención.

—Mamá —gimoteó, torciendo la cabeza con gestos de pánico—, no veo nada. Está todo borroso.

En cuestión de horas tampoco podían abrir los ojos Bella, Flora ni mi madre. Intentaron disimularlo haciéndose las resfriadas y tapándose la frente con el chal, pero sus párpados rosados supuraban una costra brillante. Iban como almas en pena, bizqueando y tropezando. Rose gemía. Flora lloraba. Los otros emigrantes del centro se apartaron enseguida de nosotros en los bancos. Daban grandes rodeos para no acercarse, y es posible que alguno se chivara. Eran capaces de eso. Aparecieron funcionarios de inmigración y se llevaron enseguida a mi madre y mis hermanas para ponerlas en cuarentena.

—Conjuntivitis —explicó el médico.

Tacharon nuestros nombres de la lista de pasajeros.

—Está prohibido embarcar con enfermedades contagiosas —informó el encargado a mi padre—. Ya debería saberlo.

Mi padre lo miró fijamente.

—¿Y qué quiere que hagamos? —dijo—. Seis billetes. Hemos pagado por ellos todo lo que teníamos.

—Podrá cambiarlos en cuanto se mejore su familia, señor Treynovsky. Más adelante zarpan otros barcos para Ciudad del Cabo. Hasta entonces... —El encargado señaló los bancos llenos de gente—. Esperen.

—¿Cuánto? —preguntó mi padre, desquiciado.

El encargado se encogió de hombros.

Papá solo encontró algo de sitio en el suelo, al lado de la pared. Se dejó caer conmigo en la mugre, mientras se mordisqueaba el labio inferior con la mirada fija. Me constaba que nos quedaban nada más que unos marcos, lo justo para comer una semana. Estaban en mi bolsillo, con los billetes.

—Papá, ¿cuánto tardará en ponerse bien mamá? —pregunté.

Dio un respingo. Siempre ponía cara de sorpresa cuando lo llamaba «papá». Con cuatro mujeres en casa, parecía que a veces le costara ubicarme. En Vishnev, por lo que yo tenía entendido, había sido una especie de vendedor ambulante, un feriante o chatarrero que se pasaba el día colocando mercancía por los pueblos. En el carro nunca llevaba lo mismo. Una semana podía tener cazuelas, otra pepinos, otra lana... A menudo se ausentaba semanas enteras. El día de mi nacimiento papá no estaba en casa; tampoco durante el pogromo, lo cual seguramente le salvó la vida. Aun así, en sus frecuentes discusiones conyugales, mi madre siempre tenía a punto el mismo reproche, que gritaba encendida de rabia: si hubiera estado en casa, quizá hubiera salvado a mi abuelo. Si hubiera estado para defendernos, quizá no hubieran quemado nuestro establo. ¿Cómo iba a defender ella sola a toda una familia, a ver? De hecho —insistía a menudo, cada vez más histérica—, si mi padre se quedara un poco más en casa quizá ella tuviera un varón, y no cuatro hijas que de nada servían.

—¡Fíjate, aquí solo hay cuatro bocas que alimentar, y que casar! —exclamaba—. Pero bueno, qué esperas, si casi nunca estás... ¿Cómo iba a arraigar un niño?

Era como si mi madre se hubiera dedicado a acumular reproches desde el día de su boda, al modo de una dote inversa.

Siempre que oía semejante letanía de desgracias, mi padre suspiraba y levantaba las manos.

–¿Qué quieres que haga, Tillie? ¿Tengo yo pinta de Dios?

Ahora que estaba a mi lado, en el centro de acogida, me pareció una obra de arte. Era la primera vez que lo veía tan cerca y a plena luz del día. Su fama de hombre extremadamente guapo se había extendido por todos los asentamientos judíos de Rusia. Vi que tenía los pómulos marcados, de una agradable simetría, y unas pestañas largas como pétalos. Parecía respirar con todo el cuerpo mientras lo observaba, sobrecogida por la musculosa solidez de su presencia, con su chaqueta oscura y el recio pelo anaranjado que se le rizaba por debajo de la gorra. Mi papá. Nunca lo había tenido en exclusiva para mí.

Estiré su abrigo.

–Papá, ¿se van a quedar ciegas mamá y Rose? ¿Y Flora y Bella?

Negó con la cabeza, suspirando.

–¿Cómo es ser ciego, papá? –pregunté mientras se me iban calentando las palabras en la boca–. ¿Cuando alguien está ciego aún puede comer? ¿Con cuchara o solo con las manos? ¿Les dejan tomar sopa?

Él se rio un poco, sin alegría, y después se levantó. Sus ojos oscuros, de un gris de tempestad, nunca se fijaban mucho tiempo en nada. Mi madre se quejaba con frecuencia de que era demasiado inquieto y que eso no le sentaba bien. Hasta en la mesa del sabbat movía la pierna sin parar y tamborileaba con los dedos en la mesa. A diferencia de otros padres, que podían quedarse varias horas encorvados sobre la Torá, él desistía a los pocos minutos de estudiarla y se iba en busca de algo que arreglar o que vender. Era uno de los pocos hombres de Vishnev que llevaba la barba recortada, y se ladeaba el gorro en la cabeza con desenfado.

Mientras se desperezaba contempló el caos del centro de acogida, lleno de llanto de bebés y reprimendas de sus padres, y silbó entre dientes una larga nota.

–*Kindeleh* –dijo, pero no a mí, sino al aire de encima de mi cabeza–, ¿qué te parece si salimos a dar un paseo? –Me tendió la mano. Tenía unos callos lisos como almendras peladas–. Vamos a explorar un poco, ¿vale?

Salimos juntos, él con su abrigo negro y su oscuro sombrero de plato, y yo a su lado, diminuta, una niña pequeña vestida como todos los niños de la época, al modo de una adulta en miniatura: falda larga y gastada, pequeño chal de ganchillo y mi horrendo abrigo gris.

Salimos a las calles arboladas de lo que era entonces la joya del imperio alemán, el tercer puerto más grande del mundo.

Hamburgo estaba entreverada de canales y llena de cafés a la orilla del lago. Sus delicados campanarios se clavaban en el cielo como alfileres de sombrero. Había casas de entramado de madera y cuatro plantas, con rojas cascadas de geranios frente a sus ventanas de cristales ondulados. ¡Qué hermoso derroche!

Nuestros pasos nos llevaron a una plaza, un jardín vallado con encaje de hierro, una fuente recubierta de ángeles, edificios con soportales... Como es lógico, yo nunca había visto nada ni remotamente parecido. Tampoco papá, a pesar de sus viajes. Antes de llegar a Hamburgo nadie de nuestra familia había visto un retrete interior, ni un tranvía, ni una farola eléctrica. Hasta la sinagoga de nuestro *shtetl* se iluminaba con velas y linternas.

Estábamos en pleno barrio de Neustadt.

—No está mal, ¿eh? —dijo él, contemplando la torre del Rathaus.

La usó como una especie de brújula para orientarse por las calles.

—Mira, papá.

Nos quedábamos pasmados frente a los escaparates de las pastelerías y las panaderías, de las tiendas de tejidos, de jabones, de ungüentos, y de las fuentes de porcelana que en los anaqueles rebosaban de pastillas de menta y frutas glaseadas. De repente mi mundo se había pintado de color. En una ancha avenida había una entrada majestuosa con rutilantes imágenes a ambos lados. Papá se detuvo y se echó el gorro hacia atrás.

—¿Quién construye estas cosas? —dijo, admirado.

No entendimos los carteles, por supuesto, ni el idioma de la marquesina, pero fuimos sensibles a su atractivo y a la invitación visual, sensibles a la tentación que nos brindaban. Ya atardecía. Debajo de la marquesina había una caseta con una ventanilla, pero nadie dentro. Al lado, unos ladrillos impedían que se cerrase una puerta.

—¿Puedo? —susurré.

Papá me guio hacia dentro por los hombros.

Nos encontramos en un suntuoso vestíbulo tapizado de terciopelo rojo. Se oía música detrás de una cortina alta. En el silencio implícito me atreví a dar un paso a través de la rendija de terciopelo. Estábamos al fondo de un pasillo oscuro como un túnel, lleno de volutas perezosas de humo blanco. En la pared de enfrente bailaban dos personas, en un blanco y negro trémulo; estaban vivas, pero no lo estaban: eran el colofón de un largo haz de polvo luminoso. Yo tenía la edad justa para saber que estaba viendo una fotografía, pero que no lo era del todo; era una imagen animada a base de luz y velocidad. Apreté la mano de papá. Ante nosotros parpadeaba un vasto mundo nuevo. Vi evolucionar, estupefacta, a dos desconocidos de rara y deslumbrante ropa por salas llenas de sillones con antimacasares, lámparas eléctricas de líneas curvas y un piano de cola voluptuoso. Una mujer con aires de sílfide, labios oscuros y vestido reluciente se desvanecía en un sofá. En ese instante tuve ganas de ser ella.

Justo entonces se posó en mi hombro una mano pesada y desconocida, y un hombre empezó a susurrarle algo a papá con voz sibilante de ira. Sus palabras no necesitaban traducción.

—¡Pft!

Mi padre respondió con una risa despectiva. Aun así me tomó de la mano y se apresuró a sacarme de nuevo a la calle.

—Gentil asqueroso —dijo mientras tiraba un resto de puro a la alcantarilla. Hasta entonces yo no sabía que mi padre fumase—. Pero bueno, qué más da. —Aplastó la colilla con el pie, y me dedicó un guiño deliciosamente cómplice–. Cosas que ver las hay de sobra, ¿verdad, *kindeleh?*

De vuelta al albergue de inmigrantes papá les describió a los otros hombres lo que habíamos visto. Al ser yo demasiado pequeña para que me dejaran sola, me había metido de tapadillo en el dormitorio masculino, donde me dejó en su camastro, en un rincón, y todos me olvidaron enseguida. Se parecía un poco a estar en la sinagoga. La mayoría de los hombres llevaban puesta la gorra o la *yarmulke* y estaban encorvados sobre libros de oración. Varios de ellos, de espaldas contra la pared, tenían los ojos cerrados. Al fondo, papá tenía un grupo de amigotes que parecían formar parte de un club especial. Sus gorros y chaquetas estaban tirados por el suelo. Flotaba en el aire un humo claro de tabaco. Algunos repartían cartas y se pasaban una petaca. Papá estaba sentado en un taburete, con las piernas estiradas, el cuello de la camisa desabrochado y las mangas enrolladas. Se le veía mucho más jovial que en casa, campechano, dominante, sentado como un pequeño zar en el centro del grupo y repartiendo palmadas en la espalda, cigarrillos y consejos.

–Lo que habéis visto hoy es el *cinematógrafo* –dijo un hombre corpulento y con marcas de viruela en las mejillas, que temblaban cada vez que estampaba una de sus cartas sobre un taburete. A su alrededor olía a lana mojada, humo y cebollas medio podridas–. Viene de América.

–Sigue mirándolo, Herschel –dijo un individuo esmirriado que dio a mi padre una palmada en la espalda–, que en tres semanas saldré yo.

Papá soltó una carcajada.

–¿Qué pasa? –insistió el esmirriado–. ¿Qué te crees, que me voy a América para seguir haciendo de sastre? Allá se puede ser lo que se quiera.

–Por lo que me han dicho, en África no hay muchos cinematógrafos, Hersch. –El de las marcas de viruela sonrió, burlón–. Me gustaría saber a qué judío se le ocurre viajar de

Rusia a África. Como si no fuera bastante habernos pasado cuarenta años dando vueltas por el desierto... ¿Quieres volver a por cuarenta más?

—¿No tienes bastante con los cosacos? —se burló otro hombre que llevaba roto su abrigo marrón.

Mi padre se levantó de un salto, apartó la silla de una patada y le hizo señas.

—Ya veo que estás hecho todo un triunfador, Yossi. —Se remangó y adoptó una postura con los puños en alto—. Amigos... —Sonrió magnánimo—. ¿Quién quiere apostar?

Se rieron todos, displicentes. Mi padre se echó encima de Yossi y empezó a darle puñetazos. Hubo un brusco estallido de gritos y ovaciones. Se cayeron varios taburetes. Vi que papá le daba a alguien un tortazo en la cabeza. Luego el del abrigo marrón le pasó un brazo por el cuello.

—¡Papá! —grité.

Todos se giraron a mirarme.

—¡Parad! ¡No le hagáis daño a mi papá!

Se echaron a reír, incluido mi padre, y yo a llorar.

—Ya habéis asustado a la niña —dijo alguien—. Muy bonito.

El del abrigo marrón roto soltó a papá y se apartó.

—Te ha salvado tu hijita, Hersch. Suerte que tienes, perdedor.

Papá me miró.

—Solo estábamos jugando, *kindeleh*.

Me corrían lágrimas por la cara.

—¡Papá —lloriqueé—, no quiero que te mueras!

Soltó una risita incrédula.

—Aquí no va a morirse nadie.

Como no se me pasaba movió la cabeza.

—Ven aquí.

Yo me resistía a ir con él entre tantos grandullones desgarbados, pero papá tendió los brazos, se puso de rodillas y me alborotó el pelo. Su abrazo me sentó de maravilla.

Pidió por señas la petaca, y después de beber se limpió la boca con el dorso de la muñeca. Su mano derecha tomó con firmeza la mía.

—Cierra el puño —me ordenó.

Alguien se rio. Los hombres habían formado un semicírculo a nuestro alrededor. Algunos tenían los dientes podridos y un aliento de col agria. Intenté ignorar sus miradas.

—Más fuerte —me indicó papá—. Como una piedra. Así. Bien. Ahora el otro. Muy bien. Déjalos así.

Me hizo adoptar una postura con los puños cerca del pecho.

—Adelanta esta pierna para equilibrar mejor el peso. —Levantó la palma de la mano—. Ahora, cuando cuente hasta tres me das un puñetazo con la derecha. Lo más fuerte que puedas, ¿vale? Date impulso con el hombro, no con la muñeca, ¿de acuerdo? —Hizo una demostración con su puño—. Así.

Yo lo miré, no muy segura. Después me miré el puño, que parecía un caracol.

—¿No dolerá?

Mi padre sonrió y negó con la cabeza.

—Lo más fuerte que puedas. —El del abrigo marrón se rio entre dientes. Traté de imaginar el fuerte impacto de mi puño en la palma de papá, y de tener presente que el impulso tenía que darlo con el hombro. Recé por que no doliese—. Uno, dos, tres —dijo mi padre.

Estampé con todas mis fuerzas mi puño en su mano. El sonido fue como una pequeña palmada.

—¡Ay! —exclamó alguien, aunque no pareció que el puñetazo tuviera el menor efecto en mi padre.

—Otra vez —me ordenó—. Más fuerte.

—¿Qué haces, Hersch?

—Chis —dijo mi padre—. ¿Por qué no va a aprender? Otra vez —ordenó.

Repetí el golpe.

—Más fuerte. —Mi padre levantó la otra mano—. Ahora pégame con la izquierda.

Le pegué con la izquierda.

—Ahora con la derecha.

Le pegué con la derecha. Seguí haciendo lo que me decía. A cada golpe se volvía un poco más fuerte el ruido del impacto.

Pronto algunos de los hombres salmodiaron con papá «¡derecha! ¡izquierda! ¡derecha! ¡izquierda! ¡derecha!», mientras yo le pegaba en la mano lo más deprisa y lo más fuerte que podía. Tenía la cara caliente y me achicharraba dentro del abrigo, pero seguí pegando. Me sentía fuerte, y mayor, parecía que se me estuvieran hinchando los brazos y los puños, convertidos en pequeños martillos. Cada nuevo golpe hacía sonreír de oreja a oreja a mi padre, como si mis puñetazos le infundiesen un oxígeno que hacía arder con más fuerza su luz interna.

—Así me gusta —dijo riéndose.

Yo sentía su atención como si fuera amor líquido, como si me vertieran encima manzanas y miel. El hombre de las marcas de viruela en la cara se puso los dedos en la boca y silbó. Otros se pasaban la petaca y lo miraban todo, repantingados.

—Menudo espectáculo, ¿eh? Herschel se ha encontrado una *maideleh* peleona.

—Tiene un don, Hersch.

—¡No como su padre!

—¡Esperad unos años —dijo alborozado mi padre—, que os tendrá contra las cuerdas a todos, pandilla de *schmucks!*

Al decirlo se giró para sonreírles y por un instante se olvidó de mantener la palma levantada. Mi puñetazo hizo «¡paf!» justo en un lado de su mandíbula.

—¡Ay! —exclamó.

Qué mal rato pasé... En cambio los hombres se reían. Papá se incorporó, tambaleándose, y levantó mi pequeño puño.

—Bueno, ya está bien. —Bebió de la petaca—. ¿Quién quiere hacer sus apuestas? —Me apretó un poco la mano. Su aliento era dulce, con olor a humo—. ¿Quién es el siguiente que se enfrenta con ella?

Se me echó a la espalda. La habitación se convirtió en un torbellino de colores y sonidos.

—Llévala a América, Hersch —dijo alguien—. Que salga en eso que habéis visto de las fotos que se mueven.

—No, qué va; si te vas para África guárdatela, Hersch, que la necesitarás. Para protegerte.

Al día siguiente, por el contrario, papá se levantó menos hablador de lo normal. En el comedor todos los emigrantes se sentaban en la misma mesa. El desayuno consistía en un trozo de pan. A los niños también nos daban media taza de leche caliente. Papá y yo nos apretamos en el banco, que se tambaleaba.

—¡Pero qué calles hay en América! —dijo alguien con gran entusiasmo—. ¡Me ha escrito mi cuñado que son lo nunca visto, con torres de oro brillante que llegan hasta el cielo y están tan decoradas como los rollos de la Torá!

»¡Dicen que en las plazas hay fuentes donde no se bebe agua, sino leche!

»¡En América la gente come cada día ollas grandes de estofado de buey con zanahorias y eneldo, todo bien rehogado en salsa!

Ni papá ni yo dijimos nada. Mastiqué pensando sin parar en la mujer del vestido oscuro y brillante a quien había visto bailar en aquella pared, e imaginándome que era ella. Pensaba en las tiendas que habíamos visto, repletas de porcelana y sedas, en las boticas con tarros relucientes de pastillas de menta y cera para el pelo, en el teatro de terciopelo rojo con balaustradas de filigrana y puerta dorada... Luego pensé en mamá, papá, mis tres hermanas y yo, errando cuarenta años por el desierto.

Papá casi no me hacía caso. Tamborileaba sin parar en la mesa, mientras lanzaba miradas distraídas. En cuanto me acabé la leche me quitó el vaso de hojalata y lo dejó bruscamente sobre la mesa.

—Quédate aquí y pórtate bien —me ordenó—. Papá vuelve enseguida.

«Vuelve enseguida» se tradujo en tres horas, que acabaron siendo cuatro. Jugué con algunos de los otros niños del patio, hasta que sus madres cayeron en la cuenta de que era hija de la familia en cuarentena. Entonces me senté en un banco y canté sola. Me inventé una canción que se llamaba «Esperando en el banco». Al final, cuando volvió papá, ya era casi la hora de cenar.

Al día siguiente igual, y al otro también. Me puse nerviosa, irritable.

—Hoy —me dijo al final papá después del desayuno— vas a acompañarme a dar a otro paseo, ¿vale? Tengo cosas especiales que hacer.

Al volver a las majestuosas calles de Hamburgo, papá se puso a caminar tan deprisa que parecía que se hubiera olvidado de mí. Me costó no quedarme rezagada. Tropecé un par de veces por culpa de los zapatos, que estaban muy gastados y me iban grandes. Papá estudiaba todos los escaparates e iba mirando un papelito que tenía en la mano. Apenas tuve tiempo de mirar la botica, la carnicería y la panadería. Al pasar por la tienda de las pastillas de menta le rogué que parase en el escaparate.

—No tenemos tiempo —replicó. Aun así pareció que se lo pensara. Dio media vuelta, se puso de rodillas y me miró a los ojos—. Malka, ¿te apetece algo dulce de comer?

Era una idea tan tentadora que lo único que pude hacer fue tragarme una bocanada de aire.

Entramos en la tienda como quien entra en un templo. El interior estaba perfumado por un olor dulce, de horno y mantequilla, tan delicioso que me mareó. Había una vitrina de cristal muy decorada que iba desde la entrada hasta el fondo de la tienda. Dentro, en bandejas de plata, se exponían montañas de joyas de chocolate. Algunas tenían avellanas incrustadas, otras, forma de camafeos, óvalos y cuadrados relucientes y biselados. Junto a temblorosas y brillantes medias lunas de gelatina roja, verde y naranja, se alineaban pastelitos escarchados de color rosa y marrón, con varias capas de mermelada. Yo estaba hipnotizada. La mujer de detrás del mostrador nos miraba con suspicacia.

—¿Qué te apetece, *kindeleh?* —dijo mi padre.

Aparté la vista de la vitrina para mirarlo.

—¿Puede ser cualquier cosa?

La dependienta aspiró por la nariz, mientras su boca formaba dos paréntesis de desaprobación.

—Lo que quieras. —Papá la ignoró ex profeso—. Elige tú.

La decisión fue una agonía deliciosa. Mis dedos se deslizaban de un dulce a otro. Al final, medio mareada por las posibilidades (y percibiendo que papá se impacientaba), me decidí por el más grande que encontré, un bloque trenzado de color marrón oscuro. Papá levantó el dedo e hizo una señal con la cabeza a la mujer.

La dependienta usó pinzas de plata para sacar la barra de la vitrina y la envolvió a la perfección con una película de papel blanco. Solo cuando fue al final del mostrador, donde había una máquina llena de adornos, presionó una serie de botones y anunció «*Fünf*», caí en la cuenta de que teníamos que pagar.

Antes de que pudiera preguntarle a papá qué hacíamos, se puso de rodillas y se quitó uno de sus zapatos destrozados para sacar un billete húmedo de debajo de la plantilla. Se lo dio a la mujer como si fuera lo más normal del mundo, y ella a cambio le entregó la barrita y un puñado de monedas, aunque sus ojos, fijos en él, eran como dos balas.

—Ven, *kindeleh* —dijo él rápidamente.

—Papá —dije mientras me sacaba de la tienda a empujones—, ¿has encontrado más dinero?

—Tu papá siempre encuentra más dinero —dijo él con orgullo—. Siempre que haya cartas. —Desenvolvió la chocolatina y me la dio—. Venga, come.

El baño de chocolate era fino. Al primer mordisco se partió la cáscara y salió una mantequilla roja que se pegó a mi paladar. Yo no tenía ni idea de qué estaba comiendo, pero era milagroso. Y tenía tanta hambre...

Papá me miró un momento con indulgencia. Después carraspeó.

—Ahora tú y yo tenemos unos cuantos secretos, ¿eh, Malka? —Sonreía.

Asentí con vigor, pese a tener la boca llena. No se me pasó por alto que solo a mí se me había permitido pasearme con él por las calles de Hamburgo. Solo a mí me había permitido pasar la noche en el dormitorio de hombres, envuelta en su abrigo. Solo a mí, y no a mis hermanas, me había enseñado a dar puñetazos y me había comprado un dulce. Sin olvidar el dinero del zapato, que intuí que también era un secreto. Me sentía honrada por él.

Justo entonces, sin embargo, me acordé de cuando mi madre había regañado a Bella y Rose por cuchichear en la mesa durante la comida.

—Dice mamá que los secretos están mal —le dije—. Dice que si no puedes contar algo a todo el mundo, lo más seguro es que no tengas que contarlo.

Papá frunció el ceño.

—Es verdad, *kindeleh* —dijo, midiendo sus palabras—, pero ¿verdad que a veces mamá también te dice que hay cosas que es mejor guardarse? ¿Que las niñas buenas tienen que quedarse calladas cuando se lo piden?

Me lo pensé y asentí lentamente. Qué ganas tenía de darle la razón y proteger mi sensación de ser muy valorada...

—Dice que no soy muy callada. Dice que mi boca solo servirá para traer desgracias.

Mi padre echó la cabeza hacia atrás y se rio.

—Bueno, ¿quedamos entonces en que conmigo, con tu papá, serás una niña muy buena? ¿Que harás un esfuerzo especial para guardar todos nuestros secretos?

Me apretó la mano. Yo ya me había acabado la chocolatina, lo cual en cierto modo me apenó, pero ah... ¡Cómo me llenaba de gozo ser su centro de atención!

Fuimos hacia el puerto, pasando por varios almacenes. Papá se detuvo bruscamente y lanzó una mirada penetrante al otro lado.

—¿Sabes qué es un pardillo, Malka?

No esperó a que contestase.

—A veces —siguió y soltó un suspiro— hay que pensar por uno mismo.

Al lado del muelle había una sala con corrientes de aire donde varios hombres clavaban cuadrados de papel, detrás de ventanillas con barrotes. Era mucho más grande que el centro de detención, pero casi igual de caótico. Una de las paredes estaba cubierta con fotos de barcos con banderas de distintos colores. Papá miró el papel que tenía en la mano y me guio por una larga fila.

—Tengo que hacer algo importante —dijo—. No te alejes.

Esperamos. Y esperamos. Se me empezaba a dar muy bien esperar. Por aquel entonces «algo importante» era coto exclusivo de los varones adultos, y carecía del menor interés. Me puse a cantar en voz baja, mientras me imaginaba bailando el vals con un vestido brillante. Una vez agotada mi pequeña fantasía me inventé el juego de buscar dibujos en el suelo y tocarlos con las puntas de los pies. Al final, cuando casi habíamos llegado al principio de la cola, mi padre se puso de rodillas, con sus ojos grises a la altura exacta de los míos.

—Ahora necesito que me hagas un favor muy grande, *kindeleh*.

Empezó a desabrocharme con cuidado los botones del abrigo. Después me deslizó una mano por la manga, buscando a tientas el bolsillo secreto.

Solté un pequeño grito. Papá me sonrió intensamente.

—¿A qué viene ese ruido, *kindeleh?* —dijo en voz baja—. ¿No habíamos quedado en que te portarías bien?

Sonreía tanto que su cara parecía a punto de resquebrajarse.

—Es que mamá...

—No pasa nada. —Echó un vistazo al resto de la sala—. Mamá está enferma, ¿no? En cuarentena, ¿no? Pues yo tengo que cambiar nuestros billetes. Los de Sudáfrica ya no sirven. Y quiero que sea un secreto entre tú y yo. Una sorpresa. Para ayudar a que se mejore.

—¿Una sorpresa?

Papá asintió con gesto serio y me tomó la cara con firmeza entre sus manos, como si quisiera calmarme. Después me dio un beso muy brusco en la frente y siguió manoseando los botones de mi abrigo.

Mis labios empezaron a temblar.

—¡No, papá! —exclamé, retrocediendo un paso—. ¡No! ¡Para! ¡No quiero! ¡No me obligues!

Él me fulminó con la mirada.

–¡Más bajo, más bajo! –dijo, casi escupiendo, mientras su cara se ponía lívida–. ¡Escúchame, Malka!

Pero yo no podía remediarlo. Daba pisotones en el suelo, movía los brazos y lloraba, retorciéndome.

–¡No quiero pasarme cuarenta años en el desierto! ¡No quiero ir al final del mapa! –gimoteé–. ¡No quiero ir a África! ¡Quiero ir a América! ¡Quiero salir en el cinematógrafo!

Mi padre se quedó muy quieto, y hubo un momento en que estuve segura de que me pegaría como nunca me había pegado, pero no; me observó detenidamente con una especie de pasmo alborozado.

–¿Ah, no, *kindeleh?* –dijo–. Bueno. –Exhaló, levantó el brazo, me alborotó el pelo y se arrimó a mí–. Pues resulta –dijo– que es exactamente lo que vamos a hacer tú y yo.

Los nuevos billetes quemaron durante días como seis pequeñas brasas en el bolsillo secreto de mi abrigo. ¡Qué ganas tenía de decírselo a mamá! En cuanto ella y mis hermanas salieron de la cuarentena, fue una agonía. Cada noche me acostaba junto a mis hermanas imaginando lo contenta que estaría mamá cuando por fin embarcásemos, y papá y yo le anunciásemos que en realidad nos íbamos a América. Me estremecía de entusiasmo. ¡Sería como en Purim! Me sentía incapaz de estar callada, pero siempre que miraba a papá veía que me guiñaba un ojo y se ponía un dedo en los labios. Era su manera de avisarme de que la menor insinuación estropearía la sorpresa.

Así que seguí llevando todo el día mi abrigo gris, y también de noche, en la cama; pero si mis palabras no eran motivo de recelo, sí lo era mi silencio.

–¿Qué te pasa? Estás demasiado callada –me dijo una noche mamá, con el ceño fruncido, mientras me ponía en la frente el dorso de una mano–. No me digas que ahora te pondrás enferma. Lo que faltaba.

Cuando le preguntó a papá si no había que cambiar los viejos billetes a Ciudad del Cabo por otros en el primer vapor a África, él la informó de que ya lo había hecho por su cuenta, y mamá, durante unos momentos de infarto, lo escrutó con la mirada.

—Ah —dijo, rígida—. ¿Y cuánto te ha costado? Porque seguro que habrás tenido que gastarte el resto del dinero...

La mirada de papá fue severa, dolida.

—¿Qué? ¿No te fías de tu marido ni para hacer un simple cambio? Vale lo mismo el pasaje en un barco que en otro, Tillie.

Insistió en que no se había gastado ni uno de los marcos restantes, aparte, por supuesto, de lo necesario para alimentarnos. Si no se lo creía, que lo comprobase ella misma, Dios mediante.

—Malka —me llamó, haciéndome señas—, por favor, quítate el abrigo y enséñale a mamá el dinero que nos queda.

Lo dijo con tanta naturalidad que hubo un momento en que me pregunté si se le habían olvidado los nuevos billetes. Mi corazón latía como un bombo. Sin embargo, antes de que hubiera podido desabrocharme el primer botón del abrigo mamá me hizo señas de que no era necesario.

—Vale, vale, me lo creo —dijo con voz cansada.

De todos modos no hacía falta que me preocupase. Mi madre era capaz de muchas cosas y de sobrevivir a otras tantas. Había tenido siete hijos, arrancados de sus entrañas sobre un colchón de arpillera bajo los espasmos de la llama de una lámpara de queroseno (dos de ellos nacieron sin vida), y la última, yo, había estado a punto de desangrarla. Era capaz de arar campos de patatas duros como puños todo el año, y casi siempre infructuosos. Era capaz de sobornar a quien fuese para salvar un año más del Ejército ruso a mi hermano Samuel, que después murió de la gripe. Era capaz de darme a luz tras el pogromo, algo que según mi padre era imposible. Ese pogromo en el que había visto cómo mataban a golpes a su padre, que se retorcía en el suelo echando por la boca sangre y dientes como si fueran agua mientras le pegaban dos soldados con las culatas de sus rifles (y fuera, mientras tanto, la multitud incendiaba entre gritos de alegría nuestro pobre establo, y mamá, petrificada, se escondía con mis hermanos en el gallinero de un vecino). Era capaz de ayudar a mi padre a falsificar documentos y de viajar toda la noche por los puestos de control escondida entre coles pasadas, sin destaparme ni un momento la boquita. Era capaz de echar miradas piadosas, coquetas o implorantes, a los funcionarios de la oficina de inmigración, que pagados de sí mismos bostezaban, hacían crujir los nudillos y se limpiaban las uñas con navajas mientras ella y un centenar de inmigrantes más se agolpaban hora tras hora en una fila suplicante. Y provista (¡al fin!) de todos los formularios, sellos, firmas y autorizaciones necesarias, era capaz de curarse ella sola una conjuntivitis y de curársela a mis tres hermanas, en una fría enfermería de una ciudad extranjera con personal escaso y que no daba abasto, y un clima de total indiferencia. Hasta era capaz de calcular sobre una bolsa de papel cuánto dinero nos habían timado los cambistas al darnos marcos alemanes a cambio de nuestros preciosos rublos y rands. Era capaz de muchas cosas, mi madre, y todas las hacía con valentía, pero no era capaz de ver la diferencia entre un billete de barco a Sudáfrica y otro a Estados Unidos. Porque, claro, mi madre no sabía leer.

2

En las innumerables entrevistas que he dado todos estos años he contado muchas veces lo que fue ver por primera vez la Estatua de la Libertad. Ahí estaba yo, una niña rusa famélica, apretujada en la cubierta, triste, temblorosa, en la peor de las desdichas, y de pronto aparecía la estatua ante nosotros como una diosa verde menta surgida del mar, una Venus moderna sobre su media concha. Siempre describo la euforia que se apoderó de mí en aquel momento, y explico que empecé a señalar con el dedo entre saltos y gritos. «¡Mamá, papá, es aquella!» Viéndola montar guardia en el puerto de Nueva York, pensé que Lady Liberty era una especie de ángel de la guarda y, como les he confesado muchas veces a los reporteros, desde que llegamos a Nueva York recé durante meses, cada noche, nada menos que a la Estatua de la Libertad.

¡Y cómo les gustaba oírlo a los medios de comunicación! De vez en cuando aún lo citan.

A nuestros clientes también les encantaba, sobre todo cuando les decía que era lo que había inspirado nuestro primer logo nacional: la Estatua de la Libertad con un cucurucho de helado rojo, blanco y azul en lugar de la antorcha. Lo creamos justo antes de la guerra, atribuyéndolo, naturalmente, a mi experiencia de la niñez, y hoy en día lo copia todo el mundo. No podría contar las veces que he tenido que ir a juicio por infracciones de patentes.

Pues resulta... Ya puestos, queridos, más vale que lo diga. ¿Qué más puedo perder?

La verdad es que no, que no me acuerdo de haber visto la Estatua de la Libertad. Pasar delante seguro que pasamos, por supuesto, pero yo entonces estaba muy angustiada. Y era tan pequeña... Los únicos detalles que recuerdo de nuestra llegada son que a mi lado lloraba un hombre de manera incontrolable, de manera vergonzosa, y que con el barullo Flora perdió su sombrero.

Pero ¿y mi legendaria primera visión de la Estatua de la Libertad?

Qué le vamos a hacer: me la inventé.

Mi nieto Jason dice «antiguamente» al referirse a 1913, pero el año en que llegó nuestra familia a América, Nueva York ya tenía sus primeros rascacielos, sus primeros y precarios automóviles y, por debajo de Broadway, circulaban las primeras líneas de metro —la Interborough Rapid Transit—. Los puentes llevaban guirnaldas de luces eléctricas. La ciudad era ya un gran y palpitante corazón de cemento.

Ese mismo año, 1913, se aprobó también la decimosexta enmienda a la Constitución, que establecía el impuesto sobre la renta; claro que difícilmente podía saber yo que setenta años después se usarían esas leyes para imputarme, de manera, si me permitís que os lo recuerde, injustificada... Fue también el año en el que Henry Ford perfeccionó su cadena de montaje. Y supongo que también hay que decir que fue el año en que Al Smith, el gobernador de Nueva York, consiguió que se aprobase todo un paquete de leyes laborales que, si bien es probable que de niñas nos salvaran a Flora a mí de lo más peligroso del trabajo infantil, con el tiempo me resultaron todo un incordio. ¡Venga ya! ¿Me estáis diciendo que un adolescente no puede servir batidos?

Lo más importante de todo, sin embargo, es que en 1913 se patentó el primer proceso de congelación continua, lo cual significaba que pronto se podría fabricar helado en grandes cantidades, a una escala industrial. Llegó a Nueva York prácticamente al mismo tiempo que yo.

Ya veis, queridos, que los hados empezaban a confabularse.

En 1913 se habían puesto en marcha una serie de servicios de ayuda a los inmigrantes que desembarcaban en Nueva York. Parecía que cada grupo étnico tuviera su propio comité de recepción, una pequeña hueste de intérpretes, abogados y trabajadores sociales que se reunía en la isla de Ellis con ignorantes como nosotros. Cuando mi familia bajó del barco a trompicones ya nos esperaba la Asociación Hebrea de Ayuda al Inmigrante. Mujeres con faldas y esas blusas tan voluminosas con lazos azul marino en el cuello, hombres bigotudos con chaqueta de *tweed* y bombín, portapapeles en mano... ¡Qué modernos, qué ricos, qué limpios se veían todos! ¿Y eran judíos?

Estaban en la zona de desembarco con letreros en yiddish. Nos llevaron ante una tropa de médicos; a mí me toquetearon y me levantaron la falda. Un hombre me apretó contra el pecho un disco de metal muy frío. Me levantaron los párpados con un abotonador para averiguar si tenía tracoma. Varios funcionarios se movían por las filas para dibujar marcas de tiza en algunas chaquetas. Me pregunté si era algo bueno, si sería una suerte, hasta que oí los chillidos, lamentos y súplicas de las mujeres.

En una sala fría y severa unos funcionarios preguntaron a mis padres si ya tenían concertado algún empleo, o familiares, o alguna habilidad que pudiera abrirles puertas. Mi madre le lanzó a mi padre una mirada feroz. Intervinieron entonces los representantes judíos, con su elegante ropa americana: su asociación, anunciaron, nos prestaría los veinticinco dólares de la tasa de desembarco. Seguro que dos personas tan cualificadas como mis padres encontrarían trabajo enseguida. De hecho, podían darnos cartas de recomendación. Uno de los trabajadores sociales tomó en brazos a Flora y le dio un pellizco en el moflete.

–Las niñas están todas sanas y fuertes, las cuatro.

Es curioso, pero nadie se fijó en que nuestros padres no se dirigían la palabra. Parecía que todos los inmigrantes enmudecieran al llegar, y si alguien les interpelaba lo único que hacían era decir que sí y que sí con la cabeza. Casi daba igual que hubiera un traductor. La misma pareja que asentía todo el rato delante de un funcionario de sanidad, luego se iba y la mujer se giraba hacia su marido:

—¿Qué ha dicho, Yankel?

El marido la miraba alarmado.

—No tengo ni idea, Bessie. Creía que lo sabías tú.

Una vez que mi familia se hubo sometido a una inspección y un examen a fondo, y que tuvo el sello de autorización, como si fuera carne kosher, nos «despiojaron» con violentos aerosoles de polvo. Después los de la Asociación Hebrea de Ayuda al Inmigrante se llevaron detrás de una cortina a mi madre, Bella y Rose.

Hoy en día todo el mundo lleva los mismos trapos: vaqueros, camisetas, esos chándales tan espantosos... Mi nieto mismo, Jason, lo que entiende por moda es destrozarse los vaqueros y volver a juntarlos con imperdibles. «Oye —le digo—, que podrías ahorrarte mucho tiempo no rompiéndolos, y ya está.» Ya, ya sé que es un «look», y él me dice que es cuestión de actitud, pero en Europa, en mis tiempos, el look lo teníamos todos, quisiéramos o no. La ropa de la gente era como su documento de identidad. Veías enseguida si alguien era de Bavaria, o de Silesia, o de Galitzia, solo por el bordado de un corpiño, o por el corte de un abrigo. Cada pueblo tenía su estilo. Y se podía distinguir a los judíos de los gentiles, por supuesto.

Aún no le habían dado permiso a mi familia para desembarcar en América y a mi madre y mis hermanas mayores ya les hicieron cortes de pelo modernos. La ropa de nuestro antiguo país, mugrienta y raída, la tiraron y la cambiaron por vestidos «americanos» de segunda mano. A Flora le dieron un sombrerito de paja con violetas de fieltro en el ala, tal vez porque era la más guapa. Al final de todo vino una mujer de olor dulce y blusa a rayas e intentó quitarme mi abrigo gris.

—Ven, *kindeleh,* que te lo quito —dijo amablemente mientras intentaba desabrocharlo—. Aquí es primavera y ya hace mucho calor. Tenemos algo mejor para ti.

—¡No! —bramé con todas mis fuerzas.

Era el berrido que había estado practicando desde Vishnev, un grito pensado para ahuyentar a los cosacos, que rebotó en las paredes de la terminal de llegadas y reverberó por las bóvedas embaldosadas de la enorme sala de registro.

Mi madre me miró furibunda.

—¿Ahora gritas? ¿Tan tarde me haces caso?

Fue lo primero que me dijo en dieciocho días; y es que, queridos —no creo que nadie se sorprenda—, mamá no se había alegrado para nada al descubrir nuestro cambio de planes.

Yo me había imaginado que no se enteraría de que habíamos cambiado los billetes hasta mucho después de zarpar. Estaríamos en mar abierto, cenando en uno de los grandes salones que salían dibujados en los prospectos de las compañías navieras, y papá le diría: «Malka tiene una buenísima noticia para ti». Entonces yo anunciaría que no íbamos rumbo a Ciudad del Cabo, sino a América, y los dos, papá y yo, describiríamos lo que nos esperaba, todo lo que habíamos visto en el cinematógrafo y en las calles de Hamburgo. Les diríamos a mamá, Bella, Flora y Rose que en América bailaríamos todos en un lujoso salón, con sillones y lámparas eléctricas, vestidos con el mismo lujo que la reina Esther, e iríamos en tranvía y comeríamos chocolatinas fabulosas mientras papá se hacía rico con el oro. Estaba segura de que mamá se pondría loca de contenta, que se sentiría abrumada de gratitud y alivio. Me había imaginado tantas veces la escena que prácticamente podía interpretarla, en todos los papeles, incluidos los embelesados aplausos de mis hermanas al final.

Lo que no había tenido en cuenta papá era que el barco en el que saldríamos para Nueva York se llamaba *SS Amerika,* y la mañana de nuestra partida, cuando llegó nuestra familia al muelle, los tripulantes nos gritaron por megáfonos: «¡Todos los pasajeros del *Amerika* hagan cola aquí!». A nuestro alrededor la gente se apretaba contra las barreras, agitando entre gritos de júbilo pequeñas banderas americanas. Había una banda de viento que tocaba «Yankee Doodle» y «Hail Columbia». Tonta no era, mi madre.

—¡Herschel! —exclamó— ¡que nos hemos equivocado de fila!

Daba vueltas como loca en busca de algún oficial que pudiera rectificar la situación, mientras mi padre se hacía el sordo, trajinando el equipaje.

—¡Herschel! —gritó mamá.

Entonces ya no pude aguantarme.

—¡No, mamá, es la fila que nos toca! ¡Nos vamos a América! —Empecé a dar saltos—. ¡Papá y yo cambiamos los billetes!

Mamá se quedó muy quieta, mirándonos con la misma cara de sorpresa y desolación que si se hubiera dado cuenta de que le habían pegado un tiro. Se puso las manos en el pecho con un gesto maquinal. A su lado, mi hermana Flora le estiró con nerviosismo el borde del vestido. Mamá la apartó con la mano.

—¡Qué! —exclamó—. ¿Es verdad, Herschel?

Mi padre seguía organizando nuestras bolsas. Tomó tres por el asa sin mirarla, las retorció con ímpetu y se las echó al hombro.

—Es mejor ir a América, Tillie. Hyram es un burro.

Mi madre soltó un grito espantoso.

—¿Qué pasa? —dijo Bella—. ¿No vamos a Ciudad del Cabo?

—¿Nos vamos a América? —dijo Rose—. ¡Pero si en la enfermería nos dieron quinina!

—¡Hemos visto el cinematógrafo! ¡Hemos visto el cinematógrafo! —berreaba yo en éxtasis, saltando—. ¡Salen mujeres con vestidos! ¡Y pasteles de nata! ¡Y lámparas elegantes! ¡Y...!

—*Oy! Vey iz mir!* —se lamentó mi madre.

—¿Qué te crees, que en el desierto duraría más de una semana con ese pardillo? —dijo mi padre.

—¡Y fuentes de leche! ¡Y paredes de pan! ¡Y edificios de oro! —vociferaba yo—. ¡Bailaré en el cinematógrafo! ¡Mamá, es una sorpresa!

En el muelle, unos hombres de uniforme nos hacían señas bruscas.

—¡No os quedéis parados! —nos espetaban.

Detrás de nosotros se apretujaba en todas partes el gentío, con sus fardos de andrajos, sus maletas atadas con cordel, su foto de boda enmarcada, sus joyeros tallados y descascarillados con tristes recuerdos mil veces sacados del empeño, sus gruesos candelabros de latón y sus manteles de encaje de la dote. Algunos, que habían oído que a bordo escaseaba la comida kosher, iban cargados con latas de sardinas, arenques envueltos en papel de periódico y rebanadas de duro pan marrón que no tardaría en ser pasto de las ratas y el moho.

Arrastrada por el caos y la desesperación, mi madre persistía en fulminarnos a los dos con una mirada de rabia e incredulidad. De pronto papá le pasó un brazo por la cintura y ella gritó. Pensé por un momento que papá se la echaría al hombro como un bulto más, pero no pudo, porque ella le dio un codazo en la base de las costillas y soltó un grito. Entonces él la dejó en el suelo.

—¡Muy bien, pues si no quieres ir no vayas! —bramó. Nunca lo había visto tan enfadado. Daba miedo. Me agarró, metió la mano en mi abrigo y sacó algunos billetes para arrojárselos a mi madre—. ¿Quieres ir a Ciudad del Cabo y vivir en el desierto con el pelma de tu hermano, para aguantarle la cháchara y que te diga lo que tienes que hacer? Pues yo me voy a América. ¿Quién se apunta? ¿Malka? ¿Alguien más? ¿Bella? ¿Rose?

Me puse a llorar, como ya hacían todas mis hermanas.

Mi madre nos miró, primero a papá y después a mí, como si quisiera estrangularnos. Se estiró el pelo y se desgarró la falda.

—¡Hijo de mala madre! —exclamó—. Y tú..., ¡pequeña mangante!

Se nos venía encima la multitud, con gente que gritaba, maletas que se abrían, sombreros que se llevaba el viento...Yo no sabía adónde ir ni qué hacer. Papá me agarró furiosamente de la mano y me arrastró hacia la pasarela.

—¡No te enfades, mamá, por favor! —gimoteé.

Mi madre amenazaba a papá con el puño, diciendo palabrotas, pero el gentío tenía una fuerza incontenible, así que tomó a mis dos hermanas y se puso detrás de nosotros, inerme ante el ímpetu que la acercaba a las enormes fauces del barco. Papá me arrastró por la pasarela, internándose por la aglomeración que se balanceaba precariamente sobre una franja de agua oscura irisada de petróleo. De repente nos esparcimos todos por la cubierta. Mis hermanas lloraban, y mamá tenía la cara roja. Un hombre con un gran portapapeles se abrió camino por la muchedumbre pidiendo a gritos los billetes, por encima del enorme sonido de una sirena.

−¿Cómo se llaman? −Garabateaba como loco en su libreta−. ¿De dónde son?

Brotaron gritos ensordecedores por doquier, mientras volaban sombreros por los aires y caía en el agua una lluvia de confeti, una lluvia gris, negra y marfil hecha de trozos de periódico.

Habíamos zarpado.

Mi madre se aferraba a la baranda, con las manos temblorosas. Se giró lentamente hacia mi padre.

−Que Dios te ayude, Herschel −susurró con encono−, porque esta no te la perdono en la vida.

La dureza de la travesía del Atlántico la vivieron mis hermanas en sus carnes. Pan agusanado, sopa escasa con trozos de cartílago y de col que flotaban como desperdicios...Y mantas rasposas, finas como fieltro viejo, que no abrigaban nada: teníamos que dormir con toda nuestra ropa encima, sucia, mohosa de sudor o tiesa por la sal.Y un olor de lana húmeda, verdura fermentada y leche agria que emanaba de quinientos treinta atribulados pasajeros de tercera, sin un lugar donde bañarse.

Los camarotes eran claustrofóbicos y húmedos, y no dejaban de oscilar; era como estar dentro de un pulmón con tuberculosis. Hombres y mujeres viajaban separados. Mamá, mis hermanas y yo gemíamos en la litera o en el suelo del pasillo, con gran profusión de sudores y vómitos, parte integrante de una gran masa sufriente, atragantada y gemebunda cuyo estado no hizo sino empeorar cuando se atascaron los retretes y la peste como de queso rancio de los excrementos invadió la cubierta. Nos rodeaban mujeres que lloraban y rezaban en yiddish, hebreo, húngaro, polaco, ruso y alemán; algunas recitaban la shema con voces que a menudo se perdían en el tronar de los motores. Me acuerdo de que en el suelo iba y venía una mezcla de agua marina y vómitos, y que me despertaba en plena noche encajada entre Bella y Flora, con un miedo atroz a la oscuridad y al brutal balanceo del barco.

También había tifus y tisis, y toda la noche se oían toses.

En mi caso, sin embargo, el malestar tenía poco que ver con las condiciones del barco. Mi madre se pasó todo el viaje sin dirigirnos la palabra ni a papá ni a mí; hasta a mirarnos se negaba, y cada vez que me daba la espalda era como si me apuñalase.

Intenté congraciarme con ella dándole trocitos de jabón que había encontrado en uno de los baños, y componiéndole canciones: «Qué guapa es mi mamá», «Te quiero más que a las flores»...

Ella, sin embargo, levantaba la mano en cuanto me ponía a cantar.

—Rose —le mandaba a mi hermana—, dile a Malka que no quiero oírlo. Ni una palabra.

Lanzaba una mirada hacia mi padre.

—Y tú, Bella, dile a tu padre, por favor, que me han dicho que para entrar en América hay que pasar una prueba. Dile también que podría haberlo tenido en cuenta antes de cambiar los billetes.

—Papá —dijo Bella, obediente—, mamá quiere saber si sabes...

—Ya te he oído, Tillie —dijo mi padre con cansancio—. ¿Qué te crees, que no tengo orejas?

—Rose, por favor, dile a tu padre que claro que sé que tiene orejas. También sé que este adefesio de hermanita tuya, Malka, tiene boca. Y ahora, por favor, pregúntales a los dos, ya que saben tanto, qué planes tienen en América. ¿Saben quién es ese famoso presidente Taft? Porque parece que tendríamos que conocerlo a fondo. ¿Saben qué es la Declaración de Independencia? Ah, y pregúntales por favor si saben dónde viviremos y cómo comeremos.

Papá bebía té sin mover ni una ceja mientras miraba el horizonte y el inmutable e inquebrantable mar.

—Para, Tillie —dijo finalmente.

—¿El presidente Taft? —pregunté yo sin poder aguantarme—. ¿Quién es?

—¿«Quién es»? —me imitó mi madre con desprecio—. Bella, dile a tu hermana pequeña que es una tonta y una delincuente, lo mismo que su padre.

Con las manos apoyadas en su ancha cintura, mamá se acercó a mí con paso firme.

—Dile a Malka que solo le había pedido una cosa: ¡que no dejase que tocaran el abrigo! ¡Ni siquiera papá! ¿Y me hizo caso?

Su voz era tan fuerte que no la silenciaba el incesante traqueteo del motor. Bella me miró con mala cara, igual que Rose. Flora se puso a llorar. Varios pasajeros nos observaban inquietos.

Mamá seguía en el mismo sitio, sin aliento.

—¿Es así o no? —exclamó de nuevo.

—Tillie, deja en paz a la niña —dijo mi padre—, solo hizo lo que le pedía su padre.

La mirada fulminante de mi madre se posó en él.

—O sea, que a ti sí te hace caso —escupió.

Mi madre me ignoró durante diecisiete días. Incluso cuando dejó de cabecear el barco y se me pasó el mareo, fui incapaz de comer y también de cantar. Lo único que quería era que dejase de odiarme.

Por fin, la decimoctava mañana, apareció papá en la puerta del camarote de mujeres.

—Bella, dile a tu madre —jadeó— que hay tierra.

Cuando los de la isla de Ellis acabaron de preparar para América a mamá y papá, estaban casi irreconocibles. Mamá tenía el pelo más corto, con un moño flojo. Su vestido estaba un poco entallado, y tenía un cuello con un botón. En cuanto a mi padre, con otro abrigo y un bombín parecía uno de los miembros de la propia Asociación Hebrea de Ayuda al Inmigrante. Llevaba la barba muy corta y le habían peinado hacia atrás. Al verlos, Flora se echó a llorar.

—¿Dónde está mamá? ¿Dónde está papá?

Con su nueva ropa americana nuestros padres se habían vuelto de repente tiesos, inseguros, y se movían como si temiesen romper algo. Sonreían cohibidos como si no nos conociesen. Enmarcadas por sus nuevos sombreros y peinados, parecía que sus facciones se hubieran redibujado.

A mí, como no estaba dispuesta a entregar mi abrigo, solo me pusieron unos cuantos lazos azul marino en el pelo y unos calcetines nuevos de lana, pero luego nos dieron de comer. En una larga mesa de madera, con otros inmigrantes judíos. *Challah* fresco, un buen *kugel* de fideos y tazones de caldo en el que flotaban *kreplachs* esponjosos.

Comíamos, comíamos sin parar, como si nunca hubiéramos comido. Con aquel almuerzo y con la ropa nueva aquello parecía una fiesta. A mi padre, que estaba al otro lado de la mesa, se le escapó una sonrisa triunfante al mirar a mi madre.

—Ya lo veis —dijo orgulloso, entre ruidosos sorbos de sopa—. Malka, dile esto a tu madre: ¡Ni siquiera vivimos en América y ya hay todo esto de comer!

Como la mayoría de los dueños de talleres, Yacob Lefkowitz tenía la empresa en su propia vivienda. De día, su minúsculo salón se convertía en una «planta» de corte y confección, y su pequeña cocina en zona de planchado, con la tabla al lado de la estufa. En solo dos años desde que había llegado de Lodz, el señor Lefkowitz había pasado de vendedor ambulante a sastre, y de sastre a dueño de un taller donde fabricaba abrigos de invierno y guardapolvos para Valentine's, Wannamaker's y Gimbels, los grandes almacenes de la parte alta.

Ganaba lo bastante como para no tener realquilados en la casa donde vivía con su esposa Clara, a diferencia de la mayoría de sus vecinos.

Todo cambió cuando Clara falleció de parto, sin que sobreviviera tampoco el bebé, una niña. Terminado oficialmente el *shiva,* el luto, la costurera, los cortadores y la planchadora que trabajaban para el señor Lefkowitz llegaron a las siete de la mañana al tercer piso de Orchard Street. Se encontraron con que no había nada que hacer. Nadie había comprado tela ni habían llegado pedidos. En el suelo, y a lo largo y ancho del sofá, como heridos de guerra, se acumulaban los abrigos a medias. Sentado en la cocina, con las manos entre las rodillas, el señor Lefkowitz se balanceaba murmurando la shema y mirando al vacío; una visión desoladora, qué duda cabe, pero aun así los trabajadores se hicieron una idea rápida de la situación y, viéndose embestidos por el tren de la indigencia, huyeron en busca de otro empleo.

Tras recibir una orden de desahucio, el señor Lefkowitz estuvo bebiendo en el bar de los bajos del edificio hasta quedarse casi ciego, y al volver dio tumbos por su casa maldiciendo a su único Dios. Al final de aquella noche no había un solo inquilino del bloque que no hubiera oído narrar en voz alta, con profusión de detalles, sus desgracias por el patio de luces. Estaba pensando en suicidarse. La muerte, bramaba, era el único modo de reunirse con Clara y ver a su difunta hija; encontrar la muerte y después, claro está, al Mesías. Pero podía ser un proceso muy largo, ¿por qué no facilitaban nunca nada los judíos? Luego descubrió que no tenía un cuchillo bastante afilado. Ni tampoco pastillas.

Cuando el cielo morado, casi negro, se empezó a diluir en una mañana triste y oscura, el señor Lefkowitz se dejó caer en una silla y empezó a gritar.

—¡Mírame, Dios! ¡Soy tan pobre que no puedo ni suicidarme en condiciones!

Si quería recuperar a sus clientes, los grandes almacenes, tendría que volver a fabricar abrigos, pero más baratos que nunca. A la mañana siguiente hizo cálculos y vio que también sería necesario alquilar habitaciones, si es que se podía encontrar a alguien que no bebiese, ni se fugara por la noche con sus objetos de valor, por llamarlos de algún modo, ni le robara la máquina de coser.

Dos días después, cuando llegó mi padre, enviado por la Asociación Hebrea de Ayuda al Inmigrante, y llamó cansado a la puerta, el señor Lefkowitz nos recibió en su cocina como si fuéramos seis respuestas a sus oraciones.

Era un hombre nervioso y larguirucho, con una calvicie prematura. Al otro lado de sus gafas se veían unos ojos enrojecidos y perplejos. Con hipo, por los nervios, nos acompañó a su apartamento.

–Pueden dormir en esta habitación –dijo, y señaló una sala de estar muy pequeña llena de periódicos viejos y trapos. Estaba todo invadido por rollos de tela gris carbón, apoyados en las paredes y amontonados sin orden ni concierto sobre el mobiliario. Junto a la ventana había una máquina de coser con pedal de hierro forjado. El señor Lefkowitz señaló el sofá de delante de la chimenea–. Las niñas pueden dormir encima de los cojines, y quizá una en el bastidor...

La mayoría de las familias inmigrantes llegaban a América por partes: primero, por ejemplo, desembarcaban y encontraban trabajo el padre y una hija, y pasados uno o dos años hacían venir a la madre y los hermanos. Entre los recién llegados había muchos que apenas habían alcanzado la adolescencia. En cambio nuestra familia había llegado completa a Nueva York. Éramos media docena, pero estábamos completamente solos. Seis personas eran muchas. En la sala de estar apenas había sitio para que cupiéramos los seis pares de pies. Las paredes, con un papel de rosas de mayo verde y mostaza descoloridas, parecía sudar y ondular por el calor. Oí un cacareo de gallinas en el callejón al que daban las ventanas, y luego sus gritos sobrecogedores y estrangulados mientras un carnicero les partía el cuello con un simple golpe de muñeca y un gruñido. Corrí a asomarme.

–¡Mirad, un carnicero que no es kosher! –exclamé apoyada en el alfeizar, señalando con el dedo, bastante orgullosa de saber reconocerlo.

Mi madre lanzó a mi padre otra mirada hostil.

–Mamá –dijo Flora, estirándole el vestido–, ¿dónde está el lavabo?

–Pregúntaselo a tu padre –dijo mi madre–. Y de paso haz el favor de preguntarle si es tan tonto como para pensar que esto es mejor que África.

Al caer la noche el ruido de gallinas sacrificadas dejó paso al de la taberna de abajo: golpes de jarras de cerveza sobre las mesas, ruido de pies, cantos, peleas, canciones de amor interpretadas a capela y en estado de ebriedad por las salidas de incendios... El patio era una sucesión de hombres que entraban dando tumbos y de voces para orinar al lado del gallinero. Aún armaban más escándalo que los amigos de papá en el centro de detención de Hamburgo. De madrugada, cuando cesó el barullo, oímos sollozos en el pequeño dormitorio del señor Lefkowitz, al otro lado de la cocina.

Apelotonadas sobre los viejos cojines de terciopelo, que se vencían e iban impregnándose de nuestro sudor, rodeadas por rollos de lana y pellizcadas por pulgas y por cucarachas, mis hermanas y yo nos revolvíamos y nos arrancábamos la ropa en el ambiente asfixiante de la habitación, angustiadas casi hasta el llanto. Papá nos hacía callar, y al final se levantó.

–Decidle a vuestra madre que estoy en el portal.

Se puso los pantalones, recogió los zapatos y se abrió paso hacia la puerta, sorteando los desperdicios. Rose se puso a llorar.

–Papá, ¿adónde vas?

Era muy tarde. También Flora y yo empezamos a llorar. «¡Papá! ¡Papá!» Era como si nuestros sollozos alimentasen el llanto sincopado del señor Lefkowitz, que en la habitación del fondo no hacía más que aumentar. Se oyeron los pasos de nuestro padre en la escalera.

–Parad todas –siseó mi madre.

Se acercó a la ventana para asomarse al patio, ruidoso y sembrado de basura. Al mismo tiempo empezó a retorcerse las hilachas del borde del vestido.

–¿Ya vuelve a irse? –espetó–. ¿La primera noche? Qué hijo de mala madre.

Yo me incorporé en el suelo, sobre mi cojín, me limpié la nariz con el dorso de la mano y tosí. Me dolía la garganta y me picaban los brazos y los hombros. No entendía nada. ¿Cómo era posible que aún no hubiéramos llegado? Tal vez aún quedase un *ferry* más, o un tranvía. Quizá no nos hubiéramos metido bastante en la ciudad.

—¿Mamá? Puede que mañana —sugerí— podamos ir a América.

Mi madre se giró y me miró con mala cara, una expresión que al osificarse se convirtió en algo frío y duro como el ágata. Después soltó una risita cruel.

—¿Tú crees, *bubeleh*?

La mañana siguiente nos despertó a las hermanas un ruido de tijeras. A la luz anémica y amarilla de las lámparas de gas vimos subir y bajar a mamá junto a un rollo de tela. El vaivén de su espalda continuó al salir el sol, a mediodía y bien entrado el anochecer. Inclinada sobre los patrones murmuraba en yiddish. Papá estaba en la cocina, al lado de la plancha. En cuanto estaba terminada una prenda, y le daba otra el señor Lefkowitz, levantaba gruñendo la pesada plancha de la estufa y la aplicaba a la tela con un siseo. Entre pieza y pieza caminaba sin parar, aunque era tan pequeña la cocina que casi no había donde moverse. Se excusó varias veces y salió a la calle a tomarse «un descanso». En aquella época era algo casi inaudito, pero no parecía que el señor Lefkowitz se fijara. Estaba sentado delante de la máquina de coser, mirando como en trance por la ventana mientras se apilaban a su lado los recortes de mi madre en espera de que los cosiese. Al final se acordaba de ponerse a trabajar, pero a menudo se olvidaba de que tenía el pie sobre el pedal y se le corría la aguja por el borde de la tela, cosa que lo obligaba a empezar de cero. Ya se veía que necesitaba ayuda. A finales de semana quedaron contratadas otras dos mujeres de Lodz, instaladas asimismo en la salita de estar, y todas trabajaban en silencio, mientras mis hermanas y yo, que no sabíamos qué hacer, bajábamos a la calle.

El amanecer del siglo XX había visto entre otras cosas la invención del acero de construcción y de los ascensores eléctricos. Ni en el centro de detención de la Hilfsverein ni en la isla de Ellis nos había preparado para aquello. En el *ferry* a Manhattan, el día de nuestra llegada, habíamos visto alzarse sobre el puerto un perfil urbano que era como un coloso hecho de estalagmitas, laqueado por la intensa luz dorada del sol del atardecer. A medida que se aproximaba el *ferry,* y que se nos aparecía la ciudad, Flora, Bella, Rose y yo nos quedamos atónitas y deslumbradas junto a nuestros padres. Mi padre, los judíos de Hamburgo... Tenían toda la razón: ¡había edificios que se levantaban hacia el cielo recubiertos de oro y de cristal, y adornados como los rollos de la Torá! Papá sonreía con las mejillas húmedas. Mamá también. A nuestro alrededor se habían quedado todos boquiabiertos, y aplaudían entre lágrimas. ¡Qué magnitud! ¡Qué inefable belleza!

Las cuatro hermanas, apoyadas en la borda, señalábamos gritando las torres con fachadas de filigrana y ventanas de diamante. ¡Dios mío! ¡Pero si llegaban a las nubes! ¿Había visto alguien cosa igual?

—¿Cómo entra la gente? —dijo Rose.

—¿Cómo puede ser que no se caigan? —dijo Bella.

—¿Es ahí donde vamos a vivir?

—¡Pues que sea arriba del todo! —exclamé yo, dando vueltas—. ¡Por encima de todo!

Ahora, en cambio, a la luz de una mañana polvorienta que nos hacía parpadear, mis hermanas y yo nos encontramos en Orchard Street, una calle asfixiante y de casas bajas. Se parecía más a Vishnev que a América. Se oía yiddish por todas partes. Aceras atestadas de carretas, vendedores ambulantes, tenderos, caballos y pandillas de niños. El ruido era increíble. Nada quedaba del perfil de Manhattan, desaparecido a nuestro paso con la misma rapidez con la que había aparecido, como un espejismo. Ahora solo teníamos... aquello.

La experiencia de los inmigrantes en el Lower East Side... ¡Cómo se le llena a la gente la boca! ¡Qué nostalgia! Que si el de los encurtidos, que si los carros de los vendedores ambulantes, que si los niños jugando a canicas delante de las casas... Se ve que hasta hay «itinerarios guiados culturales» para los turistas, y que un inútil con paraguas les señala un puesto de empanadas judías a un grupo de japoneses.

Pues ahora os cuento, queridos míos: la vida de inmigrante era lo peor. Las calles eran de adoquines y de asfalto, y los edificios, de ladrillo. Las entradas de las casas y las salidas de incendios eran de hierro, las azoteas, de alquitrán y los tejados, de hojalata grabada. No había árboles, ni brisas del río, ni donde descansar del sol. ¿Os lo podéis imaginar? Nos asábamos. Las cuatro hermanas, cuatro niñas rusas, nunca habíamos conocido un calor semejante, jamás en la vida. Cuando bajamos al arroyo con cuidado, tomadas por el brazo, se nos humedeció enseguida la parte interior de los codos y las nucas.

¡Y qué peste!

Estiércol, paja, caca de gallina, orina, cerveza, grasa de freír, polvo de tiza, carbón... Hasta animales muertos en descomposición. Para cruzar Forsyth Street tuvimos que pasar encima de un caballo muerto y lleno de gusanos, tirado en el arroyo. Todos los olores flotaban perniciosamente en el aire, mezclados con las notas punzantes del queroseno, el alcanfor y la trementina de los zapateros y los curtidores. Los nuevos coches que traqueteaban ruidosos por las avenidas desprendían unas mareantes nubes de humo dulzón de gasolina. Y como en las casas de vecinos no había bañeras, estos olores, a su vez, se mezclaban con la intensa fragancia de miles de variedades de sudor humano. Pieles con hongos y líquenes. Agua de rosas. Dientes cariados. Pañales sucios. Tónico capilar avinagrado y penetrante. Hace poco el *New York Times* puso el grito en el cielo porque rocío mis lavabos, mis cubos de la basura y hasta la caseta de *Petunia* con Shalimar. «Obsesa del perfume», me llamaban en el titular, pero ¿desde cuándo es un delito desodorizar? Pasad la infancia en una casa de vecinos y me lo contáis, queridos.

Aquella primera mañana, durante nuestro paseo por el barrio, Bella se hizo pinza con los dedos en la nariz.

—¿Y esto es la tierra prometida, Malka? —dijo con voz ronca—. ¿Os había dicho alguien a papá y a ti lo fatal que olería?

A medida que avanzaba la semana nos dimos cuenta de que a duras penas comíamos mejor que en Vishnev. Desayunábamos un trozo de pan, almorzábamos otro trozo de pan y un huevo duro compartido entre las cuatro y cenábamos otro trozo de pan con una sopa que hacía mamá con zanahorias y cebollas.

Para no marearme demasiado por el hambre, acumulaba saliva en la boca y luego me la tragaba y me mordisqueaba por dentro las mejillas. A veces hacía el gesto de atrapar algo en el aire y les decía a mis hermanas: «Vamos a hacer que comemos cordero al horno». Bella y Rose no me hacían caso. En cambio Flora se prestaba al juego, y fingíamos las dos masticar algo, con fruición, eso sí. Otras veces yo repartía entre las cuatro un trozo de corteza de pan, diciendo: «Vamos a hacer ver que es un pastel de miel y manzana», y masticábamos pletóricas, haciendo el gesto exagerado de frotarnos la barriga entre comentarios de «mmm, ¿a que es el pastel más increíble que habéis probado en vuestra vida?». Lo hacíamos todo de manera maquinal, del mismo modo que teníamos por costumbre transmitir mensajes entre nuestros padres.

Para nuestro primer sabbat en América mamá preparó sopa de pescuezos de gallina para todos, incluido el señor Lefkowitz, y después de encender las velas y rezar hizo un anuncio.

–La semana que viene tendréis que trabajar. –Nos señaló a las cuatro, una por una, para que no hubiera confusiones–. Todas. La que no cobre no come. Así de fácil. ¿No os gusta? Pues dadle las gracias a vuestro padre.

Bella encontró trabajo de criada. A Rose la contrataron de hilvanadora en una fábrica de ropa. Se levantaba antes del alba y no volvía hasta la hora de cenar.

A Flora y a mí no nos resultó tan fácil. Solo hacía dos años que habían muerto ciento cuarenta y seis chicas inmigrantes en el incendio de la fábrica Triangle Shirtwaist. Una fiebre de reformas laborales había asaltado Nueva York y de repente los dueños de talleres y los capataces de las fábricas ya no estaban dispuestos a contratar a niñas tan pequeñas como Flora y yo. «Míralas. –Cuando Rose nos había llevado a su fábrica, el capataz nos observó con el ceño fruncido–. No tendrán más de cinco años. Ahora mismo no me la puedo jugar.»

Para mamá, sin embargo, no era excusa.

–Fuera –nos dijo, sacándonos por la puerta–. Y no volváis hasta que hayáis encontrado algo. O trabajáis u os morís de hambre.

Flora y yo nos quedamos en el rellano.

–Malka –dijo ella con los ojos empañados–, ¿qué vamos a hacer?

Me llevaba uno o dos años, pero era igual de pequeña que yo. Era una niña guapa de cara, con la piel como de leche, unos ojos azules y tristes y una frente ancha, todo lo cual le daba un aspecto como encalado, como de tener sueño. Siempre le temblaba el labio inferior; parecía que estuviese a punto de llorar.

Me encogí de hombros.

–Tenemos que encontrar trabajo.

Miré el pasillo estrecho y oscuro de la casa de vecinos, y me pareció que el sitio más lógico para empezar era una puerta, pero no se me ocurría por nada del mundo qué decir o hacer. ¿Llamar por las buenas? ¿Había algún sitio al que fueran los niños para aprender a hacer algo? ¿Qué podía ofrecer yo a los demás? Aún no había aprendido a cocinar ni a coser, como mis hermanas mayores. En Vishnev, Flora y yo a veces íbamos con mamá al pozo. Le ayudábamos a barrer, a quitar el polvo, a tender la colada, a pelar cebollas, a poner la mesa... Pero ¿por qué podían pagarnos? Nos moriríamos las dos de hambre. Comprendí que todo era culpa mía, por haber dejado que papá cambiase los billetes.

Bajamos lentamente la escalera, un peldaño tras otro, muy serias. Flora se sorbía la nariz. Yo intentaba no llorar. En el siguiente piso pensé en lo que me había dicho mamá en Vishnev: «Al menos puedes hacer que sirva de algo esta bocaza».

Me acerqué a una de las puertas y llamé.

–¡Hola! –dije en voz alta–. ¿Alguien de aquí dentro quiere oír una canción?

No contestaron.

Fui a la siguiente puerta.

Bajé otro piso con Flora a rastras y volví a llamar. Otra vez. Abrió la puerta una mujer, que se puso a gritarnos en un idioma raro. Otra nos echó. Llamé a dos puertas más. Empezábamos a tener hambre, y pánico. La gente sacudía la cabeza y mis porrazos quedaban sin respuesta.

Al final me abrió un hombre mayor.

—¿Quién arma tanto escándalo? —dijo.

Tenía las gafas apoyadas en la mitad de la nariz. Flora se quedó detrás de mí.

Respiré hondo.

—¿Quiere oír una canción? Cuesta un penique.

Él cruzó los brazos.

—No me digas —contestó.

—Dice mamá que si no volvemos a casa con algo de comer mejor que no volvamos.

—Ah —dijo el hombre, ceñudo—. Pues parece cosa seria. —Metió la mano en el bolsillo y sacó un penique—. ¿Cantáis las dos?

Sacudí la cabeza.

—Solo yo —dije—. Aunque Flora baila —añadí enseguida.

—¡Malka! —susurró Flora.

—Tú da vueltas —le respondí en voz baja—. Por otro penique —le dije al hombre.

Le temblaron un poco las comisuras de la boca.

—Vaya —dijo, apoyándose en el marco de la puerta—. Un penique para la cantante y otro para la que da vueltas. Bueno, venga, a ver qué tal.

Me quedé sin saber qué hacer en el pasillo, estrecho y con olor a orina. No había previsto nada más allá de llamar a la puerta. No se me había ocurrido que pudiera respondernos alguien. De pronto me vino a la memoria una de las cancioncillas que me había inventado en Vishnev, y entoné a pleno pulmón «Me encanta el pollo». Era algo así como «Me encanta el pollo... corazones de pollo, sopa de pollo... Me encantan los pollos, su manera de moverse cuando me los como...». Flora se quedó un momento quieta, con cara de incredulidad. Yo le lancé una mirada fulminante, y al final se puso a dar vueltas.

El hombre de la puerta empezó a dar palmadas, pero paró enseguida, porque mi canción no tenía un ritmo coherente. Mi voz se volvía cada vez más aguda, haciendo trinos con vida propia. Al poco rato el hombre me interrumpió en medio de una nota, y a Flora en medio de una vuelta.

—A ver qué os parece —dijo, suspirando—. Os he pagado un penique por cantar y otro por dar vueltas. Ahora os pago un penique a cada una por parar.

Teníamos cuatro centavos. Flora y yo nos habíamos ganado nuestra primera comida en América.

Poco a poco las dos hermanas nos hicimos conocidas como Las Hermanitas Músicas y Limpiadoras Bialystoker. Por lo visto nuestro apellido había cambiado al embarcar para América. Con tanto ajetreo, el sobrecargo que nos controlaba los billetes nos había preguntado de dónde éramos y, como la mayoría de los pueblos de la región rusa donde los judíos tenían permitido asentarse eran tan pequeños que ni siquiera salían en los mapas, a papá le habían enseñado a decir «Bialystok», la ciudad más grande y conocida de la región. Confuso y agobiado, el sobrecargo se había limitado a escribir «Bialystok» detrás del nombre de papá. Ahora ya no éramos los Treynovsky. Me había convertido en Malka Bialystoker.

Hoy por un centavo, mañana por cinco, Flora y yo hacíamos encargos para los vecinos mayores, y a la vez cantábamos. La mayoría de las canciones me las inventaba yo, y hablaban de la gente para la que trabajábamos. Una era «La señora Nachmann tiene una porcelana muy bonita», y otra «Ayudando a hacer *challah*». Qué le vamos a hacer. No eran grandes éxitos, pero aun así se corrió la voz por las casas de vecinos: se nos podía pagar por cantar o por estar calladas. Me imagino que seríamos algo novedoso, una broma simpática. Con tanta tristeza y penurias, los adultos disfrutaban con el entretenimiento barato y la inocencia de dos niñas pequeñas.

Por cinco centavos le lavábamos los platos a la señora Nachmann. Por dos saltábamos por la ventana de los Sokolov que daba a la salida de incendios para colgarles la ropa en el tendedero. Por dos, también, llevábamos a la azotea los cojines del sofá de los Levine —hacían falta dos viajes— y los sacudíamos a puñetazos para quitarles el polvo y las pulgas bajo un sol abrasador. Por cinco barríamos la cocina del señor Abramovitz, matábamos las cucarachas a pisotones, tapábamos los agujeros de ratones con trapos empapados de lejía y quitábamos el polvo lo mejor que podíamos. Los retales del suelo del señor Lefkowitz se los bajábamos al trapero, y al señor Tomashevski —un ucraniano mayor y medio inválido que vivía en el primer piso, en la puerta de al lado— le ayudábamos calentándole el agua para los juanetes.

Cumpliendo la orden de mamá, nos ganábamos el sustento en monedas de un penique y de cinco. Yo pensaba que si conseguíamos llevar bastante dinero a casa quizá mamá no estuviera siempre tan enfadada. Quizá volviera a hablarse con papá. Quizá me perdonara.

Flora y yo procurábamos encontrar el mayor número posible de tareas hasta finales de la tarde, y luego, por orden de mamá, hacíamos la compra. Era mejor hacerla tarde; así, aunque estuviera muy manoseado el género, había más posibilidades de encontrar gangas. Averigüé rápidamente qué vendedores cobraban un penique menos por aquí, medio centavo por allá... Y también a regatear.

—Cuando te pellizque —le indiqué a mi hermana—, tú llora. No muy fuerte. Y luego dices: «Pero qué hambre, tengo, Malka». ¿Vale?

Después de practicarlo me acerqué a un carro de verdura.

—Perdone, señor, ¿a cuánto están las patatas?

—A dos centavos cada una, y tres por cinco.

—Vaya por Dios. —Fruncí el ceño de una manera exagerada que me pareció la mar de adulta, y enseñé tres peniques sin lustre en la palma de la mano—. Mamá necesita dos, pero solo tenemos esto.

El vendedor sacudió la cabeza.

—Pues dile a tu mamá que el vendedor de patatas también tiene que comer —dijo.

–¿Y una pequeña y una grande por tres?

Frunció el ceño.

–No hay patatas pequeñas.

–Por favor, señor… –le rogué con los ojos especialmente abiertos–. Tengo tres hermanas más, y a mi papá. Mamá no me deja volver a casa solo con una patata.

Fue entonces cuando pellizqué con discreción el brazo de Flora, que se echó a llorar, como le había enseñado.

–Pero qué hambre tengo, Malka –se lamentó.

De repente, sin tenerlo planeado, sentí que yo también me ponía a llorar. Me sorprendió lo fácil que era, teniendo en cuenta que era cierto que tenía hambre y me imaginaba perfectamente el sopapo de mamá.

–¡No te enfades, mamá, por favor! –imploré.

Flora parecía angustiada de verdad. El vendedor puso cara de exasperación, y con los ojos en blanco señaló las tres monedas de mi palma con un gesto de rendición.

–Vale, vale, dos por tres.

–¡Gracias, gracias! –canté.

Flora dio una vueltecita.

Dicen que es una tragedia tener una hermana más guapa que tú. Los vecinos malévolos de nuestro *shtetl* siempre cuchicheaban que Flora llevaba sangre de cosacos. ¿Cómo explicar si no sus ojos azules y su pelo rubio? ¿Y sus facciones delicadas de gentil? ¿Y su piel de lechera?

El Lower East Side era un hervidero de niños temblorosos con ojos de lobo. Los propios comerciantes sobrevivían de milagro. La belleza de Flora, sumada a que hiciera y dijera absolutamente todo lo que yo le pedía, nos granjeaba una palada más de arroz en el saco y una chirivía rebajada. Además, ni ella ni yo éramos tontas. Bordábamos el número. Nos convertimos en magníficas intérpretes. Ah, si nos hubierais visto… No como los otros niños, tan patéticos al lloriquear y mendigar. Nosotras encontramos la mejor manera de hacerlo. Fue en las calles del Lower Manhattan donde empecé a aprender marketing. A no tener vergüenza. A ser distinta. Y a no apelar a la cabeza, sino a las emociones.

El inglés lo aprendí rápidamente. Incluso aprendí hasta un poco de italiano. Palabras, palabras... Eran como notas musicales. Pero el ir por las calles ruidosas, que nunca, nunca dejaban de serlo, con sus vendedores ambulantes que gritaban «¡Zanahorias frescas, zanahorias!», «¡Pepinillos!», «¡Helaaados! ¡Helaaados!», y con sus olores mareantes –a pan recién hecho, a ajo picante, a patatas que se estaban friendo en mantequilla en algún sitio...– Eso era una auténtica tortura.

Total, que una tarde le compré al señor Dinello los famosos helados de cereza. ¡Qué revelación! Ni Flora ni yo habíamos comido nunca nada tan dulce ni tan frío. La mezcla de la gelidez con el azúcar y con la acidez de las cerezas, que se nos abría y disolvía en la lengua... Era como magia comestible.

Otro día compré media batata al horno. ¡Otra delicia! Y una empanada de cereales. Tomé la precaución de llevarme a Flora a unas manzanas de Orchard Street, para que no nos viera nadie, y luego, escondidas en la entrada de una casa, devoramos las dos nuestro botín, calentísimo y regado con mostaza dulce.

La misma noche mamá nos pidió cuentas de todo lo que habíamos pagado.

–Yo sé lo que valen las cosas, y quiero saber dónde están los dos peniques que faltan.

A Flora le entró pánico.

–Malka ha comprado un *knish* –dijo.

Yo me quedé parpadeando. Mamá me dio un revés con la mano en la cara.

–¡Tonta, más que tonta! –exclamó–. ¿Qué quieres, que nos muramos todos de hambre por culpa de tu egoísmo?

Empecé a llorar. Miré por la cocina en busca de papá, pero se había marchado. Parecía pasar cada vez menos tardes en la casa del señor Lefkowitz. A veces Flora y yo lo veíamos en pleno día por la calle, fumando y bromeando con grupos de hombres reunidos frente a varios locales, cuyas escaleras bajaban a algún sótano. Hubo alguna tarde en que al volver con Flora me pareció ver a papá en la taberna de abajo, aunque no estaba segura. Una vez, mientras cenábamos, logré que me mirase, y él me guiñó un ojo. Yo no perdía la esperanza de que me invitase a otro paseo, o a practicar puñetazos. Esperaba que me diese alguna pista sobre cuándo podríamos irnos de Orchard Street para instalarnos en algo más parecido a lo que habíamos visto los dos en el cinematógrafo, pero no lo hizo nunca. Si yo, estirándole la manga, le decía «¿papá?», él a veces me miraba un momento como ausente, como si se hubiera olvidado de cuál de sus hijas era.

De vez en cuando, ya muy tarde, oía susurros virulentos entre mi madre y él: «¿Y te lo has gastado todo, todo?». «¡Pero si ya te lo dije, Tillie! ¡Se paga cinco a uno!» Señal de que volvían a hablarse, lo cual me procuraba cierto alivio. Lo que más veía de papá, no obstante, era su espalda encorvada hacia la tabla de planchar, o su coronilla desapareciendo en la escalera, o su lejana silueta, una mancha entre sombras de hombres.

—¡Lo siento, mamá! —grité al recibir el bofetón—. Es que tenía tanta hambre...

—¿Ah, sí? ¡No me digas! Pues nada, ve a comerte esas baldosas de oro que hay. Ve a beber en esas fuentes de leche de las que tanto hablabas.

Una noche papá no volvió. «Estará borracho en alguna parte, seguro», dijo mamá. Había hecho fideos de huevo para cenar, y nos dio permiso a mis hermanas y a mí para repartirnos su ración. Para el desayuno, sin embargo, ya había vuelto, así que no nos tocó su pan.

Dos noches después tampoco vino. Esta vez nos repartimos su huevo duro.

Al amanecer, Bella se fue a trabajar a Chrystie Street y Rose a la fábrica. Flora y yo acabamos de desayunar pan con leche. Seguía sin llegar papá. Era viernes.

—¡Como si no tuviera bastante con emborracharse y gastarse lo que gana en apostar! —exclamó mamá—. ¿Ahora qué quiere, llegar tarde al trabajo y que lo despidan?

»Marchaos —nos ordenó a Flora y a mí—. Hoy trabajad todo lo que podáis, para que no nos quedemos todos de patitas en la calle.

Por la tarde, al volver, Flora y yo nos encontramos a nuestra madre cortando con rabia un trozo de tela con las tijeras. Lo hizo pedazos, sacó otra tela y vuelta a empezar. Estaba todo lleno de trocitos que flotaban antes de caerse por el suelo alrededor de sus pies. Las chicas de Lodz la miraban con espanto sin tocar sus labores. Detrás de mamá estaba nada menos que el señor Lefkowitz, que intentaba sujetarle la muñeca sin recibir ningún corte.

—Tillie, por favor —dijo—, para de una vez y sal a buscarlo.

Mi madre seguía corta que te corta.

—¿Quiere jugar? Pues que juegue.

El señor Lefkowitz se sacó dos peniques del bolsillo y se acercó corriendo a mi hermana.

—Flora —dijo con más cuidado de lo normal. Se arrodilló para mirarla a los ojos como si leyera un libro—. Creo que tu madre necesita perejil para el sabbat. ¿Por qué no salís tú y Malka a buscar un poco? Y de camino mirad por las tabernas, en la barbería y en cualquier sitio donde os parezca que pueda estar vuestro padre.

De repente mamá tiró las tijeras al suelo, vino hacia mí pisando fuerte y me agarró del brazo para girarme y darme un fuerte golpe en la espalda que me hizo gritar.

—¡Es todo culpa tuya! ¿Por qué no escuchas? —vociferó—. ¡Lo único que te he pedido! ¡Lo único! «No dejes que toque nadie tu abrigo...»

—¡Tillie! —exclamó el señor Lefkowitz.

Me giré con un gran sollozo y salí corriendo por las escaleras, consciente de que tenía que encontrar a papá. Era la única manera de arreglar las cosas.

La taberna de abajo era larga y oscura. Detrás del mostrador solo había un hombre que remetía un trapo en un vaso de cristal grueso.

—¿Te has perdido?

—Busco a mi papá —dije sin aliento—. Tengo que encontrarlo. Tengo que llevarlo a casa.

Se encogió de hombros.

Busqué en la carnicería que no era kosher, y en la zapatería. También corrí hasta una pequeña sala de juegos que ocupaba un sótano en la misma calle, pensando que podía ser ahí donde había visto fumando a papá. Le pedí a un hombre que entrase y buscase de mi parte, y tuve la impresión de que tardaba bastante.

—Lo siento, *kindeleh* —dijo finalmente al salir.

Por si acaso entré en la sinagoga de al lado, y en otra que estaba algo más lejos. Tal vez papá se hubiera arrepentido... Pero no, estaban vacías. El sastre, la panadería, la barbería: todos estaban cerrando.

—¡Espera, Malka!

Me giré y vi a Flora, que venía corriendo.

—¿Le has visto? —dijo.

Sacudí la cabeza.

—Mamá se está volviendo loca —dijo ella.

Corrimos hasta Hester Street y buscamos en todos los portales y los callejones. Empezó a caer la tarde. Los vendedores ambulantes empezaban a recoger. Los mercados ya cerraban. Tenía que encontrar a papá. Brotó en mi interior una terrible sensación. Si no le hubiera dado los billetes... Si no le hubiera suplicado que fuéramos a América, y no a Sudáfrica... Si no le hubiera guardado ningún secreto... Arrastré a Flora por varias manzanas a paso frenético. Entré corriendo en otra taberna, en un puesto de tabacos y en una casa de vecinos del otro lado de la calle.

Y habría seguido de no ser porque ya no me fijaba por donde corría, y bajé a ciegas de un bordillo sin escuchar a Flora cuando gritó «¡Malka!», y en un instante atroz, salvaje, choqué con el casco delantero derecho del caballo del señor Dinello.

El caballo. Ah, sí. Por fin hemos vuelto a ese punto.

3

Me desperté en un sitio de luz verdosa y tenue, una luz polvorienta, que titilaba. Un dolor exasperante se extendía por mi pantorrilla, mi tobillo y mi rodilla.

−¿Mamá? −Noté un regusto a barro y paja en la garganta. Me dolía un horror la pierna derecha−. ¿Papá?

−Aj, aj. No grites, que despertarás a los demás.

Lo había dicho en yiddish, pero era una voz desconocida.

Vi sobre mí una cara ancha y calva, con forma de luna, con unos mofletes que se agitaban como grasa de pollo. Chillé.

−Shhh, *kindeleh* −dijo la voz.

¿Dónde estaba mi madre? Se acercó una mano grande, como en carne viva, que parecía una rodaja de carne en conserva. Cuando se posó en mi frente, tenía los nudillos fríos y duros.

−Fiebre no tienes. Buena señal.

No era calva. Me di cuenta de que lo que llevaba en la cabeza era un pañuelo blanco fuertemente anudado que le tapaba todo el pelo.

−¿Dónde está mi madre? −volví a preguntar.

Sentía como si me hubieran ceñido el pecho.

−Shhh.

El rostro ceñudo desapareció. Mi barbilla estaba húmeda. Me goteaba la nariz.

Cuando me toqué la pierna con la palma, choqué con algo duro. ¿Dónde estaba mi pierna?

−¡Mamá!

Recibí el eco de mi propia voz. Al lado había otra cama. Debajo de una sábana se movió algo que emitió un gruñido animal. Grité. Entonces reapareció la luna, con su mano carnosa curvada alrededor de un vaso de agua.

–Bebe, *kindeleh*.

Ahora Beth Israel es un hospital grande y finolis, que –hasta hace poco– me pedía siempre donativos. No me querían ni nada, hasta hace poco, en Beth Israel...Y eso que casi nunca me molestaba en asistir a sus galas, ni tenía reparos en hacerles saber que su recaudador de fondos era un cretino. Entonces era un simple «dispensario», una pequeña clínica dirigida por judíos ortodoxos que atendía a los pobres de solemnidad del Lower East Side. Mount Sinai, el hospital judío de la parte alta, mucho más elegante, lo habían fundado judíos alemanes. Menuda pandilla de creídos... Muy aristócratas, ellos. A los del Este de Europa nos miraban por encima del hombro. Una vez hasta fundaron una asociación para evitar que migrásemos los judíos más «toscos». Temían quedar mal por nuestra culpa. Ja.Y yo que me río. Si quitas la capa de cultura «superior», lo único que encuentras es brutalidad.

Hoy en día, cuando alguien tiene un accidente lo normal es que lo lleven enseguida al hospital, pero entonces los hospitales se veían como se ven ahora los baños públicos: algo que evitar a toda costa, por sus connotaciones de caridad y humillación.Al hospital, desde el punto de vista de los inmigrantes, solo se iba a morir.

Cuando en el Lower East Side había un problema médico, las familias solían avisar a una de las enfermeras a domicilio de la casa de acogida que había en Henry Street e iban a atenderte en casa, subiendo por precarias escaleras, o incluso saltando por las azoteas con gran agilidad. Podías tener cólera, difteria, tuberculosis...A veces venían los de Sanidad para poner en cuarentena a toda la familia; dejaban en la puerta una marca, o una orden judicial, e internaban hasta a una docena de personas que podían quedarse allí meses, el tiempo necesario para que recuperasen la salud o se muriesen. Pero cuidarse era algo que se hacía en casa.

Cataplasmas, ungüentos, cebollas hervidas y envueltas en estopilla, alcanfor, preparados con vinagre, brandy, tónicos, caldo de gallina, por supuesto... Eran esos los medicamentos habituales de la época.

Pero incluso entonces, si a una niña pequeña la dejaban inconsciente de un golpe por la calle, con la pierna derecha despuntando del cuerpo como un clip y la fíbula rota asomando por la piel, la gente no era tan tonta como para no darse cuenta de que precisaba un tipo de atención médica que no estaba al alcance de lo que Henry Street o cualquier otra enfermera pudiese traer escaleras arriba en un maletín de piel gastada. Por eso, alguien —nada menos que el señor Dinello— me subió a su carreta y me llevó pitando al dispensario Beth Israel.

No tengo recuerdos de mi llegada ni de la radiografía que me hicieron con un artilugio mecánico novísimo que era el orgullo del hospital. A quien veré y recordaré más tarde, un poco grogui, es a mi madre. Aparece de espaldas a mí, bajo la alta ventana de cristal esmerilado que hay frente a mi cama. Me han apoyado la espalda en unos cojines, pero tengo la mandíbula caída, y estoy atrofiada a causa del dolor. Al lado de mi madre, un médico levanta hacia la luz varias placas oscuras. En los rectángulos, traslúcidos, fantasmagóricos, hay un mapa de franjas, volutas y bultos. Le explica a mi madre que uno es mi pierna.

Pese a no tener ningún conocimiento de ciencia o de anatomía, mi madre es sensible a la obviedad visual: tengo una fractura abierta de tibia, y se me ha roto limpiamente en dos la fíbula, como una rama. También tengo roto el pie derecho y fracturada la pelvis. En otra lámina se ven las puntas graduadas de mi caja torácica. Hay tres costillas fisuradas.

—Como es joven, tiene los huesos blandos y se arreglarán, señora Bialystoker —dice el médico—. Ahora bien... —Arquea las cejas y exagera un encogimiento de los hombros—. Que vuelva a caminar, que cojee... Que vaya con bastón... Eso está por ver.

—*Oy. Vey iz mir!* —se lamenta mi madre.

El médico la mira, no sin compasión.

—Ha tenido mucha suerte, señora Bialystoker —dice con suavidad—. Se podría haber muerto.

Mi madre nos mira fijamente, primero a mí, inmovilizada, hinchada, y luego al médico.

—¡Ojalá!

Señala mi cama con un dedo acusador y una expresión de angustia.

—Bastante malo es que sean cuatro hermanas. Bastante malo es que sea fea. ¿Pero ahora me dice que se ha quedado inválida? Dígame, doctor, se lo ruego: ¿qué tengo que hacer con una hija así?

Recoge su cesta, sollozando, y añade:

—Por mí como si se la quedan. No sirve de nada.

Se gira y se marcha deprisa.

Hace unos años se lo comenté a Sunny, mi asistenta, y ella, dejando el pulidor de plata, me miró a los ojos.

—Oh, señora Dunkle...

—Por favor —contesté yo—, ahórrame las lágrimas.

Entonces los padres no mimaban a sus hijos. ¿Necesitaban que caminases? Pues te levantabas y a caminar. Si no, te dejaban sentada. ¿Y si venían los cosacos, qué? Mejor que pudieras correr.

En cambio ahora... Más vale que no hable. La gente les pone a sus retoños nombres como Tiffany, Brittany, Courtney... La realeza de los bebés. Hacen todos como si sus hijos fueran pequeños aristócratas, y a mí me dan ganas de decirles: ¿para qué se hizo la Guerra de la Independencia americana? Ahora, que los peores son los *hippies*. Loto. Azafrán. A saber de dónde coño sacan esos nombres tan penosos para sus nenes. Una amiga de Rita le puso a su hijo Bodhisattva. Bodhisattva Rosenblatt. ¿Os lo imagináis? Rita siempre dice: «Tampoco es para tanto. Total, lo llaman "Bodi"». Por favor... Y luego dicen los periódicos que soy yo la que maltrata a los niños.

Además, nunca te quieren como te gustaría que te quisieran.

Estuve días, semanas en el dispensario. «Mamá, mamá», lloraba, pero no volvió. Mi voz resonaba por los feos suelos encerados y las paredes desnudas sin que nadie la escuchase. Los otros pacientes se quejaban. Las enfermeras hacían lo posible por que me callase. «Por favor, mamá —decía yo entre sollozos—, te prometo que me portaré bien. Te prometo que no comeré nada. Te prometo que estaré callada. Por favor, mamá —gemía—. Encontraré a papá.»

«Por favor, mamá. Serviré de algo.»

Entraban y salían enfermeras sigilosas, que me contemplaban con tristeza. Mientras me cambiaban los vendajes y me ponían pomada para la miliaria, hacían chasquear la lengua y me aplicaban con ternura el dorso de la mano a la frente. Yo se la apartaba.

Apareció un rabino que olía a tabaco de pipa y patatas fritas. Era enorme. Estuve gritando hasta que se marchó. «¡Quiero a mi madre!» Me imagino que también vendría una asistenta social, alguien de una casa de acogida. Creo recordar una blusa blanca y un alfiler de oro trenzado en el cuello. «¡Mamá!», aullaba yo. No era fácil tener una rabieta con la pierna rota y el pecho vendado. Yo, sin embargo, era capaz de gritar. «¡Quiero a mi mamá!»

Al final me quedé sin voz.

El calor aumentaba a diario, hasta que adquirió vida propia y, acechando sobre las camas de la enfermería, nos torturaba como un depredador. Ni tan siquiera abriendo dinteles y ventanas dejaban de quejarse los pacientes a mi alrededor. Se me formaban charcos de sudor debajo de las vendas. Parecía que me hubiera hecho pipí por todas partes. Me picaba el cuerpo, y me estiraba todo el rato las sábanas húmedas. El olor de las cuñas y de los ungüentos se hizo rancio.

Al final el médico me serró la pesada escayola para cambiármela por otra más liviana y un aparato ortopédico de metal, cuero y madera.

—¿Dónde está mi madre? —pregunté con voz ronca.

Todas las mañanas una enfermera me agarraba por las axilas y me ayudaba a levantarme de la cama, hasta que mis pies torcidos y doloridos rozaban el suelo y mis talones quedaban apoyados en los de ella. Entonces se movía lentamente para que fuéramos las dos al mismo paso, guiándome con sus pies. Yo sentía pinchazos de dolor en la cadera. Parecía que se me doblase el tobillo. El peso del aparato ortopédico hacía casi inviable moverse. Me resistí, y cuando una de las enfermeras intentó obligarme a dar algunos pasos la mordí.

Desde entonces nadie parecía tener muchas ganas de reanudar mi terapia física.

La familia no tiene nada. Acaban de bajar del barco... Claro, se debieron de pensar que esto es la beneficencia. Sí, es que son lo peor. Nos dan mala fama a todos los judíos... Lo que pasa es que ella es tan pequeña... ¿Has visto las marcas de dientes? Más que pequeña es un demonio... ¿Donde dejan a los lisiados? Para eso tiene que llevar un año aquí... En Gouverneur no hay sitio... ¿Pues qué hacemos? ¿Dejarla en la calle, a que mendigue? Bueno, si no se le cura bien la pierna siempre quedan las barracas de Coney Island... ¡Pero Gertie! (Risas) ¡Eres tremenda!

Lánguidamente apoyadas en la puerta, y doblando revistas femeninas y el *Forward* en yiddish para usarlos de abanicos, las enfermeras ni siquiera se esforzaban en cuchichear.

Poco a poco empezó a formarse una idea en mi cabeza: que mi madre no volvía porque estaba buscando a papá. Se había ido del apartamento de Orchard Street, el del señor Lefkowitz, en su busca. Y con ella mis hermanas, por supuesto, para ayudarle. Tal vez papá hubiera encontrado aquel lugar de Estados Unidos donde estaban el oro y los muebles bonitos, o hubiera cambiado de idea y se hubiese embarcado para Sudáfrica con la idea de reconciliarse con el tío Hyram. África era muy grande, quizá tanto como Nueva York. Me imaginé a mi familia encajonada de nuevo en las literas de tercera, expuesta al vaivén del oleaje. Me imaginé a mi padre en la tienda de ropa del tío Hyram, en medio del desierto, agobiado y añorándonos a todas como loco, con unas ganas enormes de volver. Y de repente aparece mi madre: ¡sorpresa! La cara de mi padre es una explosión de alegría.

—¿Dónde está Malka? —dice enseguida.

Y mi madre se lo explica.

—Ay, Herschel, es que ha tenido un accidente muy grave. Tenemos que ir a buscarla.

Será eso, será eso lo que lo convenza de volver a América de inmediato, y a los dos, mi madre y él, de no seguir peleados: que esté yo en el hospital. Pronto zarparán todos juntos de regreso a América, esta vez con los bolsillos llenos de oro y pan. Llegarán pronto, e irán directamente desde el muelle al dispensario para llevarme a casa.

Me había destrozado la voz de tanto llorar y lamentarme. La tenía como de papel. A duras penas podía susurrar. De todos modos daba igual. Quería estar callada para cuando volvieran mis padres. Tenía que demostrarle a mamá que mi bocaza ya no le traería más desgracias.

Vino un médico para mirarme la pierna, la cadera y las costillas. El dolor era insoportable, pero ya no me quedaba voz para quejarme. Una enfermera me preguntó si tenía que ir al lavabo. Me limité a asentir. Cuando volvió el rabino gigantesco, lo único que hice fue mirar el dintel por encima de su cabeza. Me fijé en que había moscas volando en mi campo visual, motas traslúcidas de células que subían y bajaban. Así era más fácil quedarme callada y quieta. Conseguí hablar solo una vez. Acompañada por un médico, una joven con una blusa blanca se inclinó hacia mi cama con cara de preocupación y me miró directamente a los ojos.

—Malka, *kindeleh* —dijo suavemente, tomándome del brazo—, ¿me oyes? ¿Sabes dónde estás? ¿Entiendes lo que te ha pasado?

Sostuve su mirada.

—Mamá y papá están en África —dije con voz ronca—, para traer oro.

Las enfermeras empezaron a mirarme de manera rara. Otro médico me examinó la pierna y la manipuló metódicamente.

Creí impresionarlo con mi capacidad de no gritar, pero lo único que hizo al irse de la habitación fue sacudir la cabeza.

La mañana siguiente vino Gertie. Desde que me había vuelto muda, por alguna razón, la gente hablaba conmigo en voz muy alta y muy despacio, como si encima fuera sorda. Gertie me arrancó la sábana.

–TE VAS A OTRO SITIO, MALKA –vociferó–. AL ASILO DE LA PARTE ALTA.

–Pero Gertie –la regañó al fondo de la sala otra enfermera–, no asustes a la niña.

Gertie nos miró irritada, primero a ella y luego a mí.

–AQUÍ YA NO PODEMOS CUIDARTE, MALKA. NECESITAMOS LA CAMA PARA OTROS PACIENTES QUE RESPONDAN MÁS.

No lo entendí. Yo había intentado estar callada y portarme bien. Cantar estaba claro que no había cantado. Tampoco había sido una sabionda, ni había guardado secretos. Me pregunté cómo me encontrarían mamá y papá en el nuevo sitio.

–¿Me lo prometes? –susurré sin fuerzas–. ¿Le dirás dónde estoy a mi madre?

Gertie frunció el ceño y me miró con algo parecido a la compasión.

–No, *kindeleh,* si tu madre ya lo sabe. ¿Quién te crees que te envía allí? El asilo de huérfanos es donde meten todas las mujeres a sus hijos cuando no pueden cuidarlos.

Justo entonces, sin embargo, en el pasillo al que daba mi sala pareció que el personal se hubiera puesto a discutir. Era una colisión de idiomas. *Mi dispiace… Pero señor Aaronson, por favor, deje usted que la niña…, kindeleh… Per favore. È per il bambino. Devo aiutare… No lo dirá en serio… ¿Se le ocurre algo mejor?* Desde la puerta Gertie señaló ceñuda mi cama de metal, y entró un hombre encorvado. Su rostro era carnoso y triste, aunque las guías del lustroso bigote se erguían esperanzadas. Era de movimientos pesados. Al llegar a mi cama me dirigió una tenue sonrisa.

–Lo siento –dijo–. No habla muy bueno inglés. Hebreo tampoco.

70

Oyendo su voz, me incorporé lo máximo que pude y me fijé en su cara, con arrugas de un abuelo.

—¿Te acuerdas de mí? —preguntó.

Sin delantal ni gorra parecía más bajo, y más viejo. Asentí despacio.

—¿El señor de los helados?

El señor Dinello sonrió con timidez.

—¿Cómo te encuentras? ¿Y la pierna? ¿No bien?

—El pie lo tengo mejor. —Se me rasgó otra vez la voz, poco más que un susurro, pero estaba tan contenta de verlo y de tener visita de alguien (vagamente) conocido que intenté portarme lo mejor posible. Aparté la sábana para enseñarle el pie sin vendar, muy rosado y un poco invertido—. Las costillas las tengo mejor. Aún me duele la pierna. —Le enseñé el aparato ortopédico—. Mire.

Le di un golpe. Me gustaba el ruido hueco. Me había acostumbrado a entretenerme marcando ritmos de canciones y viendo cuánto tardaba la gente en molestarse.

—¿Ha visto a mi madre? —pregunté.

El señor Dinello apartó la vista, incómodo. En la cama más cercana a la mía había una niña que cantaba con una vocecita quejumbrosa «Turn Off Your Light, Mr. Moon Man». Otra lloraba en voz baja contra la pared. La parte del cuello del señor Dinello que rozaba la chaqueta se llenó de sudor. Apoyó las manos en las rodillas y respiró hondo, componiendo una sonrisa.

—Vienes conmigo, *ninella* —dijo—, ¿sí?

V iene mi hijo y me trae un televisor nuevo, un Sony Trinitron de treinta y cuatro pulgadas, con uno de esos aparatos que han salido ahora, los que te graban el programa que quieras en un casete grande.

—Se llama vídeo, mamá.

Me explica que con este vídeo puedo grabar *Dinastía* y *Dallas* y verlas cuando me apetezca, pero a mí no me interesa.

Lleva un control a distancia que no tiene nada que ver con los controles del televisor, y para programarlo hace falta un asesor de la NASA.

–¿Y te ha costado mucho dinero? –digo.

Sin embargo, ahora que me quedo tantas veces sin poder salir de mi casa de Bedford, la verdad es que más de una vez acabo en el sillón antiguo de orejas de Bert, el que hice retapizar de lila el año pasado, delante de la Sony enorme y nueva. Eso sí que me gusta. Todas las tardes a las cuatro le mando a la chica que me traiga algo para endulzar la boca –un gin tonic y un cuenco de nuestro Rocky Road especial con salsa de vainilla– y las rodajas frías de solomillo para *Petunia*. Luego nos ponemos cómodas, *Petunia* y yo, y vemos el programa de Phil Donahue. ¡Qué hombre más guapo! Salen unas historias en el programa... Todo son confesiones: amores prohibidos, niños dados en adopción sin que lo sepa nadie, hombres hechos y derechos que les dicen a sus madres por la tele nacional que son mariquitas... Pues peor que lo que he hecho yo no será, seguro. De todos modos, lo que más me choca es que se nota que es una manera de entretener a gente que ha crecido con intimidad.

El día en que llegué a Mulberry Street ya estaba enterado todo el mundo. La señora DiPietro, la viuda de los zapatos ortopédicos y los antebrazos enormes que se agitaban al abanicarse. La señora Ferrendino, que nunca dejaba de sudar, y que cada día de la semana usaba un rosario de un color distinto. La señora Salucci, la encajera cadavérica y de ojos medio cerrados que opinaba cruelmente sobre todo, se lo pidieran o no. No hay barrio sin cotillas, y las de aquel se reunieron como las tres Furias en la entrada de la casa de vecinos para ver cómo el señor Dinello me llevaba en brazos por la escalera como una pequeña novia, con mis brazos aferrados a su cuello y mi pierna derecha estirada en la abrazadera. Nunca en la vida me habían mirado tanto. Sus caras estaban tan cerca que se les veían los poros enormes, las cejas rebeldes y los dientes manchados y estropeados.

–*Ai, ai, ai!* –exclamaron cuando pasamos a su lado, mientras tocaban mis muletas de madera.

Del accidente, como era de prever, se había enterado todo el barrio. Algunos hasta habían visto a mi madre cuando volvía impetuosa del dispensario, y decían que le había dado una patada al caballo del señor Dinello por venganza, antes de gritarle a él que le había destrozado a su niña, que se había quedado inválida y que el culpable era él. ¿Y ahora qué hacía, con otras tres bocas más que alimentar y su marido en paradero desconocido? ¿Qué se creía el señor Dinello, que mi madre podía subir y bajar cada día cuatro plantas conmigo en brazos? ¿Cómo diantre iba a ganarse la vida con una hija inválida? Habían visto cómo hacía la uve con la mano y escupía al señor Dinello a través de los dedos. Por lo visto, él se había quedado abatido, sin decir nada.

Lo más probable era que también se hubiesen fijado en el nombre de Herschel Bialystoker pegado en las farolas y los escaparates. Cada mes empapelaban el barrio con carteles en yiddish, italiano e inglés que contenían los nombres y una breve descripción de todos los hombres que habían abandonado a su familia o estaban desaparecidos: DESAPARECIDO. SE BUSCA. VISTO POR ÚLTIMA VEZ... Era una epidemia. En esos cuentos de hadas tan ridículos sobre la vida de los inmigrantes siempre salen familias pobres pero felices que, unidas como piñas, empiezan fabricando cuatro pingos, luego montan una sastrería y luego son Ralph Lauren. Por favor. Solo falta que salgan mariposillas y elfos silbando en las salidas de incendios y que se pongan todos a cantar. A mí esas pamplinas me desesperan. En el Lower East Side se rompían las familias como botellas de cristal, y que se fueran los hombres era de lo más normal.

En septiembre de aquel año, quien fuese a la escuela de Ludlow Street habría visto otra lista en el patio. El calor aplastante del verano convertía el Lower East Side en una enorme placa de Petri llena de bacterias e infecciones. Julio y agosto era la temporada de la polio, y de la difteria, el cólera y las fiebres tifoidea y reumática. Cada otoño, al volver al colegio, los niños se encontraban nombres escritos con tiza en la pared del patio. Eran los de los compañeros fallecidos a lo largo del verano.

Esther Lezack. Martha Horvath. Saul Pinsker. No eran necesarios el presentador de televisión Phil Donahue ni la prensa sensacionalista. Tampoco que vinieran los reporteros a meter las narices en la entrada de tu casa o volver a publicar fotos poco halagüeñas en las que pareces Joan Crawford.

Aquel septiembre de 1913 todo el barrio debió de ver también expuesto públicamente otro nombre de mi familia. Escrito a tiza en la pared rojo sangre de la escuela pública 42, en letras blancas y trémulas: ROSE BIALYSTOKER – TIFUS.

Cuando el señor Dinello me llevó entre los vecinos hacia los peldaños de hierro forjado, yo no sabía que mi familia y el señor Lefkowitz se habían pasado casi todo el verano en cuarentena, ni que se había muerto mi hermana Rose. Ni siquiera sabía dónde quedaba Mulberry Street respecto a Orchard Street. Por mí podían ser kilómetros. Para mí las calles eran como mares de hierro y ladrillo. Solo sabía que mamá había desaparecido, que se había ido a alguna parte. ¿A buscar a papá? Además, las vecinas de Orchard Street no se parecían a las nuevas, con sus densos perfumes florales y el corte de sus vestidos, y su olor a aceite para el pelo, romero, café y alcanfor. El lustre azabache de su pelo, sus dobles y triples papadas... Me sentía escrutada como un espécimen. No se molestaban en cuchichear.

—Fíjate en la pierna. No me extraña que la haya abandonado la madre.

—Generosa está que trina. Como si no tuvieran bastantes problemas.

—Él dice que es provisional. Se ve que la manutención la paga un sastre de Orchard Street, hasta que pueda subir escaleras, dice.

—¡Ja! Subirá escaleras cuando pueda yo volar.

—Salvatore se pasa de bueno. Lo ve como una penitencia.

—¡Pues que vaya a confesarse, pero que no meta en casa a una *ammazzacristi!**

---

* Ammazzacristi: en italiano, «matacristos»; término despectivo para denominar a los judíos. *(N. del T.)*

Los Dinello tenían tres hijos mayores, Vincenzo, Luigi y Silvio, hombres fornidos y musculosos, con mono y grandes botas, que al subir y bajar por la escalera hacían temblar el edificio entero.

Más tarde me enteré de que trabajaban los tres en los túneles para la extensión del metro de Lexington Avenue hacia el norte, más allá de la Cuarenta y dos. Se sumergían a diario en las entrañas de la ciudad con sus fiambreras de metal, sus palas melladas y sus medallas de san Antonio al cuello para enfrentarse con el lecho de roca y con la tierra quebradiza, y con la red de alcantarillas y líneas de tren preexistentes, con su *tsunami* potencial de porquería y escombros. Y cada noche volvían a la casa de vecinos de Mulberry Street como pesados fantasmas recubiertos de fino polvo gris, embarrado el mono de punta a punta.

—Ai, ai, ai! —se desgañitaba la señora Dinello antes de que hubieran pisado la cocina, para que se quitasen las botas; pero a la vez que señalaba las huellas de la entrada —besos babosos de tierra, estiércol y cemento— se tocaba deprisa la frente, el pecho y los hombros.

—Grazie —murmuraba, mirando el techo.

Silvio y Vincenzo aún no estaban casados, aunque ya les habían encontrado novias. Dos familias de Nápoles que conocían a los Dinello estaban organizando el traslado de sus hijas a América para tender un puente de otro tipo. Solo era cuestión de dinero, y de tiempo. En cambio, Luigi, el mayor, ya estaba casado con Annunziata, una mujer gritona y trabajadora que había dado a luz a cuatro niños gritones y peleones. El mayor, Vittorio, era un adolescente gandul que se pasaba casi todo el día en la calle. Los gemelos Pasquale y Pietro no me hacían ni caso, pero el pequeño, Rocco, sí. Tenía más o menos la misma edad que yo, seis o siete años, y era flaco, con las rodillas muy marcadas. Sus ojos eran dos rendijas negras y calculadoras, y tenía un remolino imposible de aplastar, por mucha gomina que le pusiera su madre en la cabeza. Entre Rocco y yo la animosidad fue inmediata. Parecía desvivirse por sacarme la lengua o hacer un ruido odioso de «baaa» cada vez que me veía. Me puso el apodo de *la ragazza del cavallo*, «la chica del caballo», y aunque el señor Dinello le daba una colleja siempre que lo oía, fue un sobrenombre que se me quedó. Yo se lo oía decir todas las mañanas a sus hermanos, con toda naturalidad, cuando bajaban a la calle para ir al colegio; y no por crueldad, sino por pura y ciega indiferencia, que de hecho es otro tipo de crueldad.

Decidí que si Rocco se acercaba lo bastante a mí le daría un puñetazo.

Los Dinello también tenían una sobrina soltera, Beatrice, que trabajaba haciendo encaje para la señora Salucci en la tercera planta. Toda la familia Dinello vivía en el primer piso de la casa de vecinos de Mulberry Street, en tres de los cuatro apartamentos de la planta, aunque había tanta actividad, movimiento y trajín que parecía más bien una casa unifamiliar. Eran los reyes del edificio. Por los patios de luces, ventanas y pasillos se oían sus voces, que lo llenaban todo de discusiones y risas.

No hablaban solo con la voz, sino con todo el cuerpo. Hablaban pellizcando el aire, levantando los hombros hacia el techo, señalándose a sí mismos e implorando al cielo con los brazos en alto. Ejecutaban con los brazos enormes e invisibles sinfonías, o mostraban las palmas en remedos de súplicas.

Aunque yo no hablara mucho italiano, me bastaba con mirarlos para saber de qué iba la conversación. Era como vivir en una casa de mimos.

El día en que llegué, Generosa Dinello me echó un simple vistazo —piernecita torcida, abrazadera, muletas— y la emprendió directamente con su esposo.

—¿Cuántas veces te lo he dicho? ¡No le compres caballos al húngaro, que está mal de la cabeza!

—¡Que no, que ya te lo dije, que no fue el caballo, que fueron las gallinas! —bramó el señor Dinello—. Van sueltas como locas por la calle. Asustaron al caballo. El caballo me salió a buen precio.

—¿Y así ahorras para la familia, trayendo a casa a una lisiada para que le demos de comer?

—¿Qué quieres que haga, Generosa? ¿Dejarla en el orfanato? ¿Dejar que la encierren con los locos?

—¿Desde cuándo es problema nuestro?

—Desde que lo es. ¿Y si fuera Beatrice? Mírala, Generosa. —El señor Dinello me señaló con un gesto del brazo, como un artículo en exposición—. Una niña indefensa.

Ninella era como decían «niña». Yo ya lo había aprendido por la calle, y al oírlo intuí que era mi oportunidad. Recurriendo a las dotes perfeccionadas junto a Flora rompí en suntuosas lágrimas. A simple vista no me gustó mucho la señora Dinello, con sus cejas oscuras y arqueadas y el gesto severo de sus labios, pero tuve la impresión de que su cocina era muy preferible a lo que llamaban el orfanato.

—¡Por favor, señora Dinello! —me lamenté—. No deje que me lleven, por favor. Le prometo que me portaré bien. Le prometo que no comeré mucho.

La señora Dinello me observó, mientras se le caía por delante de los ojos un mechón de pelo negro y lustroso. En el surco de crespón de su garganta brillaba una pequeña cruz de oro. Sacudió la cabeza con un suspiro de desaliento.

—Muy bien, muy bien; si quieres tomar a tu cargo a esta pequeña *ammazzacristi* lisiada —le dijo al señor Dinello— tomaremos a nuestro cargo a esta pequeña *ammazzacristi* lisiada. —Me señaló e hizo dos gestos, primero el de comer y luego el de usar una pala—. Pero me da igual lo lisiada que esté: si va a quedarse tendrá que trabajar.

No hace tanto, antes de la refrigeración, el hielo era más precioso que el oro. No había nada que pudiera hacer lo mismo que el hielo, que en la mayoría del mundo ni siquiera existía; y donde existía era casi imposible acumularlo, transportarlo o almacenarlo. Era la única materia prima que podía desaparecer literalmente en tus manos. Hoy en día eso no lo piensa mucha gente, y supongo que yo, si no me dedicara a lo que me dedico, tampoco lo pensaría. El hielo era elitista, raro, poderoso. Efímero.

Parece ser que ya en el siglo v a.C. los griegos vendían nieve en los mercados de Atenas. Los emperadores romanos se lo hacían bajar de las montañas, y la realeza egipcia lo mandaba traer en barco desde el Líbano. En todos esos siglos, sin embargo, el preciado hielo solo se podía usar para enfriar líquidos, jamás para congelarlos.

Al menos hasta que aparece Giambattista della Porta, en el siglo XVI.

Este señor es un noble autodidacta cuyas ambiciones están a la altura de su nombre. Hijo de una familia aristocrática de las afueras de Nápoles, es un caballero de cara larga, con la elegancia de un lirio de agua, que lleva vestiduras de la mejor seda bordada y una gorguera como los sombreritos que les ponen en las patas a los pollos asados. Como dicen los italianos, hace *una bella figura*.

Intelectualmente es un pulpo, el hombre. Aparte de dramaturgo, es filósofo, criptógrafo y científico. Meteorología, fisionomía, horticultura, astronomía, física... Le fascina todo en el mundo natural.

Hay quien sitúa a della Porta al mismo nivel que Kepler y Galileo, mientras que otros lo definen más bien como un excéntrico privilegiado que se toma libertades con la ciencia y combina experimentos dignos de ese nombre con escarceos con lo sobrenatural. Esta valoración se debe a su libro más famoso, *Magia natural,* publicado en 1558, que es un batiburrillo ilustrado de prácticas ocultas, teorías fantásticas y verdaderos experimentos científicos. Contiene fórmulas para hacer colorete y aumentar la fertilidad, instrucciones para conseguir melocotones deshuesados «bonitos» y descripciones de dragones que vuelan.

Entre las ilustraciones, teoremas y afirmaciones sobrenaturales del libro hay una receta de vino que no solo se enfría, sino que se hiela. Para conseguirlo, indica Della Porta, hay que introducir y agitar un frasco de vino en un cubo de madera lleno de nieve y salitre.

Salitre: nitrato de potasio. O incluso simple sal: cloruro sódico.

Resulta que la sal hace que se derrita más deprisa el hielo. Cuando se derrite el del cubo de madera de Della Porta, el calor abandona el contenido del frasco y el vino que hay dentro de este último queda cada vez más frío, hasta que se congela, mientras el hielo que lo rodea se calienta cada vez más, hasta que se derrite. Lo sólido se vuelve líquido, y lo líquido sólido. Un ballet perfecto. Una conversión de energía. La materia no se crea ni se destruye, sino que se transforma. De hielo a agua, y de vino a hielo. Ciencia básica.

La receta de della Porta para el vino helado triunfa en los banquetes más lujosos de Nápoles. Ha nacido el método para fabricar helado.

Y tres siglos después un tal Salvatore Dinello lo reproduce cada mañana al pie de la letra, seis días por semana, en una casa de vecinos con local a pie de calle del Lower East Side donde no cabe un alma, en la neoyorquina Mulberry Street.

Dinello's Ices ero uno de los pocos pequeños productores de helado que aún funcionaban en aquel momento. El helado, o *gelato,* como decía él, era la auténtica pasión del señor Dinello. No tardé en descubrir que en ocasiones especiales lo preparaba para toda la familia, y se deshacía en elogios sobre él como si interpretase una ópera. *Ah! Fragola! Crema!* A efectos comerciales, sin embargo, se limitaba a los sorbetes, de producción mucho más barata y fácil que las cremas, y más fáciles de vender porque no llevaban leche. Podía desplazar su carreta desde la parte italiana del barrio a la judía por toda Hester Street sin tener que preocuparse de que las leyes kosher obstaculizasen su negocio.

Su fábrica, que estaba en la planta baja del mismo edificio, no era mayor que la del señor Lefkowitz. La diferencia era que el espacio se repartía entre una gran cocina y un pequeño despacho al fondo. Lo que entonces no entendí del todo fue que el señor Dinello era un pequeño *padrone,* una especie de supervisor, una versión en miniatura de los mayoristas que no tardarían en apoderarse del sector. En 1906 se había ilegalizado la producción de cremas y sorbetes en casas de vecinos, por lo que el señor Dinello había instalado una pequeña cocina comercial separada en el local de la planta baja, y había hecho todos los trámites para conseguir no solo el permiso de fabricación, sino varias autorizaciones de venta ambulante. Por un dólar al día alquilaba estas últimas, junto con tres carretas, a tres conocidos de Nápoles que le pagaban un dólar y medio más al día por los helados de limón que confeccionaba y les suministraba él, y que ellos luego vendían en rutas trazadas de antemano por Canal, Wall y Broome Street. Aparte de eso, todo lo que ganaran se lo quedaban ellos. Me enteré de que el señor Dinello era un *padrone* generoso y honrado, y que sus vendedores ambulantes, descontados los gastos del día, acostumbraban a llevarse a casa un dólar y medio, cincuenta centavos más de lo que ganaba la mayoría. Con esto ahora no se puede comprar nada, claro.

Ahí, en el pequeño despacho del fondo de Dinello's Ices, detrás de la cocina, fue donde me instalaron los Dinello. El señor Dinello puso un banco contra la pared del fondo, y su mujer lo cubrió con unos cojines color vino de su sala de estar. El retrete estaba en el patio.

–Aquí abajo no hace falta que subas escalones –dijo el señor Dinello mientras me depositaba en el banco.

Siempre me dicen los niños que sueñan con vivir en una fábrica de helados. Pues que tengan suerte.

Los techos altos del local eran de hojalata grabada. El ventanal daba directamente a Mulberry Street y al estrépito de las carretas, los vendedores ambulantes y los carros de caballos. Durante el día irrumpían sin cesar repartidores, proveedores, vecinos y compañeros de parroquia, que gesticulaban en italiano, napolitano e inglés, armando un tremendo guirigay. De noche, por fin desocupada, la fría cocina se poblaba de sombras violetas misteriosas que se filtraban por las rendijas de las persianas. Yo oía el correteo de los bichos. De vez en cuando se acercaba corriendo desde una grieta del rincón una oscura camada de ratas cuyos dientes y rabos brillaban en la luz residual, y yo me ensañaba con ellas con una escoba. Era un banco

80

estrecho y destartalado. Nunca había dormido sola, y echaba muchísimo de menos a mis hermanas.

Muy por encima de mí, en la pared del despacho, había un crucifijo de madera, y sobre él una figura nudosa que me daba miedo. Creía que era algún tipo de arma. En cambio, al lado había una imagen con marco de oro de un padre barbudo, de suntuosa túnica marrón, que sujetaba en brazos a un niño sonrosado. Los dos tenían círculos de oro radiante alrededor de la cabeza, y al mirarlos me sentía al mismo tiempo triste, abandonada y esperanzada. Pensaba que quizá fuera una señal.

Al amanecer me despertaba el ruido de un caballo y de un hombre con pinta de buey que subía de la calle, machacando los peldaños, y daba porrazos en la puerta. El señor Dinello bajaba enseguida, en botas y blusón.

—¡Gennaro! —exclamaba, haciéndole pasar—. *Prego.*

Gennaro llevaba un grueso delantal de cuero anudado por encima del abrigo. De su cinturón colgaban amenazadoras unas pinzas con forma como de férula. Llevaba sobre el hombro un bloque enorme, tapado con una arpillera. Entrando en diagonal en la cocina, dejaba caer con tanta fuerza el bloque en la mesa que parecía que temblase toda la sala. Acto seguido lo destapaba, dejando a la vista un reluciente pedazo de hielo, se sacaba un picador del cinturón y lo clavaba con pericia en su corazón traslúcido. Parecía que supiera exactamente hacia dónde había que dirigir el cincel para crear un ataque sistemático de fracturas, como un cortador de diamante, o un cirujano. El hielo se resquebrajaba y se partía con un ruido como el de las ramas de un árbol al romperse. Gennaro repetía varias veces el ataque con movimientos espasmódicos, hasta que el bloque quedaba convertido en un montón de esquirlas cristalinas. Era violento y a la vez bonito.

Mientras Gennaro cortaba un bloque tras otro, el señor Dinello trituraba una parte del hielo con un molinillo de peltre y, cuando tenía la consistencia de la nieve, lo metía en un gran recipiente de metal. Luego la señora Dinello y Beatrice traían una olla del fogón y vertían en el mismo recipiente un líquido turbio de color amarillo claro. La sala se llenaba de olor a limón. A continuación el recipiente era depositado en un barreño grande con una manivela. El señor Dinello repartía hielo alrededor y echaba sal de roca.

Antes de poder salir para la escuela, se requería la ayuda de Rocco y de sus hermanos para girar la manivela del enorme barreño. Entre turno y turno se empujaban y se daban bofetadas.

Aquella primera mañana, sobre el banco del fondo de la cocina, mantuve la esperanza de que en algún momento la señora Dinello se fijase en mí y me ayudase a ir al baño, pero no lo hizo. Me sentía más inmovilizada y sola que durante toda mi estancia en el dispensario. Al menos ahí había tenido la sensación de que estaba al cuidado de alguien, mientras que en el despacho del fondo de Dinello's Ices, incorporada en el banco, aguantando a duras penas las ganas de orinar, y pálida de hambre, era casi un fantasma, un testigo silencioso de la ebullición con que una familia ajena a mí amaba, trabajaba, se reía y discutía en otro idioma, dándome la espalda.

Una y otra vez se turnaban los chicos en la manivela, con un crujido estremecedor, imprimiendo giros y más giros al recipiente de los ingredientes. Bañado en hielo y sal, el líquido chapoteaba hasta que al fin quedaba en silencio. Trabajaban deprisa. Por aquel entonces la mayoría de los establecimientos comerciales usaban mantequeras y barreños motorizados, pero los Dinello seguían girando manualmente su gran heladera.

Una vez lista la remesa de sorbetes los echaban con rasquetas en unos baldes de metal helado, cuyas tapaderas pesaban mucho, y tras envolverlas con arpillera ayudaban al señor Dinello a transportarlo todo a las cuatro carretas.

Después de que se fueran los nietos al colegio, de que los otros vendedores le hubieran pagado la cuota diaria a la señora Dinello y de que el propio señor Dinello hubiera empezado a desfilar por Mulberry Street con su asustadizo caballo de raza húngara, pregonando sus helados, la cocina quedaba hecha un desastre. Baldes, hielo derretido, arpillera mojada, cucharones, cortezas de limón, un saco enorme de azúcar granulado... La señora Dinello contemplaba los destrozos como una enfermera de guerra. Era una mujer robusta, con cuerpo de violín, pero sus ojos eran como piedras negras arrojadas al estanque de su rostro, donde la carne blanca colgaba en anillos por debajo.

Se limpió las manos en el delantal con un suspiro.

—*Tutto questo* —dijo en voz alta.

Todo esto. Recogió un cucharón como si fuera un ratón muerto y lo dejó caer en un cubo de zinc, con un ruido metálico lleno de desdén. Yo no me atrevía a respirar. Fue entonces cuando pareció reparar en mi presencia.

—Ah —dijo, frunciendo el ceño—, la *ninella*. Bueno, venga. —Movió el pulgar en dirección al techo—. Arriba.

»Arriba, arriba, arriba.

Daba palmadas. Hice el esfuerzo de ponerme en pie, pero se me enganchó el borde del camisón en la abrazadera.

—Por favor —dije mientras me desenganchaba y me peleaba con las muletas—. ¿El lavabo?

La señora Dinello sacudió la cabeza y señaló entre donde estaba yo y la puerta. Quedó claro que esperaba que fuese yo sola.

—*Uno, due* —contó, con una palmada por cada uno de mis pasos.

El problema no era solo mi pierna, sino mis brazos. Era demasiado pequeña y débil para sostenerme mucho tiempo en las muletas. Casi no había llegado hasta la señora Dinello cuando me caí.

—*Di nuovo* —dijo ella—. Otra vez.

Señaló el patio. Fui a trancas y barrancas al retrete, mientras ella sostenía la puerta, pero tuve que buscar yo misma el modo de maniobrar dentro de un espacio tan pequeño. Mi pierna derecha seguía rígida en la abrazadera. Salté sobre la izquierda, manteniendo levantado el camisón, con un miedo atroz a caerme o no llegar a tiempo. *La niña del caballo*: ya me imaginaba los apodos que me pondrían si me lo hacía encima.

Cumplidas mis necesidades, la señora Dinello me hizo regresar por el estrecho pasillo delantero y cruzar luego el local sin ayuda. Yo no entendía por qué me presionaba tanto. Parecía que asistir a mis afanes le diese un placer cruel. A veces se me enganchaban las puntas de goma de las muletas en las tablas del suelo, y estiraba y agitaba los brazos casi hasta llorar. En esos momentos, por algún motivo, pensaba en mi madre, en Bella, Rose y Flore, que a esas alturas tal vez estuvieran a cientos o miles de kilómetros, e imaginé que seguirían en busca de papá. Los detalles de lo ocurrido eran piezas de un puzle, trozos de algo grande y roto que no había manera de recomponer. ¿Cuándo me explicaría alguien qué me estaba pasando?

Lloriqueaba sin poder evitarlo, pero la señora Dinello no me ayudó a subir de nuevo al banco, con cojines de más debajo de la pierna para mantenerla en alto, hasta que hube acabado de cruzar la cocina. Entonces me dio algo de comer: una rebanada de pan seco mojada en una mezcla de café y leche caliente. ¡Qué lujo me pareció! Comí, famélica y agradecida. Me daba vergüenza tener tanta hambre y sentir aquella impotencia animal. Mientras yo masticaba, la señora Dinello amontonó los cubos y puso un cazo de agua en los fogones. Cuando el agua rompió a hervir, la vertió abundantemente en la gran mesa esmaltada y en todos los utensilios como si fuera un bautismo de vapor.

–*Ai, ai, ai* –murmuraba.

Se envolvió la mano con una gruesa toalla y recogió las cucharas y las espátulas para agitarlas dentro de un barreño con jabón.

Cuando me acabé el desayuno, la señora Dinello me quitó la taza de las manos, y en ese momento se encontraron nuestras miradas: mi cara vuelta hacia ella, supongo que tímida, como una flor, frágil y de ojos marrones, temblorosa... Algo, entonces, se suavizó en su rostro, como un deshielo en sus ojos, y de repente ya no me miraba con resentimiento, sino con algo doloroso, incrédulo, cercano a la compasión.

Las yemas de sus dedos eran como uvas pasas. Me las aplicó suavemente a la base de la barbilla.

—Qué pequeña eres —susurró, sacudiendo la cabeza—. ¿Cómo se le puede hacer esto a una niña?

Se apartó y me observó.

—Mañana —anunció, refiriéndose mediante gestos al desorden que tenía a sus espaldas—, ayudarás.

4

Mis problemas de entonces. ¿Quién iba a imaginarse los de ahora?

Esta mañana llega un coche a mi casa, una berlina negra y elegante, con los cristales tintados. ¿Dentro? Un coñazo tras otro. Abogados de Beecham, Mather & Greene. Los peces más gordos de la profesión. Ya han conseguido que se retiren los cargos de agresión, pero parece que de todos modos los padres presentarán una demanda civil. ¿Un contratiempo de diez segundos y se creen que tengo que subvencionar para toda la vida a su hija? Por favor... Ni que la hubiera dejado lisiada un caballo para siempre. ¡Si no tenía ni un rasguño! ¡Y ya vieron todos que le hacía un favor!

Yo también pienso denunciar a la NBC, por incumplimiento de contrato. A mi modo de ver, ya hacía tiempo que buscaban cualquier excusa para despedirme. Los nuevos abogados me lo desaconsejan, pero ¿a mí qué más me da? En el fondo, ¿qué saben de lo que es la lucha? Con sus caras de buena familia, sus cortes de pelo caros, escalados, sus camisas rosas, sus corbatas por encima del hombro... Escriben en libretas con plumas de carey. Es la nueva generación. Ya nadie cuenta chistes. A la única que reconozco es a la chica, la señorita Slocum. Menudita, no más alta que yo, con cara seria y expresión forzada, el pelo amarillo y tieso como paja... Supongo que no deja de ser guapa, en plan chica dura de la frontera. En otros tiempos te la habrías imaginado con gorra a cuadros y conduciendo una calesa a latigazos. Lleva blusas con lazos exagerados en el cuello. Cuando le pregunté para qué eran me informó de que los llevaban mucho las ejecutivas, y yo le dije que me recordaban al personaje de nuestra marca, el payaso Virutas.

Lo que pasa es que los otros abogados insisten en que es mejor que sea una mujer la que me represente en los tribunales. Dicen que «suavizará» la imagen que se forme de mí el jurado. No sé a quién pretenden engañar. Basta echarle un vistazo a la tal Slocum para ver que es una viborilla.

Yo quería a nuestro abogado de siempre, pero Isaac se negó en redondo.

—Pero si Edgar es el que te ha metido en todo este lío, mamá —me dijo.

Bueno, vale, es verdad que nos atrasamos un poco en el papeleo e improvisamos unas cuantas facturas cuando se me desordenó el archivo. Supongo que tampoco me beneficia que ahora mismo Edgar también esté imputado. Una vez presumí de que «los impuestos son para pipiolos. Son para que los pague la gente de a pie». Qué le vamos a hacer... ¡Lo decía en broma, caramba! ¿Cómo demonios iba a saber yo que la de la mesa de al lado del Trader Vic's era una reportera de la revista *Page Six*?

Total, que ahora además de la demanda civil nos acusan de evasión de impuestos. Un pequeño descuido y ya empiezan a buscar debajo de las piedras. Se abre la veda: bufé libre para todos los resentidos y calumniadores que hayas conocido en tu vida.

La primera vez que vinieron mis nuevos abogados le dije a Sunny que trajera helado. Moka chips, vainilla burbon... Los de toda la vida, que siguen siendo los mejores. Los muy mangantes se quedaron un buen rato, diciéndome que estaba delicioso, y luego me cobraron el cuarto de hora que pasaron tomándose el helado en mi sala de estar. Entonces yo les mandé una factura (por la misma cantidad exacta) para que me pagasen el helado que se habían comido. Ahora, siempre que vienen es estrictamente por trabajo. Lo cual es una lástima. Cuando teníamos a Edgar de abogado, Bert y yo siempre guardábamos a mano una tarrina de su gusto favorito —cereza negra—, y luego nos sentábamos junto a la piscina para tomárnoslo con unos martinis.

¿Que quién es el único a quien soporto ahora? Jason. Viene cada jueves, porque ha vuelto de la universidad para las vacaciones de verano. Mando a mi chofer a que lo recoja en la estación de tren.

Sunny me ayuda a ponerme el kimono de seda roja, me arregla el pelo y la cara y me acomoda en el sillón de orejas lila del jardín de invierno.

—Pon el aire acondicionado —le digo—. Y echa un poco de Shalimar.

—¿También le abro las cortinas, señora Dunkle? —pregunta ella con una de esas reverencias que hace.

Los filipinos son la gente más amable del planeta. Tantos años como lleva Sunny conmigo y es la única que nunca ha hablado con la prensa.

Estira un cordón y deja al descubierto la vista: al otro lado del césped y de la piscina veo con nitidez hasta el lago y las colinas verde jade que se levantan suavemente en la otra orilla, festoneando el horizonte. Es maravilloso. Por lo demás, la casa no me gusta mucho. La hizo Bert a su gusto. Era su sueño. Las pistas de tenis las usaba él. Vale, la piscina estuvo bien mientras Jason era pequeño, pero ahora es una lata mantenerla.

—Deberías usarla —me chincha Rita—. Te iría bien el ejercicio con la pierna.

No quiero ayudar a la pierna. Ya le he ayudado bastante. Estoy cansada. No puedo más. Cuento los días que faltan para poder volver a Park Avenue. A mí lo que me gusta es Nueva York. Todas estas urbanizaciones de lujo y todas estas fincas son como la gelatina. Hacedme caso, queridos: no hay nada para envejecer como una gran ciudad. Salas de conciertos y cines en todas partes. Panaderías y tiendas de licores a la vuelta de la esquina. No te hace falta bastón, porque puedes agarrarte al carrito de la compra. Fuera hay gente de todas las edades. En cualquier banco de parque o autobús puedes ver un vodevil.

Lo que pasa es que después del incidente de mi programa de televisión unos inútiles del *New York Post* empezaron a acampar delante de mi edificio y a molestar a los porteros;

aparecieron fotógrafos, reporteros del corazón y Geraldo Rivera, y en la comunidad de propietarios se armó la gorda. Vaya pandilla de granujas... Todos gente de Wall Street y magnates de la comunicación, que ganan cada uno alrededor de dieciséis millones de dólares. Hay que ver cómo presumen en el ascensor: maletines granates de setecientos dólares, trajes de Armani, cochazos...Venderían a sus propias hijas por salir en *Women's Wear Daily* o en *Town & Country*. ¿Y de repente soy yo la que atrae «atención no deseada»? ¡Venga ya!

Vaya, que mandé al servicio que cerrase el apartamento, como solía hacerse todos los inviernos, y me vine a Bedford. A los abogados les pareció preferible que durante una temporada llevase una vida «discreta». Pues que se lo expliquen a los camiones de la tele, digo yo.

El jardinero, el mayordomo, el chico de la piscina... Por aquí andan todos de puntillas; puede que por ser nuevos, aunque hasta Sunny me rinde pleitesía.

—Es que los asustas, mamá —dice Isaac.

¿Por qué? ¿Por haberles hecho firmar compromisos de confidencialidad? ¿Porque digo lo que pienso y sé muy bien qué es lo que quiero? ¿Por qué voy a fingir que me hacen un favor, cuando les pago? No me interesan nada esas pamplinas.

Llegas a una edad y de repente todos dan por hecho que te has vuelto tonta, sorda e irrelevante. Las otras mujeres de mi edad... ¡Qué buenas espías serían! Podrían entrar y salir de la Unión Soviética sin que nadie se fijara en ellas.

Pero yo no. Ya me encargo de que no.

—¡Sunny! —grito por el interfono al ver el Cadillac en la entrada—. ¡Más ginebra!

Ya tengo el vaso vacío. Por la ventana lateral veo mi Cadillac, que hace crujir la grava. Hector va al otro lado y abre la puerta. Sale mi nieto.

Jason.

Bosteza en el camino de grava y se estira larguirucho como una pantera, orgulloso de sus nuevos músculos, como tantos adolescentes. Durante un momento no puede resistirse a su reflejo en los cristales tintados. Veo que gira la cabeza y se toca la mandíbula con un gesto especulativo. Lleva la coronilla que parece un crisantemo, aunque por detrás el pelo es más largo de lo normal, con un clip que lo divide en dos. ¿De dónde sacan esos peinados? Ni de chica ni de chico, como si el barbero no se decidiera. Encima aún lleva ese imperdible en el lóbulo, que da pena verlo, y el collar de perro con pinchos, aquel tan feo que siempre quiere ponerse. (¡Es más elegante el de *Petunia!*) Ah, y una de esas camisetas que se destroza él mismo, con las mangas arrancadas y la parte de delante como llena de arañazos. ¿Hace falta? ¿Con lo guapo que es? La última vez que vino a verme llevaba hasta rímel en los ojos. Dijo que se lo había puesto su novia.

—¿Seguro que no es que seas mariquita? —le pregunté.

Supongo que pretende ir de duro, pero las caras de bebé no tienen remedio. Que tenga suerte en disimulársela. Da lo mismo. El «look» de mi nieto aún le duele más a su madre que a mí. Por ahí van los tiros, sospecho. Hace unos meses, por si fuera poco, Jason cambió la economía por el teatro, y a Isaac casi le dio un infarto. Me llamó desesperado, pero en el fondo, ¿a mí qué más me da? No deja de tener más olfato comercial mi nieto que su padre. Que sufra un poco Isaac.

Jason juguetea con unas gafas de sol y las deja caer en la bolsa de la compra que lleva. Exhala un largo suspiro, como si se armase de valor, y da zancadas por la grava hasta la puerta de mi casa.

—¿Qué, cómo va? —oigo que resuena su voz en el recibidor, hablando con mi mayordomo—. ¿Está arriba la abuela?

Sube en cuatro saltos y aparece enseguida en el umbral. ¡Ah, la juventud!

—¿Qué pasa, abuela? —dice. Tras dejar caer su bolsa en el piano con un «plof» se acerca al sillón y se agacha para darme un beso seco y rápido en la mejilla. Huele a talco y patatas fritas—. ¿Todo guay?

—Acércate más. —Le sonrío—. Deja que te mire bien.

Hace una mueca, pero obedece. Yo le pongo una mano en la mejilla, palpando el tacto de plumón de su piel joven. Es un adonis, el crío, y lo sabe: ojos verdes y hundidos, como los de su abuelo, pómulos marcados, una masa de rizos del color de un café bien cargado...

—Pero qué carita —digo yo—. Estás hecho un casanova. Date la vuelta.

—Abuela... —se queja él, pero la da, y con cierta chulería, dicho sea de paso.

Se cree que no veo que flexiona los bíceps y levanta los hombros, pero sí que lo veo, sí; nunca son tan guapos los hombres jóvenes como cuando están a punto de cumplir los diecinueve años.

—¡Pero qué culito! —me río, y le doy un cachete en el trasero—. Anda. ¿De qué son estos pantalones?

—De cuero.

—¿Cuero? Pero si fuera hace veintisiete grados. ¿A quién narices se le ocurre llevar cuero en agosto? ¿Y qué es «Sandinista»? —pregunto, señalando la camiseta destrozada.

—Un disco de los Clash —contesta él, y la mira como si acabara de darse cuenta de que la lleva—. Te lo puse la semana pasada, ¿no te acuerdas? Los sandinistas son el partido socialista de Nicaragua.

—Ah. —Me ajusto las gafas—. ¿Qué pasa, que te has vuelto socialista?

Suspira.

—Siempre lo he sido, abuela.

—Claro, claro, *tateleh* —digo con una sonrisa y unas palmaditas en su mano—. Por algo soy la que te paga los estudios. Siéntate —le mando.

Jason acerca una silla, una de las Hepplewhite tapizadas en seda de color melocotón donde le gusta enroscarse a *Petunia*. Mi nieto se despatarra en ella con las piernas abiertas. Es como su bisabuelo, no sabe estarse quieto. Se le mueve el pie. Se toquetea el imperdible de la oreja y mira a todas partes.

—Solo tengo un par de horas —dice, y echa un vistazo a la piscina—. Tengo que pillar el de las tres menos cinco para volver al ensayo.

Jason está en una compañía de arte *performance* que se llama Alarm Clock, aunque su padre se refiere a ella como «la

Futura Cola del Paro de América». El año pasado vi uno de sus espectáculos en una nave abandonada de la Primera Avenida. Jason dio mucha importancia a que viniese, cosa que le agradecí, por supuesto; y se me cayó la baba, como es lógico, pero no puedo decir que me gustase mucho. Era todo muy ruidoso, y los asientos, un horror. Jason leyó una serie de haikus que no entendí, y luego tocó la guitarra eléctrica mientras dos chicas maquilladas y con sábanas se retorcían por el suelo insultando a Ronald Reagan. Había un poeta, una chica con tutú, uno que tocaba el ukelele, otro que iba en monociclo y uno que hacía «baile interpretativo», pero lo que no había era guion. Parecía que estuvieran todos enfadados por algo. Era como un vodevil para resentidos.

—Estamos preparando una obra nueva para Alarm Clock —dice Jason—. Thatcher, el papel de Estados Unidos en El Salvador, Bill Bennett... Saldrán todos. Va a ser la bomba.

Llama Sunny con la bandeja de plata en precario equilibrio entre su cadera y el marco de la puerta.

—¿Señora Dunkle?

—Aquí. —Señalo la mesa de centro, que se supone que es una antigüedad francesa, de algún Luis—. Deja la botella, el hielo y todo el resto, que no queremos que nos molesten.

»¿Una obra nueva? ¿De verdad? Me alegro —digo—. ¡Cierra la puerta! —le grito a Sunny.

—¿Happy hour? —dice Jason—. Que no es ni mediodía, abuela.

—Calla, calla. Tomarás un poco, ¿no?

—Bueno... —Mueve las cejas con una sonrisa pícara—. Si insistes...

Siempre es igual. Se inclina y se frota las manos con expectación. El año pasado elevaron la edad mínima para el consumo de alcohol en Nueva York, así que técnicamente supongo que en el caso de mi nieto es ilegal, pero los judíos no estuvimos cuarenta años dando vueltas por el desierto para que yo renunciase al derecho de tomarme un gin tonic con mi progenie. Aun así, pego a Jason en la mano cuando la acerca a las pinzas del hielo.

—No tan deprisa. ¿Qué me has traído?

—Ah, sí, unos temas que son alucinantes —dice, y se levanta de un salto para ir al piano y sacar un disco de la bolsa—. O te encantan o los odias. —Enseña una portada rosa chillón muy fea, con tajos verde fluorescente—. Punk clásico. —Levanta otro disco con funda de papel azul—. Y unas cuantas cosas nuevas. Algo de Aztec Camera. Grandmaster Flash.

—Bueno. —Me pongo tres cubitos en el vaso y otros tantos en el suyo. El ruido es como de canicas—. Pues ya sabes dónde está la cadena de música.

—Genial. —Jason saca el cuadrado rosa chillón. Ya está contento. Ya está a gusto—. Tenemos que empezar por este, fijo. Los Sex Pistols.

Hago un chasquido con los dedos y le hago una seña.

—Tráemelo, a ver.

—Ahora hace un tiempo que el cantante, Johnny Rotten, tiene otro grupo que se llama PiL, pero no le llega ni a la suela del zapato.

Jason me tiende con orgullo el disco. Yo me ajusto las gafas y lo examino.

La portada parece un mensaje de secuestro.

—¿Johnny Rotten? —Frunzo el ceño—. ¿Se lo pusieron sus padres?

—No, qué va; en realidad se llama John Lydon. Se lo cambió.

—Lydon/Rotten. No hay mucha diferencia. —Me encojo de hombros—. Si se lo hubiera cambiado por Grossberger ya sería otra cosa.

Mientras Jason pone el disco preparo dos gin tonics largos. Al instante siguiente el invernadero palpita con violencia. Oigo a un cantante, si es que se le puede llamar así, que grita que es el Anticristo. Que quiere «ser» la anarquía. Claro, claro, pienso, hasta que necesite a los bomberos o al servicio de correos. A *Petunia,* que estaba durmiendo sobre su cojín, le da un ataque de pánico y se refugia debajo del sofá.

—Bueno, de esto ya vale —digo.

Jason levanta la aguja del disco con un ruido como de cremallera.

—Tenía curiosidad por saber cuánto durarías —dice, y se ríe.

—Si quisiera oír cómo me gritan solo tendría que invitar a cenar a tus padres.

—Afirmativo. Bueno, vale, pues a ver este.

Saca otro disco de su funda y lo deposita con delicadeza en el tocadiscos.

—Ah, oye —dice mientras vuelve a sentarse—, hablando de padres, recuerdos de mamá y papá. Sien... bueno, ya sabes, sienten no haber venido a verte y bla bla bla.

Me mira con los ojos en blanco.

—¡No me digas! —contesto con malicia.

Jason se encoge de hombros.

—No, si yo tampoco los veo casi nunca...

Se le apaga la voz. Nos pasamos un minuto tomando gin tonic y escuchando. La música es una especie de ritmo sincopado, de computadora, como música para robots. Al final sale una voz que empieza a decir que está «a punto de saltar» y que procura que no se le vaya la cabeza, seguida por una risa amarga. No es del todo desagradable. Tiene su originalidad.

—En el fondo no es que cante, ¿no? —digo al cabo de un rato.

—Se llama rap, abuela.

—¿Rap? Pues en mis tiempos se llamaba ser un quejica.

Jason me mira irónicamente, y a mí se me escapa una sonrisa. Sabe que estoy yendo de sabionda.

—A ver si tendré que hacer yo un rap —me burlo mientras remuevo el gin tonic con un dedo—. Según lo que dicen los periódicos...

—Ya, ya lo sé. —Jason frunce el entrecejo—. ¿Qué tal todo el tema, por cierto?

—Unos botarates. —Me encojo de hombros y echo mano a la botella—. Ni que fuera la primera empresaria que tiene un incidente laboral. O que pasa por una auditoría. Por favor. ¿Más ginebra, *tateleh*?

Jason sonríe: ortodoncia impecable, dentadura americana al cien por cien, blanca y reluciente como la porcelana. Le brilla el pelo. Estudio la cara perfecta de niño de mi nieto, que brinda por mí, cumplidor, con su segundo gin tonic doble. *Petunia* y yo escuchamos la música que lo embelesa, participando del abandono y del placer feroz del chaval.

Los adolescentes tienen fama de pesados, y no es que no lo sean, ¿eh? Pero si sabes conectar con sus pasiones, ya no tanto. A la gente también le parece que cuando eres viejo no puedes disfrutar de lo nuevo. Y, si lo haces, les pareces adorable. Saca esto en un anuncio, dicen: una abuela en moto. ¿A que es gracioso? Que salga la abuela bailando el rock and roll en la cocina con el limpiasuelos. Para troncharse, ¿no? Por favor. No me vengáis con chorradas así, que no soy una niña pequeña. La primera vez que oí cantar ópera a Salvatore Dinello en su cocina... O a Enrico Caruso y Sophie Tucker en la Victrola... Louis Armstrong, Billie Holiday, Benny Goodman, Judy Garland, Edith Piaf... ¡Cada vez era como fuegos artificiales!

Sinatra nunca me ha gustado mucho, porque me sonaba demasiado a mi barrio, pero Henry Mancini... Maravilloso. Sarah Vaughan... A mí Gene Kelly siempre me ha parecido tan buen cantante como bailarín. Puro terciopelo. Johnny Mathis. ¡Ah, y Harry Belafonte! Elvis, los Beatles, las Supremes... Cuando salieron me gustaron todos. Mis niños no se lo creían, pero para crear un sabor de helado cada mes hay que estar abierto a las ideas nuevas, queridos. Tienes que mantener la frescura y el espíritu de innovación. Además, en nuestro *Domingo de sabores* siempre actuaban artistas invitados en directo. Gustaba mucho la sección «Dance-O-Rama». Una vez un crítico nos acusó de fusilar *American Bandstand,* pero hombre, por Dios, que era un concurso, y solo una canción. ¡Los niños no tienen paciencia para más! A nuestro estudio, para que lo sepáis, vino gente importante. Una semana cantó Dusty Springfield. Neil Sedaka, Frankie Valli... Los Ohio Express tocaron aquel éxito, «Yummy Yummy Yummy», que a los niños los encandilaba. En los años setenta vino Bobby Sherman y dejó que lo llamásemos «Bobby Sorbete».

Ahora bien, mi cantante favorito de todos los tiempos es Johnny Cash, con su voz de barítono, que es como el caramelo caliente a punto de romper a hervir. Lo que pasa es que nunca conseguimos que viniera a cantar a *Domingo de sabores,* aunque yo en casa ponía tanto sus discos que a Bert le daban celos.

Jason levanta su vaso hacia la luz y frunce el ceño.

—Vaya, vaya… Está vacío —digo—. ¿Quieres otro?

Sacude la cabeza y me hace un guiño pícaro. Luego hurga hasta el fondo del bolsillo de sus pantalones de cuero (tan ceñidos que parece mentira que consiga introducir la mano) y saca un canutillo de papel.

—¡Tachán! —Sonríe—. ¿Qué, abuela, le damos caña?

—¡Pero qué crío más malo! —Le pego en la rodilla—. Mira que tentarme así… Ahí tienes el cenicero. —Señalo—. Al lado del piano. Las cerillas están dentro de la caja.

Mi nieto hace el esfuerzo de levantarse en busca de toda la parafernalia. Luego lo enciende, da varias caladas y me lo pasa con cuidado, firmemente sujeto entre el pulgar y el índice.

Es nuestra parte favorita de la visita.

—Vaya —dice sonriente al expulsar el humo. Tose un poco—. ¿Sabes que si nos vieran mis viejos les daría un yuyu de cojones?

—Pues allá ellos —digo yo—. ¿Para qué están las abuelas, *tateleh?*

Procuro quedarme todo el humo en los pulmones, como me ha enseñado Jason. También toso, pero intento convertirlo en una risa. El sabor no es que me guste mucho, pero el efecto es sumamente placentero.

Le hago señas para que llene los dos vasos.

—Bueno, cuéntamelo todo —digo—. Tu chica, el horror de padres que tienes, el trabajo de verano, el Alarm Clock…

—Vale —dice, pensativo, mirando por la habitación—. Oye, ¿por casualidad no tendrás…? No sé, un poco de helado…

Suelto una risita.

—Mira que eres gorrón… Mmm… Déjame pensar. Hay de Rocky Road, de avellana y sirope de arce, de fresa, de café… Y creo que queda un poco de vainilla y caramelo.

—Mmm… —Sonríe con lascivia—. Suena todo tan bien…

—¿A que sí? —Doy una palmada—. Avellana y sirope de arce. Para morirse.

—Jo, tío —gime él, y mira al techo—, estoy colocadísimo.

Pulso el botón del interfono.

—¿Sí, señora Dunkle?

La voz incorpórea de Sunny. Nunca me había fijado hasta ahora: los interfonos son algo increíble. ¡Una voz humana que sale de un pequeño altavoz! ¡Como por arte de magia! ¡Palabras salidas de una caja! La electricidad, los imanes, el plástico... Todo. ¡Es un milagro en miniatura! De hecho, el interfono, ¿quién lo inventó? Me gustaría saberlo. Está claro que tendré que averiguarlo.

—Necesitamos cucharas. —Me da hipo—. Y unas bolas de helado. —Me doy cuenta de que me cuesta mover bien la mandíbula. De repente parece que la sala sea el fotograma de una película que se ha quedado trabado en el proyector—. El de vainilla y caramelo, el Rocky... Mira, ¿sabes qué? Trae todo lo que haya en la nevera.

—¿Todo, señora Dunkle?

—¡Sí! ¡No! Solo el helado.

La voz de la caja... desaparece.

Me acuerdo de que me he olvidado de algo. Vuelvo a pulsar el botón del interfono.

—¿Sí, señora Dunkle?

—Eres una buena persona, Sunny, no sé si lo sabes.

—Mmm... Sí, señora Dunkle, gracias.

Vuelve a desaparecer. Me acuerdo de algo más y aprieto el botón.

—¿Sí, señora Dunkle?

—Mi nieto —susurro en voz alta—. ¿Verdad que es un adonis? ¿Has visto alguna vez en el mundo algo más guapo que mi nieto?

—Mmm... Su nieto es un joven muy agradable, señora Dunkle.

—¡Y ese culito que tiene! ¿Te has fijado? Igual que su abuelo...

—¡Abuela! —se queja Jason.

El interfono se queda en silencio.

—Mmm... Sí, señora Dunkle, su abuelo también era un hombre muy atractivo.

—Sunny... ¿Tú crees que mi nieto... me quiere? —digo en voz alta por el interfono—. ¿O solo me hace tanto caso porque busca mi dinero?

De repente Jason se incorpora y se le pone la cara roja.

—¡Abuela!

Oigo la respiración profunda de Sunny por el interfono.

—Pero señora Dunkle, su nieto es un chico muy amable. Ahora voy con el helado, ¿vale?

Miro a Jason, que ha compuesto una mirada dramática y dolida de incredulidad.

—Venga, abuela. ¿Lo dices en serio, lo de que...?

—Calla, calla —digo—. No te esfuerces. ¿Qué te crees, que no sé por qué se desvive un universitario para ir a ver cada semana a su abuela? ¿Por qué carajo te pegas el viaje a una triste mansión de Bedford cuando podrías pasarte el verano en la playa?

Jason me mira sin saber qué decir. Los jóvenes. Siempre se creen más listos y astutos de lo que son en realidad.

—Y total, ¿por qué? —digo—. ¿Porque te dejo beber y fumar marihuana? ¿Te crees que no sé que podrías hacer lo mismo con tus amigos?

—¿O sea, que piensas que me vengo aquí de fiesta contigo..., pues para quedar bien? —dice lentamente Jason.

—Hombre, más que con tu horror de padres sí que te diviertes —reconozco—, ¡pero claro que me estás camelando, *tateleh*! ¿Y por qué no? Al menos tendría que haber alguien más que yo en la familia con un poco de cerebro y de ambición pura y dura. ¿Te crees que me importa?

Se me queda mirando.

—Mmm... —dice con cuidado al cabo de un momento—. No sé qué tengo que decir.

—Por favor —contesto—. Tú sigue visitándome siempre que vuelvas de la universidad y me ocuparé bien de ti, *tateleh*, ¿me entiendes? Ahora, que no me vengas con rollos.

Llega Sunny con los helados, cinco tarrinas de litro encajadas en una bandeja con dos de mis cuencos pequeños de cristal tallado y el resto de los utensilios. Lo deja todo en la mesa de Luis no sé cuántos, al lado de la ginebra.

—Quita la tapa de las tarrinas —le digo—, que yo con la artritis no puedo.

Jason se inclina para echarle una mano.

—Se tiene que derretir un poco —le digo—. Está demasiado duro.

—No, qué va, ya puedo —dice él en voz baja.

Clava el sacabolas en la primera tarrina recién abierta, la de fresa, y echa un montoncito brillante y rosado en uno de los cuencos de cristal. Luego empieza a hacer lo mismo con el Rocky Road, flexionando los músculos con expresión muy seria.

—A ti te gustan todos, ¿no, abuela?

En el equipo de música, el cantante que habla en vez cantar está describiendo el ruido de la calle y los malos olores del gueto. «A veces es como una selva», dice.

Tiendo la mano y le quito a mi nieto mi cuenco de helado de las manos. Se le ve dolido. De repente, por alguna razón, me invade la tristeza, un topetazo de profunda pena. ¿Así hemos acabado? ¿Cómo puede ser? Me lo noto en los ojos. Crece y crece.

—Oh —digo, sorprendida.

Me aferro al brazo tapizado del sillón. Jason, que estaba sacando bolas de helado, se para.

—¿Abuela? ¿Estás bien?

Sacudo la cabeza y le hago señas de que me deje. Luego toso, dándome golpes en el esternón.

—Este cantante... —observo mientras parpadeo por detrás de las gafas, señalando el equipo de música—. Tanto quejarse... Por favor. El barrio del que habla no parece peor que el de mi infancia.

5

La gente nunca valora lo suficiente a sus salvadores. Fijaos en Francia. ¡Por Dios! O en Japón. Se acaba la guerra, les reconstruimos la economía... ¿y cómo nos lo agradecen? Pues volviendo a conquistar el mundo con sus coches y sus aparatos electrónicos.

Yo no era una excepción. En 1913, en Nueva York, había una marea de inmigrantes y epidemia de polio. Todo estaba a reventar: los hospitales, la beneficencia, los servicios sociales... Yo no era una prioridad para nadie. Pasaba desapercibida. Hasta que se fijaron en mí los Dinello.

Gracias a lo que me daban de comer estaba menos débil. Mis huesos rotos empezaron a soldarse con la ayuda de los brotes de diente de león salteados con limón y ajo, de los grelos con queso fresco, de las lentejas y a la *pasta e fagioli* que cocía cada día a fuego lento la señora Dinello en una olla de hierro colado.

Por otra parte, los Dinello insistían en que me ganara mi sustento; lo cual fue otro regalo, queridos.

Cada mañana, una vez reunidos los ingredientes de los helados de limón, la señora Dinello cerraba mis dedos alrededor de la manivela de aquella heladera inhumana y me obligaba a girarla al mismo tiempo que ella. «Arriba, empuja, vuelta... Arriba, empuja, vuelta...» Los trozos de hielo ofrecían mucha resistencia, y se rompían con un ruido repugnante. Yo tenía punzadas de dolor donde me había roto las costillas, pero la señora Dinello no apartaba sus manos de las mías.

—Lo que tienes lisiado son las piernas, no los brazos —decía flexionando sus bíceps, a la vez que se los señalaba—. Esto te hace fuerte, ¿entiendes? *Capisci?*

«Arriba, empuja, vuelta. Arriba, empuja, vuelta.» Crujía el barril. Los engranajes rechinaban. Al acabar, el delantal de la señora Dinello apestaba a almizcle y su pechera húmeda se pegaba a mi nuca. Me temblaban los brazos. La tapa del barril tenía que desenroscarla el señor Dinello para sacar la pala. Sin embargo, después de una semana de semejante tortura, descubrí que, efectivamente, me resultaba más fácil auparme en las muletas. Mis brazos se habían vuelto más robustos.

Por otra parte, Beatrice me enseñó la técnica del encaje, para poder hacer encargos para la señora Salucci, la del piso de arriba. Era un trabajo minucioso y aburrido que se hacía en el despacho, a la escuálida luz de una pequeña lámpara de gas, pero podía hacerlo sentada en el local, y con mis dedos pequeños de niña me revelé más diestra de lo normal en pasar el hilo fino por los carretes más delicados. Por el primer encargo que hice pagó la señora Salucci a los Dinello veinte centavos, que os aseguro que entonces era mucho dinero.

—*Molto buono* —dijo la señora Dinello. Bajó de la estantería un bote de conservas en el que metió un solo penique—. Esto —dijo, señalándome— lo ahorraremos para el cinematógrafo.

Pronto descubrí que la señora Dinello estaba obsesionada con dos actividades, aparte de la de ganar dinero: ir a la iglesia e ir al cinematógrafo. Bueno, al menos hasta una noche en que se abrió de golpe la puerta del local e irrumpieron a trompicones Luigi y Vincenzo, con una caja de madera pulida del tamaño de un pequeño baúl. Detrás iba Silvio, con varios cuadrados planos contra el pecho, cantando a pleno pulmón.

Aquella noche toda la casa de vecinos de Mulberry Street se agolpó impaciente en el local. Para muchos, era la primera vez que oíamos un gramófono. Era una caja pequeña de color miel, con una pequeña manivela de latón, pensada por la compañía Victor para oyentes sin muchos recursos. De hecho, Luigi se la había ganado a las cartas a un compañero de los túneles. Por debajo la caja tenía incrustada una trompeta, y había que darle cuerda cada dos canciones. Y los discos... Uf. Parecían bandejas.

¡Pero qué estupefacción! ¿Cómo brotaba el sonido de aquellos discos negros y planos? ¿De dónde salían los instrumentos? El trato incluía ganar seis discos. Cuando la señora Dinello hubo acabado de reconvenir a sus hijos por darse al juego, los hermanos los pusieron una y otra vez. «I Want A Girl Just Like The Girl That Married Dear Old Dad», «Alexander's Ragtime Band»... A continuación, la fábrica de helados se llenó con una voz trémula de tenor. Enrico Caruso. Cantaba «Addio mia bella Napoli», «Canta pe' me» y «Ave Maria», todas en italiano, por supuesto. Reunidos alrededor de la Victrola, Silvio y la señora Dinello lloraron sin esconder las lágrimas. Todos los nietos guardaban un silencio extraño, como si no se atrevieran ni a respirar. La señora Ferrendino cerraba los ojos, en éxtasis. La señora Salucci fruncía el ceño con desagrado. Unos cuantos vecinos cantaban a coro. Alguien corrió escaleras arriba y volvió con una botella de grapa. Éramos todos inmigrantes y estábamos todos igualmente atónitos.

Ahora todo el mundo es un *wisenheimer*, un sabelotodo. Todo el mundo es crítico. Ya no nos sorprende nada. Hasta lo del alunizaje: llevábamos años oyendo hablar de él, hasta que Neil Armstrong, finalmente, dio el primer paso. En cambio, oír una Victrola por primera vez... Queridos, eso era un milagro. Era como enamorarse.

Luego los hermanos Dinello se llevaron el premio al piso de arriba, donde recibió un lugar de honor en la sala de estar de la familia, junto a la repisa de la chimenea, entre dos severos retratos de los padres de la señora Dinello traídos desde Nápoles. A partir de entonces, con la puerta entreabierta y la caja orientada al patio de luces, la señora Dinello se aseguraba de que todos los inquilinos pudiéramos oír «Canta pe' me» o «When You and I Were Young» mientras trabajábamos.

A pesar de todo, yo no dejaba ni un momento de pensar en mi familia, a la que imaginaba felizmente reunida sin mí en algún lugar de Sudáfrica. Mi añoranza, mi vergüenza, latían como un corazón. ¿Por qué no habían mandado a nadie por mí? ¿Por qué aún me castigaban?

Los Dinello salían todos los domingos por la mañana, ellos con bombines, ellas con velo en la cabeza y los niños bien limpios. En Mulberry Street todo estaba en silencio, salvo las campanas de la iglesia. Parecía que los carillones reverberasen en las salidas de incendio vacías y en los locales con la persiana echada. Yo, sentada a solas en la cocina, escuchaba de mal humor. Una vez segura de que ya no estuviesen cojeaba hasta el escritorio y abría los cajones para hurgar en los libros de cuentas y los montones de facturas. Al abrir una lata de caramelos de violeta me encontré con que no contenía caramelos, sino un fino collar de cuentas de madera del que colgaba una equis, como tantos que había visto correr como el encaje entre los dedos trémulos de las mujeres. Este, sin embargo, me lo puse como un collar por encima del delantal. Luego rebusqué entre cartas metidas en frágiles sobres de papel cebolla, que acercaba a la luz pese a no saber leer. A veces jugaba con la valiosa pluma de la señora Dinello, que fingía mojar en el tintero para escribir, como ella, columnas de números. Tocaba los rombos de su pequeño ábaco y hacía como si fuese una tendera de Hamburgo, que impresionaba a mi madre con su laboriosidad. «Qué lista es Malka –imaginaba que decía mamá, paseándose admirada por mi tienda–. ¡Cuánto dinero gana para todos, vendiendo lápices y collares!» Siempre me aseguraba de haberlo puesto todo en su sitio antes de que volvieran los Dinello, pero el collar de madera me gustaba tanto que una vez me olvidé de quitármelo, y horas después lo descubrí colgado sobre el delantal. Nadie se había fijado en mí. A su regreso, la familia en pleno iba directamente al piso de arriba. Se oían voces y ruido de cacharros y de poner la mesa. Llegaba a mí el olor de la salsa de tomate hecha a fuego lento, el embriagador aroma de ajo, de dulce, de carne frita. Oía recitar a la señora Dinello una sucesión de plegarias ante sus hijos y nietos, y más tarde oía que toda la familia se reunía sin mí para la cena.

Un domingo, después de la comida familiar, el señor Dinello bajó pesadamente al local con una botellita con tapón.

—*Salute, ninella.* Hoy me ayudas, ¿sí? —dijo—. Hacemos el *dolce* especial.

Traté de mostrarme ceñuda, indiferente, pero la verdad es que me interesaba todo lo relacionado con la comida. El señor Dinello sacó botellas de leche y nata de la heladera, midió su contenido en un gran cuenco de porcelana, cascó unos huevos con gesto teatral y echó abundantes cucharadas de azúcar. Luego añadió varias gotas del líquido marrón y nacarado que había en el frasco.

—*Mmm, buono,* ¿sí? —dijo a la vez que me lo ponía debajo de la nariz para que lo oliese, y tuve que admitir que olía de maravilla.

En la heladera aún quedaban trozos de hielo del sábado. Después de que el señor Dinello los metiera en el barril y les echase sal gema, me dijo que le ayudase a dar vueltas otra vez a la manivela de la heladera.

—*O Mimì, tu più non torni* —cantó con suavidad—. Ahora tú.

—*O Mimì, tu più non torni* —le copié.

—*Di nuovo.*

Cantó otro verso y esperó a que lo repitiera; y así, por partes, cantamos arias extrañas y bellas en italiano.

El señor Dinello me hizo un guiño.

—Cantar es el ingrediente secreto.

Al final desenroscó la tapa del barril. Normalmente, cuando hacíamos helados italianos, la pala salía goteando trozos traslúcidos, mientras que ahora estaba recubierta de grandes pegotes de algo parecido a mantequilla grumosa. El señor Dinello rascó una gran cantidad con una cuchara y me la tendió.

—Mmm. Te gusta, ¿sí?

Era curiosa, aquella pastosidad blanca. Las cintas de vapor helado que salían del recipiente le daban un aspecto casi peligroso, pero el señor Dinello se frotó la barriga exageradamente.

—*Gelato. Delizioso.*

Cerré lentamente los ojos y acerqué la punta de la lengua a la cuchara.

Se propagó por mi boca una dulzura untuosa y láctea, como un fuego frío. Sedosa, inverosímil, al disolverse dejó paso a un sabor que ignoraba por completo, el de la vainilla. Después se deslizó por mi garganta como un bálsamo. Supuse que debía de haber puesto unos ojos como platos, debido a la sorpresa. Y no pude evitarlo. Sonreí. Era un cataclismo de delicia.

—Ajajá, ¿sí? —dijo encantado el señor Dinello.

Gelato, lo llamaba. Hasta la palabra era como música. Por aquel entonces los ingredientes que usaba el señor Dinello me eran desconocidos. ¿Quién había visto pistachos en Vishnev? ¿Quién había probado la canela? En el helado del señor Dinello no había colorantes artificiales; nada de amarillos, marrones o rosas chillones. Por eso cada vez que preparábamos entre los dos otra tanda de *gelato,* como nos acostumbramos a hacer, era una revelación. Un domingo me metí la cuchara en la boca y me supo por primera vez a *fragola,* a fresa. ¡Y luego el *cioccolato!*

Cada vez que lo probaba, el señor Dinello me miraba atentamente y con agrado, y yo no podía disimular el gusto. Chupaba haciendo ruido la cuchara y sonreía de oreja a oreja. Nunca había comido nada tan bueno. Se había puesto en marcha mi destino.

Cuando hacíamos helado juntos, me resultaba difícil ser mala con el señor Dinello; y, sin embargo, seguía callada durante el trabajo, a excepción de cuando cantaba. Hasta cuando quería decir algo se me resistían las palabras. A veces parecía que se me pegase el helado al fondo de la boca, como una telaraña, y se me despertase un dolor en la garganta.

Al público siempre le digo que me enamoré del helado nada más probarlo, por supuesto; que era mi único gran placer como niña inmigrante y pobre en el Lower East Side. Durante décadas basé el marketing de Dunkle's en algo que era puro gozo, un destilado de infancia, grageas, arcoíris y magia. Sacamos incluso algún anuncio que lo promocionaba subliminalmente como algo redentor, con perdón. En los años sesenta, después de mi famosa campaña de «Ven a

Dunkle's, por favor», hicimos una serie de anuncios para la tele donde salía una familia en un día muy malo. Mary pierde el concurso de ortografía, Willie falla un golpe en el partido de béisbol, al padre le grita su jefe, a la madre se le quema el asado... Hasta el perro se clava una espina en la pata y llega a la cocina aullando y cojeando. Pero después de cenar la familia abre junta un cartón de helado Dunkle's —o sube al coche y va a Dunkle's a comprar Happy Cones y copas heladas de Menta Everest— y ¡tatachán! De repente su mundo vuelve a ser en tecnicolor y todo se arregla. «Dunkle's —dice saludando a la cámara nuestro personaje de marca, el payaso Virutas—, para que siempre haya un final feliz.»

La verdad, queridos, es que para mí el helado no era un alimento ligado a la felicidad. Bueno, sí, claro, la primera vez que me lo ponía en la boca siempre era una explosión de placer, pero no se podía masticar, ni podía hacer que durase para engañar el hambre. En cuanto empezaba a lamer la cuchara, empezaba a convertirse sin remedio en líquido, y cuando el señor Dinello se iba otra vez al piso de arriba, dejándome sola en la cocina con los restos... la dulzura de mi lengua ya empezaba a ser un recuerdo. Era como el amor: en cuanto se acaba, deja a su paso una sensación devastadora de pérdida. Sentada a solas en el frío local, mirando la cuchara sucia en mi mano, me extrañaba lo deprisa que desaparecía siempre todo lo que adoraba. Era mi culpa, estaba claro. Abrumada de arrepentimiento y de vergüenza, pensaba en mi familia y en lo que había hecho para que se fuera. ¿El helado? Lo único que hacía el helado era agravar mi dolor.

¿Qué diría mi madre si me viera en la pequeña fábrica de helados?, pensaba siempre.

—¿Por qué comes pero nunca sonríes? —me preguntó apenado el señor Dinello—. ¿Ya no te gusta? ¿Quieres probar otro sabor?

Podría, supongo, haberle dado sabor de oro. Podría haberle dado sabor de diamantes.

Tenía que escaparme. Tenía, decidí, que huir de la fábrica de helado de Mulberry Street y encontrar de algún modo el camino de regreso a mi familia, en Sudáfrica, para demostrarles que ya no era una inútil.

En vez de cumplir de mala gana con mis obligaciones empecé a dar vueltas a la manivela de la heladera todas las mañanas con una determinación de atleta, hasta que se me agarrotaban los bíceps y la propia señora Dinello tenía que decir *«Ninella, basta»*. Más tarde, cuando ella se iba a misa, yo practicaba con mis muletas por el local. Aprendí a cruzar cuatro veces la inhóspita sala. Después fueron cinco. En poco tiempo no solo me resultaba fácil recorrerla, sino que podía saltar por el suelo de madera apoyada en una sola muleta.

Para entonces, la luz de la tarde creaba franjas de intenso oro otoñal en los locales de Mulberry Street. El señor Dinello montó una parrilla ennegrecida en la parte trasera de su carreta y cambió el letrero por otro donde ponía: CASTAGNE CALDE. CASTAÑAS CALIENTES. 5 CENTAVOS.

Se había acabado la temporada del helado.

Una tarde llegó sin aliento al despacho.

—*Ninella* —dijo.

Tras él llegó un hombre con gorra de *tweed* y un bigote caído.

—Este señor se llama Fabricante y es de L'Ordine Figli d'Italia —dijo el señor Dinello—. Trae un regalo.

El desconocido enseñó un gancho de madera: un bastón pequeño, para niños.

—Mi hijo tenía polio. Quizá te sirva —dijo en voz baja.

Titubeando, dejé las muletas y me apoyé en el bastón. El señor Fabricante me sujetaba con cuidado por el codo. Di un paso tembloroso e inestable. Perdí el equilibrio y me tambaleé. Por mi pierna derecha subió un hilo de dolor, pero fue algo momentáneo. Luego me di cuenta de que podía aguantarme por mí sola y cojeé hacia delante. Una vez. Otra. Otra. Y otra.

Ir con bastón se parecía mucho a girar la manivela de la heladera: cuanto más lo hacía, mayor era mi aguante, y más veces podía hacerlo. Se me fortaleció la pierna izquierda, y aunque la derecha (que aún llevaba la abrazadera) se me doblaba hacia dentro, y de vez en cuando me ardía de dolor la pantorrilla, descubrí que cada vez podía poner más peso en ella.

Llegó la primera helada. Las aceras de Mulberry Street brillaban cubiertas de hielo. Yo quería salir, pero la señora Dinello insistía en que me quedase.

—No sea que tropieces en la acera con el bastón y se te rompa la otra pierna. —Frunció el ceño—. Es lo último que nos conviene.

En vez de eso, cada mañana subía y bajaba por la escalera de la casa de vecinos.

Encadenaba pasos laboriosos, arrastrando mi pierna derecha. Los inquilinos me dejaban cojear por el edificio y entrar y salir de sus viviendas sin hacerme caso. Eran cosas de la época. Muchas veces no valía la pena el esfuerzo de salvaguardar la intimidad, máxime cuando te oían todos hacer tus necesidades en los retretes de los rellanos, y cuando tus estornudos resonaban por los patios de luces, y cuando tus discusiones por amor, dinero y asuntos de familia eran de dominio público en el mismo momento en que empezaban, aunque tú te empeñases ardorosamente en cuchichear.

En cada planta del edificio, cojeaba por la vivienda de la familia Dinello y luego por las de sus vecinos. Cada apartamento tenía un papel de pared distinto, aunque con el mismo triste optimismo: diseños baratos de rosas y estampados con una fina pátina de hollín. Desconchados en los marcos de las puertas, sopas a fuego lento en fogones renegridos, estatuillas y unos cuantos recuerdos del país natal expuestos con orgullo en aparadores vencidos y repisas de chimenea pulidas con rigor...A menudo me dolía la pierna derecha, pero cada paso me acercaba un poco más al muelle de Whitehall Street y a la taquilla de la naviera.

Tan enfrascada estaba la señora Salucci en sus chácharas y malas palabras cuando trabajábamos, que me sorprendió lo fácil que era robarle. Un carrete de hilo azul. Un par de borlas de sus alzapaños. Una tarjeta de alfileres. Abajo, en el local, logré desprender una tabla del suelo del despacho con la punta del bastón y hacer un hueco debajo. Metí una cucharilla de hojalata. Una horquilla de la mesita de noche de la señora Ferrendino. Una pastilla de jabón casero de la familia Piccolo, la del segundo piso. Y una pelota de goma de un cajón del cuarto en que dormían Rocco y sus hermanos. Qué le vamos a hacer. También me quedé la lata de pastillas de violeta del escritorio de la señora Dinello, la del collar de cuentas de madera. Con mi abrazadera resultaba fácil meter cosas debajo de la falda y sujetármelas con una mano contra la pierna rota. Los inquilinos del edificio estaban tan acostumbrados a verme cojear de aquella manera que ya no me veían, si es que alguna vez me habían visto. Cuando entra un tullido en una habitación, todos apartan la vista. Lo que está claro es que nadie espera que robe. ¿Quién se dedica a birlar, si no puede salir corriendo?

Es verdad que en algunas ocasiones sentía una punzada de culpa al enriquecer mi alijo con un calzador o una canica de mármol, pero también se aceleraba mi pulso de emoción. Además, en cuanto había robado algo me convencía sinceramente de que siempre había sido mío. Mis tesoros. De noche, a solas, a veces los examinaba y les daba vueltas en las manos con pasión: me pasaba el collar de madera por el cuello, o miraba a través de la canica de cristal con volutas azules que parecían de humo...

¡Cómo disfrutaba con su novedad, con el placer de tener mis propias cosas, que se quedarían en su sitio y estarían disponibles siempre que quisiera jugar con ellas! Sin embargo, también sabía que cada semana pasaba por el edificio un chatarrero. (Ahora que lo pienso, debía de ser más bien un prestamista, porque la gente le compraba y le vendía cosas que no tenían nada de chatarra, sino que se notaba que las necesitaban. Una vez vi que los Sciotto vendían un cobertor muy elegante que se habían traído de Reggio. Lo hicieron para poder pagar el alquiler de la semana y que no los echasen, informó muy oronda la señora Salucci.) Mi esperanza era que también a mí me diese dinero el chatarrero, si lograba prescindir de una parte de mis tesoros.

Era Navidad, algo llamado Nochevieja. Corría el invierno de 1914, y muy lejos de Mulberry Street giraban los grandes engranajes de la historia. A medio mundo de distancia, en una granja fría y abandonada de los montes bosnios, un joven de nombre Gavrilo Princip practicaba el tiro. A principios de verano, dentro de un complot tramado por un grupo secreto de revolucionarios serbios que se hacía llamar La Mano Negra, Gavrilo asesinaría al archiduque austríaco Francisco Fernando, y a su mujer, la princesa Sofía. Y así, Princip, de diecinueve años, desencadenaría sin saberlo una guerra mundial que acabaría con las vidas de más de ocho millones y medio de soldados, entre ellos tres americanos de nombre Silvio, Vincenzo y Luigi Dinello. Entre Gavrilo Princip y la gripe española, al final de la década la familia Dinello estaría diezmada.

De importancia también en ese mismo invierno, el de 1914, fue que dos inmigrantes judíos rusos, Dora y Daniel Salk, concibieron a su primer hijo en una casa de vecinos de East Harlem, a unos pocos kilómetros al norte de los Dinello. Su hijo, nacido a finales de octubre, recibiría el nombre de Jonas. Cuarenta años más tarde crearía una de las vacunas más importantes de la historia, y sin saberlo ayudaría a catapultarme también a mí a la riqueza y la fama.

¿Pero entonces quién podía saberlo? Del invierno de 1914 apenas me acuerdo. Al derretirse la nieve y atascarse las cloacas, las alcantarillas se llenaron de una pasta grisácea. Aparecieron puestos en las calles y hombres italianos que cantaban llevando a hombros estatuas doradas, cubiertas con guirnaldas de flores de papel. A los niños que miraban en la acera les tiraban caramelos. ¡Qué ganas tenía yo de salir!

De pronto llevaba un fino abrigo marrón, de una talla por encima de la mía. El aire era muy frío y me salía vaho por la boca. El señor Dinello me sujetaba por el codo. Maniobré con cuidado escaleras abajo, un tramo después de otro. Eran de metal ondulado, con rendijas, como la capa superior de un pastel. Apareció un médico de cara roja que asintió. Me quitaron la abrazadera y la tiraron. Descolorida y palpitante, mi pierna era sobada como masa de pan por la señora Dinello, mientras yo descansaba tumbada en un sofá.

Mis andares mejoraban rápidamente. Aun así, intuía que nadie sabía muy bien qué hacer conmigo.

Una noche oí por el patio de luces los susurros de los Dinello.

—No podemos. Yo hice una promesa y...

—¡Ja! ¿A quién, a un fantasma? El sastre ese solo ha venido una vez. No ha mandado ni una carta, ni un centavo.

—Pero es que no está bien, Generosa.

—¿Ah, no? ¿Y si a ella le pasa algo? Si va a seguir viviendo en esta casa...

—¿Qué le dirás al padre Antonucci? Los suyos nunca estarían de acuerdo...

—¿Los suyos? ¡Si no tiene a nadie, Salvatore!

Silencio.

Y luego un suspiro del señor Dinello.

—*Allora* que nos acompañe y que se siente.

El domingo siguiente el señor Dinello me anunció que acompañaría a la familia a la iglesia de la Preciosísima Sangre, cuya fachada de mármol rosado dominaba las casas de vecinos de Baxter Street como un precioso encaje, comparable en magnificencia a cualquiera de los edificios que había visto en Hamburgo. Yo de iglesias entendía poco, más allá, supongo, de haber deducido que era donde iban los italianos a la sinagoga. Me hicieron sentarme en uno de los bancos largos y bruñidos, junto a Rocco, con quien me olvidé de ser mala. En la pared del fondo, que subía hasta acabar en una cúpula, varios bebés con alas bajaban de las nubes hacia una serie de personajes con anillos de oro brillante en la cabeza. Delante de nosotros se erguía una estatua grande y pálida de un hombre.

Estaba totalmente desnudo, a excepción del vientre, que parecía envuelto en un chal de oración, y colgaba por las muñecas de dos vigas cruzadas. Se le veían claramente chorros de sangre en las manos, y gotas en los lados de la cabeza, rodeada por un anillo de malévolas espinas.

—¡Señora Dinello, señora Dinello! —exclamé, estirándole la manga y señalando—. ¿Este hombre por qué está clavado así? ¿Qué le ha pasado a su ropa? ¿Por qué sangra? ¿Representa que está muerto?

Mi voz se oyó por encima del barullo, y fue como si todos los presentes en la iglesia de la Preciosísima Sangre callaran a la vez. Rocco y sus hermanos empezaron a reírse por lo bajo.

—Es Jesús, taruga.

Rocco me dio un codazo en las costillas. La señora Dinello ponía cara de consternación. Primero le dio un sopapo a Rocco, y luego me tomó por las muñecas.

—En la iglesia no se habla. No se dice nada, *capisci?* —susurró con vehemencia.

Yo asentí, al borde de las lágrimas, pero negándome a llorar en presencia de Rocco.

—Aquel de allá es el padre Antonucci —dijo ella con más suavidad, mientras señalaba a un hombre de mirada triste que llevaba una túnica blanca con un chal de oración verde aceituna encima de los hombros—. Nuestro cura.

El padre Antonucci empezó a hablar en un idioma raro, pero de espaldas a los fieles, como si estuviera enfadado con nosotros. Se me hizo raro verlo hablar con la pared. En un momento dado el público se levantó y volvió a sentarse. Después volvió a levantarse. Lo siguiente que hicieron fue ponerse de rodillas. Me fijé en que la mayoría eran mujeres. Al principio me resultó inquietante; luego frustrante, y después aburrido, como en la sinagoga de Vishnev.

Me costaba mucho no balancear las piernas o cantar con la boca cerrada. Hacía todo el rato lo posible por no mirar la terrorífica estatua de arriba. Esperaba que sacasen la Torá, pero no la sacaron. Lo que hicieron circular fue un cesto grande. Cuando llegó ante mí, la señora Dinello se sacó unas cuantas monedas de una bolsita enganchada a su pechera con un alfiler, me dio un penique y me indicó claramente que tenía que ponerlo en el cesto. Después de hacerlo observé con avidez cómo se lo llevaban. También Rocco vio circular el cesto entre los fieles.

—¿Adónde va el dinero? —susurré.

—A Jesús.

Rocco señaló con su barbilla puntiaguda la estatua del hombre que sufría colgado de la cruz.

—¿Y él qué compra?

—Responde a las oraciones. Y cuando te mueres, si eres bueno te manda al cielo.

Finalmente el padre Antonucci levantó una gran copa de plata para el *kidush* y entonó un cántico. Delante de nosotros empezó a salir la gente de los bancos y a ponerse en fila. Cuando llegó nuestro turno, la señora Dinello me retuvo por el brazo. Vi que Rocco, sus hermanos, su madre y Beatrice salían de entre los dos bancos.

—¿Yo no puedo ir? —dije.

La señora Dinello sacudió la cabeza.

—La comunión es solo para los católicos —susurró con una mirada feroz a su marido—. Primero hay que bautizarse, y luego te confiesas por primera vez. ¿Cuántos años tienes, *ninella?*

—¡Generosa! —dijo el señor Dinello.

La señora Dinello lo miró ceñuda y salió del banco.

Sacudiendo la cabeza, el señor Dinello vio que su mujer se ponía en la cola y me dio una palmada en la rodilla.

—*Ninella,* tú no hagas nada que no quieras hacer, *capisci?* —dijo en voz baja—. No te bautizarás hasta que digan los tuyos que sí, ¿sí?

Asentí, aunque no entendiera nada. Mis ojos no se movían del cesto de dinero que habían dejado al lado del altar, en un pequeño podio.

Aquel verano, en la parte alta de la ciudad, se celebraría una boda de postín. La señora Dinello, Beatrice y yo trasnochamos varias semanas en el taller de la señora Salucci para tejer y coser meticulosamente a la luz de una sola lámpara de gas, con la espalda encorvada, los dedos llenos de ampollas y los cuellos doblados de cansancio. El día en que se terminó el encargo y se entregó, la señora Salucci sacó un fajo de billetes húmedos del hueco sudoroso de su pechera. La paga era más de lo que había ganado el señor Dinello en todo un mes vendiendo castañas asadas. Para celebrarlo, la señora Dinello anunció que se llevaría a Rocco, Pasquale, Pietro, Vittorio e incluso a mí a uno de los nuevos cinematógrafos de la parte alta, sobre los que tanto había oído hablar a la señora Ferrendino.

Subimos en trolebús hasta Herald Square. Rocco insistía en presumir leyendo en voz alta todos los letreros: SARNOFF SOMBREROS A $2. SE LIMPIAN ZAPATOS. CERVEZA SCHLITZ. La marquesina de la sala Weber estaba tachonada de luces.

–*La guerra de los sexos*, de D. W. Griffith –anunció orgulloso–. Con Donald Crisp y Lillian Gish.

Sonreía con tanta suficiencia que me dieron ganas de pegarle un buen coscorrón.

En el vestíbulo había una mujer rubia, con un vaporoso vestido azul, que vendía cigarrillos en una bandeja. Me acordé un momento de cuando había entrado con papá en el cinematógrafo de Hamburgo, y me dio una pena insoportable.

La guerra de los sexos era un melodrama. Costaba saber exactamente qué pasaba. Como ni la señora Dinello ni yo sabíamos leer, Rocco y sus hermanos tenían que leer constantemente en voz alta los carteles y luego traducírselos a su abuela, mientras los espectadores de detrás se molestaban cada vez más y les decían que se callasen. Aun así, yo estaba en trance. La de la pantalla era la misma joven glamurosa que me había deslumbrado en Hamburgo. Tenía largos tirabuzones, una boca angelical y una delgadez radiante, llena de gracia y seducción. Estaba fuera de mí. Su visión volvió a fascinarme y a henchirme de ansias y ambiciones. Es posible que fuera la primera vez desde el accidente que sentía algo parecido a la esperanza.

Después, cuando salimos parpadeando al polvo de la acera, desorientados por la luz de la tarde, la señora Dinello se sorbió la nariz.

—Las películas no deberían leerse. Se supone que son como la ópera.

De camino al tranvía parecía cada vez más irritada. En cambio, yo seguía a los Dinello como en sueños, con la sensación de que dentro de mí brotaban rosas. Mientras cojeaba con mi bastón, arrastrando la pierna derecha por el pavimento, mentalmente bailaba el vals. Daba vueltas. Era la hija joven y guapa del cinematógrafo, que bailaba, refulgente, a gran altura sobre la ciudad.

Aquella noche fue la propia señora Dinello quien me bajó al local el plato de la cena.

—Mañana te llevamos al colegio —anunció mientras depositaba un cuenco de sopa—. Para la señora Salucci coserás después, cuando vuelvas a casa.

La secretaría del colegio olía a jabón casero. Un administrativo rollizo, con monóculo y el brazo en cabestrillo, nos dio formularios impresos en italiano, yiddish e inglés. Cuando quedó claro que la señora Dinello no sabía leerlos, llamaron a una secretaria para que se los tradujese. Entró una mujer muy peripuesta que se llamaba Graziana, y la señora Dinello soltó un grito de alegría. Resultó que Graziana era de Avellino, justo al lado de Nápoles, el pueblo pegado al de la señora Dinello.

Después de muchos aspavientos y cotilleos, Graziana mojó su pluma en un pequeño frasco de tinta azul y se dispuso a escribir.

—¿Apellido? —preguntó.

La señora Dinello me miró con una expresión interrogante. Tanto tiempo viviendo en su casa y no lo sabía. En el fondo yo tampoco. ¿Era «Bialystoker» o «Treynovsky»? Dije los dos.

—¿Perdón?

—¿Bialystoker? —repetí—. ¿Treynovsky?

La secretaria miró a la señora Dinello con exasperación.

—Bialy, creo —dijo finalmente la señora Dinello, señalando el formulario.

—¿B-I-A-L-L-I? —deletreó en voz alta la secretaria, al mismo tiempo que escribía.

Se lo enseñó a la señora Dinello, que se encogió de hombros.

—¿Nombre de pila? —dijo Graziana.

—Malka —contestó la señora Dinello.

—¿Edad?

—Rocco acaba de cumplir los ocho —dijo la señora Dinello—. Ella tendrá... ¿unos seis?

La secretaria me miró, dubitativa.

—La veo muy menuda.

—Seis es la edad de ir al colegio, ¿no? —preguntó la señora Dinello—. ¿Es la edad para leer?

—¿No sabes su cumpleaños?

La señora Dinello me miró.

—Mi mamá me dijo que cuando nací hacía mucho frío —dije para ayudar.

—Enero —dijo la señora Dinello—. Nació el 12 de enero. Escríbelo. —Señaló el formulario—. Il compleanno di mio padre. También puede ser el suyo.

—Como año de nacimiento pondré 1907 —propuso Graziana—. Así en vez de seis tiene siete. Es mejor siete, por lo menuda que es. Así no lo pondrá nadie en duda.

Cuando entró mi hijo Isaac en el colegio me pidieron su partida de nacimiento, claro, y cuando Rita pidió plaza para Jason en una escuela elemental privada... ¡qué follón le armaron! Querían la declaración de la renta, los muy sinvergüenzas, y hasta una evaluación psicológica. «¿Lo próximo que pidan qué será? —dije yo—. ¿Una muestra de sangre? ¡Pero bueno, que es un niño de seis años!» Hoy en día, si una de nuestras franquicias quiere contratar a un adolescente de dieciséis años para servir bolas de helado durante un verano, la dirección tiene que dar más datos que los que le pidieron a toda mi familia en la isla de Ellis: número de la Seguridad Social, formación, experiencia laboral, formularios de seguro médico, referencias, exención de responsabilidad...

En cambio, entonces... Los colegios públicos estaban pensados como grandes fábricas «civilizadoras» para la avalancha de inmigrantes «paganos». Los administradores estaban acostumbrados a que las familias se presentasen sin nada, y por el mero hecho de que una secretaria fuera de la misma zona de Italia que la señora Dinello, y estuviese cansada de guiar una y otra vez por el proceso de inscripción a inmigrantes que no entendían ni jota, se conformó con apuntar lo que menos quebraderos de cabeza le diese, y punto. Esas cosas no las comprobaba nadie. En un instante se decidió que nací el 12 de enero de 1907, nada menos que un año, con toda probabilidad, antes de haber empezado a existir.

En 1914 no era raro ver a niños con horribles deformidades. Aún había caras picadas de viruela, ojos lechosos y ciegos por la escarlatina, extremidades retorcidas y consumidas por la polio y cuellos paralizados en ángulos inquietantes por la difteria. La piel podía ostentar fruncidos y cicatrices de cuando el niño, siendo aún un bebé, se había acercado demasiado gateando a un fuego. Se perdían dedos y hasta manos en los accidentes de las fábricas. Niños perfectamente sanos tenían los dientes podridos. No era tan fácil, queridos, toparse con la belleza. La vida te infectaba desde muy temprano.

Lo cual no hacía menos crueles a los propios niños.

El día en que entré cojeando con mi bastón en el patio de la escuela, bañada y muy pulcra con mi vestido de domingo azul marino de segunda mano, un grupo de niños, a los que conocía de vista de Mulberry Street, me rodeó y, la más alta del grupo, una niña de rostro afilado y ojos que eran como muescas de tinta, se plantó ante mí y no me dejó continuar.

—¿Cómo te llamas? —inquirió.

Yo la miré tranquilamente.

—Malka —dije—. ¿Y tú?

–¿Malka? –Se rio con desdén–. ¿Qué nombre es ese?

Dos niños que estaban detrás de ella, con gorras de *tweed* y pantalones bombachos, pero apenas más altos que yo, soltaron breves carcajadas.

–¡Malka! –exclamaron como si nunca hubiesen oído una palabra tan ridícula.

La niña alta cruzó los brazos contra su abrigo marrón, que le iba demasiado estrecho y hacía que su cuerpo pareciera brotar brazo a brazo y pierna a pierna de la diminuta prenda.

–Dice Rocco que eres una *ammazzacristi* y que te atropelló el caballo de su abuelo –dijo.

No supe qué contestar.

–Fue un accidente.

Busqué con la mirada a Rocco o a los gemelos por el patio.

–*Ammazzacristi*. ¡Asesina de Cristo! –dijo uno de los niños, que se me echó encima y me quitó el bastón.

Me tambaleé, pero no acabé de caerme. Los otros niños se rieron con crueldad, mientras me quedaba apoyada en una sola pierna como una cigüeña, intentando no perder el equilibrio. El niño se puso a bailar con el bastón.

–¡Eh! –le grité. Intenté apoyar todo mi peso en la pierna derecha, pero la recorrió un dolor sordo e intenso. Entonces miré con frenesí a mi alrededor y me di cuenta de que estaba demasiado lejos de cualquier pared o barandilla a la que agarrarme–. ¡Que es mi bastón! ¡Devuélvemelo!

–¡Devuélvemelo! –me imitó con alborozo el niño–. ¡Me llamo Malka! –Y se puso a cojear grotescamente con el bastón–. ¡Soy Malka, la judía lisiada! –Los otros niños se reían–. Soy Maaal... ká –se burló, alargando las sílabas de mi nombre al compás exagerado con que arrastraba la pierna derecha–. ¡Maaal... ká, y soy una *ammazzacristi*! Maté a Jesús. ¡Iré al infieeerno!

–¡Maaaalka, Maaalka, *ammazzacristi*! –empezaron a cantar el otro niño y una niña con trenzas largas y apretadas–. ¡Te irás al infierno!

Yo no entendía nada de lo que decían, claro.

—¡No me iré al infierno! —exclamé—. ¡Me iré a Sudáfrica!

No sé cómo tuve la ocurrencia de decirlo, pero ante una respuesta tan rara los niños se quedaron quietos.

—¿Qué? —dijo la niña alta del abrigo desvencijado, clavando su mirada en mí—. ¿Qué has dicho?

—Que me iré a Sudáfrica. Para estar con mis padres. ¡Devuélveme el bastón!

La niña alta me miró un momento con una fascinación incrédula, hasta que una expresión de malévolo placer le contrajo la cara.

—¡Que tus padres no están en África, tonta! —gritó—. ¡Toda la manzana sabe que tu papá se fugó y que tu mamá está en el manicomio!

—¿Qué?

—El manicomio —dijo suavemente el niño, que en vez de mirarme a mí miraba mi bastón. Estaba intentando equilibrarlo en la palma de su mano. Se movió de un lado al otro como si lo persiguiera—. El asilo. Donde meten a todos los locos judíos asquerosos.

—¡No es verdad! —grité—. ¡Es mentira!

—Es verdad —dijo la niña—. Tu mamá está *pazza*.

—Se la llevó la Policía —dijo el niño con desprecio—. Lo dijo la señora Salucci. Y dijo que hasta lo había dicho un sastre judío...

De golpe ya no me acordaba de mi dolor de pierna ni de mis dificultades para mantenerme en pie. Corrí y le di al niño un puñetazo en plena cara, como me había enseñado papá.

—¡Mentiroso! —aullé.

En ese momento mi rodilla se dobló, pero él se tambaleó hacia atrás con cara de sorpresa, una mano en la mandíbula y los ojos llorosos.

—¡Dame mi bastón! —chillé.

Lo tiró con asco al suelo, dio media vuelta y se marchó corriendo. Recogí el bastón. De repente me di cuenta de que estaba llorando, pero aun así me giré con el puño apretado justo a tiempo para ver que la niña alta y los otros dos niños se apartaban lentamente de mí.

—Está loca, como su mamá —murmuró la niña alta—. Estás loca, como tu mamá —repitió directamente para provocarme, aunque su voz había perdido todo su poder.

—Vamos, Angela —dijo el segundo niño, estirándole el brazo.

—Nosotros no jugamos con judías locas y sucias —anunció ella—. Maaal... ká.

Se giró.

Me quedé parpadeando ante los otros tres, cegada por las lágrimas. Luego bajé la vista hacia el bastón, le quité el polvo, me sacudí el vestido azul y el abrigo marrón y procuré erguirme lo más posible. Lloraba tanto que me goteaba la nariz.

—¡Maaal...ká! —oí que me llamaba alguien.

Un poco más arriba, en el rellano, estaba la niña más pequeña, la de las trenzas, que una vez más me sacó la lengua antes de que se cerrara la pesada puerta roja de la escuela.

No me acuerdo de nada de mi primer día de clase, ni de la lección, ni de la profesora, ni del abecedario escrito en la pizarra entre renglones. Solo podía pensar en mi madre. Lo que me habían dicho los niños en el patio... ¿era verdad?

Al salir de clase no esperé a Rocco y a los gemelos en la puerta, como me habían pedido. Le pregunté a un vendedor ambulante cómo se iba a Orchard Street, y me sorprendió enterarme de que solo quedaba a unas manzanas. ¡En todo aquel tiempo la había tenido casi al lado! Mientras cruzaba Chrystie y Forsyth Street observé que de repente los letreros volvían a estar en yiddish. Orchard Street, sin embargo, quedaba al otro lado de Allen Street, una avenida que partía el barrio en dos, tan ancha como un gran río. Aguantándome las ganas de cerrar los ojos, bajé de la acera y cojeé a la mayor velocidad posible entre el tráfico. Es posible que hubiera un semáforo o un guardia. Seguro. Sin embargo, me recuerdo esquivando carretas ruidosas, coches de caballos que pasaban de largo como locas manchas y tranvías que hacían sonar la campana al echarse sobre mí, bajo el rugido del tren elevado. Una vez a salvo en la esquina de enfrente, vi una estrella de David en un edificio con fachada de ladrillo. El vendedor me había dicho que Orchard Street estaba al final de la manzana, a mano derecha. Me estaba acercando por un lado al que no estaba acostumbrada. Vi pasar los carros con su traqueteo y mujeres con prisa, envueltas en sus chales. Para entonces, sin embargo, iba naciendo en mí la sensación de que volvía a saber dónde estaba. «¡*Bissels* a cuatro centavos!», gritaban los vendedores ambulantes. Mi corazón latió con fuerza al meterme por mi antigua manzana.

El ruido era espantoso, todavía peor que en Mulberry Street. El mercado estaba en su apogeo. Con tanto alboroto estuve a punto de pasar de largo sin ver la taberna ni la carnicería. En mi ausencia habían aparecido más letreros. Ahí estaban, sin embargo. Levanté la mirada hacia la casa de vecinos de Orchard Street y por un momento tuve la imposible esperanza de que mis padres estuvieran mirando por la ventana. Dentro de nada me verían, pronunciarían con júbilo mi nombre y me harían señas para que subiera. Me explicarían que todo había sido un horrible malentendido, una pesadilla, pero nada más. Sin embargo, la fachada se cernía indiferente sobre mí. Miré a mi alrededor con la esperanza de ver a alguien del barrio que pudiera venir en mi ayuda. Me dolía mucho la pierna derecha. Tenía el pie dormido. Nunca había caminado tanto desde el accidente.

La entrada principal estaba separada de la calle por ocho escalones metálicos. Había dos mujeres sentadas, dos desconocidas que, con las rodillas muy separadas debajo de la falda, mecían a sendas criaturas en el hueco de tela, intercambiando susurros y risas lúgubres. Cuando les pregunté si estaba el señor Lefkowitz, me miraron de forma inexpresiva. Como no se tomaban la molestia de apartarse, tuve que rodearlas con mi bastón. El vestíbulo apestaba a col hervida, orina y yeso terroso, un hedor húmedo. En el pasillo resonaba una cacofonía de voces, de las que no reconocí ninguna. La escalera era estrecha, oscura, empinada, con un aspecto mucho más temible que la de Mulberry Street.

Al final llegué al último piso, me tranquilicé, tragué saliva y escuché un momento. Después llamé despacio a la puerta del señor Lefkowitz. Me abrió una mujer a quien nunca había visto. Llevaba un moño medio deshecho, y la fina piel de alrededor de su nariz y de sus ojos estaba muy rosada, irritada. Mientras me miraba ceñuda, me fijé en la insistencia con que presionaba su barriga por debajo del vestido oscuro de muselina. Tenía pegado a las faldas a un niño pequeño con la cara pegajosa.

—¿Qué pasa? ¿Qué quieres? —dijo en yiddish, con dureza.

—¿Está el señor Lefkowitz?

—Que aquí no hay trabajo —dijo—. Siempre tengo que deciros lo mismo a los niños. Ve a buscar a otra parte.

—Solo busco al señor Lefkowitz —le supliqué—. No necesito trabajo.

Se cruzó de brazos.

—Mi marido ha salido.

Justo entonces la apartó un hombre que salió de malos modos al pasillo con una fiambrera de hojalata y se caló la gorra con un gruñido al correr escaleras abajo.

—También están llenas todas las habitaciones —añadió secamente la mujer.

Oí el llanto de un bebé. Ella puso cara de ahogarse.

—Prueba al otro lado de la calle —dijo con un movimiento rápido para cerrar la puerta.

—Estoy buscando a mi mamá —dije yo, aferrándome al pomo. De repente se me trababa la lengua por el llanto—. Por favor. ¿El señor Lefkowitz sabe dónde está? ¿O dónde está mi papá? Se fue, pero quizá haya vuelto por aquí...

Ella lanzó otra mirada al dormitorio, donde los berridos del bebé iban a más.

—Lo siento, pero no sé nada de ninguna familia desaparecida.

—¿Y mis hermanas? ¿Bella, Rose y Flora?

Hizo una mueca.

—Flora —dijo sin entonación—. ¿Flora es hermana tuya?

—Sí, ¿la conoce? ¿Sabe dónde está?

Me miró de los pies a la cabeza, fijándose en mi abrigo de segunda mano y en mi vestido azul marino con el cuello blanco cuidadosamente remendado por la señora Dinello. Ahora estaba cubierto por el polvo de las calles y del patio del colegio, y de mis trenzas deshechas salían filamentos de pelo muy rizados. Vi que sus ojos hinchados pestañeaban rápidamente al deslizar la vista por mi bastón y el zapato negro gastado de mi pie derecho, el lisiado, que se torcía hacia dentro.

—Flora ha salido —se apresuró a decir—, pero aquí no puedes quedarte. Te tienes que ir. Ya tenemos demasiadas bocas que alimentar.

—¿Flora está aquí?

—Tu padre no ha vuelto. Tu madre... Lo siento. —Sacudió bruscamente la cabeza como si intentase borrar un pensamiento horrible—. Tienes que irte. Le he dicho a Flora que fuera a comprar cebollas. Y apio. Quizá la encuentres abajo, en el mercado. Nos las apañamos como podemos, ¿me entiendes? Pero aquí no puedes volver.

Mamá-papá, mamá-papá... Un ritmo desbocado palpitaba en mi cabeza mientras cojeaba escaleras abajo. ¿A qué vendedor ambulante podía haber ido Flora? ¿Dónde estaban todos los demás? Fuera, Orchard Street flotaba ante mi vista angustiada como si la multitud, como si todos los vendedores ambulantes, se confundiesen en una sola mancha. Y justo en ese momento, como si la hubiesen alumbrado expresamente desde el cielo con un foco, vi entre el mar de sombreros oscuros, gorras de *tweed* y cabezas tapadas con pañuelos una cabecita rubia que subía y bajaba.

—¡Flora! —grité—. ¡Flora!

Cuando me vio redondeó la boca como una manzana. Estuvo a punto de soltar la cesta y se acercó corriendo. Un momento después me envolvían sus brazos. No llevaba abrigo, solo un chal de lana apelmazada en los hombros menudos. Tenía el pelo lacio y la cara, esa cara que había tenido la frescura de la leche, reducida de manera extraña. Vi que por su sien izquierda corría una vena azulada que era como una cicatriz.

—¡Malka, estás viva! ¡Caminas! —exclamó—. ¡Decían que te habías quedado coja!

—¡He aprendido! ¡Ahora solo necesito un bastón!

—¿Dónde estabas? ¡Ay, Malka! —Flora saltaba frente a mí sobre las puntas de los pies, derramando palabras—. ¡Me alegro tanto de que hayas vuelto! ¡Ay, Malka! Rose se murió. Tuvo la fiebre. La pasamos todas. Estuvimos en cuarentena. Pusieron un letrero muy grande en nuestra puerta, y cinta, y una de las enfermeras se subía a la azotea para bajarnos comida con una cesta y una cuerda. Y nos dieron medicamentos...

—¿Rose está muerta? —dije—. ¿Dónde? ¿Para siempre?

—Como estábamos en cuarentena ni siquiera pudimos ir al funeral, ni hacer el *shiva*. Llorábamos todas, y el señor Lefkowitz tapó el espejo con la tela de los forros de abrigo. Mamá lloraba tanto que empezó a ahogarse. Primero decía «Rose, Rose», pero luego también empezó a llorar por Zeyde, diciendo todo el rato: «Lo mataron los cosacos». Al final gritaba «¡Samuelah, Samuel!», y repetía todo el rato que tú también era como si estuvieses muerta, porque tenías todos los huesos rotos. Luego se puso a gritar cosas horribles, cosas espantosas sin sentido, y empezó a darse golpes con la cabeza en la pared, y se hizo sangre, y tuvo que venir el rabino...

—Flora, ¿dónde está?

—Y luego empezó a destrozar la sala de estar. Ay, Malka... Pegaba al rabino y lo rompía todo con el atizador. ¡El rabino se cayó al suelo! ¡Y ella tiró el atizador por la ventana! ¡Por la ventana, Malka! ¡Se cayó en el gallinero del patio y agujereó el techo! Mamá partía las telas con las manos, tiraba las tijeras, y gritaba todo el rato, y aunque le suplicábamos que parase no nos hacía caso. ¡Volcó la máquina de coser del señor Lefkowitz, que nos hizo escondernos a Bella y a mí en el dormitorio, desde donde lo seguíamos oyendo todo! ¡Y luego vino la Policía, Malka! Y aunque mamá estuviera en cuarentena, se la llevó la Policía al hospital. Dijeron que a un hospital especial, muy lejos. Y no la dejan salir. Dice el señor Lefkowitz que mamá está poseída.

Flora acabó por respirar a grandes bocanadas. Nos dejamos caer en la entrada de la casa. Ella me apretó el brazo.

—¡Pero tú caminas, y has vuelto! —exclamó con los ojos

brillantes. Apoyó la cabeza en mi hombro—. Me alegro tanto de verte...

Me quedé un momento sentada. Orchard Street parecía un tiovivo.

—¿Mamá se ha ido? —susurré, intentando imaginármelo.

Flora asintió solemnemente. Le temblaba el labio inferior.

—La mujer de arriba... —dije lentamente—. Dice que no puedo entrar en casa.

Flora me miró muy seria.

—Es la nueva mujer del señor Lefkowitz. Vino de Lodz para casarse con él después de que mamá se fuera al hospital.

—Parece mala.

Se encogió de hombros.

—Llora mucho porque va a tener otro bebé y no hay comida. —Flora me miró—. Solo sopa con apio y cebolla. Y a veces hago huevos.

De repente sus ojos azules parecían inescrutables.

—Echo de menos cuando jugábamos juntas —dijo suavemente. Imitó el gesto de comer con tenedor y masticar—. Mmm. ¿A que está delicioso este pollo?

—¡Y tanto! ¿Y las patatas —dije yo, frotándome la barriga—, con el perejil? —Fingí que le pasaba una fuente—. Toma. ¿No repites?

—Bueno —dijo Flora—, no te digo que no.

—Los Dinello tienen mucho pan —dije—. Quizá pueda traerte un poco. Pero solo para ti. Para los otros no.

—¿Quiénes son los Dinello?

—¿Te acuerdas del hombre de los helados, el del caballo? Pues ahora me dejan vivir con ellos. Trabajo para ellos. Hacemos helados y encaje. Hoy también he ido al colegio.

Flora bajó la vista.

—Qué niños —dije—. Me han llamado sucia judía. Pero la señora Dinello me baña una vez a la semana, como mamá.

—El señor Lefkowitz, después de que se fuera mamá, también me dejó vivir con él —dijo Flora en voz baja mientras arrancaba un trozo de chicle del escalón—. Le dijo a la señora de la blusa que ya se le había muerto una niña pequeña, y que era bastante. Prometió cuidarme, aunque tengo que trabajar para que podamos comer. La señora Lefkowitz no está contenta de que viva con ellos. Pero una vez oí que le decía el señor Lefkowitz que traigo más dinero a casa que sus hijos, y que a ellos no se lo ha pedido.

—¿Vas al colegio?

Sacudió la cabeza.

—Mamá, cuando estaba endemoniada, rompió la máquina de coser del señor Lefkowitz. Encima él tuvo que pagar al carnicero por lo del techo del gallinero y por las gallinas que se murieron, y ahora no tiene ni taller ni dinero. Hacemos guantes él y yo en la fábrica del señor Metusowich. La compra también la hago yo, porque la señora Lefkowitz dice que está demasiado delicada. Lo que pasa es que sin ti no tiene gracia. A veces canto o doy vueltas, pero...

Dejó la frase a medias. De repente parecía a punto de llorar.

—Ojalá volvieran mamá y papá —susurré.

—Ojalá —dijo Flora.

—¿Tú crees que volverán?

Se encogió de hombros, mirando la calle.

—Entran y salen hombres toda la noche. Hasta duermen en el suelo de la cocina —dijo.

—¿Dónde está Bella?

—Entró de criada en casa de una familia, pero justo antes del Yamim Noraim se fueron a vivir a un sitio que se llama el Bronx y se la llevaron.

Pasó un vendedor ambulante que arrastraba una carreta de madera cargada de manzanas pequeñas y con bultos, los restos del día, pasadas y en fermentación. Las ruedas hacían un ruido como de besos en el barro, seguidas por una nube de moscas. Lo miramos con la esperanza de que se cayeran una o dos manzanas sin que se diera cuenta. El cielo se estaba amoratando, pero aún no habían encendido las farolas.

—El señor Dinello hace *gelato* —dije—. Helado. Es la mejor comida del mundo, Flora. La próxima vez que lo hagamos puedo intentar traerte un poco.

Asintió compungida sin apartar la vista de sus zapatos, entonces me di cuenta de que se aguantaban con una cuerda.

—Creía que estabais en Sudáfrica —dije—. Que tú, mamá, papá, Bella y Rose habíais vuelto todos sin mí para estar con el tío Hyram.

—¡Ojalá estuviéramos todos en Sudáfrica! —dijo Flora, repentinamente triste—. ¿Por qué cambiasteis los billetes? ¿Por qué nos hicisteis venir aquí?

Me mordí el labio, bajé la mirada y me enrosqué el borde del vestido en el dedo índice.

—¡Es culpa tuya, Malka! —exclamó con una mirada de reproche.

—¡No es verdad! ¡No digas eso!

Me aferré al bastón.

—¡Sí que es verdad! ¡Lo decía hasta mamá!

—¡Mentira!

—¡Que sí!

—¡Que no!

—¿Cómo lo sabes?

Nos habíamos levantado y jadeábamos, desencajadas y rojas de rabia.

—¡Eres tonta! —dije.

—¡La tonta serás tú! —gritó Flora.

—¡No, tú! —grité yo—. Ni siquiera vas al colegio.

—No soy tonta —sollozó—. ¡Tú eres fea! ¡Y coja!

—¡Y tú una sucia judía! —dije yo.

—¡Con tu bocaza solo traes desgracias!

Di media vuelta y traté de irme cojeando, pero mis piernas, doloridas, temblaban, y se me doblaba la rodilla derecha. Me caí a medias. Luego sentí a Flora sobre mí, con sus brazos aferrados a mi fino abrigo, sollozando.

—Lo siento mucho, Malka. Lo siento tanto, tanto... No te vayas, Malka, por favor.

Yo también lloraba, a moco tendido y sin disimular.

—¡Ay, Flora!

Y me aferraba a ella con la misma fuerza, tanta que de hecho parecía que estuvieran fundiéndose nuestros huesos y músculos, y hasta el latido de nuestros corazones.

Quedamos en vernos cada viernes después del colegio, cuando el taller de Flora cerraba temprano para el sabbat. Elegimos un sitio en la esquina sureste de Allen Street, debajo del letrero en yiddish de una funeraria que había cerrado, seguras de que ahí no nos vería nadie.

No recuerdo exactamente por qué teníamos la sensación de que nuestros encuentros debían ser clandestinos. Quizá porque éramos niñas, y a los niños les gustan las pillerías. Así se sienten más inteligentes y poderosos que los adultos que los rodean. Aunque supongo que más que nada era por miedo. Nos imaginábamos que si los Dinello o los Lefkowitz llegaban a enterarse de nuestros encuentros pensarían que ya no los necesitábamos, o que querríamos vivir las dos con unos o los otros, y nos echarían por ser una carga. De hecho, los Dinello debían de saber de la existencia de Flora, aunque yo estaba convencida de que hablarles de ella habría equivalido a una especie de traición o ingratitud. Y supongo que lo era, en el sentido de que Flora y yo estábamos tramando nuestra fuga.

En el taller de Metusowich, Flora había sorprendido conversaciones entre las obreras mayores sobre un sitio que se llamaba «Vaudeville» y «Jewish Rialto», una sucesión de teatros en yiddish de la Segunda Avenida. Por lo visto, había una cantante, Sophie Tucker, que ganaba más de mil dólares a la semana por cantar allí. Si nosotras dos llegáramos a ganar mil dólares por semana, tal vez mamá se encontrara mejor y no tuviera que quedarse en el asilo. Tampoco Bella tendría que seguir trabajando de criada, y podríamos buscar un apartamento para todas en el Bronx.

El primer día en que nos apretujamos Flora y yo en la entrada de la funeraria abandonada le enseñé a cantar «Addio». Había intentado inventar más cancioncitas de las mías, pero después de oír la música de la Victrola ya no me parecían muy interesantes las coplas como «Me encanta el pollo». Flora... ¡Pero qué voz más bonita tenía Flora! Como la de mamá. Mientras cantábamos *Addio mia bella Napoli, Addio, addio*, conseguía pronunciar perfectamente el italiano, mucho mejor que yo, dicha sea la verdad. En cambio, cuando le dije que deberíamos inventarnos un baile para acompañarlo, sonrió sin fuerzas.

—Hoy tengo demasiado frío, Malka. —Se ciñó el chal—. ¿Tú crees que podríamos encontrar algo de comer?

De hecho, aunque Flora hubiera nacido antes, ahora era yo la más alta y la que tenía los hombros más anchos. Siempre que me abrazaba le notaba las costillas.

Durante la semana soportaba mis clases y la costura pensando en ella. Cada mañana me esperaba el patio del colegio como una arena romana. Dispuestos a su alrededor, los niños gritaban «Maaal... ká, Maaal... ká», mientras uno, que solía ser Angela, o el niño a quien había pegado, Tommaso, jugaba a robarme el bastón y a imitar mi cojera. Yo, de vez en cuando, le soltaba a alguno un puñetazo, pero en poco tiempo ya se lo esperaban y, ágiles como eran, se apartaban de mis golpes, lo cual no hacía sino empeorar las burlas. Mi profesora, la señora Trafficante, no me trataba mucho mejor. Yo nunca me acordaba de levantar la mano antes de hablar. Qué le vamos a hacer. Las clases me llenaban de entusiasmo y despertaban mi curiosidad. Los números ingleses se podían masticar y tragar como comida. «¡Se escribe *"hat"*, señora Trafficante! ¡H-A-T—, *hat*!» «El presidente de Estados Unidos es Woodrow Wilson, señora Trafficante! ¡Esta me la sé! ¡Y el de antes era el presidente Taft! ¡Nos lo dijeron en el barco!»

—¿En casa hablas igual? —exclamaba ella, estampando su regla en mi palma izquierda—. ¿Con tus padres eres igual de maleducada?

Con los Dinello, en cambio, empecé a mostrarme más simpática. Como un preso a punto de salir en libertad condicional, o un empleado que guarda el secreto de que pronto se marchará a otra empresa que le pagará mejor, me volví más indulgente y más pródiga en mis afectos. Decía *per favore* y *grazie*, y cuando el señor Dinello movía sus pobladas cejas blancas al compás del *Alexander's Ragtime Band* me permitía reír en voz alta. Cada domingo acompañaba a la iglesia a los Dinello sin remolonear ni suspirar demasiado.

—*Ninella* —me dijo el señor Dinello una tarde en que yo le ayudaba a echar azúcar al helado y mezclarlo—, la pierna ya no la tienes tan mal, ¿sí?

Y al ver que asentía con la cabeza me alborotó el pelo.

Sin embargo, no dejaba ni un momento de robarle, ni tampoco a sus vecinos. Tanto había robado que tuve que levantar otro tablón del suelo del despacho. Se resistió más que el primero, y sobresalía un poco cuando lo ponía en su sitio, pero con tantos hombres que iban y venían a lo largo del día —para hacer alguna entrega, reclamar dinero o traer algún recibo, siempre oliendo a puro y loción para el pelo, siempre hablando en melifluo italiano— me resultaba inconcebible que alguien se fijase.

La señora Dinello me había cosido una pequeña bolsa para el colegio a partir de un saco de azúcar, igual que para Rocco, Pietro y Pasquale. Los viernes por la mañana, antes de clase, yo levantaba a toda prisa los tablones y metía en la bolsa todas las cosas de las que soportaba desprenderme, además de la manzana que me daba ella para desayunar, y de la tableta y el lápiz que me habían dado en el colegio. Al salir de clase iba a ver directamente al chatarrero húngaro que se instalaba en la esquina de Elizabeth y Hester Street. Por los cordones marrones de zapato me dio cinco centavos y por la pelota de goma, tres. También por el peine de madera conseguí cinco centavos. Cuando le di el bote de cera de bigote, lo giró en sus manos.

—¿De dónde lo has sacado? —preguntó—. Es nuevo.

Pensé enseguida en Luigi y la Victrola.

—Lo he ganado —dije—. A las cartas.

Cada mañana tomaba lo que me daba el chatarrero, que en total podían ser siete o diez centavos, y se lo llevaba a Flora.

—Oh, Malka —decía ella, resollando. Parecía que mi hermana siempre jadease, ávida de aire—. Vamos, antes de que se marchen los vendedores ambulantes.

Íbamos lo más deprisa que podíamos a Hester Street, antes de que cerrasen para el sabbat los mercados. Una de nuestras comidas favoritas eran los guisantes con especias, que servían en cuadrados de papel de periódico doblado, sin olvidar las batatas asadas con huevo duro, directamente sacadas de ollas que hervían en las propias carretas, sobre un fogón pequeño, con el esmalte descascarillado. Era lo que más llenaba la barriga. Yo siempre que podía le daba a Flora unos guisantes de más, o la mitad más grande de la batata. Mi intención era que lo comiese todo, pero muchas veces me podía el hambre. Lo que siempre le daba era una manzana o un pepinillo, que la veía devorar con una mezcla de añoranza y orgullo.

–Te lo prometo, Flora –le decía, tomándola con fuerza por las manos–, la próxima vez te traigo más.

Un viernes que vendimos por quince centavos todo el alijo de artículos de costura de la señora Salucci acumulado a lo largo del invierno –dos carretes de hilo blanco, un dedal de madera y dos docenas de alfileres– conseguimos comprar media docena de patatas y una carcasa de pollo, para que se lo llevara a los Lefkowitz aparte de lo que habíamos comido nosotras. ¡Ah, qué sensación! ¡Qué abundancia!

–Malka –dijo ella con voz ronca en el momento de la despedida, muy abrazada a mí–, me alegro tanto de que estés aquí... ¿Me prometes que la semana que viene también vendrás?

–Por que me muera. Por que se me caigan los ojos. –Era una expresión que había aprendido en el patio del colegio–. ¿Y tú? ¿También me prometes que volverás?

Le apreté la mano.

–Por que me muera. Por que se me caigan los ojos –resolló ella.

Como a las dos se nos hacía insoportable ver cómo se iba la otra, contamos al unísono hasta tres y gritamos:

–¡Preparados, listos, ya!

A la de «ya» teníamos que salir corriendo en direcciones opuestas por Hester Street, lo más deprisa que pudiéramos y sin girarnos.

–No te gires, que la que se gire tendrá una maldición –decía Flora, mientras se arrebujaba con el chal y se reía, moqueando.

Y luego, tras girar su dorada cabeza, se iba dando saltos. Era tan buena, y tan cuidadosa... Caminaba despacio, casi con la misma reticencia que yo, pero nunca se giraba.

Yo sí, por supuesto. Cada vez.

Se acercaba la primavera. Los señores Dinello pasaban más tiempo en la cocina para los preparativos de la nueva temporada de producción de helados a penique, aunque la delegación de Sanidad del barrio les había mandado un aviso: no era higiénico usar siempre el mismo vasito de cristal y que lo lamiesen los clientes. Las carretas de helados se estaban extinguiendo a gran velocidad. Cada vez eran más los vendedores ambulantes que vendían helados fabricados en grandes plantas comerciales —a veces en forma de barra, a cinco centavos el corte envuelto en papel— por un margen de beneficio aún menor. Por otra parte, en el barrio cada vez abrían más tiendas de golosinas que vendían helado. Más allá del Lower East Side estaban en auge los puestos de refrescos. Corría el rumor de que en Nueva York había más puestos de refrescos que tabernas.

Durante unos días los Dinello se enzarzaron en grandes debates sobre lo que había que hacer. ¿Dejar de producir y empezar a comprar a una empresa más grande? ¿Ampliar sabores y productos? ¿O invertir en una heladera motorizada?

—Maquinaria ya tenemos, y va la mar de bien. Hacemos buenos helados. A todo el mundo le gustan —dijo el señor Dinello.

—Ya, pero ¿cómo los servimos? —dijo la señora Dinello—. ¿Qué hacemos, ir pasando una cuchara?

—Vender cucuruchos, como todo el mundo.

Once años antes, ahí mismo, en el Lower East Side de Manhattan, otro inmigrante italiano, Italo Marchiony, había patentado un molde de su invención para hacer pequeños conos comestibles para helado con masa de barquillo. De hecho, durante una temporada, aquellos recipientes lo convirtieron en uno de los vendedores de helados más solicitados

132

del barrio. En un determinado momento, justo un año antes de que llegasen los Dinello a Nueva York, Marchiony tenía más de cuarenta vendedores en el barrio de Wall Street que vendían sus helados en vasitos de barquillo. Se consideraba a sí mismo el inventor del cucurucho de helado.

Lo que había patentado, sin embargo, era un vasito de fondo plano, y en poco tiempo fueron nada menos que cinco los vendedores ambulantes que aseguraban haber inventado el «verdadero» cucurucho de helado durante la Feria Internacional de Saint Louis de 1904.

Un pastelero inmigrante, Ernest Hamwi, decía haber inventado el cucurucho de helado a partir de las obleas crujientes que confeccionaba, y que llamaba *zalabia*. Un inmigrante sirio, Abe Doumar, contaba que una mañana, durante la exposición, había propuesto que un vendedor ambulante de barquillos convirtiera sus barquillos de a penique en cucuruchos de diez centavos añadiéndoles helado de uno de los puestos de al lado. Después había empezado a vender él mismo aquellos «bocadillos sirios de helado». Otro inmigrante, también sirio, Nick Kabbaz, aseguraba haber creado el primer cucurucho de helado con su hermano Albert al decidir, durante la exposición, formar cucuruchos a partir de obleas planas. (Más tarde Kabbaz presidió la St. Louis Ice Cream Cone Company.) Esta versión la negaba el inmigrante turco David Avayou, según el cual los cucuruchos de helado los había introducido él, al ver que en Francia se servía el helado en cucuruchos de papel o de metal y pensar que sería mejor que fuesen comestibles. «Tardé tres semanas en que me saliera bien, usando cientos de kilos de harina y de huevos», insistía. Por último estaban Charles Robert Menches y su hermano Frank, de Saint Louis, cuya familia aseguraba que el cucurucho de helado lo habían inventado ellos durante la exposición al ver que una señora enrollaba una oblea alrededor de una bola de helado para poder comerla con más finura.

Lo que es un misterio es si los Dinello tenían conocimiento del debate que hacía furor en torno a los cucuruchos de helado. Ellos el debate lo tenían sobre si usarlo o no.

El señor Dinello estaba a favor de los cucuruchos.

—He probado uno y estaba delicioso. Así los niños, y los no tan niños, pueden comerse el *gelato* y el cucurucho. La idea es buena.

En cambio, la señora Dinello, capaz, como mi madre analfabeta, de hacer sumas mentales de tres cifras, insistía en que no salía rentable.

—¿Cucuruchos? Son demasiado caros. No tenemos tanto dinero.

—¿Y qué? Tenemos cocina. ¡Los haremos nosotros!

—¿Con qué, Salvatore? Los moldes cuestan dinero. ¿Y los ingredientes?

—Pues le pedimos otro préstamo a Carlo, a la hermandad. Nos compramos un molde, echamos harina, echamos huevo, añadimos *latte...*

—Ah, claro, harina, huevos y leche. ¿Qué te crees, Salvatore, que crecen en los árboles?

—Hablaré con Giovanni, el de la tienda, y nos hará un precio...

—Giovanni, el de la tienda, es un granuja. Parece siciliano. Está mal de la cabeza. A Giovanni no pienso comprarle leche y harina...

—Pues se lo pedimos a Vito, el panadero, o a Savio...

—*Ai, ai, ai!* ¡Por lo que cobran, mejor hacer cucuruchos con dólares de papel y servir el helado dentro!

El señor Dinello se quedó con las manos en alto, mirando a su mujer mientras movía la boca de una manera que hacía inclinarse el bigote, ahora hacia un lado, ahora hacia el otro.

—Pues tampoco es tan mala idea, Generosa —dijo.

Así fue como se les ocurrió a los Dinello la idea de servir sus helados italianos en pequeños cucuruchos de papel. Primero experimentaron con papel de periódico, pero se reblandecía demasiado y se corría la tinta; después con pergamino y papel blanco de libreta, demasiado difícil de manipular, y según los cálculos de la señora Dinello demasiado caro. El papel marrón de envolver que se usaba para los paquetes se rompía al humedecerse. Al final se decidieron por usar el mismo papel que el carnicero de la esquina, fino pero un poco encerado, y a la vez flexible, resistente y barato. El señor Dinello podía comprarlo en rollos, cortarlo a cuadrados y conformar él mismo un pequeño cucurucho para cada porción.

Por supuesto que al final patentarían otros el cucurucho de papel encerado para helados, y el vasito desechable de cartón, y las máquinas para su producción en masa; como suele pasar, el dinero y la fama se los quedaron otros, pero os aseguro que los inventores fueron los Dinello, queridos; lo sé porque lo vi.

Con la nueva inspiración para los cucuruchos, el señor Dinello empezó a soñar un poco más. ¿Por qué no hacer también helado de fresa? ¿O de chocolate? ¿O de uva? ¿Por qué no vender también *gelato* y ampliar la oferta de Dinello's Ices, sobre todo en vistas a que la nueva tienda de caramelos que había abierto en Mott Street vendiera cucuruchos de helado?

Empezó a experimentar cada noche en la cocina con la colaboración de la señora Dinello, los nietos y yo, que le ayudábamos a preparar y reducir jarabes y hacer mezclas y pruebas. Cada sabor daba una consistencia diferente al resultado. Cada sabor debía ser mezclado de manera distinta, con mayor delicadeza o rapidez. Algunos ingredientes hacían que la mezcla se espesara antes, que se separase con demasiada facilidad o que se cristalizase. Un día el señor Dinello incorporó gelatina al helado, porque había oído que así ligaba mejor. Añadió cacao, puré de castañas, trozos de cereza, melocotones, vino de Marsala...

En su cocina era difícil mantener el mal humor: yo lo probaba todo.

Mientras tanto, Flora estaba cada vez más flaca. Semana tras semana fui fijándome en que tenía unas ojeras de un morado cada vez más oscuro. En que temblaba. En que le salía de la garganta una tos seca. Una semana llegué a Allen Street y me la encontré sentada, no de pie, en la entrada de la funeraria, abrazada a sus rodillas.

–Ay, Malka –dijo sonriendo sin fuerzas cuando me vio–, es que estoy más mareada...

El viernes siguiente, tras vender un tirador de cortina y una caja de clips al chatarrero húngaro, no esperé. La primavera daba intensidad de perfumes a los olores de cocina de los mercados callejeros italianos. Compré una bolsa de *arancini* a un vendedor ambulante de la esquina de Hester con Elizabeth Street. También compré un cubo de queso curado y un trozo de salami, como había visto hacer a Beatrice. Ya no me quedaba la menor noción sobre las leyes kosher; y en cuanto a Flora, no daba muestras de que le importase comer leche con carne. Se echaba encima de la comida italiana con un frenesí perturbador, pegándole un mordisco al salami, sacando pellizcos de arroz con los dedos para metérselos en la boca mientras aún masticaba la carne, lanzándose al queso... Yo la observaba sin atreverme a participar.

–La próxima vez te traeré más –dije de rodillas, mientras le ponía el dorso de la mano en la frente, húmeda y azulada–. Te lo prometo.

Ella levantó la vista hacia mí, casi sin ver, y asintió.

Sentí en la boca del estómago algo terrible, urgente. Qué triste estaba mi hermana, qué debilitada por la miseria y el hambre... Nada de lo que le traía era capaz de animarla mucho tiempo. Lo que necesitaba era carne, y patatas; semanas de buena comida a diario, alimentos que durasen, como la pasta, o los arenques escabechados, todo un barril de arenques... Necesitaba algo grande que vender, mucho mayor que las baratijas que robaba y que me reportaban nada más que unos cuantos peniques cada vez. ¿Qué podía valer al menos veinticinco centavos, o una moneda de cincuenta, o incluso un dólar?

Merodeaba por los apartamentos de Mulberry Street aparentando naturalidad mientras hacía el inventario de las pertenencias de los vecinos. Cada vivienda tenía su figurilla valiosa de porcelana, sus estatuas de santos y su par de copas de vino de peltre o de candeleros de latón traídos de la madre patria. En la sala de estar de los Dinello mi mirada se posó en la pila de discos que se atesoraban en el pequeño aparador. No, sabía que habría sido demasiado difícil llevárselos. En aquella época los discos eran gruesos y pesados, y se guardaban en cajas de cartón. No podía metérmelos con disimulo por debajo de la falda, ni sujetarlos tan siquiera con una sola mano.

Cuando entré cojeando en el local, la señora Dinello y Beatrice estaban trabajando, y aunque me consternó su presencia no dieron muestras de fijarse en mí. Fui al despachito del fondo, y en mi banco, abatida, me senté y miré a mi alrededor. Al lado, en la cocina, se oía un ruido de cacharros y el golpeteo rítmico del cuchillo de la señora Dinello, que cortaba limones en la tabla mientras hablaba por los codos con Beatrice.

Mi mirada se paseó por el despacho hasta fijarse en una hilera de utensilios ordenadamente dispuestos en la mesa, sobre un hule: una cuchara corta con mango de madera bruñida, dos pequeños cucharones y algo que parecía una paleta. Instrumentos para hacer helados. Seguro que se los había comprado la señora Dinello a su marido, para sacar helado de manera rápida y limpia. Parecían nuevos. En todo caso nunca los había visto, y el metal brillaba como un espejo. Pensé que tal vez fueran de plata, y me imaginé que por plata me darían dólares. Encima había cuatro. Tal vez los Dinello no se fijasen en que faltara uno solo.

En el piso de arriba, Luigi y Vincenzo hacían crujir los tablones del suelo cuando se preparaban para el turno de noche en el túnel. Rocco y sus hermanos estaban en la calle, armando guerra, aunque podían irrumpir en el momento menos pensado. El señor Dinello aún no había vuelto con la carreta. Su regreso, sin embargo, era inminente. En la cocina, de espaldas a mí, estaba Beatrice, de cháchara con la señora Dinello. Las dos estaban inclinadas sobre las tablas de cortar, completamente absortas en la conversación. Era mi oportunidad, pero no duraría mucho.

Me apoderé con rapidez del utensilio que tenía más cerca, una de las cucharas para helado, y lo escondí en mi banco, debajo de la manta, sorprendida por su peso.

—*Ninella* —dijo la señora Dinello.

Me quedé petrificada, con la certeza de que me habían visto. A fin de cuentas no había puerta entre el despacho y la cocina.

—¿Sí, señora Dinello? —dije, saliendo de la oscuridad.

—En cuanto llegue Vittorio le dices que traiga un cubo de agua de la bomba, ¿sí? —dijo ella sin apenas levantar la vista de la tabla de cortar, a la vez que señalaba el fregadero con la punta del cuchillo—. Se ha vuelto a romper el grifo.

Pareció que tardaran una eternidad en cortar los últimos limones e irse de la cocina para que la limpiase yo. No tuve la certeza de que estaba sola hasta que se hubieron ido todos a dormir. Me temblaban los dedos, y el cuerpo entero. Al levantar el tablón de al lado de mi banco me di cuenta de que la cuchara para helado no cabía en un escondite tan pequeño, y durante un momento de pánico no supe qué hacer. Al final decidí dormir con ella debajo de la almohada, aunque se me clavaba en la mejilla.

Mientras deslizaba la cuchara en mi pequeña bolsa del colegio recé por que no entrasen los Dinello en el despacho antes de que me fuera ni se dieran cuenta de que faltaba uno de sus utensilios. Me pasé todo el día mirando en mi bolsa para cerciorarme de que la cuchara para helado aún estuviera dentro, mientras me latía muy deprisa el corazón por el secreto. Especulaba constantemente con la cantidad de dinero que me pagarían. Era consciente de que a la salida del colegio tendría que darme prisa, así que crucé el patio a la mayor velocidad posible, cojeando, y recorrí Baxter Steet hasta llegar a Hester Street y buscar al chatarrero. Cuando lo encontré casi estaba fuera de mí por la emoción.

—Mire —dije orgullosa, mientras retiraba el envoltorio de hule de la cuchara para helado—. ¿Cuánto?

El húngaro lo tomó cuidadosamente en sus manos y lo examinó.

—¡Es de plata! —dije—. ¡Tiene que valer cincuenta o cien dólares!

El húngaro le dio unas cuantas vueltas y frunció el ceño.

138

—No es de plata —dijo—. Seguramente sea de zinc.

—Pero está sin estrenar —dije yo.

—Sí, ya lo veo —dijo él sin pronunciarse—. ¿De dónde lo has sacado? —Asintió con sorna, sin dejarme contestar—. Ya, ya lo sé: lo has ganado a las cartas. —Se agachó para mirarme de hito en hito—. Mira, *kislány*, no sé si no sería mejor que le dijeras a tu padre que si viene él personalmente quizá consiga mejor precio.

Cambié un poco de postura, apoyada en mi pierna buena.

—¿Bueno, cuánto? —dije sin alterarme.

Ladeó la cabeza.

—Te doy veinte centavos.

—¿Veinte centavos? ¡Pero si está por estrenar!

—Cuando lo venda no.

Supongo que vio mi desesperación y se dio cuenta de que estaba a punto de llorar, porque dijo:

—Vale, pues veinticinco.

—No, necesito más. ¡Necesito un dólar!

Se rio, y me fijé en que tenía los dientes sucios.

—Nuevo no vale un dólar.

—¡Necesito comida! —exclamé—. Es para mi hermana. —Era la primera vez que no fingía llorar ante un vendedor ambulante—. No hay comida, y a mamá la tienen en el hospital, y es culpa mía...

El chatarrero puso cara de exasperación.

—Esto es un negocio, no la beneficencia —dijo.

Viendo que no paraba de llorar, suspiró.

—*Gyermek*, esto nuevo valdrá cincuenta o cincuenta y cinco centavos. Te doy cuarenta. Con suerte me darán lo mismo, pero no más. Es a lo máximo que puedo llegar.

Asentí, limpiándome los mocos con la manga. El chatarrero se hurgó en los bolsillos y contó las monedas que me ponía en la mano: una de veinticinco, una de diez y una de cinco.

—Ve a darle de comer a tu hermana —dijo con irritación.

¡Cuarenta centavos! ¡Cuarenta centavos! ¡Para Flora era más del salario de un día en la fábrica de Metusowich! Me hubiera gustado poder correr, poder volar por Allen Street. Me imaginaba la cara de Flora al ver las tres monedas, su euforia, su alivio, los pepinillos, empanadas y bolas de arroz que compraríamos, barriles enteros de arenques, ristras de salamis, sacos de harina, y de avena, y de arroz, para comer varias semanas... Incluso, quizá, chocolatinas envueltas en papel, de las de chocolate americano. Tres monedas... ¡Y plateadas, nada menos! ¡No de cobre! Las apretaba con tal fuerza en mi puño izquierdo que los lados grababan pequeñas medias lunas en mi palma. Los tranvías, los carros, los tenderos y los vendedores ambulantes pasaban a una velocidad de éxtasis, como una gran mancha de color.

Cuando llegué a la puerta de la funeraria, Flora aún no había llegado. Pasaban los tranvías con su traqueteo y sus campanas. Vi girar las ruedas de los carros, conté los colores de los caballos y vi mecerse el mar de gorras y sombreros bajo la sucia retícula de hierro del tren elevado. Levanté la vista hacia las azoteas e hice el esfuerzo de contar hasta veinte en mi cabeza, que era lo máximo que había aprendido a contar en inglés. Luego hasta treinta, en italiano. El cielo empezó a teñirse de lavanda. Las tiendas de Allen Street empezaron a bajar la reja y a cerrar sus puertas con llave.

Flora seguía sin llegar.

Era viernes, ¿no? Se lo pregunté a una señora por la calle, que asintió con cara rara. ¿Se le habría olvidado a Flora? Al final bajé por Grand Street. En Orchard ya recogían los últimos vendedores ambulantes. Al final de la manzana, delante de la sinagoga, se estaba formando un grupo de gente vestida de negro. En la entrada de la taberna merodeaban unos cuantos hombres, pero por lo demás se habían despejado la mayoría de las puertas.

Subí por la escalera, laboriosamente. La señora Lefkowitz se enfadaría cuando me viera otra vez en su puerta, pero era más fuerte que yo. Llamé una vez. Después otra, con más vehemencia. Al final oí susurros urgentes en yiddish al otro lado, seguidos por otro silencio.

Di más golpes.

—Por favor, señora Lefkowitz. Soy Malka —dije.

Alguien murmuró. Se oyeron pasos. Se abrió lentamente un resquicio en la puerta, y apareció ante mí un hombre bajo a quien no conocía de nada. Era medio calvo, con la cara amarillenta y una poblada barba negra. Llevaba un abrigo sucio, dos tallas más grandes que la suya. Detrás de él, en la cocina, me miraba una mujer menuda y como amedrentada, con un vestido gris y un chal apolillado. Dos niñas pequeñas, con versiones en miniatura de su raído atuendo, se encogían detrás de ella, y un niño con gorra, de edad más avanzada, mantenía una postura desafiante entre un montón de fardos y paquetes, con las piernas separadas y los brazos cruzados. Aparte de la cortina amarillo claro de la ventana del patio de luces, en la cocina no había absolutamente nada. Solo estaba encendida una luz, y el fogón estaba frío, con una pequeña sartén.

—Sí, por favor, ¿puedo ayudarte en algo? —dijo nerviosamente el hombre en yiddish.

—¿Dónde está el señor Lefkowitz? —dije yo—. ¿Está aquí Flora?

Me miró con impotencia.

—¿Perdón?

Me fijé en que tenía detrás dos candeleros vacíos y una pequeña rebanada de *challah,* encima de un viejo baúl.

—¿Dónde están los Lefkowitz?

Sacudió la cabeza sin entenderme.

—Es su casa. La señora Lefkowitz y los bebés. Flora...

Se encogió de hombros.

—Nosotros llegamos ayer. El apartamento estaba vacío.

—¿Pero dónde está mi hermana? —exclamé.

Él empezó a decir algo, pero me giré y bajé por la escalera a trompicones. Di golpes en una puerta. Luego en otra.

—¡Flora! ¡Flora! —berreaba—. ¿Dónde estás?

—¡Ay, ay, ay! —dijo alguien en voz alta—. ¡No interrumpas, que estamos diciendo el *berajot!*

—¡Flora!

Llamaba y llamaba sin parar, de piso en piso, hasta que al final se abrió una puerta. Era el señor Tomashevski, el viejo ucraniano a quien ayudábamos Flora y yo con los juanetes por cinco centavos.

–¿Sí? –dijo con voz trémula.

Tenía puesta en el pasillo, sin enfocarla, la mirada turbia de sus ojos azules.

–Señor Tomashevski, soy yo, Malka –dije.

–¿Sí?

–Señor Tomashevski, ¿sabe dónde están Flora y los Lefkowitz?

–¿Sí?

–¿No sabes que hoy es sabbat? Está mal ir molestando a la gente –dijo una mujer rechoncha, con manchas de sopa en el delantal, que apareció detrás de él. Tenía unas arrugas que iban desde la boca hasta la barbilla–. Entra, Baba –le dijo al señor Tomashevski–. ¿Qué haces aquí a estas horas? –me preguntó a mí.

–Buscar a mi hermana –dije–. Flora. Y a los Lefkowitz.

Frunció el ceño.

–Se han ido –dijo–. El lunes los echaron. Llevaban dos semanas sin pagar y tenían demasiados realquilados.

–¿Sabe adónde se fueron?

Sacudió la cabeza.

–¿Y Flora? ¿Sabe si se fue con ellos?

Se encogió de hombros.

–¿La niña rubia? Supongo. Me imagino que sí. ¿Por qué no? Lo siento. –Suspiró–. Eran muy amables. –A punto de cerrar la puerta, se detuvo–. ¿Tienes adonde ir, *kindeleh?* –dijo–. Hoy es sabbat, ¿eh?

En lugar de responder, yo cojeaba ya escaleras abajo.

Recuerdo que me senté en un portal y contemplé las monedas en mi mano, antes de levantar la vista hacia el impenetrable cielo neoyorquino, un enorme mar negroazulado que iluminaban los fogonazos naranjas del humo de las curtidurías y las forjas del río, y también las luces eléctricas de los rascacielos y los puentes: la gran ciudad que, incluso en el silencio del sabbat, hervía con indiferencia a mi alrededor. Me dolía la pierna y la barriga. Me limpié la nariz con la manga del abrigo.

—¡Mamá! —sollocé en voz alta—. ¡Flora!

Al final de la manzana apareció una pandilla de niños. Vi sus siluetas a la luz de la farola. Parecía que estuvieran sacando escombros de las alcantarillas para tirarlos contra los indicadores de las calles. Cada vez que daban en el blanco, y que el eco metálico del golpe resonaba en la manzana, se ponían a gritar. Recogí mi bastón para alejarme a la mayor velocidad posible. Mi cojera me llevó por varias calles, esquivando ratas y basura sin ver bien adónde iba. Era como una salmodia, pero hecha con los pies, tanto el bueno como el lesionado. Se apoderó de mí un ritmo. Formaba parte de él; lo marcaba con mi respiración y me movía sin pensar. De pronto me encontré de nuevo en Grand Street, y luego en Chrystie. No tenía ni idea de la hora que era. Por un momento tuve miedo a cruzar, pero supongo que al final lo hice, porque volvía a estar en el lado italiano de la avenida. Lentamente, en una bruma de desolación y de cansancio, regresé a casa de los Dinello. Me había dado cuenta de que no tenía ningún otro sitio adonde ir.

Cuando llegué al local estaban todas las luces encendidas, cosa rara, y me sorprendió ver a los señores Dinello sentados en la cocina. Luego vi que también estaban las señoras Salucci y DiPietro, que hablaban en voz baja en el rincón de la ventana. En cuanto entré cojeando, la señora DiPietro se tocó la frente, el pecho y los hombros.

—Lo que te decía, Generosa.

La señora Salucci me miró con dureza y carraspeó un poco antes de pasar a mi lado con la señora DiPietro y subir por la escalera.

—¿Cuántas veces se lo habré dicho a los dos? —dijo en voz alta.

−Ninella −dijo el señor Dinello.

Cruzado de brazos, se apoyó en el respaldo y me miró con una horrible resignación. No era una mirada cruel; tampoco de enfado, sino de una decepción tan atroz que fue como si me hubieran dado una patada. Después de un momento largo y tenso en que me estuvo mirando fijamente, bajó la vista con tristeza al mostrador.

Encima, como pruebas del delito (que eso eran), estaban los otros tres objetos que había escondido yo debajo del suelo.

Comprendí enseguida que me había metido en un lío de los gordos.

−¿Y ahora vuelves? −me gritó la señora Dinello, levantándose de un salto−. Te hemos dado de comer. Como a una hija, te hemos tratado. ¿Y así nos lo agradeces?

−Generosa −dijo el señor Dinello con serenidad, mientras le hacía señas de que se calmara.

−Desapareces, nos robas el instrumental... ¡Hasta nos has robado el rosario! −Abrió de golpe la lata de caramelos para hacer oscilar en mis narices la ristra de cuentas de madera−. ¿Qué haces con esto?

Parpadeé para no llorar.

−Nada, es que a veces me gusta ponérmelo −dije con un hilo de voz.

−¿Ponértelo? No es ninguna joya. No es ningún juguete. Esto..., esto no es tuyo.

−He tenido cuidado −alegué−. No lo he roto.

−*Ai!* −exclamó la señora Dinello, y miró al señor Dinello exasperada, con las manos en alto.

−La cuchara, *ninella* −dijo él−. La que te has llevado esta mañana. ¿Dónde está?

Fui incapaz de contestar. Era más fuerte que yo. Bajé la vista a los tablones, roja de vergüenza.

−Te la has llevado, ¿sí? −dijo él.

Asentí despacio, casi imperceptiblemente.

−¿Pues entonces dónde está? −inquirió la señora Dinello.

No me hacía falta levantar la cabeza para notar que me observaban, expectantes. Sin embargo, no me respondía la voz.

—La he vendido —susurré finalmente.

—¿Que la has vendido?

Asentí con la cabeza. Ya no había ninguna razón para mentir. Abrí la mano con cuidado. No había soltado ni un momento las tres monedas, que se me habían incrustado en la piel y al pegarse la habían vuelto de color verde oscuro. Me dolió enderezar los dedos.

La señora Dinello se quedó mirando mi palma tendida.

—¿Cuarenta centavos? ¿La has vendido por cuarenta centavos?

El señor Dinello la miró con cierta sorpresa, teñida de amargura.

—Al menos ha sacado beneficios.

Me eché a llorar.

Fue como si en ese momento se desinflase del todo la señora Dinello.

—¿Por qué? ¿Por qué haces todo esto? *Ninella,* ¿por qué nos faltas tanto al respeto?

Esta vez la pregunta no expresaba rabia, sino desesperación. Parecía sincera en sus ganas de saber la respuesta. Yo me sorbía la nariz, atragantada por el llanto. Mi único anhelo, se comprende, era caer de rodillas y suplicarles que no me dejaran en la calle ni me mandaran al asilo. Lo que quería era prometerles que me portaría mejor y que sería una buena niña, pero me daba cuenta de que ya no bastaba. Los Dinello estaban frente a mí como juez y jurado al mismo tiempo. O presentaba una defensa convincente o no querrían saber nada de mí. Estaban agotados. No podían más.

Levanté la vista y los miré, parpadeando: ella y su pelo negro con la mecha gris y sus ojos cansados; él con el pelo blanco y esa cara tan seria que me miraba casi como un ruego; la ropa gastada de ambos y, como telón de fondo, el despacho que se había convertido en mi hogar, con su bienintencionado banco, su cruz en la pared y su imagen del santo con barba y túnica que abrazaba a un niño con ternura.

Los niños intuyen lo que quieren oír los adultos. Tienen un sexto sentido para lo que puede procurarles el cariño de quienes controlan su destino. Allá, en la pequeña fábrica de helado, encajó todo de repente.

—Solo quería dinero para el cesto de la iglesia —dije en voz alta—, y dárselo a Jesús para que me cure la pierna. Solo quiero ser una buena católica... —Me eché a llorar—. Como ustedes.

Era, por supuesto, una mentira colosal, pero en cuanto la dije me la creí a medias. Quizá fuera verdad. Quizá sintiera, en efecto, un gran anhelo por ser como ellos, por pertenecer a algo. Lo que está claro es que en aquel momento me creí mis palabras como cree en una balsa salvavidas un hombre que se ahoga.

Mi percepción de en qué me ayudaba el rosario era muy vaga. En el fondo no entendía lo que significaba que una judía fuese a la iglesia o le rezase a Jesús. La verdad es que era muy pequeña. Pero ¿quién sabe? Es posible que después de vivir varios meses con los Dinello y sus compatriotas tuviera el deseo real de ser como ellos. A menos que fuera simplemente mi último recurso... Qué le vamos a hacer, queridos. El caso es que hice lo que tenía que hacer.

Fue como si los Dinello se derritieran nada más oír mi absurda explicación. Mi razonamiento parecía verosímil por su propio infantilismo. («¡Imagínate! ¡Tiene tantas ganas de ser católica que duerme con un rosario!», oí que le decía más tarde la señora Dinello a la señora Ferrendino, con un toque de orgullo y de sorpresa.) Quizá los Dinello se dejaran engañar fácilmente con halagos, como la mayoría de la gente; o quizá fueran indulgentes y bondadosos, y hubieran sufrido penurias para no darme la oportunidad de que me redimiese.

La señora Dinello sacudió la cabeza y me miró con los ojos empañados.

—Ay, *ninella*... —suspiró.

El señor Dinello ladeó la cabeza y me hizo señas de que me acercara. Caminé hacia él con mi bastón, por los tablones torcidos, y me puse en sus manos.

Los Dinello me instalaron en el piso de arriba, en la misma habitación que Beatrice. Yo creía que era para ayudarme a sentirme «más católica» y más integrada en la familia, pero ahora sospecho que lo hicieron para que estuviera mejor vigilada. Fue una gran desilusión oír anunciar a la señora Dinello que los peniques de mis encajes, los que guardábamos en el tarro, irían cada semana al cesto de la iglesia, en vez de gastarse en excursiones al cinematógrafo. Por otra parte, cada vez se requería más a menudo mi ayuda en la cocina, antes de ir a la escuela. Yo le llevaba los ingredientes al señor Dinello, y él cantaba en italiano, haciendo guiños.

Pocas semanas después, con un vestido blanco cosido con sus propias manos por la señora Dinello y la señora Salucci, caminé solemnemente –y sintiéndome como una reina, como no volví a sentirme en muchos años– hacia la pila bautismal del rincón de la iglesia de la Preciosísima Sangre. Me acompañaban, claro está, los señores Dinello, así como Silvio, Vincenzo, Luigi, Annunziata y los cuatro nietos. También estaba la señora Ferrendino, y los Piccolo, y los DiPietro, y hasta la señora Salucci, con cara de vinagre. El padre Antonucci me hizo inclinarme suavemente hacia el borde, tal como me había enseñado.

Previamente me habían indicado que podía ser oportuno adoptar un nombre de bautismo «más cristiano, más italiano».

–Maria, por ejemplo –propuso el padre Antonucci–. Como se parece bastante a Malka... Podrías ser Malka Maria.

–Maria es un nombre muy bonito –dijo la señora Dinello, asintiendo–. Mi abuela se llamaba Maria Teresa.

–No –dije yo solemnemente.

La señora Dinello y el cura se miraron, nerviosos.

–No quiero llamarme Malka para nada –dije.

Malka. Maaal... ká. Chirriaba en mi cerebro igual que mi bastón por las aceras, arrastrado como el peso muerto de mi pierna. Resonaba en mi cabeza como la burla en que se había convertido en el patio del colegio. Volvía a mí en la voz de mi madre, que anunciaba furiosa que «todo» era culpa mía. Malka era la niña «violenta» y «loca» a quien habían estado a punto de encerrar. Malka era la bocazas que solo traía desgracias. Malka era la *ammazzacristi,* la sucia judía condenada al infierno.

—Por favor —les supliqué a la señora Dinello y al padre Antonucci—, ¿puedo ponerme un nombre nuevo? Uno americano, el mismo que aquella chica tan guapa del cinematógrafo.

Apenas más de un año después de que llegara desde Vishnev con mi familia a la isla de Ellis, el padre Antonucci pronunció una oración solemne en latín y me hizo bajar la cabeza hacia la pila de mármol llena de agua bendita. Después me la echó encima y corrió por mi pelo como muchos dedos, mojándome la nuca y acumulándose en las pequeñas cavidades de mi clavícula. Cuando el cura me hizo levantar, el agua mojó el encaje de mi cuello, corrió por mis brazos y cayó alrededor de mis pies en forma de moléculas pequeñas y brillantes, una lluvia de diamantes líquidos que lo arrastraba todo hasta que quedé limpia. Todos me aclamaron entre aplausos.

Entré en la iglesia como Malka Treynovsky Bialystoker. En cambio, al salir era Lillian Maria Dinello.

Había empezado la leyenda de mi vida americana.

6

Pocos días antes del juicio me llama por teléfono un tal Robin Leach. No ha querido pasar por mi publicista ni por mi secretaria, ni por mi ejército de abogados; insiste en hablar conmigo personalmente, y tiene un acento inglés que tira de espaldas, como una parodia de *cockney*. Berrea de tal modo por teléfono que me imagino que piensa que estoy sorda. Al principio tengo claro que es una broma de mal gusto, pero no: se llama Leach realmente*. Y es verdad que presenta un nuevo programa de televisión titulado *Cómo viven los ricos y famosos*, que se lanzará el año que viene. Me pregunta si estaría dispuesta a dejar que entrasen las cámaras en mi casa de Bedford. No parece que le quite el sueño mi condición de imputada.

—Lo que buscamos son «deseos de champán y sueños de caviar» traducidos al mobiliario y la decoración —me explica—. A los espectadores les importan un bledo los escándalos. De hecho, según qué escándalos van bien y todo. A ellos lo que les importa es esto: espejos de pared a pared, muebles con estampado de leopardo, sábanas de raso, arañas de cristal y piscinas climatizadas. Y cuanto más dorado esté todo, mejor. Su difunto esposo, por ejemplo. ¿Por causalidad tenía palos de golf dorados? ¿En su casa hay algún grifo dorado? ¿Y el váter? ¿No tendrá la cadena dorada, por casualidad? Es increíble el interés que despiertan los váteres dorados. También dan puntos extra los cines en casa, las camas de agua redondas, los muebles bar con fregadero, las bodegas, los pianos de cola siempre que no

---

* La palabra inglesa *leach* suena como *leech*, «sanguijuela». *(N. del T.)*

sean negros, las cámaras especiales para abrigos de pieles, las máquinas recreativas y los *jacuzzi*. Ah, y los garajes con varias marcas de coche; ahí sí que se ve quién tiene pasta, con perdón. Oiga, ¿por casualidad no tendrá algún DeLorean o algún Lamborghini?

—¿Lamborghini? ¿Qué es eso? ¿Un tipo de pasta? —contesto.

Me estoy haciendo la boba, qué le vamos a hacer...Ya sé lo que es un Lamborghini, gracias. Aunque yo siempre compro coches del país.

—¿Y los Cadillac? —digo—. ¿Aún cuentan para algo?

—Depende. Nosotros preferimos los dorados, los plateados o los magentas.

Sospecho que mi casa de Bedford no se acerca ni de lejos al lujo que le atribuye el señor Leach. La finca que teníamos en Palm Beach, con fuentes a la italiana, pistas de tenis y rotonda, habría sido más de su gusto.

—Mire —le digo—, la verdad es que ahora mismo solo tenemos dos piscinas y una sauna. Es todo bastante discreto, aparte del bar y la sala de baile.

A mí este concepto televisivo me parece de lo más penoso. ¿Quieres hurgar en mis armarios? ¿Enseñarles a los espectadores mis cajones con tiradores de cristal? Sin embargo, me doy cuenta de que el tal Leach trafica con la misma experiencia que tuve yo en las calles de Hamburgo. A todos nos gusta pegar la cara al cristal, apartar una cortina de terciopelo y echar un vistazo a lo que hay dentro.

Además, ¿por qué no voy a estar orgullosa?

Por otra parte, según dice el tal Robin Leach, sus productores me pagarán muy bien si participo.

Bueno, pues nada. Cualquier ayuda es poca para sufragar mis costes jurídicos. Total, si ya me acosan las cámaras, ¿por qué no usarlas en mi beneficio? ¿Y a quién le amarga un cheque?

—Ahora, que si lo hacemos habrá algunas habitaciones donde no se pueda entrar —le digo.

Como lo que era el vestidor de Bernie. Y mi «sala de recuerdos», que a lo largo de los años he llenado a rebosar con esos potecitos tan maravillosos de jalea y mermelada de frambuesa que siempre me sirven en el Waldorf con el desayuno. Toallitas procedentes del Hilton. Ceniceros del Plaza. Cuchillos de mantequilla y cucharillas de Delta TWA. Maravillosas etiquetas para el equipaje y saleros de porcelana del Concorde. Cerillas del Sherry-Netherland. Varios jabones de hotel. Palitos de plástico para los cócteles o para remover el café. Azucarillos. Cientos de bolsitas de kétchup, sal y salsa de soja de restaurantes. Servilletas de papel. ¡Están tantas veces a mano! Qué le vamos a hacer. Nunca sabes cuándo necesitarás urgentemente alguna de estas cosas. Aun así, sospecho que es mejor que los espectadores solo vean mi Chagall.

–Mándeme el papeleo –le digo a Robin Leach– y la oferta económica por escrito.

–No, ni hablar. No puedes, mamá –declara Isaac durante el desayuno.

–Porque tú lo digas –respondo–. ¿Te lo ha preguntado alguien? Míralo, qué aires... Aún no has acabado de robarme el patrimonio y ya haces como si fueras mi casero.

–Yo no pretendo robarte el patrimonio, mamá; lo que intento es protegerlo. Y de paso, tu reputación.

–Señora Dunkle, en eso tengo que estar de acuerdo con su hijo –dice mi abogado, el señor Beecham, mientras se exprime en el Perrier una media luna de limón, protegiéndola con la mano para que no salpique el mantel.

Sé que me miran de reojo desde las otras mesas, y sospecho que tarde o temprano empezarán a congregarse *paparazzi* en la acera.

–Ahora mismo lo que menos le conviene es que la vea todo el mundo presumiendo de mansión por la tele –dice Beecham en voz baja–. Necesitamos que la compadezcan.

–Yo no quiero que me compadezcan. –Resoplo por la nariz–. Lo que quiero es que me teman y me respeten.

–Mamá, ¿qué te crees, que respetarían a alguien que se ha gastado ochenta y cinco mil dólares en una caseta de perro que es una copia de Versalles?

151

–¿En qué país has crecido tú? –Lo miro con suficiencia–. Pues claro que me respetarán. Esto es América, hombre.

–Lillian, ¿me dejas decir algo? –interviene con dulzura Rita, dando palmaditas en el puño de *tweed* de mi hijo.

No ha tocado su salmón poché, y eso que es el plato más caro de la carta. Mi nuera. De repente vuelve a ser la viva imagen de la preocupación. Sospecho que es ella quien convenció a Isaac de que volviera de su segunda residencia para reunirse conmigo y con mis abogados antes de los juicios. Quizá haya infiltrado a un espía en el servicio.

–Escucha, Lillian, aquí estamos todos de tu parte –insiste.

Ya. Me suena de algo. No es lista ni nada, Rita, con sus ojos de lince, su escalado de peluquería cara, sus collares de oro brillante que se apoyaban en la clavícula y su licenciatura de postín por la Universidad de Pensilvania. La Rita que no toca la comida y que aunque ya no cocine tiene un Cuisinart.

Después de la muerte de Bert, durante un tiempo fue Rita mi mejor amiga. «Pásate el jueves, Lil, que te haré mi famosa lasaña. Así charlamos un poco en la cocina sin que nos moleste nadie, entre mujeres.» Se ofrecía a llevarme cada semana de compras a Saks, me acompañaba al internista y al neumocardiólogo y al fisioterapeuta, y reservaba hora semanal para las dos en mi salón de belleza. «Desde que Jason es adolescente ya no me necesita –decía, resignada–. ¿Vienes a tomar el té en el Plaza?» Y yo, tonta de mí, había llegado a contemplar la posibilidad de que le gustase de verdad mi compañía. La de libros de bolsillo que le compré... ¿Y aquella ropa interior tan cara de John Kloss? ¡Dieciséis dólares por un sostén sin nada de encaje! «Me ayudas tanto», me dijo una vez, apretándome el brazo, mientras nos enfrentábamos las dos al viento en la calle Cincuenta y siete.

Debería haberme olido algo. Qué maquinadora... Solo quería asegurarse de que estaba ocupada. De que no estaba en la oficina.

Se echa el resto de Tab en el vaso.

–Los hombres ricos pueden tener doscientos deportivos sin que nadie los llame otra cosa que «coleccionistas» o «entusiastas», Lillian —dice con acritud—, pero cuando una mujer tiene cien pares de zapatos la gente piensa: «¿Y esa quién se ha creído?». —Tiende una mano por encima de la mesa y me toca el antebrazo con la punta de los dedos—. Es que no quiero que les des más excusas para hablar mal de ti.

Aparto el brazo con mala cara. El problema de mi nuera es que a menudo tiene razón. Rita es mucho más lista y tiene más sentido común que mi hijo. Se complementan a la perfección. Lo que pasa es que también es una urraca: si le enseñas algo que brille, no piensa en otra cosa. Deseo. Consumo. Los reconozco todos en ella. Demasiado bien los conozco yo.

—Tú lo que pasa es que no quieres que te haga pasar vergüenza —digo con amargura, mientras dejo ruidosamente el tenedor—. Estáis todos conchabados. No queréis que el FBI incaute todas mis pertenencias antes de haberles puesto vosotros las manazas encima.

—Mamá —dice Isaac.

—Esta fortuna la hice yo, no vosotros.

Mi marido, Bert, tenía la mandíbula, los pómulos y el torso que suelen encontrarse esculpidos en mármol en los templos griegos. Los ojos, de pestañas largas, los tenía hundidos, y le colgaba en la frente un mechón de pelo. Era tan guapo, queridos, que podría haber llevado permanentemente al cuello una bufanda de aviador.

El día en que estampó nuestro camión de los helados en la boca de incendios de Merrick Road, todos creyeron que había aparecido una estrella de cine al volante de un bólido. Ni se les ocurrió pensar qué hacía una estrella de cine conduciendo un camión de Crema Helada Dunkle's por Bellmore, Long Island, como no pareció que les importase que se le hubiera pinchado una rueda al subirse al bordillo. El camión tenía las ruedas de delante trabadas en la acera y la parte de atrás en la calle, bloqueando el tráfico en el sentido hacia la playa mientras la pequeña caja de música que habíamos montado a bordo tocaba sin descanso una versión metálica de «El Danubio azul». La boca de incendios, aplastada contra un lado del camión, estaba arrancada de la acera, y las tuberías de debajo disparaban agua como un géiser. Tampoco en eso, sin embargo, pareció fijarse nadie.

–¡Dios mío, Hazel, mira! –exclamó alguien–. ¡Es Douglas Fairbanks Jr.!

–¿Dónde?

–¡Allá, en aquel camión!

–Doris, que no. Estás loca.

–¿No lo ves? ¡Mira!

–¡Caramba! No es Douglas Fairbanks. ¡Es Errol Flynn!

Creían, por lo visto, que todo era una escena de película rodada con cámaras ocultas. En cuestión de minutos rodeó nuestro camión una docena de personas, sobre todo mujeres, que sonreían y se abanicaban bajo el sol de mediodía, señalando como locos.

–¡Señor Flynn, señor Flynn! –gritaban–. ¡Madre mía! ¡Errol!

Una mujer quiso pedirle un autógrafo.

A mí el derrape me arrojó debajo del salpicadero, pero en el momento del frenazo lo primero en que pensé no fue en mí misma –no me dolía nada–, sino en el camión. Por favor, pensé, que no le haya pasado nada demasiado grave. Bert saltó de la cabina y se quedó un momento paralizado en la calle, con su delantal y su gorrita blancos, sin saber si venir a mi lado, volver a sentarse al volante o contestar a las mujeres que chillaban y saludaban.

–¡Bert! –bramé–. ¡Ven a ayudarme!

Las mujeres de la calle se apartaron con veneración para dejarle paso.

–¿Tú dónde crees que están las cámaras? –Oí que decía una.

–L-L-L-Lil, lo siento mucho... Espera, que te ayudo –dijo Bert, abriendo la puerta. El chorro de la boca de incendios le había mojado de los pies a la cabeza. Tenía la camisa blanca y el delantal pegados a los pectorales. De niño había sido tartamudo, y cuando se ponía nervioso recaía–. ¿T-te encuentras b-bien?

Se me había caído el bastón debajo del salpicadero.

–T-toma, n-nena –se apresuró a decir al tiempo que lo recogía.

Le pasé los brazos por los hombros, y él, como todo un caballero, me depositó primero en el estribo y después en la acera. Yo estaba ilesa. La piel y el pelo mojados de Bert brillaban bajo el sol. Parecía que acabaran de hacerle un baño de bronce.

–Oooh –suspiró extasiada una mujer.

Nos quedamos un momento donde estábamos, evaluando los daños con consternación. El chorro de agua que golpeaba el camión desde la boca de incendios parecía sangre. Tuve el impulso irrefrenable de cortar la hemorragia. El neumático delantero derecho se estaba desinflando rápidamente, y el camión se escoraba como un barco a punto de hundirse.

Merrick Road era la carretera principal. Detrás de nosotros ya se había formado un embotellamiento, y algunos conductores empezaron a sacar de sus bocinas balidos ovejunos. Era el fin de semana del 4 de julio. Según el pequeño termómetro enganchado por Bert en el borde interno de la ventanilla había casi treinta grados.

–¡Bert, por Dios! –exclamé.

–L-L-Lil, que solo es un neumático –dijo él–. Se puede arreglar.

–¿Ah, sí? ¿Cómo?

–D-déjame un minuto, ¿vale?

–A la izquierda, te había dicho. Gira a la izquierda. ¿Por qué no me has hecho caso?

–¡Pero si he girado a la izquierda!

–¿Esto lo llamas tú la izquierda? –Señalé el camión torcido, que se estaba desplomando a la derecha de la acera–. Cada vez que digo izquierda, tú giras hacia la derecha. Si te digo derecha, tú vas a la izquierda. ¿Qué leches tengo que hacer? ¿Decir derecha cuando quiero que gires a la izquierda?

Bert bajó la cabeza.

—Tampoco se puede ir dando órdenes así, a grito pelado.

—¡YO NO GRITABA!

Y así estábamos, cara a cara y bajo un calor visceral, mientras la pequeña aglomeración de lugareños nos miraba con expectación como si fuese una obra de teatro. Seguía sonando «El Danubio azul», pero cada vez más despacio, a medida que se le acababa la cuerda a la cajita. Al final Bert metió la cabeza por la ventanilla delantera y la apagó. Fue un alivio. El agua de la boca de incendios perdió fuerza, y de ser un chorro grande se redujo a un burbujeo constante, como un pulso cardíaco.

Suspiré y señalé el camión.

—¿Cuántas posibilidades hay de que aún funcione?

Para entonces algunos de los conductores atascados detrás de nosotros habían apagado el motor para bajar del coche —un Hudson, recuerdo, y un Nash descapotable de dos plazas amarillo canario que parecía un sillón muy acolchado; en esa época la gente conducía por puro placer— y se acercaron a echar un vistazo.

—¡Anda! —Uno de ellos se puso en cuclillas junto al chasis, bajo un sol de justicia, y sacudió la cabeza—. Me parece que puede haberse roto el eje.

—¿También son actores? —Oí que preguntaba una mujer.

—Aquí no hay ningún actor, señoras —dije irritada, abanicándome con una mano. Se me habían pegado a la espalda la falda y las tiras del delantal—. Nosotros vendemos helado. Y este es mi marido, no Errol Flynn.

Las mujeres miraron a Bert con incredulidad y luego a mí, y después el camión, tan grande, a rayas. En 1936 no eran habituales los camiones de helados. De hecho, el nuestro era un Divco Twin Coach de segunda mano que había sido de unos panaderos, y en el que Bert había instalado un pequeño congelador continuo y un par de neveras viejas, todo ello conectado a un generador alimentado por el motor. Dentro había el sitio justo para dos personas, a condición de ir encogido. Solía ser Bert quien sacaba el helado del congelador, al fondo a la izquierda, y me daba los cucuruchos, que yo pasaba a los clientes a través de la puerta, la cual se plegaba como un acordeón. Por fuera lo habíamos pintado a rayas anchas de color rosa claro, blanco y beis, para que se pareciera a las napolitanas, las barras de helado de chocolate, fresa y vainilla que entonces se vendían mucho, frecuentemente al corte. En el parabrisas y en los lados del camión, yo había escrito CREMA HELADA DUNKLE'S con letras rojo cereza, encima de lo que supongo que fue nuestro primer logo: una imagen de un cucurucho de helado (tres círculos sobre una uve) dentro de la silueta de un corazón.

Con su caja de música y sus letras fantasiosas, y ahora su rueda delantera pinchada, aquel camión... Aquel camión era lo único que teníamos en el mundo Bert y yo. La mayoría de las noches hasta dormíamos en él.

—Lo siento, chicos —dijo el conductor del descapotable, mirándonos desde su posición al lado del neumático destrozado—, pero por lo que veo, esto de aquí no se mueve.

Otros conductores se pusieron en cuclillas junto a Bert en el polvo.

—Está torcido el eje —dijo Bert.

Debatieron qué hacer. Un sol ardiente atravesaba la brisa salobre. Las gaviotas graznaban, dando vueltas. Antes del accidente solo habíamos hecho dos paradas. Aquella mañana los parques y juegos infantiles de Queens estaban casi vacíos. Habíamos ganado quince centavos. El grueso de nuestro inventario estaba en la nevera, envuelto en hielo seco en espera de venderse. En principio, la tarde del 4 de julio tenía que ser el día de mayor negocio de todo el año.

Contraje los párpados para mirar el cielo candente de mediodía. La carretera desprendía un olor pernicioso de alquitrán.

En otras ocasiones habíamos tenido apagado el motor quince o hasta veinte minutos sin problemas. Para vender el helado teníamos que desconectarlo (y el generador también), ya que en caso contrario hacía demasiado ruido y era peligroso, claro: se nos habrían muerto los clientes con el humo del tubo de escape. Trabajábamos deprisa, Bert y yo; tanto, que Bert era capaz de servir un cucurucho al peso exacto —cien gramos, ni un penique más– en ocho segundos. Es importante, queridos. Si no rizas el helado como es debido, pierdes mucho dinero. Hay que pasar el sacabolas por la superficie y formar una tira que se enrosque en sí misma hasta crear una bola hueca. Hay que crear una ilusión de tamaño y densidad, pero sin que cada bola exceda los cien gramos. De lo contrario, pierdes el margen de beneficio.

Bert había practicado sin descanso, mientras yo cronometraba y pesaba el fruto de sus esfuerzos en una pequeña balanza. Gracias a mi capacidad de sumar y dar el cambio mentalmente, llegamos a un punto en que podíamos atender a treinta clientes sin que llegaran a cumplirse catorce minutos. Nunca habíamos tenido apagado el motor más de veinticinco.

Vi que uno de los hombres se ponía de pie delante del morro del camión y suspiraba. Otro sacudió la cabeza. A Bert se le veía desolado. Me invadió una sensación horrible. Era sábado, día festivo en todo el país. Aun cuando hubiera una gasolinera cerca, no abriría como muy pronto hasta el lunes. Y perdidos con nosotros, en medio del calor, había sesenta y ocho litros de «crema helada» de Dunkle's, que era todo lo que teníamos.

Durante la primavera posterior a mi bautismo fue como si el señor Dinello desapareciese. Sin sus botas, que oía rechinar cada mañana muy temprano en la escalera, cuando aún no se habían despertado los callejones llenos de humo y luz violeta, y sin su voz, que oía susurrar con entusiasmo en plena noche, cuando en la cocina solo quedaba encendido un chorro de gas y la señora Dinello le servía cansada un plato de *manicotti*, habría pensado que su desaparición era completa, como la de papá.

De día, en su ausencia, entraban y salían muchos hombres para hablar con la señora Dinello, aunque la cocina en sí estaba cerrada. La señora Salucci se pasaba el día meneando la cabeza y chasqueando la lengua.

—Salvatore es demasiado soñador. Acabará en el hospicio, o lo visitará la Mano Nera, o algo peor.

Aun así las viviendas de los Dinello se habían llenado de un ambiente de expectación, un secreto jubiloso, un aguantarse colectivamente la respiración.

—Ven —me dijo un sábado por la mañana la señora Dinello cuando acabé de lavar los platos.

Los niños ya estaban fuera. En el edificio reinaba un silencio peculiar. La señora Dinello me hizo una trenza y me limpió las mejillas con saliva, como muchas veces antes de salir para la iglesia, pero esta vez no giramos a la derecha para ir a Baxter Street, sino que me puso una mano en la base de la espalda y me condujo primero hacia el norte y después hacia el oeste hasta llegar a una gran avenida llena de escaparates, ruidosa de tranvías. A media manzana estaba el señor Dinello, que nos saludó con entusiasmo.

—Magnífico, ¿sí? —dijo con un gesto ampuloso.

Detrás de él había un escaparate recién lavado donde ponía DINELLO & SONS FANCY ITALIAN ICES & ICE CREAMS en letras de oro bruñido, hechas con plantilla. Al otro lado del cristal se vislumbraba un largo mostrador esmaltado. Los nietos ya estaban dentro, amontonando cajas y pasando la mopa por el suelo.

La nueva fábrica de Lafayette Street triplicaba sobradamente las dimensiones del local de Mulberry. Los tablones llenos de polvo, las ratas, las luces de gas, la competencia olfativa del ajo, el tomate y la mejorana... Todo eso había desaparecido. Había baldosas blancas hasta media pared, como una especie de *boiserie,* y por encima pintura de color crema, pero lo más llamativo era la electricidad. Encima de la mesa colgaban tres lámparas redondas y profusamente adornadas, que parecían pendientes de perlas. Y en el rincón del fondo montaba guardia la estrella de la fábrica: un congelador continuo vertical, motorizado; un aparato cilíndrico muy especial y tan brillante por sus niquelados como por las promesas que albergaba.

Durante la década anterior a que llegase mi familia a América, un tal Burr Walker, nombre extraño, ideó un «congelador por circulación de salmuera». En vez de usar hielo y sal gema, este curioso artilugio congelaba los ingredientes dentro de un cilindro rodeado de salmuera y enfriado mediante un compresor de amoníaco. En 1905, otro hombre, Emery Thompson, dueño de un puesto de refrescos en uno de los majestuosos grandes almacenes de Nueva York, sacó un invento que recibió el nombre de «congelador de proceso continuo alimentado por la gravedad». Ya, ya sé que da pereza hasta decirlo.

Era un aparato vertical, lo cual permitía verter los ingredientes por arriba, poner en marcha el motor y recibir la crema helada por abajo, en un balde. Se podían hacer tandas sin parar.

De hecho los congeladores de última tecnología que diseñó Bert para nuestra planta de Nueva Jersey se basan en este antiguo modelo. ¡Y no son bonitos ni nada, queridos! Pueden producir casi cuatro mil litros por hora para nuestra división de supermercados. Dos veces por semana hacemos visitas guiadas a la fábrica. Os lo aconsejo fervientemente, de verdad.

El pequeño congelador que compró el señor Dinello era mucho más modesto, claro; recuerdo que podía producir cien o ciento cincuenta litros por hora, pero fue una magnífica inversión. De repente ya no teníamos que darle a la manivela de la heladera.

—¿Lo veis? ¿Lo veis?

Para hacer una demostración, el señor Dinello se subió a una escalera de mano y vertió una gran cantidad de líquido cremoso en una abertura. Después la cerró a presión, accionó un interruptor y de pronto la sala se llenó de ruido, como si temblase la cocina entera. Transcurrido apenas medio minuto, la máquina sufrió una sacudida y se paró. El señor Dinello sacó un enorme cubo de debajo y nos hizo un guiño. Nos acercamos y estuvimos a punto de gritar. Dentro había cuatro litros de reluciente helado de vainilla.

En veinte minutos, el señor Dinello podía hacer lo que hasta entonces costaba horas de duro trabajo.

Comercialmente, como es natural, fue una explosión. *Gelato, gelato*: de él se hablaba, como música, por toda la casa de vecinos de Mulberry Street. Los hijos de los Dinello dejaron sus trabajos en el túnel para ayudar a llevar la empresa. Cada mañana hacían cinco sabores de cremas —chocolate, fresa, vainilla, café y pistacho—, más dos tipos de sorbetes: limón o cereza y uva o naranja, según la temporada. Aparte de las dos neveras del local, se aprovechó una habitación húmeda del sótano como «sala de endurecimiento», donde se podía guardar el helado envuelto en hielo. Pronto el señor Dinello tuvo a su servicio a seis vendedores que comercializaban sus helados en unas carretas blancas y doradas muy pintorescas, que había diseñado él mismo. Saliendo de Wall Street, se repartían hacia el norte hasta llegar a Houston, y su reclamo, que imitaba las cadencias de la achocolatada voz de barítono del propio dueño, se elevaba por encima de las plazas y los edificios como una bandada de pájaros.

De vez en cuando llegaba a la vivienda de Mulberry Street un hombre con chaqueta forrada de seda y bombín caro, que hablaba en italiano y se prodigaba en guiños joviales, y a quien la señora Dinello hacía entrega de un grueso sobre atado con cordel.

La señora Salucci observaba con mala cara sus idas y venidas.

—Claro, los primeros pagos siempre son los más fáciles.

A mí la nueva máquina de helados me tenía fascinada. Era un truco de magia constante y gigantesco. Se metía el líquido y... *presto!* Salía el helado. Cuando nadie me veía, rozaba los cuadrantes con la punta de los dedos, toqueteaba los botones y me asomaba al pitorro de la base para intentar averiguar su funcionamiento. El helado, la masa helada en sí, seguía dejándome melancólica después de comerlo, pero su producción, el proceso de transformación, era alucinante, de puro abracadabra... Lo adoraba. Podía mirarlo durante horas, y tan feliz.

Los nietos también. El primer día gritábamos «¡mira, mira!» cada vez que caía en el cubo otro cuajo de helado. Nos parecía inconcebible que pudiera repetirse el mismo milagro una y otra vez. El señor Dinello nos lo demostró con todos los sabores. ¡Primero vainilla! ¡Luego fresa!

En cambio, cuando me vio dar una palmada en el chasis, reluciente y plateado, puso mala cara.

—*Ai, ai, ai*, no la toques, que estas máquinas no son para las niñas.

Solo los hijos y los nietos tenían permiso para manipular el nuevo instrumental. Solo los hijos y los nietos tenían conocimiento de las recetas de helado actualizadas, y solo a ellos se les confiaba la labor de probar cada remesa y meter rápidamente a paletadas el helado recién hecho en grandes recipientes de metal envueltos con hule, para subirlos a las carretas que ya estaban esperando. Eran ellos, después, los que lavaban con lejía los congeladores, fregaderos y superficies de trabajo, y solo ellos los que, al volver de la escuela, podían servirse sin necesidad de pedir permiso grandes platos de helado de chocolate. Solo los niños y los hombres trabajaban con el señor Dinello, cantando óperas a coro en la nueva y luminosa cocina.

Yo, por mi parte, seguía teniendo que presentarme a diario ante la señora Salucci cuando volvía del colegio.

—¿Por qué pones mala cara? —dijo la señora Dinello, limpiándose, también con mala cara, las manos con un trapo—. Con el encaje ya ganas mucho dinero para la familia. En el local no harías más que estorbar.

Había creído que una vez bautizada sufriría una mágica transformación. En el colegio, a pesar de las burlas, destacaba, sobre todo en matemáticas y lectura. Cada noche, después de cenar, me sentaba pacientemente a la mesa para dar clase a la señora Dinello y dirigir sus manos fruncidas por las letras blancas de molde de mis libros del colegio.

—*House. Mouse. Louse* —repetía ella.

—Muy bien —decía yo—. Ahora pruebe con estas, *signora: Birth. Girth. Mirth.*

Intentaba sonreír, algo que nunca me ha salido espontáneamente, aunque me sepa mal decirlo. Los domingos iba a confesarme y rezaba a Jesús —evitando, eso sí, la visión de su cuerpo retorcido, desnudo y cubierto de sangre—, componiendo una expresión beatífica durante la cola para comulgar.

Pero, a pesar de todo, Beatrice y Annunziata seguían mirándome como si fuera poco más que una palangana o una tabla de planchar. Cuando cruzaban la puerta a toda prisa, y yo les decía *«buona sera, zii»*, los tres hijos adultos de los Dinello hacían una mueca. Nunca me sentaba en ninguna rodilla, ni nadie me alborotaba el pelo por sistema, ni llamaba a los Dinello *«Nonno»* o *«Nonna»;* tampoco recibía una palmada cariñosa en el trasero o un beso en la frente antes de irme a la cama. Todos seguían llamándome *ninella,* o simplemente *la ragazza* («la niña»), pero nunca Lillian. Excepto Rocco, que ahora me llamaba «Caballito».

Yo no entendía mi incapacidad para despertar amor en nadie. No cabía duda de que con mi nuevo nombre me había convertido en otra persona, alguien mejor. ¿Qué hacía mal? Al final llegué a la conclusión de que el problema radicaba en mi única y persistente infidelidad.

Algunos días, después del colegio, en vez de ir directamente a casa de la señora Salucci me sorprendía a mí misma cojeando de regreso a Orchard Street. Sabía que era absurdo, sí, pero el impulso era como un escozor que no me dejaba vivir. Me quedaba delante de la antigua casa de vecinos de mi familia con la mirada fija en las salidas de incendios, las cortinas baratas clavadas sobre las ventanas y la ropa colgada a lo largo de la fachada, y formulaba con los dedos cruzados el deseo de que apareciesen mamá, papá y mis hermanas. A veces abordaba a los inquilinos o los vendedores ambulantes que se apostaban cerca de la casa.

—Por favor, cuando vuelva mi papá, o si ve usted a una niña rubia que se llama Flora, ¿podría decirles que estoy en casa de los Dinello? Dígales que busquen al señor de los helados.

Y siempre, al decirlo, crecía en mi interior una burbuja imposible de esperanza. Como la mayoría de los niños abandonados, me contaba historias como que de momento papá estaba demasiado ocupado en hacer grandes cosas para regresar, pero que llegaría el día, sin duda, en que volviese en coche, magníficamente vestido, y me trajese una bolsa de papel con chocolatinas rellenas de mermelada.

Los desconocidos de Orchard Street me miraban extrañados. (Yo no era consciente del efecto del pequeño crucifijo de plata que me había dado la señora Dinello para la primera comunión, y que colgaba de mi cuello con una cadenita.) Por otra parte, el barrio se me hacía cada vez más ajeno. A fin de cuentas, no me habían enseñado a leer el alfabeto hebreo, sino solo el latino, y con su extraña ropa, procedente de otra zona del Viejo Mundo, los judíos empezaron a antojárseme algo distinto a mí, borroso, extraño, como salido de un antiguo sueño.

A pesar de todo, me fui convenciendo de que la señora Salucci estaba al corriente de mi sucio secreto y de mis íntimos anhelos, y llegué a la conclusión de que para que me aceptasen algún día los Dinello debía renunciar por completo a Orchard Street. De lo contrario, lo interpretarían como una deslealtad y pensarían que seguía siendo Malka la Judía. Es posible que me lo creyera de verdad y empezara a evitar la calle para hacer penitencia, aunque también puede ser que me apenara de un modo insoportable volver a ella. En todo caso, hice el esfuerzo de soslayar por completo el barrio judío.

Aun así, había veces, en lo más sofocante del verano, cuando subía con los nietos a dormir en la azotea, llevándonos las finas sábanas y las almohadas, en que sin poder evitarlo miraba hacia el este, hacia el bosque de depósitos de agua y chimeneas, unas cuantas manzanas más allá, donde me parecía que podía estar la vieja ventana del señor Lefkowitz.

Mientras dejaba mi almohada en el alquitrán caliente y rugoso de la azotea, me imaginaba a mamá en el manicomio. También me imaginaba a Bella limpiando suelos en un lujoso apartamento con vistas a un jardín, en aquel sitio que llamaban «Bronx». A quien no soportaba imaginarme era a Flora. Aun así, mientras se hacía de noche, no apartaba la vista del horizonte, esperando contra todo pronóstico que en los recuadros arenosos de la ventana apareciese alguna silueta conocida. Nunca llegué a ver nada. Al final, inevitablemente, anochecía, y se apagaba la luz de la ventana.

La historia. Parece, queridos, que no tenga importancia, hasta que te pasa a ti.

En 1917 el precio del azúcar subió un ochenta y tres por ciento a causa de la guerra, y el Departamento de Agricultura instó a los fabricantes de helado a sustituir la mitad del azúcar que usaban por jarabe de maíz, a fin de conservar para las tropas el de caña (y salvar quizá al propio sector heladero). También se autorizaron otros sustitutivos, como los huevos en polvo y los sólidos lácteos.

Al probar la primera tanda de fresa de Dinello's hecha con jarabe de maíz, el señor Dinello tiró asqueado, cosa rara en él, la cuchara a la mesa.

—¡Pero qué es esto! —exclamó—. ¡Si no se puede ni comer! Pero ¿qué otra opción tenía?

Luego, en la primavera de 1918, fueron llamados a filas Luigi y Silvio, de cuyas prometidas hacía tiempo que se había perdido la pista en Italia, en el fragor de la guerra. Como no quería separarse de sus hermanos, y tenía muchas ganas de demostrar su lealtad al nuevo país que tanta prosperidad había aportado a su familia, Vincenzo también se alistó. ¡Qué responsable se era entonces! De ser un hervidero de recién llegados, los muelles de Lower Manhattan pasaron a serlo de esos mismos inmigrantes, provistos por el Departamento de Guerra de Estados Unidos de flamantes uniformes verde oliva, que emprendían el viaje en sentido contrario.

Los hombres de nuestro barrio que no estaban en condiciones de incorporarse a filas encontraron trabajo en los sectores de la metalurgia o de la construcción naval, como operarios, estibadores o fabricantes de herramientas; en fábricas de suelas de botas, latas, navajas, hebillas, remaches y cuerdas. De repente, el señor Dinello se encontró como un hombre mayor a cargo de unas pocas y modestas carretas de helados, varias facturas astronómicas y sin nadie que le ayudase a vender un producto nuevo por el que sentía desprecio. *«Gelato americano»*, lo llamaba con sorna. Pasó unas semanas muy malas, en que volvía a casa temprano —el ruido pesado de sus botas por los escalones, caídas de tristeza las puntas del bigote blanco– y se sentaba en el sofá con la cabeza entre las manos.

–Generosa –susurraba–, ¿qué he hecho?

Yo, qué le vamos a hacer, intuí que había llegado mi oportunidad. Una noche, cuando Beatrice ya dormía, entré en la cocina de puntillas, con el camisón.

–*Ai, ninella*. Es tarde –dijo el señor Dinello–. ¿Qué pasa?

–Por favor –dije en voz baja, mirándole primero a él y después a su mujer–. Quiero ayudarle. Con el helado.

El señor Dinello contestó con una risa fatigada.

–*Ai*. ¿A medianoche?

–En la fábrica. Con los chicos. Soy fuerte. Sé hacer las cosas. Puedo trabajar mucho.

–Ve a dormir, *ninella* –dijo.

Buscando un último argumento, me aferré a algo que me parecía importante, algo que oía constantemente a mi alrededor en las entradas de las casas y en el patio del colegio.

–Por favor –dije–. Quiero ayudar en la guerra.

El señor Dinello se rio sin alegría, pero al cabo de unos minutos, cuando regresé a la cama, quedé encantada al oír que discutía con la señora Dinello.

–Ahora ayudan Beatrice y Annunziata, Salvo. ¿Por qué ella no?

–No puede moverse deprisa. No puede mover cosas. Y las máquinas son peligrosas.

–¿De qué tienes miedo, de que se caiga dentro? Puede sentarse en un taburete. Ahora nadie pide encajes. La semana pasada solo trajo a casa un dólar.

La mañana siguiente el señor Dinello dijo con resignación:

–Ven, *ninella*.

Y me tomó de la mano para ayudarme a bajar por la escalera y salir al frío de un alba sucia de hollín. Pasaron traqueteando algunos carros de caballos. El cielo tenía franjas de color sorbete. El hecho de estar a solas con el señor Dinello, de que me incluyeran, me llenaba de gozo. Justo cuando llegábamos a la pequeña fábrica se paró un carro de la leche.

—La leche. —El señor Dinello hizo unos gestos—. Huélela. Como si fuera un perfume.

Esa mañana, antes de negociar la compra de una caja, el señor Dinello desenroscó un tapón en plena calle, se puso de rodillas frente a mí y me acercó la botella a la nariz. La leche era una luna pequeña y temblorosa, dentro de un anillo de cristal.

—Huele —me indicó.

En esa época los productos lácteos eran de una inconstancia tremenda. Una sola botella de leche agria podía estropear varios litros de helado. Mi sentido del olfato, como quizá hayáis constatado a estas alturas, es de una agudeza extrema. Supongo que los Dinello lo habían deducido de que siempre adivinase lo que comían los vecinos el domingo solo con sacar la cabeza por el patio de luces. Allá en la acera percibí al instante que las primeras siete botellas de leche estaban bien, pero que la octava se había pasado y olía como a queso.

—Ajá, ¿lo ves? —dijo el señor Dinello cuando detecté la botella echada a perder—. Tienes una nariz mágica.

Cuando llegaron los hijos y los nietos para descargar la mercancía, me pusieron a pelar pistachos en la habitación del fondo. El día siguiente corté fresas, y luego hice montones de cucuruchos de papel encerado.

Era un trabajo tedioso y poco estimulante que pronto traté de sincopar con el repiqueteo de las máquinas. Cuando me iba al colegio solían relevarme Beatrice y Annunziata, aunque de vez en cuando era Rocco quien recibía la orden de ayudarme a acabar antes de clase.

—¿Por qué tengo que trabajar con ella? —protestaba—. Niña del caballo —decía por lo bajo.

—Papanatas —replicaba yo.

—Tú lo único que quieres es helado gratis.

—Y tú un puñetazo gratis en la cara.

A veces empezábamos a pincharnos o a hacernos cosquillas, y si el aburrimiento vencía del todo a la animosidad hacíamos abanicos, bigotes y corbatas con el papel encerado, y con ellos bajo la nariz nos paseábamos probando voces tontas, hasta que el señor Dinello nos gritaba que menos alborotar y más trabajar. Como no pudiéramos reutilizar el papel, decía, lo tendríamos negro.

—Vivimos de esto, *capite?* Cada vez que jugáis con un papel perdemos un penique.

Entonces Rocco me pellizcaba el antebrazo y se iba a dar la lata a sus hermanos. Juntos en la fábrica, los cuatro niños eran como lobatos: se daban tundas y palizas, se hacían llaves de cabeza y se insultaban mientras esperaban a que acabase de dar vueltas el congelador.

—*Ai, cazzo!*

—*Ai, stronzo!*

—*Va fa Napoli!*

El señor Dinello ni siquiera se molestaba en intentar frenarlos, aunque de vez en cuando, mientras trabajaba, rompía a cantar y ellos dejaban de zurrarse el tiempo suficiente para acompañarlo a coro. Yo también, y mi voz era la única fina y de soprano entre tantos tenores y barítonos. *Addio, addio mia bella Napoli!*

Siempre que podía me quedaba al lado del congelador, y cuando nadie me veía pasaba la mano por su flanco, frío, liso y plateado.

A principios del otoño de 1918, cuando acababa de entrar en quinto curso, empezaron a verse carteles en las ventanas y puertas del barrio, y grandes avisos pegados a las farolas. De pronto se desaconsejaban las grandes reuniones públicas, se vaciaron las tabernas, los cinematógrafos, los puestos de refrescos y hasta las iglesias. Nadie sabía con exactitud qué era; solo que empezaba deprisa, con tos y fiebre.

Il Progreso, el periódico de nuestro barrio, urgía a los padres a hacer caso al comisionado de Sanidad: los niños estarían mejor cuidados en sus aulas que en casa o sueltos por la calle. Aun así, en el colegio cada día había más pupitres vacíos después de la campana, y en el patio, despoblado, daban vueltas las hojas secas. En casa, Beatrice empezó a toser y llegaron a nuestro edificio unos de Sanidad cubriéndose la boca con gasas. Recuerdo el llanto de Rocco, y una sensación como de garras gélidas que recorrían mi espalda, y el castañeteo de mis dientes, y las redes de mucosidad que se formaban en mi garganta, como si me estrangulasen. Cuando tosía tenía la sensación de que volvía a tener rotas las costillas. Alguien enganchó un aviso en la puerta de nuestra vivienda. De la enfermedad en sí conservo un solo recuerdo: ver que el papel aterciopelado de la habitación de Beatrice se derretía como si fuera helado y resbalaba hasta el suelo.

Después de muchos días de fiebre y confusión, cuando recuperé la conciencia, Beatrice había desaparecido. Tampoco estaban Annunziata ni Pietro. La gripe española, decían los médicos: dejaba a los débiles y mataba a los fuertes. Nunca habían visto nada igual. Se hacían comparaciones con la peste. El pelo de la señora Dinello, que hasta pocas semanas antes era casi azabache, de repente se había vuelto blanco como la sal.

—¿Por qué los jóvenes? ¿Por qué toda una generación, y no Salvatore y yo? —se lamentaba, meciéndose en el sofá.

Apenas oficiados los funerales y enterrados los cadáveres al otro lado del río, en el cementerio de Holy Cross —todo ello gracias a las gestiones personales del padre Antonucci—, y dichas las misas, llegaron tres telegramas, uno tras otro: tres mañanas de pesadilla, tres rectángulos amarillos como tres mazazos en todo el cuerpo, como explosiones que reverberaban en todo el edificio. El tercero no quiso ni tocarlo, la señora Dinello; se apartó de la puerta como de un hierro candente, gritando «¡No, no, no!». El eco de sus lloros recorría el edificio, un agónico *crescendo* que era como el mar cuando rompe en abruptos peñascos. Guardó cama y dejó de ir a misa.

—¿Qué Dios es este, que deja morir a un hijo? —sollozaba.

A los nietos, los tres que quedaban, los instalaron a toda prisa en el modesto trío de habitaciones de los Dinello; y mientras la sala de estar se llenaba de sus característicos olores, y de su corpulencia, y de su pelo rebelde, adolescente, a mí volvieron a relegarme al banco, en la cocina de arriba.

Hubo, claro está, una invasión de vecinos: los brazos carnosos de la señora Ferrendino agitándose al dejar un bote de azúcar, el olor de alcanfor de la señora Salucci, más trágica en su aspecto que los mismísimos Dinello al arrojar su frágil cuerpo en brazos de la señora Dinello con un incómodo alarido —«¡Ay, Generosa!»—, rosarios desgranados por dedos callosos, conjuros en voz baja, hombres compungidos que bebían café y fumaban puros pequeños y apestosos... Vittorio, Pasquale y Rocco estaban sentados en el sofá, codo con codo, con la ropa de domingo bien almidonada, dejándose besar por las mujeres, que los apretaban contra su pechera, y recibiendo los mimos apenados del desfile fúnebre. Les brillaban los ojos por las lágrimas, que se apresuraban a secar con la manga antes de tragar saliva con dificultad. Yo estaba en un rincón, sentada en un taburete. La mayoría de los visitantes iban derechos a los niños sin hacerme caso.

—¿Por qué lloras? —me dijo Rocco con una mirada de reproche, desde el otro lado de la sala—. No se ha muerto nadie de tu familia.

—Déjala en paz —dijo Vittorio en voz baja.

—Haces como si fuera tuyo todo lo de aquí, y no lo es —dijo Rocco.

—Mentira —contesté con voz ahogada.

—Tiene derecho a estar triste —dijo Pasquale sin levantar la voz.

Rocco se giró hacia sus hermanos mayores.

—Ni siquiera le caemos bien.

—¡No es verdad! —grité.

Lo cierto, sin embargo, es que lloraba porque los muertos nunca me habían caído nada bien, y porque me sentía culpable. Tenía celos de toda la atención que recibían los niños. Su luto no hacía más que revivir el mío. Luigi y Annunziata nunca volverían. Tampoco mis padres. Ni tampoco, comprendí, mis hermanas. A todos los había dispersado el viento, como cenizas. Vittorio, Pasquale, Rocco y yo éramos todos huérfanos. Lloraba con ellos, lloraba en abundancia, pero Rocco tenía razón: no lloraba por ellos, sino por mis padres y por mis hermanos, y por mí misma, abandonada.

Aun así me negué a que Rocco pensara que tenía razón.

–Como sigas odiándome –le susurré– te doy un sopapo.

–Antes te lo doy yo a ti –dijo él.

Más tarde, y durante muchos días después, Rocco entró en la cocina de puntillas, hizo que me pusiera con él en el suelo, encima de sus mantas y de sus almohadas, y se hizo un ovillo en mis brazos.

–Por favor –susurró con voz ronca.

Y ciñéndose lo más fuerte que pudo mis brazos a su cintura, se apretó los ojos con los puños y lloró, mientras subían y bajaban sus pequeños hombros como un fuelle, y yo lo sujetaba.

Terminó la guerra. Todo a nuestro alrededor eran confetis y exultación. Gritos de alborozo en las salidas de incendios: «¡Has vuelto, Frankie!». De repente en todas partes salía jazz de las Victrolas, con trompetas y trombones que rasgaban el aire jubiloso. «Tiger Rag», «Original Dixieland One-Step»... En casa de los Dinello, sin embargo, transitábamos de día en día como si estuviéramos hechos de papel de arroz.

Todos trabajaban en un trance alicaído y fantasmal, desde el amanecer hasta la hora de la cena. Entonces era así. No había «terapia del duelo», ni «grupos de apoyo». La gente no iba por ahí quejándose. Podías volver a ir a la iglesia, susurrar con voz ronca en el confesionario que todo era culpa tuya, con el cura al otro lado de la celosía... Parecía que siempre desapareciesen todos a tu alrededor. Primero tu padre, y luego tu madre, y luego todas tus hermanas, y ahora los Dinello. Podías restregar cada mañana, obsesionada por el lustre, el instrumental de la fábrica de helados, hasta tener en carne viva los nudillos, de absolución. Pero nada más. La mayoría del tiempo trabajabas y punto.

Y había, queridos, mucho y mucho que hacer. Aunque la ley seca hubiera sido pésima para el país, para los fabricantes de helado fue una bendición. Tantas tabernas y bares dejados de la mano de Dios... ¿Qué sería de ellos? Pues que los dueños los reconvertían en el enésimo salón de helados o puesto de refrescos. No todos estaban dispuestos a que el precio de la diversión fuera que te detuvieran en un bar clandestino. Solo en un radio de tres manzanas a partir de Lafayette Street abrieron cinco locales.

En 1923, Dinello & Sons ya no vendía helados por la calle, en carretas. El mercado al mayor no solo era más lucrativo, sino más seguro. Las calles del Lower East Side se estaban congestionando de automóviles y humo de motor. Al señor Dinello, además, le dolía la espalda, le flaqueaban las rodillas y se le deterioraba la vista. Sin hablar, claro está, de la carnicería sufrida por su corazón.

Instaló media docena de mesitas de café en la entrada de Dinello & Sons, para que la gente del barrio pudiera venir a comprar helado y los clientes degustaran los productos. Detrás del mostrador, en una estantería, apareció una radio en forma de ventanal de iglesia, «por el ambiente». Entre los fabricantes de helado la competencia era feroz, hasta el punto de que algunos establecimientos de la parte baja de Manhattan habían empezado a comprar a una empresa de Seacaucus. Sin embargo, el mayor reto se estaba planteando a unas pocas manzanas, en Canal Street, donde una familia siciliana había abierto la Cannoletti's Ice Cream Company. Al señor Dinello sus productos le parecían una porquería: «No usan ingredientes frescos. Notas el sabor a productos químicos y aire». Aun así, los Cannoletti superaban con mucho a los Dinello, aunque solo fuera por lo agresivos que eran con el marketing. Patrocinaban pequeños desfiles, tenían pancartas y siempre, a todas horas, estaba en la calle uno de los hijos, con su cara de hurón, que ejercía de hombre anuncio —CANNOLETTI'S! THE #1 ICE CREAM IN AMERICA— y hacía sonar una campana.

Desde que el helado había sustituido a los cócteles, en todas partes los locales competían por inventarse los helados más novedosos y más fabulosos: copas con piña y nueces caramelizadas, fosfatos de fresa coronados con sorbete de frambuesa... Les ponían nombres como *Paraíso hawaiano* o *Dama rosa,* y cada semana había alguna novedad.

Una tarde, mientras sonaba por la radio «Yes! We Have No Bananas», y yo cantaba al mismo tiempo, sentí que se me abría una oportunidad.

—Tengo una idea, *signore* —dije a la mañana siguiente—. ¿Puede hacer una copa helada de «Yes! We Have No Bananas»? No sé, con helado de plátano y nueces, por ejemplo... A todo el mundo le encanta la canción. Así, cada vez que la oigan, pensarán en Dinello's.

El señor Dinello pareció sopesar la idea con las mejillas, y luego se la expuso a la señora Dinello.

—Bueno, caros no son, los plátanos —reconoció ella—, sobre todo cuando se les pasa el punto. Podríamos conseguir mucho sabor por poco dinero.

Lo probaron y, por primera vez, tuve permiso para colaborar en la producción: aplastaba plátanos en un gran cuenco, con una cuchara de metal. El señor Dinello hizo primero cuatro kilos y después cuatro más. Resultó que los plátanos chafados eran especialmente viscosos, y su dulzura variable. Cualquier punto marrón creaba manchas y grumos. En términos generales se prestaban más a un sorbete que a una crema helada, con todo su contenido en grasa. El señor Dinello tuvo que ajustar constantemente las proporciones, hasta que al final le salió bien. Lo que obtuvo finalmente fue una especie de híbrido. Pero estaba buenísimo.

Nos sobraban unos cuantos plátanos. Me pidió que los pelara y los cortara a lo largo.

—¿Y si ponemos el helado entre los plátanos, ¿sí? —dijo mientras los ponía en una fuente larga, para que creasen una especie de barco. Luego echó jarabe de fresa con una cuchara y nata montada. Con el producto final reluciente en el plato, el señor Dinello se apartó para mirarlo con orgullo—. *Yes, We Have Bananas.* Me parece muy buena idea —proclamó—. Haz un cartel para el escaparate, ¿sí, *ninella?* Yo creo que se venderá.

Y se vendió. El sabor que yo había propuesto, queridos, fue un gran éxito en el barrio, casi tanto, de hecho, como la propia canción. Solo la novedad de un helado de plátano, sin ningún añadido, ya causó sensación. La mayoría de nuestros clientes pedían como mínimo una tarrina. Ahora bien, la mayor prueba de nuestro acierto no la dieron las ventas, no: a los diez días de que presentáramos al público nuestra copa helada, Pasquale vio fuera de la Cannoletti's Ice Cream Company un cartel donde ponía: ¡SÍ, NOSOTROS TAMBIÉN TENEMOS HELADO DE PLÁTANO! ¡Y POR UN PENIQUE MENOS!

—*Ninella* —me preguntó sagaz la señora Dinello—, ¿qué otras cosas puedes inventarte?

Un trabajo que tenía que hacer para el colegio, sobre la Sociedad de Naciones, me dio la idea para una barra de *spumone* con helado de pistacho, vainilla y cereza negra, que reprodujese la bandera italiana. Fue otro bombazo. Cuál no fue mi alegría cuando la señora Dinello quiso llevarle expresamente un corte a la señora Salucci. Todo Little Italy andaba loco por aquel helado, y seguimos quitándole clientes a Cannoletti's.

En Navidad, a propuesta mía, los Dinello hicieron un helado de menta.

—Podríamos decorar los cucuruchos como Papá Noel —propuse una tarde en que hacía dibujitos en mi cuaderno.

—¡Anda! —dijo Rocco, que sacaba un trapo de un cubo de lejía y lo escurría—. ¡Qué gran inventora estás hecha!

Lo miré.

—¿Qué pasa? —Él se encogió de hombros y se giró hacia mí sin dejar de frotar el mostrador con gran ahínco—. Por fin haces algo de provecho, Caballito.

Tanto creció la demanda del helado de los Dinello que casi no daban abasto. El pequeño local estaba tan solicitado que montaron uno de los primeros teléfonos de pago del barrio. Había familias que con la excusa de hacer una llamada se quedaban toda la tarde. Las madres les compraban cucuruchos de helado a los niños, y los comía todo el mundo mientras hacían cola. Los Dinello también compraron otro congelador vertical. Empezaron a hacer helado de melocotón, de nuez, de canela y de vainilla y cereza. Cada semana uno de los hijos de los Cannoletti, con su cara de hurón, salía a la acera de Canal Street y hacía sonar belicosamente una campana para anunciar sus nuevos sabores, pero según constataban satisfechos los Dinello, la mayoría de las veces solo eran versiones más baratas de los nuestros.

Para mi decimosexto *compleanno,* una noche glacial, la señora Dinello frio grandes albóndigas en salsa, y de postre llenó toda una fuente con dorados *sfogliatelli.* Para entonces Vittorio ya estaba prometido con una tal Carmella, también Pasquale tenía novia, de modo que en la mesa éramos ocho. Desde la guerra el servicio de doce cubiertos había estado casi siempre sin usar, encima del fregadero. Las gorras sin dueño seguían colgadas al lado de la puerta, porque la señora Dinello no soportaba prescindir de ellas. En todas las superficies de la sala de estar y la cocina se habían acumulado medallas religiosas, estatuas de san José, san Antonio y la Virgen María e imágenes con marco de oro de otros santos, alrededor de fotografías en sepia de Luigi, Vincenzo y Silvio, con lo que el apartamento se había convertido en una sucesión de altares. A pesar de todo, aquella noche nevada se respiraba un ambiente festivo en la cocina. En el momento de sentarnos, Rocco me sonrió desde su lado de la mesa.

—A partir de mañana estarás libre, ¿eh, Caballito? —dijo mientras birlaba una albóndiga de al lado del fogón.

—*Ai!*

La señora Dinello le pegó en la mano. Rocco se rio y se metió en la boca la carne muy caliente.

—Se acabó el colegio —dijo, exultante—. Ahora estarás con nosotros, te sentarás en tu taburete y olerás cada mañana la leche. Podrás inventarte copas heladas todo el día.

—Nada de acabarse el colegio —dijo ceñuda la señora Dinello, mientras removía la olla—. Seguirá yendo.

−¿Qué? −dijo Rocco−. ¿Por qué?

−Porque es coja, tonto −dijo entre dientes Pasquale.

−Las niñas no deberían ir al colegio −dijo Carmella, despectiva. Era una chica muy esbelta y altanera, que enseguida me cayó mal−. Mi padre dice que es una pérdida de tiempo.

−Ya veremos −dijo el señor Dinello con tono de cansancio, mirando a su mujer−. Aún no hay nada decidido.

La señora Dinello nos miró, primero a él y luego a mí. Después de cenar me llevó a su dormitorio y cerró la puerta con firmeza. Me fijé en que había perdido mucho pelo. Tenía las carnes de la cara y el cuello flácidas. Puso bajo mi barbilla una mano temblorosa.

−Le he dicho a mi marido que no dejes el colegio −susurró−. Le he dicho que te mandemos a la universidad.

Al principio casi no me atrevía a respirar, de tan emocionada como me tenía la noticia, pero al mismo tiempo también me hería.

−*Perchè?* −Parpadeé−. ¿No lo hago lo suficientemente bien en la tienda?

−Ay, *ninella*… −La señora Dinello sacudió la cabeza, me tomó por los hombros e hizo que me girase hacia el espejo ovalado con marco trenzado de oro−. Mírate.

La chica del cristal templado era sencilla, sin ninguna gracia. Su cuerpo menudo parecía perderse en una blusa marrón de las de nudo. Mi nariz era aguileña, y mis cejas pobladas. Los labios, una fina arruga en la cara. En líneas generales no había nada especialmente malo, pero de alguna manera la disposición de las facciones carecía de atractivo. Yo me había fijado en que las chicas guapas tenían sonrisas seductoras, con labios como lazos. Su pelo tenía brillo y ondas, y sus caras eran como de caramelo o de helado. No tenían ojeras ni las mejillas chupadas. Con mi barbilla puntiaguda, un poco levantada, yo presentaba siempre un aire zorruno, hambriento, hiciera lo que hiciese.

−Eres fea, *ninella,* como lo era Beatrice −dijo la señora Dinello, mirándome a los ojos a través del espejo−. Y tiene razón Pasquale: eres coja. Mis nietos se casarán. Los chicos siempre se casan. Tú, en cambio... No es como en la madre patria, donde quizá pudieran concertarte algo.

Suavemente tomó en sus manos callosas mi pelo fuerte y castaño para repartirlo con cuidado por uno de mis hombros, y después lo alisó. Yo, que había albergado la secreta esperanza de hacerme una media melena, me sentí avergonzada.

—Tienes que formarte. Aunque no seas *bellissima,* inteligente sí eres. —Se dio unos golpecitos con el índice en la sien—. Dicen que a las chicas no les conviene, pero ya que trabajarás toda la vida, más vale que lo hagas con la cabeza que con las manos.

Me apretó el hombro.

—Después del colegio seguirás ayudando con el *gelato.* Pero sigue estudiando, hay cosas que puedes hacer tú, pero que nuestros niños... *Ai!* Para eso no tienen cabeza. Mientras estudies tendrás un sitio entre nosotros, *capisci?*

El Hunter College, solo para mujeres, estaba en la calle Sesenta y ocho Este. Como era público venían chicas de toda la ciudad, muchas de ellas inmigrantes, como yo.

—Aquí la mayoría de las alumnas acaban de secretarias —me informó el orientador profesional—. Ahora bien, señorita Dinello, para ser secretaria hay que ser obediente, callada y de aspecto sumamente refinado, y yo diría que usted posee mejores condiciones para ser maestra. Para eso, a mi juicio, tienen facilidad las chicas italianas como usted, tan habladoras, y las judías. El trabajo de secretaria mejor se lo dejamos a las irlandesas y las protestantes.

—Vengo para ayudar a mi familia en su negocio —le informé—. Gracias, pero había pensado cursar química y contabilidad.

También me inscribí en biología. Y en literatura. ¡Cómo me gustaba la universidad! No me relacionaba mucho con las otras chicas, pero una me sugirió que me dejara media melena y otra me enseñó a fumar.

—¡Afinar no es que afines mucho —dijo otra cuando me descartaron en las pruebas para el coro—, pero narices está claro que las tienes!

Me invitaron a unirme a un grupo de dramaturgia, a las tertulias poéticas, a la asociación de amigas del jazz y a las Jóvenes Socialistas de América. Como en la biblioteca había una Victrola, las chicas que tenían discos en su casa los traían y nos reuníamos para escucharlos a la hora de comer, embelesadas. ¡Cómo nos gustaba la música! Ethel Waters, Eddie Cantor, Bessie Smith... Era la época en que triunfaban. Al Jolson, cantando «California, Here I come»... A veces apartábamos las mesas y las chicas practicaban bailando juntas «Tea for Two» y el «Charleston» de Paul Whiteman. Una vez me sacaron a la pista y me defendí lo mejor que pude con mi bastón.

Pronto me di cuenta de que necesitaba más libros y más dinero para los costes escolares, y como me resistía a pedírselo a los Dinello empecé a dar clases particulares por las tardes.

La casa de acogida de Henry Street patrocinaba un programa de alfabetización de inmigrantes, y los Hijos de Italia ofrecían clases nocturnas para los veteranos de guerra italianos. Yo era más joven que la mayoría de los profesores a quienes contrataban, pero aparte de hablar italiano no se me había olvidado del todo el yiddish.

—Ya no te vemos nunca —decía Rocco con una sonrisa burlona siempre que iba a la fábrica para ayudar—. ¿Qué pasa, que ya no somos bastante inteligentes?

Yo le lanzaba una mirada mordaz.

—Los libros de texto no puedo pagarlos con cucuruchos.

—Ah —decía él, dando codazos a sus hermanos—. No puede pagarse los libros con cucuruchos. ¿Lo sabíais? Yo no. Creía que sí.

—Ya, pero es que tú eres un *cazzo* —se reía Pasquale, antes de darle un golpe en la espalda con un trapo para secar los platos.

—Es verdad —decía Rocco, a la vez que le restregaba la mano por la cara—. No como aquí doña Sabelotodo.

Tres tardes por semana, al salir de Hunter, tomaba la línea de ferrocarril de la Segunda Avenida para ir a las casas de acogida del centro. Una tarde, en Henry Street, me abordó después de clase un judío alto y de piel cetrina.

—Señorita Dinello —me dijo—, ¿tiene un momento? Es que tengo un amigo que necesita que le ayuden a escribir una carta, pero al muy lelo le da demasiada vergüenza pedirlo. ¿Le importaría? Puedo pagarle por el tiempo que le dedique.

Me puse el abrigo y seguí por la escalera a aquel hombre delgado.

—Me llamo Shackter —dijo él afablemente—. Le he dicho que se espere en el vestíbulo.

Cerca del paragüero había un chico joven, con un abrigo de fieltro gastado. Sujetaba nervioso el ala del sombrero con manos largas y finas, mientras se inclinaba inquisitivamente como un miope. De hecho, cuando bajamos estaba despistado, de espaldas a la escalera, y al oír que el señor Shackter lo llamaba se giró parpadeando con aire de sorpresa. Le caía por la frente un grueso rizo oscuro como la melaza. Sonrió de alivio y se le iluminaron los ojos, profundos y verdes. Sus pómulos marcados y su hoyuelo en la barbilla le daban un aire escultórico, distinguido. Era, con diferencia, el hombre más guapo que había visto en mi vida.

—Vente para aquí, so tonto —le hizo señas, risueño, el señor Shackter—, que te he encontrado una escribana.

»Señorita Dinello —dijo el señor Shackter, presentándome al joven con una reverencia—, este es Albert Dunkle.

Aclarado ya que no era Errol Flynn quien se encontraba en Bellmore, empezó a disolverse la pequeña multitud que se había formado alrededor del camión agonizante, y tuve claro que no había más tiempo que perder.

—¡Bert! —berreé—. Tírame las llaves.

Fui al otro lado, cojeando, y me metí otra vez en la cabina. Abrí la nevera, organicé los cucuruchos y me asomé por la puerta que daba a la carretera.

—¡HELADO, CREMA HELADA! ¡TODO CASERO Y BUENÍSIMO! —dije a pleno pulmón, con una voz sorprendentemente sonora—. ¡CUCURUCHOS DE HELADO!

¡VAINILLA! ¡CHOCOLATE! ¡Y FRESA! —exclamé—.
¡PRUÉBENLOS TODOS, A VER CUÁL LES GUSTA
MÁS!

Uno de los hombres que se había parado a examinar nuestro camión, el de la ropa elegante y el biplaza amarillo, se acercó, pasándose un pañuelo por la frente.

—La ocasión la pintan calva, ¿eh? —dijo señalando el cielo con el pulgar—. No es mala idea. Un momento, que voy a preguntar a mi señora.

Del coche había bajado una mujer con un vestido blanco de topos rojos, que se abanicaba al lado de la carretera, entre las hierbas altas. Me fijé en que llevaba unos zapatos rojos de tacón y una cartera de cocodrilo a juego.

—¡Ellie! —dijo el hombre—. ¿Tú de qué sabor quieres la crema?

El granjero cuyo puesto de carretera habíamos estado a punto de arrollar se encogió de hombros. No llevaba camisa por debajo del mono.

—¿Por qué no? Para mí uno de vainilla —dijo mientras se metía la mano en el bolsillo y me acercaba por el mostrador cinco peniques calientes.

Se acercó una mujer acompañada por dos niñas con coleta.

—Uno de fresa y uno de vainilla, por favor —dijo mientras abría su pequeño bolso. Le temblaban los dedos—. ¿A cinco cada uno, ha dicho?

Yo le di un cucurucho a cada una de las lánguidas pequeñas.

—Gracias, señora —dijeron con una especie de media reverencia torpe.

Mientras su madre se las llevaba, me di cuenta de que todos los demás espectadores volvían a sus coches y a sus tiendas. En total acababa de ganar un cuarto de dólar. Dentro de la nevera ya empezaban a derretirse por los bordes tanto la vainilla como la fresa. El camión se calentaba por momentos, aunque estuvieran abiertas las puertas y las ventanillas.

—¿Y un heladito para usted, señora? —le dije a la madre, que se iba—. Fresquito y delicioso. Venga, que así me hace un favor.

Me salió un tono suplicante por el que sentí desprecio. En cuanto salieron las palabras de mi boca, la expresión de la mujer se convirtió en un rictus cohibido. Parecía acorralada. Entonces me fijé en que llevaba un vestido cosido a mano, y que el algodón estaba tan gastado que casi transparentaba. Los cinco centavos que acababa de gastarse eran la última moneda que tenía en el bolso.

–Invita la casa –dije enseguida–. Por cada dos cucuruchos damos uno gratis.

Sonreí con la esperanza de haber sonado sincera y magnánima. Me daba mucha rabia regalar nuestro producto, hasta la más pequeña cantidad; de hecho, me provocaba una reacción física, un dolor en el plexo solar, pero estaba avergonzada por mi desesperación y lo avasallador de mi actitud, y en aquel momento parecía imperativo redimirme.

–Una oferta especial para celebrar el 4 de julio. El sabor que prefiera.

Hice lo que siempre hay que hacer cuando se vende algo: no esperar la respuesta. Tras mostrar grandilocuentemente un cucurucho, me agaché con el sacabolas hacia el congelador.

–Hoy la fresa tiene muy buena pinta. ¿Le va bien? ¿O prefiere chocolate?

–¡Sí, mamá, pídetelo de chocolate! –dijo con entusiasmo una de las niñas–. Así también lo probamos.

–Pues de chocolate se ha dicho –troné con una intensa sonrisa–. Muy buena elección.

La mujer sacudió la cabeza.

–No, por favor, es que no puedo...

–Pues claro que puede. Es gratis –dije enseñando el cucurucho–. Por cada dos, uno de regalo.

Tomó el cucurucho con cuidado, mientras me miraba con una mezcla de gratitud y recelo. Justo entonces, sin embargo, se oyó la voz del hombre del biplaza amarillo, que ya había dado buena cuenta de su cucurucho de chocolate.

–¿Ah, sí? ¿Y por qué no me lo ha dicho?

Su mujer, que ya estaba en el coche, había empezado a taparse el pelo con un pañuelo de *chiffon,* para que no se le

181

alborotase, mientras su marido le aguantaba el cucurucho de fresa.

—Yo ya he comprado dos cremas. —Se acercó con andares de pato—. O sea, que me toca uno gratis, ¿no?

Lo miré con mala cara, ladeando de inmediato la cabeza para señalar a la madre joven, pero él no me hizo caso. Tuve ganas de decir: «*Stronzo,* pedazo de rácano, mangante, más que mangante», pero pensé en mi bocaza, y en todos los problemas que podía dar, así que miré a Bert, que estaba de rodillas al lado del neumático.

—¿De qué lo quiere? —pregunté con tono seco.

—Mmm... A ver, a ver... —Se apoyó en los talones. Mi mano aferraba con crispación el sacabolas—. ¿Dice que está buena la fresa?

Volvió hacia el biplaza con el helado gratis en alto, como un botín de guerra.

—¡Ellie, tres al precio de dos! —dijo en voz alta.

Detrás del camión averiado se había formado un pequeño atasco. Las palabras del hombre fueron como una cerilla que prendiera una larga mecha por la carretera. Entonces no se hacían aquellas promociones. ¿Helado gratis? Las familias y los conductores que habían apagado el motor a pleno sol bajaron de sus coches y se acercaron rápidamente al camión.

—¿Es verdad? —decían con un brillo de incredulidad y de entusiasmo en la cara—. ¿Si compro dos me dan uno gratis?

Antes de que yo pudiera protestar ya se formó una cola. Una de las tenderas salió y se apoyó en el marco de la puerta para contemplar el espectáculo, entrecerrando los ojos bajo el sol blanquecino.

—Solo porque es 4 de julio —insistí yo. Me sequé la frente con el dorso de la muñeca y respiré profundamente—. A ver, usted, ¿qué le pongo?

Seis cucuruchos, quería el hombre: tres de vainilla, uno de chocolate y dos de fresa. Contó veinte centavos en monedas verdosas, corroídas. Para cubrir el coste de los ingredientes, y gracias. Chocolate, fresa y vainilla: diez centavos más para mi delantal, y otros dos perdidos. Llegó en una tartana una familia numerosa irlandesa. Se estaba corriendo la voz más deprisa de lo que yo trabajaba. Con cada nuevo cliente me agachaba más hacia el congelador, y al sacar las bolas se me llenaba de sudor la base de la espalda. El helado se estaba reblandeciendo hasta el extremo de que costaba rizarlo. Llenaba el sacabolas metálico de ciento diez gramos sin nada de aire, y en cuanto las ponía en su sitio goteaba por los lados del cucurucho. Como si gotease dinero. Nuestros beneficios estaban evaporándose ante nuestros ojos, pero no se me ocurría nada más. El sol hacía brillar y derretirse el asfalto. Sospeché, taciturna, que de todos modos acabaríamos teniendo que regalar todo el helado derretido que quedase.

Mientras ponía helado en cucuruchos eché un vistazo a Bellmore. Más que un pueblo eran edificios dispersos que seguían vagamente Merrick Road entre el cruce y la nueva carretera de acceso a la playa. A nuestra derecha había una hilera de locales que parecían hechos más que nada con madera de playa: una tienda de recuerdos, un puesto de verduras y un colmado con letreros de coca-cola y «cebos vivos». A un lado, en un claro, había dos mesas de picnic castigadas por la intemperie bajo un cobertizo hecho con una vela gastada. A la izquierda de la carretera vi una oficina de correos de madera blanca, de una sola habitación, y una farmacia con un cartel de CERRADO. Más lejos, apartadas de la carretera, se alineaban unas cuantas casitas con porche, formando un par de calles. En la distancia se alzaba un campanario, más cerca de las vías del tren, casi un kilómetro hacia el norte. Por lo demás, nada. Al sur, pasado Merrick, el terreno bajaba rápidamente hacia unas marismas que a su vez dejaban paso a dunas, hierbas de litoral y un pequeño puerto deportivo, frente a la lengua luminosa, azul acero, de un trozo de bahía que relumbraba al horizonte.

De la tienda de recuerdos llegaba el crujido de una radio: Bing Crosby, cantando «Pennies from Heaven» entre ráfagas de estática. Sobre la ventana había una bandera americana descolorida por el sol. La dueña seguía mirándome desde la puerta. Era alta, huesuda, con picaduras muy rojas de mosquito en los brazos y las piernas de piel muy blanca. Tenía un mechón de pelo rubio y sucio que le tapaba un ojo. Mientras la última tanda de clientes volvía a sus coches, atentos a mover la boca con acierto alrededor de los helados, la mirada apagada de la tendera los siguió y se posó después en mí.

—Vaya —dijo inexpresivamente—. Menudo trajín se ha armado.

—¿Cómo?

—¿Tres al precio de dos? ¿Cuándo se ha visto eso?

Me encogí de hombros.

—Sin el generador pronto se habrá deshecho todo, y dentro de una o dos horas no valdrá nada.

—Muy listos. —La tendera asintió con la cabeza y miró la fila de coches que parecían temblar con el calor—. Ya me gustaría a mí que vinieran unos cuantos a comprar.

—Es mala época.

—A quién se lo dice. —Suspiró, se apoyó en la otra cadera y lanzó una mirada a su tienda—. Hoy en día no hay mucha gente que quiera comprar recuerdos. Yo ya se lo dije a mi marido: «Donald, ¿cómo quieres que pague alguien por una caracola que puede encontrar gratis en la playa? ¿Qué te crees, que si quisieran no podrían pintar ellos mismos "Bellmore, Long Island"?». Pero es que Donald tiene muchas ideas. Lo malo es que ni se venden ni se comen.

Me reí.

—Estos maridos... —dije—. El mío acaba de estamparnos contra una boca de incendios.

La mujer rubia miró con picardía a Bert.

—Ya lo he visto —dijo—. ¿Es su marido? ¿De verdad? —Se apartó el pelo de los ojos—. Caray, pues es clavado a Errol Flynn.

Su sorpresa por que Bert estuviera casado conmigo era la misma que se llevaban todos al vernos juntos, aunque a mí seguía doliéndome. Se me ocurrió contraatacar con una réplica cortante, pero luego tuve otra idea.

—¿Tiene usted radio? ¿Hay electricidad, aquí?

La mujer asintió, abanicándose con la mano. Ladeé la cabeza hacia ella.

–¿Y sería demasiado pedir que nos dejara echar un cable desde su enchufe al generador del camión?

Se encogió de hombros.

–Donald está en la trastienda. Voy a buscarlo.

Se fue. Apareció otra pareja delante de mí. Querían un cucurucho de chocolate y dos de vainilla. Diez centavos más.

Donald era un hombre demacrado, con barba de pocos días y un sombrero viejo con manchas de sudor. Después de pegarme un buen repaso, miró el camión y vi por la expresión de su cara que no le parecíamos gran cosa.

–Vende crema helada, me ha dicho mi mujer.

–Sí –contesté con mi sonrisa más franca.

–¿Y quiere usar mi electricidad?

–Para nuestro generador. Para que no se derrita. Y solo hasta que nos reparen el camión –dije–. La corriente que gastemos se la pagaremos, por supuesto.

Mientras yo hablaba, Donald iba mirando el camión.

–Déjeme hablar con su marido.

Sonreí.

–No hace falta –dije–. Ya hablo yo.

–Qué va –dijo él–. Yo con mujeres no hago negocios.

Tragué saliva y contraje las mejillas.

–¡Bert! –lo llamé con fuerza, y como no contestaba bajé del camión con mi bastón.

–¿Qué le pasa? –Donald hizo un gesto, señalando mi pierna–. ¿Está enferma? ¿Ha tenido la polio?

Fruncí el ceño.

–¿Bert? –volví a llamarlo. Estaba debajo del camión–. ¡Bert! ¡Ven aquí!

Se escurrió de debajo del chasis, embadurnado con el aceite del eje. Parecía un deshollinador.

–Este señor tiene electricidad en su tienda –dije–, pero no quiere hacer tratos conmigo. Por favor, ¿puedes mirar si podemos enchufar nuestro generador?

–Ah, pues nos s-salvaría la vida –dijo Bert mientras se incorporaba.

Me desaté el delantal, con el que Bert se adecentó todo lo que pudo.

—B-Bert Dunkle —dijo con la mano tendida, después de dar la vuelta al camión por detrás.

Por cómo se irguió Donald comprendí que le había sorprendido ver aparecer a un hombre tan viril y apuesto. Le dio la mano con la boca un poco abierta.

—Donald Corwin —dijo lentamente—. Dunkle. ¿Eso qué apellido es? ¿Irlandés?

—Señor C-Corwin, no sabe lo agradecidos que le estamos.

—Bueno, bueno, un momento.

Bert compuso su sonrisa fervorosa, de estrella de cine, que era como cuando da el sol en el agua.

—No tengo palabras para su generosidad. Es un favor muy grande el que nos hace. Nos salva el negocio. Aquí detrás llevamos más de cien litros, y c-con este calor...

—Bueno... —dijo Donald—. Yo normalmente no...

—¿A que es maravilloso, Lil? —dijo Bert—. Señor Corwin, nunca podríamos agradecérselo lo suficiente. Ni a su encantadora esposa, la señora Corwin. —Se refirió por señas a la mujer rubia que aún estaba en el umbral. Yo no me había dado cuenta de que Bert hubiera reparado en su presencia, pero sí, cómo no—. Un g-gesto así nunca lo olvidaremos.

Sonrió y se frotó las manos como si todo estuviera acordado. Aun así nadie se movió. Se hizo un silencio incómodo. La señora Corwin repartía sus miradas entre Bert y su esposo. Donald, expectante, nos miró, primero a Bert y luego a mí.

—Bert... —dije con un codazo.

—Ah, sí, claro —dijo Bert con una risa avergonzada—. ¿C-cómo se me ha podido olvidar? En cuanto enchufemos el generador, hoy tenemos tres sabores. Coman todo el helado que quieran, por favor. Hasta que nos v-vayamos. Es lo mínimo que p-podemos hacer. Bueno, me parece que será mejor ir empezando, no sea que se nos derrita.

Subió al camión de un salto y sacó el generador. Después llamó al otro hombre que había estado dale que te pego con el neumático, y con su ayuda empezó rápidamente a tender cables entre la nevera de detrás del camión y la puerta de la tienda.

–Mmm...–me dijo Donald al cabo de un rato, rascándose el cogote–.Yo como compensación había pensado...

No tuve tiempo de responder, porque justo entonces vino su mujer y le clavó sin disimulo un dedo en el hombro.

–Creía que no hacías negocios con mujeres –dijo.

–Bueno, Doris...

–Todo el helado que podamos comernos. Es el trato que has hecho con su marido. –Se lo volvió a clavar–. O sea, que es el que vamos a cumplir. –Me miró–. ¿Le parece que podrá salvar lo de dentro?

–No estoy segura –contesté–. Cuando se pone como una sopa ya no tiene salvación.Tengo que actuar deprisa.

Me miró la pierna.

–Bueno, ni Donald ni yo tenemos nada que hacer –dijo animosamente–. Denos trabajo.

Justo cuando lo decía, sin embargo, me fijé en que apartaba la vista de mí y de Donald y la posaba en Bert, arrodillado a pleno sol, delante del generador.

Albert Jacob Dunkle era el hijo pequeño de un próspero vendedor vienés de artículos de confección. Cuando su padre, Heinrich Dunkle, no viajaba a Amberes o Hamburgo para regatear por lino y seda, sacaba del bolsillo su reloj de oro y cronometraba a sus cuatro hijos varones, que en el jardín trasero hacían ejercicios de calistenia en ropa interior. Bert se había quedado huérfano de madre a los tres años. Cada mañana, su madrastra, Ida, lo sacaba de la cama para lavarle la cara y las uñas con agua helada, y no le dejaba ir al váter hasta que hubiera hecho la cama, se hubiera vestido y le hubiera sacado a sus zapatos un lustre al que ella diera su beneplácito. El pequeño Bert, de cuatro años, torpe y a menudo asustado, solía fracasar y se lo hacía encima. Entonces ella le pegaba.

Empezó a tartamudear. En el colegio... ¡Qué ganas tenía de entender las cosas! Con los ojos muy cerrados, se empecinaba en aprenderse de memoria el abecedario, pero por alguna razón sobre la página las formas nunca eran como las que se dibujaban en su mente. Ante su vista, las letras de los libros ondulaban y se disgregaban, y los números, en sus columnas, daban pasos de baile. Los otros niños, en el aula, levantaban la mano, seguros de sí mismos. Parecía que todos supieran descifrar los jeroglíficos de la pizarra. Bert a veces intentaba hablar, pero se le atragantaban las frases y se deshilvanaban. A menudo solo conseguía decir «p-p-p-p-p-p-pooor favor». Los profesores daban por supuesto que era por mera falta de esfuerzo, así que lo trataban de vago y de tonto, y se ensañaban a golpe de regla en sus nudillos. El director juzgó como lo más probable que las carencias de Bert se debieran a ser «latentemente» zurdo, y por eso le ataba la mano izquierda en la espalda durante todo el día y le obligaba a hacerlo todo con la derecha.

Heinrich Dunkle no tenía paciencia para los constantes balbuceos y ofuscamientos de su hijo pequeño, sus malas notas y su incapacidad lectora. Los ojos de Bert eran crónicamente vidriosos, sin duda porque se pasaba el día sin entender nada, temeroso e ignorado. Heinrich, sin embargo, lo confundió con un talante soñador. Él tenía que llevar un negocio. Para un hijo mimado y negligente no tenía tiempo. Tampoco ayudaba la extraordinaria guapura de Bert. Por todo Viena se paraban las mujeres en la calle para hacerle mimos al pequeño, acercar a sus mofletes sonrosados sus guantes con adoración y sacudir la cabeza, sonrojándose de admiración. Qué niño tan guapo, se maravillaban en alemán. Qué rizos tan tupidos, color miel; qué pestañas tan largas, y qué cara tan perfecta... ¡Ah, menudo donjuán acabará hecho!

A ningún padre le sienta bien que lo eclipse su hijo. «¿Pero tú te has visto? –le espetaba Heinrich–. No sirves para nada.»

Era inconcebible que un niño judío se saltase la ceremonia del Bar Mitzvah, pero a los doce años Bert aún no era capaz de leer una parte sencilla de la Torá. El hebreo, que se leía de derecha a izquierda, le resultaba aún menos aprehensible que el alemán. «Albert tiene buen corazón —le dijo a Heinrich el rabino, apenado—, pero podría muy bien ser que llegara el Mesías antes de que aprenda hebreo.» Bert solo logró cumplir la ceremonia entonando su parashá fonéticamente, en tándem con el rabino.

Tras la ceremonia, cuando amigos y parientes regresaron a la Fabergasse, donde vivían los Dunkle, para celebrarlo con vino dulce y pasteles, según mandaba la tradición, Heinrich Dunkle se llevó a Bert a la lujosa biblioteca con chimenea, cerró la puerta con su elegante llave de latón y le dio una bofetada.

—¿Qué clase de hombre eres tú? —bramó—. ¿Qué clase de hombre es tan vago e insolente como para dejar que el rabino haga por él el Bar Mitzvah?

»Eres una vergüenza —dijo—. No sabes leer ni sumar. ¿Qué te has creído, que eres demasiado guapo para trabajar?

—P-p-p... —farfulló Bert.

—Por el aspecto físico solo pueden ganarse la vida las mujeres, y siendo prostitutas. Un hombre judío necesita inteligencia para sobrevivir. Necesita *chutzpah,* ingenio. Si no, está acabado. ¿Me entiendes?

—P-p-p... —volvió a decir Bert.

—¿Pero se puede saber qué te pasa? —dijo Heinrich Dunkle con voz sibilante—. No sabes ni hablar.

Naturalmente, se había dado por supuesto que, al igual que sus hermanos, Bert acabaría por ponerse al frente del negocio de importación de Heinrich, pero tras el desastre del Bar Mitzvah este último decidió mandar a su hijo a América. Trabajo manual en un nuevo mundo lleno de rufianes, sin señoras que le acariciasen la cabeza y sacaran golosinas de sus bolsos para dárselas: era sin duda lo que necesitaba el chico. Así aprendería a concentrarse y trabajar. Heinrich tenía un viejo amigo, Arnold Shackter, que había emigrado a Nueva York y tenía una tienda de ropa en Rivington Street. Arnold le aseguró a Heinrich que Bert podía trabajar para él de mozo de almacén. A principios de verano de 1914, justo cuando Gavrilo

Princip y la Mano Negra culminaban sus planes en Serbia, Albert Jacob Dunkle salió de Viena en tren para el puerto de Amberes. Llevaba dos mudas, unos tirantes nuevos de cuero y, dentro de la Torá que seguía sin poder leer, una foto de sus padres el día de su boda. En el forro de su abrigo había cuarenta dólares americanos, y su gobernanta le había escondido tres galletas de mantequilla envueltas en una servilleta de tela. Nada más. Solo tenía trece años.

7

A los Dinello, como es lógico, les dije que Bert era solo uno más de los alumnos a quienes había empezado a impartir clases particulares semanales, una simple fuente de ingresos suplementarios, pero su presencia en la mesa de la cocina –inclinado sobre su manual, con la frente arrugada de concentración y el reflejo de la luz dorada iluminando sus pómulos al rebotar en el mantel– me hacía sentir como si estuviera llena de nata montada. Cuando me lo permitieron mis ingresos extras, lo primero que hice fue comprarme un vestido nuevo, azul marino, de *georgette* y talle bajo, recuerdo, y con una rosa de seda en el cuello; y cada vez que venía Bert para una clase, casualmente lo llevaba.

Sería quizá por esos aires de niño perplejo que no aparentaba sus veinticinco años. Sería tal vez porque al hablar lo pronunciaba todo con un esmero que le hacía parecer una persona reflexiva. O acaso fuera por esa masculinidad excepcional, esa belleza. En todo caso, los Dinello se encariñaron con él. Respecto a mí, podrían haberse molestado más por su condición de judío y el hecho de que «no tuviera a nadie», pero lo que vieron formarse fue una amistad entre Rocco y Bert. Nada más.

La primera vez que llegó Bert a la puerta de nuestra cocina para que le diera clase, entre él y Rocco nació una camaradería instantánea. Era como si, siendo ambos huérfanos, reconocieran algo en la mirada inquieta del otro, en su jactancia preventiva y en sus ansias de broma y diversión y de hacerse querer por los demás. Formaron enseguida un equipo de jóvenes solteros que hablaban de deporte, miraban a las chicas y confabulaban en sus «tratos». Al final de mis clases a Bert, me quedaba sentada junto a la ventana y miraba con tristeza cómo se iba por la calle en compañía de Rocco a pasar una noche de juerga.

Rocco tenía ya veintiún años. Sus dos hermanos mayores se habían casado y compartían un apartamento en Mott Street. En las calles de Little Italy, Rocco se había ganado fama de emprendedor. Caminaba con soltura y naturalidad, mostrando esa sonrisa tan jovial que parecía dividir su estrecha cara en dos.

—*Ai, paesano* —era su manera de saludar a los conocidos, dándoles una palmada en la espalda.

Su risa, como de ametralladora («Ya-ja-ja-ja-ja»), se oía por toda la manzana. Era un chico desgarbado, con un pelo azabache indomable, que al entrar en cualquier sitio se convertía en el centro de atención.

Después de trabajar, a Rocco le encantaba meterse en los bares clandestinos. Le encantaba invitar a una ronda y tener público para sus anécdotas, más descabelladas y libertinas cuanto más avanzaba la velada. Bert, que al principio siempre se mostraba tímido, se conformaba con reírse y dejarse conducir por sótanos y timbas por alguien capaz de hacer que se abriera a su paso el gentío envuelto en humo y de ser el ingenioso. Como Bert era tan guapo, siempre tenía asegurada la afluencia de mujeres envueltas en nubes de perfume.

—Es como una flor para las abejas —se burlaba Rocco—. Tendrías que verlo con las señoras, Caballito.

Siempre que Rocco me llamaba así en presencia de Bert, me sentaba como una coz.

—Bert, te quedas a cenar, ¿sí? —decía la señora Dinello siempre que venía—. No comes lo suficiente. Un joven guapo como tú necesita fuerza.

—Gracias, *s-signora*.

Aunque se le deshilachasen los puños de la chaqueta, nunca llegaba sin su bolsita de orejones de melocotón para ella, o un ramo de margaritas. Tan guapo y tan bien educado: debería haber sido italiano, declaró la señora Salucci. En cuanto se corrió la voz, de repente las chicas de la casa de vecinos consideraron oportuno dejarse caer sin avisar por casa de los Dinello cada vez que Bert venía de visita, con bandejas de *sfogliatelli* que «casualmente» habían hecho esa misma mañana. Si bien por su condición de judío Bert era una fruta prohibida (o justamente por eso), querían echarle un vistazo. Una tarde, Lisa y Theresa Vitacello, dos chicas que se habían instalado en una de las viviendas del último piso, enfrente de la señora Salucci (que las veía con peores ojos aún que a mí: *zoccole,* las llamaba), tuvieron la osadía de pasar justo antes de irse a un club nocturno. Lisa, con un vestido de lentejuelas negras con flecos y nubes de plumas de marabú, se sentó alegremente en el regazo de Bert, sin pensárselo dos veces, y empezó a echar la cabeza hacia atrás como un pura sangre, mientras agitaba una larga boquilla, también negra.

—Vaya, vaya —dijo—. Pero ¿a quién tenemos aquí?

Fue la primera vez que la señora Dinello fue a buscar la escoba para echar a alguien de su apartamento. Sin embargo, en el tumulto de «fuera, fuera» y «pero bueno, habrase visto», no pude menos que fijarme en que Bert parecía encantado. Siempre que revoloteaban mujeres a su alrededor se le iluminaba la cara como en Navidad.

Cada vez que salía de noche con Rocco después de que yo le diera clase, me acometía una punzada horrible.

Al resto de alumnos les daba clase con mis viejos manuales del colegio, pero, en el caso de Bert, su tartamudez, su no saber leer, encubrían una curiosidad por el mundo al menos tan grande como la mía.

—¿Cómo funciona un congelador continuo? —quiso saber.

Aquel Trotsky del que tanto se hablaba, ¿en qué discrepaba de Engels? ¿Podía explicarle a Sigmund Freud? ¿Y a Nikola Tesla? ¿Por qué se vilipendiaba en Estados Unidos a la gente de color, si no habían hecho nada malo? Las injusticias del mundo parecía tomárselas como algo personal.

A Bert le encantaba el cinematógrafo. Y cualquier tipo de música. Le gustaba muchísimo el béisbol, sobre todo Babe Ruth y los Yankees. También Charles Lindbergh, con su avión. Le volvía loco desmontar aparatos tranquilamente y ver cómo funcionaban. Si le dejaban a sus anchas, y le permitían concentrarse sin interrupciones en una sola tarea, era capaz de desmontar y volver a montar una bicicleta, un reloj, un molinillo de café... Solo tenía problemas si le pedían que hiciera más de una cosa al mismo tiempo, especialmente bajo presión; entonces, como reconocía él mismo, se embarullaba. Aunque siguiera alojándose en casa del señor Shackter, ahora trabajaba en uno de los nuevos talleres mecánicos de Houston Street. Era capaz de trabajar durante horas bajo un coche, sin prisas, concentrado, aprendiendo a su manera tan particular.

A mí me traía libros de la biblioteca, y me rogaba que se los leyese: *Dos años en Rusia,* de Emma Goldman, una traducción recién publicada del *Yo y tú,* de Martin Buber, novelas de John Dos Passos y *Hermosos y malditos*, de Scott Fitzgerald. También panfletos políticos, programas de mano, páginas deportivas, prospectos de viaje en trasatlántico... Cualquier cosa que se le cruzara por delante y le intrigase.

–Caramba, L-Lil, qué gusto da oír tu voz –decía–. Entiendes tantas cosas... Y conmigo eres t-tan paciente... Antes de esto... –Señalaba el batiburrillo de libros y folletos repartidos por la mesa–. T-tenía la impresión de que vivía siempre al otro lado de un c-cristal muy grueso.

Albert Dunkle. Albert Dunkle. Su olor, como de hierba recién cortada y pan recién hecho. Los tendones musculosos entrevistos por su cuello. Albert Dunkle. Empecé a oír su nombre a todas horas, como un aria. Oía su voz en las canciones de la radio y veía el reflejo de su cara en los congeladores de la fábrica. Por las tardes, en cuanto oía sus golpes en la puerta de los Dinello, me entraba un verdadero frenesí. Bert se presentaba con una bolsa de papel llena de almendras tostadas, sujetándola en su estilizada y recia mano izquierda con la misma suavidad que si fuera una paloma, y se le arrugaban las comisuras de los ojos cuando sonreía. Luego se le ensanchaba la envergadura de los hombros al quitarse el abrigo. Ah, queridos... Era como si me diera un ataque. Una vez estuve a punto de soltar el hervidor de agua. Estaba en medio de la cocina, intentando que no me temblaran las piernas mientras limpiaba la mesa y tuve que recurrir a todas mis fuerzas para respirar y decir alegremente:

—Ah, hola, Albert, llegas tarde.

Los cambios de humor que provocaba en mí, aquel dolor incesante, eran tan exagerados que creí que estaba poseída. Si hubiera podido, me habría escurrido de mi piel y la habría dejado tirada por la calle, como las serpientes. De noche se me iban las manos por el cuerpo, y retorcía la almohada con una agonía deliciosa. Por favor. No os escandalicéis tanto. Cada generación se cree que es la única de la historia que ha vivido el deseo.

Albert Dunkle, Albert Dunkle. Los domingos, en cuanto ocupaba mi sitio en el lustroso banco de la iglesia, me ponía de rodillas. La señora Dinello, por supuesto, rezaba a mi lado por sus hijos, su sobrina, su nieto y su nuera, todos muertos, pero yo... Yo en vez de rezar por encontrar de nuevo a mis padres y a mis hermanas, suplicaba algo más simple: «Dios, por favor, que esto se acabe», o «Dios, por favor, haz que me quiera Albert Dunkle». No me decidía por ninguno de los dos anhelos. Por otra parte, seguía sin poder alzar la vista hacia la estatua de Jesús, pero ahora era porque su torso desnudo, crispado, musculoso... me lo imaginaba como el de Bert.

Después de confesarme nunca rezaba suficientes avemarías y padrenuestros.

Le mentí a mi profesor. Le dije que tenía que desapuntarme de la asignatura de poesía para poder trabajar por las tardes en la heladería familiar. Después le mentí a Bert.

—Solo puedo darte clases después de comer —dije.

Al principio tuve un sentimiento de culpa tremendo, pero durante dos gloriosas horas por semana podía tenerlo para mí sola, sin vecinos que llamaran a la puerta con cestas de bollos ni «Ya-ja-ja-jas» de Rocco; solo Bert y yo, inclinados sobre los libros, con las cabezas juntas, como si rezásemos. Su voz al tropezar con las palabras. Nuestros dedos deslizándose al unísono por las letras impresas. Cada vez que le explicaba algo, me miraba parpadeando con cara de sorpresa... Por dentro me sentía como una pajarera.

Una semana, sin embargo, llegó al apartamento sin aliento, nada menos que con una obra de teatro, y anunció que había conocido a una corista del teatro en yiddish.

—¡T-tendrías que haberla visto, L-Lil! Nunca he v-visto nada igual. P-por ella me p-pondría de rodillas.

Creía recordar que se llamaba Frieda.

—Es que soy un desastre con los nombres... —dijo riéndose.

La Frieda en cuestión le había echado al cuello unos brazos sedosos y le había susurrado dulcemente al oído, con su boca pintada, que un hombre tan guapo debería salir con ella al escenario, sin la menor duda. Bert me confesó que era una locura, pero que quería probar. ¡No podía no hacerlo! ¡Cómo le gustaba el vodevil! ¡Y la chica! ¿Podía ayudarle a memorizar un breve monólogo? Frieda le había concertado una prueba para un pequeño montaje de la obra *Tevye el lechero* en la Segunda Avenida.

¿Qué podía hacer yo? La idea de ayudarle a conquistar a otra mujer, y de que se fuera al teatro a trabajar, me resultaba, claro está, insoportable, pero también lo era la de que lo humillasen. O sufriera un desengaño amoroso. De hecho, el dolor de Bert, su posibilidad, se me antojaba peor que si fuera mío. Además, seguro que si no le ayudaba yo se buscaría a otra persona.

Bajé la vista. Las cicatrices de mi pierna aún se veían a través de las medias gris perla: un sombreado intensamente rojo.

—Si no te sale el diálogo, ¿por qué no intentas cantarlo? —propuse, desolada.

—¿Como si fuera una canción?

—Ajá.

Le leí despacio cada frase y él me las cantó, también despacio. De ese modo pronunciaba sin problemas las palabras.

—¡Lil! —exclamó—. ¡Es un milagro!

Intenté ser animosa y sonreír, aunque me sintiera tan absolutamente desgraciada que temía que se me desintegrasen los tendones y los músculos.

Lo ensayamos juntos varias veces hasta que Bert se supo sus frases al dedillo.

—Eres una profesora maravillosa —dijo—. No sabes c-cuánto te lo agradezco.

Llegó la mañana de su prueba, y en el metro, yendo a Hunter, no pude pensar en otra cosa que en Bert besando a la tal Frieda y deslizando una mano por la superficie lisa e ininterrumpida de sus piernas, estrellas ambos del teatro yiddish de la Segunda Avenida, con sus nombres en la misma marquesina. Me dolía tanto la barriga que hubo un momento en el que tuve miedo de desmayarme.

Pero Bert no superó la prueba. El malicioso júbilo que sentí me llenó a la vez de culpabilidad y alivio. Con tanta gente mirándolo en el inhóspito teatro, sumidos en la oscuridad del otro lado de los focos, y con Frieda observándolo tranquilamente junto al director... Pues nada, que en cuanto estuvo al lado de los dos, explicó alicaído, no hizo otra cosa que tartamudear.

—Al f-final sí que he conseguido empezar a c-cantar las frases, como me enseñaste —dijo—, pero claro, se han p-puesto a reír. Y yo con ellos, Lil. ¿Qu-qué iba a hacer? Les he d-dicho: «Bueno, como actor soy malísimo, pero si b-buscáis alguna vez actores para una comedia musical...».

Sonrió, apenado.

—Pero bueno, lo he intentado, ¿no? Además, nunca me había c-creído que pudiera...

De repente se giró hacia mí.

—El jueves que viene por la tarde. Unos c-conocidos del barrio. Hacen una reunión política, y si p-puedo me gustaría hablar. Sería la primera vez. ¿Tú crees que podrías acompañarme, Lil?

Lo poco que sabía del comunismo no me gustaba nada. Nunca me han atraído mucho las masas anónimas, qué le vamos a hacer. Y no digamos la idea de que los Dinello pudieran convertir en un gran éxito su pequeña fábrica de helado solo para que se la quedara «el proletariado»... Eso ya me repelía. Informé a Bert de que yo soñaba con ser rica algún día. ¿Qué era América sino una gran promesa de libertad y riqueza? No conocía a nadie que hubiera emigrado a América para compartir, estaba claro. Tampoco conocía a nadie que tuviera la esperanza de entregar el fruto de sus esfuerzos a todos los imbéciles del edificio.

Además, el comunismo lo habían inventado los rusos, esos cosacos borrachos y asesinos que habían matado a mi abuelo de una paliza en su propia cocina. No quería saber nada de ellos.

En cambio, Bert lo veía de otra manera.

—Los ideales de A-América —insistía— solo se hacen realidad con el comunismo. «Todos los hombres nacen iguales», dicen, pero fíjate en cómo trata este país a las mujeres. Y a la gente de color. En Rusia, ahora, se trata igual a t-todo el mundo. No p-puede haber igualdad social sin igualdad económica.

Por muy en desacuerdo que estuviera con él, la convicción que se le reflejaba en la cara al hablar, mientras sus ojos hundidos se llenaban de dolor y compasión... Me derretía, queridos. Hacía que asintiese como hipnotizada. Sí, claro que sí, te acompañaré.

La reunión era en un sótano de Delancey Street. Una gotera en una tubería del techo, con una olla de metal debajo. Todo el mundo se removía en precarios bancos, con abrigos empapados por la lluvia, para entrar en calor. Los obreros presentes eran casi todos jóvenes y si de algo no pecaban era de falta de pasión. Un joven con gafas que se llamaba Jay nos saludó con un cuaderno bien sujeto en la mano. No parecía mayor que yo, sin embargo resultó ser editor del *Daily Worker*.

—Que no te impresione, por favor. Las clases sociales y las divisiones del trabajo solo son constructos artificiales.

Me miró a los ojos con intensidad a la vez que me daba la mano, algo que pocos hacían.

—¿Lo dice en broma? —susurré.

—Jay es todo un personaje —reconoció Bert mientras me conducía a un banco.

En cuanto estuvimos sentados se acercó, rumbosa, una guapa mujer de pelo caoba y cuello de cisne.

—Hombre, ¿qué tal? ¿Os importa? —No esperó a que contestásemos para ocupar lánguidamente el sitio vacío que había al lado de Bert, a cuyo brazo se aferró para no perder el equilibrio—. Ay, cuánto lo siento.

Lo dijo con una sonrisa deslumbrante, pero me fijé en que no hacía el menor ademán de apartar su mano de la manga, y se me hizo un nudo en el estómago.

Jay se plantó en medio de la sala.

—Buenas noches, camaradas. —Parecía convencido de que se dirigía a un gran ejército de proletarios en la Plaza Roja—. Hoy hace más de un año —empezó a explicar— que Celestino Madeiros, que ya estaba procesado por otro asesinato, confesó. «Sacco y Vanzetti —dijo— son inocentes.» Y yo os pregunto esta noche, camaradas: ¿Por qué, entonces, siguen pendientes de ejecución?

Fijó en nosotros su mirada como hacía a veces el padre Antonucci durante algún sermón especialmente solemne. Sacco y Vanzetti. Dos anarquistas acusados de asesinato en Boston. Yo le había leído a Bert artículos de prensa sobre ellos. En el Hunter College, y hasta en Mulberry Street, se debatía con ardor su inocencia, por la condición de italianos de los acusados, y la percepción generalizada de que eran víctimas de los prejuicios. Aun así la señora Salucci había dicho con desprecio: «¿Sacco? ¿Vanzetti? *Ai, ai!* Son una vergüenza para todos». Yo, por mi parte, no seguía el caso de cerca.

—Sabéis tan bien como yo por qué se les ha condenado a muerte, camaradas —declaró Jay—. Todos sabemos la verdad.

Su pomposidad tardó muy poco en crisparme. Miré a mi alrededor y, para mi sorpresa, vi bajo la única ventana, llena de mugre, a Rocco. Estaba apoyado en la pared, toqueteando un tapón de botella. Cuando me vio puso los ojos en blanco y me lanzó una mirada cómplice de aburrimiento. Después me hizo señas de que le diera a Bert un codazo.

Pero Bert estaba fascinado. Me gratificó ver que por fin se había quitado de encima a la pelirroja. Escuchaba atentamente, con los codos en las rodillas. Reconocí en su pelo el olor de la lluvia y un vago residuo de crema de afeitar. Frente a mí se extendía su espalda ancha. La tentación de pasarle las manos por los flancos era insoportable.

—Son culpables de ser inmigrantes. Italianos. Radicales —proclamó Jay, agitando el dedo en el aire—. Son culpables de creer en la libertad de expresión...

En lo único que pude concentrarme fue en que Bert y yo respirábamos el mismo oxígeno de aquel húmedo sótano y en que nuestras rodillas se rozaban casi hasta besarse en lo exiguo del espacio. Qué le vamos a hacer.

Al final del discurso de Jay empezaron todos a cotorrear al mismo tiempo. Circuló una petición en apoyo de los anarquistas condenados. Cuando llegó a donde estábamos nosotros, vi el pánico de Bert, que tomó el lápiz en su mano y practicó los movimientos en el aire encima del papel, ensayando la forma de las letras de su nombre, tal como le había enseñado.

—Lo haces muy bien —le murmuré—. Primero una a. Luego una ele.

La pelirroja de al lado soltó una especie de ladrido de incredulidad.

—¿Te está diciendo cómo se escribe tu propio nombre? ¿Qué pasa, que es tu institutriz privada?

Me miró con un brillo malévolo y triunfal. Vi que Bert se sonrojaba, a la vez que se le caía el lápiz de los dedos y rodaba por debajo del banco. Abrió la boca para decir algo, pero solo le salió un «N-n-n-n-n-n-n-n...».

Me incliné por detrás de su espalda y le dije algo a la mujer con voz sibilante.

—*Gai kaken oifen yam!*

«Vete a cagar en el mar.»

Volví a apoyar todo mi peso en el respaldo, mientras oía los latidos de mi propio corazón.

—Tú lo que eres es una cualquiera, una *meeskite* —me espetó ella.

Después se levantó, enfurruñada, y se buscó otro sitio más lejos, en el mismo banco.

—Patética. Estúpida. Loca —anunció a los que la rodeaban, sin dirigirse a nadie en particular.

Yo señalé rápidamente la petición.

—Dámela, Bert.

Él me la entregó, alicaído, sin quitar la vista del suelo. Me metí el papel en el bolsillo. Sacco y Vanzetti tendrían que sobrevivir sin él. Me negaba a darle a nadie una prueba del oprobio de Bert.

—Venga, vámonos —dije.

Me costó mucho levantarme, pero fue un alivio que Bert me ayudara y me siguiera.

Al salir a la calle, caminamos sin hablar, como cuando se huye de alguna película u obra de teatro realmente pésima.

—«Institutriz» —dije yo, finalmente, cuando el impacto inicial dejó paso a la magnitud de nuestra humillación—. Pequeña *puttana*... Debería haberle dado un buen coscorrón.

—Cuánto lo siento, Lil... Tendría que haber intervenido, que haber dicho algo. —Bert hundió las manos en los bolsillos—. ¿Pero qué puedes esperar de mí? —Se encogió de hombros, decaído—. Si no sé ni hablar... Ni escribir mi nombre, sé.

De repente se puso a reír.

—De todos modos, está claro que has hablado muy bien por los dos. ¿«Vete a cagar en el mar», Lil?

Dentro de mí fermentó la vergüenza. Esa boca mía, que solo traía desgracias... Tenía razón la pelirroja: era vulgar.

Aun así, Bert me miraba con una mezcla de sorpresa y embeleso.

—Vaya par estamos hechos, ¿eh?

Se rio y de repente vi en sus ojos un amanecer, como el primer rubor del alba cuando se desliza por los campos y lo incendia todo de oro. Tendió una mano y me tocó lentamente la mejilla. La mejilla, queridos, me tocó, con su áspero pulgar de mecánico, recorriendo suavemente la junta delicada de la mandíbula y pasando por la comisura de los labios. Se fundieron nuestras miradas, y todo quedó claro: los dos como componentes de una ecuación matemática, como mitades de una moneda rota.

Levantó mi barbilla y se inclinó hacia mí. En ese momento se oyó a nuestras espaldas un batir de pasos en el pavimento.

—Eh, ¿qué os pasa? —Rocco nos dio alcance sin aliento—. ¿Ya no habláis inglés o qué? Llevo llamándoos media manzana. —Le dio a Bert un golpe amistoso en la espalda—. Perdona, compadre, pero no era lo mío. Me alegro de que hayáis decidido daros el piro. Esta noche lo único interesante del sótano eran las chicas.

Había dejado de llover. El humo lechoso de nuestros alientos se diluía en un aire glacial. El hombro de Bert, mojado y reluciente, rozaba un poco el mío. Sonreímos a Rocco de oreja a oreja, pero no lo asimilamos. Ahora entre nosotros todo eran estremecimientos, un lenguaje tácito del que Rocco, no parecía, sin embargo, darse cuenta.

—¿Y Sacco y Vanzetti? —Sacudió la cabeza y dio unos pasitos de baile delante de nosotros—. Pobres desgraciados, lo tienen más que crudo.

Por la noche, en Mulberry Street, cuando estuvieron todos dormidos, saqué la petición de mi bolsillo. La esquina inferior derecha de la hoja tenía una mancha de sudor de la mano de Bert, que la había arrugado. Aunque Bert ni siquiera la hubiera firmado, ahora era un testimonio de su ser que alisé con amor, imaginando que acariciaba su pelo, a la vez que revivía la sensación de su pulgar en mi mejilla y la presión de su mano en la base de mi espalda, a través de la lana rasposa de mi abrigo, mientras me conducía a la salida de aquel sótano. Con ademán de protección. De propiedad. Estábamos hechos, en efecto, un par. ¡Lo había dicho él mismo! Metí la petición en la pequeña Biblia que me había dado la señora Dinello para mi confirmación, junto a un fino pañuelo de algodón que me había prestado Bert, un papel donde había hecho dibujitos sin pensar durante nuestras clases y un narciso seco de uno de los ramos que le había traído a la señora Dinello. Me era imposible tirar algo que él hubiese tocado. Cualquier objeto se convertía en recuerdo sagrado. Sabía que era infantil, pero de vez en cuando los sacaba, los tocaba e imaginaba que a través de ellos se fundían entre mis manos las de Bert.

A los Dinello no me atreví a decírselo, claro. Ni siquiera al padre Antonucci le dije, en confesión, que a menudo mentía al anunciar que pasaría la tarde dando clases en Henry Street. Me daba mucho miedo que si lo decía en voz alta, que Albert Dunkle me había convertido en su chica, me partiera Dios un rayo y toda mi buena suerte se desvaneciese en una nube de humo. Tal vez callándolo no fuera del todo pecado. Por la mañana, a veces, viendo cómo se esforzaban los Dinello en ayudarse mutuamente con sus botones y zapatos, me sentía tan culpable que creía romperme en dos, pero en cuanto pensaba en Bert me veía catapultada a la felicidad.

Una mañana, el señor Dinello se despertó con un aspecto extraño. Algo no estaba en orden en su cara. No enfocaba bien los ojos. Pronto empezaron a fallar una tras otra sus facultades, como cuando bajan la persiana de los escaparates de varias tiendas seguidas. Perdió la sensibilidad del brazo izquierdo y su respiración se volvió superficial, pero lo más inquietante fue que se le trastocó el sentido del gusto. A veces probaba una tanda recién hecha de *gelato* de vainilla o de café y sacudía la cabeza. «*Troppo aspro, troppo aspro.*» Demasiado agrio.

Empezó a fallarle la vista. Los demás, discretamente, comenzamos a verificar las etiquetas de los cubos de helado que llenaba, para asegurarnos de que correspondiesen al sabor. Cuando iba a trompicones por el almacén, despejábamos de mopas y baldes su camino. A veces se ponía nervioso, y a la señora Dinello, también más frágil cada día, le costaba razonar con él. Una tarde la señora Dinello me llamó.

—Ven, *ninella,* tráeme el libro.

Señaló con dedos temblorosos las columnas de sus libros de cuentas: primero las palabras que había memorizado sin saber leerlas fonéticamente, y después los números inscritos frente a ellas sobre finas líneas azules. Vi que había entradas para el huevero, el lechero, los proveedores de fruta y jarabe de maíz, las remesas de gelatina, los cucuruchos que ahora venían ya hechos de Nueva Jersey, la recogida de basuras, los impuestos y la seguridad del barrio.

—La mujer tiene que estar siempre a cargo del dinero, *capisci?* —dijo—. Pero es que llevo un tiempo tan cansada, *ninella...* Y Carmella en vez de cerebro tiene alpiste. Ahora tienes que ocuparte tú de este trabajo.

Yo debería haber sentido euforia, pero últimamente trabajábamos todos tanto que a menudo teníamos la sensación de que achicábamos con cubos un transatlántico al borde del naufragio. Cannoletti's Ice Cream Company, aquellos *mezzo negri* sicilianos, con su helado de segunda, se llevaban cada vez a más clientes habituales de Dinello & Sons.

—Sí, es mejor el vuestro —le dijo a Vittorio el dueño del *drugstore* de Mott Street—, pero ¿por qué voy a pagar dos o tres centavos más por litro, si total, con tantos adornos nadie nota la diferencia?

Lo único bueno era que con el ajetreo nadie se fijaba en mí y en Bert.

Bert me llevaba al cine. *El colegial,* con Buster Keaton, *Fiebre de primavera,* con Joan Crawford, *El cantor de jazz,* en el fantástico Warner's Theatre de la parte alta... ¡Ah, el sonido! ¡Al Johnson hablando de verdad! Íbamos a conferencias gratuitas en el Círculo Obrero. Una noche en la que hacía más calor de lo normal para la época del año, Bert quedó conmigo en el Hunter y fuimos a la Quinta Avenida en uno de los autobuses de dos pisos, arriba, viendo las mansiones elegantes, y el hotel Plaza, y la majestuosa biblioteca pública de Nueva York, iluminados como joyeros. Cualquier cosa que hiciéramos juntos —dar de comer a las palomas, ver cómo se deslizaban las barcazas por el East River, escuchar la radio en el mostrador de un *drugstore*— era un motivo de alborozo.

—Me encanta tu pelo, tan espeso y brillante —me dijo Bert una noche, mientras me acariciaba el cuello con la nariz—. Me encanta que no te parezcas a ninguna otra chica. Tan t-transcendental y tan seria...

Una tarde, sin embargo, Rocco se hizo a un lado conmigo en la fábrica.

—Caballito —dijo, y me apretó el brazo—, tienes que dejarlo.

Lo fulminé con la mirada.

—¿Pero se puede saber de qué me hablas?

—No te hagas la tonta, que ya sé que estás saliendo con Bert Dunkle.

—Tú sales con muchas chicas —dije, haciendo ruido por la nariz.

—Es diferente.

—¿No consideras que me merezca un novio?

—Habla en serio, venga. —Rocco miró a su alrededor—. Yo para ti soy como un hermano, ¿no?

Era la primera vez que decía algo así. Sus palabras se quedaron flotando entre los dos con la gravidez de una gran fruta.

—Supongo —dije mientras cambiaba de punto de apoyo, disimulando mi satisfacción.

Él me miró con elocuencia.

—Pues los hermanos tienen el deber de velar por su familia. Mira, Bert es uno de mis mejores amigos y es buen chico, ya lo sé, pero no se me va de la cabeza ni un minuto que es judío y comunista. ¿Y vas a salir tú con él, después de lo que te han ayudado *Nonno* y *Nonna*? Los avergonzarás delante de todo el barrio.

—¿Qué? ¿Por qué? —dije, aunque en el fondo lo sabía, claro: la hija de la señora DiPietro se había fugado con un estibador de Killarney, católico como ella, nada menos, y toda Mulberry Street se había escandalizado. Ahora ya nadie le dirigía la palabra, con la única excepción de un tío de Brooklyn. Yo ya sabía lo que pensaba de ella la señora Dinello. Hasta casarse con un siciliano era una desgracia. Si se enteraban los Dinello de que salía con Bert, se quedarían destrozados.

—¿Y no te parece que para ellos podría ser un alivio? —sugerí con infundadas esperanzas—. Están convencidos de que nunca me casaré.

–Ah, ¿y tú crees que con Bert sí?

Me aparté bruscamente.

–No quiero oírte más, Rocco.

Busqué como loca algo que limpiar, algún utensilio que pudiera hacer un ruido espantoso en el fregadero.

–Adoptaste el apellido de la familia –insistió él–. Puede que ahora, de repente, no le des ninguna importancia, pero para *Nonno* y *Nonna* sí la tiene. ¿No te parece que ya han sufrido bastante?

–Déjame en paz.

Cojeé lo más deprisa que pude hasta el almacén y una vez dentro me puse a dar vueltas y a mirar todas las cajas de gelatina Knox, las botellas de menta Durkee y las de extracto de vainilla, como si en algún momento pudiera aparecer una salida.

Rocco me persiguió.

–Te advierto de que no puedes casarte por la Iglesia con nadie que no sea católico. ¿Qué piensas hacer, Caballito? ¿Irte así, por las buenas? ¿Qué pasa, que para ti la Iglesia es como un juego que dejas cuando te apetece? ¿Para ti somos todos un chiste?

–¡No! ¡Para! ¡No lo sé! ¡No lo sé! ¡Mírame, Rocco! –Señalé mi repulsiva pierna derecha, torcida hacia dentro, con un pie que parecía un pescado. Después dibujé un círculo alrededor de mi poco agraciado rostro–. ¿Qué tengo que hacer, vivir el resto de la vida sola? ¿Hacerme monja?

–Hombre, pues... –Incluso él comprendió en cuanto lo dijo que era una idea absurda, y sacudió la cabeza–. Bert nunca se convertirá. Ya lo sabes. Ni siquiera cree en la religión.

–¿Entonces qué, Rocco? ¿Tengo que elegir entre Dios y el amor? ¿Es lo que me estás diciendo?

Nos miramos con tristeza, rodeados por tarros chillones de cerezas al marrasquino y cajas de nueces retorcidas y resecas.

–Rocco... –Se me atragantó su nombre en la garganta–. Por favor. Yo no quería sentir esto. Recé por no sentirlo, Rocco. Ya he perdido a tanta gente... Y por primera vez, seguramente la única de toda mi vida, un hombre...

Mi mirada se volvió suplicante. Rocco hinchó las mejillas y sacó despacio el aire. Después empezó a dar vueltas por el almacén.

—Peores hombres hay, lo sé muy bien —dijo finalmente—. Además, a *Nonno* y *Nonna* no les queda mucho tiempo en este mundo. —Su mirada me clavó a la pared—. No estoy diciendo que esté bien. No lo está, en absoluto. Sé discreta, Caballito, ¿me entiendes?

—Pues claro. ¿Qué te crees que iba a hacer, contárselo a la señora Salucci? ¿Llamar a *Il Progresso?*

Resopló por la nariz.

—Lo digo en serio. Ni palabra. Cuando estés con él no te acerques al barrio. Que no ponga el pie en nuestra calle si no es conmigo.

—¿Nos encubrirás?

Sus ojos eran como garfios.

—Tres condiciones. La primera... —Me tomó por los hombros como si estuviera enderezando un mueble—. Como oiga el más mínimo rumor de que eres una *zoccola,* me encargo yo mismo de ponerte en la calle en un segundo, ¿lo pillas? Pórtate bien.

—¿Cuál es la segunda?

—La segunda es que tendré que tener una conversación con Bert. Si va a salir contigo, quiero asegurarme de que sus intenciones sean buenas. A esta familia nadie le falta al respeto. ¿Qué pasa? ¿Por qué sonríes?

—No sonrío —dije—. Me parece muy bien.

—La tercera es que dejarás de ir a la universidad. Completamente. A partir de ahora trabajarás para nosotros a jornada completa y arrimarás el hombro todo lo que haga falta.

Esta última condición me produjo un enorme desconcierto.

—¿Perdona?

Rocco se cruzó de brazos.

—No quiero que *Nonno* y *Nonna* se gasten más dinero en ti. Si se corre la voz de que has estado saliendo con un rojo *ammazzacristi,* no quiero que tengan la impresión de que se han aprovechado aún más de ellos.

—Aunque...

—Ya sabes que *Nonno* ya no ve y que *Nonna* está muy delicada, pero no quieren dejar de trabajar y tampoco nos dejan contratar a nadie. Mientras tanto esos *mezzo negri* siguen robándonos ideas y clientes. ¿Qué podemos hacer, Caballito? Vuelve y trabaja como es tu obligación. Si quieres estar con esta familia, tendrá que ser al cien por cien. *Capisci?*

Me sorprendió la facilidad con que estaba dispuesta a renunciar a la Iglesia por Bert. Por desgracia, Rocco tenía razón. El catolicismo podía quitármelo como un abrigo prestado. Era puro ritual, mitos, pompas aprendidas en la infancia. Dejar la universidad, por el contrario... Eso era casi impensable.

—¿Y no les pareceré una desagradecida si dejo los estudios? —sugerí—. Piensa que es tu abuela la que quiso que fuera.

—Pues dile que solo es por un tiempo. Siempre puedes volver, ¿no? Si no sale bien lo de Bert.

Reconocí que en principio sí podía.

—Pero ¿y si sale bien? ¿Entonces qué?

Rocco se quedó mirando el suelo de cemento.

—Si *Nonno* y *Nonna* viven bastante para ver ese día... —Respiró profundamente y con tristeza—. Supongo que les diremos que fue idea mía emparejarte con Bert; que pensé que te hacía falta un marido, el que fuese. Y como habrás abandonado los estudios para ayudar en el negocio, puede que sean más indulgentes.

Tendió la mano, muy serio.

—A más no llego. No nos deshonrarás, serás buena católica y trabajarás para nosotros. A cambio yo te cuidaré. *Capisci?*

¿Qué otra opción tenía, queridos? Dentro de mí, algo susurraba: está mal, todo mal. Pero algo más, también dentro de mí, explotó de gratitud, alivio y un gozo secreto que me daba vértigo. Era factible. Podía seguir saliendo con Bert sin dejar de estar de buenas con los Dinello. Me ayudaría Rocco. Y yo le ayudaría a él y a todos los demás, como miembro real de la familia.

Puse mis manos en las suyas.

—De acuerdo —dije.

Pocas semanas después, cuando llegó el momento de matricularme otra vez en Hunter, hablé con la señora Dinello.

—Creo que será mejor que me salte este trimestre. Ahora mismo los chicos necesitan que les ayude.

Para mi sorpresa, no protestó.

—Supongo que sí —dijo vagamente, mientras se frotaba la pierna y se le ponían los ojos lechosos—. Ahora están muy ocupados.

Lo sabíamos todos, aunque nadie lo dijera en voz alta: el señor Dinello se moría. Como el pan de oro que se cae a trozos de una estatua, o un acantilado que se desliza en el mar por la erosión. Una mañana de domingo de aquella primavera, cuando nos preparábamos para la iglesia, llamó a la señora Dinello desde el dormitorio.

—Generosa, ¿has visto mi corbata?

Ella estaba conmigo en la cocina, limpiando la cafetera de émbolo. La sorpresa y la exasperación de todas las mujeres cuando sus maridos no encuentran algo que tienen claramente en las narices: esa fue la expresión que cruzó por su cara. Cerró el grifo con el codo y abrió la boca para contestar, pero se desplomó antes de que saliera una sola palabra de su boca.

Hoy en día la gente pide hasta el último detalle, lo más truculento y rococó de la agonía y el dolor ajenos. Pues yo no pienso dároslos, qué le vamos a hacer. La señora Dinello se desplomó y murió ahí mismo, en su cocina, mientras su marido, que ya no estaba muy lúcido, buscaba su corbata por el dormitorio.

Y fui yo quien estaba con ella y quien justo después lloraba en el suelo a su lado.

Fue espantoso, indescriptible, por supuesto.

Más no necesita saber a nadie.

Desde entonces fue como si todos los nervios y sinapsis que quedaban dentro del señor Dinello se desintegrasen de dolor. A finales de verano sufría convulsiones incontrolables en la mano izquierda, y le daban arrebatos de llanto como a un niño. Se dio la curiosa circunstancia de que se quedara cojo de la pierna izquierda, como una imagen especular de la mía. Dejó de hablar por completo. El día de Acción de Gracias ya no quería comer. Lucia, la mujer de Pasquale, intentaba alimentarlo como a su bebé, con un biberón y una cucharilla.

Al final ya no reconocía a nadie. Su cabeza y sus piernas colgaban como las de una muñeca de trapo, y su mentón brillaba de saliva. Inexplicablemente, un médico le afeitó el bigote. Era angustioso verlo tan infantilizado. Murió tres semanas antes de Navidad y lo enterramos al lado de su mujer, sus hijos, su sobrina y su nieto en el cementerio de Holy Cross, en Brooklyn, no en Nápoles, como habían soñado en otros tiempos él y la señora Dinello.

Y no, de eso tampoco quiero hablar.

Se cumplió la palabra de la señora Dinello y recibí algo parecido a una herencia extraoficial: verbigracia, todos sus antiguos deberes. Hasta su delantal. No había nada por escrito, pero a esas alturas la conclusión estaba cantada. Por fin era parte esencial de Dinello & Sons. Seguí llevando la casa de Mulberry Street, donde vivía con Rocco, y presentándome como siempre en el trabajo, con mis zapatos gastados y el pelo envuelto en un pañuelo. Al final de la tarde, cuando Rocco me hacía una señal con la cabeza, me iba sin que me vieran y me reunía con Bert en algún sitio de Rivington Street, o al norte, junto a su taller.

Me fijé en que la mujer de Vittorio, Carmella, empezaba a hacer acto de presencia más a menudo en la fábrica, con cara de aburrimiento y mal humor, para mover de sitio el instrumental, maquinalmente, preguntar por los distintos ingredientes del helado y dar ideas tontas. A veces, Vittorio la sentaba delante de una mesa y le encargaba algún trabajo como escribir direcciones en los sobres u ordenar servilletas, pero cuando había que hacer inventario, anotar las entregas y apuntar en el libro de cuentas todos los gastos e ingresos, recurría a mí por acto reflejo.

—¿Lo puedes hacer tú? —decía, entregándome la factura de una remesa de extracto de vainilla.

Los libros necesitaban un buen repaso. Al estudiarlos vi que los beneficios de Dinello & Sons Fancy Italian Ices & Ice Creams habían ido menguando desde la primera embolia del señor Dinello. En cambio, el alquiler había subido, y con el tiempo se habían renegociado mal muchos de los contratos, basándose más en la amistad que en criterios comerciales.

La buena noticia, sin embargo, tal como les expliqué a los nietos, era que se podían resolver fácilmente los problemas.

—Con unos pocos cambios podremos aumentar mucho el margen de beneficio —les expliqué una noche.

Al final de cada día, una vez limpias y apagadas las máquinas, Vittorio, Pasquale y Rocco tenían por costumbre bajar las cortinas y reunirse con una botella alrededor de una de las mesitas; así, trasnochando con la radio puesta, hablaban en voz baja, o no hablaban, hasta que se acababan los programas y se iban los tres a casa dando tumbos. Por la mañana, a veces, cuando llegaba temprano para inspeccionar las entregas de leche, me encontraba la radio encendida, soltando un rollo.

—¿Me dejáis que os enseñe cómo podemos ahorrar dinero? —dije, y abrí el libro de contabilidad.

Vittorio levantó la mano, como en señal de que parase el carro.

—¿Es legal? —dijo contemplando la botella del centro de la mesa.

—Pues claro.

Me reí.

—¿Tengo que firmar algo?

—Puede que más tarde.

—Pues ya me lo dirás. Déjamelo en la mesa.

Hasta entonces, queridos, nunca había gozado de tanta confianza ni había tenido carta blanca, y me alegró. Me puse a trabajar en el despacho del fondo de la fábrica de helado. En eso me ayudaron mucho los viejos tiempos de Orchard Street. Regateé sin compasión. Regateé con todos los proveedores y repartidores, con los lecheros y con los hueveros, con los recogedores de basura y hasta con los «aseguradores» que pasaban cada mes. Me imaginaba a la señora Dinello a mis espaldas, dándome consejos. «Para algunas cosas tienes más cabeza que los chicos, *ninella*.» ¿No hacía veinte años que éramos buenos clientes? Se lo preguntaba a los proveedores. ¿No habíamos pagado siempre, por sistema, puntualmente? Ahora compramos grandes cantidades. Si os portáis bien, nosotros también seguiremos portándonos bien, les decía. Si no, buscaremos en otro sitio.

—Mira —anuncié con orgullo una noche, mientras agitaba el contrato revisado de la leche delante de Vittorio, para que lo firmase—. Quince dólares más de ahorro por semana.

—Muy bien —dijo él sin mirarlo, como las otras veces—. Déjalo encima de la mesa.

—¿Quieres que haga algo más antes de irme? —pregunté mientras descolgaba el abrigo del perchero del fondo.

—No, *grazie*.

Noté algo raro en su tono.

Paré a Rocco, que salía.

—¿Va todo bien, Rocco?

—Claro. —Se encogió de hombros—. ¿Por qué no?

—¿Tienes algo que contarme?

—Pues claro que no.

—¿Seguro?

—Ay, Caballito, ¿a qué vienen tantas preguntas?

—Noto algo raro.

—Sí, es que es raro —admitió él, sacudiendo la cabeza—. Cambia todo tan deprisa... —Metió la mano en el bolsillo, sacó unos cuantos dólares y me los puso en la mano—. Sal esta noche con Bert y diviértete un poco, que al menos así lo hace alguien.

El 19 de marzo de 1929 finalmente Bert y yo nos casamos: un martes despejado y frío en el que salían los primeros brotes de los árboles y por el río alborotaba el viento. Quedamos en el ayuntamiento durante la pausa del almuerzo. Los únicos testigos fueron Rocco y el señor Shackter. Yo llevaba un vestido granate que me había ayudado a comprar el señor Shackter a un mayorista conocido suyo de Grand Street. Bert llevaba su ropa de trabajo e iba en mangas de camisa y tirantes, aunque Rocco le había prestado su americana buena de los domingos y el señor Shackter le había dado una corbata de su tienda. Rojo vino, como mi vestido, puntuada con pequeñas flores de lis doradas. Como Bert no tenía bastante dinero para comprar un anillo usamos uno de puro.

Al salir al pequeño parque contiguo al registro civil no sabíamos muy bien qué hacer. Bajo nuestros pies brillaban las aceras. El cielo se curvaba encima de nosotros como las bóvedas de una catedral, doblegando a su albedrío los bloques de oficinas. De pronto tuve la sensación de que éramos tan pequeños, tan poca cosa en aquel mundo...

—¿Qué tal si vamos a comer? —propuso el señor Shackter.

Nos llevó a un *delicatessen* de Broadway donde pidió cuatro limonadas y dos perritos calientes kosher para cada uno.

—Por el amor —dijo con gravedad.

Cuando chocaron los vasos, sentí irrumpir en mí un escalofrío de felicidad a la vez que de tristeza. Miré a Bert, su divina escultura, y él me apretó la mano. Estaba tan guapo, tan luminoso... Dentro de mí se desplegó una flor de una esperanza y un terror inverosímiles. Llegué a la conclusión de que todas mis atenciones serían pocas. Había que protegerse; incluso, o sobre todo, estando casada. Amor, bondad... Intuí que el día en que Bert decidiera privarme de ellos, como haría con seguridad, tarde o temprano, sería con toda probabilidad mi muerte.

El señor Shackter insistió en pagar la comida de bodas, si es que podía llamarse así.

—Ahorrad vuestros peniques, parejita.

Y se rio entre dientes.

Después de comer bajamos los cuatro la cabeza para resistir el viento y fuimos hacia el norte por Canal Street, entre remolinos de escombros. Bert me dio un besito cohibido en la mejilla, antes de irse con el señor Shackter más al norte, mientras Rocco y yo seguíamos a pie hacia el oeste, en dirección a Lafayette Street. En menos de un cuarto de hora me vi de nuevo con mi delantal en Dinello & Sons, ayudando a mezclar una gran cuba de helado de pistacho, pero convertida en una mujer casada, con un anillo de puro en la mano izquierda y la huella húmeda de los labios de Bert en la mandíbula.

Bert había encontrado una habitación de alquiler en Thompson Street, con una pequeña cocina integrada y una lámpara de techo que se encendía y se apagaba tirando de una cadena. En Greenwich Village le daba a todo el mundo igual que fuera judío y comunista, y yo católica no practicante.

Por la noche vino a verme mi marido al trabajo.

—Ho-ho-hola. —Entró educadamente en la tienda, sonriendo, e hizo sonar la campanilla de la puerta, con su ruido de lata—. ¿Está la señora D-Dunkle?

Desde que estábamos prometidos solo había venido un par de veces a Dinello & Sons. El resto de los nietos se había enterado de nuestro secreto después de Año Nuevo, pero más que molestos parecían extrañados.

—¡No me digas! —había dicho Vittorio, socarrón—. ¿Que Rocco ha estado haciendo de Cupido? Por fin se le da algo bien, al muy *cazzo*.

Aun así, por respeto, Bert y yo habíamos seguido evitando el barrio.

Aquella noche, cuando llegó Bert, los nietos estaban bajando las persianas y poniendo los vasos en la mesa.

—Entra, *amico* —dijo Rocco, llamándolo por señas a la mesa—. ¡Caballito! —dijo en voz alta—. Saca dos más, ¿vale?

Vittorio nos sirvió a cada uno tres dedos de whisky de contrabando.

—Por el *amore*. ¡Por los recién casados! —vociferó—. Venga —ordenó—, a beber todos.

Bebimos un trago y empezamos a toser, dándonos golpes en el pecho. Luego otro.

—Bueno —dijo Vittorio, dejando el vaso a sus espaldas, en el mostrador—, y ahora el regalo de bodas.

Miré a Bert, que estaba igual de perplejo que yo.

—¿Qué pasa? —dijo Vittorio—. ¿Qué os creéis, que no tenemos modales?

Se apoyó en el respaldo y entrelazó los dedos en el pecho. Ya pasaba de los treinta. Con el tiempo se había ensanchado, y empezaba a perder pelo. Vi por primera vez en sus facciones ecos del rostro paternal del señor Dinello, aunque Vittorio tenía los ojos más pequeños, y siempre enrojecidos, y por muy a menudo que se afeitase siempre tenía sembrada de puntos la mandíbula.

—Como los libros los llevas tú —me dijo—, ya sabes que no es que nos sobre el dinero.

—Y por motivos obvios no podíamos organizarte un banquete de bodas —añadió Rocco sin levantar la voz.

—Pero sí que podemos regalaros una pequeña luna de miel —dijo Vittorio—. Rocco tiene conocidos en Atlantic City y ha hecho unas cuantas gestiones.

Tanto Bert como yo miramos azorados a Rocco, cuya cabeza, negra y lustrosa, subió y bajó. Casi parecía cohibido.

—Bueno, es que uno de los conductores de autobús había llevado un carro de Dinello's Ices antes de la guerra...

—Y otro conocido nuestro tiene una cuñada en Nueva Jersey que lleva una pensión —dijo Vittorio—. Puede alojaros hasta tres noches entre semana. Como favor personal.

Bert y yo volvimos a mirarnos con incredulidad, antes de girarnos hacia los hermanos Dinello.

—Tiene sitio para vosotros a partir del miércoles que viene —dijo Rocco—. Hoy, en el juzgado, he hablado con el señor Shackter, Bert, y dice que te deja.

—Aún no es temporada alta —dijo suavemente Pasquale—, pero debe de ser bonito. Lucia siempre ha querido ir.

—No sé c-c-cómo agradecéroslo —tartamudeó Bert, por pura emoción esta vez.

Yo parpadeaba para no llorar.

—*Miei fratelli* —dije—. *Grazie tante.*

–Vamos a tomarnos otra ronda –propuso Rocco, y acercó la mano a la botella.

Hace unos años, en Atlantic City había una feria de fabricantes de helado. Dios mío, queridos... Parecía una ciudad a la que solo fueran los suicidas. Edificios a punto de caerse, como ruinas de guerra, sumidos en la sal, la delincuencia, el deterioro... Manecillas de reloj paradas en la hora a la que se habían roto, años atrás... La única gente que veía eran negros tirados en las puertas como paquetes que nadie quería. Incluso el paseo marítimo parecía a punto de deshacerse. Me pasé tres días dedicándome poco más que a beber *bourbon* en mi suite. Al enterarse Isaac se puso como loco, pero ¿qué iba a hacer? Además, ¿habéis estado alguna vez en una convención de fabricantes de helado? Hacedme caso, queridos: entre esos sombreros ridículos de globos, los lemas estúpidos, la competencia de *jingles* con xilófono, los colores cegadores como de chicle, y tanto vendedor que agobia de simpático, y que te parte los huesos con sus apretones de manos asesinos, por no hablar del pardillo a quien siempre contratan para estar en la recepción disfrazado de heladero de dibujos animados, gritando «¡Al rico helado, que viene regalado!», no es algo que se pueda querer vivir sobrio, de ninguna manera.

En cambio, el día en que llegamos Bert y yo de luna de miel... ¡Ah! ¡Atlantic City era el sitio con más *glamour* del mundo! Coches elegantes por la calle. Mujeres con abrigos de pieles. Hoteles palaciegos y barrocos recortados en la niebla. «Viena junto al mar», dijo Bert que era. Hasta el largo viaje en autobús fue maravilloso. Yo había cruzado el océano, pero nunca el Hudson.

–¡Ah, tú eres la chica de los Dinello! Los recién casados. ¡Pasad, pasad! –exclamó la señora Trevi, haciéndonos señas.

Su pensión quedaba a dos manzanas de la playa. Nos dio la mejor habitación del fondo, con lavamanos propio y tapetes de artesanía sobre todos los muebles. Encima de la cama había un crucifijo. Bert quiso descolgarlo, pero le paré la mano diciéndole que qué más daba, si no era religioso. Además, quizá estuviera puesto para exorcizarnos, como forajidos que éramos. Él se echó a reír. Después empecé yo, y no pudimos parar ninguno de los dos hasta que Bert me acostó en la cama.

Luego nos pusimos como niños que no se estaban quietos. Impacientes por salir. ¡Nunca habíamos tenido un día de vacaciones!

—Ven, Lil, vamos a ver todo lo que haya que ver —me dijo, tomándome de la mano.

Un viento feroz llegaba del Atlántico. Caminamos muy abrazados por el paseo marítimo. Los hoteles se cernían majestuosos, anunciados por gaviotas. Había carteles enormes, que publicitaban revistas «espectaculares». En un pequeño quiosco de música tocaba una banda de Dixieland, con el del trombón envuelto en un abrigo de mapache. Sacamos la cara por unos agujeros y nos hicieron una foto: Bert era un bañista musculoso, con el traje de baño a rayas, y yo una ágil acróbata con tutú, que hacía equilibrios a su lado sobre un monociclo. ¡Nuestro primer retrato oficial como marido y mujer! Por primera vez en nuestra vida sentimos que formábamos parte de verdad de América.

El día siguiente Bert encontró una sala de juegos en un sótano.

—No hace f–falta que vengas, Lil —dijo mientras se ponía la camisa después de nuestra «siesta», como la llamábamos—. Te prometo que solo tardaré una hora. M–mejor que descanses.

Yo nunca había dormido en pleno día, pero después de que se fuera me tapé con la delgada sábana y aporreé las almohadas duras hasta que al final me rendí y me contenté con quedarme acostada, parpadeando con la vista en el crucifijo y el rosetón descascarillado del techo. De repente pensé en mis padres, en una anécdota que me había contado mi madre sobre el día de su boda, cuando mi padre se había emborrachado con vino de ciruela y había intentado bailar con Zeyde. Me pregunté qué habrían pensado de Bert. ¿Y de mí, ahora?

Durante años tuve la costumbre de intentar recordar una por una sus caras antes de dormirme, grabándomelas en la memoria: mamá, papá, Bella, Rose y Flora. Sin embargo, en aquel momento descubrí que me acordaba de la barba recortada de mi padre, pero no de su nariz, y de las manos grandes y planas de mi madre, pero no de sus brazos. De la fina tez de Rose y de sus quejas, pero no de sus facciones. De Bella era capaz de evocar su pelo oscuro y fuerte y su gran estatura, y la manera que tenía de girar sus muñecas huesudas, como si tuvieran vida propia, pero su cara..., su cara era borrosa. La única que se mantenía nítida era Flora, pero aun así caí en la cuenta de que mi imagen de ella era una niña de ocho años con el vestido raído y los zapatos sujetos con cordel. Llevaba quince años sin verla.

Me acerqué cojeando al espejo de encima del lavabo y me examiné. No era una gran belleza, estaba claro, pero me había creado un «look» particular, como habrían dicho en las revistas, que sin ser atractivo llamaba la atención. A mis veintiún años se me habían asentado un poco las facciones. Mi nariz ya no se veía tan prominente, ni mis pómulos tan severos. Al mirarme, sin embargo, vi a mi madre.

Una vez, en Vishnev, había oído que un vecino decía que a quien más me parecía era a mi madre. Tenía los mismos ojos oscuros y febriles que ella, un poco demasiado juntos y hundidos. Los mismos labios finos y serios. La misma frente y barbilla austeras. Seguro que cada vez que me miraba veía su reflejo, de la misma manera que lo estaba viendo yo.

Me pregunté dónde estaría. ¿Había alguna posibilidad de que siguiera con vida? ¡Ay, mamá! De repente me invadió el deseo de buscarla. Qué ganas de enseñarle que al final sí se había casado alguien conmigo, a pesar de mi facha...

Me lavé, me puse otra vez el vestido granate, me arreglé el pelo y la cara y esperé al guapo de mi marido.

Seguí esperando.

Pasó una hora.

Ya eran dos.

A la tercera me harté. Estaba perpleja de mi propia candidez. El brillo de alegría de los ojos de Bert cada vez que pasaba una mujer... Cómo se había crecido con las coristas sentadas en su regazo... ¿A quién pretendía engañar yo? Incluso en Atlantic City la gente se nos quedaba mirando, como si hicieran mentalmente una larga división.

¡Pero qué tonta había sido! Intuyendo el desenlace, crucé la habitación y abrí el armario de golpe. Arranqué de la percha mi otro vestido y recogí la ropa interior. Justo cuando sacaba la maleta volvió Bert.

—¡Mira, Lil! —exclamó, a la vez que tiraba por los aires un puñado de billetes de un dólar, como si fuera confeti—. ¡Lo he conseguido! —Veintitrés dólares, había ganado: más que una semana de sueldo—. ¿Qué te pasa, nena? —Se paró de repente—. ¿P-por qué lloras?

Me giré, temblorosa. No soportaba que me viese tan aliviada.

—Hijo de mala madre. ¿Ya estás pensando en dejarme? ¿En la luna de miel?

—¿Qué? Pero Lil..., nena... No, no. ¿Cómo se te ocurre? Por favor. Ven.

Abrió los brazos.

—¡Una hora! ¡Habías dicho que solo tardarías una hora!

—Lo s-siento m-mucho. Es que estaba en racha.

Me tocó la mejilla con el dorso de la mano. Yo se la aparté de un golpe.

—No te atrevas a hacerme esperar así nunca más.

—L-L-L-Lil. Oh, amor mío —dijo, desconsolado.

Me atrajo hacia él. Curiosamente, nunca parecía más entregado, más enamorado y cercano a mí que cuando le gritaba. Sentí un curioso arrebato de alegría, en el que se intercalaba la satisfacción de castigarle. Sucumbí lentamente a su abrazo.

—Todo el d-d-dinero es para los dos —dijo Bert mientras me acariciaba el pelo—. He pensado que así podríamos salir por la ciudad a lo grande. Por favor, Lil. ¿Me perdonas?

Por la noche me llevó a ver un espectáculo. ¡Vimos a Ethel Waters! Qué maravilla... Y luego Bert me retiró la silla en el primer restaurante de verdad donde comíamos juntos, con manteles blancos y un camarero al lado de la mesa, con una jarra de agua helada. Consomé de tomate. Puntas de solomillo con fideos. Pollo asado con judías blancas y zanahorias. De postre, tarta de crema. Toda la mantequilla que quisiéramos, puesta en forma de rosas en un plato pequeño de porcelana.

—¡Anda! —nos asombrábamos una y otra vez.

El día siguiente, cuando Bert volvió a la sala de juegos, lo acompañé. No podían entrar mujeres, así que me quedé sentada en el vestíbulo, leyendo tranquilamente una novela barata. Tras una hora de nervios, Bert añadió doce dólares a la reserva. Me tomó por la cintura, me levantó y me hizo girar.

—Ya t-te dije que me dabas suerte —declaró—. Vamos a comprarte un anillo como está mandado.

La señora Trevi dijo que el mejor precio lo encontraríamos en una casa de empeños de Pacific Avenue, cerca de la estación de tren. Bert estaba dispuesto a derrochar, a gastarse todo lo que teníamos. Se le había subido todo a la cabeza: el aire salobre, las apuestas...

—Vamos a ahorrar un poco para cuando haga falta —dije yo—. Te aseguro que no pienso ponerme un anillo de brillantes para fregar congeladores.

Elegí una alianza modesta de oro blanco, con un dibujo como de espigas. Luego, al ver titilar tantos artículos de lujo en sus vitrinas —unos gemelos con filigrana, una pitillera de nácar, un reloj de bolsillo grabado, que colgaba de la leontina como una ciruela de oro—, y al oír el suave «flap, flap» de los billetes de dólar puestos uno a uno por Bert sobre el mostrador, supongo que la emoción de la compra se convirtió en una especie de fiebre. Estuvimos de acuerdo en que algo teníamos que comprarles a los Dinello y al señor Shackter como muestra de gratitud. Era lo justo. Íbamos de tienda en tienda en un estado casi de mareo. A Vittorio le compramos un cortapuros de latón y a Pasquale, un frasco muy verde de agua de colonia para hombre. A Carmella y Lucia, dos ceniceros iguales de cristal tallado, con imágenes pintadas a mano del paseo marítimo. Al señor Shackter un abrecartas muy elegante, con la inscripción ATLANTIC CITY, NUEVA JERSEY 1929 en la punta. A Rocco, Bert le compró un pisapapeles de cristal con una foto de la nueva Miss América. También compramos cajas de los típicos caramelos a rayas de Atlantic City, de frambuesa y de limón, y pensé que aquel sabor jugoso, como de malvavisco, quizá pudiéramos adaptarlo en alguna de sus versiones a Dinello & Sons.

Volvimos a la pensión habiéndonos gastado casi todo lo que había ganado Bert, y repartimos los tesoros en la cama para contemplar su brillo bajo la luz rosada de la lámpara de flecos con una sensación de aturdimiento, saciedad, riqueza y orgullo, como si los regalos fuesen éxitos personales, cosas que hubiéramos confeccionado nosotros mismos.

El sábado por la tarde, de regreso a Nueva York, rebosante de amor y de efusividad, no veía el momento de que fuera lunes, para repartir los regalos.

—Hay que ver cómo estás, Lil —se rio Bert—. Saltas como una niña. Venga, llévaselos hoy, si quieres.

Mientras él se echaba la siesta salí para la fábrica de helados. Cargada de regalos por las calles de Nueva York, entre el runrún de la ciudad, con la magnificencia de su tráfico, sus construcciones, sus promesas, su mar de pies apresurados por la acera, del que los míos no eran más que un par, con ese hombre tan guapo que era ahora mi marido acostado en el lecho marital, y en mi piel, todavía, el rubor de sus yemas... Me sentía triunfante, queridos. Es posible que nunca me haya sentido mejor. Prácticamente flotaba.

—*Addio Napoli!* —cantaba en voz alta al torcer por Houston Street—. *Addio! Addio!*

En Dinello & Sons Fancy Italian Ices & Ice Creams, un ladrillo mantenía abierta la puerta. Entré.

—*Buona sera* —dije con voz cantarina.

Ya no estaban las mesas de bar ni las sillas de fina rejilla metálica. El sitio de la caja registradora lo ocupaba una silueta cuadrada. También habían desaparecido los dos voluminosos y relucientes congeladores continuos de circulación por gravedad.

—¿Rocco? ¿Vittorio? ¿Pasquale? —los llamé.

Me acerqué cojeando al teléfono de pago, para llamar a la Policía, pero solo quedaban unos cables de cobre medio pelados que salían del revoque por unos agujeros.

—Ah, eres tú —dijo una voz suave.

Era Carmella, que había aparecido detrás de mí con un trapo en la mano. Tenía el pelo recogido con un pañuelo.

—¿Qué ha pasado? —dije—. ¿Dónde está todo el mundo?

—En Canal Street. —Se encogió de hombros. No dijo nada más. Se me quedó mirando con sus ojos oscuros y pequeños. Me fijé en que tenía los antebrazos mojados, brillantes de jabón—. Ah —dijo como si acabara de acordarse—, ¿has pasado buena luna de miel?

—Carmella... —Hice gestos a mi alrededor—. ¿Dónde está todo?

—Lo hemos vendido. —Lo dijo como si fuera la respuesta más normal del mundo—. Bueno, la verdad es que hemos unido fuerzas.

—¿Qué dices?

—Con los Cannoletti. —Frunció el ceño al reparar en una línea de polvo en las baldosas de la pared, que limpió con el trapo—. Dice Vito que mejor dos que uno.

Pasé a su lado para entrar cojeando en la cocina. En un rincón había una fregona dentro de un cubo de agua con jabón. En la encimera había un montón de trapos y un bocadillo a medias en un plato descascarillado. Por lo demás, estaba vacía. En la despensa, entreabierta, había desaparecido todo el inventario, salvo un tarro cerca del suelo, en el que flotaban unas cuantas guindas al marrasquino, y una trampa oxidada para ratones en el suelo. En el pequeño despacho del fondo quedaba solo la lámpara, desenchufada, y una caja con papeles tirados de cualquier manera. Se habían llevado el escritorio y el reloj de la pared, incluso el crucifijo. Recogí bruscamente los papeles.

—La verdad, ya no creo que sirvan de nada —dijo Carmella en la puerta.

Cuando hojeé los fajos de recibos, las listas, páginas de calendario, etiquetas y facturas vi los contratos que había renegociado para Dinello & Sons Fancy Italian Ices & Ice Creams para conseguir a mejor precio la leche, la gelatina, los aromatizantes y la recogida de basuras. Vittorio no había firmado ni uno solo.

Cuando llegué a Canal Street, oí su voz antes de verlo: el frenesí de los martillos, la madera astillándose con ruidos angustiosos en Cannoletti's Ice Cream Company. Dentro parecía una demolición, aunque se habían olvidado en la acera un cartel de colores chillones donde ponía ¡EL HELADO Nº 1 DE AMÉRICA! ¡8 SABORES DELICIOSOS!

−¿Qué teníais previsto? −grité cuando Vittorio me sacó a la calle para hablar−. ¿Que me presentara el lunes al trabajo y no encontrase a nadie?

−¿Qué? No, claro que no −dijo con irritación, como si hubiera dicho algo irracional−. Pensábamos ir a verte mañana, al acabar. Si el 31 no están vacíos los dos locales, tendremos que pagar un mes más de alquiler. Además... −Frunció el ceño−. ¿Tú no estabas de luna de miel?

−¿Dónde está todo?

−En Brooklyn. −Miró el local por encima de mi cabeza y le hizo señas a alguien−. Tenemos el doble de espacio a la mitad de precio. Podremos triplicar la producción.

−¿Nos habéis vendido a los Cannoletti?

Del local salió Rocco, que nada más verme se cruzó de brazos y clavó la vista en el suelo.

−Vamos a medias. Nos hemos cambiado de nombre. Ahora somos la Candie Ice Cream Company, por Cannoletti y Dinello −dijo Vittorio.

−Creía que eran «el enemigo». ¡Los *mezzo negri!*

−Ten un poco de cabeza. Sabes muy bien cómo iba todo. Nos hemos matado a trabajar. Los Cannoletti igual, ¿y para qué? ¿Para ver quién vende cuarenta litros más de helado de plátano? Para ganar dinero de verdad hay que trabajar a lo grande. Ahora que hacen envíos refrigerados desde Nueva Jersey, la única manera de que no nos arruinen es...

—¡Pero si ni siquiera lo habéis intentado! —exclamé—. Con todos los contratos que renegocié... Habríamos sacado muchos más beneficios si...

—Los Cannoletti tienen un abogado. Vamos a constituirnos en una sociedad y a poner nóminas —dijo Vittorio—. Se acabó eso de contar cada centavo. Ya está bien de dar el callo como locos dieciséis horas al día.

—Pero..., pero... —De repente me sentí como Bert, como si no me salieran las palabras—. Pero ¿por qué no me había dicho nadie nada?

La mirada de Vittorio estaba llena de suspicacia.

—Porque no es de tu incumbencia. Además, los Cannoletti... —Bajó la vista al suelo—. Ya tienen contable. Un profesional. Vaya, que lo siento pero...

Dentro del local resonó un enorme golpe. Una gran estantería se había caído como un árbol y levantó una nube de polvo. Empezaron a gritarse varios hombres en italiano.

—Tengo que volver al trabajo.

Vittorio se fue deprisa a la puerta.

Yo estaba tan nerviosa que casi no podía respirar, pero aun así me planté delante de él, cerrándole el paso. «Pégales un berrido que no hayan oído en la vida», recordé que decía mi madre. Y me puse a gritar.

—Por favor —susurró él con vehemencia.

—Tu abuela... me lo había prometido... Llevo toda la vida trabajando...

Me miró, suplicante.

—Mira, Lillian, no es que no valoremos todo lo que has hecho, pero tampoco puedes decir que no hayas recibido nada a cambio. Mis abuelos te dieron comida, ropa y techo. ¡Hasta te pagaron la universidad, caray! Por supuesto que si crece Candie Company, y vemos que nos sobra un poco de dinero para contratarte, y sigues queriendo un trabajo con nosotros...

Viendo que no daría mi brazo a torcer, metió la mano en el bolsillo, sacó un fajo de billetes y me los puso en la mano. Yo, naturalmente, no quería aceptarlos; debería habérselos tirado a la cara, y haberle escupido, pero supongo que estaba en estado de *shock*.

−¿Y dónde voy a trabajar? −dije, desesperada−. Soy coja.

En cuanto salieron las palabras de mi boca me odié casi tanto como a Vittorio. Nunca había querido darle a nadie la satisfacción de que lo oyera de mis labios, tampoco de ver que me arrastraba de una manera tan penosa, pero acababa de hacerlo.

Vittorio cambió de postura, incómodo.

−Ahora estás casada, ¿no? El que tiene que mantenerte es Bert, no nosotros. Además, mira a tu alrededor. −Hizo un gesto aparatoso, refiriéndose a Canal Street−. Estamos en América. Son buenos tiempos. Tú eres inteligente y te las arreglarás.

Se apresuró a meterse en el local, donde enseguida lo envolvieron los trabajadores italianos y las nubes de polvo y yeso. Me quedé mirando el fajo de dinero que tenía en la mano. Después miré a Rocco, que seguía incómodo en el mismo sitio, dudando entre quedarse o entrar, como Vittorio.

−Caballito..., lo siento −dijo.

−¡Queríais que me fuera! ¡Me habéis mandado de luna de miel para que no os molestara!

−No, eso no es verdad.

−¡Y yo que me fiaba...! −exclamé−. ¡Me he fiado de vosotros en todo, y ahora vais y tramáis esto!

−Caballito, yo no quería hacerlo así, pero es que... Pero es que iba a pasar de todos modos, y quería que al menos Bert y tú tuvierais...

−¡Los tres! Los tres ahí sentados, mirándonos a los ojos...Y brindando: «¡Por los recién casados!». ¡Cuando ya lo sabíais!

−Yo no podía evitarlo, Caballito.

−Dejé los estudios. Hicimos un trato. Y luego, a mis espaldas...

−¡Caballito! −exclamó−. ¿Qué querías que hiciese? Son mis hermanos. Son familia.

En un abrir y cerrar de ojos saqué el pisapapeles que le habíamos comprado y se lo tiré a la cabeza. Él se agachó, y el golpe dio en la puerta. Después arrojé el cenicero de cristal de Atlantic City, que aterrizó a sus pies con una explosión de esquirlas.

–*Ai, ai, ai!* –gritó.

También lancé con todas mis fuerzas el frasco de *aftershave*, que se estampó en el escaparate y lo resquebrajó, dejando una especie de telaraña de grietas. Todos los hombres de dentro se pusieron a dar voces, mientras se deslizaba por el cristal un líquido verdoso y mentolado.

–¡Loca! *Puttana!* –gritó alguien.

–Para, Caballito, por favor. –Rocco me tomó por las muñecas y me sujetó contra él–. Para de una vez.

Me retuvo sin contemplaciones. Yo gritaba, forcejeando.

–Bueno, bueno –murmuró sin despegarse de mí–. No pasa nada. –Aflojó la presión y se apartó–. No pasa nada –repitió–. A cualquiera puede darle un arrebato.

Lo miré con mala cara, jadeando.

–Sin rencor –dijo, midiendo sus palabras–. Vete y ya está, ¿vale?

–No –dije, sañuda–, con rencor.

–Caballito...

–¡Suéltame!

Estiré el brazo. Tenía ganas de dar media vuelta y pegarle con todas mis fuerzas en la barriga y en aquella cara de hurón: derecha, izquierda, derecha, como me había enseñado mi padre, pero ya había salido Vittorio a la puerta y examinaba furioso los destrozos, mientras a sus espaldas uno de los Cannoletti me observaba con una barra de hierro en las manos. Todos habían dejado de trabajar para mirarme. Cannolettis y Dinellos, un pequeño ejército de hombres con sus herramientas, pero más que alarmados parecían perplejos. Me vi reflejada en el escaparate partido tal como me veían ellos a mí: una chica tullida y de facciones duras, con el pelo revuelto y un borrón de rabia en la boca. Desdeñable. Sin atractivo, pero con mal genio. Me recorrió la pierna un espasmo de dolor al rojo vivo.

Me giré y me fui cojeando, mientras hacía el esfuerzo de mirar al frente a pesar del temblor de mi mandíbula. Sentía sus miradas clavadas en mi espalda y ya me imaginaba las risotadas y los chistes que brotarían en cuanto me fuese por la esquina.

Di media vuelta y me puse a gritar con toda mi malevolencia.

—¡Sois todos unos idiotas! Unos idiotas y unos cobardes que no saben nada de negocios, ¿me oís? ¡No sois nada! ¡Peor que nada! Y vuestro helado es una porquería, *pezzi di merda.*

Dentro del local alguien gritó.

—¡Tendrás que pagarnos el escaparate que acabas de romper, bruja loca!

—¡Yo a vosotros no os debo nada, *stronzo!*

Rocco estaba horrorizado.

—¿Ahora te escandalizas? ¿Porque la niñita del caballo sabe insultar? *Vaffanculo.* Tú y todos.

Me giré y salí corriendo lo más deprisa que pude para confundirme con la multitud de la calle antes de que pudieran oír mis sollozos de humillación y ver cómo se me doblaba la pierna, antes de que me alcanzase como una onda expansiva la conciencia de lo sola que estaba de verdad en el mundo.

SEGUNDA PARTE

8

Se ve que no basta con que esté a la espera de dos juicios, uno de ellos nada menos que federal. Mientras le doy de comer a *Petunia* trocitos de beicon de la mesa del desayuno llama mi jefa de prensa, Sheila.

—Malas noticias —dice con su rasposa voz de estuco.

Dos paquetes al día, fuma. Si aprecia el sabor a nuestro helado, yo soy Gina Lollobrigida.

—Parece que nos ha caído otro problema. El payaso Virutas.

—¿Perdón?

—Harvey Ballentine.

—¿Harvey? —digo—. No actúa desde 1980.

Al último actor que ha interpretado a Virutas lo contrató directamente la NBC. Un lelo que se llamaba Jared.

—Ya... Pues no se ha apartado de los focos —dice Sheila—. En la revista *New York* de esta semana hay una entrevista con él.

Me da mala espina. A Harvey Ballentine lo tuve diecisiete años de colaborador. De hecho, lo contraté personalmente justo después de que le diera un ataque de nervios al payaso Virutas anterior. La verdad es que se vio enseguida que Harvey era otro coñazo, pero en un sentido diferente. Para empezar era germófobo. Tenía que lavarse las manos tres veces seguidas antes de ponerse los guantes rosas gigantes, y enloquecía a los productores con sus chuminadas de estrella: ¿cuál era su mejor ángulo para la cámara? ¿Se le derretía el maquillaje con los focos? Hasta se negó a comer helado durante una temporada, convencido de que estaba engordando: lamía el cucurucho y luego, en cuanto pasábamos a los anuncios, se limpiaba la lengua con una servilleta.

—¡Pero bueno, joder, que eres el payaso de los helados y llevas pantalones rosas satinados! —le solté una vez—. ¡Haz el favor de comerte el puñetero cucurucho como todo el mundo!

¡Ahora, que cómo hablaba! Nadie me ha hecho reír tanto como Harvey Ballentine. ¿Hace falta que os diga lo poco graciosos que son la mayoría de los payasos, queridos? Si por mí fuera, la imagen de Dunkle's habría sido un conejo, o hasta un burro, qué demonios, pero pesaron más nuestros publicistas de Promovox. Los payasos... ¡Bah! Con esa alegría forzada tan horrible, que es peor que la Nochevieja... ¿Y cuando se han desmaquillado? «¡Qué lástima que no me vieras en la gira de verano de *Esperando a Godot!*», se lamentan. Por favor. A mí que no me vengan con rollos existencialistas. O eres payaso o te callas. Harvey, cuando no daba la lata, tenía una gracia y una mala leche fabulosas.

Y encima sabía beber, que os aseguro que es una virtud que vale la pena que tenga un personaje de marca.

—Se ve que ahora le saca tajada a su relación contigo a base de despotricar, como todo el mundo —suspira Sheila.

—Ah, no me digas.

Pese a la altivez de mi tono, noto que se me calienta la cara. Harvey Ballentine y yo nos pasamos diecisiete años bebiendo, riendo y cotilleando juntos en el plató. De hecho es uno de los pocos empleados a quienes no he despedido. Una mañana en la que le vomitó una niña en los zapatos de payaso durante el programa, en cuanto el cámara cortó se quitó la nariz y la tiró muy lejos.

—¡Ya está bien! —exclamó—. Que me traiga alguien un cubo. ¡Un cubo, por favor! ¿Pero habéis visto cómo estoy? ¿Habéis visto qué desastre? Estoy harto. Ya no puedo más. ¡Estos cabroncetes me están matando!

Le quedaban cinco meses de contrato, pero ¿qué os creéis, que lo demandé? Pues no. Hasta le indemnicé. ¡Y encima le pagué la tintorería! Está claro que es el último que debería ponerse en contra de mí. De todos modos, ya me lo imagino. Harvey. Con esa lengua, capaz de rebanar a la gente como un chef de un restaurante japonés.

—Ahora te digo lo que cuenta. Cito. —Oigo por el teléfono el mechero de Sheila, que hace una pausa para dar una calada—. «En otros tiempos trabajé con Lillian Dunkle, haciendo de payaso Virutas en *Domingo de sabores*. La llaman la Reina de los Helados, pero es más bien la Mussolini de los Helados. ¡Vaya dictadora! A esa mujer solo le faltan un balcón y unas charreteras. Después de diecisiete años de aguantarla a ella y sus exigencias demenciales, debería estar chupado atacar a Ed Koch y al Gobierno de Reagan en nombre de la GMHC.»*

De repente me pesa el teléfono en la mano. Desde el auricular, la voz de Sheila sigue rasca que te rasca por el césped, verde y cuidado. Harvey Ballentine. Siento que se me empañan los ojos. ¡Justamente tú!

—¿Qué es la GMHC? —digo, y trago saliva.

—Gay Men's Health Crisis. Un grupo de mariquitas del Village que presionan por que se mejore la asistencia médica. Parece que su nuevo portavoz es Harvey Ballentine. Por eso de repente le hacen tanto caso. Ay... —dice de repente Sheila—. Lillian, ¿tú sabías que Harvey era homosexual?

—¿Que si lo sabía? Era un hombre. En la farándula. Imagínate.

—¿Pero no se lo preguntaste al contratarlo?

Recojo un trozo de corteza de tostada y lo dejo caer otra vez sobre la porcelana. Harvey. Bebíamos ponche juntos. La noche en que Andy Warhol me invitó a una fiesta en su Studio 54, fue a Harvey a quien pedí que me acompañase: cruzamos la cuerda roja a lo grande, y nos hicieron una foto. Estuvo meses dando la tabarra sobre el tema. Y la mañana en que murió su madre le presté mi coche, chofer incluido.

—Sheila, por Dios, que entonces no lo preguntaba nadie. Era 1963. Pero claro que lo sabía. Lo sabíamos todos. Se paseaba como Carol Channing con su disfraz de payaso Virutas.

---

* Gay Men's Health Crisis: organización fundada en 1982 para ayudar a los enfermos de sida. *(N. del T.)*

Hay un momento de silencio.

–Lillian –dice finalmente Sheila–, creo que puede haber un problema de imagen pública peor al hecho de que hable mal de ti un antiguo empleado.

–¿Sabes qué? Que debería sacar una nueva gama de sabores –digo amargamente–. «Traición.» «Ingratitud.»

–Tu expayaso de los helados se está presentando ante los medios de comunicación como un homosexual confeso. Trabajando con un grupo dedicado a luchar contra esta locura del cáncer gay. Y al mismo tiempo se vincula a ti. A tu helado. Y a tu programa infantil de la tele. En el que dio la mano durante años a los niños...

Petunia me mira, lloriqueando. Tardo un momento en contestar.

–Pero bueno, Sheila, por Dios, que era un payaso. Hasta en la nariz llevaba una funda de plástico.

–Mira, yo lo único que digo es que nadie sabe cómo se propaga. De momento solo afecta a los haitianos, los homosexuales y los hemofílicos, pero esto del sida tiene aterrorizado a todo el mundo. En el colegio de mi sobrino han echado a un profesor únicamente porque alguien lo vio vestido de Zsa Zsa Gabor en un desfile del orgullo gay.

De repente tengo la idea infantil de que si cierro los ojos quizá desaparezca todo.

–Lo que te estoy diciendo es que ahora mismo no te conviene que a este tío lo relacionen con helados Dunkle's, ¿vale? Lo más seguro es que otro boicot hunda la empresa. Y ahora que te persigue Hacienda, y todos...

Me aparto el teléfono de la oreja, mientras le hago mimos a *Petunia* con la nariz. Como si no tuviera bastantes desgracias. Como si no me pasara las noches dando vueltas. Me recorre un escalofrío de amargura. La Mussolini de los Helados. ¿Lo ha dicho? ¿En serio?

–Ponte en contacto con tus abogados, Lillian –dice Sheila–. Protégete.

En la primavera de 1929, Bert y yo estábamos en los primeros arrebatos del matrimonio, y debería haber sido un delirio; debería haberme sentido en éxtasis, como una sílfide: ¡Bert Dunkle se había casado conmigo! Pero cuando se filtraba el alba desde el callejón en el pequeño dormitorio, y Bert se arrimaba a mí en el colchón húmedo, deslizando sus manos por debajo de mi camisón, yo reproducía mentalmente las imágenes de los hermanos Dinello desmantelando a nuestras espaldas el local.

Por la tarde, después del trabajo, subíamos los dos a la azotea de la calle Thompson para ver la puesta de sol detrás de los depósitos de agua: los tonos violáceos del cielo, los rascacielos del centro iluminándose como una especie de alba inversa... Y mientras Bert enlazaba sus dedos con los míos, y me daba besos ardientes en la nuca, yo no podía remediarlo: se me iba la vista hacia el este, hacia Brooklyn, y mis pensamientos, raudos como el tráfico de la ciudad, se desplazaban hacia donde imaginaba que estaban siendo instalados los congeladores de la nueva fábrica de Candie Ice Cream, al otro lado del río.

Ahora Bert trabajaba de mecánico a jornada completa. Yo, por mi parte, había encontrado trabajo en una fábrica de ropa de Norfolk Street, en una gran sala atiborrada de chicas y delimitada por ventanas opacas y roñosas. Ganábamos para ir tirando, y nuestra vida de recién casados tenía una poesía como de haiku. Cine los sábados por la noche en el Lyceum. Galletitas saladas y naranjada junto al tiovivo. Una vez un cliente de Bert nos regaló entradas para una función de Broadway, *Grand Street Follies*. Yo en los fogones, removiendo por la noche sopa de judías y leyéndole a Bert el *Tribune* en voz alta, mientras una única bombilla bañaba el suelo de madera de nuestro pequeño apartamento con una luz cobriza y espectral. Supongo que debería haber sido bastante.

Pero cada vez que pasaba al lado de un *drugstore* de Broadway y veía pegados con cinta adhesiva en el escaparate recortes de cartón de banana splits y refrescos con helado, no podía resistirme y entraba.

—Perdone —decía en el mostrador—, ¿qué marca de helados tienen?

Detrás de las espitas siempre había un chico de nuez insistente o dientes torcidos, y si decía Swankee's, o Schrafft's, o «creo que unos de Nueva Jersey», se encendía en mi interior un cohete de victoria. Si, por el contrario, decía «Candie Ice Cream», mi estómago daba un vuelco como si se cayera por una trampilla.

—Ah, bueno —decía en voz alta, mirando a los clientes que pudieran oírme mientras metían las cucharas en las copas de *parfait,* la combinación de fruta y helado—. Es que me han dicho que últimamente Candie Ice Cream tiene el problema de que se les estropean los helados. Leche agria, bichos... Cosas así. ¿A vosotros se os ha quejado alguien?

La compañía Candie Ice Cream había diseñado un pequeño logo: el nombre y una voluta roja y blanca de menta en medio de la C de «Candie». Cada vez que lo veía en un escaparate, llegaba hecha un basilisco a Thompson Street y me ponía a hacer ruido de cajones y de cacharros y sartenes al preparar la cena.

—No deberías seguir yendo a heladerías, Lil —decía Bert con un suspiro, frotándome la pierna—. No sirve de nada mirar hacia atrás.

El hecho de que mi nuevo marido no participase de mi indignación solo servía para incrementar mi rabia.

Aquella horrible tarde en la que los Dinello se deshicieron de mí, Bert se sentó a mi lado en nuestra cama y se puso a acariciarme el brazo con el dorso de la mano.

—Bueno —dijo con tristeza—, ya conoces de primera mano la corrupción del capitalismo.

—¿Ya está? —exclamé yo con vehemencia—. ¿Es tu única reacción?

Él empezó a farfullar, mientras se sonrojaba.

—L-l-l-lo siento. No sé qué más hacer, Lil. Esperaba más de Rocco. Lo consideraba nuestro amigo, pero es que la gente a veces es así.

Me puso la mano en la mejilla.

—Eres la chica más inteligente que conozco. Contigo no me preocupa nada. Ya saldremos adelante.

Ya, pero... Cada día, al coser cuentas en bordados, repetía mentalmente la misma oración, como en otros tiempos recitaba las avemarías: «Por favor, que se lleven su merecido los Dinello. Por favor, que se hundan. Por favor, desata algo monumental que los destruya».

Mi plegaria obtuvo respuesta, qué le vamos a hacer. La única pega es que también estuvo a punto de destruirnos a Bert y a mí, junto con todo el resto del país.

En 1932 había un millón de desempleados en Nueva York, con una población activa de 3,2 millones. Os dejo hacer el cálculo. Los dos años siguientes se agravó aún más la situación. La gente se moría de hambre, queridos. Y no solo los inmigrantes. Los que hacían cola en Broadway para la sopa boba llevaban las corbatas y los chalecos elegantes que pocos años antes cosían mis vecinos en sus talleres para Wanamaker's y Gimbels.

¿Y todas las heladerías que habían hecho copas Aviador y cucuruchos Lindy en honor de Charles Lindbergh? Pues fueron bajando la persiana, una por una. El final de la ley seca acabó de destruir lo que quedaba de la industria heladera. Los puestos de refrescos se reconvirtieron de nuevo en tabernas y bares. Si la gente tenía unos centavos de más en el bolsillo, prefería ahogar sus penas en whisky que en un cucurucho de helado. Yo no se lo podía reprochar, la verdad.

Dejé de ver prácticamente por completo el logo de Candie Ice Cream. Pasaron tres, cuatro, cinco semanas sin un solo avistamiento. Un día, al pasar junto a una de las pocas heladerías que quedaban en la Sexta Avenida, fue más fuerte que yo: entré y le hice una pregunta al dueño.

—¿Por casualidad sirve helados de Candie Ice Cream?

Sacudió la cabeza.

—No —dijo, mientras escurría un trapo en el fregadero—, de Schrafft's.

—¿Y los de Candie? —dije yo—. ¿No son de buena calidad?

Se encogió de hombros.

—¿Calidad? Lo que pasa es que ya no trabajan.

Teniendo en cuenta todos los problemas del mundo, queridos, tal vez penséis que era indecoroso regodearse, pero por la tarde, cuando Bert volvió a casa, se encontró una tarrina de helado de chocolate Schrafft's en la pequeña nevera del pasillo, para compartir conmigo.

—¿A qué viene esto? —dijo.

Yo sonreí de oreja a oreja.

—No, nada, es que esta noche me apetecía algo dulce —respondí.

Vencidos los Dinello, y con Bert en mis brazos, debería haber estado satisfecha, pero para entonces teníamos demasiada hambre. En la primavera de 1934 cerró el taller mecánico de Bert, y también yo me quedé sin trabajo. Una noche especialmente lamentable cenamos un pez pequeño y aceitoso pescado por Bert en el East River con un sedal que había birlado yo en un baratillo.

—¿Sabes qué, nena? —dijo Bert mientras dejaba en un lado del plato una espina de la que había chupado toda la carne—. Que el casero me ha dicho que más al norte del estado hay manzanas, y en Long Island patatas. ¿Tú crees que deberíamos echarnos a la carretera?

Se había enterado en los talleres y los depósitos de chatarra que había una panadería en quiebra que vendía sus camiones. Claro, entonces ya se hizo inevitable. A fin de cuentas, algo teníamos que vender de pueblo en pueblo.

Para entonces, queridos, yo odiaba el helado y habría estado encantada de no verlo nunca más, pero era portátil. Era lo que conocía. Y, francamente, la idea de volver a hacer helado después del fracaso de los hermanos Dinello... Le añadía al plan un punto delicioso, irresistible.

Las heladerías estaban subastando a precio de saldo sus congeladores y sus viejas cajas de gelatina y aromatizantes. Lo único que necesitábamos Bert y yo era un capital de partida.

—Podríamos vender mi anillo de boda —dije.

El dinero lo «invirtió» Bert de la única manera que sabía: en timbas bajo el puente de Manhattan y sótanos de Chinatown. Hombres... Hasta en las peores épocas siempre encuentran bastante dinero para lo que llamo yo «las tres tes»: timbas, tetas y trinque.

Primero duplicó nuestro dinero, y después lo triplicó.

—¿Seguro que necesitamos una mesa? —dijo entre risas una noche en que buscaba con la vista algo más que vender en la pequeña y espartana habitación, con sus tablones alabeados y su grifo que goteaba.

—No —dije yo—. Podemos hacer como los antiguos romanos, que comían en la cama.

Las dos sillas, un pequeño jarrón, nuestros libros, nuestro espejo... Todo lo que aún no hubiéramos vendido para comer lo empeñó.

Una noche de lluvia volvió cuando casi amanecía.

—¡Lil! —exclamó.

Ya no llevaba el abrigo. Tuve un mal presagio. Sin embargo, dejó en la cama una maleta grande de piel y me tomó en brazos para darme vueltas.

—¿Has ganado? —exclamé yo—. ¿Cuánto hemos conseguido?

—No, dinero no, algo aún mejor.

Abrió la maleta y dejó a la vista dos lujosas bandejas rectangulares con hileras de pequeños redondeles. Relojes de pulsera. Suizos, con correas de caimán pulidas, hebillas de oro y cajas doradas y plateadas que relucían bajo la tenue luz de la ventana; tenían unas esferas blancas y finas como porcelana.

—Con esto haremos una fortuna, Lil. ¡Hasta me han dado el nombre de uno de Rector Street que hace negocios a lo grande y se los quedaría!

—¿Pero se puede saber...?

—Ya debía ochenta u ochenta y cinco dólares, Lil. En un momento dado he tenido que entregar mi abrigo. Ay, nena... No sabía cómo presentarme en casa. Pero justo cuando pensaba que lo perdería todo, llega un rezagado y dice que tiene un cuñado estibador que trabaja en los muelles y que aunque no tiene bastante dinero para ver la apuesta lleva unos maletines que, según él, se cayeron por casualidad de una paleta mientras descargaban un barco.

Miré las bandejas de terciopelo que tenía delante. En total había dieciséis relojes, todos meticulosamente sujetos al forro con dos pequeñas tiras de terciopelo dotadas de un broche en cada punta. Desprendí uno con cuidado. Era un modelo elegante, poco mayor que una moneda de medio dólar, de un metal tibio que pesaba en mi mano. Me imaginé que un reloj así podría venderse por unos veinte o veinticinco dólares.

–¡Bert! –grité mientras le daba cuerda. Tenía ganas de sincronizar el tictac de todos los relojes, en un coro victorioso–. ¿Te das cuenta de que aquí puede haber trescientos o cuatrocientos dólares?

–¡Ya lo sé! ¡Ya lo sé! Me temblaban tanto las manos... ¡Pero he soplado en los dados y los he echado!

Acerqué el reloj a mi oído.

–Shhh. –Sonreí y me puso un dedo en los labios–. Quiero oír cómo suena el dinero. Vete al rincón –le ordené, riéndome.

Me habían dicho que los relojes caros eran como la gente rica: su trabajo era casi imperceptible. Ahora bien, ni siquiera poniéndome el reloj encima de la oreja oí nada.

Bert vio que fruncía el ceño. Al siguiente reloj que sacó para darle cuerda se le cayó la tapa. Fue cuando vimos lo que había ganado de verdad: dieciséis cajas vacías de reloj. Ni un solo engranaje, ni un solo muelle en su interior.

No nos quedaba ni un centavo.

Nuestras miradas se cruzaron, antes de posarse en la maleta llena de quincalla. Debería haberme enfadado. Supongo que me enfadé. Me acuerdo de que sentí que se me doblaban las piernas. De pronto, sin embargo, vi muy claro el mundo ante mis ojos, como la superficie lisa de un estanque cuando desaparecen todas las ondas: veía hasta el fondo, hasta lo que había que hacer. La verdad es que tampoco era muy grave: un simple pasar de mano en mano, hacer de intermediario. Me dije que el timo no nos lo habíamos inventado nosotros, así que en el fondo tampoco podían echarnos la culpa. Siempre podíamos alegar que no lo sabíamos.

—Ya está —le dije a Bert—. Ya lo hemos hecho a tu manera. Ahora lo haremos a la mía.

Mis tiempos con Flora en Orchard Street me habían enseñado que era mejor tener las cosas ensayadas.

Bert, abatido, se oponía al plan.

—Es que no está bien, Lil —repetía.

—¿Sabes qué no está bien? Que te tomaran el pelo con los relojes. Y que no tuvieras el sentido común de examinarlos antes. No pienso dejar que nos muramos de hambre porque él sea un mangante y tú un pardillo.

Le recité su parte, y él la repitió obedientemente una y otra vez.

Después no dejé que se afeitase en toda una semana.

El hombre de Rector Street tenía un despacho al fondo de un local, con una tarjeta escrita a mano y pegada a la puerta con cinta adhesiva, donde solo ponía E. LAZARRE. EMPEÑOS/ COMPRAVENTA/JOYAS/DINERO/ARTÍCULOS DE IMPORTACIÓN. Yo sabía que E. Lazarre era conocido en todo el Lower East Side por su predisposición a prestar dinero a casi todo el mundo y en cualquier momento por un interés exorbitante. No era una persona con la que se pudiese jugar. De hecho, se rumoreaba que una vez le había amputado a un hombre los pulgares con un cortapuros, pero ¿qué otra opción teníamos, ahora que estábamos frente a su guarida?

Bert y yo llegamos un viernes a última hora de la tarde, con la esperanza de que el prestamista estuviera cansado y la luz fuera tenue. Acerté en ambas cosas. El encargado del local, que estaba lleno de polvo, con montañas de reliquias de familia abandonadas, instrumentos musicales, rifles y hasta un servicio de té de plata, se movía despacio y tenía los ojos empañados. Tanta altura alcanzaban los frutos del saqueo que parecían a punto de caerse. Bert entró con timidez en el despacho, haciendo gala de todo su encanto y nerviosismo.

—¿Es usted el s-señor Lazarre? —dijo.

El temblor de su voz le daba un espléndido aire de inocencia natural. Balbuceó que habíamos llegado de Europa
hacía poco tiempo, y que en Viena su tío le había dado unos
relojes para que el resultado de su venta nos ayudase a estable-
cernos en América. Le habían dicho que «un tal señor E.
Lazarre» quizá pudiera conseguirle un buen precio.

Abrí el pesado maletín para mostrar los relojes, bruñidos
hasta adquirir una pátina intensa y grasa. La reacción inicial
del señor Lazarre fue la misma que la nuestra. Deslumbrado
por el contenido y por lo lujoso de la presentación, sacó un
reloj y se deleitó en sostenerlo y palparlo con su mano regor-
deta. Mi corazón latía como un bombo.

—Sentimos mucho molestarlo —añadí—, pero es que no
sabíamos dónde ir, y por la calle un hombre...

Vi un temblor en el ojo izquierdo del señor Lazarre, que
después de evaluarnos llegó a la conclusión de que éramos
unos paletos y calculó rápidamente la mejor manera de
explotarnos.

—No están mal —anunció sin tomarse la molestia de dar
cuerda a los relojes—, pero es que aquí corren malos tiempos.
—Sacudió su cabeza carnosa—. Lo siento. Ahora mismo no hay
mucha demanda de relojes de pulsera.

Suspiró con ostentación, chasqueó la lengua, dejó el reloj
en su sitio y compuso una expresión de impotencia.

Bert asintió con la cabeza, obsequiándole con el mejor de
sus gestos de desdicha entre hombres.

—Lo c-comprendo —dijo—. Probaremos en otro sitio.

A mí se me saltaron puntualmente las lágrimas, como
hacía muchos años, frente a las carretas.

—¿No puede ayudarnos de ninguna manera? —pregunté,
compungida.

Una mezcla de pánico y codicia hizo brillar los ojos de
Lazarre cuando Bert se dispuso a recoger el maletín.

—Miren... —Suspiró con una renuencia exagerada—. No me
gusta nada ver en apuros a personas que acaban de llegar.
Puedo pagarles catorce o quince dólares por cada uno, pero

a más no llego. Como puro favor, se comprende; una especie de regalo de bienvenida a América.

Bert lo miró con resignación.

—Ya. Mi tío me dijo que le p-parecía que valían veinticinco o treinta.

El hombre frunció el ceño y dio la vuelta al reloj. De repente no quedaba aire para respirar.

—Suizo —dijo, leyendo la marca—. Me gustaría ayudarles, si pudiera, pero ya les digo que... —Volvió a suspirar con mucho esfuerzo, exagerando—. No sé, dieciocho por reloj, siempre que funcionen, claro.

Sus gruesos dedos se desplazaron de un modo casi maquinal hacia el lado del reloj, con la intención de darle cuerda.

Fue en ese momento cuando se me dobló la pierna y me desplomé.

—¡Ay, ay, ay! —grité de agonía.

—¡Oh, n-n-n-ooo! —exclamó Bert—. Cariño... Tu pierna... Lo siento. Mejor que nos vayamos —le dijo al hombre—. Es que mi m-mujer tiene...

—¡No! —gemí yo—. Por favor. Hoy no puedo caminar más. Acepta el dinero. O no. Lo que necesito es acostarme. —Añadí varios gemidos de lo más desagradables. El señor Lazarre salió del mostrador y ayudó a Bert a levantarme—. Gracias —dije sin aliento—. Por favor, ¿podemos irnos?

El señor Lazarre, que no quería ver que un chollo así salía cojeando por la puerta, intervino enseguida.

—Espere, que no tardo ni un minuto.

Con las prisas se equivocó de llave y tuvo que volver para buscar la de la caja fuerte.

—N-n-nena, ¿seguro que estás bien? —dijo Bert, preocupado—. Tampoco tiene que ser ahora mismo.

—Oooh —me quejé yo—. Creo que es la pantorrilla. ¿No podríamos buscar un taxi?

—Aquí tienen —dijo raudo el señor Lazarre, que había vuelto trabajosamente al mostrador—. Doscientos ochenta y ocho dólares.

Cada billete que contaba era como un pellizco en las cuerdas de un arpa.

Bert se apoderó del dinero al mismo tiempo que yo me derrumbaba contra él.

—Muchas gracias —dijo, sujetándome por una axila para acompañarme a la puerta.

Una vez en la calle paró un taxi y durante todo el trayecto hasta Thompson Street, mientras el mundo pasaba a sacudidas ante nuestros ojos, ni él ni yo dijimos nada. Nos quedamos sentados, con la vista al frente, jadeando.

Ahora sí era imprescindible salir de Nueva York, y cuanto antes.

Pero el negocio estaba en marcha.

Yonkers, Tarrytown, Peekskill. Conducía Bert, mientras mis dedos ensuciaban el mapa de Sears; y así, de pueblo en pueblo, traqueteando en la irrisoria furgoneta, hacíamos un reconocimiento del paisaje en busca de niños, parques infantiles o clubs de campo, cualquier sitio con mesas de picnic donde a la gente pudieran sobrarle unos centavos para un cucurucho de helado. Por la noche, si podíamos, buscábamos habitación en una casa de huéspedes, aunque la mayoría de las veces dormíamos en el suelo de la furgoneta, encima de una estera, con las puertas abiertas de par en par, o bien al raso, sobre una manta, mientras revoloteaban encima de nosotros mosquitos y luciérnagas por el aire viscoso del verano. Se nos agarrotaba el cuello y la espalda, y teníamos los músculos como torniquetes de tanto trajinar cajas de leche y barreños de helado hasta la ventanilla lateral de la furgoneta Divco, llenando cucuruchos y fregando desde la mañana hasta que se ponía el sol, siempre de pie.

Chappaqua, Katonah, Brewster. De pueblo en pueblo dando tumbos y haciendo sonar la cajita de música, mientras berreábamos los dos por la ventana: «¡Helado! ¡Helado! ¡Helado artesano! ¡Dulce y frío! ¡Delicioso y nutritivo!». Como en la ópera, como en el circo ambulante en que nos habíamos convertido y en el que la jovialidad disimulaba nuestra desesperación. En cada condado teníamos que averiguar dónde estaban las lecherías y los proveedores y cómo comprar la cantidad justa de leche, nata, azúcar y huevos para cada día, sin que sobrara o se echase a perder más de lo imprescindible. A menudo subsistíamos a base de comer lo que quedara de nuestro inventario al término de la jornada.

—Al menos no hay que c-cocinar —decía Bert con una risa cansada al sentarse conmigo en el estribo, descalzos, con las piernas estiradas y los pies en la hierba seca, mientras apurábamos los barreños con cucharas.

Helado para desayunar, helado para comer, helado para cenar... A lo sumo hacíamos tres sabores: vainilla, chocolate y fresa. Yo me harté enseguida de los tres.

Rhinebeck, Poughkeepsie. Albany. Iglesias y áreas de picnic. Gasolineras Esso. Conforme subíamos hacia el norte me di cuenta de que ya no buscaba solo lecherías, sino manicomios. Encontramos dos. Mi corazón latía como un bombo al frenar junto a la entrada. Le dije a Bert que esperara dentro de la furgoneta. ¿Pero estaría aquí, después de tanto tiempo? ¿Qué aspecto tendría? ¿Qué le diría?

Sin embargo, en ninguno de los dos manicomios tenían constancia alguna de mi madre.

—¿Tillie Bialystoker? No, lo siento, no veo que haya nadie que se llame así.

Mi decepción se entreveraba de un curioso alivio.

Cuando llegó el otoño fuimos hacia el sur. Bert se las ingenió para llevar la furgoneta Divco de los panaderos nada menos que hasta Virginia, cruzando las dos Carolinas por carreteras que a duras penas estaban asfaltadas. Estábamos en la América rural, que con el hambre y el cansancio se nos aparecía a los dos como una alucinación. ¿Quién había visto alguna vez un campo de tabaco? Chabolas repletas de familias de aspecto tan reseco, tan erosionado, como el propio paisaje. Tiendas sucias que el viento caliente hacía aletear. Árboles secos. Niños huesudos por la carretera. Hombres cansados que venían caminando en busca de trabajo desde los mismísimos montes Allegheny. A nosotros nos diferenciaban nuestras voces y hasta nuestros gestos. Aun así, los lecheros y tenderos agradecían tenernos como clientes. Por otra parte, el helado le gusta a todo el mundo y solo cobrábamos tres centavos por cucurucho.

No nos moríamos de hambre, Bert y yo. Milagrosamente, nuestra furgoneta, con el congelador que Bert había conectado al motor, seguía funcionando. Teníamos la electricidad justa para cada día, y fabricábamos la cantidad exacta de helado; a veces solo de vainilla, pero siempre el suficiente como para capear alimentados los peores momentos de la Gran Depresión.

Al menos hasta la mañana en que nos estampamos a toda velocidad en la boca de incendios de Bellmore, Long Island.

Para cuando Bert discurrió la manera de tender alargaderas entre los congeladores y el generador, por un lado, y el enchufe principal de la tienda de los Corwin, por el otro, el resto de los conductores ya habían vuelto a sus coches y, tras ponerlos en marcha, salían lentamente de Bellmore en solemne procesión. El biplaza amarillo Nash, el Hudson, dos Ford T... Algunos niños saludaron con la mano, dejando una estela de polvo.

Se instaló un ambiente desolado. Estábamos perdidos en un villorrio al borde de una marisma. Cada vez que aparecía un coche por la carretera, pasaba bamboleándose sin parar. Ya era bastante más de la una del mediodía. Solo se oía el generador, que atronaba en la acera. En el césped de al lado, Donald clavó una sombrilla grande de playa para protegernos del sol.

—Al fondo tengo algunas herramientas y chatarra —le dijo a Bert, señalando un espacio debajo del porche—. Será cuestión de echar un vistazo.

Mientras ellos dos hurgaban en busca de piezas de repuesto, Doris y yo limpiamos el interior del camión.

–¿Hay algo que puedas aprovechar? –dijo ella.

Dentro del congelador brillaban círculos líquidos en los barreños, como cubos de pintura al pastel. Se nos había derretido todo el helado. Habíamos tardado demasiado en volver a encender el congelador.

–La crema tardará bastante en congelarse de nuevo. Si es que se congela –dije, desesperada–. Lo más seguro es que se haya echado a perder.

–Bueno... –Doris miró a su alrededor con un gesto de impotencia–. ¿Y no puedes volver a meterlo en la heladera? –Dio unos golpes con los nudillos en la carcasa del congelador vertical–. Ahora que tenéis electricidad, ¿no podéis echar lo derretido y volver a congelarlo?

Aunque no lo vi muy claro, me pareció que se podía intentar.

–¿Por qué no? –Reí con amargura–. Más no podemos perder. ¿No te importa?

Doris se agachó hacia la nevera y sacó con un gruñido el barreño de fresa derretida.

–Con tal de no pasarme otro minuto con la vista fija en los chismes de Donald... –Se rio–. –Si pudiera, me iría ahora mismo en esta tartana.

Después de volver a pasar el helado derretido por la máquina, metí una cuchara. El helado de fresa congelado dos veces no solo podía comerse, sino que tenía una textura más suave de lo normal, más parecida a la del que hacíamos a manivela con los Dinello en Mulberry Street.

–A ver qué te parece.

Le di a probar una cucharada a Doris.

–Mmm. –Asintió, complacida–. Dudo que se entere alguien.

No sé cómo, pero habíamos salvado el helado. Por desgracia ya no quedaban más clientes. Bellmore era un erial. Tanto el puesto donde vendían fresas como la tienda del pueblo habían cerrado para el fin de semana. Por algo era 4 de julio. A nuestro alrededor, una brisa caliente despeinaba los campos vacíos. Solo gaviotas. Y el palpitar de los insectos.

Justo entonces, pasó al lado del camión un coche que redujo su velocidad y se paró de golpe en el arcén. Bajó una mujer de mediana edad que se acercó a toda prisa con el bolso colgado del antebrazo y un rosario de gotas de sudor en el nacimiento del pelo.

–Perdonad que os moleste –dijo–, pero ¿por casualidad os sobra medio litro y podríais vendérmelo? Es que mi marido se ha dejado el picnic en la despensa, y mis dos hijos tienen hambre...

–¿Le van bien cucuruchos? –contesté–. Hay de fresa, recién hecho aquí mismo.

–¿Hacéis helado? –dijo ella–. ¿Dentro del camión? ¡Qué gracia! Sí, en cucuruchos va bien. De hecho es mejor. ¿Tenéis cuatro?

Doris sirvió dos y salió a la carretera.

–Ya se los traigo, señora.

–Ah, qué bien. ¿Qué os debo?

El coche era un Pierce-Arrow nuevo, voluptuoso, que brillaba al sol como un clarete.

–Siete centavos cada uno –dije yo.

La mujer contó las monedas sin pestañear y se deshizo en agradecimientos. Yo le di el segundo par de cucuruchos, uno de los cuales ya empezaba a gotear. Lo lamió con avidez. Después se quedó quieta, con el helado en la boca, pero sin tragarlo, y entrecerró la boca como si pensara. Se me disparó un momento el corazón. Quizá sí estuviera estropeado, a fin de cuentas. Ella, sin embargo, lo tragó y salió de su inmovilidad.

–¡Mmm! –exhaló–. Está divino. ¡Qué cremoso!

Después volvió corriendo al coche, y oí que decía mientras repartía los cucuruchos:

–¡Aquí, en medio de la carretera!

Dejé de aguantarme la respiración, aliviada. A continuación, como si respondiera todo a una coreografía, bajó otro coche por Merrick Road, y también esta vez se detuvo el conductor cuando vio la gigantesca barra napolitana de nuestro camión.

—Perdonen, ¿por casualidad venden helado? —preguntó una chica desde el asiento del copiloto.

Cuando me metía catorce centavos más en el bolsillo frenó otro coche, y luego otro. Todos los que iban a la playa reducían su velocidad al ver el colorido espectáculo de nuestro camión, de los coches aparcados sin orden ni concierto en el arcén y las familias sentadas con sus cucuruchos rosa claro en las mesas de picnic protegidas del sol. Y todos acababan aparcando.

Tenéis que comprenderlo, queridos. En aquella época podías conducir varios kilómetros sin encontrar un solo sitio en que comer. Las carreteras eran cintas de asfalto nuevas y vacías que cruzaban pastos y bosques. A lo sumo podía haber una gasolinera en un cruce, o una cafetería, pero ¿un puesto de helados en la carretera? Eso era una novedad.

—¿A que es la bomba? —dijo Doris entre risas mientras a duras penas podíamos seguir el ritmo de los pedidos.

No tardamos en tener que gritarle a Bert que trajese una manguera para limpiar el congelador. Así también podríamos hacer los otros sabores que estaban derritiéndose.

Aquel 4 de julio Bert y yo vendimos el resto de nuestro inventario a siete centavos el cucurucho. En cambio, los Corwin... La tienda estuvo todo el día llena de clientes que se paseaban de un lado para otro, llevándose al oído las caracolas de Donald y mirando los ceniceros antes de dejarlos en su sitio con indiferencia. Al final lo único que vendieron los Corwin fue una baraja de cartas y tres libritos de cerillas.

Por la noche, cuando ya estaba claro que el camión no estaría arreglado hasta el lunes, Doris nos preparó la cena e insistió en que pasáramos la noche en el porche trasero de su casa. Los Corwin vivían detrás de la tienda, en una sola habitación con una pequeña cocina en un extremo y una cama de hierro arrimada a la pared, con el colchón lleno de bultos. Todo olía a moho, al lejano y salado mar.

—Por favor, que no es molestia —dijo Doris, sonriendo intensamente a Bert—. Jo, si ya ni me acuerdo de la última vez que pasó algo tan interesante por aquí.

Después de cenar patatas fritas salimos los cuatro fuera. Donald se apoyó en el marco de la puerta, rechupeteando la pipa. Doris se sentó en los escalones con su delantal de cuadros y se quedó mirando cómo oscurecía en las marismas. Bert y yo nos sentamos juntos en el pequeño balancín del porche y nos mecimos suavemente con las manos enlazadas sobre mi muslo bueno. Unos cuantos fuegos artificiales explotaron lejos, sobre la bahía, con fogonazos rojos y plateados. Vimos cómo eclosionaban y llovían como purpurina sobre el agua negra. Estábamos los cuatro callados, pero todos pensábamos.

El fin de semana acabó con un acuerdo. Nada más reparar el camión Divco, Bert lo pintó de plateado y les dio las llaves a los Corwin que, de camino a Fresno, donde Doris tenía una hermana, se pararon para poner unos cuantos carteles por la carretera, en las afueras de Bellmore: ¡TIENE USTED A POCOS METROS EL FAMOSO HELADO DUNKLE'S! ¿SE LE DESPIERTA EL HAMBRE? ¡TIENE USTED A 5 MINUTOS EL FAMOSO HELADO DUNKLE'S! LOS FAMOSOS HELADOS DUNKLE'S: ¡FALTA MUY POCO!

Por fin había empezado a sonreírnos el destino; y es que ni a Bert ni a mí, en el momento en que pintamos por fuera la antigua cabaña de los Corwin con anchas franjas de pintura rosa, crema y beis, y en que instalamos la máquina de los helados dentro del antiguo puesto de recuerdos, nos constaba que una semana después sería inaugurado el puente Triborough; al salvar al mismo tiempo los ríos East y Harlem, unía por primera vez Manhattan, Queens y el Bronx. Y encauzaba directamente a todos los automovilistas por las carreteras que desembocaban en las playas de Long Island.

Fue el presidente Roosevelt en persona quien lo inauguró con toda una comitiva de vehículos. De la noche al día, Bellmore cambió la calma chicha por un tráfico constante. Decenas de Ford T, Packard y Hudson, llegados de tan lejos como New Rochelle y Croton, frenaban para quedarse mirando como papamoscas nuestra divertida cabaña pintada como una barra gigante de helado a la napolitana, y eran cientos las familias que bajaban a la carretera bajo un sol de justicia para desperezarse y abanicarse, pidiendo a gritos nuestro helado.

Había nacido la primera tienda de Dunkle's Ice Cream.

Hace poco, en mi programa de televisión, les pregunté a los niños cómo se hace el helado, y ellos, ahí sentados, con esos pantalones ridículos de pata de elefante, esos minivestidos de flores explosivas y esos collares de Lender's Bagel que les ponía el patrocinador, contestaron: «¿Con hielo?».

Nunca entenderé que este país haya llevado a un hombre a la Luna.

—No —contesté yo—. En el helado no se pone hielo. Lo que se hace es congelar los ingredientes.

De hecho, lo menos deseable en un helado es hielo, qué caramba. Los fabricantes nos pasamos la vida procurando que no se nos cristalice el producto. Lo peor del mundo es cuando al helado le sale el sarpullido de hielo que lo vuelve gomoso y rancio.

Lo que sí es deseable en un helado, aunque parece que no lo entienda nadie, es lo siguiente:

Aire.

Siempre que se hace helado hay que congelar los ingredientes a la vez que se baten para introducirles aire. El aire es el ingrediente secreto, igual que en el merengue, o en la *mousse* de chocolate. Es el aire lo que le da al helado su consistencia vaporosa y su textura mágica.

También es... ¿Para qué andarnos con evasivas? Es lo que crea nuestro margen de beneficio. Cuanto más aire consigas meter en el helado, más podrás alargar los demás ingredientes. Si esta proporción final de aire es demasiado baja, el helado sale denso y pegajoso. Si es demasiado alta, queda insustancial como un suflé. El truco está en meter todo el aire que se pueda en el helado sin perjuicio de su textura, su sabor o su untuosidad.

Aire. Después de llegar a Bellmore, Bert y yo estuvimos varias semanas sin pensar en otra cosa que en aquel producto de magnífica riqueza y esponjosidad que habíamos fabricado accidentalmente cuando nuestro camión chocó con la boca de incendios. Solos en la marisma, sin periódicos ni libros, para mi marido se convirtió casi en una obsesión.

–Lil, tiene que haber una manera de reproducir aquel helado sin tener que derretirlo y congelarlo otra vez.

Gracias al Ford del 27 de los Corwin pudo hacer una serie de incursiones en chatarrerías de Queens y transformar el porche trasero de nuestra cabaña en un taller mecánico. Compró un congelador viejo y más pequeño, un fuelle, unos tubos de vacío y unas piezas de motor. Había noches en que estaba tan concentrado que no venía a dormir. Le oía arrastrarse de rodillas por las planchas de madera y desmontar carcasas entre gruñidos. Saltaban fusibles, reventaban tubos, se atascaba o se licuaba demasiado el helado... Hasta el cambio más nimio en el diseño me lo hacía anotar en una libreta, como un científico.

–Casi está –decía todo el rato–. Me parece que con unos ajustes más...

Una mañana me despertó al amanecer con un platito de vainilla muy brillante y una cucharilla.

–Lil. –Sonrió–. Prueba.

El prototipo de Bert era una belleza, queridos, aunque no sedujera mucho por su aspecto. Tenía el tamaño de una nevera y estaba erizado de tubos, con un compresor de acordeón y varios cuadrantes fijados con cables, pero su pequeña bomba hidráulica tenía capacidad para expulsar un chorro celestial de helado suave y cremoso directamente a un vasito o un cucurucho. Bombeaba tanto aire en nuestro helado que enseguida me di cuenta de que nuestro margen de beneficio tenía muchas posibilidades de multiplicarse por más de dos.

Aunque hubiera que recalibrar la fórmula en sí, ya que descubrí que necesitaba más estabilizantes y jarabe de maíz en vez de azúcar de caña, en última instancia nos ahorró mucho tiempo y muchas complicaciones. Se podía guardar embotellado en la nevera y luego se podía echar directamente la cantidad necesaria en la máquina. ¡Qué milagro, el invento de Bert! Lo estuvimos probando todo el fin de semana con nuestros clientes.

—Tenga —decíamos, dándoles primero una cucharada de helado de vainilla hecho con nuestro congelador tradicional, y luego otra del de Bert.

—¡Anda, si es aún mejor el segundo! —confirmaban ellos.

—¡Es como terciopelo helado! —proclamó una mujer—. No te quema la boca con el frío.

Para entonces, después de haber visto que los Cannoletti me habían robado mis mejores ideas de sabores de helado durante años, yo ya estaba escarmentada, así que, en cuanto Bert y yo hubimos retocado su máquina y perfeccionado su «fórmula secreta de helado cremoso», fuimos a Manhattan y contratamos los servicios de un abogado especialista en patentes.

Dunkle's Famous Soft Ice Cream. De chocolate y de vainilla. Corrió la voz de coche en coche y de pueblo en pueblo. Venían a probarlo desde varios kilómetros a la redonda.

Por la noche, al cerrar, yo tiraba a un cubo de leche todas las monedas de la caja registradora, las recogía a puñados y dejaba que el cobre y el níquel se filtrasen por mis dedos con un tamborileo metálico y triunfal. Me ponía dos monedas de diez en la frente y, con una risita de niña, me las dejaba pegadas como joyas en la piel húmeda.

—¡Bert! ¡Mira!

Si me vieran ahora los Dinello, pensaba... Y mamá. Casada. Y nada menos que con un hombre guapo e inventivo. Y con nuestro propio negocio de helados. Y con dos patentes en trámite. Yo, el adefesio cojo que no servía para nada.

Antes de irnos a dormir me acercaba de puntillas a la cortina que separaba nuestra cama del local y me asomaba como una niña traviesa a la penumbra de mi, de nuestro, establecimiento, con su nevera y su campanilla encima de la puerta, y su nueva ventana recortada por Bert en la pared lateral para que pudiéramos servir directamente a los clientes en los coches. Y su olor a recién pintado, que daba un toque químico al ambiente. Deslizaba las manos por el frío chasis de metal de la máquina de helados cremosos de Bert igual que en otros tiempos las había deslizado por el congelador continuo de los Dinello. Abría la nevera y echaba un vistazo al pequeño plato de cerámica blanca donde se enfriaba la mantequilla y las rodajas de pollo que habían quedado de la cena: ¡teníamos comida de sobra! ¿Y en el estante de abajo? Una docena de botellas de leche llenas de nuestra fórmula «secreta» de helado: seis marrones y seis blancas, alineadas como soldaditos de juguete.

Por las habitaciones soplaba con delicadeza una brisa marina. Era la primera vez en mi vida que dormía en una cama de verdad, en una calma y soledad perfectas, sin vecinos, ni inquilinos maleducados y torpones, ni los incesantes rumores y los traqueteos de la calle. ¡Pero si era la primera vez en mi vida que tenía un lavabo para mí sola!

Pero claro, supongo que una paz así no dura nunca mucho.

Una noche Bert se abrazó a mí y me puso las manos en los pechos por debajo del camisón.

–¿Lil? –susurró–. ¿Qué te parece? ¿Al final nos animamos a ir a por el bebé?

Me retorcí para ponerme de cara a él. Estábamos tan cerca que parecía que nuestras pestañas se tocasen. Parpadeé con rapidez y pasé un dedo por la fina repisa de su mejilla.

–¿Un bebé? –dije.

Compuse mi sonrisa de mayor adoración y súplica, pero mi corazón, queridos, sintió náuseas al momento. Llevaba años usando el pesario que me habían dado en la maternidad después de la boda. ¿Un bebé? ¿Cómo narices iba a ocuparme de un bebé? ¡Pero si ya el embarazo de por sí podía destrozarte! Los bebés te reventaban como una fruta, sacándote las entrañas del cuerpo. Mi madre había estado a punto de morir desangrada al darme a luz. De niña, en Vishnev, yo había visto con mis propios ojos las manchas de color de barro grabadas en el colchón. ¿Y la mujer del señor Lefkowitz? Ella sí había muerto de parto. Como muchas. Entonces no era nada excepcional. Y aunque sobrevivieras, un bebé podía dejarte exangüe. En Mulberry Street había visto a diario madres derrotadas por el agotamiento y las preocupaciones, con los hombros, la cara y el pecho desplomados a causa de la incesante carga de los pañales, los cólicos, los lloros y las exigencias. Los niños te machacaban y te derrengaban como un trapo viejo. Para muchas de las mujeres del Lower East Side, salvo las católicas, el pesario era un alivio que agradecían tanto como yo. Además, entre el niño y mi pierna, ¿cómo iba a llevar nuestro negocio? A fin de cuentas yo no era como las demás mujeres. Había días en que me dolían tanto las articulaciones que necesitaba que Bert me ayudase a atarme los cordones de los zapatos.

Los dedos de Bert siguieron delicadamente la línea de mis caderas, y después, lentamente, volvieron a bajar.

—¿A que sería una maravilla tener un pequeñín? —susurró. Puso su mano entre mis piernas—. ¿Ya te has cuidado?

Si una mujer se negaba a dar hijos al marido, este podía divorciarse. ¿No me había arrodillado yo frente al altar de la iglesia de la Preciosísima Sangre, rezando para que me quisiera Bert Dunkle? ¿Qué era, un monstruo? ¿Por qué no deseaba aquello para lo que nacían y estaban destinadas todas las mujeres? Me llevé a los labios la palma de la mano de Bert y le di un beso, abatida.

—No —mentí. Que Dios me ayude, pensé—. Aún no me he puesto el pesario.

Pero aún estaba por llegar lo peor. En la primavera de 1937, Bert y yo fuimos a la ciudad porque estábamos citados con la Niff-Tee Arctic Freezer Company. La máquina de helados patentada Prest-O Soft Serve de Bert era un prodigio, pero nos salía demasiado caro fabricarla nosotros, así que hicimos un trato.

Mientras el presidente de Niff-Tee hacía pasar a Bert a su despacho, a mí me invitaron a sentarme a un lado de la sala de ventas, y me dieron un *Collier's* pasado de fecha. A mi alrededor todo eran carteles de los últimos modelos de congeladores para helado Niff-Tee Arctic, que parecían naves espaciales fantasiosas. Submarinos cromados. Armamento.

Con los tullidos nadie entabla conversación, queridos. Nadie dice «qué buen tiempo, ¿verdad?», o «¿qué, cómo van los Yankees?». Su vista resbala por tu pierna torcida, tu brazo destrozado o tu silla de ruedas, y al final dejan de verte por completo. Los vendedores de Niff-Tee iban a lo suyo, ni siquiera me saludaban con un gesto de la cabeza. Uno que estaba sentado justo enfrente de mí encendió un cigarrillo y hojeó una pila de catálogos como si no me tuviera a menos de un metro.

—Podría tener la educación de ofrecerme un cigarrillo —dije en voz alta—. Lo que tengo mal solo es la pierna, ¿eh? No el cerebro ni la personalidad.

Se puso rojo.

—Lo siento mucho, de verdad —dijo, cortado—. Es que no la había visto, señorita...

—Señora. Dunkle. Mi marido está reunido con el jefe.

—¡Ah! Cuánto lo siento. Disculpe.

Se levantó a toda prisa para salir de detrás de la mesa y tenderme una pitillera fina de latón.

—No, no, gracias. —La rechacé con un gesto—. No fumo. Estropea las papilas gustativas.

—Bueno. —Sonrió forzadamente—. Si su marido se está planteando comprar un congelador Niff-Tee Arctic, puedo decirle que son lo mejor de lo mejor. De eso no cabe duda. Solo esta semana ya he vendido cinco: dos a Schrafft's, uno a Muldoon's y dos a Candie, o sea, que tienen ustedes buena compañía.

De repente tuve la sensación de que me habían dado una bofetada.

—¿Cómo dice? —pregunté—. ¿Candie?

—Sí, los de Flushing Avenue.

—Oh, no. No —dije—, la Candie Ice Cream Company quebró hace tres o cuatro años.

—¿Quién le ha dicho eso? —El vendedor apartó una cinta de humo lechosa y siguió con los ojos a una secretaria cuyo trasero se contoneaba al empujar un archivador junto a la mesa–. Hace siglos que están entre nuestros clientes más fieles.

Cuando llegamos a la dirección que me había apuntado el vendedor mandé a Bert que parase. Cerca del agua, en medio de una gran parcela, había un edificio cuadrado de ladrillo con CANDIE ICE CREAM CO. escrito en mayúsculas rojas en la parte superior. La voluta de menta que era su marca de fábrica parecía girar como un molinete. El sol se reflejaba en varias hileras de ventanas con bisagras. Las gaviotas del río volaban perezosas sobre el edificio, como un halo. Sentados en nuestro pequeño y abollado camión, Bert y yo nos quedamos mirando el edificio. La fábrica de la Candie Company tenía el empaque y la monumentalidad de una institución. Justo entonces, como en respuesta a nuestra presencia, se levantó una de las puertas cocheras de metal y salió un gran camión refrigerado blanco que pasó de largo con estruendo, levantando una nube de polvo. Llevaba en un lado el logo de la voluta de menta, en colores vivos.

–Bueno. –Bert soltó un suspiro largo y afligido. Le colgaban las manos en los lados, flojas–. Parece que al final se han defendido bien ellos solos.

Tuve la misma sensación que si me hubieran dado una patada. La presencia física de los Dinello era palpable, como si irradiasen desde el interior del edificio los latidos codiciosos de sus corazones, sincronizándose con los míos, mientras su aliento era tan cálido, húmedo y audible como el de Rocco durante las noches en que, de niño, se acurrucaba contra mí y lloraba. Al otro lado de los cristales esmerilados me imaginé a Vittorio delante de su mesa en mangas de camisa, engreído, con chaleco de raya diplomática, y a Rocco junto a él, todo sonrisas y *aftershave* mentolado, con sus chistes ordinarios, y una caja de puros circulando entre ellos. Y los Cannoletti, con aquellas maneras estilosas, viriles, de matones, que gastaban.

Bert se giró hacia mí.

–¿Los echas de menos alguna vez?

—¿Qué? —Nos sorprendió a los dos la vehemencia de mi grito—. ¿Cómo puedes preguntarme eso?

Se encogió de hombros.

—Eran tus hermanos. En cierto sentido —añadió.

Giró la llave en el contacto y puso el motor en marcha.

Aquella tarde, mientras Bert conducía el Ford por Sunrise Highway —ya con sus atascos de coches y bulldozers, y de volquetes que eructaban gases—, y yo miraba fijamente por la ventanilla, sentí que mi furor, mi humillación, se extendían como tentáculos por el paisaje. ¡Qué ingenua, qué tonta había sido! Fiarme de la palabra del panoli de un puesto de refrescos de la Sexta Avenida...Y en todo aquel tiempo, mientras Bert y yo nos deslomábamos a lo largo y ancho del país, y subsistíamos a base de restos de helado, y servíamos dos sabores en una barraca de un pueblucho, los Dinello y los Cannoletti triunfaban en Brooklyn. Por lo visto, habían construido un imperio.

Pues algún día, me juré, Bert y yo arrasaríamos con su espantosa Candie Ice Cream Company. De pronto me resultó inconcebible cualquier otro deseo: nuestra victoria y su más absoluta destrucción.

El problema era cómo. Bellmore era una localidad de menos de cien habitantes. Los únicos dispuestos a trabajar vendiendo cucuruchos en verano eran unos chicos del pueblo que se contaban con los dedos de una mano. La mayoría de las noches Bert y yo nos dejábamos caer de puro agotamiento en los viejos sillones de los Corwin, tomábamos un cóctel y cenábamos pan con mantequilla, escuchando la radio en un estado de sopor.

Embargada por la pesadumbre, contemplé la carretera. Nuestro camión se había quedado parado justo después del Triborough. A un lado había decenas de trabajadores que, con cepillos de mango largo, echaban alquitrán por carriles de grava. Bert debería haberse metido en la construcción, pensé. Puentes y carreteras: ahora era donde se ganaba dinero.

Lo entendí de golpe.

Carreteras.

Faltaban pocos años, a decir de la prensa, para que Long Island quedase entretejida de carreteras. El Gobierno tenía grandes planes. Bueno, ¿pues qué mejor sitio para vender helados que en las vías de acceso directo a las playas? Los vendedores ambulantes más listos del Lower East Side siempre habían llegado a Orchard Street antes del amanecer para ser los primeros en ocupar los mejores sitios. Pues lo mismo podíamos hacer Bert y yo.

Si lográbamos asegurarnos una serie de solares contiguos a las carreteras cuando aún no estuvieran acabadas, podríamos poner un puesto de Dunkle's Famous Soft Ice Cream en las principales vías de Long Island. Y no haría falta que los gestionásemos personalmente. Podríamos hacer como el señor Dinello cuando ejercía de *padrone* con sus sorbetes italianos: hacer que nuestros productos los vendieran otros. A fin de cuentas, en nuestra zona de Long Island «Dunkle's» se estaba convirtiendo en sinónimo de «helado cremoso». Era popular. Y único.

Podríamos «autorizar» a otras personas a vender Dunkle's en puestos con nuestro nombre; y ya que había demostrado ser tan llamativo, cada puesto podría lucir nuestro look característico, el de las tres franjas de «sabores». Cada dueño de un puesto compraría el congelador Prest-O Soft Serve exclusivo y patentado de Bert, y recibiría directamente de nosotros la fórmula secreta del helado. Les sería facilísimo hacerlo; nunca tendrían que molestarse en buscar o mezclar los ingredientes, y la calidad de nuestro helado sería uniforme e infalible. Fueran por donde fuesen, los clientes de Dunkle's siempre obtendrían el mismo helado cremoso de sabor delicioso. Y naturalmente, Bert y yo sacaríamos tajada de cada máquina y botella de mezcla para helado que se vendiese. Además, ahora que tantos y tantos emigrantes huían del caos que reinaba en Europa... Seguro que no dejarían escapar la posibilidad de tener su propio puesto de helado americano. Quizá pudiera ir Bert mismo a recibirlos cuando bajaran del barco.

Hasta entonces, queridos, a nadie se le había ocurrido un sistema de franquicias como aquel.

Por fin vi la manera de ganarles la mano a los Dinello. Cuantas más heladerías formasen parte de nuestro sistema, usando nuestras máquinas y recetas patentadas, menos salida tendría Candie Company. Nuestro helado podría extenderse por todo el estado de Nueva York por el simple método de seguir las carreteras. Algún día Rocco, Pasquale y Vittorio saldrían en coche y en todas las carreteras, cruces y pancartas no verían más que DUNKLE'S, DUNKLE'S, DUNKLE'S. Nuestro nombre. Nuestro helado. Nuestros inventos. Estaríamos en todas partes.

Para entonces —no hace falta que lo diga— pasaban cosas muy graves en el mundo. Yo estaba demasiado atareada para prestarles atención, qué le vamos a hacer. Mientras Hitler expulsaba a los judíos de las universidades y de las piscinas, y Mussolini despotricaba que el proletariado «se merecía un baño de sangre», me pasaba las noches dando vueltas a lo mismo: ¿cómo conseguir un préstamo bancario para comprar solares al lado de carreteras que aún no estaban hechas? ¿Cómo convencer a la gente de que regentase un Dunkle's?

El deseo de venganza, queridos, es como un veneno que corre por las venas. Una sola gota puede apoderarse en poco tiempo de todo nuestro ser. Ahora bien, mientras yo, infatigable, soñaba, urdía y conspiraba contra los Dinello, Bert manifestaba una extraña apatía. Resultó que también él tenía la cabeza en otra parte.

—Oye, Lil —dijo una noche, con la mirada fija en su vaso de whisky de centeno—, ¿se te ha ocurrido alguna vez que donde tendría que estar yo es en Andalucía?

—¿Cómo dices?

—Ahora van muchos americanos.

Solté una risa amarga, como una especie de hipo.

—¿Me estás tomando el pelo? Tienes treinta y seis años. Lo tuyo son los helados. ¿Qué harías, tirarle copas heladas a Franco?

—Ya has leído el discurso de Robeson: «El artista debe elegir entre la lucha por la libertad o la esclavitud». ¿Y nosotros por qué no? Aún estoy en forma. ¿Cómo podemos cruzarnos de brazos delante del fascismo?

Me quedé mirando a mi marido. De repente su cara era como la de esos cuadros de Picasso donde hay dos ojos al lado de la nariz, y las bocas se tuercen de manera rara. A veces parecía que Bert se hubiera caído en su sillón atravesando el techo. Era como un meteorito llegado de otro mundo. Eso del matrimonio yo no lo había entendido: que el cónyuge pueda volverse del revés por un cambio de luz y que se te aparezca como un desconocido, así como así.

—No digas locuras —contesté—. ¿Qué quieres, patearte medio mundo para luchar en la guerra de otros?

—No, nena, yo solo no, claro. Contigo.

En cuanto lo hubo dicho, miramos los dos mi pie derecho, bañado en sulfato de magnesia.

Dejé mi copa.

—Pero Bert, por Dios, que tenemos un negocio. Dos patentes en trámite.

Miró consternado la pequeña habitación como si albergase la esperanza de que se le apareciera una respuesta. Levantó el vaso, volvió a dejarlo en su sitio, acercó su sillón al mío y me tomó de las manos.

—¿Te acuerdas de Jay, del *Daily Worker*? Pues la semana pasada, cuando fui a por suministros a la ciudad, me enteré de que está en Barcelona, haciendo instrucción con las tropas. Y en cambio ¿yo qué hago? Nada, estar aquí sentado y servir helados como un mentecato.

Tuve un escalofrío en todo el cuerpo.

—Tú no eres ningún mentecato —dije con toda la suavidad posible, y levanté la mano para apartarle el rizo de la frente—. Todos estos disparates que pasan, lo de Franco, Hitler y compañía... ¿Qué te crees, que podemos controlarlos? A lo máximo que podemos aspirar es a sobrevivir. Que es lo que estamos haciendo. Sin que nos ayude nadie. Y estamos montando una empresa. Una empresa que a ti te encanta y que hace feliz a la gente. Es para estar orgulloso. No podemos hacer el equipaje por las buenas e ir a luchar en una guerra civil ajena.

–No, no, nena, si tienes razón. –Bert sacudió la cabeza, como si quisiera sacarse la idea de dentro, y me apretó la mano–. Claro que no.

Pocas semanas después se presentó el cartero en nuestra puerta.

–Traigo un paquete para su marido, señora Dunkle –dijo.

Cuando desaté el cordel me encontré el último número del *Daily Worker* envuelto en papel marrón. Pocos días después llegó una carta por correo aéreo. De Jay. Desde España.

Mi nieto se cree que porque he dado dinero para la campaña de reelección del presidente Reagan soy una especie de loca de derechas.

–«Ronald Wilson Reagan» es un simple anagrama de «insane anglo warlord»,* abuela –dice–. Lo del goteo de la riqueza es una simple dádiva a los ricos.

–¡No me digas! Pues tengo una noticia, *tateleh:* nosotros somos ricos –digo yo–. Reagan odia los impuestos y a los soviéticos, y le gusta Israel. ¿Cómo podría no gustarme?

–No me creo que no estés a favor ni del derecho a decidir –dice Jason de mal humor–. Anda, que... Imagínate que dejo embarazada a una chica sin querer.

Le pego de broma en la rodilla.

–Mejor para mí. ¡Seré bisabuela!

La verdad, queridos, es que no solo hago donativos al Comité Nacional Republicano, sino a Planificación Familiar y a la Liga Nacional por el Derecho al Aborto. A Jason le digo que si encuentras a un político que piense exactamente como tú más vale que te cortes enseguida la cabeza, porque quiere decir que no contiene ni una sola idea original.

Yo estoy totalmente a favor de que las mujeres planeen sus embarazos. Está claro que si trabajas en el sector del helado te interesa no tener hijos en temporada alta, entre abril y

---

* Es decir, algo así como «anglosajón militarista y demente». *(N. del T.)*

septiembre. Lo ideal es concebir en torno a marzo y que el parto sea hacia las Navidades.

¿Y si puedes prescindir del pesario y lograr quedarte embarazada justo cuando tu marido se plantea unirse a la Brigada Lincoln?

Pues nada.

Mejor que mejor.

La noche después de quemar la carta de Jay, mis manos, convertidas en hiedras trepadoras por la pared de músculos de la espalda de Bert, se deslizaron por las tersas placas de su pecho y recorrieron la bonita osamenta de sus caderas, duras y esculpidas como un par de asas. Lo conduje lentamente hacia mí y mi boca buscó ávida la suya. En el momento en que él me levantó el camisón, mi corazón latía desenfrenado, pero no de excitación, sino por el secreto. Y miedo. Y aprensión.

—Oh, Bert —le susurré de todos modos al oído, con pasión.

Tenía cuentas pendientes. Y franquicias que extender. Algo había que hacer, y punto.

9

Imaginaos un solo regimiento de hombres atribulados que desembarcan en medio del Pacífico, en una isla minúscula. Mientras dan tumbos por la hoz blanca y vacía de una playa, irrumpe sobre sus cabezas un avión de guerra japonés, pero desaparece igual de bruscamente, como si lo absorbiese el horizonte. Los soldados del 81 de infantería se dan cuenta poco a poco de que están solos. Con un crujido de coral, avanzan por la playa intentando averiguar su ubicación exacta.

Dos días después llegan sus supervisores militares, y mientras reman por una gran laguna de color turquesa, protegida por varios kilómetros de arrecifes, se dan cuenta de que han encontrado una mina de oro.

Los japoneses se creían que las dimensiones del Pacífico serían nocivas para el esfuerzo de guerra americano. Las distancias entre puntos de reabastecimiento de combustible serían imposibles de manejar. El islote de Ulithi, sin embargo, goza de una situación perfecta entre Hawái, Japón y Filipinas, dentro de un pequeño archipiélago. Sus riscos volcánicos apenas despuntan sobre el mar. Y los japoneses han renunciado a él.

En otoño de 1944, Estados Unidos tarda un solo mes en convertir esta irregularidad en la mayor base naval secreta del mundo.

Se construye un puerto para setecientos barcos. Se desbroza un aeródromo. En los muelles flotantes se reparan enormes buques de guerra. Hay toda una planta de destilación de agua adjunta a una panadería con capacidad para sacar diariamente miles de panes y pasteles dulces y salados.

Cada día, desde Ulithi se abastecen balas, botas, raciones K, bayonetas, brújulas, equipos de radio, explosivos, cascos, paracaídas, lubricantes industriales, naipes, misiles antiaéreos, linternas, gasolina, chocolate, repelente de mosquitos, baterías, granadas y autoinyectores de tartrato de morfina.

En 1945 llega a puerto una nueva embarcación. Recibe el simple nombre de *La barcaza del helado*.

La Segunda Guerra Mundial. ¿Queréis saber qué fue la Noche de los Cristales Rotos, Iwo Jima y la batalla de los Setos? Pues para eso hay libros y películas. Acercaos a alguna biblioteca. Lo que puedo explicaros yo, queridos, es que después del estallido de la Segunda Guerra Mundial casi todos los países del mundo dejaron de fabricar helado. Escaseaba demasiado el azúcar. Había que redirigir la maquinaria hacia el esfuerzo de guerra. En Italia, Mussolini prohibió el helado por el mero hecho de que una mañana, al despertarse, llegó a la conclusión de que era «decadente».

Solo los Estados Unidos de América consideraron que el helado era «un elemento esencial para la moral de las tropas», y por eso fue el único país que siguió fabricándolo y estipulando que hubiera congeladores en los submarinos, en los tanques y en los barcos de carga. Durante el transcurso de la guerra, el Ejército de Estados Unidos se convirtió en el mayor fabricante de helados de la historia.

La barcaza del helado de Ulithi fue un encargo pensado para ser la mayor «heladería flotante» del mundo. Era de cemento, y ni siquiera tenía motor. Este leviatán refrigerado había que llevarlo a remolque por todo el Pacífico.

Y entre su tripulación, compuesta por veintitrés soldados, había un civil con una exención especial del cuerpo de ingenieros militares. Era el único responsable de supervisar el enorme congelador que sacaba casi seis mil litros de helado al día, y se pasó toda la guerra trabajando sin descanso dentro del cascarón de cemento para ocuparse personalmente de que la maquinaria, en cuyo diseño había participado él mismo, se mantuviera en perfecto funcionamiento.

Se trataba, claro está, de mi Bert.

Recibimos la llamada en los primeros y gélidos meses de 1942. Para entonces eran doce las franquicias de Dunkle's, aunque la mayoría cerraban durante el invierno. El cielo de aquel mes de marzo parecía un anochecer perpetuo. Las sirenas antiaéreas resonaban por toda la ciudad. Los neoyorquinos teníamos la orden de apagar las luces y bajar las persianas en cuanto empezaran a ulular, y una vez sumido el barrio en las tinieblas, prepararnos para la noche en que los bombarderos alemanes lograsen cruzar finalmente el Atlántico. Para esas ocasiones la señora Preminger, nuestra secretaria de la fábrica Dunkle's, una mujer estirada y de cara arrugada, guardaba una petaca en su cajón.

Era ella, justamente, quien estaba en la puerta, con su anguloso traje chaqueta de lana.

—Señora Dunkle —anunció—, tiene al teléfono a un hombre del Departamento de Guerra.

Dio la casualidad de que esa tarde Bert estaba fuera, recibiendo instrucción en Defensa Civil. Como vigilante antiaéreo, su cometido, durante los simulacros, era subirse a una azotea y otear el cielo en busca de aviones enemigos.

Me puse al teléfono de su escritorio. La persona que llamaba se identificó como Orson Maytree Jr., vicesecretario de la Junta de Adquisiciones Bélicas.

—Siento molestarla, señora —dijo—, pero quería pedirle unos minutos para hacerle unas cuantas preguntas sobre la fórmula secreta de helado de su marido.

Isaac gateaba por la alfombra, al lado de mi silla, entre cuyas patas empujaba una locomotora de juguete. Le hice señas a la señora Preminger para que se llevara a mi hijo al pasillo y cerrara la puerta. Después sujeté el auricular con el hombro derecho y me quité el pendiente de perlas, que era de los de broche. Por la ventana del despacho de Bert se veía East River, y al otro lado las chimeneas de Manhattan. Ahora vivíamos a pocas manzanas de Hunters Point, aunque parecía que nos pasáramos toda la vida en la fábrica.

—¿Qué quieren saber exactamente? —Tiré el pendiente al escritorio—. Para endulzar usamos solo jarabe de maíz, o sea, que no creo que haya ningún problema de exceso en las raciones de azúcar.

Me imaginaba que sería algún tipo de inspector.

—No, señora, si eso ya lo sé —dijo él—. Da la casualidad de que tengo delante su expediente de la Oficina de Patentes, que por cierto, da muy buena impresión. Me parece que ni siquiera nosotros habríamos podido encontrar mejores ingredientes.

El tal Orson Maytree tenía un acento del sur muy marcado, como natillas regadas con caramelo caliente. Solo de oírlo te lo imaginabas apoyado en la veranda, con una bebida fría en la mano. Pero era tan empalagoso que casi parecía falso, y llegué a pensar que se burlaba de mí.

—Para serle sincero, señora, hasta el martes pasado nadie de aquí había oído hablar de sus helados. Volvía yo de un astillero cuando vi uno de esos carteles tan grandes y tan bonitos de Dunkle's que han puesto en la Ruta 1.

Nuestros nuevos carteles llevaban el logo que había diseñado una servidora para Dunkle's, el de la Estatua de la Libertad con un cucurucho con la bandera americana en vez de antorcha. Por insistencia mía, Bert había puesto uno en las principales carreteras de la zona.

—Hay que reconocer que llaman mucho la atención, los carteles. Muy patrióticos —dijo Orson Maytree—. Debieron de tener efectos mágicos, señora, porque ¿sabe qué? Que en el primer Dunkle's que vi, el de Stamford, paré y pedí un cucurucho de vainilla. La chica del mostrador me enseñó el sistema que tienen, el de echar la mezcla directamente de la máquina, y la verdad es que me impresionó muchísimo.

—Ya.

—Me dijo: «Es tan sencillo que puede hacerlo hasta una niña».

—Pues sí, de eso se trata, de poder servirlo cremoso o volver a congelarlo hasta el día siguiente para que esté duro, como los tradicionales —dije con un toque de irritación.

No tenía muy claro a qué venía todo aquello. Oí que Isaac gritaba en recepción.

–¡No, no! ¡Quiero que esté aquí!

Como le diera una rabieta tendría que llamar a nuestra criada y convencerla con marrullerías de que viniera a buscarlo, aunque tuviera el día libre. Muchas veces daba la impresión de que mi hijo se portaba mal solo para molestarme.

–La maquinaria y las mezclas para helado las fabricamos nosotros mismos, señor Maytree –dije con brusquedad–. A partir de ahí, lo único que hay que hacer es apretar un botón.

–Y esta fórmula mágica de ustedes... ¿Cuántos litros producen al día, señora Dunkle?

–¿Perdón?

Me quedé callada, enroscándome en el dedo el cable del teléfono. Estaba a punto de decirle al tal Maytree que a él no le importaban nuestras cifras de producción cuando lo comprendí de golpe: la razón de que el vicesecretario de la Junta de Adquisiciones Bélicas llamara por teléfono para husmear así. Pero Lillian, qué imbécil eres, pensé.

–Señor Maytree, sea cual sea la cantidad de mezcla para helado que necesiten ahora mismo nuestras tropas –me apresuré a decir– es la que podemos producir.

–Vaya, vaya. –Se rio entre dientes–. Eso sí que es ser buena vendedora. –Exhaló–. La cuestión es la siguiente, señora Dunkle: ahora mismo tenemos que alimentar a un millón y medio de soldados, un número que no hará más que crecer de forma exponencial. Los nazis son un enemigo despiadado. Los japos a duras penas son humanos. Y los comunistas, aunque ahora sean nuestros aliados, dudo que lo sigan siendo mucho tiempo. Tenemos que darnos prisa.

Un millón y medio de soldados. Yo ya estaba haciendo cálculos mentales. Si Dunkle's aportaba nuestra fórmula de helado..., pues lo más seguro es que también tuviéramos que suministrarles nuestras máquinas. Un contrato con el Gobierno casi era demasiado maravilloso para planteárselo.

–Para mi marido y para mí sería un gran honor servir en todo lo que podamos a nuestro país, señor Maytree –dije–. Nuestra fórmula de helado está a su disposición todo el tiempo que la necesiten. Quizá no esté de más decirle que mi marido conserva también las patentes de todas sus máquinas de helado cremoso.

—Ah, pues vale la pena saberlo. Vaya si vale la pena.

Oí un ligero ruido de fricción. Estaba tomando nota de algo.

—El caso, señora —dijo, reanudando su atención—, es que en América no hay ninguna compañía de helados tan grande como para suministrarnos todo lo que necesitamos. Por eso nos estamos poniendo en contacto con las mayores que encontramos. Veo que en su región están Muldoon's, Louis Sherry, Candie, High-Ho, Schrafft's... y ustedes, claro. Aparte de unos cuantos más. Los chicos me han preparado una lista. Nos gustaría hacerles una visita, a mi equipo y a mí, para echar un vistazo a las instalaciones y ver exactamente con qué podríamos trabajar y quién podría participar. De hecho, si no le importa, tal vez invitaríamos a los demás a ver su fábrica.

Se apoderó de mí una sensación de náusea, como cuando impregna el tinte una tela.

—Otras compañías —dije.

—Estamos en guerra, señora. Es lo que yo llamo una situación de todo el mundo a bordo. He oído que High-Ho Ice Cream tiene una fábrica justo al lado de los astilleros de Nueva Jersey, lo cual podría ser de lo más beneficioso. Candie Ice Cream Company tiene una fábrica grande en los muelles de Brooklyn, y Schrafft, instalaciones importantes en Boston. A todos les estoy diciendo lo mismo que a usted, señora Dunkle. Hay que tener en cuenta cualquier opción. Ya les hemos pedido a los del sector del automóvil que colaboren entre sí y espero que ustedes sean capaces de hacer lo mismo.

—Ya —dije con voz débil—, por supuesto.

—De todos modos, una cosa le puedo decir: que la fórmula de su marido podría venirnos que ni caída del cielo. ¿No tener que mandar el helado a muy baja temperatura? ¿Ni transportar los ingredientes por separado? —Silbó por la bajo, admirativamente—. Su marido, señora Dunkle... Digamos que podría hacer más por el ejército de Estados Unidos que ningún otro heladero de la historia.

La noche antes de la reunión me senté en la cocina, levanté el tenedor, lo clavé en una patata hervida y lo solté. Por la radio sonaba *Moonlight Cocktail*, de Glenn Miller, a bajo volumen, como un antídoto contra todas las malas noticias que acababan de dar.

–Debería haber supuesto que había trampa –le dije amargamente a Bert–. La idea de tener en nuestra fábrica a esos hijos de mala madre... En el sitio que hemos construido nosotros...

A pesar de todos mis esfuerzos, Candie Ice Cream seguía yendo viento en popa y escupiendo sus diez sabores desde su fortaleza de Brooklyn. De vez en cuando veía fotos con grano de los Dinello en la *Ice Cream Manufacturers Gazette,* o en la sección de economía de los periódicos. De hecho, Bert se había encontrado varias veces a Pasquale en la Asociación Lechera.

–¿Te ha dicho algo, el muy cerdo? –inquirí después.

–Ha sido demasiado rápido, Lil. Pasquale entraba y yo salía. Se ha quitado el sombrero para saludarme, y yo igual, pero nada más.

En cambio, yo me había esmerado en evitarlos, y lo había conseguido. Era fácil saltarse los actos del sector. Muchas veces ni siquiera me invitaban, por ser esposa de y tullida.

Esta vez, sin embargo, haríamos pasar a los hermanos Dinello a nuestras oficinas, y los invitaríamos a sentarse en nuestra mesa, y les enseñaríamos nuestra maquinaria. Los mismos hombres que me habían traicionado y que me habían dejado de patitas en la calle. ¡Qué ganas tenía de rogarle a la junta bélica que los dejase al margen! ¿Pero qué razón podía dar? Aquel mismo día habían sido trece los barcos de guerra estadounidenses hundidos frente a las costas de Indonesia. Habían deportado a Alemania el primer tren de judíos franceses. A nadie le importaba un bledo mi pequeña venganza personal. Parecía mezquina. Lo sabía hasta yo.

–Lil, desde mi punto de vista es una noticia fabulosa, y punto. –Bert tendió la mano por encima del mantel y acarició el dorso de la mía–. Nos llama el Tío Sam. A nuestro helado.

¿Y por qué no íbamos a sumar fuerzas con los otros? Estamos en guerra.

—Eso está claro —dije de mal humor.

Hablaba como Isaac. Era la dificultad con que topaba con mi hijo: que a menudo lo miraba y no veía a Bert, sino el reflejo, feo y sin adornos, de mi propio yo.

—Lil, que son los Dinello los que vendrán a vernos. A ver la fábrica y nuestro helado. ¿No es una victoria de por sí? Somos los que más le interesan al Gobierno.

—Eso tú —rezongué—, que eres el heladero.

Bert me miró ladeando la cabeza, con cariño e indulgencia.

—Yo, tú... Tú, yo... ¿Qué diferencia hay, nena? Dunkle's somos los dos. Y somos tan grandes como Candie Company. Yo creo que va siendo hora de olvidarnos del pasado, Lil. Ahora mismo hay muchas batallas más importantes. —Bert me acarició el antebrazo—. Los Dinello, Candie... No son ellos el enemigo.

Fruncí el ceño, me levanté de golpe, tapé mi plato con una servilleta y lo metí bruscamente en la nevera, pero cuando me puse delante del fregadero, con una mano a cada lado, sospeché en mi fuero interno que mi marido tenía razón. Ahora teníamos un hijo y un negocio de verdad, y el mundo estaba al borde del cataclismo. Debería haber sido más sensata, mejor persona. Por otra parte, la carrera contra Candie Company se estaba volviendo agotadora. Tal vez con la edad los hermanos Dinello también se hubieran suavizado y vuelto más generosos, igual que sus abuelos. Quizá pudiera abrirse toda una nueva panoplia de posibilidades.

Con la mirada fija en una mancha de óxido del desagüe, no habría sabido, queridos, decir lo que sentía: enfado, frustración... o alivio. Por no decir algo extrañamente similar a la esperanza: al final, estábamos todos en el mismo bando. Respiré hondo, me pasé por la frente la muñeca húmeda y me giré otra vez hacia mi marido.

Cuando llegaron Orson Maytree Jr. y sus hombres, Bert y yo llevábamos dos días metidos en la fábrica. Bert había engrasado y limpiado meticulosamente toda la maquinaria, y la fábrica entera resplandecía como una metrópolis. Mientras Isaac dormía en el pequeño sofá con su perro de peluche y su locomotora, convertimos el despacho principal en una sala de reuniones. Yo colgué una gran bandera americana en la pared del fondo, al lado de un artículo de la *Ice Cream Manufacturers Gazette* que habíamos enmarcado: «LA NUEVA FÓRMULA DE DUNKLE'S DA EN EL CLAVO». Hasta traje de casa una foto de Isaac disfrazado de Tío Sam para Halloween. La Biblia que me había dado la señora Dinello para mi confirmación. La nueva gorra de VIGILANTE ANTIAÉREO de Bert y sus prismáticos. Una caja de colectas para el esfuerzo de guerra. Todo ese atrezo lo dispuse con la mayor espontaneidad posible en nuestros escritorios, donde no pudieran pasar desapercibidos para la junta bélica. No se podía ser demasiado patrióticos ni demasiado americanos.

Esperando en la puerta, mientras alisaba mi vestido, sentí los mismos nervios que cuando esperaba a Bert en Mulberry Street para nuestras clases particulares.

—Ah, señora Dunkle, muchas gracias por su hospitalidad —dijo Orson Maytree Jr. cuando me dio la mano.

Era alto como un roble. Yo nunca había visto una mata de pelo blanco tan espléndida. Aunque llevara chaqueta y corbata de civil, su condición de militar se traslucía en su porte, lo erguido de sus hombros y el lustre de la hebilla de su cinturón. Su aplomo varonil llenaba la pequeña sala de reuniones como un *aftershave*.

No dio muestras de que se fijara en mi pierna ni en mi bastón.

—Voy a hacer las presentaciones. Señores...

Volví a alisarme el vestido e intercambié nerviosos apretones con los miembros de la junta bélica, que no eran pocos.

—Bienvenidos a Dunkle's. —Intenté sonreír como Rita Hayworth—. Me alegro mucho de que hayan podido venir.

Llegó Dewey Muldoon, el dueño de Muldoon's Ice Cream, muy cursi con su pajarita y con la frente brillante de sudor. Nada menos que de Boston vino un representante de Schrafft, a quien oí presumir de ello. El presidente de High-Ho Ice Cream dio la mano a Bert y, con toda precisión, le puso una florecita roja de papel en el ojal, el símbolo de High-Ho. Todos los peces gordos de la industria heladera del noreste se estaban reuniendo en nuestra fábrica, con sus alardes y sus numeritos. Yo había sacado de la cadena de montaje a nuestra empleada más guapa, Sonia, y le había pagado un dólar extra por que se pusiera unas medias de nailon y pintalabios Tangee y circulase entre los hombres con una cafetera y una bandeja, pero nadie se sirvió. En la sala reinaba un ambiente peculiar. Éramos un grupo de élite convocado por el Departamento de Guerra como los caballeros del Temple. Compartíamos la emoción de haber sido elegidos, ungidos, pero al mismo tiempo estábamos incómodos. ¿Ahora éramos todos compatriotas o aquello seguía siendo una competición? Había mucho dinero en juego. Los hombres se tosían en los puños y sonreían cohibidos, tratando a toda costa de entablar conversación.

–Increíble, lo de los Yankees, ¿no? Anda, que cambiar a Holmes por Hassett y Moore...

–Bueno, al menos dejan entrar gratis a los soldados. Cinco mil asientos son muchas entradas. Debe de doler.

Mientras se llenaba la sala, Bert se acercó y me puso una mano en la base de la espalda.

–Nena –murmuró.

Rocco Dinello estaba en la puerta, dándole el abrigo y el sombrero a Sonia. Yo le había visto en las fotos borrosas de la prensa, por supuesto, pero la realidad me dejó conmocionada. Vi que iba hecho un figurín, con un terno caro y un pañuelo de seda en la pechera. Su mata de pelo lacio y brillante se había vuelto de un color casi de peltre, y nada quedaba de esos huesos tan marcados que daban a su cara un aspecto animal. La grasa envolvía su barbilla y su barriga. Estaba no ya fornido, sino gelatinoso. Lo que permanecía intacto era su sonrisa fatua y juvenil, que relucía entre las carnes de su rostro. A pesar de que estuviera envejecido, exhibía un porte ágil y expansivo, y al moverse por la sala daba palmadas en la espalda a los demás y simulaba puñetazos y fintas fraternales, que arrancaban destellos de luz a sus gemelos de oro.

Un frío recorrió mi columna vertebral. Aunque me fingiera atenta con los invitados y no se me borrase de la cara una sonrisa boba, de lo único que era consciente era de la presencia animal de Rocco a mis espaldas y de la amigable conmoción que despertaba al internarse por la sala de reuniones como un tornado a cámara lenta.

—¡Dewey! ¡Richard! ¿Qué, muchachos, cómo va el negocio en Boston? Eh, Archibald, enhorabuena por el nuevo nieto.

Parecía que conociera a todo el mundo, como siempre. Sentí que se clavaba en mi interior una mezcla insólita de angustia, pánico y nostalgia. ¿Qué podía decirle? Era más fuerte que yo. Pese a todo lo que me había dicho a mí misma en la cocina, con Bert, mi reacción ante Rocco era algo químico.

Tragué saliva y me di unos golpecitos en los labios. Tal vez lográsemos, en un complejo baile, ignorarnos educadamente hasta el final de la reunión. Podía ser lo mejor.

Sin embargo, de pronto lo tuve delante, en toda su envergadura.

—¡Anda, pero quién está aquí! Albert Dunkle. Qué alegría verte, compadre. —Le dio a Bert una palmada en el hombro. Después se apartó con teatralidad y aparentó sorpresa al verme—. Pero ¿a quién veo? ¿Será posible?

Su exagerada calidez me tomó desprevenida por completo.

—Rocco Dinello. ¿Qué tal?

Tendí la mano con cautela.

—Por favor, Caballito. —Puso mala cara y se señaló el pecho con los dos pulgares—. ¿Con quién te crees que hablas? —Y tras separar mucho las manos me apabulló con un abrazo de oso—. Cuánto tiempo, ¿eh?

Sus cordiales palmadas en la espalda iban acompañadas de un olor de brillantina y sábanas de algodón lavadas con una mezcla de jabón casero, vinagre dulce y cebollas. Era tan familiar, tan íntimo aquel olor, tan de Rocco y nadie más, que por unos instantes sentí una punzada de congoja.

Al final me soltó y yo me tambaleé hacia atrás.

—Uy, espera, no corras tanto. —Se arrimó otra vez a mí para estampar dos besos húmedos en mis mejillas—. Esto de parte de la familia.

Aparté la cara y me cazó en la mandíbula, al lado de la oreja.

—Yajajajaja. —Soltó su vieja risa entrecortada, sacudiendo la cabeza—. Ya veo que no has cambiado, Caballito.

Me alisé el vestido por delante, mientras sentía que me ruborizaba.

—Por favor, Rocco.

Él levantó las manos en un gesto de falsa contrición.

—Uy, perdona —se mofó, mirando a los demás—. Lillian. Se me había olvidado. No le gusta que la llamen Caballito. ¡No es susceptible ni nada, la chica! Cuidado, que os arriesgáis a que le dé la pájara y os rompa todos los escaparates. ¿A que sí, Bert?

A mi marido lo había acorralado a apretones de mano un representante de Louis Sherry. Rocco me estampó en la nuca su mano carnosa y me la estrujó.

—Venga, mujer, que es para hacer un poco de teatro. Solo es una manera de romper el hielo. No te lo tomes en serio.

Después retrocedió y me observó como si examinara una remesa.

—Oye, que para ti no pasan los años. ¿Qué, ahora dónde vives? ¿Vuelves alguna vez al barrio de antes?

—A pocas manzanas de aquí. —Señalé con la barbilla. Parecía que hubiera sufrido un traumatismo cervical—. En la avenida Cuarenta y nueve. Así puedo venir al trabajo caminando.

Fijé la vista en la cara de Rocco, atisbando por la superficie, como un pez plateado, vestigios del niño a quien había conocido. Sí, estábamos los dos en mi fábrica de Hunters Point, pero también, al mismo tiempo, de puntillas en un rincón del patio del colegio, tirando piedras a través de la tela metálica. Dándonos codazos en el polvoriento sofá de terciopelo de la sala de estar de su abuela, un Viernes Santo. Haciendo abanicos de papel en la cocina de Dinello & Sons, chafándolos entre los labios y la nariz, como si fueran bigotes, y riéndonos.

—¿En serio? ¿Ahí vive alguien? Creía que era todo industrial. —Rocco se apoyó en los talones para echar un vistazo por la oficina—. Nosotros estamos en Dyker Heights. Una casa grande, claro. Muy chic, con sitio de sobra para los niños. Cuatro, tengo. Todo un equipo. El mayor, Sal... Tendrías que ver cómo juega al béisbol, Caballito. Será el próximo Babe Ruth, te lo digo yo. Y clavado a mi padre. Como una copia. —Parpadeó, mirando sus zapatos—. Que descanse en paz.

Retrocediendo muchos años pensé en Luigi, con sus botas pesadas y su pico embarrado, y me recorrió un escalofrío de los pies a la cabeza, como un cable. Rocco. Quizá tuviéramos suerte. Nos habían dado a los dos otra oportunidad.

—¿Y tú? —dijo—. ¿Tienes hijos?

—Solo uno. —Estábamos al lado de mi mesa. Le di la foto enmarcada de Isaac—. Acaba de cumplir cuatro años, y me ha dicho que quiere ser maquinista de tren.

—Mmm. Se parece a ti.

Rocco asintió con la cabeza. En comparación con su familia, la mía, de repente, se me antojó muy pobre. Dejó la foto en su sitio y se acercó tranquilamente a la ventana que daba a la planta de fabricación. Dio unos golpes con los nudillos, como si quisiera comprobar su resistencia. Llegaban de abajo el «zac zac zac» graneado de las mezcladoras y el «clac clac clac» en sordina de la cinta transportadora, atenuados por el cristal. Rocco observó cómo nuestra embotelladora llenaba cada tarrina de litro con fórmula de helado y luego daba un giro al tapón, aplicaba una etiqueta y dejaba que se fuera la botella por la cinta.

—Impresionante, muy impresionante, de verdad. Ya veo que habéis prosperado —dijo cuando se giró—. Se ve que te enseñamos bien, ¿eh?

—¿Cómo dices?

Rocco sonrió, pero solo se le curvaron los lados de la boca. Sus ojos seguían fijos en mí, sin abrirse.

—Que se ve que al final te hicimos un favor muy grande, *capisci?*

Orson Maytree hizo tintinear su vaso de agua con una cucharilla.

—Señores...

Mientras se acomodaban todos ruidosamente alrededor de la mesa, Maytree se inclinó con las palmas apoyadas en las rodillas de sus pantalones de sarga.

—Bueno, vamos a ver; yo soy de Texas, y ahí nos gustan las formalidades, pero ya saben que hay una guerra en marcha, así que espero que no les importe que prescinda de cumplidos y vaya directamente al grano, que es vencer a los nazis, los japos y Mussolini, y asegurarnos de que los rojos se den cuenta de que no nos andamos con bromas.

Con una eficacia militar, Orson Maytree se embarcó en su perorata, consistente en repetir lo que me había dicho por teléfono, con la diferencia de que esta vez modificó el número de soldados, la estimación de encargos, los plazos y la logística.

—He organizado esta reunión —dijo— porque consideramos que la fórmula del señor Dunkle, aquí presente, podría ahorrarle a todo el mundo una cantidad enorme de tiempo, dinero y esfuerzo.

En ese momento, como si fuera la señal, mi marido echó un litro de mezcla de vainilla en la máquina de helados Prest-O Soft Serve que había subido para hacer una demostración. El congelador se puso en marcha con el accionamiento de un interruptor y, después de algunas sacudidas, escupió un bonito tirabuzón blanco en un pequeño cuenco. Bert llenó dos platos, que Sonia repartió a todos los hombres sentados en la mesa, muchos de los cuales la miraban con la misma avidez con la que miraban el helado.

Yo estaba segura de que los otros fabricantes ya habían probado Dunkle's, de la misma manera que yo me había dedicado a probar todo lo suyo, pero aun así movieron la cabeza en señal de aprobación. Nuestro helado era delicioso. Seguro que eran conscientes de su calidad. Sentí una punzada de orgullo, si bien me fijé en que Rocco no se acababa el suyo, sino que apartaba su plato con toda la intención y se apoyaba en el respaldo con los brazos cruzados y la mirada fija en la máquina de Bert.

—A mi modo de ver podemos hacer dos cosas —concluyó Orson Maytree Jr. mientras los demás se limpiaban la boca y encendían cigarrillos—: podemos firmar contratos con algunos de los aquí presentes para que sean ustedes mismos quienes provean al Ejército de miles de litros al mes, o bien, si están dispuestos a fabricar la fórmula de helado de Dunkle's, y sus fábricas pueden ser modificadas al efecto, Albert Dunkle ha accedido a autorizar el uso de su patente a todas las otras empresas contratadas, como proveedoras del Ejército.

Sus palabras fueron acogidas por un murmullo general. Vi que una sonrisa amarga hacía temblar fugazmente las comisuras de los labios de Rocco.

—Ah, pues muy generoso de tu parte, Bert —dijo en voz alta.

Mi marido se limitó a encogerse de hombros.

—Ahora estamos todos en el mismo bando, y todo es bueno para derrotar a nuestros enemigos.

—Exacto, amigo mío. No puedo estar más de acuerdo —dijo Rocco con una sonrisa de oreja a oreja.

Tuve una sensación horrible.

Mientras todos iban en busca de sus abrigos, Rocco apareció a mi lado y dijo en voz baja:

—O sea, que ahora tu marido compartirá con nosotros sus secretos comerciales, ¿no? —Movió los hombros para ponerse su pesado abrigo de lana, y después me miró sin que en su cara quedara rastro alguno de amabilidad—. A algunos de los de aquí les impresiona mucho, ¿sabes? Tu Bert les parece un altruista como la copa de un pino. —Se estiró un puño y luego el otro del abrigo, para ajustárselos—. Ahora, que a mí, personalmente... Para serte franco, creo que es lo mínimo que puede hacer, Caballito. Porque no sé a quién carajo pretendéis engañar. −Fijó en mí su mirada−. Todo lo que sabes lo aprendiste de nosotros. Vaya, que parece de justicia. −Me dio una palmada vigorosa en el hombro−. Ahora aprenderemos nosotros unas cuantas cosas, ¿eh?

Lo miré con dureza.

−¡Venga, mujer! −Sonrió, burlón−. ¿Qué pasa, que has perdido el sentido del humor? ¿No sabes cuándo hablo en broma? Además, lo ha dicho tu propio marido: ahora estamos todos en el mismo bando.

Recogió su sombrero y se giró con teatralidad.

−Os agradezco a todos que hayáis venido. Siempre es un placer, chicos. −Se quitó el sombrero para saludar a Bert con una deferencia exagerada−. Por cierto, señor Dunkle −dijo con tono empalagoso−, tengo especiales ganas de hacer negocios con usted. Muchas ganas, sí señor.

Sus zapatos resonaron en la escalera de metal, y desapareció en un borrón de lana oscura.

En cuanto se vació la sala tanteé hacia atrás para buscar la silla de mi mesa, y me dejé caer en ella. Era la hora del almuerzo, así que las máquinas de la planta de fabricación estaban apagadas. El silencio de la fábrica parecía sonoro. Me palpitaba con tal fuerza la cabeza que todo lo que veía empezó a temblar. Cuando Bert volvió de acompañar a los hombres al piso de abajo, prácticamente subió de dos en dos los escalones del despacho, silbando *A-Tisket, A-Tasket*.

−Oye, Lil, que a mí me parece que ha ido muy bien. ¿A ti no? −Dio unas cuantas zancadas, se agachó hacia el carrito, desenchufó la máquina Prest-O y empezó a enrollar el cable en sus nudillos−. Los de la junta bélica se han quedado muy impresionados con nuestras instalaciones, y los demás también. Me lo han dicho. Hasta los de Schrafft's. Creo que también les ha encantado nuestro helado.

−Yo diría que sí −fue lo único que pude decir.

−El señor Maytree dice que por lógica no deberíamos tardar mucho en recibir noticias suyas. «Inminente», nena, ha dicho que era. −Bert sonrió efusivamente al pronunciar de un tirón todas las sílabas−. Me ha aconsejado que hablemos con nuestros abogados. –Mientras empujaba la máquina de helados hacia el pequeño ascensor, paró junto a la mesa y me dio un beso apasionado en la frente–. Esto que lo ponga la señora Preminger en el libro –dijo alegremente mientras dejaba la tarjeta del señor Maytree en el cartapacio, frente a mí. En una esquina relucía una pequeña águila dorada en relieve–. Estará hasta el viernes en el hotel Pennsylvania, y ha dicho que espera conseguir que nos aprueben algo antes de irse de la ciudad. Yo creo que deberíamos llamar a Aaron, por si acaso.

Desapareció al otro lado de las puertas del pequeño ascensor. Poco después oí que el carro, que Bert había sacado al suelo de cemento, rechinaba y traqueteaba debajo de mis pies. Qué satisfecho estaba mi marido... No lo había visto tan contento desde el nacimiento de Isaac, y me descorazonó.

Levanté por los bordes la tarjeta de Orson Maytree y la dejé caer de nuevo con cuidado sobre el cartapacio. Aaron era nuestro abogado. Yo no tenía ninguna gana de llamarlo. Por supuesto que era posible incorporar garantías jurídicas, estipulaciones y restricciones en cualquier contrato, pero, al final, ¿qué era un papel? Quizá los otros fabricantes de helado lo cumplieran; tal vez demostraran ser hombres valerosos y decentes, que aplicaran nuestros secretos comerciales sin divulgarlos, pero Rocco Dinello no. De eso estaba segura. ¡Pero si lo había dicho él mismo sin rodeos! «Todo lo que sabes lo aprendiste de nosotros. Ahora aprenderemos nosotros unas cuantas cosas.» Más claro no podía estar.

En cuanto pusiera sus manos en nuestra receta, Candie Ice Cream Company pergeñaría una copia de nuestro helado cremoso, cambiando lo justo la fórmula para que no los denunciasen, y empezaría a vender cucuruchos, copas heladas y batidos malteados, invadiendo nuestro territorio con sus propias tiendas y franquicias de carretera. Estaba segura.

Sin embargo, una empresa de tamaño medio como la nuestra no podría sobrevivir sin surtir al Ejército. El racionamiento estaba condenado a agravarse. A los americanos ya se les estaba instando a no usar caucho ni piezas de coche, y corría el rumor de que pronto se impondrían restricciones a la gasolina, las materias primas y el metal. Pactáramos o no compartir nuestra fórmula con el Departamento de Guerra, Candie Ice Company firmaría encantada en la línea de puntos. En ambos casos ganaban ellos... y perdíamos nosotros.

Bert y yo acabaríamos otra vez en la miseria. ¿Y nuestro pequeño?

Levanté la foto enmarcada de Isaac disfrazado de Tío Sam. Su sombrero de copa con las franjas y estrellas estaba torcido. Lo habíamos hecho con cartón recortado, que había coloreado él mismo a lápiz. La señora Preminger le había enganchado un algodón a la barbilla con pegamento. Salía de pie, solemne, mirando la cámara sin pestañear. Había sido su primer Halloween.

Mi hijo.

A todos los demás se les había caído la baba desde el primer día. «¡Qué deditos más pequeños! ¡Qué olor más delicioso de bebé! ¿A que está para comérselo? Señora Dunkle, ¿no quiere tenerlo un poco más en brazos?» Bert me trajo al hospital un ridículo ramo de rosas rojas engrosado con velo de novia. Una caja de puros Prince Hamlet para los médicos. Chocolatinas Whitman para las enfermeras.

–Enhorabuena, señor Dunkle –canturreaban cuando lo veían estas últimas, que súbitamente aparecían desde todas las zonas de la clínica y se disponían ante él como una hilera de ponis relucientes de concurso–. Tiene un hijo muy guapo. –Y escondiendo un pie detrás del otro, con una sonrisa radiante, se apoyaban en el mostrador de recepción–. Es idéntico a usted, la viva imagen de su padre.

No sé a quién pretendían engañar. Ya de bebé, bastaba ver a mi hijo para darse cuenta de que había salido a su madre.

Qué le vamos a hacer. Hay madres que nunca lo confesarán, y hasta es posible que yo haya sido siempre una madre atípica, pero el *tsunami* de amor extático, avasallador, que se supone que sienten las mujeres cuando les ponen en sus brazos al bebé... Yo eso no lo sentí. Ay, queridos... Yo lo único que experimenté fue pánico y una sensación tremenda de ahogo. Me esmeraba en componer una sonrisa en la cama de hierro del hospital, donde yacía como una ballena destripada, con la incoherencia del sueño nebuloso de la escopolamina, y mis partes desgarradas y zurcidas como un cojín raído y reventado. El embarazo fue un constante sufrimiento. Cada día era como revivir el viaje hecho de niña en el *Amerika,* con mareos, vértigos y miedo. Además de un embarazo bajo, tenía que luchar con mi cojera y mi bastón. Mis limitaciones las multiplicó por diez el embarazo. Me movía con torpeza, desmañada. Aquel hijo por nacer... ¡Qué rabia me daba!

Y al final, cuando salió de mí y me lo pusieron en brazos, como una pequeña masa de berridos, él lo supo. Supo de mi ambigüedad, mi monstruosidad. Ya entonces, durante los primeros días de su vida, su mirada era de acusación. En todos sus nervios y sinapsis en miniatura, en su frágil fontanela y sus músculos aún por formar, sabía por instinto que yo no lo había engendrado por amor, sino por desesperación: que lo que deseaba no era un bebé, sino una cuerda para retener a mi marido. Por eso se puso a castigarme, llorando durante horas, rechazando mi pecho y apartándose, con algún año ya, cuando intentaba levantarlo en brazos.

Aun así...

Mientras contemplaba la pequeña foto en sepia de Isaac, con los mofletes hinchados y los dedos aferrados al perro de peluche, el amor que sentí era feroz y combativo. Mi niño, difícil, siempre serio: antes muerta que dejar que creciera tan pobre como yo, y que Rocco Dinello torpedease de alguna manera su futuro, como lo había hecho con el mío. Mi hijo. Él sí acabaría los estudios. A él no lo expulsarían de ninguna empresa familiar. Él sería el legítimo heredero del fruto de nuestros esfuerzos, los de Bert y los míos.

Mi mirada, frenética, buscó una solución por el despacho, como si pudiera aparecer como nuestra mezcla para helado, formulada a la perfección y lista en la botella. Piensa, Lillian, piensa. Pero no podía. Me levanté con esfuerzo y caminé por el despacho. Bert estaba abajo, en la planta de fabricación, hablando con el capataz al lado de las mezcladoras industriales. Seguro que le explicaba lo bien que había salido la visita de la junta bélica, y que nuestro futuro tenía el fulgor del acero bruñido. La señora Preminger se había ido a comer. Hice algo que nunca había hecho: abrir el último cajón de su mesa, desenroscar el tapón de la petaca que escondía debajo de la libreta de las nóminas y beber rápidamente un trago. El whisky, rebajado con agua, apenas me quemó, pero la transgresión en sí aportó una brusca punzada de claridad: acababa de ver en la mesa de Bert, donde la había puesto para que la viese la junta bélica, la Biblia que me había regalado la señora Dinello hacía muchos años, para la confirmación.

Los bordes no estaban del todo lisos. Con las prisas no me había molestado en sacar el pensamiento seco de nuestro pequeño ramo de bodas. La partida de matrimonio. Recuerdos de nuestras primeras citas.

El impacto de la idea fue como el de una onda expansiva. Saqué el papel y lo leí deprisa, con el pulso acelerado. Ahí estaba, tal como esperaba, en medio de la página.

Mis manos temblaban tanto por la audacia de lo que estaba a punto de hacer que casi no pude introducir el dedo en el disco de latón del teléfono para hablar con la telefonista y pedirle que me pusiera con el hotel Pennsylvania de Manhattan.

Cuando llamó Orson Maytree Jr., no me pareció tan sorprendido como me esperaba. Supuse que con la guerra cada vez había más mujeres casadas que se ponían al frente de los negocios de sus maridos. Una vez concertada la cita, le dije a Bert que me iba a Manhattan para pagar al sastre, y tomé un tranvía y el metro hasta la calle Treinta y cuatro.

La cafetería del hotel Pennsylvania estaba llena de nuevos reclutas con pantalones caquis y gorras militares plegadas con la precisión de un sobre. Las elegantes mesas de latón y formica creaban un ambiente como de transatlántico. Yo era la única mujer del restaurante, a excepción de dos señoras que comían sándwiches tostados de paté al lado de la ventana. Todas las otras mesas estaban ocupadas por soldados que bebían leche y devoraban trozos de pastel. De hecho, no había un solo asiento libre, cosa que no hizo sino aumentar mi nerviosismo. De repente vi a Orson Maytree, que me hacía señas desde el otro lado del comedor. Ya se había instalado en una de las mesas de la esquina. Tenía delante un plato con un trozo de pastel de crema a medio comer. Al otro lado de la mesa esperaba también uno de tarta de manzana, con una porción de queso cheddar sudado y otro vaso de leche.

—Confío en que me perdone, señora Lillian. —Se levantó y me dio un vigoroso apretón de manos—. Es que me ha dicho aquella camarera que casi no quedaba nada de lo que hay en la carta, y si no le pedía algo enseguida… Vaya, que cuando llegase usted solo habrían quedado tostadas con mermelada.

Me retiró la silla como todo un caballero. Parecía saber por intuición que para mí los bancos resultaban difíciles de sortear. (Siempre prefiero una silla.) En cuanto a la tarta de manzana, el queso y la leche, caí en la cuenta de que no los había pedido para él, sino para mí.

—Podría decirse que me la he jugado. —Sonrió, mientras rebajaba su tarta con el lateral del tenedor—. Me ha parecido más de tarta de manzana que de pastel de crema. ¿He acertado?

—Caramba… Pues sí —dije en voz baja, aunque lo cierto es que no tenía ni pizca de hambre.

Su amabilidad me dio ganas de llorar. Mi corazón latía enloquecido. Pensé que con tanto alboroto de soldados al menos nadie se fijaría en mí, ni escucharía lo que estaba a punto de decir. Lo miré.

—Primero la tarta y después el trabajo, ¿eh? Espero que no le moleste, señora Lillian, pero es que de tanto patearme fábricas y reunirme con grupos de empresarios…, pues la verdad es que acabo reventado. —Se acarició la barriga como quien acaricia un animal doméstico—. Ya sé que debería cuidarme, pero parece que siempre tenga hambre mucho antes de la hora de cenar.

Dio cuenta del resto de su tarta con unos cuantos giros de muñeca, y apuró incluso los restos de crema del plato. Después se limpió la boca con la servilleta.

—Bueno, vamos a ver.

Me miró con simpatía, saciado por el festín de crema, que le había llenado de benevolencia, y apoyó en el respaldo del banco todo el peso de su cuerpo.

Por unos momentos no supe muy bien cómo empezar.

—Señor Maytree, considero que tengo que decirle algo. —Lo miré con cautela—. Es un poco delicado. Ni siquiera lo sabe mi marido. De hecho, mejor que no se entere nunca.

Fijé en él una mirada concentrada y vehemente, y vi que gozaba de toda su atención.

—En condiciones normales no habría dicho nada. Por algo América es un país libre, y todos tenemos derecho a tener nuestras convicciones, pero teniendo en cuenta que estamos en guerra...

Respiré hondo, abrí el bolso de mano y saqué con cuidado la vieja y agrietada Biblia, cuya encuadernación se descascarilló al abrirla. Saqué la petición de la reunión obrera a la que habíamos asistido muchos años antes Bert y yo, en aquel sótano de Delancey Street. El tiempo había teñido sus bordes de un color galleta. La desdoblé con precaución y se la di a Orson Maytree.

—¿Qué es? —preguntó él.

Moví mi silla con un poco de dificultad para colocarme a su lado. Primero señalé el membrete del *Daily Worker,* con el símbolo de la hoz y el martillo, y después el párrafo escrito a máquina debajo de él, que con el encabezamiento «Camaradas, los abajo firmantes nos unimos en» exigía la puesta en libertad de Sacco y Vanzetti.

—Una petición —dije—. La sacó hace unos años el Partido Comunista americano en apoyo de dos asesinos anarquistas italianos muy conocidos.

En cuanto lo dije, vi que la espalda de Orson Maytree se tensaba.

—¿Ah?

Empujó el plato vacío, que hizo ruido al deslizarse por la mesa, y se sacó las gafas de lectura del bolsillo del pecho. En ese momento se acercó la camarera, pero él le hizo señas de que se marchase.

—No es mía —añadí rápidamente—. Cuando empezamos Bert y yo a salir...

Tragué saliva, consciente de que me estaba sonrojando, e hice lo posible por sonreír a Orson Maytree.

—Había oído el rumor de que en el barrio había una chica nueva a la que le gustaba mi Bert. No sabía cómo se llamaba. Solo sabía que los chicos la llamaban «Roja», suponía yo que por su pelo. Una noche, cuando vi que salía, la seguí. No pude evitarlo. Estaba segura de que había quedado con Bert.

Mientras mi lengua desgranaba aquella historia ficticia, me sentía al mismo tiempo yo y otra persona. Las palabras salían espontáneamente, como las canciones que inventaba de pequeña.

—Adonde me llevó fue a un sótano. Descubrí que no estaba citada con mi Bert, sino que iba a una reunión política —continué—. Ella y otro chico se dirigían a todos como «camaradas», e hicieron circular esta petición para que la firmasen todos los miembros. En cuanto llegó a mis manos la guardé en mi abrigo y me marché corriendo. No tenía ni idea de qué era. Solo quería averiguar el nombre de la chica.

Señalé al azar un nombre en el papel.

—Violet Bromberger. Ahí está. «La Roja.» Pero la verdad, señor Maytree, es que no volví a verlo hasta mucho después, revisando papeles viejos. Fue cuando vi quién era el joven que estaba al frente de la reunión, el que los trataba a todos de «camaradas» y exigía la liberación de los anarquistas.

Dirigí con el dedo la atención de Orson Maytree al centro de la página, hacia una firma.

—¿«Rocco Dinello»? —leyó él en voz alta.

—El copropietario de Candie Ice Cream Company —dije, muy seria—. Que esta mañana estaba en nuestra mesa. —Al decirlo sentí como si en mi interior se hubiese apagado una bengala—. Era el otro de los principales organizadores.

En ese momento me entregué de tal modo a mi mentira que llegué a creérmela. Dejé de acordarme del Rocco de años atrás, apoyado con despego en la pared del horrible y mohoso sótano de Delancey Street, y lo vi con todo su arrojo frente a varios bancos llenos de activistas, un agitador comunista de padre y señor mío, con su mono y su camisa de obrero, encendiendo incluso las paredes con sus llamamientos a la justicia revolucionaria.

En la cara de Orson Maytree se dibujó una expresión de alarma. Abrió el maletín que tenía a su lado, en el banco, y buscó en la carpeta la lista de fabricantes de helado del Noreste. Después cotejó escrupulosamente el nombre que aparecía en ella con el de la petición. También tenía la hoja de asistencia de la reunión de la mañana, la de nuestra fábrica. Puso a su lado la petición que le había dado yo. Las firmas debían de coincidir, porque se le vio afectado.

–Mire, señor Maytree –me apresuré a decir–, la primera vez que oí en su boca el nombre de la Candie Company ni siquiera estaba segura de que el dueño siguiera siendo Rocco Dinello. Por otra parte, me parece justo informarle de que Candie Ice Cream Company, dicho sea entre colegas del sector del helado, fabrica un producto muy correcto, aunque no descarto que recurran a medidas de ahorro que a mí podrían parecerme poco éticas. Ahora bien, como ahora se habla tanto de espías, y de «enemigos interiores», y del Peligro Rojo, y con lo que ha dicho usted esta mañana de que en el fondo los rusos no son nuestros aliados... Pues no me habría quedado buena conciencia si le hubiera dejado correr el riesgo de alistar a un comunista.

–No, señora –declaró Orson Maytree–, no habría estado bien.

–A decir verdad, ni siquiera estaba muy segura de que tuviera que darle esto –dije, haciendo alarde de mis reparos–. A fin de cuentas, como ha dicho usted mismo, en este momento los americanos deberíamos aparcar nuestras diferencias personales y...

–No, no, señora –afirmó categóricamente Orson Maytree–, ha hecho usted bien. Esto es la guerra, no una fiesta. –Le temblaron las manos, mientras seguía estudiando la petición–. Mire usted, ahora mismo, en California, les han puesto un toque de queda.

—¿A los comunistas?

—No, a los italianos, y tengo que decirle, señora, que cuando veo algo así... —Sacudió la cabeza, enrojecido—. Si no le importa —dijo, abriendo su carpeta—, me gustaría enseñárselo a Francis Biddle.

—¿El fiscal general?

—Y a la Dirección de Traslados de Guerra. Y al Comité Dies. Es que Martin... perdón, el congresista Dies es amigo mío de toda la vida. De niños vivíamos los dos en Beaumont. Hasta hicimos la escuela primaria juntos.

—¡No me diga!

—Y él sabe tan bien como yo que los rojos, los anarquistas, los radicales italianos, representan una grave amenaza, señora Dunkle. Hay que expurgarlos. Son insurgentes enemigos.

Miré a Orson Maytree, sorprendida por la virulencia de su reacción. En ningún momento se me había ocurrido que pudiera hacer llegar la petición hasta las altas instancias de Washington. Tampoco sabía qué era la Dirección de Traslados de Guerra, pero sí había oído hablar del Comité Dies: era la comisión del Gobierno que se dedicaba a la búsqueda de comunistas. ¿Llegarían a investigar a Rocco? Sentí una mezcla rara de conmoción, nerviosismo y alegría. Me sorprendía mi propia astucia. ¿Tan fácil era? ¿En serio? No me habría sorprendido que el señor Maytree calase mi artimaña y la descartase como lo que era, una táctica desesperada; seguro que un hombre de su condición no se dejaba engañar tan fácilmente por el miedo y los estereotipos... ¿O sí? En realidad ya conocía la respuesta. Por algo había nacido en un pueblo diezmado por los pogromos. Por otra parte, francamente, si bien me sorprendió la potencia de mi propia mentira, no había previsto que me sentara tan bien estar por una vez del otro lado de la manipulación, y ser yo quien fomentaba el prejuicio, no su víctima.

Me esforcé por disimular mi júbilo.

—Vaya, señor Maytree —dije con tono contrito—... Con lo fácil que nos habría sido colaborar con Candie Ice Cream Company, vecinos que somos, prácticamente...

Y, como en Orchard Street, hice que se me empañasen puntualmente los ojos.

—Pero es la guerra, ya lo ha dicho usted. Y yo quiero hacer lo mejor para América.

—Tiene usted toda la razón, señora —dijo Maytree, que asintió—. Le agradezco mucho su sinceridad. —Me observó, apoyado en el respaldo, mientras yo me enjugaba las lágrimas. Parecía que estuviera cambiando su primera apreciación—. En este país necesitamos a más ciudadanos como usted. —Se quitó las gafas de lectura y se las guardó en el bolsillo—. Señora Dunkle, no puedo decirle cuánto le agradezco que haya sido tan sincera. Y que haya estado tan atenta.

El viernes, cumpliendo su promesa, Orson Maytree llamó por teléfono a Bert y le pidió que fuera a Washington para firmar los contratos otorgados a Dunkle's por el Gobierno de Estados Unidos.

—¿Por casualidad te ha comentado si también han contratado a los Dinello? —pregunté con toda la naturalidad posible.

Bert se encogió de hombros.

—Lo único que ha dicho es que llevemos a nuestros abogados.

La mañana de la reunión de Bert en Washington dejé a Isaac en el parvulario y fui a la fábrica. Llevaba mi mejor traje, uno verde de gabardina, y un sombrero con una rosa de seda negra en el ala. El viento del río hacía que todo oliese a agua. La luz, cada vez más intensa, se reflejaba en los cromados de los camiones refrigeradores. Arriba daban vueltas y graznaban las palomas, portadoras de la promesa de la primavera.

Cuando cruzaba el aparcamiento me llamó uno de nuestros conductores.

—Oiga, señora Dunkle, ¿puedo hacerle una pregunta?

Me detuve.

—¿No estarán pensando en contratar más conductores, señora?

—¿Perdón?

—Es que tengo un amigo en Brooklyn —dijo él, avergonzado— que es no apto para incorporarse a filas, como yo...Y con el cierre...

Lo miré con curiosidad, pero seguí.Acababa de encender el aplique del despacho y de colgar mi abrigo y mi sombrero en el perchero cuando sonó el teléfono.

—Señora Dunkle —dijo una voz conocida por el auricular—, soy Artie Flent, de Durkee. —Eran proveedores nuestros, de más de media docena de sabores—. Supongo que no les interesará comprar una remesa extra de ochenta cajas de aroma de vainilla.

—¿Vainilla?

—Me imagino que aún no habrá oído la noticia. Acaba de quebrar la Candie Ice Cream Company, así, sin avisar, y mire usted por dónde, su último pedido ya lo lleva uno de nuestros camiones, que ahora mismo va por la autopista. Llevo dos días llamando, pero no se pone nadie.

Después de colgar me apoyé turbada en el respaldo, y al principio no supe qué hacer. ¿Era verdad? Llamé rápidamente a nuestros mayoristas y a los proveedores de leche, y hasta a la Cámara de Comercio, para saber de qué se habían enterado. Lo único que averigüé fue que Candie Ice Cream Company había cerrado aquel mismo fin de semana, de repente.

—Una cosa rarísima. Una semana fabrican como bestias y a la siguiente... ¡patapam! —dijo nuestro proveedor de vasitos de cartón—. Pero bueno, supongo que, hoy en día, si no haces balas lo tienes muy difícil.

Al final nuestro contable de Niff-Tee me explicó el rumor que había oído.

—Según un conocido del puerto, llegaron unos del FBI y lo precintaron de la noche a la mañana. Confiscándolo todo. La fábrica entera. Y la verdad es que sin ningún motivo, aparte de no sé qué rollo de que el puerto era «estratégico».

De repente el auricular parecía de plomo. ¿Podía ser verdad? Pero tan deprisa... No, imposible. Me di cuenta de que temblaba, sin saber qué sentía. ¿Satisfacción? ¿Náuseas? Miré por la ventana la planta de fabricación. Aún no habían llegado los trabajadores, con sus pañuelos y delantales, de un blanco impoluto. La cadena de montaje refulgía a mis pies como una enorme serpiente de plata, todo silbaba y latía al unísono: los refrigeradores industriales, los ventiladores y los compresores.

En el aparcamiento estaba a punto de salir nuestro último camión de reparto. Golpeé en un lado de la cabina.

–Llévame a Red Hook –ordené.

Esta vez no pensaba fiarme de la palabra de nadie.

Lo que no estaba claro es qué haría al llegar, suponiendo que fueran ciertos los rumores. ¿Regodearme? ¿Dar el pésame? ¿Decirles con voz meliflua cuánto lo sentía, y que Bert y yo habíamos tenido unas enormes ganas de colaborar con ellos? Me palpé el bolso. Llevaba el talonario de Dunkle's. Bueno, pues quizá pudiera hacerles una oferta por una parte de la maquinaria. Quizá pareciera lo más noble y caritativo. Me imaginé de repente a los trabajadores: decenas, con pañuelos, gorras, delantales y fiambreras, y con agujeros en las suelas de los zapatos. ¿Estarían reunidos delante de la fábrica, llorando? ¿Pidiendo a gritos el salario? ¿Diciendo «y ahora cómo alimento a mi familia»? Y en tal caso, ¿qué demonios haría yo? ¿Qué podría hacer? Me resultaba insoportable pensarlo.

Cuando llegó nuestro camión al puerto quedó claro que no tendría que plantearme ninguna decisión. La verja de la parcela de Candie estaba cerrada con candado y al otro lado, en el edificio de ladrillo, reinaban el silencio y la oscuridad. En las puertas del garaje había una cadena. Una ráfaga de viento del río hizo rodar una bolsa de papel marrón por toda la parcela hasta que quedó atrapada en el remolino de hojas secas y residuos de la alcantarilla. La voluta de menta roja y blanca, símbolo de la marca, presidía las instalaciones abandonadas como un solo ojo lleno de legañas.

–Espera –le dije al conductor del camión de reparto.

En el ambiente gélido de la cabina, nos quedamos mirando a través del parabrisas aquel cuadro lúgubre de ladrillo. Yo esperaba que en algún momento apareciese alguien, un camión de reparto, por ejemplo, o los Dinello en persona, que se bajaran de un coche con escobas y cajas de cartón para vaciar las oficinas. Vi fugazmente al fondo del aparcamiento a un hombre solo con un abrigo andrajoso, desplomado sobre el pavimento. Bajé la ventanilla.

—¡Oiga, señor! —dije en voz alta.

Con la fuerza del viento, el hombre se desintegró; de hecho, todo indicaba que había sido un mero efecto de las sombras, y durante casi una hora no se movió nada más.

¿Era todo una gran coincidencia o lo había hecho yo, como había jurado trece años antes, recién casada y con apenas veintiún años, cuando me vi rechazada y humillada en las calles de Nueva York?

En todo caso, estaba hecho. No tenía remedio. Parpadeé y, al contemplar la fábrica oscura, me di cuenta de que no experimentaba ninguna satisfacción, solo la sensación de algo acuciante. Y turbulento. Y espantoso.

Como es natural, corrió la voz. Mientras Bert estaba en Washington todo fueron llamadas de gente del sector. Existía el consenso de que lo de Candie Ice Cream Company era una simple quiebra, y por mi parte estuve encantada de perpetuar el rumor.

—Bueno, mira —le dije a nuestro proveedor de leche, descalza frente a mi escritorio—, si Bert y yo no nos hubiéramos pasado hace ya tiempo a los azúcares de maíz, podríamos estar perfectamente en la misma situación. Supongo que lo que no había en Candie era visión empresarial. Solo había que seguir la situación en Europa para ver por dónde iban los tiros.

La noche siguiente, cuando Bert volvió de Washington, yo había puesto a enfriar una botella de Great Western en un cubo con hielo. Me repetía una y otra vez que no tenía por qué sentirme mal.

—Ha sido un día fabuloso, nena.

Bert se aflojó la corbata y levantó la copa con júbilo.

—Por nuestro nuevo cliente. ¡Por el Tío Sam y el Departamento de Guerra! —proclamé. Las burbujas provocaban

cosquillas y ardor en mi garganta. Volví a levantar la copa–.
Y por que nos hayan elegido a nosotros, no a Candie.

–Bueno –dijo Bert bruscamente, sacudiendo la cabeza–,
por eso no deberíamos brindar.

–¿Por qué? ¿Por qué no? –Hice girar el pie de la copa de
champán, en un esfuerzo por aparentar despreocupación–.
¿Pasaba algo?

–Bueno, se ve que ahora mismo nuestro Gobierno no
tiene muchas ganas de hacer negocios con italianos –dijo
Bert, cariacontecido.

–¿Ah, no?

Fijó un momento la mirada en la calle oscura a la que
daba la ventana de nuestra sala de estar. Habían atenuado la
luz de todas las farolas a causa de la guerra. Era como volver a
vivir con luz de gas.

–Lil... –De repente se giró hacia mí–. ¿Tú sabías que han
aprobado una ley por la que todos los italianos que no tengan la nacionalidad americana tienen que registrarse en la
oficina de correos como extranjeros enemigos?

–¿Cómo? –Solté una risita–. Eso es absurdo, Bert.

–A mí también me lo ha parecido, pero se ve que es verdad. ¿Y que si los italianos tienen radios de onda corta, o
linternas, o cualquier propiedad cerca de los puertos o al lado
del agua, se lo pueden confiscar?

–No, eso no puede ser verdad. En absoluto, Bert.

Le rellené la copa, nerviosa.

–Hace unas semanas lo comentaban unos en la barbería.
Decían que si eres extranjero enemigo, y el Gobierno considera que no tienes buenas intenciones, puede mandarte a
algún campo o devolverte a Italia. Ahora hay algo que se llama Dirección de Traslados Bélicos.

La Dirección de Traslados Bélicos. Lo que me había
mencionado Orson Maytree. Sentí que se me agarrotaba el
pecho.

–Por favor –dije enseguida–. Bert, por Dios, que esto es
América, no Alemania.

–Lo mismo he dicho yo.

Pasó una sirena que durante un momento bañó la pared de la sala de estar con una luz enloquecida, rojo sangre. Yo solo había dado un papelito, nada más.

Bebí un poco de champán, evitando los ojos de Bert, y me obligué a reír con displicencia y alegría.

—¡Ahora no me vengas con que crees que Candie fue declarada enemiga del Estado, o alguna tontería así, solo porque eran italianos! Por favor, Bert. —Agité las manos en el aire—. A estos pardillos los conozco desde hace mucho tiempo. —Eché mano a la botella y volví a llenar mi copa—. Hazme caso. Seguro que solo con echarle un vistazo a lo mal que gestionan los negocios, las autoridades militares se han dado cuenta de que sería un despilfarro.

—Supongo —dijo Bert, alicaído.

—Hoy los protagonistas somos tú y yo.

—Eso está clarísimo, nena. Tienes toda la razón. Da gusto estar en casa. —Bert me apretó el muslo, levantó la copa y tocó suavemente la mía—. Por nuestra buena noticia.

Bebí otro sorbo de champán, y después de otro más cerré los ojos. Había estado esperando todo el día una sensación de alivio o exaltación: que se abriesen las nubes en el cielo y, como la luz del sol, bajase de ellas un gran haz triunfal, pero en lo que pensaba todo el rato era en mi visita a Red Hook. Veía constantemente la sombra solitaria que se lamentaba en medio de la oscuridad. ¿Verdad que sí, que me la había imaginado? En mi mente aparecían destellos de los señores Dinello: él con su triste bigote blanco, entonando sus arias con voz lastimera mientras traqueteaba por los adoquines su modesta carreta, y ella con su redecilla para el pelo y su mirada de halcón, sudorosa, con olor de agua de rosas, accionando conmigo la manivela de la vieja heladera en la humedad de la cocina de la casa de vecinos. «Te hacemos fuerte, *ninella, capisci?*» Luego, sin saber muy bien por qué, pensé en Rocco, pequeño, huesudo, abrumado por el llanto al encogerse entre mis brazos después de la muerte de su madre; y en cómo, hacía solo una semana, apoyado en los talones, se había jactado en mi fábrica de lo bien que jugaba su hijo al béisbol. A él seguro que el Gobierno no lo había deportado. Me acordaba muy bien del día en que habíamos adquirido la nacionalidad americana: juntos todos en el registro civil, levantando la mano con solemnidad al pie de la bandera. Después lo habíamos celebrado atiborrándonos de *sfogliatelli* y *babá* al ron. Pero ¿y los Cannoletti? ¿Y los trabajadores de la fábrica? ¿Los habían hecho subir en masa a algún vapor con destino a Nápoles o Palermo?

Sacudí con fuerza la cabeza para expulsar de ella aquel pensamiento. Después me apreté el pecho a la altura del corazón y recité lo que me decía todo el rato, como las oraciones de un rosario: que me había limitado a hacer lo que tenía que hacer. Había protegido nuestro medio de subsistencia. Había protegido nuestra empresa. Había protegido a mi hijo. Cualquier otra persona en mi situación habría hecho exactamente lo mismo.

Al cabo de un rato disminuyó la fibrilación. Tendí la mano para servirme otra copa de Great Western, pero la botella, constaté, estaba vacía.

En 1945 los helados de Dunkle's se comían entre los soldados de Fort Bragg y Fort Dix, en buques cisterna que surcaban el Pacífico, en economatos de los Midlands de Inglaterra y en hospitales de evacuados de Francia, pero yo en casa le daba de cenar a Isaac huevos revueltos o caldo de pollo, para ahorrar. Resulta que Bert había aceptado gustosamente cumplir nuestros contratos con el Gobierno a cambio de una miseria. Cuando me enseñó los números que había negociado con el Departamento de Guerra estuve a punto de sufrir un infarto.

—Pero Bert, ¿cómo puedes haber aceptado tan poco? ¡Si prácticamente no ganaremos nada! ¡Cuatro chavos! —exclamé con los dedos en las sienes—. ¡Pero si las empresas se pasan la vida intentando conseguir un contrato con el Gobierno! ¡Ahora mismo nos deberíamos estar haciendo ricos!

—Justamente, Lil —dijo Bert en voz baja—. Creía que estarías orgullosa de mí. No quiero que nos hagamos ricos así, y menos a costa de nuestros muchachos, que luchan y mueren para derrotar a Hitler. A costa de una guerra no, te lo aseguro.

Por eso, aunque mi marido fuera dueño de una marca prestigiosa de helados, y tuviera un contrato con el Gobierno que debería haber sido de lo más sustancioso y lucrativo, yo no me veía en mejor situación que las chicas de nuestro barrio que trabajaban como operadoras de telégrafo, o soldadoras, o en la cadena de montaje de Premco Industrial Tool & Die.

Una ciudad de mujeres: en eso se había convertido Dunkle's, y también nuestro bloque de pisos de la avenida Cuarenta y nueve. Con tantos hombres en la guerra, las madres, hermanas, cuñadas e hijas se habían ido a vivir juntas para compartir los gastos, la crianza de los hijos y los cupones de racionamiento. El edificio adquirió el ambiente perfumado y chismoso de una residencia de chicas. Cada tarde se oía en los pasillos el eco en sordina del programa radiofónico *Amanda of Honeymoon Hill* y de los discos de Frank Sinatra, junto a gritos femeninos de «¡Ya te lo había dicho!» o un malhumorado «Por ahí ya no paso». En los tendederos flameaban al viento interminables hileras de bombachos rosa claro, fajas de color masilla y camisones baratos amarillo limón, banderas de un país de mujeres.

Como mi apartamento de la planta baja era el que daba al huerto de la victoria del edificio, me acostumbré enseguida a ver ir y venir a mis vecinas con sus tomateras y sus podaderas. Con el paso del tiempo me consideraron una vecina más, y empezaron a llamar a la ventana de mi cocina para autoinvitarse. Henrietta Mueller, que vivía justo encima, se plantificaba a menudo en mi mesa, donde ella misma se servía café y pastel.

—¿Qué, doña helados, cómo andamos? —decía con su voz ronca, antes de encender un cigarrillo y gritarle a su hijo—. ¡Otto, no pegues a tu hermana y ve a jugar con Isaac!

Henrietta dormía en la misma cama que su suegra, en el apartamento 2C. Yo sospechaba que era la razón de que pasara todo el tiempo que podía en mi casa. A su marido, Walter, primero lo habían asignado a una fragata, en las costas de Labrador, donde interceptaba telegramas de los alemanes, y ahora servía en las Filipinas.

Lo curioso es que todo aquel trajín, aquella cháchara, aquel barullo, tenían algo de reconfortante. Me recordaban las casas de vecinos de mi infancia. Cuando el cartero giraba cada día por la avenida Cuarenta y nueve, se oían todas las respiraciones acompasadas, y las mujeres se reunían en la entrada del bloque, donde sin decir palabra observaban ansiosas cómo la receptora de una carta empezaba leyéndola en silencio antes de compartir en voz alta los pasajes cruciales.

—Mi Herbert está en un hospital de campaña de Lieja y me ha escrito esto: «Muchas gracias por la baraja, Estelle. ¡Me lo estoy pasando en grande jugando al póker con los otros chicos, y las enfermeras me enseñan a hablar en francés!».

—Eh, escuchad, escuchad: «Querida Betty, te echo tanto de menos que en el cielo me he creado tu constelación; así cada noche, al mirar hacia arriba, veo brillar tu cara, que me mira».

—«Querida Marj: Se me está curando la pierna. No te preocupes, por favor. Dales un beso de mi parte a las niñas y las gracias por la foto. Dile a Tommy que al hacer un *swing* no levante demasiado el bate...»

Bert no estaba en el frente, sino en una base aérea, con mono y llave de tubo. Al final, en cierto modo, había conseguido librar su guerra contra los fascistas. Contratado por el Ejército, viajaba de fábrica en fábrica por Míchigan, Florida o Texas, donde modificaba y adaptaba sus máquinas de helados, y luego por los astilleros y las bases militares para enseñar a los hombres a manejarlas. Cuando se agravó la escasez de mecánicos en el Ejército, le dieron una exención especial y le enseñaron a reparar tanques, jeeps e incluso aviones. Mucho antes del encargo de *La barcaza del helado* mi marido ya estaba muy solicitado e iba de base en base como heladero y mecánico.

A principios de 1942, cuando Orson Maytree Jr. se había puesto en contacto con nosotros, los soldados a los que alimentar eran un millón y medio. En 1945 se acercaban a los dieciséis millones, y ahora era yo, en gran parte, la encargada de proveerlos de nuestra aportación de helado. Era yo quien supervisaba todas las operaciones de Dunkle's, coordinando la producción, los envíos y los proveedores. Había días en que me sentía tan mecanizada y desgastada como nuestras propias cadenas de montaje. Lo más parecido que tenía a una aliada era la señora Preminger, encarnación perfecta de todo lo que se le podía pedir a una secretaria: eficaz, sin sentimentalismos, se ponía todos los días la misma falda de estambre y los mismos zapatones. Siempre que nuestra criada traía a Isaac después del colegio, la señora Preminger me lo quitaba de encima, le daba caramelos y le dejaba jugar con sus pisapapeles de gato, tan valiosos para ella. Tenía a buen recaudo, como yo, una pequeña libreta donde apuntaba hasta el último centavo de sus gastos. *Daily News 5 centavos. Ovillo 12 centavos. Ingreso bancario $4.* Eso yo lo respetaba mucho. Por lo visto, su única transgresión era apostar en secreto a los caballos. Muchas veces, a la hora de comer, me la encontraba encorvada hacia el teléfono de pago del almacén, susurrando: «Tres a Tallulah Bankhead, cinco a Planter's Punch y uno a Okey Dokey, para disimular». Luego colgaba y me miraba con ojos dulzones. «Mi sobrino, señora Dunkle. Vuelve a estar con hidropesia, el pobre crío.»

También fumaba, la señora Preminger: cigarrillos muy pequeños y apestosos, envueltos en papel oscuro, que compraba en el mercado negro a través de su marido, un hombre a quien se refería por el simple nombre de «la Reliquia», y de quien estaba separada. El marido en cuestión le traía ramos de claveles rojos y, por lo visto, aparecía y desaparecía de su vida. Como la señora Preminger me llevaba al menos quince años, no me costaba tanto verla como una igual. Por las tardes, después de trabajar, empezamos a tomarnos juntas uno o dos cócteles, mezclados con el whisky de primera que conseguía la Reliquia.

Supongo que vivía con todo el desahogo posible para una mujer en época de guerra, pero cuando oía cómo leían mis vecinas sus queridas cartas maritales me sumía en el desconsuelo. Claro, porque Bert solo enviaba postales, pequeños rectángulos de bordes dentados con líricas fotos en pastel de Galveston, Tallahassee o Garden City. En el reverso, como mucho, dibujaba caras sonrientes, corazones, equis y os y BERT en su letra de párvulo, cuya visión me llenaba de dudas, frustración y añoranza. Cómo se esforzaba mi marido... De vez en cuando conseguía telefonear, pero aquellas llamadas de larga distancia eran tan poco satisfactorias como el resto.

—¡Solo tengo unos minutos, nena! —bramaba entre silbidos y ruidos de estática—. Por favor, dile a Isaac que lo quiero.

Aun siendo consciente de que mi marido no sabía escribir, sentí crecer dentro de mí el rencor. ¡Qué oportuno estaba resultando el analfabetismo de Bert! Si hasta entonces solo me había parecido algo conmovedor, ahora parecía una herramienta más, como una de sus llaves de mecánico: gracias a ella podía disfrutar de la guerra sin la molestia de tener que mantenerme informada, ni el estorbo del espectro de su mujer e hijo amantísimos que lo esperaban en casa. En cuanto pensaba aquellas cosas, como es natural, me entraba un sentimiento de culpa monstruoso. A fin de cuentas Bert estaba en la guerra. Aun así, en mis peores momentos de pánico, cuando me quedaba mirando el techo oscuro de nuestro dormitorio, arraigaban en mí los más descabellados temores de esposa: veía a Bert, con su gallardo uniforme, levantando el vaporoso vestido de una camarera y desabrochándole los intrincados corchetes del liguero. Veía a mujeres de tugurios portuarios cuyos índices acariciaban sugestivamente el borde de la copa de martini, mientras Bert les hacía guiños. «¿En serio? —decía entre risitas tímidas una corista de la United Services Organizations—. ¿Tu mujer es coja?» Y su cara a punto de tocar la de Bert, que con el dorso de una mano recorría sus piernas sedosas y brillantes...

—Tu Bert no es que escriba mucho, ¿eh? —comentó Henrietta una tarde en que estábamos todas reunidas en los escalones.

Sentí que mi espalda se ponía rígida.

—Pues claro que escribe —repliqué con sequedad. Sentí en mí las miradas brillantes de todas mis vecinas. Era la única que no tenía en mis manos el fino papel de un aerograma—. Lo que pasa es que manda las cartas a la oficina.

La tarde siguiente, en cuanto se marchó la señora Preminger, me senté delante de su Underwood y tecleé: «Querida Lil, te quiero mucho. Te llevo dentro de mí en todas partes. Sé lo buena que eres y lo inteligente; y, a tu manera, nena, eres muy guapa. Te echo muchísimo de menos». Cuando arranqué del carro la hoja terminada, me di cuenta de que estaba llorando.

Cuando llegó a la avenida Cuarenta y nueve la carta por correo aéreo que me había escrito yo misma, la agité en el vestíbulo ante las demás mujeres, mientras tapaba con cuidado el matasellos con el pulgar.

—¡Mirad! —exclamé mientras la abría—. «Querida Lil —leí en voz alta con voz rota—, hoy en Texas hay treinta y nueve grados en la sombra, pero por mucho calor que haga, y por mucho que huelan las flores de magnolio, solo pienso en ti».

Y así, hasta el final de la guerra, mi marido me envió cartas llenas de ternura y del más exquisito detalle que yo tenía la generosidad de compartir con mis vecinas. A menudo lloraba cuando las leía en voz alta.

Un sábado, no obstante, Bert llamó por teléfono desde Delaware.

—¡Lil, qué alegría encontrarte! —vociferó a través del ruido de mar de la conexión telefónica—. Me embarco, nena.

—¿Que te embarcas? ¿Cómo que te embarcas?

—Me han asignado a una barcaza especial. A bordo va una de las máquinas que diseñé, la más grande que han construido nunca. ¿Sabes el chico al que formé, el que en principio tenía que irse? Pues la última noche de permiso se metió en una pelea de bar y ahora está en el hospital con conmoción y perforación de bazo. Total, que me mandan a mí en su lugar.

—¿Una barcaza? ¿Que te ponen en una barcaza? Pero Bert, ¿pueden hacerlo?

—Se llama *La barcaza del Helado*, Lil. Salgo para California a las cinco en punto de la mañana.

—¿Y luego?

—Por mí te lo diría encantado, Lil, pero es una «ubicación no revelada». Máximo secreto.

Cuánto orgullo en su voz... Sentí que me embargaba el pánico. ¿Y yo? ¿E Isaac? ¿Y la empresa? No podía irse del país así como así.

—¿Pero cómo sabré dónde estás? ¿Cómo sabré si estás bien?

—Lil, por favor, no te preocupes, que más que una barcaza es un embarcadero. Se tiene que remolcar. Vaya, que dudo mucho que lleguemos muy lejos.

—Eso espero. —Por definición los embarcaderos se anclan en algún sitio—. ¿Al menos podrás llamar?

Una pausa.

—Pues... no lo sé.

—¡Bert, que no puedes estar no sé dónde en un embarcadero sin poder ponerte en contacto conmigo! ¿Y si te pasa algo? ¿O a nuestra empresa? ¿O a nuestro hijo? Si no puedes llamar, tendrás que escribir. Henrietta recibe cartas todos los días, como todas las mujeres de aquí; y en la fábrica las chicas no hablan de otra cosa...

—L-L-L-Lil, por favor, ya me conoces —dijo apenado—. Ya es bastante difícil. Algunos me llaman «el judío de los helados», y no paran de hacerme encargos mecánicos, no solo de helado. No puedo despistarme, Lil. Hay que hacerlo todo tan deprisa... Bastante gente me hace ya favores. No puedo...

—¡Bert, por favor! ¡Ya está bien de este orgullo tuyo tan patético!

—L-L-L-L-Lil...

—Es injusto, ¿me oyes? Me has dejado con toda la responsabilidad, con toda esta birria de contratos, y encima tengo un hijo que llora día y noche pidiendo que venga su papá. ¿Es demasiada molestia buscar a alguien que te ayude a escribir una puñetera carta? —Me había puesto a temblar—. Bueno, pues nada, vete, vete; déjame sola en el mundo mientras zarpas y te dedicas a saber a qué en una puñetera barcaza de helados.

Tras estampar el teléfono en su soporte, levanté la cafetera y la dejé caer ruidosamente en el fregadero. Después abrí la nevera y la cerré de golpe.

—¿Mamá? —se quejó Isaac en la sala de estar.

Abrí el grifo y lavé los platos con rabia, encajándolos en el escurridor sin haberlos aclarado del todo. No sabía qué hacer con mi alma.

—¿No puede pagarle veinticinco centavos a alguien para que me escriba una puñetera carta, aunque solo sea una vez? —exclamé sin dirigirme a nadie—. ¿Qué pasa, que tengo que hacerlo todo yo?

¿Y lo de la «ubicación no revelada»? Una ubicación no revelada... ¿Qué carajo querría decir eso? De golpe me acordé. La señora Tilden, la del segundo piso, en la primavera del año pasado. A su hijo lo habían mandado a una ubicación no revelada. Era operador de radio. Lo mataron el 8 de junio durante la invasión de Normandía.

De repente me pesó mucho en la mano la cesta metálica de la cafetera. ¿Por qué iba a ser de «máximo secreto» un sitio que no era peligroso?

Se apoderó de mí una sensación horrible. Una barcaza que volcaba, un mar embravecido que engullía a Bert... Lo vi con absoluta claridad. Los hados iban a arrebatarme a mi esposo como pago, como castigo de todos mis pecados.

Tenía que hacer algo.

Levanté el auricular e intenté llamar al aeródromo de Dover, pero sonó muchas veces sin que se pusiera nadie. Entonces dejé a Isaac en casa de Henrietta y corrí a la fábrica para meterme en el bolso todo el efectivo que teníamos, cuatrocientos dólares. Dover quedaba a unos trescientos kilómetros, y eran más de las doce. Descubrí que ya había salido el único autobús Greyhound del día, y también el tren. Al final llamé por teléfono a la señora Preminger.

—Necesito un coche con chofer —le dije sin aliento—. ¿Puede llamar a alguien la Reliquia?

Coches. Taxis. Chóferes. Ahora cuesta imaginarlo, queridos, pero durante la guerra eran de contrabando. En Europa, el mercado negro giraba en torno a las medias de nailon, el chocolate o el vino francés, pero en Estados Unidos lo copaba casi todo la «gasolina negra», como la llamaban. Estaba prohibido conducir por placer, y el límite de velocidad no llegaba ni a los sesenta por hora. Se asignaban cantidades de combustible en función del trabajo y el grado de necesidad de la gente. Aunque le pidiera a uno de los camioneros de Dunkle's que me llevase a Dover, no habríamos tenido bastante gasolina para pasar de Nueva Jersey. Los camiones refrigerados tragaban gasolina como bestias.

Resultó, sin embargo, que un amigo de un amigo de la Reliquia conocía un negocio de Williamsburg con base en una panadería: timadores que acumulaban cupones para gasolina (reales y falsificados) y disponían de una pequeña flota de coches y camiones con el indicador de gasolina trucado. Estos vehículos los alquilaban o los usaban como servicio privado, si bien, me advirtió la señora Preminger, a un precio exorbitante. Pero eran ellos, eran estos timadores los únicos capaces de conseguir gasolina, coche y chofer (para trescientos kilómetros de recorrido) con una antelación de pocas horas, y en fin de semana.

Bajé del tranvía en Flushing Avenue y seguí las indicaciones que me había dado la señora Preminger hasta llegar a una panadería que se llamaba Starlite. El letrero luminoso estaba apagado y la persiana de metal bajada. Olía a incinerador. En la parte trasera había una puerta metálica abollada y entreabierta. Oí risas y voces rasposas de hombre, junto con el sonido de una radio: el «G.I. Jive» de Louis Jordan, un éxito del año anterior. Los golpes de mi bastón hicieron que me oyesen antes de verme.

—¿Quería algo?

Se plantó en la puerta un individuo en camiseta y tirantes, tras el que distinguí en la oscuridad una mesa, una partida de cartas en marcha y varias botellas de cerveza en el suelo. Las gafas del hombre, sucias y de culo de botella, se apoyaban hacia la mitad de su nariz.

—Me envía la señora Preminger —contesté—. Me ha dicho que pregunte por Milton, Ezra o Hank.

Miró mi bastón y mi vestido.

–Ah, sí, es la señora que necesita que la lleven a Delaware. Cuidado, no tropiece.

Me hizo señas de que pasáramos encima de un listón, para acceder al pequeño recibidor que había entre la cocina y la puerta trasera. Luego se paró. Estaba claro que no podíamos ir más lejos. Noté que los otros hombres me daban un repaso desde la cocina, sin interrumpir la partida de cartas. Nadie se paró ni se levantó para saludarme. Supuse que no era lo bastante guapa. Dentro hacía calor. Era un sitio oscuro y sórdido, con hombres que desprendían el típico olor rancio de la vejez y del tabaco. Me recordó las casas de vecinos y los peligros de mi infancia, y no tuve ganas de quedarme mucho tiempo.

–¿Dice que es una emergencia?

El hombre se subió las gafas con un dedo manchado de grasa, y su mirada se volvió más penetrante. Yo asentí.

–¿Ya le ha dicho el precio?

Me planteé rebajar la cantidad citada por la Reliquia, pero cuando se regatea hay que estar dispuesto a desistir, queridos. Hay que tener opciones.

–Ciento cincuenta –dije con un hilo de voz.

Él asintió.

–Más veinte por la gasolina.

Palpé mi bolso.

–Más veinte.

Me hizo pasar a la cocina.

–Hank, Ezra –dijo en voz alta–, han venido a buscaros. ¿Cuál de los dos me debe más dinero, par de granujas?

Se rieron, taciturnos.

–Bailey casi se ha quedado en calzoncillos –se rio uno de los dos.

–Dame un minuto más, hombre.

–Míralo. ¡Pero si ya se te han ido setenta!

Alguien, en la penumbra, marcaba el ritmo de la radio con las uñas en una botella de cerveza. Apreté el bolso de mano contra el pecho.

–Señores, que aquí la señora tiene una emergencia.

—Vale, vale, Milt, pero antes deja que eche una meadita.

Uno de los hombres hizo chirriar la silla al echarla hacia atrás.

—*Oy gevalt!* ¡Yo a usted la he visto! —exclamó—. ¡La conozco de algo!

Se había levantado, y me señalaba con un dedo acusador.

—¡Te conozco! —vociferó.

Se me quedó la mente en blanco, hasta que caí de golpe. E. Ezra. E. Lazarre. El prestamista a quien timamos Bert y yo cuando pusimos el negocio en marcha. Al que habíamos vendido los relojes falsos. Era él, seguro. A pesar de la edad y de los achaques, seguía en el mercado negro. Pues claro. Qué tonta. Me había reconocido enseguida: la chica fea con la pierna lisiada. No es que hubiera muchas como yo. Era de lo más evidente.

—¡Te conozco! —gritó.

Metí las mejillas hacia dentro y aparté la vista.

—Qué va —dije con el pulso acelerado—. No puede ser. —Busqué alguna mentira verosímil, alguna manera de salir del paso lo antes posible—. Por favor, puedo pagar el doble. —Intenté abrir el bolso con torpeza—. ¿Podemos irnos ya? Es que tengo una prisa tremenda. Mañana se embarca mi marido.

Esperé que al presentarme como esposa de soldado diera una imagen más dulce y me vieran con más simpatía, pero el hombre se acercó a toda velocidad y dio vueltas a mi alrededor, escrutando mi cara.

—¿Tu marido? —aulló.

Estaba tan cerca que sentí el calor de su aliento y su presencia animal. Quiso tocarme la barbilla, pero me aparté.

—Tienes razón, no puede ser que te conozca. Eres demasiado joven —dijo con perplejidad—. Pero sí, te conozco. ¿Tillie?

Fue cuando miré en la media luz su rostro fantasmal y conocido, más carnoso, más canoso, y con unos ojos grises que se habían vuelto turbios. El viejo gángster que daba vueltas a mi alrededor... Me conocía, sí.

Y no era E. Lazarre.

Era mi padre.

10

A día de hoy, queridos, no tengo ningún recuerdo de cuando el caballo de Salvatore Dinello chocó conmigo y me aplastó las piernas, las costillas y la pelvis en las calles adoquinadas del Lower East Side. Tengo entendido que son traumas, conmociones, que a veces borran la memoria como una pizarra. Por eso, de la misma manera, no tengo recuerdos de cómo acabé en un DeSoto marrón, sentada al lado de mi padre, que arrancó y salió disparado –o todo lo disparado que se podía con un límite de velocidad de menos de sesenta kilómetros por hora– por Canal Street en dirección al túnel de Holland.

–Bueno. –Sacó aire–. Ha pasado bastante tiempo, ¿eh?

Conducía con una sola mano y el otro brazo tranquilamente apoyado en el respaldo, pero me miraba sin parar para cerciorarse de que aún estuviera con él. Era más compacto y mofletudo de como lo recordaba, y su pelo, mucho menos abundante, conservaba apenas unos brillos cobrizos. Lo llevaba peinado hacia atrás con gomina, al modo de los hombres mayores. Su dentadura parecía postiza. Sin embargo, aun habiendo superado los sesenta años, seguía siendo guapo, en un sentido vagamente canino.

–Dios mío. –Sacudió la cabeza–. Eres idéntica a ella. Supongo que es el *bashert*.

Bashert, en yiddish, significa «destino», aunque él me hablaba en inglés. De hecho, hacía unos treinta años que los dos hablábamos en inglés, aunque naturalmente fuera la primera vez que conversábamos en ese idioma.

–Hay que ver, Malka. –Emitió un largo silbido de incredulidad–. Qué mayor.

No quedó del todo claro que le gustase.

—Ahora soy Lillian —dije en voz baja—. La señora Lillian Dunkle.

—Vaya, vaya. ¿Cómo está usted, señora Lillian Dunkle? Yo uso el nombre de Hank Bailey.

Nos habíamos parado en un semáforo en rojo. Me tendió la mano, cohibido, y yo se la di como una tonta. No tenía ni idea de qué hacer. Por un lado tenía ganas de exigirle que parase el coche y se estuviera quieto, dejándome recuperar el aliento y pensar.

¡Con qué lujo de detalles, y durante cuántos años, me había imaginado aquel momento! En el dispensario de Beth Israel había llegado a convencerme de que el día en que me reuniese con mi padre me crecería la pierna como el brote verde de una flor. Visualizaba enrevesadas situaciones en que me echaba corriendo a sus brazos y le pedía perdón: por cantar en la mesa durante la cena, por tener una bocaza que no traía más que desgracias, por haberle rogado que nos fuéramos a América... Y él, a la vista de mi bondad (y mi sinceridad, y mi pierna lisiada), me acogería lloroso, diciendo: «Te perdono, Malka. Te prometo que me quedaré». «¿Dónde estabas?», le preguntaba yo, y en mis sueños siempre contestaba lo mismo: «Por ahí, buscándote».

Al final, como es lógico, había llegado a la conclusión de que estaba muerto.

Ahora que mi padre maniobraba para meterse en el túnel de Holland, mi sensación era la misma que si se me hubiera posado una mariposa en la palma de la mano. Tenía miedo de que cualquier movimiento brusco la ahuyentase para siempre. Lo mejor era respirar sin hacer mucho ruido, y no mover un dedo; seguir el ejemplo de papá, y hacer como si fuera lo más natural y corriente del mundo: un padre y una hija que salían juntos a dar una vuelta en coche el sábado por la tarde, como si no hubiéramos estado separados más de treinta años.

—Me lo acabo de traer de Saratoga. —Mi padre soltó una risa campechana, como de vendedor—. Le ha cambiado Milt el aceite. Este recorrido lo he hecho varias veces desde que volví al este. Aunque hayan limitado la velocidad me sé unos cuantos trucos.

De todos modos podía decir lo que quisiera, porque yo no me enteraba. Estaba demasiado desconcertada por su cara, su ropa americana a más no poder —un conjunto de chaqueta y sombrero la mar de elegante, casi ridículo de tan a medida como estaba hecho— y, naturalmente, el hecho en sí de tenerlo delante. Solo asimilaba las cadencias de lo que decía, como una canción en otro idioma, a pesar de que su inglés carecía de cualquier inflexión rusa o yiddish. Seguro que en algún momento se había esforzado mucho por despojarse de su acento. En el meñique derecho llevaba un anillo pequeño de oro con una perla de cultivo engarzada en una estrella. En el dorso de sus manos había unas cuantas manchas de edad, y en su muñeca dos líneas dejadas por el sol donde había llevado un reloj de pulsera. Olía a colonia avinagrada y a cigarrillos.

Carraspeó.

—O sea —dijo, afectando displicencia—, que estás casada. ¿Y tu marido está en Dover?

Tras la agobiante negrura del túnel me impactó la luminosidad de las brumosas marismas de Nueva Jersey. Vi desplegarse el paisaje entre miradas furtivas a mi padre. Al lado de la carretera había pequeños indicadores donde ponía «U.S. 1». La primera vez que había ido por aquella carretera era con Bert, a Atlantic City, en nuestra luna de miel, y cuando pensé en lo esperanzados que estábamos entonces, lo incautos que éramos, me dieron ganas de llorar.

—No hablas mucho, ¿eh? —dijo mi padre.

¿Eran imaginaciones mías o había puesto cara de fastidio? De repente caí en que no había tenido tiempo de arreglarme con mi mejor vestido, ni había ido al salón de belleza en toda una semana.

Papá miró mi pierna.

—¿Polio?

No supe por dónde empezar.

Él encendió un cigarrillo, mientras conducía, y al cabo de un rato me ofreció uno a mí como si se le acabara de ocurrir. Sacudí la cabeza y lo rechacé con un gesto de la mano.

—Creo recordar que eras una niña muy parlanchina, una verdadera cotorra —observó.

—¿Te acuerdas?

Cuando logré que me saliera la voz, fue con un tono de reproche involuntario.

—Pues claro —dijo con irritación. Dio una larga calada al cigarrillo—. Me acuerdo de que tu madre siempre se quejaba de que hacías demasiadas preguntas.

La palabra «madre» se quedó flotando en el aire en cuanto la pronunció. Ninguno de los dos dijo nada, como si esperásemos que explotara una bomba.

—¿Sabes que se fue? —dije finalmente en voz baja—. Al menos que yo sepa.

—Ah —dijo papá sin apartar la vista de la carretera—. No me digas.

—Flora y Bella también. No sé adónde. Rose se murió de difteria.

—Ah —dijo otra vez él con expresión sombría. Seguía con la vista fija en el horizonte—. Lo siento mucho, de verdad.

—Papá —dije yo, midiendo mis palabras—, ¿qué pasó?

—¿Que qué pasó?

—¿Adónde te fuiste?

Su suspiro fue largo, atribulado.

—De eso hace toda una vida, Malka.

—No, si solo lo pregunto por curiosidad. —Traté de hacer como si no le diera importancia—. ¿Hice algo mal? —Sonreí intensamente—. ¿Te marchaste por mí?

—Vaya por Dios —gruñó a la vez que daba un giro brusco al volante—. Ya estamos con las preguntas.

—No, papá, si solo...

Puso cara de acorralado, pero al momento siguiente se tranquilizó.

—Mira —dijo—, lo que pasa es que necesitaba probar suerte, triunfar en algún sitio, pero eso un hombre con toda una familia detrás no puede hacerlo, ¿me comprendes?

—¿Pensabas volver alguna vez? —dije en voz baja.

A pesar de todas mis dificultades con Isaac, me resultaba inimaginable abandonarlo.

Me miró como si estuviera muy ofendido.

—¿Cómo puedes preguntarme eso, Malka? ¿Qué persona te crees que soy?

Clavó en mí un buen rato su mirada, y por un momento creí que saldría de la carretera.

—Se me complicaron las cosas, ¿vale? Me fallaron unos negocios y tuve algo parecido a un accidente.

Se señaló el muslo. Luego, con una sacudida brusca, cruzó los dos carriles, frenó en el arcén y bajó del coche.

—¿Lo ves? —Desfiló solemnemente por la grava. Después señaló mi bastón—. Igual que tú.

Yo agucé la vista, pero no vi nada, francamente.

—¿La pierna derecha o la izquierda?

—La derecha —dijo, exasperado.

Después de caminar más lentamente, renqueando de forma exagerada, subió otra vez al coche y arrancó.

—También me rompí varias costillas. —Maniobró el DeSoto para volver a la carretera—. Conmoción. De hecho al principio se pensaban que me había quedado ciego. En serio. Y los sinvergüenzas que me lo hicieron se llevaron todo lo que tenía.

—¿No fuiste a la Policía?

Claro que habiendo crecido en Little Italy yo ya sabía la respuesta. Ningún inmigrante con dos dedos de frente iba a la Policía, jamás.

Apareció un cartel antes de que hubiera podido contestar. Era la Estatua de la Libertad, pero no con la antorcha, sino con un cucurucho de helado rojo, blanco, azul y con estrellas.

No pude evitarlo.

—Mira, papá —dije, señalando.

—¿El qué? ¿La Estatua de la Libertad?

—No, Dunkle's Ice Cream. Dunkle. Soy yo, Lillian Dunkle.

Me miró. Después se fijó en el cartel que pasaba y me miró otra vez.

—¿Tienes una heladería?

Asentí con la cabeza.

—Sí, con mi marido. ¿Nunca has ido a un Dunkle's?

—No, la verdad.

—Hay uno aquí mismo, en Nueva Jersey.

—Pues si podéis permitiros un cartel tan grande y tan bien hecho es que os debe de ir bastante, bastante, bien —dijo él—. Me alegro por ti, Malka. Me alegro por ti.

—Podríamos parar un momento —propuse—. Hasta tienen una ventanilla para los coches. Podrías probar lo que quisieras. Una copa helada, un refresco...

Sacudió la cabeza.

—Si no te importa prefiero seguir. Milt no se quedará tranquilo hasta que vuelva con el coche y, además, nunca he sido muy de helados.

Seguimos un rato en silencio. Se me empezaron a empañar los ojos sin querer. Ni siquiera sabía exactamente por qué. Me sentí tonta.

Mi padre frenó otra vez de forma brusca en el arcén.

—Si lloriqueas no puedo conducir. Me distrae —dijo—. Oye, que lo siento —dijo con más suavidad, frotándose los muslos—. No es que quiera empezar con mal pie, pero es que tengo mucho en que pensar, ¿vale?

Sacó un pañuelo y me lo ofreció.

—Lo entiendo, ¿eh? Ha pasado mucho tiempo. Si quieres que nos demos un gustito los dos juntos —dijo—, pues nos lo damos. De hecho probablemente sea buena idea.

Acercó la mano a la chaqueta, sacó una botella pequeña y marrón y desenroscó el tapón. Bebió dos tragos como un poseso, y después me la dio.

Me lo quedé mirando.

—Esto también es un gustito. —Me guiñó el ojo—. No me digas que tú solo comes helado.

Acepté la petaca y me la eché a la boca con fuerza, desafiante. Era un whisky barato, que abrasó mi garganta como un hierro al rojo vivo, pero me sentó bien el trago. De hecho, me di cuenta de que era justo lo que reclamaba el momento.

—Así me gusta. —Mi padre sonrió de oreja a oreja—. ¿A que así está mejor?

Bebí un poco más. Él se rio.

—Ya veo que eres hija mía.

Se la devolví con fuego en las entrañas, pero algo había cambiado entre los dos. Ahora él me sonreía de manera pícara, con esa complicidad de cuando era pequeña. De repente volvíamos a formar un equipo.

—Creo recordar —dijo con nostalgia mientras se tomaba un trago más— que tú y yo siempre tuvimos una conexión especial, ¿verdad, Malka?

Sentí un curioso escalofrío de placer.

—¿Te acuerdas de Hamburgo? —dije—. ¿Cuando me compraste chocolate?

—¡Cómo no me voy a acordar! Claro que sí —dijo papá—. Chocolate. Sí. En fin.

Se limpió la boca con el dorso de la mano y enroscó el tapón de la petaca. Me supo un poco mal que la guardase.

—¿Por qué no seguimos en algún sitio con más clase? —dijo—. Conozco uno que no queda muy lejos. ¿Qué te parece si paramos y tomamos fuerzas para el viaje? Así comemos algo y reanudamos el contacto como Dios manda. Algún sitio donde pueda concentrarme.

Lo miré, dubitativa.

—Papá —dije con tono de súplica—, mi marido... Va a embarcarse...

Ya eran las cuatro de la tarde y por el parabrisas entraba sesgada la luz del sol, que nos daba una pátina invernal como de bronce. Para Dover faltaban como mínimo cuatro horas.

Mi padre hizo una mueca.

—¿Y no puedes dedicarle una mísera hora a tu padre, después de haberlo perdido tanto tiempo?

Ah, tuve ganas de gritarle, ¿de repente tienes tiempo para mí? Pero los años de espera solicitaban mi atención con la insistencia de un niño. Pensé fugazmente en Bert, y en lo atroz de mis palabras de despedida por teléfono. En la «ubicación no revelada», con su augurio de catástrofes. Y en la fábrica.

Y en Isaac, llorando. ¿Pero quién podía haberlo previsto? Mi padre conmigo, aquí. Ahora.

—Una hora —dije cautelosa, recordándome que Bert tenía hasta las cinco de la mañana.

Papá tendió la mano y me dio un apretón en el hombro.

—Eso ya me gusta más —dijo—. Venga, vamos a hacer bien las cosas.

Rickie's Round-Up estaba en un descampado cerca de las vías del tren, justo a la salida de la Ruta 1, en Rahway, Nueva Jersey. DESAYUNOS, BISTECS, CÓCTELES, se leía en las ventanas, en letras escritas con plantilla. Dentro, los bancos rojos acolchados y las gruesas cortinas del mismo color creaban un ambiente como de cochecama antiguo. El restaurante estaba vacío. Donde había unos cuantos viejos era en la barra del fondo, larga y oscura, bebiendo y escuchando la radio. Delante de ellos, en el mostrador, había un periódico abierto y unos cuantos montones de cupones. En cuanto entró mi padre el encargado lo saludó.

—Hola, Hank, cuánto tiempo.

Se giraron todos a la vez en sus taburetes, como si los hubiéramos pillado haciendo algo.

—Ajajá —dijo uno en broma—, pero si es Beetle Bailey.*

—Eh, eh, calma chavales. —Papá sonrió de oreja a oreja—. Que solo estoy de paso. —Circuló rápidamente entre ellos, repartiendo palmadas en la espalda y apretones de mano, como un político—. ¿Está Rickie?

Se encaramó en un taburete, junto al grupo.

Yo me quedé en la entrada, sin quitarme el sombrero ni el abrigo. Mientras pasaba un trapo por su sitio, el encargado levantó los ojos y me vio.

—Perdone, señora, ¿quería algo?

—Ah, sí, venimos juntos. —Mi padre me llamó por señas a la barra y dio unos golpecitos en el taburete rojo que tenía al lado—. Os presento a...

---

* Es el nombre de un famoso personaje de cómic. *(N. del T.)*

313

—Soy su hija. Lillian. Papá, he cambiado de idea —dije—. Me espera mi marido. Vámonos.

Se me quedaron todos mirando, sin moverse.

—Papá, por favor.

Qué raro se me hacía decirlo.

—Hank —dijo un hombre al que le salían pelos blancos de las orejas, como el relleno de una almohada—, nunca me habías dicho que tuvieras una hija. —Se giró hacia mí—. Hola, Lillian, soy Sid.

Me tendió la mano.

—Llámame Pickles —dijo otro.

Charlie. Irving. Tenían acentos regionales, pero, como en el caso de mi padre, ni su ropa ni su forma de actuar eran propias de inmigrantes. Más allá de Nueva Jersey resultaba difícil saber de dónde eran.

—¿Qué se bebe? —anunció mi padre, frotándose las manos—. Invito yo a una ronda.

—¡Anda! ¿Que invita Beetle Bailey? —Irving resopló por la nariz—. ¿Es Navidad o qué?

Mi padre me lanzó un guiño. Estaba claro que nos quedaríamos para un cóctel. Me desabroché el abrigo con resignación y dejé en el taburete de al lado mi sombrero, mi bastón y mi bolso. Mi padre me puso una mano en la base de la espalda y me condujo hacia sus amigos.

—Hoy, señores... —Exhaló—. Hoy es el día en que he recuperado por casualidad a mi hija, después de perderla hace mucho tiempo. Así es, chicos. Mi hija de la madre patria. ¿Y sabéis qué? Que es su cumpleaños.

Se rieron todos.

—¿Ah, sí? —dijo irónicamente Sid.

—Lo cual quiere decir, naturalmente, que invita la casa, ¿verdad, Julius? —Mi padre le hizo un guiño al encargado—. Para mí un burbon con hielo. ¿Tú qué tomas, Malka?

—Lo mismo, supongo —contesté con pocos ánimos.

—Ah —dijo, complacido—, veo que le gusta lo bueno, a la señora.

—No, lo que pasa es que no tengo manías.

–Un momento. A ver, la del cumpleaños –dijo Julius–, ¿te llamas Malka o Lillian? Porque puestos a engañarme más vale que os pongáis de acuerdo.

–Mi nombre es Lillian –dije bruscamente, más para mi padre que para el encargado–, Lillian Dunkle. Malka solo era un apodo. De infancia.

Julius nos puso delante los dos vasos, que dejaron anillos de líquido en la barra pulida.

–¿Pero cómo? –Mi padre se rio–. ¿Sin posavasos?

–Te pondré posavasos cuando lo pagues –dijo Julius.

Mi padre levantó su vaso por el borde y secó la base con su pañuelo. Acto seguido secó el mío. De repente estaba de lo más caballeroso.

–Felicidades –dijo con el vaso en alto.

Brindamos y bebimos a la vez. Nuestros movimientos se sincronizaban sin esfuerzo. Padre e hija. Me sorprendió lo dulce y fuerte que era el burbon.

–Dunkle, Dunkle –dijo Sid, estudiándome–. ¿Como los helados?

–Exactamente igual –dije–. Es nuestra empresa, Dunkle's Ice Cream.

–Eh, Julius –dijo papá en voz alta–, ¿te suena de algo Dunkle's Ice Cream?

Julius se encogió de hombros.

–A mí nunca me suena nada –dijo–. Por eso soy buen barman.

Mi padre se rio.

–Y seguro que buen marido también.

–Ni que lo digas.

–Espera un momento –me dijo Charlie–. ¿Estamos hablando de los Dunkle's de las carreteras? ¿Los de las rayas rosas y marrones? Con la oferta aquella... ¿Cómo se llama? La de llevarse dos y pagar uno.

–Lunes de copas a dos por una –dije.

Hacía poco que se había anunciado por la radio, y me satisfizo ver que alguien lo había oído.

–¿De verdad que son tuyas las heladerías? –dijo Charlie.

Ahora escuchaba hasta mi padre.

—Bueno, las franquiciamos —expliqué—, pero sí. Antes de la guerra teníamos doce, pero han cerrado algunas por el racionamiento de la gasolina, y ahora hay ocho.

A todos los dueños les habíamos dado trabajo en nuestras fábricas.

—¡Anda! —Charlie dio un puñetazo en la barra—. ¡Pero será posible! Yo voy mucho. Siempre pido chocolate con fideos de chocolate. O el *parfait* Yankee Doodle. A mi mujer le encanta el helado de nuez. Vamos al menos dos veces al mes. Tenéis una en Edison, ¿verdad?

Asentí.

—Sí, es de una pareja de griegos, los Papadakis.

—¿Una chica maja, con buenas carnes? ¿Y el marido con bigote?

—Creo que sí —dije vagamente.

Mi padre se me había quedado mirando, alucinado.

—Malka —declaró.

El tal «Pickles» le dio una palma en el hombro.

—¡Que aquí tu niña es rica, Bailey! ¿Lo sabías?

—Por favor —dije—. Tampoco tanto.

—¿Has visto la valla publicitaria? —dijo Charlie, entusiasmado—. Tu niña tiene una valla aquí mismo, en la carretera.

—Sí, sí que la he visto —dijo papá con orgullo—. Y nada menos que con la Estatua de la Libertad.

—Esto hay que celebrarlo —dijo Irving—. A la próxima invitas tú, Bailey. Una ronda para todos.

En total éramos seis, más Julius. Papá pidió para todos y me apretó un poco el hombro.

—Lo que le has dicho a Milton de que podías pagar el doble no iba en broma. —Me puso una palma en la mejilla—. *Kindeleh* —se admiró—. Pero habrase visto... Esto es el *bashert,* de verdad. En serio, Malka. Coincidir los dos así... ¿Cuántas posibilidades había? Dunkle's Ice Cream.

Sacudió la cabeza y exhaló.

—¡Por mi hija!

Levantó el vaso.

—¡Por tu hija! —repitieron los hombres.

Nos bebimos la ronda, y luego otra. Volvieron a brindar por mí.

—¡Por Lillian! ¡Por el helado!

Cuando estiré la manga de papá y le recordé que Bert esperaba, ellos insistieron en brindar por él con otra ronda.

—¡Por el capitán Albert Dunkle! —lo aclamaron—. ¡Por que aplastemos a los japos y a los hunos!

Entrechocaron los vasos, sonriendo. Yo, con toda franqueza, nunca había gozado de tanta atención masculina —ni de tantas copas, y tan seguidas—. El interior del restaurante se volvió trémulo, como las ondas de calor en el lecho seco de un río.

Apareció una camarera con cartas en la mano. De repente nos instalamos todos en una mesa al lado de la ventana, y mi padre me ofreció caballerosamente una silla roja acolchada. El cielo estaba bañado de tonos rosas y violetas melancólicos. Cerca de la estación de tren se encendió con luz tenue una única farola. Los demás pidieron bocadillos de lengua o pastel de carne. En cambio, mi padre insistió en que yo me tomase un buen bistec, por ser mi cumpleaños.

—Es que pensaba cenar con mi marido —dije, arrastrando las palabras.

De repente tenía poca sensibilidad en los dientes.

—Pues ya volverás a cenar cuando lleguemos —dijo papá con magnanimidad

Hizo señas a la camarera para pedir dos cócteles de frutas, uno para cada uno, y luego el solomillo especial con puré de patatas y guisantes. Y otra ronda de burbon para todos.

—Malka —repetía con adoración, sacudiendo la cabeza—. Tan mayor.

Yo no cabía en mí de gozo, aunque no era fácil dar el salto cognitivo entre el hombre inquieto y pelirrojo con abrigo oscuro que se había sentado a mi lado hacía muchos años en el suelo del centro de detención de la Hilfsverein y el hombre mayor, seguro de sí mismo y efervescente, a quien tenía sentado a mi lado, y que entretenía a la mesa con anécdotas sobre un amigo que estaba edificando un hotel de lujo en el desierto de Nevada. Mi padre hablaba con humor y chispa, recreando teatralmente los diálogos. Cuanto más adornaba la historia, más carcajadas y aplausos arrancaba al público. Mi padre, pensé con orgullo. Era un hombre muy querido. Seguía siéndolo. La estrella de todo el restaurante.

–Ya os digo que la cosa tiene un potencial enorme. Un complejo de ocio que será lo nunca visto. Malka. –Se giró hacia mí–. Tu marido también querrá participar.

Viéndolo, se me ocurrió pensar que nos habíamos convertido, papá y yo, exactamente en lo que habíamos soñado tantos años atrás. Éramos como los actores del cinematógrafo. En la primera escena habíamos sido Malka y Herschel Bialystoker, dos rusos pobres y andrajosos que hablaban yiddish y llegaban al Lower East Side en medio del calor y los malos olores. Y ahora nos habíamos transformado en Lillian Dunkle y Hank Bailey, dos americanos pulcros y emprendedores con ropa limpia de los grandes almacenes, que llevaban un DeSoto por los campos de Nueva Jersey con el bolso lleno de dinero. Éramos, mi padre y yo, maleables como actores. Podíamos ser cualquier persona.

Papá volvió a hacer señas a la camarera, una morena guapa, con la mandíbula inferior metida para dentro.

–Oye, maja, por curiosidad... –Se apoyó en el respaldo–. ¿Cómo te llamas? Dime que Betty. O Lana. Dime que no te pusieron nombre de estrella de cine.

–Uy, uy, uy... –Sid le dio un codazo a Irving, que estaba a su lado–. Ya estamos. Preparados, listos...

La camarera se ruborizó, pero a fuerza de coba acabó admitiendo que se llamaba Sally. Mientras la observaba sentí un cosquilleo en la nuca.

–Sally, Sally –dijo mi padre, embelesado, dejando que el nombre fluyera por su lengua–. Sally, esta es mi hija, a quien perdí hace tiempo. Malk... Perdón, Lillian. Y hoy es su cumpleaños. Y es una triunfadora. Su marido es muy rico, un magnate del helado.

Charlie se inclinó y le susurró a mi padre algo que le hizo reír.

—Vale, vale —le concedió mi padre.

Le hizo a Sally el gesto de que se fuera, y se giró rápidamente hacia mí.

—*Kindeleh,* en este negocio de los helados —dijo, moviendo el vaso—, ¿tu marido cuánto te explica? Es que resulta que conozco a partes muy interesadas que podrían plantearse abrir franquicias de Dunkle's. De hecho, algunos... —Señaló a su alrededor—. Algunos hasta podrían estar sentados en esta mesa.

Lo último que me esperaba yo es que quisieran venderme algo, pero aun así me oí contestar.

—Pues mira, papá, lo sé todo.

—Vaya, vaya. —Se echó hacia atrás—. No me digas.

—Dunkle's lo hemos montado juntos Bert y yo. Desde cero. Y la idea fue mía, más que nada.

—¿Lo oís, chavales? —tronó mi padre—. Desde cero.

Se inclinaron todos, prestando atención, y me encontré explicándoselo todo acerca de las innovaciones que se nos habían ocurrido a Bert y a mí, la máquina de helados y nuestra fórmula especial patentada. Llegué incluso a hacer una estimación de los ingresos, los beneficios y los gastos indirectos, cosa que no solía hacer. Me sorprendió mi propia franqueza, pero el alcohol me había vuelto comunicativa, y a fin de cuentas era mi padre. De repente las ganas de agradarle podían más que todo. Su manera de darme ánimos con la mirada, la admiración embelesada que se leía en sus ojos, eran como estar bajo una lluvia de estrellas, como un descorcharse botellas de champán.

—Pues ya os he hecho un resumen —dije finalmente, roja del esfuerzo—. ¿De verdad que os interesa?

—¿En serio lo preguntas? —dijo Irving, más a mi padre que a mí—. ¿En medio del desierto? ¿Con el calor que hace? Es genial. Además, ¿a alguien no le gusta el helado? Hasta a Meyer le he visto pulirse un litro de espiral de caramelo en una hora.

—Hasta los jugadores tienen que comer —convino Sid.

—Malka... —Mi padre se inclinó, juntando las puntas de los dedos—. ¿Tú crees que si quisiéramos abrir pon que tres o cuatro sitios de esos en Nevada se podría hacer?

—No veo por qué no —contesté, pese a barruntar, en el fondo, que quizá no fuera tan sencillo: por algo cada estado tenía sus leyes sobre transporte y agricultura, y yo en aquella zona no conocía a ningún productor de leche.

De repente me puse a rebañar con un panecillo los restos de salsa. No sabía que tuviera tanta hambre. Fuera ya era de noche. En el escaparate se reflejaban las luces del comedor, como un espejo de lo que ocurría dentro. Parecía que en la caja de fulgor y cortinas de Rickie's Round-Up estuviera contenido el mundo entero. Yo tenía la horrible sensación de que debería haberme ocupado de algo urgente, pero cada vez que intentaba concentrarme mis pensamientos se convertían en puñados de confeti arrojados al viento. Era consciente de una sola cosa: ¡estaba potenciando nuestra empresa!

Llegó Sally con varios platos de tarta de manzana *à la mode,* con una bola de helado encima. La mía llevaba una velita, por mi cumpleaños, y mientras me cantaban todos —mi padre, sus amigos y Sally— oí mi propia risa alborozada.

—Feliz cumpleaños, *kindeleh.*

Me apretó la mano desde el otro lado de la mesa y me pilló tan desprevenida, tan aturdida, que me olvidé de formular un deseo o preguntarle a la camarera, como tenía por costumbre, si el helado era casero. De hecho, cuando lo probé me costó sentir cómo se deslizaba la vainilla por la boca.

Mi padre se metió en la suya un trozo grande de pastel y le brilló el anillo del meñique. Bebió un poco.

—Por que nos hagamos ricos en América con mi hija recuperada —brindó—. Por el helado en Las Vegas.

—Eso, eso —se sumaron los demás.

Yo me reí y levanté la copa.

—¡Por que haya anillos de oro en todas las manos! —exclamé, haciendo gestos hacia la de papá.

—¿Desde cuándo llevas joyas, Hank? —le chinchó Pickles.

Mi padre bajó la vista.

—Ah, no, es de Enid.

—¿Quién es Enid? —dije yo.

—Su segunda mujer —dijo Charlie entre risotadas—. Que en paz descanse. ¿O era la tercera, Hank? Siempre me cuesta llevar la cuenta.

—Bridget, yo creía que la tercera era Bridget.

Irving dibujó una opulenta silueta femenina con las manos.

—No, Bridget era la concubina —dijo Charlie.

—Espera, espera. ¿Entonces ahora con cuál está? ¿Cómo se llamaba?

Me apoyé con todo mi peso en el respaldo. Papá siguió comiendo como si tal cosa.

—Josie —dijo sin dejar de masticar.

Tiré la cucharilla al suelo. Se me quedaron todos mirando.

—¿Has tenido tres mujeres más?

Tuve náuseas. El restaurante se había quedado en silencio. Ahora había más comensales, que de vez en cuando nos miraban.

—Malka. —Mi padre me miró con mala cara—. Solo estábamos hablando por hablar.

—¿Te parece cosa de broma?

—Creía que estábamos pasando un buen rato. Acábate la tarta.

—¿La tarta? ¿¿La tarta??

—Bueno, chavales, me voy para la barra —anunció Sid, poniéndose de pie.

—Yo también —dijeron los demás casi al unísono, mientras se levantaban todos de golpe y se llevaban las copas, abandonándonos a mi padre y a mí en la mesa.

—Pues nada, muchas gracias. Me has hecho quedar mal —me dijo con voz sibilante.

De repente, no había un papá, sino dos, con los bordes borrosos. Intenté volver a fundirlos en una sola imagen.

—Hijos de mala madre.

—¿Cómo dices?

—Hombres.

—¡Pero bueno, qué cosas dices! —Mi padre gesticuló—. La verdad es que sí, que eres clavada a tu madre.

Fue como una bofetada.

—¡Mentira! —grité mientras intentaba levantarme, aunque me balanceaba como un metrónomo.

Se me derramó un vaso de agua que empapó el mantel. En la barra, los amigos de mi padre se giraron a mirarnos, y me fijé en que Sid se estaba poniendo el abrigo.

—Haz el favor de sentarte —susurró mi padre con rabia—, que estás dando un espectáculo.

Tiró de mí para que me sentara.

—Si vamos a hacer negocios juntos, más vale que aprendas a beber —dijo en voz baja—. Las mujeres feas borrachas son aún más feas.

Me tapé la cara con las manos. Aún tenía en el plato la mitad de mi porción de la preciosa tarta de cumpleaños, en torno a la que se derretía el helado, formando un charco. Por alguna razón, el resto de vela se había caído al suelo. Empecé a llorar, odiándome por ello.

—Aj. —Mi padre volvió a levantarse, pero luego se sentó y se pasó los dedos por el pelo—. Lo siento, ¿vale? —dijo finalmente, aunque no lo pareciera por el tono—. Lo he dicho por decir. Tú no eres fea.

Me sorbí la nariz y tragué saliva. Parecía que el restaurante diera vueltas a mi alrededor.

—Papá —dije medio afónica, después de respirar profundamente—, por favor, dime una cosa; un puñetero detalle, solo uno.

Él miró a su alrededor, incómodo.

—Mira, Malka, la verdad es que me tienes muy impresionado. Te has vuelto una mujer de tomo y lomo, de verdad. Tienes agallas, tienes dinero...

—Papá... —Se me atragantó la voz en la garganta, como un hueso—. ¿Por qué? Dímelo, por favor. ¿Por qué son infieles los hombres?

No era lo que había pensado preguntarle; de hecho, había otras mil preguntas que anhelaba hacerle desde hacía años, pero fue la que me salió.

Él se echó hacia atrás y me observó, mientras su pecho subía y bajaba.

—Papá, ya sé que nunca he sido guapa, y que tengo esta pierna tan horrible. —Rompí otra vez a llorar. Sabía que me estaba humillando, pero no podía parar—. Bert... parece que me quiere igual, pero hay veces... Sobre todo ahora que está en el Ejército, cambiando cada dos por tres de puerto, y que me paso meses sin saber nada de él... ¿Por qué, papá? ¿Por qué los hombres siempre necesitan una Violeta, y también una Doris, y también una Frieda?

Mi padre sacudió la cabeza y miró muy serio por el restaurante.

—No sé por qué, *kindeleh*. —Suspiró, como si le cansara la pregunta—. ¿Por qué en tus heladerías hay doce sabores diferentes?

Me quedé sentada enfrente de él, con la cabeza baja, sollozando silenciosamente en el pañuelo. Qué vergüenza sentía...

—Y tu marido... —dijo, y se masajeó el puente de la nariz—. ¿Está en Delaware?

Me soné y asentí.

—Se va por la mañana. A una ubicación no revelada.

—Bueno, pues nada. —Se levantó con poco equilibrio—. Deberíamos ir tirando. —Señaló el servicio de señoras—. Ve a empolvarte, que le gustará verte guapa.

Le hizo señas a la camarera de que trajera la cuenta, y mientras yo iba hacia el fondo del local oí la campanilla de la caja y a mi padre hablándole con guasa a Julius.

—Mujeres, con ellas siempre todo es un drama.

El suelo del servicio de señoras se movía como la cubierta de un barco. Nunca había estado tan borracha. Fue una odisea desprenderme de la faja. Al mirarme en el espejo comprobé azorada que estaba hecha un desastre. Necesitaba mi peine, mi polvera y mi colorete. Mi pintalabios Rose Red. Rebusqué hasta que me di cuenta de que me había dejado el bolso de mano en la mesa, con la bufanda. Me tambaleé y solté un eructo. Mi padre tenía razón. Era idéntica a mi madre. Facciones duras. Una bruja. Aun así, él seguía refiriéndose a los dos como socios. ¡Pero si acabábamos de acordar que formaríamos una sociedad, aquella misma noche, en

Rahway, Nueva Jersey! Abriríamos varias franquicias de Dunkle's mucho más al oeste, en la ciudad que estaban construyendo sus amigos en Nevada. Mi padre se había jactado de que aún no había llegado nadie. Si nos hacíamos con unos cuantos solares, como Bert y yo en Long Island... Entonces Dunkle's, acabada la guerra, tendría una ventaja ideal sobre la competencia. Estaba claro que compensaría las pérdidas negociadas por Bert al pactar con el Ejército. Estaré borracha, me dije en voz alta en el espejo, pero tonta no soy.

Y por fin Isaac tendría un abuelo. «Todo un personaje», que diría la señora Preminger, pero aun así pariente indiscutible. Casi no me cabía en la cabeza, de tan maravilloso como era. De un momento a otro el futuro se había vuelto mucho más dulce, variado y concurrido de lo que me hubiera imaginado nunca. No veía el momento de llevarle a Bert aquel gran ramo de buenas noticias.

Bert. Dios mío. Mi Bert era tan dulce. Qué tarde era. Le había gritado. Me había portado fatal. Tenía que ir a verlo de inmediato. Paseé una mirada frenética por el exiguo espacio del lavabo. ¿Por qué en los lavabos nunca había relojes? Debería, y bien grandes y bonitos, de hierro y pan de oro, como en Penn Station, y en el Biltmore.

De repente, tuve un ataque de vértigo. Tal vez si me sentaba un minuto, para retomar el aliento, pudiera impedir que siguieran girando las paredes. Entré otra vez, tambaleándome, en el váter, y me volqué a vomitar en la taza. Una vez. Dos veces. De forma violenta. Guisantes, carne y tarta, como si se me saliera toda la vida por la garganta.

No sé si me desperté al cabo de unos minutos o de varias horas. Solo recuerdo que me vi tirada en el suelo de baldosas amarillas, junto al váter, y que Sally me sacudía por el brazo.

—Lillian, despierta, que te espera tu padre. Lillian, ¿te encuentras bien? ¿Estás mareada? —Me ayudó a levantarme, mojó una toalla y me ayudó a asearme un poco—. Estos chicos la llevan a una por el mal camino —dijo, pero no con dureza.

La única iluminación del comedor era la luz rojiza de la lámpara emplomada de encima de la barra. Ya estaban giradas todas las sillas, amontonadas encima de las mesas, y Julius pasaba la mopa por el suelo.

–Tu padre se ha ido al coche, para ir calentando el motor –dijo amablemente Sally, mientras me tendía el abrigo y el sombrero–. Le he dado tu bufanda y tu bolso de mano.

¿Era inquietud lo que veía en los ojos de Julius al mirarme, o mi imaginación? No se podía disimular, queridos. Tenía una pinta y un olor tremendos, a burbon, jabón de rosas y bilis. Olía tan mal que casi tuve ganas de volver a vomitar. Qué tarde era... Me pregunté si me perdonaría Bert alguna vez.

–Creo que está demasiado borracha para caminar –dijo Julius.

Me tomó por un codo y Sally por el otro. Yo me sentía empapada de los pies a la cabeza, y maloliente: la espalda, las axilas, la frente... Al mismo tiempo, sin embargo, era como si no estuviera del todo dentro de mi cuerpo. Me oía pedir disculpas sin cesar, por alguna razón en italiano.

–*Mi dispiace. Mi dispiace.*

Me ayudaron entre los dos a ir al aparcamiento. Tenía la cabeza como un bombo. Mis tacones se arrastraban por el suelo. Lo que más sentía era vergüenza.

El aparcamiento estaba vacío.

–Qué raro –dijo Sally.

No se movía nada en el frío de la noche. Permanecimos a la escucha, mientras mirábamos hacia ambos lados de la carretera vacía, pero en Rahway, Nueva Jersey, reinaba el más absoluto silencio. Solo teníamos delante un negro vacío sin estrellas. Casas en silencio. Campos a oscuras. Kilómetros de vías sin trenes. Esperamos y esperamos a que apareciera el DeSoto, pero no apareció.

Mi padre se había ido, llevándose mi bolso.

11

Hoy en día hay un tipo de contable que lleva el adjetivo de «forense», una pijada para referirse a los que básicamente te ordenan la basura. Viejos extractos bancarios, información fiscal, facturas, cheques cancelados... En cuanto mis abogados nos aconsejaron un bufete, Isaac les pagó los honorarios sin llamarme ni siquiera por teléfono. Ahora han hecho encajar mis finanzas con la meticulosidad de un puzle, y tengo hora para reunirme con ellos en la ciudad. Sospecho que su diagnóstico no será bueno. Cuando te ha imputado un gran jurado por evasión de impuestos, lo más probable es que Hacienda ya tenga pruebas bastante inculpatorias.

La cita es en Lexington Avenue, en el nuevo edificio Citicorp, moderno, blanco y con hileras de ventanas negras. De lejos me parece un uniforme carcelario de dibujos animados. Le ordeno a Hector que antes me lleve al Garment District.

La dirección de la calle Veintidós Oeste no es lo que me esperaba. Un edificio bajo y cutre de ladrillo, con una puerta nueva de cristal y una avalancha de folletos de comida china a domicilio en el vestíbulo. Bajo el timbre donde pone H. BALLENTINE han añadido las letras GHMC con cinta adhesiva.

Harvey ya me espera en el rellano, apoyado en el marco de la puerta, mientras se desliza en torno a sus tobillos un gato gris perla que dibuja ochos. Me daba un poco de miedo llamarlo y venir personalmente, pero aquí estoy.

Es raro. Soy su antigua jefa, pero nunca había estado en su casa, pese a los diecisiete años que Harvey trabajó para mí. Además, han pasado unos cuantos. Sin el maquillaje de payaso se le ve extrañamente desnudo, demacrado. No lo recordaba tan delgado. En vez de bombachos de raso y una pajarita ridícula, solo lleva una camiseta descolorida que se le pega al pecho como una coraza. De los puntales de sus caderas cuelgan unos vaqueros medio rotos. Sus pies blanquecinos están enfundados en zapatillas chinas de seda. A pesar del brillo juvenil, su rostro canoso se ve chupado. Ya debe de andar por los cincuenta.

–Bueno, bueno. De aquí al juzgado –dice cortante, con una mano en la cadera–. ¿Cómo estás, Lillian?

Su voz conserva la musicalidad maliciosa de antes y, aunque esté más contenida de como la recuerdo, hay algo en el tono que me hace gracia, como hace décadas.

–Tengo entendido que para ti soy «la Mussolini de los helados», ¿no?

Harvey se tapa la boca con la mano.

–Ay, Dios mío... ¿Lo has leído? ¿De verdad que lo has leído? Lo siento mucho. Citaron mal mis palabras.

–No me digas.

–Bueno, no, en realidad es exactamente lo que dije, pero ni se me había ocurrido que fueras a leerlo –dice Harvey como si tal cosa–. Claro, siendo una mujer de edad tan avanzada... –Doy por supuesto que bromea, como siempre, pero su sonrisa es gélida y se borra enseguida–. Pasa –dice de golpe, a la vez que se gira–. Acabemos de una vez con este melodrama, ¿vale?

Me invita con la mano a entrar en su salón. Hay una mesa pequeña arrimada a una pared de ladrillo visto, sobre la que ronronea una máquina de escribir eléctrica, entre montones de carpetas. La máquina sirve de soporte para un tablón de anuncios recubierto de artículos, comunicados de prensa y listas mimeografiadas. Al otro lado de la sala hay dos cortinas de terciopelo de color ciruela que, al estar recogidas, dejan a la vista una cama suntuosa sobre una tarima. En la pared donde está la puerta hay una cocina como de casa de muñecas medio escondida por otra cortina de terciopelo a rombos, de color oro mate. Comprendo que no hay más. Es todo el piso de Harvey: una sola habitación con vistas a la calle.

Rebusca en un armario, sobre la encimera, muy pequeña.

—¿Te preparo un té? Ya sabes que ya no bebo, y a juzgar por tu última actuación, cariño... —Me mira de los pies a la cabeza—. Me parece que tú tampoco deberías.

Me yergo.

—¿Qué pasa, que de repente te has vuelto Don Perfecto? No, gracias, té no quiero. Estoy perfectamente así.

—Ah, pues menos mal. —Harvey devuelve ruidosamente una lata a su lugar en el armario—. Si quieres que te diga la verdad, es un asco de té, como beberte un popurrí de flores, y además... —Se cruza de brazos y me mira a los ojos—. Si no te importa, Lillian, prefiero no alargarlo más de la cuenta. Di lo que tengas que decir y vete, ¿vale?

Me apoyo en el bastón con todo mi peso.

—¿Perdón?

—No sé por qué has insistido tanto en venir. Que ya no eres mi jefa, ¿eh?

—Harvey —digo—, tienes una cara que te la pisas.

Suelta un pequeño grito de incredulidad.

—¿Yo? ¿Yo? ¿Que yo tengo cara? Esta semana ya me ha echado bronca tu jefa de prensa, Lillian. ¿Y tus abogados, con el fax sobre la orden judicial? Dos me han mandado, dos. —Se anima de repente, haciendo revolotear las manos como pájaros—. Mira, Lillian, no voy a resistirme. No porque esté de acuerdo, que no, en absoluto; es horrible, una farsa, pero no voy a resistirme porque..., pues porque, francamente, ya no me importa un carajo. ¿Me entiendes? ¿Quieres que no siga contando que hice de payaso Virutas durante diecisiete años? Pues venga, no lo cuento. Lo borramos. Hecho. Ya está expurgado mi currículum. —Se da una palmada teatral en la frente—. Paf. ¿Lo ves? Acabo de darme un golpe en la cabeza. Me he quedado amnésico total. ¿El payaso Virutas? ¿Pero ese quién es? Como si nunca hubiera existido.

Le lanzo una mirada de indignación, y contesto en voz baja.

—¿Y se puede saber qué te he hecho yo a ti?

Él me mira, parpadeando.

—Perdona, pero ¿no me he explicado bien?

—Lo único que he hecho es hacerte salir por la tele. Y en carteles. Y beber contigo durante todo ese horror de programas que hacíamos juntos. ¿Y cuando se murió tu madre, en Navidad? ¿No te di una semana libre? ¿No te llevé a la fiesta de Andy Warhol, que luego no hablabas de otra cosa, dale que te pego? Si hasta te indemnicé, ¡te indemnicé, Harvey!, cuando el que se fue del programa por una rabieta fuiste tú, ¡tú, quejica, ingrato!

Nos quedamos un momento sin hablar, jadeando frente a frente, con su mesa en miniatura de por medio.

—¿Qué coño te he hecho yo —digo—, aparte de darte trabajo y aguantar tus chorradas durante diecisiete puñeteros años? «¡Un momento, que tengo que volver a lavarme las manos! ¡A mí jarabe de chocolate no me tiréis!» ¿Y así me lo agradeces, llamándome dictadora en la revista *New York*? ¿«La Mussolini de los helados»? ¿Incordiándome en la prensa, como todos los demás?

Harvey se pone lívido de repente.

—¿Incordiarte yo? ¿Yo incordiarte, Lillian? —Se pone las manos en las sienes, y luego abre los brazos—. ¿Es en lo único que puedes pensar? Madre mía... ¿En tu reputación, joder? En esta ciudad se mueren hombres como moscas, Lillian. ¿No lo pillas? Hombres jóvenes y guapos, en la flor de la edad, con toda la vida por delante, que de repente se ponen enfermos y se mueren de la manera más horrible, como una tortura. ¿Y alguien hace algo? Nuestro alcalde seguro que no; ese está tan metido en el armario que antes de hablar preferiría que se cayera muerto hasta el último gay. Y el Departamento de Sanidad aún menos. El presidente está claro que tampoco. ¡Pero si el *New York Times* ha dedicado más tinta al escándalo del Tylenol que a que se estén muriendo cientos de personas en un radio de dos kilómetros de su redacción!

Harvey me mira con los ojos desorbitados.

—Tres hombres solo en este edificio, Lillian. Aquí mismo, en estas plantas. Un profesor de matemáticas en el primero. Un cantante de ópera con una voz como los ángeles en el tercero B. Y un chaval de diecinueve años, ¡diecinueve años!, repudiado por sus padres de Utica, que lo echaron a la calle como a un perro... Se están muriendo todos. Aquí y ahora. Pero tú, Lillian Dunkle... Por un par de chistecitos de nada a la prensa... ¡No, por Dios, cómo se le ocurre a un listillo como yo echarle un poco de salsa a lo que dice! ¡Bum! De repente, me llaman día y noche tus abogados y tu jefa de prensa, para amenazarme con una demanda, porque a ti te preocupa que haga quedar mal a tu empresa de helados. «No queremos que se asocie con Dunkle's y con la televisión infantil esta plaga gay y la homosexualidad», me dijo tu jefa de prensa. Sí, no me mires con esa cara, Lillian; fue lo que dijo, palabra por palabra. Mira, me lo apunté en una libreta. Pero parece que ni así te quedas contenta, no; tienes que venir aquí en persona, la gran Reina de los Helados, solo para regañarme, como a todo el mundo. Solo para asegurarte de que... ¡Uuuy! ¡No sea que os haga quedar mal a ti y a tus helados!

Es el momento en que se le derrumba toda la cara. Se inclina hacia el fregadero con las manos en la barriga y de su boca brota un sollozo entrecortado.

El payaso Virutas.

Veo cómo suben y bajan sus hombros salidos: arriba, abajo... Fuera se dispara una alarma de coche que suena como loca y se corta de golpe. El gato de Harvey pasa en silencio al lado de nosotros y desaparece por una puerta estrecha. Al momento siguiente oigo que rasca en su arena. El reloj que hay sobre la encimera va contando los segundos. Los minutos. Por unos momentos se hace audible el rumor sordo del metro, muy por debajo de la calle, y después se diluye.

Carraspeo.

—Harvey, quiero saberlo —digo sin alterarme—. ¿Estás enfermo?

Sigue dándome la espalda. Se sorbe largamente la nariz, abre el grifo y se lava rápidamente las manos, antes de apretarse los ojos con ellas.

Cuando se gira, parece que esté otra vez a punto de llorar.

—No lo sé, Lil —susurra con una voz tan quebradiza como el yeso—. De esto no se puede saber si se está enfermo. Hasta que lo estás, claro.

Mira el techo, parpadeando, y hace un esfuerzo de contención.

—Dicen: «¿Cómo vamos a hacer pruebas de algo que no sabemos ni qué es?». Pero luego me miran, Lillian, y lo veo; lo veo en la burbuja de cómic invisible que flota sobre sus cabezas: «Es culpa tuya, mariconcillo asqueroso, mal rayo te parta».

Lo observo sin haberme quitado ni el abrigo. Luego, despacio, abro mi bolso y saco el talonario.

—¿Puedo?

Señalo el pequeño escritorio del rincón. Me acerco y echó mano del bolígrafo que tiene al lado del teléfono, en un tazón de cerámica vidriada.

El nombre de Rose escrito con tiza blanca al lado del colegio. Mi madre enloquecida de dolor, sin poder ponerse en contacto conmigo a causa de la cuarentena. Yo al despertarme de la fiebre y las alucinaciones en la habitación de Beatrice y descubrir que ya no está, y que se ha quedado vacía la mitad del edificio.

—Mira, Harvey, epidemias siempre las ha habido. —Suspiro a la vez que arranco el cheque de su lomo fibroso—. Y nunca sabe nadie nada. Siempre buscando culpables, los muy idiotas. De la Peste Negra, los judíos; de la gripe española, los españoles. De la polio, el helado.

Me acerco a Harvey cojeando y le entrego los cheques: uno para él y otro para su organización.

Primero me mira a mí, y luego los dos papeles, tratando de afectar indiferencia, aunque las cantidades son extraordinariamente generosas, dicho sea de paso.

—Bueno, bueno. —Traga saliva con dificultad y, agitando los cheques en el aire con un gesto teatral, intenta volver a sonar coqueto, mordaz y reservado—. ¿Qué es, un soborno?

Recojo el talonario y me giro, muy tiesa. Ya no aguanto verlo más.

–No pienso dejar que afecte a mi negocio otra epidemia –digo, haciendo ruido por la nariz.

Cuando vuelvo al coche tengo que hacer un esfuerzo para que no me tiemble la mano al consignar las cantidades en la sección de balances de mi talonario. Después de mirar por última vez el triste edificio de ladrillo, le grito a Hector que ponga el Cadillac en marcha y me lleve a la parte alta, dejando que tiemblen solos en su estudio, cargado de terciopelos, Harvey Ballentine, su fax y su suave gato gris perla.

A Bert no logré verlo antes de que zarpase, por supuesto que no; y en cuanto a mi padre, después de aquella noche etílica en Nueva Jersey volvió a desaparecer.

Pero después de varios meses de angustioso silencio, sin postales ni llamadas telefónicas, y sin la menor idea por mi parte de dónde estaba destinado mi marido, finalmente terminó la guerra. Y cuando volvió Bert a casa de su «ubicación no revelada» resultó que no necesitábamos ninguna cadena de franquicias en un complejo de ocio en ciernes llamado Las Vegas. No teníamos ninguna necesidad de que invirtieran en nuestra compañía mi padre y sus «amigos». A Dunkle's le fue mejor después de la guerra que mientras duró.

Entre los veteranos que volvían eran muchos los que ya habían comido nuestro helado en portaaviones, submarinos, cantinas y hospitales, y a quienes ya seducía nuestro producto. A su regreso a Williamsport, Chapel Hill, Sandusky o Beaver Hall, estaban encantados de abrir sus propias franquicias de Dunkle's. ¿Qué mejor antítesis de la guerra que una nueva heladería de colorines? Hasta ideé varios sabores especiales en honor a su regreso: Otra Nuez en Casa, Vainilla de la Victoria, Armistacho, Rompan Chocofilas... Un gesto simple, pero que a ellos, los soldados, los tenía locos.

La contrapartida es que mi marido, como tantos otros, regresó de la guerra convertido en un enigma. Pese a no haber presenciado ningún combate, ya que se había pasado meses y meses preparando cinco mil litros diarios de helado en una enorme caja de hormigón que cabeceaba en medio del Pacífico –con el constante ruido de fondo de los aviones de guerra que pasaban a gran velocidad y el incesante martilleo de la maquinaria que reverberaba en el casco de acero–, la tensión había reconfigurado en cierto modo sus circuitos internos. Había perdido audición en un lado, y en lo tocante a las palabras y la comunicación verbal había sufrido un retroceso todavía mayor que a veces le hacía parecer confuso y hasta «simple». Se podía quedar durante horas sentado en el sillón con un vaso de whisky de cebada y la radio a un volumen excesivo, sin apartar la vista, por poner un ejemplo, del lento circular de un taxi por la calle húmeda y alfombrada de hojas secas. Yo, a mi vez, lo observaba inquieta por la puerta de la cocina. Ahora tenía la impresión de que tenía que descifrarlo de la misma manera que Walter, el marido de Henrietta, había tenido que descifrar telegramas interceptados a los alemanes.

Por otro lado, como a tantas parejas, se nos había olvidado cómo estar juntos, el engarce de los cuerpos en la cama, el sincoparse, como dos instrumentos musicales, de nuestros ritmos matutinos en la cocina y el baño. «Ay, perdona –decíamos–. ¿Querías la pasta de dientes? No, por favor. Tú primero.»

Me alivió mucho que Bert pareciera haber perdido sus ansias de radicalismo.

–No sé, Lil... –me dijo sin rodeos una noche mientras tomábamos unos cócteles–. Es que ahora me parece peligroso y opresivo cualquier extremismo. Cuando la gente sigue a ciegas a cualquier líder o cualquier ideología...

Dejó la frase a medias.

La verdad es que es curioso, lo de los soldados: durante la guerra se pasan el día escribiendo cartas a sus mujeres, madres y novias, añoran su casa, se extasían con el olor del césped recién cortado y con bailar lindy hop y con comerse el famoso pan de carne de sus esposas, pero en cuanto vuelven no soportan mucho tiempo la compañía de sus familias. Cada jueves, Bert, Walter Mueller y unos cuantos veteranos más salían a cenar a Luchow's y luego se iban a escuchar jazz a la calle Cincuenta y dos. Por lo visto era ahí, en ruidosos clubs nocturnos, donde no era necesario conversar demasiado, donde Bert revivía y marcaba con los pies el ritmo de Coleman Hawkins en el Three Deuces, o con la cabeza el de Louis Prima en Jimmy Ryan's: músicos que a mí también me habría encantado oír, dicho sea de paso, con él del brazo.

—No entiendo que tengas que salir cada semana sin falta —le decía, sorbiendo despectivamente la nariz—. Ten en cuenta que es caro.

—Ahora podemos permitírnoslo, nena —decía Bert mientras se enfundaba su chaqueta buena—. ¿De qué sirve tener tanto dinero, si no es para esto?

Y se tiraba de las mangas y se arreglaba los puños.

Claro que a mí no era el dinero lo que más me preocupaba, sino los rumores sobre lo que habían hecho los soldados: las «mujeres de consuelo», las camareras, las rosas de Tokio y las *femmes fatales* francesas... Historias todas ellas que seguían como fantasmas a los veteranos y daban vueltas a su alrededor como nubes de ceniza y perfume.

A mi marido lo observaba como un águila, siempre con el recuerdo de mi conversación con mi padre: ¿Por qué eran infieles los hombres? «¿Por qué en tus heladerías hay doce sabores diferentes?» Una mañana, en el salón de belleza, le pedí a mi peluquera que me tiñera de rubio, y aunque al final salió cobrizo, no dejó de ser una mejora espléndida: me iluminaba la cara y me prestaba un aspecto pensativo y regio, no malhumorado. Al verme, Bert silbó despacio, largamente. Siempre había dicho que mi pelo era mi «corona de gloria», espesa y satinada. Ahora brillaba como el coñac. Lo acariciaba con los dedos, hundía en él la cara y me estrechaba por la cintura.

—Lil, con la edad estás cada día más guapa —dijo—. Eso no se puede decir de muchas mujeres.

Mucho me temía yo, a pesar de todo, que no bastaba con tener el pelo dorado.

Siempre que Bert salía de parranda con sus nuevos amigotes, yo, en un duermevela de agonía, escuchaba el reloj de nuestra mesita de noche, cuyo tictac era como un metrónomo, y no podía descansar hasta que oía el ruido metálico de la cerradura. A menudo eran las dos o las tres de la madrugada cuando Bert cruzaba sin el menor sigilo la cocina a oscuras, arrojaba las llaves con desprecio al mostrador de formica y esquivaba los muebles. Cuando se desplomaba finalmente en la cama, junto a mí, olía a puros, colonia acerba de flores, aguardiente de albaricoque, colorete, chucrut, cuero viejo y cerveza. Mi temor era arrimarme a él y que Bert reconociese alguna calaverada impetuosa que yo no quisiera oír, así que hacía lo posible por no tragar saliva y me fingía dormida, dejando que él enlazase mi cintura con sus brazos sudorosos y se pegara húmedo a mi espalda. No tardaba en roncar, mientras que yo me quedaba despierta, parpadeando con la vista en los visillos que revoloteaban como fantasmas bajo la barra de la cortina, hinchándose con los vapores de la calle.

Por la mañana, ante el espejo, Bert se hacía el nudo de la corbata de seda y acompañaba silbando a Fats Waller en la Victrola como si no pasase nada.

—Qué tal, nena —decía afablemente.

De vez en cuando, si pasaba a su lado por el baño en camisón, me palpaba las nalgas de broma, pero yo no sabía cómo interpretarlo. ¿Sentimiento de culpa? ¿Restos del deseo por alguna corista? ¿O es que aún le gustaba?

Le registraba los bolsillos, por supuesto, y su delgada agenda de piel. Lo espiaba al teléfono, pero no encontré una sola prueba concluyente; claro que siempre tenía la precaución de no buscar muy a fondo...Y es que el día en que me abandonó mi padre en el aparcamiento de Rickie's Round-Up volví al apartamento de la calle Cuarenta y nueve con tal sensación de desdicha y humillación que, junto a la ventana, mientras se me pasaba la resaca, me hice una promesa: nadie volvería a dejarme plantada.

Decidí tratar mi matrimonio de la misma manera que la empresa. Haría todo lo necesario. Haría la vista gorda. Tendría bien cerrada mi bocaza y prescindiría de mi habitual torrente de preguntas. En caso de necesidad me cortaría la lengua con los dientes.

Una mañana Bert se sentó al borde de la cama con un calzador en la mano y un zapato nuevo de cordones en la otra.

—Lil, he estado pensando y tengo que comentarte algo.

De repente me pesó la pierna. Me apoyé torpemente en el taburete con cuadros y volantes de mi tocador y me aferré al borde, que rascaba.

—¿Ah, sí?

Sentí un chisporroteo interior de adrenalina, como un calambre eléctrico. Ya sabía qué diría Bert. Me imaginaba sus graves palabras; de hecho, veía cómo se formaban en su boca antes de que se elevasen en el aire, como una película con el sonido desincronizado. Había llegado el momento. Mi corazón, dolido, latía con gran fuerza. Dios mío... Que no me deje.

—Lil —dijo Bert con dulzura—, ¿y si nos compramos una casa?

—¿Una casa?

—Sí, algo bonito en Westchester, o por Long Island; con piscina, o jardín...

Mi voz se deshizo en absurdas carcajadas de alivio. ¿Para eso casi me provocaba un infarto?

—¿Pero qué quieres que hagamos con una casa, Bert? ¡Si nos pasamos todo el día fuera! Yo estoy siempre en la fábrica.

—Ya, Lil, pero ¿por qué tiene que ser así? —Se inclinó hacia mí con las manos entre las rodillas—. Ahora tenemos recursos. A Isaac le iría bien respirar aire fresco. ¿No crees que te lo mereces?

Lo miré y, al hacerlo, queridos, vi al auténtico Bert, al de antes, al hombre tierno y tartamudo que se moría de ganas de complacerme.

—Yo quiero vivir en un rascacielos, no en una casa —dije—. Me he pasado la vida metida en casas de vecinos, bajos, aquella choza horrible de Bellmore... ¿Quieres que nos mudemos? Pues muy bien, fantástico. Busquemos un lugar con ascensor y vistas.

En otoño ya estábamos instalados en el noveno piso de un edificio regio de Manhattan, en la calle Setenta y dos, con siete habitaciones espaciosas, conjunto de mesa y sillas, sofá de velvetón y sillones a juego, tapizados de seda, que junto a las ventanas parecían dos matronas. Además de una nueva Victrola, la mar de elegante, con armario de caoba. Cada tarde nos franqueaba el paso al ascensor un portero con guantes que cerraba la reja de latón como si fuera la puerta de una suntuosa jaula. Mientras yo, antes de cenar, me daba un baño en la enorme bañera, Bert se paseaba por las habitaciones con una copa en la mano y contemplaba los tesoros que se había comprado. Para haber sido comunista le gustaban mucho sus muebles, la verdad.

Una mañana nos despertó un ruido como de ametralladoras y martillos, mientras entraban por nuestras ventanas grandes chorros de humo y polvo. Lo que no había previsto Bert era que justo enfrente levantarían otro rascacielos más moderno.

Nuestra cara vista urbana fue devorada planta por planta, y en poco tiempo solo teníamos delante un muro de ventanas y ladrillos. A duras penas gozábamos de más aire y luz que en las casas de vecinos. ¡Qué ganas tuve de pegarle un buen sopapo!

—¡Pero si viste el solar de enfrente! —exclamé—. ¿No se te ocurrió preguntar?

—L-L-Lil, lo siento mucho —tartamudeó él con las manos tendidas.

—¡Por una vez que te pido algo! ¡Por una vez!

Compró, para aplacarme, un Chevrolet Fleetmaster azul oscuro de 1948, con la tapicería de color arena, para el que alquiló una plaza de garaje en Yorkville y contrató como chofer a un tal Martin, con la orden de pasar cada mañana y llevarnos a la fábrica. Un viernes por la noche, cuando Bert y yo llegamos a casa, me encontré sobre la cama una gran caja con un lazo dorado. Dentro había un abrigo negro de marta hasta los tobillos, de un peso y una suavidad absurdos. Debía de haber costado unos doscientos dólares. No hace falta que diga que nunca había visto nada tan esplendoroso.

–No, no, es demasiado caro –dije–. ¿Dónde quieres que me lo ponga, tontorrón? ¿En la sala de refrigeración de la fábrica?

–¿Por qué no? –Bert me apartó un rizo de la frente–. Quiero que tengas cosas bonitas, Lil.

–Bert, que el dinero no es para gastarlo.

–¿Por qué no? –Se encogió de hombros–. Lo hemos ganado honradamente.

Tuve una punzada, un remache de culpa, pero no dije nada.

El abrigo tenía el forro de raso gris perla, y una etiqueta cosida por dentro: HECHO EXPRESAMENTE POR BONWIT TELLER PARA LILLIAN DUNKLE. Hasta los botones estaban forrados de piel. Bert me lo puso dulcemente en los hombros, como una capa. Yo me giré hacia el espejo de cuerpo entero. Enfundada en marta negra se me veía felina, imperial, casi seductora. Presa del vértigo, le di un golpe en el pecho.

–¡Esto es un despropósito!

Él se sacó de la manga una fina caja de terciopelo.

–¿O sea, que si te comprase un collar de perlas a juego te enfadarías?

Nuestra vida de lujos, queridos: fue así como empezó. Al principio fue idea de Bert. Mía no, jamás.

Quizá tuviéramos que haberlo previsto.

El mismo verano en que Bert me compró el abrigo de pieles, en el Oteen Veterans Administration Hospital de Asheville, Carolina del Norte, trabajaba como especialista en nutrición el doctor Sandler, un científico serio y meticuloso. Los veranos siempre eran «temporada de polio», una época en que la enfermedad se cebaba más de la cuenta en los niños: todo eran bracitos y piernas retorcidos como sarmientos y sistemas respiratorios atrofiados que obligaban a encerrar a los niños en pulmones de acero, máquinas de aspecto medieval que realizaban los mecanismos de la respiración en su lugar. Se creía que la culpa la tenían el calor y las aglomeraciones: piscinas públicas, ferias rurales, picnics... Mucha carne al aire y mucho sudor, con el resultado de una sopa primigenia de enfermedades e infecciones.

Durante aquel verano de 1948 se declaró la peor epidemia de polio de la historia de Carolina del Norte. Todas las familias de Asheville que podían escaparse al campo lo hicieron, pero el doctor Sandler empezó a sospechar que el verdadero culpable no eran las multitudes ni el calor. Observó que en verano los niños consumían una cantidad considerablemente mayor de caramelos. Y refrescos. Y sobre todo helados.

Mientras empeoraban sin cesar los estragos de la polio en Asheville, el doctor Sandler se sintió obligado a acudir a los periódicos y emisoras de radio de la zona. «Por favor, no comáis helados ni caramelos —instaba a sus conciudadanos—. No consumáis nada de azúcar.» A los habitantes de Carolina del Norte, desesperados y asustados, no se les pasaron por alto sus palabras: «¡No comáis helado —corría la gente a decirse—, que da polio!».

Cuando se avecinó la temporada de polio de 1949, ya estaba en alerta gran parte del sur. Aunque al principio Bert se había negado a que se inaugurasen franquicias de Dunkle's en zonas con segregación racial —mi marido aspiraba a ser el Branch Rickey del helado—, no podía decirle que no a un veterano, así que por aquel entonces teníamos seis Dunkle's en Carolina del Norte y otras diez franquicias en estados vecinos. Nuestra sede empezó a recibir llamadas de pánico de los propietarios: «No entra nadie en las heladerías. Dicen que nuestro helado envenena a sus hijos. No estoy seguro de que pueda hacer frente a las mensualidades».

Fue un desastre, por supuesto. Solo en junio, Dunkle's envió al sur 1.400.000 litros menos de mezcla para helado que el año anterior. En julio, 2.260.000 menos. En agosto no había casi nadie en nuestras heladerías entre Washington y Atlanta, y nuestras seis franquicias de Carolina del Norte se enfrentaban todas a la quiebra.

—¿Bonwit Teller acepta devoluciones? —pregunté consternada, aunque a esas alturas me resultara inconcebible vender el abrigo de marta, o las perlas, o el Chevrolet.

Es lo raro que tiene el lujo, queridos: que en cuanto te acostumbras deja de ser un lujo y se convierte en una necesidad. De eso la gente se olvida.

—Puede que hayamos crecido demasiado, Lil. —Bert se pasó los dedos por el pelo, ya canoso—. ¿Y si cerramos las heladerías y recortamos pérdidas?

—Ya, pero ¿y después?

Lo malo de las teorías dietéticas del doctor Sandler, por desgracia, es que al parecer tenían sentido. La epidemia de polio de 1949 estaba resultando peor que la de 1948 en todo el país, excepto en Carolina del Norte, cuyos habitantes habían reducido casi el noventa por ciento su consumo de helados y de azúcar.

Cada noche, al apagar las luces de la fábrica, me perseguía la impresión de que todo lo que habíamos construido estaba a punto de desmoronarse como un gran cataclismo. Quizá hubiera llegado el momento del castigo. Por todos mis pecados inconfesos. Mis mentiras. Mis robos. Los Dinello. Los empleados anónimos a quienes debía de haber dejado sin trabajo. Los inmigrantes italianos inocentes que aún no tenían la nacionalidad, y cuyas vidas posiblemente... En aquel punto me obligaba a no seguir pensando.

A medida que se difundía la teoría del doctor Sandler, comprendí que era cuestión de tiempo. Nuestras franquicias se vendrían abajo una tras otra, desde el sur hasta el norte y desde el este hacia el oeste. Ni todas nuestras innovaciones de posguerra, ni todas las tartas heladas y los sabores de fantasía que habíamos ido creando, podrían salvar al sector de la amenaza de aquella epidemia. ¿Y entonces?

Una noche, cuando nos sentábamos a cenar, sonó el teléfono y corrió a descolgarlo Isaac, que ahora era un chico de doce años con las rodillas huesudas y el primer amor por una chica.

—Es para ti, papá. —Dejó el auricular en el aparador con mala cara—. Una tal Ada, que dice que es importante.

Bert se quedó de piedra y soltó la servilleta.

—Ya me pongo dentro.

Corrió al dormitorio y cerró la puerta. Dentro de mí se disparó una alarma.

—Ve a tu habitación —le dije a Isaac—. Ya te avisaré cuando cenemos.

Levanté con sumo cuidado el auricular y me lo acerqué al oído como una caracola.

—...lo dije —decía Bert—: no pienso quedar mañana contigo. Es una traición...

Me quedé grogui, arrítmica, pero en ese momento una voz interrumpió a Bert.

—Dunkle, por Dios, que estará todo el sector. —Era de hombre. Tensa, rotunda—. High-Ho, Muldoon's... Toda la competencia. Hasta los Rockefeller han mandado a un abogado de su trust lechero.

Ada. ADA. La Atlantic Dairy Association, la asociación lechera de Atlanta, era la que llamaba, y no una mujer. Exhalé despacio. Había reconocido la voz: Clark Bauer, el presidente. Lo había oído hacer un brindis ebrio en la fiesta de Navidad organizada el año anterior por la *Ice Cream Manufacturers Gazette*. Debía de haber llamado primero su secretaria.

—Si dejamos que tomen la iniciativa los del azúcar, y en el consejo no hay bastante gente del sector lácteo y las empresas heladeras, ¿tú qué crees que pasará? —dijo Bauer—. Pues te lo digo yo: que se buscarán un chivo expiatorio. En cuanto les pidan cuentas, en cuanto les pregunten «si la polio no la causa el azúcar, ¿cómo es que en Asheville funciona la dieta del doctor Sandler?», ¿sabes qué dirán? «Hombre, es que la polio la causa la leche, no el azúcar». Con tal de salvarse, se volverán en contra del helado en un abrir y cerrar de ojos. Sabes que tengo razón, Albert. Estos del azúcar son unos fantoches...

—P-pero Clark... —Noté que a Bert le flaqueaba la voz—. No hay nadie de nosotros que sepa de verdad por qué funciona la dieta.

—Pues mira, tengo una noticia: puede que nunca lo sepamos. Yo, en todo caso, como azúcar y helado, y tú igual. ¿Tenemos polio? En verano, todos los días millones de americanos comen helado, ¿y sabes qué? Que hay millones que no se ponen enfermos de la polio. Por lo que a mí respecta este doctor Sandler es un charlatán, o sea, que súbete al carro y lucha como estamos luchando los demás, ¿vale? El verano que viene, si tenemos que ir personalmente a Carolina del Norte, iremos y repartiremos cucuruchos gratis a todos los hombres, mujeres y niños del estado, qué caramba. Así verán que lo único que tienen que temer es su propia tont...

Me quedé de piedra, porque justo entonces Bert colgó con un clic desafiante, y de repente lo único que oí fue la voz a tientas, incorpórea, de Bauer.

—¿Albert? ¿Estás aquí, Albert? ¡Pero será posible!

Apenas tuve tiempo de poner el auricular en su soporte antes de que mi marido volviera al comedor, agitado y con la cara roja. Nunca lo había visto así.

—¿Pasa algo? —dije mientras me situaba cuidadosamente ante mi plato.

Él sacudió la cabeza con vehemencia.

—¡Isaac! —exclamó con más fuerza de lo habitual—. Dame, nena —dijo señalando mi plato, aunque parecía pensar en otra cosa—, que te sirvo.

Aquella noche estuvo más solícito conmigo y más encantador que nunca, pero de su conversación con Clark Bauer no soltó prenda. A mí me hervía la sangre, aunque disimulase. ¿Qué le pasaba a mi marido? Bauer tenía razón. Yo leía revistas científicas, y me mantenía informada: las afirmaciones del doctor Sandler eran meras hipótesis. No existía ninguna demostración científica de que el azúcar pudiera guardar relación con la polio. Los rumores, el miedo, sin embargo... Conocía por experiencia su rapidez y su eficacia. Todo el sector corría peligro, y sus líderes estaban suplicando a Dunkle's que se sumara a sus esfuerzos por salvarlo. ¿Por qué se oponía Bert? ¿Qué quería, certidumbre? ¿Desde cuándo había habido alguna en su vida? ¡Pero qué coscorrón le habría dado yo!

La tarde siguiente me escapé de la fábrica y le pedí a Martin que me llevase a Manhattan, para hablar personalmente con Clark Bauer. Pensaba que le gustaría verme y saber que estaba decidida a ganar a mi marido para la causa, pero cuando me hizo pasar su secretaria los labios de Bauer parecían el fruncido de un bolso de cordón. Tenía la cabeza erguida, hasta el punto de que más que observarme con los ojos parecía hacerlo con las fosas nasales. Vi que se fijaba en mi bastón y mi abrigo de marta haciendo un ligero ruido de desdén por la nariz. Irradiaba una crueldad rebuscada, que era como un olor. No me invitó a sentarme.

Como no sabía muy bien qué hacer, apoyé el bastón en el borde de su mesa y me puse la mano en el bolso.

—Me ha llegado la noticia de que mi marido no quiere asistir a la reunión —dije sin rodeos—, pero estoy de acuerdo con usted, señor Bauer, en que tenemos que ir todos a una para salvar nuestro sector, y por eso, si no le importa, me gustaría asistir esta noche en lugar de Bert.

—¿Cómo dice? —El señor Bauer se levantó como si hubiera sufrido una picadura, y clavó en mí una mirada aniquiladora—. Con todo respeto, señora Dunkle, con quien tratamos es con su marido.

—Señor Bauer —contesté, irguiéndome en toda mi estatura, que no era gran cosa, todo hay que decirlo—, Bert y yo siempre hemos trabajado en equipo. Tengo tanto peso en la empresa como él, y si ve que los apoyo a ustedes...

Bauer levantó la mano como si detuviera el tráfico.

—Pues si tan «equipo» son, señora Dunkle, ¿no le ha explicado su marido la razón de que no la hayan invitado con él a la reunión? ¿No le ha dicho que la asociación acordó por unanimidad que durante esta campaña si a alguien hay que mantener completamente al margen es a usted?

343

—¿Cómo dice? —respondí, y sin querer retrocedí como si tuviera la garganta llena de cristales rotos.

—No es nada personal, señora Dunkle, pero seguro que hasta usted se dará cuenta de lo perjudicial que sería que una lisiada intentara convencer a la opinión pública de que el azúcar y el helado no provocan polio.

—No tuvo nada que ver con la polio —dije, indignada—. Fue un accidente en la calle.

Clark Bauer me miró con incredulidad.

—¿Se cree que importa algo, señora Dunkle? Ahora mismo a la gente solo le hace falta ver a una fabricante de helados coja y con bastón para sacar sus propias conclusiones. Sería la confirmación de lo que más temen. Sin duda es consciente del poder de las imágenes en la publicidad. ¿Es realmente necesario que le dé tantas explicaciones? —dijo mientras acercaba la mano al intercomunicador—. ¿O lo capta más deprisa que su marido?

Después de algo así, rabiar en casa en la penumbra de un salón encajonado entre pisos más altos y más claros que le robaban aire y luz, oyendo el anodino repiquetear con que nuestra criada, Emeraldine, servía estofado con el cucharón en el plato de Isaac, mi hijo difícil y maniático —no le gustaban las fresas porque se le metían las semillas entre los dientes, no quería ponerse jerséis porque le picaba el cuello—, con su nueva bicicleta azul marino y sus clases extraescolares de trompeta que le pagábamos Bert y yo, y su uniforme de deporte comprado —no le hacía trabajar con la misma dureza que yo a su edad, pero aun así se apartaba de mis arrumacos y mis «dale un beso a mamá»—, oírle contar con voz de tonto a Emeraldine el día que había pasado en el colegio, mientras en la humedad de la cocina se oía el incesante tictac del reloj de encima de la nevera, mientras yo estaba pendiente de oír si volvía Bert, que había salido de juerga con sus puñeteros amigos de la guerra —Bert, que había renunciado a la posibilidad de unirse a los más importantes del sector en una campaña para promover el azúcar y el helado, ¿y todo por qué? Pues para protegerme. A mí y sus valiosos principios, seguramente. ¿Qué le daba, un coscorrón o un beso?–, quedarse en casa después de algo así, en un sillón narcotizante, incubando mi rabia, y sufriendo mi animosidad y frustración... ¡pues la verdad, era una perspectiva insoportable!

–Llévame a la oficina –le mandé a Martin.

En la fábrica intenté repasar la contabilidad, pero no me entraba nada en la cabeza. Me corrían sin freno por dentro, como corre el mercurio, emociones en conflicto, indecorosas. La señora Preminger se había marchado temprano. Me serví un whisky de su cajón. Pasé el dedo por el filo de su abrecartas de latón, separé su grapadora Swingline y volví a cerrarla de un bocado. Levanté su último pisapapeles de gatos. Era de ónice, regalo de su sobrino, decía, aunque yo sospechaba que se lo había comprado ella misma. Lo sentí frío y pesado en la mano. Me eché hacia atrás y lo arrojé con todas mis fuerzas por la mampara de cristal esmerilado. Qué satisfactoria la violencia con la que se rompió... Llevaba mucho tiempo sin hacer algo así, y sin darme cuenta de cuánto lo anhelaba.

Contemplé un momento mi obra, jadeando. Después me acerqué a los restos y empecé a majarlos con la punta del bastón en la moqueta, triturándolos con todas mis fuerzas. Era un ruido horrible, que recorrió mi columna vertebral como un chirrido de tiza en una pizarra. Al final me di cuenta de que lo había dejado todo perdido, y aunque podría haberlo dejado como estaba, que para algo ahora teníamos conserjes, me daba mucha rabia el desorden, así que recogí el pisapapeles descascarillado y lo dejé en la mesa de la señora Preminger. La verdad es que habría hecho falta una aspiradora, pero lo único que encontré en el armario de material fue una escoba y un recogedor.

De pronto sonó el teléfono, con una estridencia que en medio del silencio se me antojó acusadora, como si llamase Dios desde el cielo, o la señora Preminger, para recriminármelo. Intenté no hacer caso, pero seguía sonando, y al final me puse.

Era Silas, el vigilante.

—Ah, señora Dunkle —dijo sorprendido—. Ha venido un hombre a verla. Le he dicho que me parecía que ya se había ido, pero ha insistido en que lo comprobase. Dice que es una emergencia.

Mi corazón dio un salto. ¿Le había pasado algo a Bert? ¿O a Isaac?

—¿Quién es? —dije.

—No ha querido dar su nombre. Dice que es amigo de su padre.

Solo cuando entró tan ufano en el despacho reconocí a Pickles* como uno de los hombres de aquella noche en Rickie's Round-Up. Tenía andares pesados, y me di cuenta por primera vez de que el apodo debía de ser por la nariz, un bulboso pepinillo que dominaba su cara. En contraste, los ojos, pequeños y oscuros, parecían granos de pimienta. Llevaba impermeable, a pesar de que no llovía. Entró quitándose el sombrero y mirando despacio a todas partes, como si se estuviera planteando comprar la fábrica.

—Vaya, pues sí que es grande esto —dijo—. Aunque me lo imaginaba más elegante, no sé por qué.

Levantó el pequeño archivador de madera que tenía la señora Preminger al lado del teléfono, hizo saltar la tapa con un dedo aceitoso y lo dejó otra vez en su sitio. Parecía que no tuviera prisa. Cuando reparó en la pequeña bombonera de cristal tallado con bolitas de cítricos, eligió una de lima, le quitó el celofán y se la metió en la boca. Aquellas libertades solo se las tomaban los hombres, que entraban en los despachos como si fueran suyos.

—¿Quería algo? —pregunté, irritada—. Le ha dicho al vigilante que era urgente.

Pickles levantó, como acababa de hacer yo, la grapadora

---

* *Pickles* significa encurtidos. *(N. del T.)*

Swingline, y solo al dejarla en su sitio se fijó en la mampara rota y en los trozos de cristal de la moqueta. Vi que miraba la escoba apoyada en el marco de la puerta y el vaso de whisky vacío de la esquina de la mesa de la señora Preminger.

—¿Interrumpo algo? —dijo, extrañado.

Me crucé de brazos.

—¿Qué pasa con mi padre?

—¿Podemos sentarnos?

Señaló las sillas de ambos lados de la mesa. Nos sentamos.

—Vengo de su parte —dijo él.

—¿Dónde está?

—Pues... ahora mismo, indispuesto.

—¿Enfermo? ¿Está en el hospital?

—No, no. —Pickles sacudió la cabeza—. Nada que ver. Al menos de momento. No voy a andarme con remilgos, señora Dunkle. Su padre, su papá, debe mucho dinero a una serie de personas muy importantes, y lo necesita. Inmediatamente.

—Ah —dije con brusquedad, y me apoyé en el respaldo. Pues claro que necesitaba dinero. Cómo no. Tuve un escalofrío de amargura—. La última vez que lo vi fue hace cinco años. Con usted. Se fue con mi bolso y desde entonces no he sabido nada. Ni una sola carta. Ni siquiera una llamada. Años, he esperado. ¿Y ahora se acuerda?

Pickles me miró apenado.

—Bueno, visto así... —dijo.

—Si tan importante es para él, ¿por qué no me lo dice él mismo, a ver?

—No puede venir a verla. Está en Nevada y no puede moverse. La única llamada que ha hecho ha sido a mí.

Me miró de hito en hito.

—¿Mi padre está en la cárcel?

—Digamos que algunos de nuestros socios comerciales no quieren perderlo de vista. Es que se le fue un negocio al garete, ¿vale?, y ahora digamos que lo retienen. Como garantía.

—¿Un negocio de qué tipo?

De sobra me lo imaginaba. De hecho, tenía una idea bastante clara como para sospechar que más valía no saberlo. Papá. Qué ganas de darle un coscorrón.

—Necesita pagarles esta semana —dijo Pickles.

—¿Me deja plantada hace cinco años en un aparcamiento y de repente soy su banco?

—Mire, aquí la que decide es usted. —Pickles se encogió de hombros y se levantó para salir—. Pero si su padre no consigue el dinero, y a usted no le pesa en la conciencia saber que...

Empezó a latirme más deprisa el corazón. Maldita sea... Señalé el teléfono de la mesa de la señora Preminger.

—Llámelo.

—¿Que llame a quién?

—A mi padre, quiero oírlo.

Pickles sacudió la cabeza.

—Me parece que no funciona as...

—Llame —le ordené. Me temblaba la pierna debajo de la mesa—. ¿Quieren dinero? Pues que le dejen hablar conmigo.

Pickles sacó a regañadientes un papel de su bolsillo, se puso el teléfono delante y marcó un número.

—Oye, que soy Pickles —oí que decía—. La hija de Bailey quiere hablar con él. Sí, ya se lo he dicho, pero insiste en que tiene que oírlo directamente...

Me lanzó una mirada de exasperación, con el auricular entre la oreja y la barbilla.

—¿El número de aquí cuál es? Va a llamar él.

Después de colgar me miró inexpresivamente.

—¿Y en todo esto usted qué pinta? —Lo miré con recelo. Menuda pandilla de granujas.

—¿Yo? —Se encogió de hombros con una sonrisa de satisfacción—. Yo soy Pickles, y punto.

Tuve muchas ganas de darle un bofetón, pero al final nos quedamos atentos al teléfono y respirando trabajosamente durante unos minutos, como si intentáramos que sonase por telepatía.

¡Oh, prodigio! Sonó.

—¿Papá? —dije por el auricular.

—¡Malka! —exclamó él—. *Kindeleh*. Qué alegría oírte. No te

imaginas lo contento que estoy.

—Tienes razón —dije—, no me lo imagino.

—Francamente, Malka, ¿te parece el momento y el lugar?

—¿Por qué no?

No había sido mi intención hablar con tono de amenaza o de reproche, pero de repente experimenté una urgencia muy particular. Mi padre tenía que contestarme. Por primera vez necesitaba algo de mí.

—Explícamelo un poco —dije, apoyada en el respaldo—. Venga, aunque sea para darme el gusto. La última vez que te vi me dejaste colgada. Tuve que dormir en el sofá de aquella camarera y llamar a un camión de reparto para que me llevase a casa. No llegué a ver a mi marido antes de que embarcase para el Pacífico. Estuve meses esperando alguna noticia tuya. Así que, por favor —dije, mientras oía el zumbido de mi propio corazón—, ilústrame.

—¿Que te dejé? ¿Que te dejé? Pero bueno, Malka, ¿cómo me dices eso? ¿Cómo puedes acusarme de algo así? ¿No te acuerdas de que estabas borracha? Borracha y vomitando. Yo lo que hice fue ir a buscar un médico. Por eso me marché. Y tu bolso me lo llevé para pagarle, ¿entiendes? Estuve mucho rato conduciendo sin parar. Fíjate, si llegué hasta Trenton buscando un médico para mi querida hija recuperada... Lo que pasa es que al volver... Bueno, mira, no quiero engañarte; al médico no lo encontré, pero... ¡Puf! Habías desaparecido. ¡Como Houdini, Malka! ¿Qué querías que hiciera? Pero si fuiste tú la que me dejó plantado. Abandonado por mi propia hija. Así como así.

Chasqueó los dedos delante del auricular, para más énfasis.

Yo no dije nada. Sus palabras eran puro aire. Me enfadé, por supuesto; con él, pero también conmigo misma, porque me di cuenta de que al mismo tiempo, en contra del sentido común, me moría de ganas de creerme aquel cuento de dibujos animados, con toda su desfachatez.

—Pero bueno —siguió diciendo—, agua pasada no mueve molino. En última instancia, es tu palabra contra la mía, y eso entre padre e hija no está bien, ¿verdad? Lo pasado, pasado está, ¿de acuerdo, *kindeleh?* Si tú no me lo echas en cara tampoco te lo echaré yo. Dime una cosa: ¿cómo está mi niña preferida, mi gran triunfadora? ¿Sabes que al final probé tu helado? No hace mucho me tomé uno de vainilla, el que lleva trocitos de galleta, y aunque ya te dije que no soy muy de helados tengo que reconocer...

—Papá —le corté—, ¿cuánto necesitas, exactamente?

Se quedó callado.

—Mmm...—Su voz perdió fuerza. Me lo imaginé en alguna pensión de Nevada, mirando a su alrededor—. Unos cuatro mil dólares.

—¿Cuatro mil dólares?

—Bueno, para ser exactos cuatro mil quinientos —dijo él—. Cuatro mil setecientos, en realidad. Con cuatro mil setecientos me salvas la vida. Hazme un giro. No, mejor que se los des en mano a Pickles, que ahora que lo pienso es preferible pagar en efectivo. Lo ideal serían billetes pequeños.

—Ja. ¿Te crees que voy a darle cuatro mil setecientos dólares en efectivo a alguien a quien no conozco? Te haré un cheque, pero solo a tu nombre.

Hubo una pausa.

—Ah, pues muy amable, Malka, de verdad.

—Te los presto, no te los regalo, ¿me entiendes? Tendrás que devolverme los cinco mil.

—¿Cinco mil? Creía que habíamos quedado en que solo necesito cuatro.

—Has dicho cuatro mil setecientos. Más los trescientos que me robaste en Nueva Jersey, que son cinco.

Oí que silbaba por lo bajo.

—Ya te he dicho que ese dinero solo me lo llevé para pagar a un médico. Para ti.

Qué cara más dura. Era impresionante.

—Cinco mil, papá. Y me los devuelves tú personalmente. Lo tomas o lo dejas.

—¡Pues claro, claro! —dijo—. ¿Qué te crees, que aceptaría una limosna de mi propia hija? Es más: cuando haya resuelto esto de aquí y vuelva al este, saldremos otra vez a tomarnos los dos un buen filete, y esta vez en Manhattan, en un sitio de lujo. Ah, y quiero conocer a tu marido, ¿vale? Así hablamos de negocios. No me he olvidado de vuestras franquicias, Malka. De hecho, aquí le voy contando a todo el mundo que mi hija es un pez gordo.

Se oyeron muchas voces a la vez. Noté que papá tapaba el auricular con la mano y oí un diálogo en sordina.

—Ya está —fue lo siguiente que le oí decir, pero no a mí.

Su voz recuperó nitidez.

—¿O sea, Malka, que cuatro mil setecientos? ¿Puedes hacerlo por mí, por tu viejo padre? Pues me salvas la vida, de verdad. Me salvas la vida, *kindeleh*.

Colgué y miré con mala cara a Pickles. Acto seguido saqué mi talonario, como una posesa extendí un cheque a nombre Hank Bailey, lo arranque con un «fuip» y se lo di.

—Aquí está, ¿contento?

Al otro lado de la mesa, su sonrisa era de lobo.

—Así me gusta —dijo mientras doblaba pulcramente el cheque por la mitad.

Cuando vi que se iba, tuve la irritante sensación de que tardaría mucho tiempo en volver a ver a mi padre y mi dinero.

Pasaron los días y se confirmaron mis sospechas: ninguna noticia de Nevada, ni llamadas, ni menos aún cartas. Aun así, cada mañana, cojeando por la fábrica, y cada noche, echando sales en el baño, me sorprendía recitando los mismos conjuros que había dicho muy pequeña en Mulberry Street, en contra del sentido común: «Papá, por favor. Papá, di algo. Papá, vuelve».

A las tres semanas sí me llamaron, pero de nuestro banco.

—Señora Dunkle, queríamos saber si quiere mantener la cuenta que tiene abierta con nosotros.

—Pues claro —dije inquieta, mientras me quitaba el pendiente de clip—. ¿Por qué no?

—Es que como han devuelto su último cheque...

Eché mano de mi talonario y lo hice correr con el pulgar.

—¿Cinco dólares con cuarenta y nueve centavos para la compañía telefónica? —dije—. ¿Cómo puede ser?

—No, el más reciente. Del jueves pasado. Por dos mil ochocientos dólares a nombre de Hank Bailey.

—¿Qué?

—Hasta ahora los cheques a su nombre habían pasado, pero ahora la cuenta está vacía —me dijeron—. ¿Qué quiere que hagamos?

12

Hace unos años, cuando la 20th Century Fox preparaba un telefilme sobre mi vida –que se quedó en agua de borrajas, por cierto; fantasmas, eso es lo que son, haciéndote perder el tiempo–, una de las escenas que se tenían que rodar era cuando Bert y yo llegábamos a la escuela primaria Franklin Sherman. Primero la cámara tenía que hacer un plano general de una enfermera escolar tristemente sentada debajo de un cartel donde ponía HOY VACUNA GRATIS PARA LA POLIO, en un gimnasio vacío. En el siguiente plano aparecería nuestro camión dando saltos por un fondo de colinas, como la caballería, con la campanilla.

Mientras la banda sonora hacía un *crescendo,* la noticia corría de niño en niño y de aula en aula: «¡Que viene la señora de los helados!».Y de repente el gimnasio se inundaba de niños arremangados para que los vacunasen. La escena tenía que acabar al lado de nuestro camión, donde Bert y el director del colegio me llevaban a hombros entre los aplausos de la multitud.

–¡Juntos venceremos la polio! –tenía que gritar yo, agitando el bastón en señal de victoria.

La flautista de la polio, o alguna chorrada así, tenía que llamarse la película. Si tan mentirosa le parezco ahora a la gente, y tan ladrona... Pues será que no tienen conocidos guionistas.

Polio y humillación. En última instancia, supongo que han tenido tanto peso en mi éxito como cualquier otro factor, porque si no me hubiera hecho un desfalco mi propio padre

—nada menos que el mismo día en que de tan malas maneras me echó Clark Bauer de su despacho— quizá no hubiera tenido las agallas ni la inspiración para hacer lo siguiente que hice.

El día en que me llamaron del banco fui a la calle Veintitrés, a la central, y vi confirmado el nuevo saldo en la dura libreta, escrito a máquina y en tinta de un azul morado: $00.00. Mi cuenta personal, la que usaba para el talonario. El único dinero claramente mío, el que me había dado Bert para que lo gastase a mi antojo. No quedaba nada.

—¿Puedo ver los cheques cobrados, por favor? —le pedí al cajero.

Las firmas coincidían casi a la perfección con la mía: «Lillian Dunkle», con la ele inclinada y la pequeña rúbrica al final de la e. Qué buenos falsificadores.

Detrás de una mampara baja vi al director de la sucursal, fumando un puro y echando las cenizas en la maceta de una palmera, pero se me hizo demasiado duro avisarle. A pesar de todo, mi padre seguía siendo mi padre. Dentro de mí tembló como un piloto una llama delgada de esperanza y amor protector e irracional. Resolví, abatida, que era preferible buscar un detective y resolverlo por mi cuenta.

A esas alturas tenía ya tantos secretos, queridos... Algunos eran pequeños, como los pintalabios que me llevaba de los expositores de Macy's. —¡Tampoco iban a vender los de muestra!— Otros eran más grandes. A Bert nunca le había contado que mi padre estaba vivo y había reaparecido durante la guerra. Tal vez tuviera miedo de que le resultara más fácil dejarme si llegaba a saber que no era huérfana; o de que me echara a mí la culpa al enterarse de que mi padre me había abandonado y robado. Tal vez empezara a verme como creía yo que me veía mi padre: alguien inherentemente indigno de amor, un adefesio, una arpía.

En el banco sentía los brazos y las piernas como sacos de arena, y estaba saturada de disgustos. ¡Pero qué tonta había sido! Veinte mil dólares. Todo mi fondo de emergencia, mi balsa salvavidas económica —por si Bert, Dios no lo quisiera, se iba de verdad, o volvían los cosacos, o reaparecían los

Dinello–. El único dinero al que tenía acceso por mí sola, y que me permitía conciliar el sueño. Y me lo afanaban justo cuando la epidemia de polio ponía en peligro todo el negocio. Me dejé caer con todo mi peso en el banco pulido. Resonaba en el vestíbulo el cuchicheo mudo de las bibliotecas. El suelo de mármol amplificaba el roce del calzado de quienes hacían cola para retirar dinero para el fin de semana. La campanilla de encima de la puerta no dejaba de sonar, pero lo único que oía yo era el «así me gusta» de Pickles, con el brillo mordaz, rapiñador, de su mirada, y a Clark Bauer diciendo, despectivo: «Seguro que hasta usted se dará cuenta de lo perjudicial que sería que una lisiada intentara convencer a la opinión pública».

Un niño pequeño me espiaba travieso entre las faldas de su madre, que estaba rellenando un resguardo de ingreso. Una mano le golpeó con fuerza en la nuca.

–Jimmy, no te quedes mirando a la lisiada –le espetó su madre–, que es de mala educación.

Todo el banco me lanzó miradas.

Guardé la libreta en el billetero y me erguí.

–Lo único que tengo mal es la pierna –dije en voz alta–. No soy sorda, para que lo sepa.

Fue entonces cuando me di cuenta. El mundo siempre se quedaría mirando mi deformidad. ¿Se pensaban que había tenido polio? Pues allá ellos. Estaba harta de esconderme en las sombras y de que me tomaran por una debilucha, un bicho raro, una incauta.

Y ni muerta dejaría que quebrase Dunkle's.

Que se fueran de viaje a Carolina del Norte los otros fabricantes, como pregoneros de carnaval, a repartir piruletas y vasitos de helado gratis en piscinas y ferias para intentar convencer a la opinión pública de que sus productos eran inofensivos. Bert y yo pondríamos en marcha nuestra propia campaña antipolio, pero adoptaríamos un enfoque diametralmente opuesto, y le ganaríamos la mano a la competencia.

A mi marido le encantó mi idea en cuanto se la expliqué. Quedamos en que me reuniría personalmente con los responsables de la campaña March of Dimes.*

–Como tullida, no quiero que mi hijo, ni el de nadie, sufra como he sufrido yo por culpa de esta horrenda enfermedad –les dije a los organizadores–; por eso, mi marido y yo queremos que Dunkle's Ice Cream colabore con su fundación.

Pronto todas las franquicias Dunkle's del país tenían un vasito de colecta de cartón al lado de la caja, y ofrecían dos sabores hechos exclusivamente para la nueva campaña. Por cada bola de Antipolio Menta o de March of Dimes Marshmallow que comprase la clientela, Dunkle's donaría un penique a la Fundación Nacional contra la Parálisis Infantil.

¡Qué gran golpe publicitario! De una sola e ingeniosa tacada establecí a Dunkle's como la marca de helados más «de confianza» y «sana» del país, y aunque la polio empeorase, aumentaron las ventas: ahora nuestro helado era el único asociado con «encontrar una cura». Los editoriales de los periódicos nos elogiaban por nuestra «responsabilidad y entrega», y por nuestra risueña y colorida campaña en pro de los niños discapacitados del mundo. Qué le vamos a hacer. No lo sabía ni Bert, pero en el origen de todo estaban, por supuesto, mis ganas de resarcimiento y de venganza.

Y resultó también, queridos, que sirvió para otro objetivo importantísimo. Cada día, en las noticias, se hablaba de las investigaciones del Senado sobre americanos sospechosos de comunismo. El objetivo, de repente, eran personajes de las artes, el Gobierno y la industria que se habían limitado a asistir alguna vez a un mitin socialista o a una asamblea sindical. Listas negras, caídas en desgracia... Bastaba con ser culpable por asociación. ¡Qué preocupada estaba yo! ¡Bert y su maldita política! ¿Y si ahora la resucitaban y era nuestra ruina? Mi marido, por su parte, no parecía muy preocupado.

---

* Organización fundada en 1938 a instancias del presidente Roosevelt para luchar contra la polio. *(N. del T.)*

–Lil, la última vez que fui a un mitin fue hace más de veinte años. Nunca he tomado la palabra, y ya sabes que tampoco he firmado nunca nada. Ni siquiera hay pruebas de mi asistencia.

Nada sabía, por supuesto, de la petición recibida de mis manos por Orson Maytree. Seguro que aún estaba en alguna carpeta oficial, en espera de que la redescubriese algún subordinado diligente, momento en que los firmantes serían convocados por la comisión y obligados a dar nombres. De eso estaba convencida. Y era probable que alguien de los del sótano de Delancey Street se acordase de un hombre tan guapo como mi Bert. ¿Y si llamaban a declarar al propio Rocco Dinello?

Aquella simple hoja de papel podía resurgir en cualquier momento para destruirnos. De noche, en sueños, veía que se desplegaba y aleteaba como un pájaro de mal agüero. Cada vez que sonaba el teléfono, o que se presentaba algún desconocido en la recepción de Dunkle's, mi corazón sufría un vuelco. ¿Habían identificado a mi marido? ¿Iban a citarlo ante la justicia?

Al final, incapaz de controlar mi corazón, llamé por teléfono a Orson Maytree.

–¡Caramba, señora Lillian! –exclamó–. Anoche, justamente, a mi señora le apeteció su helado de fresa.

–Señor Maytree –dije en voz baja, entre miradas al despacho, a pesar de que me había asegurado de cerrar con llave–, es que tenía curiosidad... ¿Habría alguna manera de que me pusiera usted en contacto con el senador Joseph McCarthy?

Claro, ahora en la prensa ponen todos el grito en el cielo. «Macartista furibunda», me llaman; «Colaboradora en la caza de brujas anticomunista», pero yo lo único que le he dado en mi vida al senador, queridos, es helado. Sobre todo de vainilla, y un poco de nuez con jarabe de arce. Cada semana, durante las vistas, pagaba en secreto a una de nuestras franquicias de Washington para que le mandasen al senador unos cuantos litros de sus sabores favoritos «en señal de gratitud de Dunkle's». Nada más. Vale, una vez mandé fabricar especialmente una tarrina que se llamaba Frambuesa Antes-Muerto-Que-Rojo, pero Joseph McCarthy era una persona muy agradecida, que nunca se olvidaba de mandar pequeñas notas de agradecimiento encantadoras. (En cambio el soplagaitas de Roy Cohn me gritó una vez: «¿Es demasiado pedir que me pongáis unas cuantas virutas, carajo?».) Vaya, que os podéis ahorrar la indignación. Lo único que hice fue quedar bien. Fue la única manera que se me ocurrió, aparte de la colaboración, pública y notoria, de Dunkle's con March of Dimes, de cimentar nuestra reputación de americanos cabales y leales.

Porque si alguien destapaba algo sobre Bert, que Dios nos pillara confesados.

Aunque al final los científicos llegaron a la conclusión de que no existía ningún vínculo entre el consumo de helado y la polio, a principios de 1954 quedó desfasado el debate. Ya estaba todo a punto para probar a escala nacional la prodigiosa vacuna contra la polio de Jonas Salk. El objetivo era que a finales de año hubieran participado en las pruebas nada menos que un millón de niños americanos.

Dado que las vacunas tenían que refrigerarse, Bert y yo ofrecimos la flota de camiones de helado de Dunkle's para ayudar a transportarla por todo el país. Hasta los dueños de las franquicias se dedicaron personalmente a reclutar a «Pioneros de la Polio», como los llamaban —no «cobayas», eso nunca—. Enganchaban carteles y repartían prospectos en las heladerías, en la sede de los Elks, en el Rotary, en el 4-H,* en el local de los Boy Scouts... Ahora no nos lo reconoce nadie, pero os aseguro que gracias a Dunkle's cientos de miles de niños se animaron a dejarse vacunar contra la polio.

Las primeras pruebas a escala nacional tenían que realizarse en la escuela primaria Franklin Sherman de McLean, Virginia. Bert y yo resolvimos acudir personalmente para distribuir helado Dunkle's gratis a todos los valientes Pioneros de la

---

* «Red internacional de organizaciones para fomentar el desarrollo de la juventud.» *(N. del T.)*

Polio, como recompensa. ¡Estábamos haciendo historia! Además, me imaginé que la publicidad sería fabulosa.

Salimos para McLean a bordo de un camión de nuestra franquicia de Washington, con litros y litros de mezcla para helado de chocolate y vainilla, un enorme ramo de globos de helio rosas y marrones y un perfil de cartón a tamaño natural de nuestro nuevo símbolo, el payaso Virutas. A cada niño recién vacunado yo le daba un vale por un helado Dunkle's gratis, que se podía canjear en el camión aparcado justo a la salida del colegio, donde esperaba Bert.

—Hemos venido para celebrar que hoy se han presentado voluntarios todos estos valientes Pioneros de la Polio —anuncié por el sistema de megafonía del colegio, desde el despacho del director.

Ocurre que la cafetería, que era donde tenían que administrarse las vacunas, estaba invadida por un olor químico y mareante de pintura de carteles y limpiador de suelos, mezclado con vapores de sopa de letras demasiado caliente. Nada más respirarlo te ponías nervioso. Las madres que esperaban con sus hijos fumaban como carreteros, se hacían saltar el pintaúñas y se roían las cutículas, y yo no podía reprochárselo. Sus niños y niñas, de cinco, seis o siete años, lo más valioso que tenían en el mundo, estaban siendo ofrecidos a los dioses de la ciencia como sacrificios humanos, brindándose a que les inoculasen una vacuna experimental en sus menudos brazos. El doctor Salk había asegurado al país que el virus de la polio que él usaba estaba «muerto», pero en el fondo nadie estaba seguro. Era la primera vez que se hacía algo semejante. Era un acto de fe descomunal; tanto es así, que algunos padres vistieron a sus hijos como para ir a la iglesia: los niños repeinados hasta el último cabello y las niñas con miriñaque y cintas en el pelo, como unas señoritas.

Los únicos que parecían tomárselo con calma eran los reporteros: prensa local, anunciantes radiofónicos, dos hombres de la NBC, uno de ellos con una cámara grande y pesada en equilibrio sobre un hombro, como una pieza de artillería... Se paseaban por todas partes fumando cigarrillos y contando chistes en espera de que algo les llamase la atención. Me pareció que lo más inteligente era presentarme y darles vales para helados Dunkle's.

—¿Helado? —dijo uno con sorna—. ¿No tiene nada un poco más fuerte?

Las vacunas las ponía el doctor Richard Mulvaney, cuyos propios hijos fueron los primeros en recibirlas.

—Somos Pioneros de la Polio —anunció muy seria su hija, mientras se subía la manga abullonada para enseñarles a los reporteros su tirita.

A partir de entonces las pruebas se sucedieron sin sobresaltos, aunque con solemnidad. A mí me recordaban un poco las colas para comulgar en la iglesia de la Preciosísima Sangre. Mi fajo de vales menguaba a buen ritmo, pero de repente se abrieron las puertas con un «¡clanc!» metálico y atroz, e irrumpió en la cafetería una madre exasperada que tiraba de su hijo como de un perro tozudo.

—¡No! ¡No quiero que me pinchen! —gritaba el niño—. ¡No, no! ¡No me obligues!

En un momento dado, se tiró en el linóleo de rodillas y empezó a berrear y retorcerse, convertido en un peso muerto para su madre.

—Billy Junior, no me obligues a zurrarte. No pienso dejar que te pongas enfermo y te quedes lisiado el resto de tu vida, ¿me oyes? O te levantas ahora mismo del suelo o te daré razones de verdad para llorar.

—¡No! ¡No! ¡No! ¡No puedes! ¡No me obligues! ¡Por favor, mamá! ¡No! ¡Por favor!

Billy Junior tenía la cara roja como la carne cruda y viscosa de mocos. Sus berridos infernales hicieron que algunos otros niños se encogieran de pánico. El ambiente de la cafetería estaba cargado por la humedad. Me corría el sudor por detrás del vestido y empezaba a dolerme la pierna. Los reporteros se miraban, dubitativos. Los gritos del niño empezaron a despertar dudas entre los demás. Varias madres murmuraron, lanzando miradas a la puerta. Los niños estiraban los dobladillos de sus madres y empezaban a lloriquear. Todo apuntaba a que en cualquier momento habría una estampida multitudinaria y se abandonarían las pruebas, haciendo trizas años de trabajo duro e investigación.

—¡No hagas tanto ruido y escucha a tu madre! —bramé, dando golpes en el suelo de linóleo con mi bastón—. Mírame —me oí decir—. ¿Quieres acabar así?

Se hizo el silencio en la cafetería.

—Exacto. Ya has oído a la señora —dijo vacilando la madre de Billy Junior, que me señaló—. ¿Quieres acabar así?

El niño me miró, sorbiéndose los mocos, con una mezcla de timidez y fascinación. De los tullidos nadie espera nunca que hablen, queridos, y menos que seamos tan francos sobre el mismo problema que tanto se esfuerzan ellos por ignorar.

—¿Tuvo polio? —preguntó con un hilo de voz. Se acercó un poco, con el labio inferior metido en la boca. Vi que su mirada corría por mi pantorrilla y sus pupilas seguían el sombreado de mis cicatrices—. ¿Puedo tocar?

—Billy Junior —lo regañó su madre.

Aparte de Bert y de mis médicos, nadie se había molestado nunca en mirarme de cerca y con respeto. Me encogí de hombros.

—Tú mismo.

Y levantando un poco el borde del vestido extendí mi pierna mala, con su voluminoso zapato ortopédico negro. El niño me tocó la pantorrilla con cuidado, vacilando, con la punta de un dedo, como si tuviese miedo de que pudiera detonar. Algunos niños abandonaron su puesto en la fila para rodearme, intentando ver algo.

—¿Lo veis, niños? —dije con voz de maestra—. No puedo subirme a los árboles. No puedo patinar. No puedo montar en bicicleta. Si no queréis tener toda la vida una pierna como la mía, id a que os vacunen de la polio. —Hice señas con la barbilla hacia el puesto de la enfermera—. Y después podréis tomaros un helado.

—Hoy nos ha ido bien, Lil —dijo orgulloso Bert mientras conducía de regreso a Washington.

Tendió una mano hacia el asiento del copiloto y me apretó el hombro. No habíamos trabajado tanto ni habíamos estado tanto tiempo de pie desde la Depresión. Para nosotros, la importancia del día, su trascendencia histórica, se había traducido simplemente en una cola más, llena de niños quejicas, manos pegajosas y helado derretido por todas partes. Estábamos tan cansados que en vez de regresar en tren a Nueva York decidimos pasar la noche en Washington. Bert pidió habitación en el Willard. Nunca habíamos estado en un hotel tan lujoso. ¡Y a la vuelta de la esquina de la Casa Blanca! Pedimos que nos trajeran la cena: gimlets de ginebra, cóctel de langostinos y filetes. En nuestra habitación había televisor, ¡y mucho más grande que la consola que teníamos en casa! Cuando la encendimos, y nos sentamos aturdidos con los cócteles en el sofá, pegué un berrido: en las noticias de las seis salía nada menos que una servidora, señalando mi bastón a la vez que le decía a Billy Junior: «Si no queréis tener toda la vida una pierna mal como la mía, id a que os vacunen de la polio». Luego aparecía Bert en blanco y negro y poca definición, asomado al camión para tenderle al crío un cucurucho de helado de vainilla.

«Hasta de helados Dunkle's han venido para ayudar en este día histórico —recitaba el presentador—. Han dado ánimos, y mucho helado gratis, a todos los valientes y pequeños Pioneros de la Polio de McLean, Virginia.»

Me lancé sobre el teléfono y llamé a nuestro publicista, Larry Melnick, que estaba en su casa de Nueva York. Por supuesto que mi objetivo había sido despertar mucha atención, pero por la tele se me veía tan fea y con tan poco *glamour*... Clark Bauer tenía toda la razón, y todos los que alguna vez me hubieran desaconsejado presentarme a la luz pública.

—No estoy muy segura de que hoy le haya hecho un favor a Dunkle's —le dije a Larry, apesadumbrada—. Salía fatal, fea, vieja y tullida. Y repelente.

—¿Cómo? ¿Que habéis salido por la tele Bert y tú? —fue la única respuesta de Larry—. Lillian, ¿sabes lo que tienen que pagar Texaco y Colgate por una publicidad así?

Y de ese modo fue como el 21 de mayo de 1954 llegué a un pequeño estudio de Manhattan, en la calle Cincuenta y tres, con el primer actor contratado para el papel del payaso Virutas. Había ido a que me arreglasen el pelo en el salón de belleza para la ocasión –un tinte aún más rubio y un cardado como de merengue–, y llevaba un bastón pintado de colorines, para que pareciese un caramelo de menta. ¿Por qué no? Decidí llamarlo «mi bastón de caramelo». A los niños les encantaban aquellas tonterías. Las instrucciones que me había dado Larry eran que solo me pusiera un vestido de cuadros muy sencillo y un delantal.

–Eres una madre, un ama de casa, una heladera. Es la gracia, Lillian, justamente. No pretendas ser una estrella de cine.

–Por favor... ¿Me ves algún parecido con Betty Grable?

La idea consistía en rodar un anuncio barato de televisión que promoviese la vacuna antipolio de Salk por «cortesía» de helados Dunkle's.

–Si lo presentamos como un anuncio de interés público, es posible que lo emitan gratis unas cuantas cadenas –dijo Larry.

Lo que queríamos, por descontado, era que nos saliera algo por nada: la patata de más, el puñado de arroz echado al saco por el hombre de la carreta.

El anuncio se rodó con una sola cámara, frente a la pared de fieltro del estudio. Me subí a una pequeña tarima para que se viera con claridad mi pierna mala y los zapatos ortopédicos. Con la mirada fija en el objetivo, y el payaso Virutas a mi lado, respiré profundamente y entoné con rigidez:

–Hola. Soy Lillian Dunkle, de helados Dunkle's. El payaso Virutas y yo os rogamos... –En ese momento Virutas se ponía de rodillas y juntaba las manos, en una oración sobreactuada–. Por favor, no dejéis de inmunizar a vuestros hijos contra la polio. De ese pie yo ya cojeo... –Señalaba mi asco de pierna y agitaba el bastón de rayas–. Pero vuestros hijos no deberían. Y cuando se hayan vacunado, lleváoslos al Dunkle's más cercano y como recompensa podrán tomarse gratis un saludable cucurucho de helado. Probad nuestra deliciosa Inyección de

Limón casera, nuestro Pomelo de los Pioneros o nuestro Chocoanticuerpos, que están de miedo. Hacedme caso, queridos. Yo sé lo que es tener que vivir así, y no hace falta que os pase a vosotros lo mismo. Además, soy madre. –Sonreía y me encogía de hombros–. Me preocupo, qué le vamos a hacer.

En ese momento tomaba el relevo la voz grave de un locutor (Larry).

–Este anuncio llega a sus casas por cortesía de Dunkle's, el helado más fresco de América.

¿Qué os voy a decir, queridos? Lo rodamos y se lo dimos a nuestros chicos de publicidad, Promovox. A partir de ahí fue el acabose. Una cadena local de la CBS lo emitió en una franja deprimente, justo después de que quitasen la carta de ajuste y empezaran las primeras noticias del día. Poca gente lo vio. Al menos fue lo que supusimos, pero luego empezaron a llamar por teléfono los franquiciados: «Nuestros clientes han visto a la señora Dunkle por la tele y quieren conocerla». «Aquí en Mamaroneck han venido unos niños con dibujos de la señora Dunkle y el payaso Virutas, y quieren saber si su bastón es de caramelo de verdad.»

Quiso el destino que después viera el anuncio un pez gordo con insomnio de la NBC, que de niño también había tenido polio, y en menos que canta un gallo llamó por teléfono a nuestros publicistas y les propuso emitir gratis el anuncio a condición de que abandonásemos a su rival, la CBS. Lo emitió en *prime time,* justo antes de un programa que era un bombazo, *This Is Your Life.*

De repente, queridos, yo salía por la televisión nacional. Yo, la pequeña Malka Treynovsky Bialystoker. *La Ragazza del Cavallo.* Enseñando la pierna y el bastón.

Por aquel entonces la mayoría de las otras «madres» de la pequeña pantalla eran risueñas y prefabricadas como la baquelita: Harriet Nelson, de *Ozzie and Harriet,* Jane Wyatt, de *Father Knows Best,* Barbara Billingsley, de *Leave It to Beaver...* Animosas, sonrientes, salían con garbo a la puerta de sus casas televisivas con un vestido de tafetán, un delantal y todos los pelos en su sitio. En vez de mostrar personalidad, parecían una tarta de merengue de limón. Yo, en cambio... ¿Qué queréis que os diga? Era directa, humilde, tullida. Y graciosa. No a lo Lucille Ball, o Imogene Coca; no hacía payasadas ni interpretaba personajes alelados, pero supongo que era por mi voz, esa manera de hablar italo-judía de Nueva York, campechana y resignada. Con mi personaje la gente estaba cómoda; les permitía relajarse y sentirse bien en su piel.

Y además tenía una cara nueva, más dulce.

Hoy se ríen todos de la operación que me hice, claro. ¡Uy, cómo disfrutan los humoristas de la tele! Por favor... ¿Qué pasa, que tendría que avergonzarme? Pues retroceded vosotros en el tiempo, vivid con mi pierna y mi cara, queridos, y luego me decís qué habríais hecho. De todos modos, hay poca gente con tanto dinero o tantas narices como yo, gente que pueda hacerse algo así, o sea, que en lo que a mí respecta todo este follón son puros celos.

Además, las correcciones que me hice eran de buen gusto. Levantar un poco por aquí, adelgazar otro poco... Nada que ver con la tontería que hacen hoy de arremangarse la nariz ni con las máscaras mortuorias que les ponen a las actrices. Me refiné, sencillamente, y aunque a guapa no llegara nunca, pasé de tener un aspecto intenso y duro a parecer seria pero sin más. Entrañable.

Fue una locura. ¿Sabéis el impulso colectivo que provoca los pogromos y los acosos en el patio del colegio? Pues lo mismo, pero al revés.

Pronto se hicieron populares muletillas como «me preocupo, qué le vamos a hacer». A nuestros clientes les encantaba decirlo en las heladerías, imitando mi acento, y yo oía que lo citaban por la radio y la tele, en *Your Show of Shows*. ¡Si hasta Nancy Walker hizo de mí en un *sketch* con Phil Silvers! («Escuchadme, queridos. Vacunaos de la polio. Poneos ropa interior limpia. Recoged la habitación. Sacad a pasear el perro. Y no salgáis con hombres que trabajen de peluqueros. Soy madre. Me preocupo, qué le vamos a hacer», decía en su parodia.) Al final se decidió que en nuestros propios carteles de Dunkle's saliera una imagen de esta servidora, sí señor, con su bastón de caramelo y el payaso Virutas. LILLIAN DUNKLE DICE QUE OS VACUNÉIS DE LA POLIO Y VENGÁIS A DUNKLE'S POR UN CUCURU-CHO GRATIS. «ESCUCHADME, QUERIDOS. SOY MADRE. ¡ME PREOCU-PO, QUÉ LE VAMOS A HACER!»

Dunkle's tuvo que contratar un servicio de prensa para no perderse ninguno de los artículos sobre «Lillian Dunkle, la flautista de la polio», «Lillian Dunkle, la reina de las vacunas» «"No seáis como yo", dice la jefa de Dunkle's» «"Inmunizad a vuestros hijos"» «Levantando el bastón –y la voz– por los niños de América». De repente el *New York Times* publicó una foto nada menos que de Jonas Salk con Bert y conmigo durante un acto benéfico de March of Dimes en el gran salón de baile del Plaza. Enfrentada a los micrófonos y al fogonazo de los *flashes,* empecé a disfrutar un poco. Me inventaba anéc-dotas llanas y reconfortantes sobre mi pintoresca infancia de inmigrante en el Lower East Side. «¡Soy medio judía y medio italiana, como el alcalde Fiorello La Guardia!», les decía a los reporteros. ¿Qué queréis que os diga? Lo adornaba todo un poco, vaya. Hacía correcciones. Puede que me inventara algún que otro detalle. ¡Pero bueno, era la farándula!

A finales de año había salido en portada tanto de *Life* como de *Look.* Hoy en día cualquier productillo de tres al cuarto tiene algún tipo de personaje que le hace de portavoz. El señor Whipple estrujando el papel de váter Charmin, el gato aquel de las narices, *Morris,* que gana millones al año anunciando comida para gatos... Pero el primer personaje de los anuncios fui yo, para que lo sepáis. Hasta me pusieron en 1955 de famoso sorpresa en *What's My Line?,* y Dorothy Kilgallen tardó menos de cinco minutos en reconocerme, porque tuve un desliz y respondía a sus preguntas con mi auténtica voz. «¡Ya sé quién es! –exclamó jubilosa, con la ven-da ribeteada de perlas–. Es... ¿cómo se llama? ¡La heladera del bastón de caramelo! "¡Me preocupo, qué le vamos a hacer!" ¡Exacto! ¿Es Lillian Dunkle?» Qué maravilla oír los gritos de alegría de todo el público... Fuera del plató, después, me espe-raban Bert e Isaac con unas rosas. Les presenté al presentador del programa, John Daly, y fuimos a comer a Sardi's. Bert me apretó la pierna buena con adoración debajo de la mesa. Incluso Isaac dijo con timidez: «Mamá, estoy muy orgulloso. Has estado muy guay».

—Lillian —me dijo Larry—, eres la *mamma* cariñosa italo-yiddish de todo el mundo. Hasta en Peoria te quieren. Tienes que hacer nuevos anuncios cuanto antes.

Así que hicimos uno más, esta vez junto a Bert, que se limitaba a saludar con la mano.

La empresa crecía y crecía, más de lo que yo pudiera haber imaginado. Incluso después de las pruebas de la vacuna, y de que se corroborase su éxito en un informe, siguieron llenándose nuestras heladerías —en las que, por insistencia de Bert, mantuvimos vasitos de colecta para March of Dimes al lado de la caja, y ahí siguen, hasta el día de hoy—.

En un año pasamos de ciento dieciséis a ciento cincuenta y siete establecimientos, y luego a ciento ochenta y cuatro, y luego a doscientos tres. Algunos obedecían a un diseño novedoso, el de los AutoDunkle's. Cada nueva franquicia la marcábamos ceremoniosamente en un mapa de «locales Dunkle's en Estados Unidos», pegado en nuestras oficinas centrales con chinchetas plateadas, mapa que no tardó en presentar brillantes franjas por la costa este, que por el sur llegaban hasta Pensacola y por el oeste hasta Kalamazoo. Compramos más fábricas y alistamos a todos los grandes proveedores de leche y azúcar que pudimos encontrar. Préstamos bancarios, contratos, abogados... Dudo que os interesara.

Por mi parte seguía inventando nuevos sabores y especialidades: el Menta Everest, la tarta helada Nilla Rilla... Lo aprendido en las casas de vecinos me fue de gran provecho. Un día me di cuenta de que perdíamos dinero con nuestros sándwiches de helado cada vez que se rompían los barquillos de chocolate, así que ordené a nuestras franquicias que mezclasen las migas con helado de vainilla. «Ponedle el nombre de Chocotropezones —indicaba en nuestra circular—, y presentadlo como un sabor especial. Usadlo como *topping* o relleno de los moldes.» Así nació nuestro Crujiente Secreto, el principal ingrediente de nuestros pasteles de helado, por el que ahora somos famosos. Hasta lo patenté, pero al principio eran residuos.

—No se tiene que tirar nada, ¿me entendéis? Cada gota de mezcla para helado que se desperdicia es un penique que se va por el desagüe.

Formamos a todos los dependientes para que sus bolas de helado no pesaran más de cien gramos. Si les salía mal un cucurucho, tenían que echar el helado en un barreño grande y mezclarlo con los demás errores. Al día siguiente se vendía como Helado del Tesoro Pirata, cargado de pepitas y perlas, frutos secos, guindas y salsa de caramelo. A los niños les encantaba. Un exitazo. No tirábamos nada. Exprimíamos hasta el último centavo de beneficio.

Surgieron más vallas publicitarias. El payaso Virutas y yo por todas partes: por la radio, en el programa *Today* de la NBC... Nos pedían charlas en escuelas primarias y en reuniones de la Junior League. La Cámara de Comercio me regaló un bastón bañado en oro, y March of Dimes nos reclutó a Bert y a mí para copresentar su gala benéfica anual.

Por primera vez en mi vida la gente me miraba sin disimular, y no con repugnancia o fascinación, sino con respeto. Con emoción, incluso. Una noche fuimos Bert y yo a cenar al 21 Club y se nos acercó una mujer con una estola de seda.

—Disculpen la molestia, pero ¿usted no es Lillian Dunkle, la de los anuncios? —dijo casi sin respirar.

Detrás de ella, su marido, avergonzado, intentaba hacerle señas de que volviera a su mesa. La mano de ella tembló al tenderme una servilleta y una estilográfica.

—Qué honor, qué honor más grande, señora Dunkle. Perdone, pero ¿sería demasiada molestia?

«Lillian Dunkle —firmé con gesto teatral sobre la tela—. ¡La heladera del bastón! ¡Me preocupo, qué le vamos a hacer!»

—Oh —dijo la señora, abanicándose—. ¡Es usted la mejor! ¡Y el bastón tiene rayas de menta de verdad! Qué monada.

Autógrafos. Fotos. Apariciones en público. Y aún más anuncios por televisión, en los que yo hablaba y Bert sonreía y saludaba tan mudo y adorable como Harpo Marx. Lo más apoteósico fue que nos invitaron a la Casa Blanca. Mamie Eisenhower organizó un almuerzo en honor de Jonas Salk, el doctor Mulvaney, March of Dimes... y Bert y yo. Volvimos a alojarnos en el Willard. Yo me sentía como una reina. Fue cuando me puse mi primer traje de Chanel, hecho a medida, del mismo color que el helado de fresa. Bert se puso un traje a medida con un alfiler de corbata que había encargado yo especialmente, de oro y en forma de cucurucho de helado. Estábamos los dos tan nerviosos que no podíamos hablar. Bert tenía miedo de tartamudear, se comprende, pero ¿yo?

En el momento en que un mayordomo de la Casa Blanca nos hizo pasar a la rosaleda, cruzando un pórtico, de pronto me olvidé de los fotógrafos que se mantenían discretamente a un lado, y hasta de los otros invitados que circulaban nerviosos por el césped llevando, sin beberlas, finas tazas de té. Por donde me movía, de algún modo, era por la casa de Vishnev, escasa de luz y baja de techo, con sus suelos de tierra y su mancha de sangre que no había manera de quitar del marco de la ventana. Sentía que mi madre nos hacía subir a las hermanas al endeble carromato lleno de coles en putrefacción. Sentía el puñado de rublos cosido en la axila de mi abrigo gris raído; notaba que se me clavaba bajo el brazo, y percibía el frío que se iba filtrando por mi nuca.

—Señores y señoras —anunció un vigilante de color—, el presidente de Estados Unidos.

De repente, una banda tocaba «Hail to the Chief» y restallaba al viento una bandera americana. Me di cuenta de que sobre mí brillaba el sol y convertía el monumento a Washington en un reloj de sol gigante, y el *Amerika* cabeceaba por un mar de un gris acorazado, y yo vomitaba por el sucio borde de la litera, junto a Flora, estrujando una muñeca *babushka* hecha a mano que me había regalado la madre de una niña muerta. Quien se acercaba era nada menos que el presidente Eisenhower, repartiendo apretones de mano por un semicírculo de invitados mientras sonreía. Tenía la cara redonda, aquel hombre que había desembarcado en Normandía y salvado el mundo, con una sonrisa tan ancha y feliz como el mejor helado de vainilla. Sentí una punzada de acendrada tristeza. Recibí el olor del estiércol en los adoquines del Lower East Side, de los trapos amarillentos y de las cucarachas, y el hedor turbio y deprimente del dispensario Beth Israel. Me vi dando escobazos a la feroz rata negra de la cocina de los Dinello, y después vi que Bert me deslizaba en el dedo el anillo de puro, y vi la choza de los Corwin, con su puerta que hacía siempre ruido, y que nadie jamás reparó, y oí el martilleo de la maquinaria de nuestra primera fábrica, y vi kilómetros y más kilómetros de coches que inundaban las carreteras, y tarrinas y tarrinas de helado en nuestros típicos envases de rayas beis y rosas. Por un momento tuve la impresión de que mi cuerpo flotaba fuera de sí mismo, de tan grande como era la sensación de irrealidad y el doloroso anhelo de que pudieran estar conmigo mi madre, Flora y los señores Dinello ahora que el presidente Eisenhower se cernía sobre mí con toda su estatura y su traje gris azulado, oliendo a *aftershave* caro de limón, agachándose con una sonrisa para darme la mano y diciendo con jovialidad y afecto:

—Ah, la señora Lillian Dunkle. La Reina de los Helados en persona. Bienvenida a Washington.

¡Qué momento de euforia, queridos, qué momento de absoluta tristeza! Se me empañaron los ojos, y me sorprendí tragando saliva con dificultad a la vez que abría la boca como tonta.

—Señor presidente...

Ahí quedó eso. Al momento siguiente ya se había marchado. Vi con el rabillo del ojo que Mamie parpadeaba de forma adorable al contemplar a Bert.

—Al presidente y a mí —dijo con voz gangosa— nos encanta vuestro helado de nueces. Y todo lo que habéis hecho por March of Dimes, por supuesto.

Todo ello tomando entre sus manos, de nudillos salidos y rosados, una de las de Bert. Y como si se me desintegrase el cerebro en partículas bajo la luz, traté con desesperación, con toda desesperación, de asimilar plenamente el momento en que yo, Malka Treynovsky, daba paso a Malka Bialystoker, y esta a Lillian Maria Dinello, y esta a Lillian Dunkle en la rosaleda de la Casa Blanca; de destilar la esencia misma de haber estrechado la mano al presidente y luego a Mamie, al mismo tiempo que intentaba plasmarlo todo de algún modo en colores épicos, libres del tiempo, del espacio y de la descomposición, cristalizados a fin de que Bert y yo pudiéramos permanecer siempre en aquel preciso instante, y compartirlo con todas las generaciones pasadas y futuras de nuestra familia. Albert y Lillian Dunkle. Tomando té y mordisqueando pequeños bocadillos de jamón con la primera dama y el presidente Dwight D. Eisenhower, entre los zumbidos y los clics de las cámaras. Dos invitados en la Casa Blanca.

Por la tarde, al regresar al Willard, ¡cómo bebimos Bert y yo! Y después, lentamente, cuando se sosegaron nuestros corazones, hicimos el amor con la vacilación de dos personas vírgenes, contemplándonos con una especie de pasmo interrogante, e intentando convencernos de que aún estaban ahí nuestros cuerpos, de que arraigábamos el uno en el otro, y de que de veras había sucedido aquel prodigio. Gente rica y con *glamour* que aparecía en las fotos dando la mano al presidente de los Estados Unidos de América, sus invitados en la Casa Blanca.

Habíamos sido nosotros, de verdad.

—Lil, todo esto es por ti —dijo en voz baja Bert mientras me tocaba suavemente la cadera—. ¿Te das cuenta de que eres una estrella? Todo esto... —Abarcó con un gesto la lujosa suite de hotel, con sus sábanas suntuosas de brocado, y sus muebles recargados, y su champán cortesía de la dirección, dentro de un cubo helado de plata—. Siempre he sabido que podíamos hacerlo, nena. Se nos quiere en todas partes. Les encanta nuestro helado. Y a ti te quieren especialmente.

—Sí, ¿verdad?

Me reí.

Pero, si bien tomé la mano de Bert y me la puse a la altura del corazón, en mi fuero interno sentía una sola cosa: un estallido abrasador de pánico.

TERCERA PARTE

13

La prensa siempre se ensaña conmigo porque llevo grandes gafas de sol, pero probad vosotros a salir de un puñetero Cadillac mientras os disparan los *flashes* en la cara, y luego me lo contáis. Sobre todo con bastón.

Cuando mi familia, en su primer día en América, fue caminando hasta Orchard Street, aún no habían construido el Tribunal Supremo de Nueva York, que ahora se yergue sobre Centre Street como el Partenón. Elegante supongo que lo es, pero la arquitectura, queridos, pocas veces ha tenido algo que ver con la belleza: a lo largo de la historia la mayoría de los edificios se han diseñado para transmitir el poder o el miedo. Me gusta pensar que Dunkle's contribuyó a cambiar esto. Lo que está claro es que los antiguos griegos y romanos no construían heladerías de cristal con paso para los coches y copas heladas giratorias de fibra de vidrio en el tejado.

—Podríamos entrar por detrás, señora Dunkle —dice mi abogado, mientras le hace una señal con la cabeza al conductor—. Hay una entrada para minusválidos.

—Por favor —le respondo—, entrar por detrás es de criados o de delincuentes. Yo no tengo nada que esconder.

—Es que pensaba que con tantas escaleras...

—¿«Pensabas»? Pues no pienses.

Mi coche frena al lado de la acera, y los veo al otro lado de las ventanillas tintadas. Me esperan todos a mí. Menudo montaje. La 2, la 4, la 7, la WNEW... Hasta los gilipollas de la WPIX, mi antigua cadena, con sus parabólicas, sus luces a tope y sus cables tendidos por la acera, como regalices negros. Tanto reportero y tanto fotógrafo preparado para entrar en

acción, como cazadores de patos camuflados entre las cañas...
¿Se creen que engañan a alguien?

Hector, mi chofer, apaga la radio. Jason ha sintonizado una
emisora en la que grita todo el mundo. Lo único que me
gusta de ella es que irrite tanto a los abogados.

La señorita Slocum me mira al recoger su maletín. Sus
incisivos blancos hacen juego con su collar de perlas. Me tienen hipnotizada.

−¿Se encuentra bien, Lillian? −dice con una preocupación
exagerada.

−Llámame señora Dunkle −contesto mirando por la ventanilla.

−Yo lo interpretaría como que sí −dice Jason con una sonrisa burlona.

Ella carraspea, echa las piernas a un lado y se desliza hacia
la puerta, aguantándose con una mano el borde de la falda
para que no se le suba. Hector la ayuda, como todo un caballero. Jason me da una palmada en la rodilla.

−Bueno, abuela. −Se ríe, al mismo tiempo que despliega
unas gafas negras de espejo−. Empieza el espectáculo.

−*Tateleh*.

Yo le froto la pierna. Con gafas de sol parece un mafioso
joven. Debajo de la americana de Brooks Brothers que le ha
obligado a ponerse su madre lleva una camiseta amarilla con
una serigrafía del Che Guevara. Qué sabelotodo.

−Vaya, mira cuántos reporteros −dice mientras se hace
crujir los nudillos uno por uno y desliza los dedos por la
mano como por un instrumento musical−. Bueno, vamos allá.

Su pantalón de cuero resbala por todo el asiento, y luego
tiene que hacer un esfuerzo para desencajarse de la parte trasera del Cadillac. Veo detrás de él al resto de mi equipo jurí-
dico, que reunido en la acera habla con la señorita Slocum y
el señor Beecham como si no existiese la tropa de reporteros.

Hector da la vuelta al coche para ayudarme a salir. El
Cadillac es como una pantalla protectora entre la prensa y yo.

−Dame mi bolso −digo.

−¿Quiere primero el bastón?

–El bolso.

Me descorazona que pese tan poco cuando me lo cuelgo en el interior del codo izquierdo. Yo quería traer a *Petunia,* pero se ve que está prohibido entrar con perros en el juzgado, a menos que sean lazarillos. Mis abogados también han insistido en que llevar un bolso de Chanel con un chihuahua dentro no me ganaría las simpatías del jurado, y ellos quieren que despierte «las mayores simpatías».

–Ahora dame el bastón –le digo a Hector.

Es nuevo, hecho a medida, con laca negra china y un puño de filigrana de plata. Como es lógico, mis abogados habrían preferido que entrase cojeando, en uno de esos andadores de aluminio tan horrendos, o en silla de ruedas, que aún sería mejor. Supongo que para ellos lo ideal, lo que les encantaría, sería que fuese parapléjica. Se les ve muy resueltos a poner el acento en mi minusvalía. Qué ilusos... Ser tullido, queridos, nunca inspira tanta compasión como repulsa. Ah, y tampoco me he abstenido de lucir mis mejores joyas, no.

Las gafas de sol las llevo ya puestas. Antes de desayunar ha venido el peluquero a casa. Sunny me ha maquillado como siempre, pero poniendo un poco más de polvos y de colorete. Después de tantos años en la tele, conozco muy bien el efecto de los focos. Mi traje es del color del helado de nuez. Tiene tanta importancia el envase... A un tribunal no hay que acudir jamás con colores oscuros. Si te ve el jurado de morado, se piensan que eres mentalmente inestable. Azul marino: forzado, algo esconde. Rojo o negro: para eso ya te cuelgas un cartel de CULPABLE. Todo esto no me hace falta que me lo diga un abogado de los de a trescientos dólares la hora. La gente no es muy refinada. Si ven algo oscuro piensan «malo», «dudoso», «no es de fiar». Si lo ven claro, piensan «limpio», «puro», «fresco». Me dice Jason que es racista lo que digo. Qué le vamos a hacer. Yo solo explico mis observaciones. En el sector del helado siempre se busca que los sabores con base de chocolate se vean cremosos, no terrosos o amargos. Nuestro Pastel del Diablo, nuestro Caramelo Fundido, nuestro Choco

Loco... Eran todos sabores deliciosos, pero la mayoría se quedaron semanas en las cajas, cristalizando lentamente. En cambio, la vainilla es el sabor más vendido del país. No me digáis que solo es por el sabor, y menos cuando se puede pedir ron con pasas, o menta con chocolate. Es que sigue triunfando lo ario, queridos, incluso en las neveras de helado. A mí me gusta tan poco como a vosotros, pero es lo que hay.

Siempre que voy al juzgado me aseguro de que no llevo ningún adorno de color más oscuro que el melocotón. Por otra parte, ahora llevo tantas mechas rubias en el pelo plateado que parece un sorbete de limón.

—¡Lillian! ¡Lillian! ¡Aquí! —se desgañitan los reporteros en cuanto me ven.

Estrujo con mi mano izquierda la de Jason.

—Tú quédate conmigo, ¿vale?

Empiezan a explotar los *flashes,* filamentos candentes que me ciegan.

—Tranqui.

Mi nieto les sonríe. Levanta los hombros y saluda con la mano, como las estrellas de cine.

—¡Buenos días, Nueva Yooork! —canta en plan tirolés—. Si a alguien le gusta lo de esta mañana, que pase el lunes por la noche a ver Alarm Clock en el Pyramid Club: cuatro horas de *performance* y locura a tutiplén, chachi total.

El jefe de los abogados lo mira con mala cara, pero yo sonrío de oreja a oreja. Menos mal que no soy la única de la familia que entiende de marketing.

Isaac, como es lógico, no quiso que me acompañara Jason.

—Mamá, que es un chaval de dieciocho años. En esto no lo metas.

—No dejan que entre con *Petunia* en el juzgado —le dije yo—. Y sola no pienso ir.

—Pues ya voy yo, que soy tu hijo.

—Contigo no quiero, que me pones nerviosa. Quiero ir con Jason.

—Mamá, que no es plan de que se pase las vacaciones de verano metido en un escándalo.

−¿Qué tiene que ver esto con meterlo en un escándalo? Me ayudará a entrar del coche y a salir, caminará a mi lado, se sentará en un banco...Y puede que luego nos vayamos al Plaza y matemos un poco el gusanillo.

−Paso a las siete y voy contigo en coche.

−Ni hablar. Tú no estás de mi lado, Isaac. Ni tú ni Rita. No te creas que no sé lo que pretendes.

−Mamá..., no empieces otra vez con tus paranoias.

−¿A mí me lo dices? ¿Tú, que después de estar meses demasiado ocupado para verme de repente tienes tiempo de contratar a un montón de abogados de primera? ¿Y de repasar hasta el último documento y vigilar todo lo que hago, hasta lo más insignificante?

−Es que Edgar era un timador, mamá. Lo que hago es proteger tus intereses y los de la empresa.

Resoplé por la nariz.

−Ya me acompañará Sunny al juzgado.

−Venga, mamá. Alguien tenía que intervenir. Lo sabes perfectamente. Se te estaba yendo de las manos. Y encima ahora te acusan de todo esto.

−¡Fue un error! −exclamé−. ¡Un error de nada! ¡Décimas de segundo! ¡La niña está perfectamente! ¡Si a esa hora ni siquiera lo veía nadie!

−¿Ah, no? ¿Entonces por qué te detuvieron, mamá? ¿Y por qué te pusieron tantas denuncias?

−No te atrevas a tratarme como a una delincuente.

−¿Quién te...? Yo no, mamá...Yo solo...

−¡Que se ponga mi nieto al teléfono! −aullé−. A ti ya te he dicho todo lo que te tenía que decir.

El primer día que me acompañó Jason fue el de la vista por la denuncia de agresión. Se presentó con una chaqueta negra de motero, llena de cremalleras, unas botas militares y como medio kilo de vaselina en el pelo, todo de punta. Parecía que lo hubieran electrocutado. A los abogados casi les dio un infarto.

—Con todo respeto, señora Dunkle —dijeron—, no tenemos muy claro que sea la imagen que le conviene dar.

—¿Qué imagen? —dije yo.

—La de su nieto, que parece un delincuente juvenil.

Jason se rio.

—La verdad es que soy cincuenta por ciento agua —dijo levantando las manos.

—¿Perdón? —dijo el abogado.

—Por favor —tercié yo—. Lo que parece mi nieto es un adolescente con pájaros en la cabeza. ¿Qué tendría que parecer?

No es que yo no hubiera preferido que Jason se vistiera bien, claro que no, pero bueno, por Dios, que tiene dieciocho años... ¿Qué querían que hiciese, comprarle un traje y una corbata de camino al juzgado, a las nueve de la mañana? Puede que hace tiempo lo hubiera hecho, pero a estas alturas ya no tengo paciencia para según qué historias. Si hubiera querido a mi lado a otro adulto con pinta de abogado me habría llevado a mi hijo.

Resultó que las fotos —las de Jason con toda la tontería punki entrando conmigo en el juzgado— fueron un golpe maestro en cuanto a imagen. Una viejecita con su nieto rebelde, pero que la quiere con locura: fue lo que vio la opinión pública. Me humanizaron más las fotos en cuestión que cualquier bastón, andador o abogada.

En cuanto a Jason, dice que delante del Dunkle's donde trabaja, el de Lexington Avenue, ahora siempre hay chicas, y que le dejan mensajes y regalos al portero de su casa.

—Ir contigo al juzgado ha sido lo más chachi de todo el verano, abuela —dijo riéndose esta mañana, mientras yo dosificaba los cócteles—. Hasta Alarm Clock le dedicará unos monólogos.

Se gira un momento hacia los fotógrafos y les sonríe con descaro sin soltarme de la mano. Por muy achispado que esté, tonto no es, mi nieto. Ya no dice nada más.

—Lillian, ¿tiene usted algo que decir a la familia Newhouse antes de la vista? —vocifera un reportero en la melé.

—Lillian, ¿qué le parece la acusación de que Dunkle Ice Cream Corporation no ha pagado impuestos desde 1978?

380

—Lillian, la llaman «la reina de los helados», «la evasora del sorbete»...¿Tiene algo que contestar?

—Sin comentarios. Mi cliente no tiene nada que decir —dice a pleno pulmón la señorita Slocum, que me lleva del codo mientras los ahuyenta con gestos desatados.

Por un momento, el escuadrón de micros que se me echa encima y los *flashes,* que forman una pared explosiva de luz, se me antojan horribles, desorientadores. Pierdo el equilibrio y me caigo hacia atrás. Jason me sujeta.

—Tú sigue, abuela —susurra.

Beecham se coloca por delante y aparta a los reporteros.

Los escalones de granito del juzgado se elevan frente a nosotros como una pirámide.

—Ya estoy bien —murmuro mientras suelto la mano de Jason—. Los subo sola.

—¿Seguro?

Le hago el gesto de que se aparte. Después me impulso con el pie izquierdo y arrastro el derecho. Aunque me tiemblen las manos no quiero tocar la barandilla.

—Uno —digo entre dientes.

Después de tantos años aún cuento los escalones en italiano.

Subo el siguiente.

—*Due.*

Exhalo.

Subo otro más.

Tre.

Se está formando en mi cabeza un ritmo, una canción.

Tengo a Jason cerca de mi codo izquierdo y a la señorita Slocum detrás, a la derecha.

Quattro.

Lentamente, un peldaño ampuloso tras otro, voy subiendo. Al pie del juzgado me contemplan todos. Siento sus miradas, cómo me juzgan y condenan esas caras vueltas hacia mí que con malévolo deleite no se apartan de mi duro trance. Siento que sudo dentro de mi traje de diseño. Se me despierta un tic debajo del ojo izquierdo, y me aferro al bastón. Se podría echar todo a perder en un solo momento. Un mal paso y me quedo sin nada. Trago saliva. Me niego a contemplar la posibilidad, aunque hay un momento en que parece que me esté fibrilando el corazón y tengo que hacer una parada para respirar. Sin embargo, estiro el borde de mi chaqueta y apunto hacia la puerta del juzgado con la barbilla, como si fuese la aguja de una brújula. Reanudo tercamente el ascenso. Estoy llegando por mis propios medios al final de estos peldaños del demonio. Sin que me ayude nadie. Es la imagen que quiero en la prensa. La que tiene que ver el mundo entero.

Todo el mundo se cree que cuando llegas a la cima puedes estirarte en un diván con un Mai Tai. Pues no, para nada. El éxito no es montañismo. El éxito es una rueda de que gira.

Si supierais, queridos, las presiones que hay... En el momento álgido, en los absurdos años sesenta, me despertaba dos veces por semana a las cuatro y media de la mañana, cuando me llamaban de la NBC. Esas noches dormía en el cuarto de invitados, para no despertar a Bert, y me ponía al lado de la cama el teléfono dorado antiguo, para poder oírlo incluso cuando me tomaba un Nembutal.

Lo tenía todo cronometrado, como las cadenas de montaje de nuestras fábricas de helados. A las 4.35, ni un minuto más, me traía Sunny el desayuno en una bandeja: café solo y una tostada con mantequilla. Diez minutos después me bañaba. A las cinco en punto me ayudaba Sunny a vestirme. En sintonía con la época, los productores habían decidido que haría bien en intentar estar «moderna» y «en la onda». Cilla, la chica de vestuario, me había creado un estilo propio, fantasioso, como de dibujos animados: vestidos brillantes de vinilo con los colores del arcoíris, un minivestido tieso a cuadros, de color sorbete, a lo Mary Quant pero hasta la rodilla... Yo le decía a todo el mundo que, aunque a mis cincuenta y siete años quizá estuviera en mejor forma que nunca, no había la menor necesidad de rejuvenecerme a base de acortarme el dobladillo.

Una vez que Sunny me había encajado a cremallera viva mis botas gogo ortopédicas, y me había dado mis gafas de gata con adornos de estrás, me hacía ponerme hacia el espejo de cuerpo entero.

—Está usted muy guapa, señora Dunkle, ¿sí?

Faltaban la corona de helado y la capa, que me pondría en el estudio, pero ahí estaba: ¡tatachán! «La reina de los helados». Mi inimitable personaje de la tele. Parecía llegada del futuro.

A las cinco y media ya ponía rumbo al oeste en el coche de la NBC. En el estudio, al que solía llegar como mucho en un cuarto de hora, me esperaba el caos más absoluto: equipo de iluminación, equipo de sonido, cámaras, asistentes para los invitados... Añadidle noventa y seis niños medio locos, elegidos por sorteo meses antes para salir en el programa, y os podréis hacer un poco a la idea. A los niños los traíamos temprano, con margen para los dolores de barriga, las rabietas, los pantalones mojados y los vómitos que, inevitablemente, se producían justo antes de las seis y media, la hora de emisión del programa. Francamente, ni Promovox, ni la NBC, ni yo lo habíamos tenido en cuenta al concebir *Domingo de sabores*. Si querías trabajar con niños de verdad, no con insípidos actores infantiles o muñecos, tenías que lidiar con todo tipo de chorradas.

Mientras Lanzo me cardaba el pelo hasta conseguir una masa de algodón de azúcar, entraba Harvey con aires de reina, vestido de payaso, en la sala de peluquería y maquillaje.

—Cuando veo a los críos ahí fuera pienso que a María Antonieta se la ha juzgado mal —declaraba, dejándose caer a mi lado en su silla de maquillaje.

—Buenos días, Harvey. ¿Qué tal está tu madre? —decía yo con los ojos cerrados bajo el secador.

—Como siempre —contestaba él, reclinado para que pudiera maquillarlo la chica—. En el hospital siempre les digo que es pura hipocondría, pero nadie me hace caso, claro.

—Bueno, no sé... ¿Vas vestido de payaso?

—No, claro que no. Me pongo el disfraz de Mata Hari. Mira, cariño, lo único que vale algo de St. Vincent's son las revistas de la sala de espera. ¿Sabes que Debbie Reynolds todavía le da consejos a Liz sobre Dick? Si es que... ¡Adónde iremos a parar!

Mientras nos daban los últimos retoques de maquillaje a Harvey, Nilla Rilla, Chocohontas y a mí —yo tenía el más fácil, claro, porque no iba disfrazada ni de payaso, ni de india, ni de gorila albino—, el ayudante de producción llevaba a sus asientos al rebaño de niños y les explicaba cómo tenían que portarse. Luego los entretenía un mago hasta que empezaba a sonar la sintonía del programa. Los sesenta segundos previos al comienzo de la emisión siempre eran los más exasperantes. Como el programa era en directo no se podía editar nada. Durante la primera temporada, en 1959, la música la tocaba una orquesta de verdad, pero la NBC dijo que nanay, porque a algunos niños los asustaba el tambor, y cuando los enfocaba la cámara salían llorando. Total, que mientras sonaban los primeros compases enlatados de la sintonía de *Domingo de sabores,* Harvey y yo nos tomábamos unos tragos de la petaca que siempre tenía escondida en su caja de atrezo del payaso Virutas y decíamos: «¡Salud y mucha mierda!». Al otro lado del plató se acercaba al micrófono Don Pardo.

—¡Niños y niñas! —decía con su vozarrón—. Esto es *Domingo de sabores con Dunkle's,* desde los estudios de la NBC. ¡Por favor, recibid con un fuerte aplauso a nuestra presentadora, Lillian Dunkle, la reina de los helados!

Sobre el público parpadeaban muy rojos los letreros de APLAUSOS APLAUSOS, aunque la verdad es que con los niños no hacía falta: en cuanto yo me ponía delante de los focos, con mi capa rosa con ribetes de piel y mi corona de helado de plástico dorado, y hacía girar el bastón como una *majorette,* todos empezaban a gritar. Algunos de los más pequeños saltaban en las butacas, gritando: «¡Oooh! ¡Mira! ¡La reina de los helados!».

Su entusiasmo era siempre puro éxtasis, queridos. Yo sonreía, dejándome inundar como por caramelo, mientras me latía como loco el corazón. Qué manera de adorarme tan absoluta y sin complicaciones.

Luego empezaba a darles la mano a los de la primera fila, como los políticos.

—¿Quién quiere helado? —preguntaba.

Detrás de mí el plató representaba un aula de colores chillones, con barras de helado en vez de mesas, y ventanas con marcos de bastones de caramelo.

—¡NOSOTROS! —gritaban los niños en respuesta.

—¡Y ahora, niños y niñas, por favor —tronaba Don Pardo—, demos la bienvenida a nuestro copresentador, el payaso Virutas!

Harvey Ballentine corría como un pato en semicírculo, saludando a los niños con grandes aspavientos; si antes de salir se había tomado uno o dos tragos, más meneaba el pompis dentro de sus enormes pantalones de color de fresa. Al payaso Virutas le dieron más de un toque de atención los productores. De hecho, una vez me regañaron a mí por haberlo contratado.

—¿Pero se puede saber de dónde has sacado a este tío, Lillian? ¿De Alcohólicos Anónimos?

—Hombre, entonces ahora no estaría borracho, ¿no? —respondía yo despectivamente.

¿Qué más daba que Harvey Ballentine empinase un poco el codo? Mientras estuviera lúcido... Y vertical...

Cuando se calmaba un poco el barullo, Virutas ponía el programa en marcha apoyándose en mi hombro y diciéndome con su voz patosa de payaso:

—Bueno, señorita Lillian, ¿qué diversión helada y sana nos tiene preparada para hoy?

—Pues mira, Virutas, hoy tenemos un programa fantástico para nuestros pequeños amiguitos —anunciaba yo—. Como invitado especial tenemos a un grupo que está haciendo sensación, los McCoys, que nos cantarán su gran éxito «Hang on Sloopy». (APLAUSOS) También veremos algunos de vuestros dibujos animados favoritos de siempre, por cortesía de Warner Brothers. (APLAUSOS) Más tarde nos harán una visita muy especial Nilla Rilla, el Gorila del Helado y su amiga india Chocohontas, para hablarles a nuestros pequeños amiguitos sobre la higiene bucal. (APLAUSOS) Y por supuesto, Virutas, me parece de justicia que reservemos un espacio para el concurso de comer helado que más gusta a pequeños y mayores: Adivina el Sabor con Dunkle's. (APLAUSOS ENTUSIASTAS)

—Me parece genial, majestad, pero antes... —En ese momento el payaso Virutas se quedaba sentado al borde del escenario, con una tristeza exagerada—. ¿Puedo hablarle a usted y a los niños y niñas de un pequeño problema que tiene un amigo mío?

—Claro que sí. ¿Qué pasa, Virutas? —decía yo, fingiendo inocencia—. Si me lo dices, quizá puedan ayudarte los niños y niñas.

Dado que la idea original era que nuestro programa llenase el vacío que había dejado *El club de Mickey Mouse,* la NBC insistía en que *Domingo de sabores con Dunkle's* diera lecciones periódicas de tipo moral y ético a los niños, como parte esencial del programa. Por eso cada episodio empezaba con «Querido Virutas», una sección en la que leíamos cartas de niños que pedían ayuda a Virutas en sus problemas cotidianos. Aquel día, Eugene, de Syosset, nueve años, contaba que le había tomado prestada la bicicleta a un amigo sin pedírsela, y que se le había roto sin querer. «Ya sé que está mal hecho. ¿Qué hago, Virutas?»

Virutas se paseaba con su micrófono entre los niños del público, para solicitar ideas.

—Podría decirle a su mejor amigo que lo siente mucho —proponían.

—A lo mejor podría ahorrar la paga para comprarle una bici nueva.

Después elegía a unos cuantos voluntarios para que interpretasen las distintas posibilidades en el escenario, a fin de que todos los niños (incluido el propio Eugene, que por lo que cabía suponer estaría viéndolo desde su casa de Syosset) decidieran por sí mismos cómo resolver el dilema.

Durante esta sección, como los focos del plató daban muchísimo calor, yo me quedaba al margen, abanicándome. Después de la primera pausa comercial —con anuncios de Dunkle's Ice Cream, por supuesto—, empezaba la sección del artista invitado, que para mí siempre era el momento cumbre. Con el paso de los años, gracias a mi persistencia, y al uso que hacía de mi personaje de *mamma* judeoitaliana, de gran eficacia tanto en Nueva York como en Hollywood —y gracias también a que Dunkle's bombardeaba a los famosos con tarrinas gratis de helados de sabores hechos especialmente para ellos, como Cherry Lewis, Bob Vanillin o Sean Coneery—, *Domingo de sabores con Dunkle's* consiguió traer a artistas invitados francamente espectaculares. Una vez vino Cassius Clay. También Sandy Koufa, Tippi Hedren y Mary Martin. A menudo eran cantantes. Cantaron los Four Seasons. Dusty Springfield. Sam Cooke. Y a todos los entrevistaba yo. «¿Qué consejos podéis darles a los niños de hoy en día?» «¿A quién admiráis más?» Y, por descontado, «¿cuál es vuestro sabor de helado favorito?».

Después llegaba el momento de los dibujos animados, de los cuidados personales con Nilla Rilla y Chocohontas y, por último, del concurso de helados. Multitudinario. Pringoso. Emocionante. Todos los niños del público se desvivían por participar. Relevos de helado: como los de huevos, pero con una bola de helado en la cuchara. Locas Bolas, cuya mejor descripción podría ser: «¿Qué equipo puede sacar más bolas de helado del barreño y llevarlo al otro lado del escenario en un cuenco sin usar las manos?». O Adivina el Sabor, consistente en que los participantes, con los ojos vendados, corriesen a una mesa llena de «helado sorpresa» y tuvieran que identificar los sabores mientras marcaba el tiempo un reloj. Años después los productores de la nueva edición del concurso *Beat the Clock* nos robaron descaradamente muchas ideas, los muy desgraciados.

Para esta sección siempre se tapaba con plásticos el escenario y a los afortunados concursantes se les repartían impermeables y patucos. ¡Qué espectáculo! En cuanto yo tocaba el silbato los niños resbalaban por la pista de carreras embadurnada de helado. Los gritos de ánimo del público eran ensordecedores. Todo culminaba en un pringue tremendo, digno de un cuadro abstracto. Como espectáculo televisivo os aseguro que era una maravilla. Era lo que les encantaba ver a los niños, no a un tío con jersey hablando con una marioneta de las de calcetín.

Al final, mientras Don Pardo anunciaba que el gran premio del día era una bicicleta Ross Apollo de edición especial, yo les daba a todos los pequeños las gracias por haber participado y les decía dulcemente que tanto si habían ganado como si no recibirían una bolsa de regalos de Dunkle's con un yoyó Imperial, plastilina, un cepillo de dientes Lactona, una botella de Mr. Bubble y un vale por una tarta helada Nilla Rilla de Dunkle's. Si daba la casualidad de que el invitado especial era una estrella del pop, también recibía todo el mundo una copia gratis de su último single.

Acto seguido Virutas y yo nos despedíamos con la mano ante la cámara, bajo una lluvia de confeti rosa y marrón, a la vez que sonaba la sintonía del final, y a los niños se los llevaban aturdidos del escenario por detrás de nosotros. En cuanto se apagaba la luz roja, y el productor exclamaba «¡Ya está, chicos! Hemos acabado», Harvey Ballentine se arrancaba la nariz.

—Menos mal que ya se han ido los capulletes esos —decía—. Qué ganas de mear, por Dios...

Cuando volvía a Park Avenue, a mi casa, Bert normalmente aún estaba durmiendo. Yo volvía a ducharme, me ponía uno de mis trajes y pedía mi coche por teléfono para poder llegar a la oficina antes de las nueve y saber quién llegaba tarde, antes de iniciar mi jornada completa.

A veces, mientras deambulaba por el dormitorio poniéndome los pendientes y buscando la polvera y las llaves en los cajones, me llamaba Bert desde la cama, con voz de dormido, y daba golpecitos a su lado, en la parte vacía del colchón.

—Descansa un poco, nena. Quédate conmigo unos minutos y que esta mañana lo lleve todo Isaac.

Pero ¿cómo iba a descansar, por Dios, si era la reina de los helados? A veces tenía la sensación de que dentro de mí subía y bajaba una montaña rusa imparable, a toda velocidad. Era de tanto ponerme yo sola delante de los focos, sin olvidarme ni un segundo de lo despiadado que era nuestro negocio. Márgenes de beneficio cada vez más estrechos. Gastos y préstamos enormes. La competencia en los talones. Y aunque Bert no se diera cuenta, teníamos enemigos. Era imprescindible no bajar la guardia.

No, imposible; no podía dejar «que lo llevase todo Isaac».

Desde que se había licenciado en la Universidad de Nueva York, como me había prometido a mí misma, nuestro hijo acumulaba cada vez más responsabilidades en la empresa. De hecho, cuando trasladamos la sede de Dunkle's a Manhattan, Bert lo instaló en un gran despacho acristalado, justo al lado del suyo. Y aunque, en el pasado, yo hubiera percibido a mi hijo como un niño distante, maniático y quejica, con los años confluyó todo ello en una inteligencia meticulosa cuyo valor no me era indiferente. Mi hijo tenía buen ojo para organizar acuerdos y analizar números. Empezamos a comer juntos, sin nadie más, y encorvados los dos sobre una mesa de reuniones, junto a los restos de sándwiches idénticos, comprados en la calle, sobre papel parafinado con manchas de mayonesa, hablábamos de cuentas y renovaciones de contratos que a Bert le resultaban difíciles de comprender. Yo nunca había estado tan orgullosa de mi hijo. Ni tan unida a él. Los negocios se habían convertido en el lenguaje secreto que compartíamos.

Bert ya había cumplido los sesenta y se escaqueaba cada vez más a menudo del despacho para jugar al golf y al tenis, cosas físicas en las que seguía destacando. Con Edgar, nuestro abogado, compartía largos almuerzos en Sammy's Roumanian Steak House, y con hombres del equipo del alcalde Wagner, copas en el Carlyle. Cada año hacía unos cuantos viajes a lo grande a Washington, donde todo eran apretones de manos con miembros del Senado y del Congreso, y bistecs en el Palm con ellos y representantes del *lobby* lácteo, Dow Chemical o Westinghouse. Para las personas exageradamente bien parecidas como Bert nunca es un problema quedarse sentadas en los restaurantes sin decir ni hacer gran cosa aparte de asentir. Por mi parte, no digo que no viera necesario todo aquel alterne, como lo llamábamos, que por algo para los negocios de altos vuelos hacen falta amigos de altos vuelos, pero ¡cómo gastaba Bert! Parecía que hubiera retrocedido a su infancia mimada en Viena. Puros, vinos de Burdeos, clubs de jazz, suites junior... Facturas, le exigía yo. ¡Tráeme las facturas!

Lo que más me sorprendió fue el apoyo de Isaac.

—Papá, tiene razón mamá —dijo una tarde, mientras hacía «clic» «clic» con el bolígrafo—. Son gastos pequeños que van acumulándose. En los restaurantes no saques la cartera sin haber mirado la cuenta, ¿vale?

Descubrí que por fin tenía un aliado, y nada menos que mi propio hijo.

Un domingo por la mañana, en 1962, Bert, que estaba dándole al molinillo de café, se giró hacia mí con cara de preocupación.

—Lil —dijo, como absorto—, las hamburguesas... ¿Verdad que no acaban de ir bien con los batidos?

—¿Perdona?

Yo estaba buscando un pomelo en la nevera.

—Para comer la gente prefiere refrescos, ¿verdad? —Se le juntaron las cejas como dos cortinas—. Bueno, no me hagas caso, nena. He hecho bien. Estoy seguro.

Sin embargo, me fijé en que seguía con la mano en la manivela, sin moverla.

—Bert, ¿qué pasa?

Clavó la vista en el fregadero.

—Vino a verme el dueño de un restaurante de Illinois. Fuimos juntos a comer, al Biltmore. T-t-t-tiene unas c-c-c-cuantas hamburgueserías en el Medio Oeste; franquicias, como las nuestras.

Sacudió la cabeza.

—¿Ah, sí?

—Se ve que en los cuarenta vendía máquinas de batidos, y ahora se está planteando incorporarlos a sus menús de hamburguesa; o eso, o helados. Dijo que solo estaba haciendo «sondeos previos», pero le interesaba saber si estaríamos abiertos a combinar nuestras franquicias de Dunkle's con las suyas.

Apoyé la espalda en la nevera y me crucé de brazos.

—¿Y no se te ocurrió comentármelo?

Bert lanzó miradas de impotencia por la cocina.

—Es que estabas tan ocupada con el programa de la tele, nena...Y con la nueva división de alimentación...

—¿Y con este hamburguesero cuándo te reuniste, exactamente?

Los labios de Bert se comprimieron un momento hasta desaparecer del todo.

—En marzo —dijo en voz baja.

—¿Marzo? ¡Bert, que han pasado cuatro meses!

—No me pareció tan importante como para explicártelo, Lil. No quería la gama completa. Solo vainilla y chocolate, y puede que fresa.Y como en Dunkle's hay tanta variedad...No me pareció que asociarme con él pudiera beneficiarnos...

—Pero ¿al menos le ofreciste suministrar los sabores que quería?

—Ay, Lil... Me imagino que no fue la decisión correcta, pero es que pensé que era expandirnos mucho en una dirección en la que no nos parecía que tuviéramos que ir. Como ahora tenemos más de doscientas franquicias...Y las camionetas expendedoras...Y toda la nueva división de supermercados... ¿Nos conviene empezar a proveer a restaurantes? ¿Seguro? ¿Y si estiramos demasiado la manga?

—Bueno, ¿cuántos restaurantes tiene el hombre este que dices? —contesté—. ¿Seis? ¿Siete?

Bert miró la nueva esterilla de rafia que había puesto Sunny en el suelo, al pie del fregadero.

—Trescientos veintiuno —dijo en voz baja.

—¿Qué?

—Trescientos veintiuno.Vaya, Lil, que tampoco sería tan fácil, ¿te das cuenta? Sería mucho trabajo, y podría comernos.

—¿Trescientos veintiuno? ¿No has querido suministrar helado a trescientas veintiuna franquicias de hamburguesas?

Di un golpe tan fuerte en el suelo con mi bastón que temblaron los platos dentro de los armarios.

Mi marido se encogió, poniéndose las manos como dos paréntesis al lado los ojos y apretándose las sienes mientras se balanceaba con cara de pena, como si le doliera algo.

—Nena... —susurró—. Ya, ya lo sé. He metido la pata hasta el fondo. Hace meses que lo arrastro. La cuestión, Lil, es que a Isaac y a mí el hombre no nos dio buena espina. Hasta el apellido, Kroc. Como si te la pegas y hace «catacroc». Nos pareció de mal agüero...

—¿Isaac? —Fue como si me apuñalasen—. ¿Estaba contigo Isaac?

—Sí, claro. Y tuvo la misma sensación que yo. Los restaurantes... Los restaurantes se llaman McDonald's. Como la granja de la canción. La verdad es que a ninguno de los dos nos pareció que tuvieran mucho atractivo fuera del centro del país. Además, como mucho usarían dos o tres sabores, y no nos pareció...

Salí como una fiera al comedor y me serví una copa, aunque me temblaban las manos. Si el decantador no hubiera sido de Baccarat, lo habría roto contra la pared.

—¿Y lo de que éramos un equipo? —grité—. ¿Y lo de que estábamos «hechos un par»?

—P-p-p-pero Lil... —dijo Bert, desconsolado—. M-m-m-me...

Me pulí la copa de un solo trago y después me tomé otra, aunque no mejoraron ni pizca mi estado de ánimo. Apreté el interfono y le grité al portero que me parara un taxi.

Isaac y Rita acababan de volver de luna de miel, y vivían en un nuevo bloque de pisos al lado de Lexington Avenue.

—¿Cómo has podido hacerme esto? —bramé nada más irrumpir en el salón de su casa.

Se habían gastado en muebles cientos de dólares, pero el ambiente era frío, desnudo: sillas que parecían setas de *tweed* y un sofá que era como un ladrillo de Naugahyde marrón.

—Tu padre es un analfabeto patoso y medio sordo. Eso ya lo sabemos. ¿Pero tú?

—Mamá, por favor, ¿de qué me estás hablando?

Isaac había levantado las dos manos como para protegerse. Había un montón de cajas de regalos de boda en una de esas mesas danesas modernas tan horribles: calientaplatos y cazuelas que aún estaban en sus nidos de trozos de papel.

—¿Porque se llame un hombre Kroc ya das por descontado que hará todo «catacroc»? ¿Pues sabes qué te digo, *bubeleh?* Que ahora a este tal Kroc le suministrará alguien el helado, en sus trescientas veintiuna franquicias de McDonald's en Illinois, pero no seremos nosotros. Muchas gracias. Acabas de abrirle una ventana enorme a la competencia. La que sea.

Tuve una idea espantosa, que fue como un ataque: ¿había alguna posibilidad, por remota que fuese, de que la familia Dinello hubiera conseguido introducirse otra vez en el sector del helado? Tantos años esperando que resucitasen con el rugido de una especie de bestia mitológica, más fuerte y ávida cuantas más adversidades había sufrido, con la energía acumulada de un ciclón... La primera agencia de detectives a la que contraté para que localizasen a papá tampoco encontró gran cosa sobre los Dinello. Una empresa de verduras congeladas en Mineola. Una tienda de muebles en Howard Beach. Aun así me mantuve a la espera, leyendo la prensa especializada. Solo era cuestión de tiempo. Las verduras congeladas podían ser un simple peldaño. Aún volverían los Dinello, para perseguirme. De eso estaba segura. Y McDonald's era la ocasión perfecta.

—¿Pero se puede saber qué te pasa?

—Mamá —dijo Isaac a la defensiva—, ¿qué tenía que hacer?

—Pues mira, ¿no se te ocurrió, para empezar, que si alguien tenía que estar con vosotros era yo?

Mi hijo se puso lívido. La palidez que apareció en su rostro era la misma que sufría de pequeño cuando lo pillaba en la nevera, comiendo *mousse* de chocolate con los dedos directamente del tarro.

—Mamá, que fue en el bar solo para hombres del Biltmore, o sea, que aunque...Vaya, que tampoco es que pudieras...

—¡Ah! ¿O sea, que no podíais pedirle que fuerais a otro sitio? ¿Reuniros en algún local donde pudieran entrar mujeres?

Isaac soltó un pequeño grito de incredulidad.

—Venga, mamá, que los negocios no se hacen así... ¿Qué querías que dijese?: ¿«Perdone, señor Kroc, pero es que quiere venir mi mamá»?

Corrí al recibidor y arranqué mi chaqueta del armario; y aunque oí a mis espaldas los pasos de Isaac, clavé el dedo en el botón del ascensor, negándome a mirar atrás.

Estuve varios meses boicoteando a mi hijo, como cuando mis padres no habían querido dirigirse la palabra. Si tenía que decirle algo, lo hacía a través de Rita, con toda la intención. Lo único que me impulsó a volver a hablar con él fue el trauma de la crisis de los misiles en Cuba. Supongo que es para lo único bueno que ha servido Castro.

Sin embargo, aun después del nacimiento, dos años más tarde, de mi milagroso nieto el día de Acción de Gracias, y de que Isaac y yo volviéramos a comer de vez en cuando juntos, cada mañana, nada más llegar a la oficina, me cercioraba de que la señora Preminger me informase personalmente de todo; no solo de mi agenda, sino de las de Bert e Isaac. Todas las reuniones e invitaciones a cenar. Hasta las visitas al dentista, qué caray. No pensaba permitir que se me volviera a escapar algo.

Una mañana en concreto, después de presentar *Domingo de sabores,* llegué al despacho y me encontré a la señora Preminger, que me esperaba preocupada en recepción. Me di cuenta de repente de que había envejecido. Tenía la piel como un pollo guisado, y se me ocurrió la posibilidad de que quisiera despedirse. Hacía años que tachaba en secreto las fechas en su calendario y anotaba en los bajos de las páginas, en números pequeños y apretados, los días que le quedaban para la jubilación.

—¿Qué pasa?

Mientras me quitaba la bufanda de Hermès sentí una especie de perturbación, un trastorno en las moléculas del aire.

—Esta mañana, cuando he llegado —dijo la señora Preminger, que me estaba siguiendo a mi despacho—, la esperaba un hombre joven. Le he dicho que usted aún estaba en el estudio de televisión, pero no ha querido irse. Decía que era urgente, que si hacía falta esperaría todo el día. Le he hecho entrar en la sala de juntas, para que no estorbase.

—A ver si lo adivino —dije con irritación. Me había puesto un traje nuevo azul marino, de Chanel, y me molestaba en la nuca el roce de la cadena cosida en la etiqueta—. Quiere trabajo. En la fundación.

Hacía pocos años que Dunkle's había creado una fundación benéfica, por motivos fiscales, naturalmente, pero también para no desaprovechar lo que habíamos hecho con March of Dimes. La Albert J. and Lillian M. Dunkle Foundation sufragaba dispensarios móviles para niños que hacían visitas periódicas a los barrios de chabolas y las zonas rurales. En los últimos tiempos llegaban muchos jóvenes a Dunkle's para pedir trabajo como médicos o conductores en nuestros dispensarios. Parecía que no entendieran que la fundación tenía sus propias oficinas en la Séptima Avenida. Querían trabajo, pero ni siquiera traían hechos los deberes más básicos. Yo tenía la impresión de que nueve veces de diez más que ayudar a niños pobres lo que querían era salvarse del Ejército: ser clasificados como objetores de conciencia y usar el capitalismo y la beneficencia para no tener que combatir al comunismo. Vaya jeta... Parecía mentira.

—¿Por qué no lo ha mandado a la Séptima Avenida? —le pregunté a la señora Preminger—. Deberían ocuparse ellos.

—Lo he intentado, señora Dunkle, pero dice que es algo personal.

—Personal lo es siempre.

Suspiré al escurrirme del abrigo.

—Señora Dunkle —dijo cuidadosamente la señora Preminger, con un desplazamiento sutil de su severo casco negro de pelo, que, según comprendí, era una peluca—, dice que es su hermano Samuel.

—¿Mi hermano? —Giré como si me hubieran dado una bofetada—. No puede ser. Mi hermano Samuel murió hace sesenta años en Rusia.

Entré en mi despacho y me serví una copa. El temblor de mis manos hizo chocar el borde de la botella con el vaso. Era evidentemente una broma, una tomadura de pelo muy preparada.

—Allen Funt —dije en voz alta—, hijo de puta.

El presentador de *Candid Camera,* en la CBS. Me la tenía jurada desde que me habían elegido a mí y no a él para el discurso inaugural de la comida de la Asociación Norteamericana de Emisoras, dos años antes, en el Pierre. Seguro que ahora me lo devolvía con aquella encerrona, y que había puesto una cámara oculta para dejarme en evidencia en su programa. Había hecho venir a un impostor, que fingía ser mi hermano de Vishnev, muerto mucho tiempo atrás. Venga, que empiece la fiesta. Qué cabrón. «Ahórrame tu concepto del ingenio», pensé.

De todos modos había un detalle que me desconcertaba, y que provocaba un cosquilleo en mi nuca. ¿Quién demonios le había dado a Allen Funt el soplo sobre Samuel? Mi hermano había muerto antes de que yo naciera, y solo se lo había mencionado a Bert.

La señora Preminger dio golpes suaves en la puerta.

—¿Señora Dunkle?

El joven a quien hizo entrar en mi despacho no podía tener más de dieciocho años. Su cara indolente, como de dormido, tenía los ojos rojos, y parecía que le hubiera picado una abeja. Llevaba un jersey color de arándano por el que se asomaba una corbata, lo que entendería un niño como vestirse de adulto. El pelo estaba muy aplanado hacia un lado, como el de una marioneta. Me imaginé que un ayudante de producción le hacía unos retoques con Brylcreem.

—Bueno, a ver, ¿quién eres? —dije de pie.

Él cruzó a toda prisa el despacho, tendiendo una mano de nudillos marcados. Hasta detrás de la mesa percibí el olor químico de su jersey.

—Me llamo Samuel, señora Dunkle. —Pronunciaba con pausa, forzando un poco las inflexiones como un aficionado con ínfulas de actor shakespeariano que quiere aparentar más dignidad—. Me temo que soy su hermano.

—Y un cuerno. —Le pegué un repaso lleno de desdén—. Dile a Allen Funt, o al sabelotodo que te envíe, que no estoy para tonterías.

—Lo siento. Su hermanastro —se apresuró a corregir, mientras se le movían muy deprisa las pestañas, como insectos—. «Hank», su padre... Sabe, ¿no? Pues también es el mío. Mi madre es Josie. La tercera esposa, ¿sabe? Bueno, la cuarta contando la pareja de hecho. —Vi que debajo del mentón tenía la piel irritada por el afeitado, y que se le mezclaba con los granos rojos que le salpicaban la barbilla y la mejilla izquierda—. Lo siento. Ella me dijo que no viniera, pero no le he hecho caso.

Me senté y lo miré con mala cara.

—Si tú eres mi hermanastro yo soy María de Rumanía.

Samuel sacó su cartera.

—Mire, mi permiso de conducir. Y mi tarjeta del Ejército...

—Claro, claro. —Les eché un vistazo—. Pone «Samuel Pratt». Buen intento. ¡Señora Preminger! —dije en voz alta para no entretenerme con el interfono—. ¿Me hace el favor de acompañar a la salida a este joven?

—No, es que ahora el apellido de papá es Pratt —explicó rápidamente Samuel—. Cuando se casó con mi madre insistió en ponerse su apellido de soltera. Según mamá, fue la manera que tuvo de demostrar que no era una más. Dice que justo antes de la boda papá le dijo al del registro civil que su apellido era Pratt, y ella que el suyo era Bailey; vaya, que a partir de entonces se llamaron los dos Pratt. Por eso mis hermanas y yo también nos llamamos así.

Le faltaba el aliento, como si acabara de subir corriendo a una montaña.

Por desgracia, la historia, fuese por cómo la contaba Samuel o por ella misma, tenía inquietantes resonancias de papá. De hecho, me lo imaginaba muy bien inventándose cualquier cuento chino para ir corriendo al juzgado con su novia y sobornar tal vez a un funcionario, todo con el objetivo de borrar una identidad y sustituirla enseguida por otra. Hacía veinte años: justo en torno a la época en la que había falsificado los cheques de mi cuenta. Así se explicaría que mis detectives hubieran vuelto con las manos vacías. «¿Hank Bailey? —me habían dicho al entregarme la carpeta—. Desaparecido. No ha dejado ni rastro.»

—Yo no habría venido a verla, pero es que papá, nuestro padre, está muy, pero que muy enfermo —dijo el muchacho.

—¿Ah, sí? —contesté con socarronería—. No me digas.

—De verdad. Lo digo en serio.

Y a su manera vivaracha y desmañada Samuel se embarcó en una historia la mar de enrevesada por la que pasaban las palabras «diabético», «Paterson», «quiebra», «amputación», «estofado», «ejecución» y «camarera» como restos que daban vueltas al desagüe.

Me lo quedé mirando, a aquel chaval, a aquel Samuel Pratt, en busca de algún indicio o eco físico de mi padre. No se parecía nada, pero al mismo tiempo tampoco dejaba de parecerse. ¿De verdad que aquel pardillo era hermanastro mío?

De repente me di cuenta de algo más. Había hablado de «hermanas».

Veinte años atrás papá ya había tenido cuatro esposas. A mamá, a mis hermanas y a mí nos había sustituido sin pensárselo dos veces, como había sustituido toda su vida en Rusia por una nueva versión americana, mejorada. ¿Cómo no se me había ocurrido que en tanto tiempo pudiera haber tenido más hijos? Ahora bien, lo más mortificante era que hubiera reciclado el nombre de su hijo muerto, el primero varón.

—Y claro, con lo que cuesta el hospital, y lo cara que es la medicación que necesita... —añadió Samuel, con movimientos constantes de su nuez y las manos encajadas entre las rodillas, sin apartar la mirada de la pared que estaba a mis espaldas—. Y va por los ochenta y cuatro años, y no tiene seguro médico. La silla de ruedas, las radiografías... Eso sin contar... Es que el coche que teníamos, el Pontiac, ya no tira, y teníamos la esperanza, mi madre y yo... Bueno, al ser usted toda una estrella de televisión, tenía yo la esperanza de que pudiera...

—Para —dije yo—. Tus hermanas. ¿Cuántas son?

—Mmm... Dos. Pero tampoco tienen dinero. Es que...

—¿Nombre tienen?

—Peg. Peg y Coralee.

Al menos no se llamaban Rose ni Flora. Pero en algún sitio estaban, aquel par de crías. Peg y Coralee, con sus nombres cristianos y de pueblo, americanos a más no poder. Y seguro que con caras de fresas con nata. Me las imaginaba yo con faldas bien planchadas y cintas en el pelo, entrando a desayunar en una cocina luminosa y amarilla, llamando *daddy* a mi padre, no *papá,* y dándole risueñas un beso de buenos días en la cara mientras él, que estaba comiendo huevos con beicon, les guiñaba el ojo. Dos hijas a las que de niñas había llevado a la playa y al circo, y a las que había comprado gominolas, tartas de cumpleaños y bicicletas. Mi odio por ellas fue instantáneo y de una ferocidad con la que no había odiado a casi nadie.

Fue como si Samuel intuyese lo que me pasaba por la cabeza, porque pareció que se sintiera obligado a comentar enseguida que Coralee tenía dos hijos y estaba casada con un portero alcohólico, y que al marido de Peg lo habían destinado a Chu Lai. Mientras seguía hablando, vi con toda claridad que, en efecto, aquel joven, con la sarta de mentiras que iba desgranando, el brillo de desesperación de sus ojos, la obstinada convicción de sus palabras y lo resuelto que estaba a despojarme de mi dinero, era de la progenie de mi padre.

¿Y su madre, la tal Josie Pratt? ¡Pobre, qué mala racha! ¡Cómo no! Era evidente que para su prole no bastaba con la infancia americana que yo nunca tuve, no; aquellos sinvergüenzas tenían puesta la mirada, y la codicia, en mucho más. La visita de Samuel era solo una misión de reconocimiento. Yo no tenía motivos para no pensar que Josie hubiera sido muy consciente de las intenciones de mi padre al adoptar su apellido. En ese caso no valían presunciones de inocencia. Sospeché que pronto vendrían llamando a mi despacho los Pratt al completo, con bebés que berreaban en sus brazos, los bolsos llenos de órdenes de desahucio, los brazos en cabestrillo... Todo un desfile de madrastras, hermanastras, tías y vaya usted a saber qué más, surgidas del pasado en busca de limosna. Me dejarían tiesa. Como mi padre.

Mi corazón latía tan deprisa que era como si me diera puñetazos en el pecho.

—Vete —dije.

—¿Cómo?

Señalé la puerta.

—Que te vayas. Venga, arreando.

—Pero señora Dunkle... Nuestro padre... se está muriendo —dijo Samuel, angustiado—. Por favor, que estoy intentando explicárselo. Necesita que le ayude.

—Bastante ayuda se ha cobrado ya en todos estos años —dije—. Más de veinticinco mil dólares, según la última vez que lo conté, o sea, que *basta,* como decimos en italiano. Ya estoy harta.

Mientras lo decía me di cuenta de que me salía del corazón, y fue como si rompiera en mí una ola de lucidez. Lo que hiciera por mi padre, lo que le diera, sería siempre poco. Él jamás me había querido. Y punto. Me había pasado muchos años esperando su reaparición para que finalmente pudiera redimirme y resucitar su amor por mí. ¡Qué manera de aferrarme a un clavo ardiendo! Pero el amor de mi padre nunca había existido. Hay padres a quienes en el fondo nunca les han gustado sus hijos. De sobra lo sabía yo.

Papá había elegido a otras esposas e hijas. A mí, a mi madre y a mis hermanas, nos había quitado todo lo que había podido antes de irse, dejándonos tiradas como mondaduras de naranja. Juguetes rotos. Libros sin abrir. Así de sencillo. Yo tenía dos opciones: tocar sin descanso toda aquella tristeza e injusticia como un disco rayado... o seguir con mi trabajo.

Samuel parecía una ruleta que giraba sin parar. Se sujetó al respaldo de una silla para no caerse.

—Se lo pido por favor. Se lo suplico, señora Dunkle. Sin su ayuda —dijo con voz ronca— papá se morirá.

—¿Morirse? Por favor. Si tiene siete vidas, y siete mujeres, y un nombre distinto para cada una. No me vengas con melodramas.

Ahora lloraba, el tal Samuel. Le chorreaban lágrimas por las mejillas picadas de viruela, y se detenían en los granos. Qué bien lo hacía... No iba a rendirse, no. Eso había que reconocérselo. Mi padre lo había educado bien.

—Señora Dunkle, por favor... No sé a quién más recurrir. Yo soy apto para filas, mi madre está enferma y mis hermanas están en la ruina. No sé si le he comentado que una, Peg, ha vuelto a quedarse embarazada. Ya sé que a veces papá es difícil, y que no es muy de fiar, y que con los años ha hecho sufrir bastantes veces a mamá, pero es que se está quedando ciego, señora Dunkle. Está mal de los riñones. No sé qué más hacer. Usted es de su familia.

—¿Familia? ¿Familia? —dije yo con acritud—. ¿Y eso tú cómo lo sabes? ¿Tienes alguna prueba?

—¿Qué? Pero señora Dunkle, si papá se pasa el día hablando de usted... Siempre dice que es su hija triunfadora. La ve por la tele en el hospital. Todos los martes y viernes por la mañana, a las seis y media, como un clavo. Aunque casi ya no vea nada, cuando oye su voz señala la pantalla y presume con las enfermeras.

Me tapé las orejas con las manos.

—Cállate. ¡Cállate!

Una mueca beligerante retorció la cara fofa y abotargada de Samuel.

—No me lo puedo creer. «Ayudad a los niños.» «Acabemos con la polio.» ¿Lo tiene todo pero no dará ni un solo céntimo a nuestro padre en su lecho de muerte?

Furiosa, barrí la mesa con la mano para tirarlo todo al suelo. Él se echó hacia atrás, anonadado. Entonces abrí el primer cajón, saqué uno de nuestros vales para una tarta helada Nilla Rilla y cerré el cajón con tanta fuerza que tembló todo el despacho.

—¿Quieres algo? ¿Quieres algo, cabroncete? ¿Aún no me habéis sacado bastante? Pues muy bien. ¡Toma! —grité, poniéndole el vale en la mano—. ¡Vete! ¡Pegaos una buena fiesta, joder!

14

Glenlivet. Campari. Courvoisier. Con esos nombres musicales, y la promesa seductora que encierra cada uno. El ardor acaramelado del coñac. La mordedura metálica y estimulante del vodka, como cromo congelado. El color de granate derretido del Dubonnet, en el que flota una coma de peladura de limón. Qué anestésicos tan elegantes. El primer trago que, como un guante de seda que acaricia el dorso de mi mano, se dispersa siempre en mí de la misma manera con que se diluye el tinte en el algodón. Se abre lentamente una rosa. Se deshace un vendaje.

Retuve el alcohol en la lengua, como una pastilla para la tos, y eché la cabeza hacia atrás. Después, con los ojos cerrados, moví el vaso y sentí en la mano su satisfactoria pesadez, mientras los cubitos de hielo sonaban como un par de maracas.

Una vez Isaac me criticó porque tenía en mi despacho un pequeño bar en un aparador antiguo.

—Ya no se lleva, mamá —dijo la primera vez que vio en la bandeja los decantadores de cristal tallado, con sus respectivas etiquetas plateadas en el cuello, como las de los perros—. Por cierto, ¿qué ha pasado aquí? —Miró a su alrededor—. Parece Versalles.

—Exacto —coincidí. Cuando reformamos nuestra sede de Manhattan mandé que revistieran las paredes de mi despacho con brocado de seda rosa, del mismo color que el helado de fresa. ¿Por qué no, si pasaba más tiempo ahí que en casa?—. Bien se merece un palacio una reina del helado. —*Petunia* saltó a mi regazo. Le ofrecí mi copa, para que la olisqueara—. Y no me

402

mires así –dije–. ¿Sabes cuántos años estuve durmiendo en un banco de una tienda?

No tenía por qué justificarme delante de nadie. Trescientas dos franquicias de Dunkle's teníamos ya, más la línea de congelados de supermercado y el último contrato con el Ejército, con beneficios sustanciosos, dicho sea de paso. Aunque se hubiera acabado lo de Vietnam, los hospitales de veteranos seguían sirviendo nuestra marca. Ahora mi programa de televisión se emitía tres horas en directo; eso sí, solo los domingos por la mañana. También salía varias veces al mes como invitada en *Hollywood Squares,* sustituyendo a Karen Valentine, Rose Marie o Charo. Me encantaba. Sin contar la columna semanal que «escribía» para *Good Housekeeping,* «Los deliciosos postres helados de Lillian Dunkle», donde se explicaban decenas de maneras imaginativas de servir helado con moldes de gelatina, merengues, peladillas o melocotón en almíbar. Mis recetas habían sido recopiladas y publicadas nada menos que por Scribner, y ahora tenía dos best sellers de cocina.

¿Qué más daba, entonces, que durante mi jornada en el despacho me tomase uno o dos cócteles de más? A veces me gustaba sosegar los nervios. Un pequeño reconstituyente. Estaba claro que me lo merecía.

Para la fiesta del setenta y cinco cumpleaños de Bert en Palm Beach no me conformé con encargar los mejores whiskys, vodkas y ginebras, sino que pedí cajas y cajas de champán Moët Impérial, para que lo sirvieran en bandeja de plata y brotase de fuentes en el cenador.

Desde el patio, donde estaba, vi que el chico de la piscina pasaba por el agua un cedazo de mango largo como una cuchara de *parfait.*

–¡No lo hundas! –exclamé mientras le hacía señas–. ¡Roza el agua!

No quería remolinos de residuos que acabaran absorbidos por los filtros.

–A estos tíos los pagan por horas –le dije a Isaac–. Esta mañana, en el vivero, los setos parecían huevos de Pascua. Qué inútiles... ¿Tan difícil es podar un arbusto en redondo?

He tenido que mandar que volviesen a recortarlos todos. Es que lo fastidian todo a posta, para pasarse de la hora.

Levanté el vaso y removí los cubitos. A mi lado, Isaac se inclinó hacia delante en la tumbona acolchada, frotó sus tobillos peludos y blancos como el papel y parpadeó al mirar el mar, con sus esquirlas de resol. Le brillaba la calva en el cogote. ¿Cómo podía tener yo de repente un hijo de mediana edad? Oí el rebote lejano de una pelota de tenis en la tierra batida. Bert estaba en nuestra pista, jugando con David Lambert, el nuevo director de contabilidad de Promovox, que había llegado el día antes en avión con su tercera esposa. *Tre,* la llamaba yo. Como la muy idiota no hablaba italiano, se pensaba que era un apodo cariñoso. Su verdadero nombre... ¿Quién carajo se iba a acordar? Algo acabado en i. ¿Mindi? ¿Staci?

Los Lambert se alojaban en la casita de invitados del límite norte de *Bella Flora,* la más pequeña, la de la rotonda y el *jacuzzi.* Con todo el dinero que pagábamos a su despacho lo lógico habría sido que pudieran permitirse un hotel, pero Bert había insistido, y a ver quién le llevaba la contraria, siendo su cumpleaños...

Me encogí de hombros e incliné mi vaso para acabarme el culo del ponche

—¡Sunny! —grité. No tenía ni idea de dónde había dejado la campanilla—. ¿Quieres? —le pregunté a Isaac, que sacudió la cabeza.

»Y unos pistachos —anuncié cuando Sunny apareció con la coctelera para rellenar mi copa.

Me giré hacia Isaac.

—¿Por qué no bebes? Es la *happy hour.* —Señalé mi pequeño Bulova de oro—. Mira, las once.

—Mamá... —gimió Isaac.

Se quitó las gafas y se hizo un masaje en el puente de la nariz.

—Es broma.

Le di un golpe juguetón en un lado de la rodilla.

¿Por qué no me valoraba nunca mi hijo? Mi sentido del humor, mi manía de hacerme la listilla... A los treinta y ocho años seguía tan comedido como siempre en mi presencia, e igual de cicatero en sus afectos. De pequeño le daban miedo mi pierna y mi bastón, y ahora, con su metro ochenta, aún se acobardaba. A su padre nunca le había tenido miedo, eso estaba clarísimo. A veces oía las carcajadas de los dos en la pista de tenis, mientras peloteaban para pasar el rato, hablando más que jugando. Asistía a sus vigorosos y cálidos abrazos y palmadas en la espalda cuando llegaba Isaac y Bert le alborotaba el pelo. «Hombre, papá, estás hecho un chaval», decía Isaac con una sonrisa de oreja a oreja. Sus salidas semanales para comerse un buen bistec en Nueva York. Sus viajecitos en el velero a Peanut Island, con Jason. Siempre sin mí.

En mi presencia Isaac parecía escaldado. ¡Ni que él fuera el ofendido! ¡Cómo me habría gustado alguna broma, alguna pulla! ¡Hasta algo de oposición! Que por una vez en la vida demostrase que tenía narices, joder, algo de jeta... Francamente, no sabía qué era peor: estar rodeada a menudo de ladrones, embusteros e incompetentes o de zalameros obsequiosos y fáciles de intimidar que hacían lo posible por esquivarme. Incluido mi propio hijo. Sobre todo él. ¿No había nadie capaz de tratarme con normalidad?

—Perdona, mamá, tienes razón. —Respiró hondo y apoyó las manos abiertas en las rodillas—. Es que estoy preocupado.

—Por favor —dije, irritada—. Que este fin de semana no hablaremos de Diéresis.

«Diéresis» era el apodo que le había puesto a otra marca de helados. Había adoptado la política de no dignificar jamás a la competencia pronunciando sus nombres reales. Había una marca, por ejemplo, que se vendía sobre todo en supermercados y se anunciaba como «simple» y «natural al cien por cien». Como su logo era una hoja de menta, yo solo me refería a ella como «Hoja».

Diéresis era una marca que desde hacía un tiempo removía el cotarro porque fabricaba un helado «super premium» alto en grasas, con un nombre casi impronunciable: dos aes, una de ellas con diéresis, y un guión, por todos los santos. En principio era danesa — hasta había un mapa de Escandinavia impreso en los envases–, pero la verdad es que lo fabricaban dos puñeteros judíos en el Bronx. Vaya panda de estafadores. Y, sin embargo, la gente se lo comía sin problemas. Diéresis tenía un nuevo helado de chocolate con trozos que un comentarista gastronómico de la revista *New York* había calificado, por increíble que parezca, de «excelso». Pues claro. ¿Cómo no iba a serlo, con diecisiete por ciento de materia grasa? Con diecisiete por ciento de materia grasa se podría hacer helado con caca de perro y a todo el mundo le parecería celestial.

Hasta hacía poco los envases de medio litro de helado Diéresis solo se vendían en establecimientos de alimentación natural y tiendas *gourmet,* pero hacía unos meses que la compañía había anunciado que abriría franquicias por todo el país, igual que Dunkle's. Y encima empezaban en nuestros dominios, nada menos que en Brooklyn.

–No, mamá, si yo lo único que estaba pensando... –Isaac suspiró y se echó hacia delante en la tumbona–. Es si ahora mismo no sería mejor sacar nuestro propio helado de lujo. Así los ganamos en su propio terreno.

–La inflación está en dos dígitos, y acabamos de salir de una crisis del petróleo. ¿Quién narices va a gastarse más dinero en helados? –dije yo.

Isaac se miró el dorso de las manos y los dedos, tersos y afilados. Su alianza era un brillo de oro mate. Ni un solo callo. Ni una ampolla en el semicírculo de piel entre el pulgar y el índice, de haberle dado a una manivela.

–Pues parece que lo compra mucha gente –dijo apesadumbrado.

–¿Con diecisiete por ciento de materia grasa y casi sin aire? ¿Ni nada artificial? ¿Ingredientes caros? Sí, claro. ¿Por qué no? –Eché las manos hacia arriba–. Vamos a elaborar una receta que cueste una pequeña fortuna y deje obsoleta la máquina de helados patentada de tu padre. Qué idea más brillante, *bubeleh.* Eso, venga, a tirar por el váter todo nuestro modelo empresarial.

–Yo pensaba en empezar a pequeña escala. Solo una prueba. Unos cuantos sabores premium en mercados seleccionados. Es como consigue Häagen-Dazs...

—¡Diéresis! ¡Diéresis! En esta casa los llamamos así, ¿entiendes? ¡Diéresis! Y no pongas los ojos en blanco.

Nos quedamos mirando cómo movían los trabajadores una escalera de la base de una palmera a otra y cómo enrollaban guirnaldas de luces en los troncos.

—Solo era una idea, mamá —dijo Isaac después de un rato.

—Se acabó la discusión. —Me levanté, desafiante, y al hacerlo choqué con la mesa de cristal—. Esto de Diéresis es una moda pasajera. ¿«Helado de lujo»? ¿Baya de Boysen? ¿Algarrobo? ¿Pero eso son sabores? ¿Quién leches se los come? Estos se arruinan en tres años, que te lo digo yo. —Acerqué la mano al bastón—. Bueno, me sabe mal pero tengo que ir a ver a los del *catering*.

Justo entonces se me ocurrió algo más, y me giré sin poder resistirme.

—¿Sabes qué te digo? —dije con aspereza—. Que si te hubieras molestado en pactar con McDonald's no habría ningún problema.

El setenta y cinco cumpleaños de Bert. El cuarenta aniversario de Dunkle's. El bicentenario de los Estados Unidos. Coincidieron todos el mismo año, como si estuviera hecho a posta. Yo hacía siglos que planeaba la fiesta hasta el último detalle, como el de los jabones con olor a helado en los baños. Vendrían doscientas cincuenta y seis personas, entre ellas los Annenberg, Laurance Rockefeller, Valerie Perrine, Merv Griffin y Bob Hope. Como sorpresa especial para Bert contraté en secreto al Dave Brubeck Ensemble, que tocaría durante la cena. También vendría para interpretar sus éxitos el cantante Barry Manilow, que unos años antes nos había escrito una sintonía para Dunkle's. Últimamente se había hecho bastante famoso. Cantarían Dionne Warwick y Neil Diamond. Y Crystal Gayle. De todos ellos me había hecho amiga presentando *Domingo de sabores con Dunkle's*. Nada mejor que un programa infantil para romper el hielo. Actuar para niños de siete años les bajaba el ego a las estrellas. Además, conmigo la gente estaba a gusto. Les pellizcaba los mofletes, les decía «come un poco, quítate el gusanillo»... Era campechana. No me impresionaba nadie. Era la madre italojudía que nunca habían tenido.

Para la fiesta de Bert no había reparado en gastos, cosa rara en mí. Se pasearían pavos reales por los jardines. Los entrantes los servirían mimos. Después de la cena, de cinco platos, habría fuegos artificiales en la playa, como anuncio del pastel gigante de cumpleaños, una Tortilla Noruega. A fin de cuentas, tenía que ser una fiesta digna del rey de los helados y de su reina. Mi vestido me lo diseñó ni más ni menos que Haston —con otro a juego, más pequeño, para *Petunia,* por supuesto—. Vendría Lanzo especialmente en avión para peinarme.

Sin embargo, durante el día me sentí cada vez más irritada, y no se me podía reprochar. Ocho hectáreas y media, teníamos en primera línea de playa, pero estaba todo patas arriba. Martillos, gritos, taladros, obreros que daban los últimos retoques a la pista de baile y hacían un ruido de padre y señor mío al bajar las mesas por las rampas... Parecía un taller clandestino tropical. El camión de los generadores extras no se presentó hasta las doce.

A Bert, para no estropearle la sorpresa —y evitar que me diera la lata—, lo tenía exiliado en la casa de invitados del borde sur de la finca, y para obviar los malos humores de crío de doce años de Jason le mandé a Isaac que se lo llevara a comer en la lancha. Rita y yo los avisamos de que no se pararan a almorzar en una de esas cabañas de pescadores de la bahía, pero mi nieto se comió toda una cesta de almejas fritas, y ahora estaba en el baño de invitados, tirado en el suelo de mármol verde, vomitando por los codos. A su lado, Isaac y Rita no paraban de gritarse. En medio de todo llegó Sunny, sin aliento, desde el piso de abajo, otra vez con el teléfono en la mano. Era mi nueva jefa de prensa, Roxanne. Por lo visto, el director de la revista *People* acababa de pedir permiso para que su fotógrafo y su reportero llegaran antes de lo previsto a *Bella Flora.* Querían fotografiar la finca antes de que aparecieran los primeros invitados.

—¿Y se les ocurre pedirlo ahora? —dije yo.

Lo increíble es que también se esperaba a un fotógrafo de *Women's Wear Daily*. El setenta y cinco cumpleaños de Bert se estaba convirtiendo en uno de los actos sociales más *in* de la temporada, cosa que a mí me resultó especialmente gratificante. A fin de cuentas, aquí se nos consideraba a Bert y a mí como unos nuevos ricos. A la cara no me lo decía nadie, por supuesto, pero tonta no era, queridos. Ser millonarios, habernos hecho famosos por la tele, la filantropía... En Palm Beach todo eso no quería decir nada. Solo para tomarte un gin tonic en su B&T Club de las narices ya querían que hubieras desembarcado del *Mayflower*. De todos modos, ¿a mí qué más me daba? Yo estaba orgullosa de ser «dinero nuevo». Todo lo que teníamos Bert y yo nos lo habíamos ganado, no como algunos que mamaban del pecho de sus antepasados muertos y, al mismo tiempo, hacían como si fuera una gran proeza pasarse el día sin hacer nada más que comentarios insidiosos sobre la forma de vestir y la ascendencia de las demás personas. En lo que a mí respectaba, tenía mi propio «libro de oro». Si no te habías ganado tú mismo tu reputación, pues, francamente, no quería saber nada de ti. Con la excepción de Laurance Rockefeller, claro. Con él habíamos trabajado en el frente filantrópico, y habíamos prestado nuestro apoyo a la candidatura de su hermano al puesto de gobernador de Nueva York. Además, como también era el Bicentenario, parecía de justicia que estuvieran representadas algunas lumbreras del país. El mismísimo presidente Ford había mandado un texto en el que proclamaba «tesoros nacionales» tanto el helado Dunkle's como al propio Bert.

A pesar de todo, seguía sacándome de quicio mi conversación previa con Isaac. «Helado super premium.»

—¿Dónde demonios está Sunny? —solté a bocajarro cuando salí del ascensor en la planta baja.

En el gran vestíbulo de entrada trajinaban los floristas con los arreglos. La baranda de hierro forjado que acompañaba sinuosamente la escalera de mármol estaba cubierta por cascadas de rosas blancas, orquídeas dendrobium, amarilis blancas y bandas de organza de seda blanca. Parecía encaje mojado.

—Ahí quiero más color. Poned un poco de rosa y de violeta, que con tanto blanco parece un funeral, por Dios.

—Señora Dunkle —dijo Sunny, nerviosa, señalando el salón delantero—, la busca su marido.

Bert estaba al lado del piano de cola, mirando con cariño una foto de Jason de bebé, con un marco dorado.

—Ah, estás aquí, nena.

Sonrió efusivamente, y se equivocó de repisa al dejar la foto. Aún llevaba la ropa blanca de tenis y la cinta de felpa en la cabeza. Tres cuartos de siglo y aún seguía un régimen de ejercicio matinal inflexible que le había inculcado en Viena el inútil de su padre. Perjudicial no era, suponía yo. Bert tenía la piel más fofa que antes, con manchas de edad, como un leopardo, y había perdido dos o tres centímetros de estatura, pero a grandes rasgos conservaba el físico estupendo de hacía cincuenta años, cuando lo vi en el recibidor de la casa de vecinos de Henry Street. Seguía siendo un Adonis. Tenía una melena blanca de león y le brillaba la cara de felicidad y simetría.

—Tenías que estar en cuarentena —le dije—. A su debido tiempo Isaac vendrá a buscarte con el carrito de golf.

No quería que se estropease el esmoquin caminando por el césped.

—Ven conmigo a la villa, nena. —Tendió la mano y pasó las finas yemas de sus dedos por la carne de gallina de mi brazo—. Así estaremos un rato juntos antes de que empiece la fiesta y haya demasiado movimiento.

Lo miré, exasperada. ¿Pero qué le pasaba a aquel hombre? Iban a venir doscientas cincuenta y seis personas.

—No puedo. Hay demasiadas cosas que supervisar.

—Lil... ¿No es para lo que pagamos a los organizadores? ¿A los del *catering*? ¿Al personal? Ven. Vamos a comer tú y yo algo juntos.

—No me apetece. Antes de los actos sociales nunca tengo hambre, ya lo sabes.

—Pues entonces nadamos un poco.

La casa de invitados del lado sur tenía una piscina privada con vistas a la playa. Me acordé de nuestra luna de miel en

Atlantic City, tantos años atrás. Ahora teníamos en propiedad un trecho de la misma costa, a más de mil quinientos kilómetros al sur, eso sí.

—Bert, por favor, que las fiestas no se hacen solas.

Su mirada fue tan inocente y dolida que me sentí como un monstruo.

—Bueno, vale, pero solo porque es tu cumpleaños.

De todos modos no me esforcé mucho en disimular mi resentimiento y mi impaciencia.

Ya nos esperaba el carrito de golf. Cuando llegamos a la casa de invitados vi que Dimitri, nuestro chico, nos había preparado algo de comer y lo había puesto en la mesa del patio, debajo de la gran sombrilla amarilla, orientada hacia el sol. Había ensalada Waldorf, pechugas frías de pollo al estragón y panecillos de semillas recién hechos. Una botella de Soave Bolla empañada, en una hielera de lucita. Era lo que le gustaba beber a Bert después del tenis, aunque muy de mi gusto no era. A mí me esperaba un ponche.

—Caramba, qué bonito —reconocí—. ¿Lo has organizado todo tú?

Bert me ayudó a sentarme como todo un caballero.

—En todas estas fiestas de postín —dijo—, nunca tenemos tiempo de estar solos.

—Supongo que algo sí podría picar —dije con una mirada al pollo frío.

La brisa marina, que hacía revolotear el mantel, nos acariciaba por encima de las dunas bajas. Entre sorbos de su vino blanco, Bert me apretaba la mano sin cesar. Se puso a hablar de que quería que hiciéramos un viaje en velero a los Cayos, con Isaac y Rita; también de las elecciones que se avecinaban, aunque a esas alturas aún no estaba seguro de por quién se inclinaría, si por Carter o por Ford. Carter era demócrata, pero a Ford lo conocíamos personalmente.

Mientras Bert empezaba a balbucear los pros y contras de ambos candidatos, me di cuenta de que ya no lo escuchaba. Por mucho ponche que me tomase no conseguía dejar de pensar en mi conversación con Isaac. Toda la gracia del helado era ser democrático. Siempre era frío, dulce y estaba al alcance de todos los bolsillos, siempre. ¿Elevarlo de repente a un lujo? Pero si eso era ir en contra de su propia esencia. Ya puestos, se podría cobrar por el agua.

Sin embargo, había un problema, queridos, y es que yo, secretamente, había probado aquel helado «super premium». Tanto el «excelso» Choc Choc Chip como el de vainilla. Y qué revelación. El helado de Diéresis era untuoso. Cremoso. Con una concentración de sabor que francamente dejaba en ridículo a nuestros productos. Cuando lo tomé, tuve la escalofriante revelación de que un producto así podía revolucionar de cabo a rabo lo que deseaba —y esperaba— la gente de un helado. Por una vez mi hijo tenía razón. Había motivos para preocuparse, sí.

—¿Bert? —dije, interrumpiendo una frase sobre lo encantadora que le había parecido Rosalynn Carter—. ¿Verdad que ya has probado Diéresis?

Se concentró en cortar el pollo con el tenedor, sin mirarme.

—M-m-m-m-m-m-m-m-m... —dijo.

Yo dejé mis utensilios y me apoyé en el respaldo con los brazos cruzados, mientras el viento me alborotaba el pelo.

—¿Tú crees que deberíamos sacar nuestra propia marca de helado de lujo?

Masticó, pensativo.

—¿Con más materia grasa, te refieres?

—Y el mínimo de aire. Ingredientes de primera. Sin aditivos artificiales.

Movió la cabeza de un lado a otro, sin pronunciarse.

—Se ve que a nuestro hijo le parece que el helado de lujo es la tendencia del futuro —dije—. Que deberíamos empezar a competir con Diéresis de la misma manera que empiezan ellos a copiar nuestras franquicias.

Bert se encogió de hombros.

—Hoy en día, franquicias las tienen muchas marcas, nena. A mí me parece que debería haber sitio para los dos tipos de helado, el de lujo y el normal.

—¿O sea, que no te parece que tengamos que meternos? ¿Ni siquiera unos cuantos sabores en edición limitada, para probar?

Alargó el brazo y se sirvió la segunda copa de vino.

—¿S-sinceramente? No lo sé, Lil. Si quieres que te diga la verdad, en estas cosas ya no me fío de mi criterio. En eso la experta eres tú, no yo. Seguro que lo que decidas será lo más acertado.

—Es que esta vez no quiero decidir. —Me arrugué la servilleta en el regazo—. Te estoy pidiendo consejo, Bert. Necesito tu opinión.

—Es mi opinión, nena.

—No es ninguna opinión, Bert. Es una cesión de responsabilidad. «Pasar el muerto», que decía Truman.

—Lil, por favor. —Bert me tocó el dorso de la mano, mientras componía una sonrisa para congraciarse—. Estamos en la playa, se supone que de vacaciones. Hace sol. Tenemos buen vino que beber y una piscina justo delante. Esta noche habrá una fiesta fabulosa. Está aquí Isaac. Y Rita, y Jason. ¿No podríamos relajarnos, aunque solo sea unos minutos? No sé... ¿Nadar un poco y no hablar de negocios?

Sentí enseguida que se me ponía la cara roja.

—No. No, no podemos «relajarnos» y «no hablar de negocios». Bert, ¿te haces una idea de lo atenta que tengo que estar siempre? ¿De lo mucho que queda por hacer?

—L-L-L-L-L-L-L...

—No me vengas con «L-L-Lil». —Di un porrazo en la mesa—. Mientras tú sales a jugar al golf y al tenis, ¿quién te crees que se queda al pie del cañón? ¿El payaso Virutas del carajo? ¿El pusilánime de tu hijo? ¿Te das cuenta, por poco que sea, de lo que puede estar en juego con la aparición de estas nuevas franquicias en el mercado? —Agité con fuerza el brazo en alto, hacia la casa, las pistas de tenis y la piscina—. No, claro, depende todo de mí, ¿verdad? Como siempre. «No te preocupes, Lil.» «Tú descansa, Lil.» ¡Y mientras tanto los mangantes esos del Bronx se disponen a enterrar nuestra empresa con su «helado super premium»!

Eché mano a mi bastón para intentar ponerme en pie, pero en la silla de hierro de jardín era imposible de maniobrar.

—¡Por amor de Dios! —bramé—. ¿Es que todo lo tengo que hacer sola?

—Lil, p-p-p-p-p-p-por favor —me rogó Bert, gesticulando—. Lo siento. Siéntate. Yo lo único que quiero es comer a gusto con esta mujer mía tan preciosa.

Su mirada de súplica era desgarradora, pero me negué a seguirle el juego. A veces su puñetera debilidad podía ser tan manipuladora...

—¿Sentarme? —vociferé—. ¿Por qué siempre me dice todo el mundo que me siente? ¿Y que descanse? ¿Y que me lo tome todo con calma? ¿Qué os creéis, que soy una especie de inválida que inspira lástima?

—N-n-n-n... —farfulló Bert.

Se aferró a mi mano con desesperación, medio caído de la silla, con la cara crispada de súplica.

—L-L-L-L-L-L-L...

—Bert, ¿qué haces?

Se le quedó la boca fofa casi a cámara lenta, como si le hubieran dado un puñetazo en la barriga, y se cayó de bruces en la mesa con un fuerte impacto, como un árbol talado. Su barbilla se estampó en el último montón de ensalada Waldorf que le quedaba en el plato. Sus gafas salieron disparadas, y su frente y sus hombros quedaron salpicados de mayonesa y sangre. Al mismo tiempo se le fue la copa de vino de la mano y se rompió en las losas del suelo. Su brazo se quedó colgando con un suave balanceo, indiferente, como un péndulo.

—¡Bert! —chillé.

En el cielo las gaviotas daban vueltas perezosas bajo un sol devastador. El mantel seguía chasqueando con la brisa. Todo lo demás quedó en silencio.

15

Qué le vamos a hacer. Me quedo demasiado tiempo en el servicio de señoras. En el último excusado se puede abrir unos diez centímetros la ventana de cristal esmerilado llena de pintadas. Fuera se pasea como un centinela la señorita Slocum.

—¿Señora Dunkle? ¿Se encuentra bien?

Y aunque le haya dicho que solo necesito estar a solas un momento, y que no deje entrar a nadie, llama a la puerta. Desenvuelvo un caramelo de menta Schrafft's, me sueno la nariz y me examino en el espejo de la polvera, apartando la carne de mi cara como masa de pan. Por ahí dentro, en algún sitio, está enterrada mi juventud. «Bert —pienso—. Cómo me gustaría que aún estuvieras conmigo.» Por detrás de la puerta metálica del excusado ha escrito alguien MARIO CUOMO ES HOMO y SUGAR HILL GANG con rotulador violeta, entre una lluvia de errores ortográficos. Al otro lado de la ventana hay una estrecha franja de río y se oye el ruido de una ambulancia.

—¡No entres! —vocifero.

Al final consigue que salga y me informa de que llegamos tarde. Me arrastra a la sala justo cuando brama el alguacil:

—¡Todos en pie!

La verdad es que no hay casi nadie, pero el escaso público se pone en pie. Hay un momento en que parece que no se levanten por su señoría, sino por mí, cosa que como es lógico no gusta al juez. Ya sé que en principio los jueces son imparciales, pero, hacedme caso, queridos: debajo de las togas negras hay mucho ego. Si le das un mazo a cualquier inútil, se cree que es Earl Warren.

–¿Problemas para saber la hora esta mañana, señora abogada? –dice con mordacidad el juez mientras se señala el reloj de pulsera.

Por lo que veo es un Timex. El poco pelo que le queda al juez lo lleva pegado al cráneo con laca. Los fluorescentes del techo se reflejan en sus gafas e impiden ver sus ojos. Por guapo no destaca. En la placa de delante pone HON. LESTER KUKLINSKY. Me lo quedo mirando, sin desviar la vista ni una sola vez hacia los demandantes, aunque está toda la familia Newhouse reunida, con su angelito a la zaga, por supuesto. Aunque hayan pasado varios meses, lleva el ojo izquierdo cubierto ostentosamente por un nuevo paquetito de gasa. En realidad, no estamos obligados a comparecer personalmente en la vista preliminar, pero los Newhouse tontos no son. Presentarse con su ayuda visual, enfundada en su vestidito de mangas abullonadas y sus manoletinas, con sus coletas y su penoso ceceo... Cuentan con marcarse muchos puntos con el juez cuando la vea. Por eso mis abogados han decidido que lo mejor es contrarrestarlo conmigo, la otra ayuda visual: una pobre y tierna viejecita con bastón y gafas de culo de vaso, que parecen indicar, erróneamente, cataratas. Resumiendo, que es la Abuela contra el Angelito. Yo no entiendo ni que nos hayamos molestado en presentar una moción de las narices. Al final, diga lo que diga el tribunal, nos juzgarán a todos por reacciones viscerales y por apariencias. Como se juzga siempre a las personas.

Parece que el juez Kuklinsky es la única persona de la sala que últimamente no ha visto la televisión, ni se ha preparado la causa con antelación.

–Vamos a ver qué tenemos aquí... –dice mientras estudia un papel.

Por lo visto, el abogado de los Newhouse, un individuo picado de viruela con traje cruzado, que se llama Tottle, se ha hecho bastante conocido por casos así, el muy mangante. Carraspea. Me alegro de ver que el juez lo ignora. Miró a Jason de reojo. Está sentado justo detrás de mí, en la galería de visitantes, inclinado hacia delante y con la mano en la baranda, como quien mira un espectáculo de marionetas.

—Siéntate recto, por favor —le digo—, que estás en un juzgado.

Sonríe, avergonzado.

—Y escupe el chicle —le digo en voz más alta, mientras hurgo en mi bolso en busca de un pañuelo de papel.

—¡Lillian! —me dice mi abogada para que me calle.

—Perdón, pero ¿tienen ustedes algún problema? —dice el juez.

—Perdone, señoría. Solo le recordaba a mi nieto que tenga educación —digo con mi voz más nacarada, más de abuela. Le tiendo a Jason un pañuelo rosa de papel—. No estés tan caído de hombros, *tateleh* —susurro en voz alta—. ¿Qué quieres, que se te quede así la columna? Lo siento, señor juez. —Vuelvo a mirar hacia delante y le sonrió efusivamente—. Se lo he dicho a mi nieto, no a usted, como comprenderá.

Veo latir una sonrisa en las comisuras de los labios de la señorita Slocum. Puede que tampoco sea tan tonta. Se da cuenta de mis intenciones.

—Ah —dice el juez Kuklinsky, mientras mira el papel y me mira luego a mí—. Conque es usted la señora de los helados.

Yo sonrío de oreja a oreja.

—Sí, señoría, soy yo. La misma de siempre. —Una sonrisa irresistible—. ¿Qué tal?

—Muy bien, gracias, pero me gustaría hacerle observar que tiene usted una abogada, señora Dunkle, así que le agradeceré que en adelante se abstenga de hablar directamente con el tribunal. Lo que desee usted manifestar tendrá que pasar por sus letrados. ¿Me entiende? Bueno. —Se ajusta las gafas y sigue leyendo el papel que tiene delante—. Veo que los demandantes han presentado una denuncia y la defensa una solicitud de declaración de no ha lugar.

Me giro hacia la señorita Slocum.

—No le caigo bien —susurro—. Yo este juez no lo quiero. Quiero a otro. Deshazte de él.

—¿Qué? —dice ella, como si le pesara mucho la cartera de piel—. Señora Dunkle, que los jueces no se eligen.

—Pregúntale si es intolerante a la lactosa. Kuklinsky. Eso es polaco. O judío. Los europeos del Este tienen problemas para digerir los lácteos. Haz que se recuse.

—No pienso preguntarle al juez si es intolerante a la lactosa —dice la señorita Slocum—. Sería un despropósito que solo serviría para cabrearlo, y necesitamos que esté lo más predispuesto posible.

—Pues no lo está —digo yo—. ¿No lo ves? Ya la ha tomado conmigo.

Lo sé solo con mirarlo, queridos. Detrás de los rombos de sus gafas está calculando, resolviendo el caso y acumulando pruebas y opiniones contra mí. Esa manera de decir «conque es usted la señora de los helados», con una voz como la grasa cuando gotea en la barbacoa...

—Aquí no se trata de la alimentación del juez —dice la señorita Slocum—, y le aseguro que no nos conviene convertirlo en un problema.

—¿Y si yo tuviera granjas de cerdos, pero el juez comiera kosher? —contesto—. Por favor. ¿Qué dices, que no tiene relevancia? ¿Que no le influiría para nada, ni siquiera inconscientemente? ¿Para qué demonios te pago?

—Disculpe, señora letrada —dice el juez Kuklinsky mirando hacia nosotros—. Oigo muchos susurros. ¿Hay algún problema?

—No —dice la señorita Slocum, que se levanta.

—Sí —declaro yo, haciendo lo propio con mi bastón.

Mi vida entera, todo el imperio que hemos construido Bert y yo, o lo que queda de él... No pienso dejar que se vaya al garete por la chulería de un juez, o porque le dé dolor de barriga cada vez que se come un bocadillo de queso, qué caramba. Yo ya sé lo que pasa. Y que no me digan lo contrario.

—Tiene usted que... Quiero... —anuncio.

De repente se refleja el sol de la mañana en una lata de refresco que se ha dejado alguien sobre el radiador, al pie de la ventana, y me deslumbra como un *flash*. Noto que mi reacción es echarme hacia atrás. Atraviesan la sala fuertes redes de luz que ondean como un fondo de piscina. Mis piernas, el suelo pulido de la sala, el estrado del juez, su cara rechoncha...

De repente todo se convierte en agua. Yo soy el agua, y estoy dentro del agua, y por debajo. Es lo que ha dicho Jason: todos somos agua al cincuenta por ciento, simples moléculas de hidrógeno y oxígeno. Los veranos, cuando aún vivía Bert, me ayudaba a meterme en la piscina y me hacía dar vueltas con las piernas enlazadas a su cintura. Yo me echaba hacia atrás, dejando que me mantuviera el agua a flote, alejándose en brillantes sacudidas, y con mi gorro de baño y mi pequeño dos piezas con broche de estrella de mar me sentía como una sirena. No como una lisiada, para nada.

—¿Lillian? —Parece que la señorita Slocum hable en sordina, a pesar del tono de pánico—. ¿Se encuentra bien?

Me ha tomado del brazo y me lo sacude. Yo no siento nada. Doy vueltas en el intenso color turquesa de nuestra piscina, bajo un cielo embadurnado por las copas de los árboles. Oh, Bert... Alguien me arranca las gafas de sol. Las caras de los otros abogados se apretujan delante de la mía como máscaras grotescas de carnaval, preocupadas, insistentes...

—Tiene las pupilas dilatadas —dice alguien.

Abro la boca para hablar, pero es como si se evaporasen las palabras. Me cuesta mover la mandíbula.

—¿Es una embolia? —dice otro, preocupado.

Ahora es Jason quien está frente a mí, con las manos en mis hombros.

—¿Abuela? ¿Abuela? ¿Estás bien?

No me la esperaba así, la sensación.

El chisporroteo de un *walkie-talkie*. Hasta el juez se ha levantado. Ruido de sillas. Todo eso lo percibo, pero solo de forma periférica. El olor de cloro, la sensación de tostarse en el aire del verano, la silueta de Bert sobre mí, que eclipsa el sol y hace como si salieran los rayos detrás de él, como una especie de halo... ¡Qué maravilla!

—A ver si puede hablar —dice alguien.

La sensación se me pasa de golpe, como si hubiera chasqueado los dedos un hipnotizador. El agua se aleja bruscamente y siento que puedo volver a mover la mandíbula.

—Mmmf —digo, sacudiendo el cráneo lleno de agua.

Me doy cuenta de que se me escapa la risa y me contemplo las manos, cubiertas en el dorso por un mapa de venas abultadas y moradas. Increíble, queridos. De repente es para morirse de risa, aunque se me pasa por la cabeza que ahora mismo reírse no es una reacción aceptable, y que si suelto una carcajada incidirá de forma negativa en el proceso. Aun así me domina la risa, y tengo que disimularla con un ataque de tos que se traduce en una sucesión de extraños graznidos.

—¿Señora Dunkle? ¿Se encuentra bien? —pregunta el juez.

Justo entonces se acerca por un lado del estrado una alguacil. Es una negra enorme, embutida en su uniforme, con unas cejas que es como si se las hubieran arrancado y luego se las hubieran vuelto a dibujar con tinta. Me quedo alucinada con su circunferencia y los rollos de grasa que se le acumulan en la barbilla y la espalda, visibles a través del uniforme. Llego a la conclusión de que debe de haber requisitos de peso para los alguaciles. Como en el boxeo. Se bambolea hasta el juez Kuklinsky y le susurra algo. Él la mira, dudoso, y suspira.

—Señora Dunkle, señora letrada, ¿me hacen el favor de venir al estrado? —nos llama.

La señorita Slocum me pone una mano en la base de la espalda y me conduce.

—¿Señora Dunkle? —El juez Kuklinsky se apoya en el estrado para mirarme a los ojos y observarlos, moviendo las pupilas como si leyese palabras muy pequeñas impresas al fondo de mis retinas—. Señora Dunkle —susurra con cuidado—, ¿no estará colocada, por casualidad?

«La mayor fiesta cancelada de la historia» copó los titulares en todo el país. Sacaron en las noticias a Barry Manilow cuando bajaba de una limusina en la entrada del hotel Breakers. «Estaba a punto de ir a hacer las pruebas de sonido cuando me ha llamado mi mánager para darme la noticia —decía, visiblemente afectado—. Es una tragedia. Albert Dunkle era el hombre más bueno y más amable que se pudiera uno imaginar.»

En el aeropuerto de West Palm Beach, Dionne Warwick se abría paso entre los cámaras, llorosa y murmurando: «Ahora no, por favor».

«Esta tarde el país ha perdido a su heladero favorito –anunció Walter Cronkite en las noticias de la noche de la CBS–. Albert Dunkle llegó a América sin blanca, a los trece años. Después de abrir el primer puesto de helados Dunkle's al lado de una carretera, durante la Gran Depresión, inventó una máquina de helado cremoso y una "fórmula secreta de helado" que revolucionó el sector. Fue también el artífice del actual modelo de franquicias, con el que construyó un verdadero imperio del helado.» En un breve montaje aparecía Bert saludando con la mano desde una camioneta de Dunkle's Ice Cream, regalándole un envase especial de helado Piel de Plátano al presidente Ford, que se reía, y conmigo en una foto en blanco y negro de *Life,* llegando a un banquete de March of Dimes, él con esmoquin y yo con vestido de lentejuelas.

«Aunque es posible que se le conozca sobre todo como el genio del helado que se escondía detrás del payaso Virutas, Nilla Rilla y Chocohontas, así como por una infinidad de tartas heladas y sabores exclusivos y originales –dijo en la NBC el presentador John Chancellor–, Albert Dunkle era también un gran filántropo. Durante la Segunda Guerra Mundial insistió en proveer de helado a las tropas americanas a precio de saldo, y en los años cincuenta, inspirado por su esposa Lillian, aquejada de polio, aportó personalmente sus camionetas y franquicias para distribuir la vacuna de Salk.»

Mandaron el pésame desde la Casa Blanca, llamaron por teléfono del *New York Times,* y en *Bella Flora* todo el personal se puso manos a la obra para retirar a toda prisa con sus escaleras el estandarte gigante en oro y blanco de la entrada que decía ¡FELIZ CUMPLEAÑOS, BERT!

Yo no procesaba nada en absoluto. Era todo una gran mancha borrosa. Los amigos y socios de Bert se paseaban hasta altas horas de la noche por las habitaciones de *Bella Flora,* con pantalones de golf a cuadros y camisas hawaianas, y los teníamos todo el día al teléfono, en la cocina, en nuestro estudio...

Isaac, inexpresivo, se agachaba hacia mí en el confidente de mi cuarto. Luego ya no estaba. Luego volvía con un vaso de agua. ¿O era ginebra? Vislumbré a nuestro abogado, Edgar, medio eclipsado por todo un enjambre de hombres mientras escribía frenéticamente en una libreta. Se acercaba con cara de preocupación y ponía una mano húmeda en mi hombro, que temblaba.

—No te preocupes, Lil —susurraba—, que me estoy ocupando de todo.

Yo era consciente de una sola cosa, de un lamento horrible y animal, una especie de queja de ultratumba salida de algún sitio: «¡Berrrrrrt! ¡Berrrrrrt!». Nunca paraba, aquel aullido femenino de angustia que borraba cualquier otro sonido. En cuanto parecía que disminuyese, rebrotaba implacable como la marea en una tempestad, hasta que en un momento dado sentí mi garganta abrasada, y no sé quién, no sé dónde, suplicó:

—¿Puede traerle alguien una pastilla?

En Nueva York esperaban flores y cestas de fruta. Cornucopias de exquisiteces de Zabar's y Bloomingdale's. Pero bueno, ¿qué iba a hacer yo con un kilo de cheddar? ¿Crema de queso al vino? ¿Ponerlo en el lado de la cama donde dormía mi Bert? (¿Y por qué no había tenido nadie la sensatez de mandarme alguna bebida alcohólica, aparte de Harvey Ballentine?) En el cementerio de Riverside Memorial todos me abrían paso. Jason me acompañó con cuidado por la recepción, sujetándome el codo con firmeza con su joven mano. Todos los que a esa misma hora deberían haber celebrado el cumpleaños de Bert en Palm Beach sacudían sus paraguas y estampaban los pies en las esteras de goma de la entrada de la capilla, y tras firmar muy serios el libro de invitados se sumaban a la multitud, todos con traje negro, todos tomándome del antebrazo para decirme cuánto lo sentían y lo fabuloso que era Bert. Luego una mirada de compasión y falsa pena y a mirarse el reloj y escabullirse a los teléfonos públicos. Hombres de negocios. Yo me había puesto en la muñeca, como un torniquete, la cinta de felpa con que Bert hacía deporte. No había querido quitármela desde que llegó la ambulancia. Tenía la vaga conciencia de estar muy medicada, y levantaba todo el rato el brazo tembloroso por si querían verlo.

–Es lo último que llevó –decía con voz ronca–. ¿Ves esta mancha? Es él, mi Bert. Su sudor. ¿Lo ves?

Semanas después del funeral paseaba cada noche llorando y cojeando por el piso vacío. «¿Dónde estás, Bert?» Cada vez que oía el chirrido del ascensor en el recibidor me giraba maquinalmente pensando que era Bert, que volvía de jugar al golf o de cenar en Peter Luger's con los del sector lácteo. Si me ponía algún vestido, me quedaba delante del espejo con la cabeza inclinada y el cuello al descubierto hasta que caía en la cuenta de que Bert ya no volvería a salir nunca del cuarto de baño en albornoz para ayudarme con la cremallera. Una y otra vez se clavaba en mí la pena como el disparo de un francotirador, como la coz en la barriga de un caballo asustado. «Oh, Bert...» Y se me doblaban las rodillas, y lloraba a grito pelado como los niños en el hospital.

Los ojos verde jade de Bert, sobrecogidos y nerviosos en el recibidor de Henry Street. «Por favor», sollozaba yo encogida. Bert señalando los leones de piedra desde el piso alto del autobús de la Quinta Avenida, una noche de verano con olor a flores. Bert con la cabeza hacia atrás, gimiendo «Lil» mientras me asía por los hombros para otra embestida, aferrados el uno al otro con desesperación, brillantes de sudor en el estrecho colchón, al pie de la ventana, creyendo que nos sobra tiempo, que nunca nos haremos viejos, que nunca moriremos ni seremos otra cosa que dos enamorados en aquel momento, corcoveantes, vivos. Bert encantado de guiñarle el ojo a una cigarrera en el vestíbulo del Ziegfeld. Bert asintiendo con los ojos cerrados mientras le leo en voz alta la *Dialéctica de la razón* de Hegel. Bert chocando con la camioneta. Bert lanzando una mano furtiva por encima de la mesa para poner más mantequilla a su tostada cuando se cree que no lo veo, y poniendo cara de niño travieso. «Amor mío. Vuelve. Porfavor-

porfavorporfavor.» Bert enseñándole a Isaac a ir sin ruedecitas, corriendo detrás de él con su mano en el guardabarros trasero mientras lo anima con un «¡v-v-v-v-venga!», y soltando a nuestro hijo, que pedalea furiosamente por la acera. Bert deslizando su mano por la parte delantera de mi vestido de seda con estampado de flores y apretándome el pecho en broma a la vez que suena el timbre del ascensor, minutos antes de una reunión de negocios con representantes de DuPont. Bert haciendo sonar los cubitos de hielo de su vaso de whisky de cebada mientras dice, suplicante: «¿Por qué no me crees, Lil?». Bert con su albornoz azul pastel de toalla agachándose cariacontecido para recoger el periódico del felpudo la mañana después del asesinato de Robert Kennedy. De la dimisión de Nixon. De la caída de Saigón. Bert despatarrado en nuestra cama con dosel, con el brazo izquierdo en la frente, roncando a placer. Bert con ropa blanca de tenis mojada de sudor, dejando en su sitio la foto de nuestro nieto y girándose hacia mí, en nuestro salón con bóveda de Palm Beach, para decirme, con el curtido rostro serio, conmovedoramente enamorado al sonreír: «Ven conmigo, nena».

Ah, nuestra última conversación... ¡La horrible última conversación! No podía ni pensar en ella. Era más fuerte que yo. Lo único que había querido mi marido, a pesar de todo el dinero que teníamos, de todo nuestro éxito, de toda nuestra fama, era pasar un rato bonito comiendo en el patio con su mujer. Nada más que eso. ¡Y en qué lo había convertido yo!

Me serví un whisky y me lo bebí de un solo trago, para castigarme. Luego otro. Fue la primera vez en varias décadas que ansié volver a la iglesia, arrodillarme en el confesionario, detrás de una pesada cortina de terciopelo, y desgranar mis pecados en voz baja a través de la madera calada.

Mi amado esposo, mi querido Bert. Lo había tratado fatal. ¿Tan difícil era dejarle beber vino y comer tranquilamente? ¿A qué venía esa necesidad de acorralarlo? ¿Por qué me había vuelto tan despreciativa su emotividad, que con tanta vehemencia me había enamorado en otros tiempos?

Había acabado rechazando a todos mis seres queridos.

Era un monstruo.

Puse el vestidor de Bert patas arriba. Sacaba sus chaquetas, sus camisas, sus americanas de punto, y hundía la cara en ellas para respirarlo al máximo. Vi en el mío mi visón Blackglama, que me hacía guiños en su funda de plástico. Un regalo de Bert, al cumplir los sesenta. Llorosa, me lo puse y traté de imaginar que me lo apoyaban en los hombros las manos de Bert; y aunque no me lo mereciera lo más mínimo, traté de que me consolara un poco. El bolero de marta que me compró una Navidad. También me lo puse con esfuerzo. Perlas, un broche de zafiro tirado de cualquier manera en el joyero... Empecé a ponerme pieza por pieza todos los regalos que me había hecho durante el paso de los años. No me hartaba de tenerlo cerca. Me encajaba anillos con pedruscos en mis dedos hinchados por la artritis. Me fijé un broche al pelo y me puse los pendientes de broche en las mangas hasta que chorreaba literalmente de regalos de Bert.

En nuestro alféizar se posó una paloma, que empezó a arrullar.

Me reuniría con él, con mi Bert. Con sus ojos alegres. Con su tartamudeo infantil. El único hombre que me había querido. Al que había matado con mis crueldades mezquinas y mi autoritarismo.

Me tambaleé hasta la mesita de noche y saqué la Biblia amarillenta y agrietada de la señora Dinello, donde seguía guardando todos los recuerdos de Bert y de nuestro noviazgo. Respiré profundamente mientras me la apretaba contra el pecho. Estaba preparada. Estaba a punto.

Pero de pronto, sin cambiar de postura, todo perdió sentido. Me di cuenta de que estaba muy pero que muy borracha. ¿Había querido subir a la azotea y hacer el salto del ángel con todas mis pieles? ¡Como si alguien en aquel estado pudiera subir por una escalera! Compungida, entré cojeando en el lavabo. En el botiquín solo encontré un par de Nembutales y de Valiums en sus pequeños frascos de color ámbar. Los cuchillos Wusthof de la cocina, increíblemente afilados, los vigilaba Sunny. ¿Y ahora qué? No teníamos ni una mísera pistola de silicona o una escalera. El bloque de apartamentos tenía sus propios encargados de mantenimiento. La máquina de afeitar de Bert era nueva. Eléctrica. Ridícula.

Retrocediendo muchos años, me acordé de cuando el señor Lefkowitz gritaba a sus vecinos de Orchard Street que era tan pobre que ni siquiera tenía medios para suicidarse como era debido. Yo era demasiado rica.

—Pon en venta *Bella Flora* —le ordené a Edgar—. Las instalaciones, los muebles, las fuentes... Todo, qué narices.

—Lillian, entiendo que estés disgustada, pero quizá fuera mejor esperar un poco. Ahora mismo el mercado...

—¡Ni te atrevas a hablarme del mercado! —exclamé, tirando una taza que había puesto alguien a mi lado, en la mesa—. ¿Qué te crees, que me importa? Y una mierda. Quiero venderla ahora mismo. Esa finca no quiero volver a pisarla.

Las cartas y los telegramas de pésame los dejé en manos de mi nueva secretaria.

—Si es de alguien famoso, lo guardas en una carpeta. El resto tíralo.

—Pero señora Dunkle, ha recibido bolsas llenas de postales de niños de todo el país. Hechas a mano.

—Quémalas todas. —No comía y volvía a ser incapaz de dormir sin pastillas—. ¿Qué te crees, que me apetece mirar el dibujo de un payaso que llora hecho por no sé qué niño de Omaha?

—Los televisores del piso tienen que estar encendidos a todas horas, los cuatro —le dije a Sunny—. Y quiero que todos estén puestos en el mismo canal, ¿me entiendes? De noticias nada. Quiero *Days of Our Lives.* Y *Match Game,* y *$10,000 Pyramid.* Quiero dibujos animados.

Todas las noches me quedaba dormida con una copa frente a los espasmos de la pantalla. Hasta una mañana en que me desperté inesperadamente. Lo hice de golpe, gritando. Sobre el escritorio, frente a mí, parpadeaba la cabeza de Bert. «Por favor, que te invito. Ven a Dunkle's —decía pronunciando bien cada palabra, sin tartamudear, llevando puesta su ridícula corona de rey de los helados–. Si nuestro famoso helado es bastante bueno para mi mujer –añadía, sonriéndome con adoración–, también lo es para ti, no lo dudes.»

El último anuncio que habíamos rodado los dos juntos. Con todo aquel follón no se le había ocurrido a nadie impedir que siguiera emitiéndose.

En algo acertaron los nazis, pensé un domingo en mi despacho mientras me tomaba un burbon después de *Domingo de sabores:* si ya estás en el infierno, la única promesa de alivio la da el trabajo.

Llamé por teléfono a casa de mi secretaria.

–¿Por qué hay espacios en blanco? –exclamé–. Mi calendario debería estar cubierto de tinta. Mándame a visitar nuestras franquicias de Duluth. Mándame a inspeccionar fábricas. A todas las cenas del sector, puñeta. A todas las galas benéficas y a todos los telemaratones. Confirma mi asistencia.

La competencia, y algunos de nuestros propios ejecutivos, daba por supuesto que sin Bert sería Isaac quien se pusiera al frente, o que saldría la empresa a Bolsa, o que se vendería la Dunkle's Ice Cream Corporation. Daban por supuesto que yo era un simple figurón. Cómo me subestimaban. Qué poco sabían. Bert murió sin dejar instrucciones. No había ningún plan sucesorio por escrito. Tampoco hacía falta. La empresa siempre había sido tan mía como suya. Y lo que decía yo iba a misa, por supuesto.

Llamé por teléfono a Isaac.

–Voy a poner en mi despacho una placa donde ponga «*Arbeit Macht Frei*» –le dije–. Seguro que refuerza la ética laboral de la empresa.

–Mamá –gimió él–. Ya has vuelto a beber. ¿Dónde está tu chofer? Vete a casa, que es domingo.

–Perdona, pero ¿has visto las ventas de este trimestre? Esto es una sangría. ¿Y por qué en toda la región sureste pagan tres centavos más que en cualquier otro sitio por cada servilleta de papel?

—Mamá, que a todas horas no puedes trabajar —dijo Isaac con una voz teñida de cansancio—. Aunque los números sean malos. Tómate un día libre. Sal a comer con una amiga, o a un museo.

—Yo no tengo amigos.

Era verdad. Todos mis contactos sociales los había hecho a través de Bert, de su club de tenis, de la fundación... Matrimonios del sector. Las mujeres de los directivos y los empresarios nunca me habían gustado. O eran simples y descerebrados floreros, o matronas aburridas. ¿De qué iba a hablar yo con ellas? ¿Y ahora? Estaba claro que a las viudas nadie las invitaba a nada, ni siquiera a las famosas como yo. Salvo por dinero, claro.

—Mi único amigo era tu padre —dije en voz baja.

Isaac exhaló.

—Mira, mamá, ya sé que es difícil, pero alguna manera tienes que encontrar de disfrutar al margen del trabajo. Acabarás loca.

Lo que quería decir era que lo volvía loco a él, por descontado, pero ¿qué demonios podía hacer yo? Trabajaba desde los cinco años. ¿Y el descerebrado de mi hijo se pensaba que podía parar así como así?

Además, ir al teatro, o al cine, o incluso leer un libro —cualquier cosa que hubiéramos hecho juntos Bert y yo—, me provocaba una tristeza insoportable.

De noche, reacia a volver a nuestro piso vacío, empecé a pedirle a nuestro chofer que me llevase adonde solía ir Bert, a los sitios que frecuentaba sin mí, para poder sentir su presencia. Cenaba a solas en su mesa favorita de Luchow's, o de Sammy's Roumanian Steak House, o de Peter Luger's, en Brooklyn.

—Tráigame lo que soliera pedir mi marido —les decía a los camareros, que ponían cara de preocupación.

A veces me quedaba sentada en el coche delante de los baños rusos a los que Bert había tenido la costumbre de «ir a sudar» con Isaac, y veía entrar y salir a los hombres. De su edad. Vestidos como él.

—Llévame adonde llevabas a Bert a comprarme regalos —le dije al chofer una tarde.

Ahora Bonwit's y Saks no cerraban hasta pasadas las cinco de la tarde.

Yo nunca había tenido mucha paciencia para el trajín de las compras. Tanto ir y venir, y tanto desvestirse... Para alguien con una pierna como la mía era cargante y descorazonador. En otros tiempos había mandado que en mi lugar fueran mis secretarias a los grandes almacenes, o me pidieran la ropa por teléfono.

Después de tantos años, sin embargo, hice un descubrimiento: ¡entrar en Bergdorf Goodman's y que te atendiesen era de lo más gratificante! ¿Por qué no me lo había explicado nunca nadie? Una dependienta me hizo pasar a un vestuario exclusivo donde me invitó a sentarme en un banco de terciopelo, me ofreció agua helada con limón y fue trayendo ropa por si me gustaba algo. ¡Se desvivían todos por mí, como si fuera de la realeza! «Sí, señora Dunkle. Pues claro que sí, señora Dunkle. Ah, pues entonces pruébese este otro, que le quedará divino.»

—Dame el de seda de color coral —decía yo, imperiosa—, no el de *paisley*.

Nunca me había sentido tan guapa o poderosa como al ir de compras, queridos.

Isaac quería que me aficionase a algo.

Fue lo que hice. Qué le vamos a hacer.

Un jueves me compré dieciséis conjuntos de Chanel, diez mil dólares en ropa deportiva en Geoffrey Bene y una docena de jerséis de cachemira en los colores de moda: aguacate, burdeos y malva. Cinco gafas de sol de Foster Grant, tres vestidos de noche de *chiffon* de Yves Saint Laurent, cuatrocientos dólares en bisutería y un abrigo de los de cinturón con cuello de zorro plateado.

—Me niego a vestirme como una viejecita —les anuncié a las dependientas—. Ya tengo bastante con ponerme fundas de sofá de plástico para salir en la tele.

Me compré en Tiffany's un collar de brillantes y un colgante con un topacio enorme, como joyas «de a diario». Todo un juego de maletas de Louis Vuitton. Una docena de bolsos de varios colores de Gucci. Qué maravilla ser el consumidor, no el pobre desgraciado que se desloma a cambio de peniques en la fábrica, la curtiduría o la marroquinería...

Y después de comprar algo nuevo..., ¡qué ganas de repetir, queridos! La emoción de la compra daba el mismo calorcillo que el primer sorbo de un cóctel. En Christie's me compré un par de dragones de jade de la dinastía Ming, para flanquear la entrada de la casa de Bedford. Otro Cadillac, este de color vino. Un piano de cola con laca plateada. Me volví loca por las antigüedades y redecoré todas nuestras casas al gusto de Bert. Aparadores con incrustaciones, divanes de damasco, un mueble bar de caoba, candelabros de cristal en todos los lavabos... ¿Por qué? Un fin de semana subí a un avión y me planté en Harrods' para las rebajas. ¡Y en el Concorde, ni más ni menos! El angustioso viaje que mi familia había tardado dieciocho días en hacer a bordo de un vapor rancio y apestoso lo hacía yo en tres horas y media, sobrevolando la tierra a diecisiete mil metros de altura mientras tomaba champán y comía higos al vino por encima de las turbulencias climáticas, al borde del espacio exterior, donde se apreciaba a simple vista la curvatura de la Tierra por la pequeña ventanilla convexa, como si fuera el ojo cerúleo del mismísimo Dios. En mi pequeño asiento de cuero me sentía sagrada, ungida. Como un astronauta, me sentía. Habría sido perfecto, si no me hubiera hecho llorar. Porque debería haber estado Bert conmigo.

Contraté a un «asistente personal de compras» de Bergdorf's para que, a partir de ese momento, nos acompañase a *Petunia* y a mí. Fuimos a París para ver las colecciones de alta costura. ¡Ah, los pases de modelos! ¡Qué magnífico teatro! ¡Mejor que la iglesia! En Cartier encargué un espléndido bastón con incrustaciones de piedras preciosas, y para *Petunia* una chapa y un collar a juego, de oro y brillantes. Aparte de para mí misma, para quien más me gustaba comprar era para *Petunia*, claro, que nunca se quejaba de nada. Una cama de raso rosa para perros, ribeteada de encaje de Chantilly. Un impermeable

para perros de Burberry's. Un cuenco de agua con luz fluorescente de Fiorucci.

Descubrí que el único problema de ir de compras era
pagar. Me había pasado muchos años llevando las cuentas de
lo que gastaba hasta el último céntimo —diez para el periódico, cuarenta y cinco para unas medias, etcétera—, pero ahora las sumas eran demasiado grandes. ¡Cómo me dolía ver
los tiques de compra y extender los cheques! Tanto que casi
perdía toda la gracia comprar. Por eso, para suavizar el golpe,
empecé a pedir que lo cargasen todo a Dunkle's Ice Cream
Corporation. Así, al recibir las facturas en el despacho, podía
fingir que eran «gastos», no «compras». Es que los gastos
eran mucho más fáciles de justificar, queridos. Todo lo que
compraba se lo cargaba como gasto a la empresa, y luego
me lo hacía envolver para regalo y enviar directamente a
Park Avenue. Así parecían regalos de verdad. Cada día, cuando volvía a mi casa del trabajo, me esperaba una cascada de
sorpresas.

—¿Qué es todo esto, mamá? —dijo una mañana Isaac, que
había venido para que le firmase unos papeles.

La sala de estar de delante se había convertido en mi «cuarto de los regalos», y estaba llena de compras repartidas por
mesas de centro, estanterías y sofás, como las obras de arte en
los museos.

—¿Qué hace aquella piel en la pantalla de la lámpara?

—Es de chinchilla. Una chaqueta de vestir.

—Un riesgo de incendio es lo que es.

—La lámpara también es nueva. De Sotheby's. Y la silla. Al
gusto de tu padre, claro. ¿Verdad que le habrían parecido estu-
pendas?

—Pero mamá...

Isaac suspiró, tomó en sus manos al azar un bolso de fiesta
de Judith Leiber —con forma de bebé pingüino cubierto de
cristales— y, abatido, lo dejó al lado de otro en forma de rodaja
de sandía. Luego deslizó la vista por una docena de dobles candeleros de plata distribuidos sobre una otomana de cuero
repujado. Un montón de pañuelos de Hermès. Un samovar

de latón comprado en un anticuario de Madison Avenue. Un secreter de época eduardiana con repisa. Quince muñecas de Madame Alexander, todas dentro de sus cajas de FAO Schwarz. La verdad es que la sala se parecía un poco al monte de piedad de E. Lazarre. Pero todo de buen gusto, queridos. De buen gusto. Y limpio, os lo aseguro.

—¡No pensarás quedarte con todo esto! —dijo Isaac.

—Pues claro que sí. ¿Por qué no voy a quedármelo?

—Tienes enganchados todos los tiques de compra con celo.

—Hombre, ¿si no cómo sabrá la gente lo caro que es? ¡Sunny! —bramé—. Tráele un cóctel a mi hijo, ¿vale?

—No, gracias, mamá —dijo él. No había manera de que sonriese, mi hijo—. No puedo quedarme mucho tiempo.

—Ven —dije haciendo señas.

Me había hecho instalar en el estudio uno de esos nuevos aparatos Xerox del tamaño de una pequeña cámara frigorífica. Así nunca tenía que parar de trabajar.

—¿Qué te parece? —dije.

Les había pedido a los de Promovox que me enviasen bocetos para mi última idea, los «baticócteles», mezcla de batido y cóctel sin alcohol. Al lado del escritorio de caoba de Bert había un caballete con varios enfoques distintos. En un anuncio salía un primer plano de una pareja guapísima, los dos en bici y brindando en una carretera rural con batidos de Dunkle's. En otra salían en una discoteca. «Es hora de un baticóctel», era el lema.

Isaac se lo quedó mirando, y al cabo de un minuto empezó a mordisquearse el labio de una manera que torcía su mandíbula a la izquierda.

—¿Seguro que es por donde quieres ir, mamá?

Los baticócteles los había estado puliendo desde la muerte de Bert. Fue una idea que tuve durante una fiesta en casa de Merv Griffin, cuando por la tarde me dio alguien un Brandy Alexander. Curiosamente era la primera vez que lo probaba. El estupendo impacto medicinal del brandy parecía suavizado a base de leche chocolateada.

—¿Se puede saber qué es esto? —dije con un parpadeo, apartando el vaso helado de mí–. ¿Bosco?

—Creía que te gustaría, Lillian. —Merv se rio–. Como eres la reina de los helados...

—Los cócteles tienen que saber a cóctel —refunfuñé, reclinándome con mi caftán en una de sus *chaise longues*–. No a batido, caramba.

Aun así, Merv me pilló sonriendo. ¿Qué queréis que os diga? Estaba delicioso.

Me di cuenta de que aquel tipo de bebidas podían ser nuestro antídoto contra Diéresis. Por algo estábamos en los setenta. Como presentadora de mi programa de televisión, había visto cómo cambiaba la cultura. Ya nadie quería ser un buen soldado o salir de la miseria con el sudor de su frente, como en las novelas de Horatio Alger. Nadie quería dar el callo y conseguir las cosas con esfuerzo. Los padres que venían al estudio llevaban los mismos vaqueros y las mismas chaquetas de béisbol que sus hijos. Todo lo adulto se había vuelto juvenil. Cócteles ridículos, con sabor a fruta. Coches de colorines con nombres monos de parvulario como *Pinto, Gremlin* y *Beetle*. Televisores Sony en miniatura, como hechos para muñecas. Todos, por lo visto, querían ser siempre niños.

Pero colocados. Como invitaba al programa a cantantes de pop, y hablaba con los artistas, conocía bien las drogas. La noche en que Andy Warhol me llevó al Studio 54... Parecía una carpa de circo. Bajaba del techo una media luna fluorescente que inhalaba un rosario de cuentas blancas de una cuchara iluminada.

—¡Dios mío, Lillian! ¡Mira! ¡Es como un cuento infantil para la gente que le da a la coca!

Batidos con un toque de alcohol. Era el mejunje perfecto para la época.

Lo que ya resultó más difícil fue perfeccionarlos. El Brandy Alexander, el Kahlúa, el amaretto y el vodka artificiales tenían que tener exactamente el mismo sabor que sus equivalentes reales, los de cuarenta grados, pero los aditivos químicos provocaban incoherencias muy curiosas en el helado.

¡Cuántas horas pasé con nuestros químicos en el laboratorio! Y qué pesadas las catas con consumidores. Claro, es que antes lo único que hacíamos Bert y yo era preparar algo en nuestra cocina de Bellmore, servírselo a nuestros clientes y ver la cara que ponían al comérselo, pero ahora se había convertido en toda una industria nacional. Grupos focales, analistas de marketing... De repente todo el mundo se había convertido en crítico, desde Tarrytown hasta Topeka.

Había tardado casi tres años en tener listos seis baticócteles para sacarlos al mercado, pero ahora que mi hijo contemplaba los anuncios que habían enviado los de Promovox, sus rasgos esculpían la viva imagen del malestar. Me pregunté por qué ya no podía estar de mi parte. Ahora solo nos teníamos el uno al otro.

—¿Y ahora te pones a dudar, después de todo lo que he trabajado?

—No, mamá, es que me preocupa. Ya has visto los números. Ahora la mayoría de los que quieren abrir una heladería se van con Häagen... —Se acordó a tiempo—. Lo *in* es el helado super premium.

Di un golpe al tablón.

—¿Los consumidores quieren un helado de sabor más fuerte y más «sofisticado»? Pues nuestra manera de dárselo será esta. El sabor de estos batidos es de cosa cara, elegante, pero aún pueden fabricarse con la máquina de tu padre. ¿Por qué te resistes tanto?

—No, es que... ¿De verdad que te parece que los baticócteles son el producto que más nos conviene? Es que parecen tan... —Isaac dejó la frase a medias mientras buscaba las palabras—. Tan chabacanos. Y subidos de tono.

—¿Chabacano y subido de tono? Pues perfecto —contesté—. Como tiene que ser. Mira a tu alrededor, hombre de Dios. Estamos en 1979.

Tal como había predicho, nuestros baticócteles fueron la bomba, aunque esté mal que sea yo quien lo diga. En la primavera de 1980 los ofrecimos «solo por tiempo limitado» en nuestras franquicias del noreste, entre Washington y Boston, y desataron una auténtica locura. El hecho de que fueran exclusivos sirvió para que se disparase su caché. Especialmente populares se hicieron los sabores de White Russian, amaretto y margarita. «Toma ya, Diéresis», pensé ante las cifras de ventas. También hice correr por toda la empresa una circular en la que ensalzaba nuestro éxito previo, por si aún me subestimaba alguien.

Durante mi comida semanal en casa de Isaac y Rita anuncié que Dunkle's estaba preparado para lanzar los baticócteles a escala nacional.

—Quiero una campaña brutal, de costa a costa. «Fiestas baticóctel» en todas partes. Carteles en Times Square y en Sunset Boulevard donde ponga: «Es hora de un baticóctel». Anuncios en *prime time.*

Isaac no apartaba la vista de los restos de asado de su plato. Rita se levantó discretamente y se fue a buscar más vino al aparador. El único en hablar fue Jason.

—¿Puedo beber vino yo también?

Ante la negativa de Rita apartó la silla.

—No sé por qué os ponéis todos tan fascistas sobre el tema. Que sepáis que en Europa se puede beber desde los dieciséis.

—No estamos en Europa. Y tú los dieciséis aún no los has cumplido.

Después de que se fuera Jason, hecho una furia, lo único que se oyó en el comedor fue el gluglú del Burdeos en mi copa. En el silencio parecía flotar una condena.

—Bueno, bueno —dije mientras dejaba caer la servilleta en el plato—, no os pongáis a aplaudir todos al mismo tiempo, queridos. Que no diga nadie «felicidades, Lillian», que solo es nuestro mayor lanzamiento de los últimos años, qué caray.

También me levanté.

Jason estaba en el salón, tirado por el suelo, con la barbilla apoyada en las manos y su silueta bañada en la iridiscencia del televisor.

—Ya ves, parece que nos han castigado a los dos al cuarto de jugar —anuncié mientras me sentaba a su lado en el sofá.

Dos policías armados perseguían a un hombre por una acera llena de gente—. ¿Te gusta?

—Qué va —dijo Jason sin apartar la vista de la pantalla—. Miro por mirar. No dan nada que valga la pena.

Como era de prever, los polis tumbaron un carro de fruta. Ahora ya no veía vendedores callejeros como no fuera en series policíacas.

—*Tateleh* —dije al cabo de un rato—, voy a hacerte una pregunta. Lo que hablábamos antes, nuestros baticócteles... ¿A ti no te gustan?

Jason se acercó rodando lentamente y se incorporó para retorcerse hacia ambos lados y estirar la espalda. Después se desperezó los brazos con un «hurra» y los dejó caer sobre la alfombra.

—Bueno —dijo, diplomático—, yo diría que el sabor me gusta.

—¿Pero? —lo azucé—. Dímelo, por favor, que aquí eres el único que tiene un poco de cabeza.

Se encogió de hombros, afectando displicencia, pero se le iluminó la cara. Yo acababa de ungirle, y no se le pasó por alto el privilegio de mi confianza.

—Bueno —respondió, pensando bien lo que decía—, es que no acabo de entender qué sentido tiene... no sé, vender un batido con sabor a alcohol pero que... pues que no lleva alcohol de verdad.

De repente se oyó un ruido de platos en el comedor, seguido por una discusión. Jason y yo intercambiamos miradas traviesas y encantadas.

—El problema de añadir alcohol de verdad, *tateleh*... —dije.

—No, abuela... —Jason se retorció para mirarme—. Si en el fondo tampoco es eso. Lo que pasa es que... Sin ofender, pero mucho de lo de Dunkle's es cursi a tope. ¿Nilla Rilla? ¿El payaso Virutas?

—Ah, ya. —Sacudí la cabeza—. El puñetero payaso. Menudo coñazo está hecho.

Jason se rio con una especie de relincho tonto.

—En vez de eso, ¿sabes qué tendrías que sacar? Un payaso punki. Con chupa de cuero, como los Ramones. Y cresta.

Podría enseñar los dientes en vez de sonreír, y tirarles helado a los niños, y asustar a la gente, y darle a la guitarra.

—Bueno, pues nada, muchas gracias —dije, incorporándome—. Da gusto oír una opinión sincera en esta casa, para variar.

—O un payaso kung fu. ¡Cómo molaría! —Al percibir mi descontento su expresión cambió como las nubes—. No es que no estén buenos, tus batidos, ¿eh? —dijo compasivamente—. Lo que pasa es que suenan tope cutres.

Me sometió a una mirada escrutadora que no paraba de moverse, como si me sondease y me diera información confidencial. Vi que por primera vez mi nieto estaba dispuesto a verme como algo más que una vieja con el pelo empolvado y una cara de uva pasa. Se estaba forjando un pacto.

—Vaya, no sé, que la mayoría de tíos en el cole, y tal... —dijo en voz baja—. Si quieren colocarse... pues le dan a la coca, al mandrax o a los hongos. O bebemos vodka con cerveza. «Cóctel» no es una palabra que se use. Y «baticóctel»... ¡Uf! Suena a lo que nos daban en el Bar Mitzvah.

—O sea, que lo ves soso —dije sin rodeos.

—Sí, supongo —asintió Jason mientras hacía crujir sus nudillos—. Vaya, que si tuviera que promocionarlos yo, que bueno, total solo voy al instituto, o sea, que tampoco es que me entere de nada, pues no se me ocurriría hacer que sonasen inofensivos. A la gente, en realidad, le gustan más las cosas cuando les parece que pueden ser... no sé, perjudiciales.

Me lo quedé mirando, estupefacta. Mi nieto. El guapo y tremendo de mi nieto.

Dos días después, tomando prestado su vocabulario, anuncié a Promovox que quería que cambiasen nuestra nueva campaña de publicidad para que fuese «más guay, más molona y con más caña».

—Vamos a describir nuestros nuevos batidos como una especie de placer ilegal —dije—. Decadente. Peligroso, incluso.

—No sé si es un paso muy prudente, Lillian. —El director de contabilidad cruzó los brazos y se arrellanó en su sillón de piel–. Lo que está claro es que no cuadra con el resto de la marca.

Su escepticismo se propagó por la mesa como algo contagioso. Los de contabilidad empezaron a explicar con vehemencia por qué aquel enfoque era «un paso en falso enorme» y «lo menos indicado para Dunkle's».

–Perdona, Lillian –dijo uno, haciendo chasquear la lengua–, pero ¿tu hijo ha dado el visto bueno?

En la nueva empresa que contraté, MKG, no parecía que nadie tuviera más de veintitrés años. Las oficinas ocupaban una nave industrial de un barrio cutre en Union Square, con grandes serigrafías enmarcadas en las paredes, muebles que parecían de un juego de construcción y sin una alfombra o tapizado a la vista. Intuí que a Jason le habría parecido bien. Por otra parte, en aquella agencia me escuchaban.

–Totalmente de acuerdo, señora Dunkle –dijeron con gestos de aquiescencia–. La verdad es que los anuncios de su empresa piden a gritos un repaso. Parece que no se hayan cambiado desde 1953. Usted quiere algo con estilo, radical, provocativo, y vamos a hacerle una campaña que será lo último de lo último.

Lo primero que propuso MKG fue cambiar el nombre de los baticócteles por *shake-ups*. Tenían claro que era «mucho más moderno», y les di la razón.

–¿Por qué no? –dije, riéndome–. Nunca está de más sacudir un poco el cotarro.*

Más tarde, hice la prueba con Jason.

–Estos fijo que me los tomaba –dijo.

Fiel a su palabra, MKG sacó unos anuncios que no se parecían a nada de lo que hubiera hecho Dunkle's. Ni Virutas, ni familias bucólicas americanas, ni banderas, ni Estatua de la Libertad... Ni siquiera yo. Eran anuncios elegantes y desnudos. Las sesiones corrieron a cargo de uno de los mejores fotógrafos de moda, y solo salía un primer plano de un batido

---

* Ese sería el significado aproximado de *shake-up,* «sacudir». *(N. del T.)*

en un vaso para llevar, nuevo y de colores claros, donde ponía DUNKLE's en letras elegantes y modernas. Era un vaso que brillaba con gotas de condensación, y de cuya espuma salía invitadora una pajita. Sobre ella se entreabrían seductoramente unos labios rojos y brillantes, entre los que se adivinaba el rosa oscuro de la lengua. Nada más. Un tentador batido con su espuma. Una pajita erecta. Una boca reluciente. «¿Ya tienes edad?», ponía en la parte superior. «Sustancia controlada.» «Muy adictivo.» «Querrás repetir y repetir.» «Con uno nunca basta.» «¿Te atreves?» «Éxtasis helado.» Y al pie, siempre el mismo lema: NUEVOS SHAKE-UPS DUNKLE's: EL HELADO COMO NUNCA LO HABÍAS PROBADO.

Bueno, vale, sutiles no eran.

Pero eran anuncios tan adultos y sofisticados que me dejaron pasmada. Isaac protestó, como era de esperar; decía que eran demasiado picantes, pero Jason los calificó de «alucinantes». Por otra parte, estuve segura de que a Bert le habrían encantado. Eran como obras de arte pop. Además, me pregunté, ¿qué tenía de malo un poco de sexo? ¡Que ya iba por los setenta y tres años, hombre! Lo normal era poder vender mis productos como me diera la gana y divertirme sin payasos ni gorilas albinos, para variar.

Distribuí ampliaciones por todo mi despacho, como cuadros en una galería, y me recliné para admirarlos en mi silla giratoria.

Cuando mi secretaria entró con unas cartas, silbó.

—¡Vaya!

—A mi hijo le parecen demasiado directos. ¿Tú qué dices? —pregunté.

—Hombre, llaman la atención... —contestó, no muy segura.

—A mí me parecen fantásticos. Como muy modernos, ¿no? Era la primera vez desde la muerte de Bert que me levantaba con energía, expectante. Por primera vez en mi vida me reconocería la gente como lo que siempre había sido, una innovadora. Se darían cuenta de que Lillian Dunkle había sido tan básica e imprescindible para la industria del helado como mi marido, y no solo una lisiada simpática y maternal que hacía trucos, ni un personaje entrañable de la tele cuyo marido le pagaba un programa infantil. Me darían el sitio que me merecía en el panteón de los grandes heladeros de la historia que habían hecho que evolucionase de una mera mezcla de azúcar y nieve al alimento más maravilloso y querido del planeta. Los árabes, con el sorbete. Giambattista della Porta al congelar el vino. Nancy Johnson y su invención del congelador de manivela. Christian K. Nelson, creador del Eskimo Pie. Ernest Hamwi, Abe Doumar y todos los inmigrantes de Oriente Medio que habían hecho conos de barquillo en la Exposición Internacional de 1904. Bert y sus maravillosas máquinas y fórmulas de helado cremoso. Y por último yo. Con todo derecho. Yo, Lillian Dunkle, que más que nadie le había dado al helado su fantasía actual, su infinita variedad. Y ahora, queridos..., ahora su garra.

Me puse los pendientes de broche y me rocié en el tocador con Shalimar mientras sonaba el «Sing, Sing, Sing» de Benny Goodman en la cadena de música del dormitorio, seguido por la banda sonora de *Fiebre del sábado noche,* que me parecía estupenda. Nuestros *shake-ups* serían un soplo de aire fresco en Dunkle's. Renovarían la empresa y volverían a ponernos en la cima. A la vez que muy sabrosos, eran baratos de fabricar. Ganaríamos a la competencia en su propio terreno.

Si Isaac aún tenía reservas, fue bastante sensato para no vocearlas. En el comercio no hay sitio para la negatividad. Además, incluso él tenía que admitir que los nuevos productos eran deliciosos.

A nuestras franquicias les presenté los *shake-ups* en reuniones regionales especiales. Durante mi discurso en el estrado se iban repartiendo por la sala camareros jóvenes y guapos con chalecos de raso y pajaritas de lentejuelas, cuyas bandejas estaban llenas de *shake-ups* en miniatura para los dueños de las franquicias.

—¡Por los *shake-ups!* —brindé con mi vaso en alto.

Tras estirar una cuerda, Isaac dejó a la vista los nuevos carteles promocionales. Silbidos. Murmullos. Aplausos.

Exclamaciones de sorpresa. Todo el mundo se puso a hablar al mismo tiempo. Estaba tan nerviosa que casi no me daba cuenta de nada, solo de retazos de sonrisas, cuellos que tragaban saliva, gente que me tiraba de la manga... Parecía que no hubiera nadie sin alguna opinión. Vi con el rabillo del ojo que uno de nuestros propietarios de Chattanooga se pulía los Kamikazes helados en miniatura como chupitos en un bar, y abordaba a los camareros para que le dieran más. Era como si la sala tuviera vida propia, como un gran animal. Ningún producto nuevo había provocado nunca tanta conmoción. El calor, las luces, el ruido... De repente me abrumaban. Había trabajado tanto y durante tanto tiempo...

—¿Te encuentras bien, mamá? —preguntó Isaac.

Me temblaban las manos y las piernas.

—Señora Dunkle... —Se acercó alguien que agitaba un vasito vacío—. ¿Está segura de que esto no lleva tequila? Es que este de sabor margarita... ¡Sabe como si tuviera cuarenta grados!

—Vamos, hombre, por favor... —Sonreí de oreja a oreja, aturullada, y me ajusté las gafas—. Estos batidos no llevan nada que no pudiera darle yo a mi nieto.

—Lea las etiquetas —añadió enseguida Isaac, señalando—. Allá en las mesas hay listados de todos los ingredientes.

—No sé, no sé... —Era otro propietario de franquicia, que a juzgar por su manera de reírse sí que lo sabía, pero no estaba dispuesto a reconocerlo—. Yo en vacaciones siempre bebo piña colada, y les aseguro que a mí me sabe a ron.

—Eso es que nuestros químicos lo han hecho bien —dijo Isaac con una vehemencia algo excesiva.

—¿Quiere pruebas? —Sonreí—. Pues siga bebiendo y a ver si se emborracha.

Se oyeron carcajadas.

—Necesito aire fresco —le susurré a Isaac, que me dio mi bastón.

Era uno de laca roja, hecho para la ocasión, a juego con los labios de los carteles.

—Quédate —dije—, que vuelvo en un minuto.

Salí cojeando al vestíbulo, mientras agitaba la mano para abanicarme. Cuando estuve en el lavabo de señoras me dejé caer en el pequeño banco acolchado y tardé unos minutos en recuperar el aliento. Miré a mi alrededor. En el vestíbulo, lleno de espejos, jarrones orientales falsos, orquídeas satinadas y dispensadores de latón para los pañuelos de papel, reinaba una tranquilidad absoluta. Un altavoz escondido en el techo filtraba suavemente una versión para hilos musicales de «Have You Never Been Mellow». Olía a ambientador de melocotón. En un momento dado me di cuenta de que los ventiladores zumbaban al compás de mi respiración.

Abrí el bolso y saqué mi petaca, consciente de que con unos pocos sorbos dejarían de temblarme las manos.

La levanté para brindar.

—Bert —susurré con los ojos empañados—, lo he conseguido.

16

En fin, queridos, supongo que a estas alturas ya sabéis todos qué pasó.

Durante las primeras semanas del lanzamiento a escala nacional, cuando llegaron los carteles a los quioscos, y se emitieron en *prime time* los anuncios, y ondearon las lonas en los escaparates de nuestras franquicias (¡PRUEBA LOS NUEVOS Y DELICIOSOS SHAKE-UPS!), las heladerías no daban abasto, hasta el punto de que tuvimos que apretar al máximo para hacer nuevas remesas de las fórmulas. Los carteles se convirtieron enseguida en objetos de coleccionista. Los arrancaba la gente de los laterales de las paradas de autobús de Nueva York, Chicago y Boston, para intentar «coleccionar toda la gama de sabores». Salió un artículo en portada de *Advertising Age:* «Dunkle's: batidos remozados para los ochenta». Tampoco los supermercados donde se vendían tarrinas de medio litro en edición limitada de nuestros sabores *shake-up* alcanzaban a tener siempre llenos los congeladores. Por lo visto, aquel sabor tan celestial de alcohol fundido con la suavidad del helado le encantaba a todo el mundo. Aquel calorcito en contraste con lo dulce, lácteo y frío. Aquella puntita irresistible de atrevimiento.

Hasta tres semanas después del lanzamiento no encontré sobre mi mesa un fajo de cartas con una nota de Isaac: «Me ha parecido que tenías que leerlo. Me temo que hay más».

«Apreciados Dunkle's –empezaba la carta–: Como propietario de una franquicia les he sido fiel desde 1953, pero si quisiera dedicarme a la venta de alcohol habría abierto un bar».

La de debajo declaraba lo siguiente: «Me da igual los beneficios que den. Son productos MALOS, y me niego a venderlos. El alcohol y el helado no se mezclan».

—¿Cuántas más ha traído? —le dije a mi secretaria.

(Esta, que creo que se llamaba Melissa, era una chica con pinta de duende y cara de pena que se ponía el delineador muy fino en los ojos, y a quien sorprendí una vez pintándose las uñas con Tippex.)

Melissa señaló el archivador con su barbilla puntiaguda. Había mucho correo amontonado: sobres grandes, otros más pequeños de color rosa claro, algunas hojas de papel cebolla escritas a máquina... Hasta una hecha con letras de periódico recortadas, como los mensajes de los secuestradores.

—¡Qué idiotas! —exclamé. En todos los anuncios de los shake-ups había una nota informativa al pie: NO CONTIENE ALCOHOL. ¿Se podía ser más claro?—. ¿Qué se creen, que metemos kahlúa y brandy en nuestros helados sin que se sepa? ¿A este precio? ¿No saben leer o qué, estos atontados?

Otros dueños de franquicias protestaban en sus cartas por el cambio de logo y de look. «No tienen nada que ver con la tradición de Dunkle's —se quejaba uno de Míchigan—. A nuestros clientes no les gustan. ¿Por qué no nos consultó?»

—¿Se puede saber quién manda aquí? —dije en voz alta—. No sé cómo se les ocurre.

Si ya no se vendía bien algún sabor, como el de nuez y jarabe de arce, pues lo retirábamos. Si un tipo de letra, o un logo, daban una imagen sosa, pues lo cambiábamos. ¿Y qué? En el mercado era necesario aquel tipo de selección. Lo hacía todo el mundo, y era así como habíamos hecho fortuna.

Isaac llegó a mi despacho con más cartas, incluido un recorte del *Salt Lake City Tribune* donde informaban de que nuestras franquicias de Utah se negaban a vender *shake-ups* por motivos religiosos.

—Mamá, sabes tan bien como yo que los mormones consumen una barbaridad de helado —dijo—. Si empiezan a ver nuestra marca como algo incompatible con sus...

–Por favor. –Le hice señas de que se sentase en mi sofá–. No tiene nada de nuevo que se molesten los mormones. Hace años que tampoco quieren vender el de ron con pasas, ni el de café. ¿Por qué te crees que inventamos el Donny Almond para ellos?*

Me serví un whisky, e Isaac su Tab de siempre. Nunca me explicaré que me haya salido un hijo abstemio.

–Al principio siempre refunfuñan, hazme caso. –Le di su refresco y él lo dejó en la mesa de cristal sin haberlo tocado–. ¿Sabes cuando sacamos el Fudgie Puppie y el Nilla Rilla? No tienes edad para acordarte, pero... ¡Buf! Los criticaba todo el mundo. «Algo en forma de perro o de gorila no se lo comerá nadie –decían–. Los moldes son demasiado complicados.»

Bebí un poco de whisky. El Johnnie Walker etiqueta negra mejora con el tiempo.

–¿Has visto los últimos datos de ingresos?

Pulsé el botón del intercomunicador.

–Pues claro que los he visto, mamá –dijo Isaac.

Al levantar el vaso se dio cuenta de que goteaba por la condensación, y buscó con inquietud algo con que secarlo. Se le había caído la servilleta de papel al suelo. Mi hijo, pensé al ver que echaba mano de la caja de pañuelos de papel de mi mesa. Era un espejo: pasivo, impenetrable, reflejando las características de quien tenía delante. Con Rita era codicioso y luchador. En presencia de Bert había sido cariñoso y campechano. ¿En la mía? En la mía era tacaño, quisquilloso y muy difícil de querer. Supuse que me lo merecía, aunque al mismo tiempo me provocaba una pena insoportable. Con todo lo que había soñado para él, para nosotros... ¿No podía estar por una vez de acuerdo y no cerrarse a mí ni a mis ideas? ¡Pero si casi lo habíamos conseguido! ¿Cómo no se daba cuenta?

---

* Se trata de un juego de palabras entre el nombre del famoso cantante, actor y presentador Donny Osmond, educado en la fe mormona, y *almond*, «almendra». *(N. del T.)*

—Dentro de una o dos semanas se habrán acabado las quejas. Hazme caso —dije—. Todos se darán cuenta del dinero que ganan con estas cosas, y no se habrá emborrachado ningún cliente. —Lo señalé con el vaso—. Te lo digo yo. Ser un visionario es esperar a que te dé alcance el resto del mundo.

Una semana más tarde, sin embargo, volvió a aparecer en la puerta. Su aspecto era peor que la otra vez, rodeado de un aura de reproches que emanaban de su cuerpo como ondas radiofónicas.

—Mamá, acompáñame a mi despacho —dijo—, que tengo que enseñarte una cosa.

Pasados los cubículos de conglomerado y el tableteo de las máquinas de escribir, me hizo cruzar el cristal esmerilado y cerró la puerta con el codo. Tras la muerte de Bert, Isaac me había convencido de que trasladásemos la sede a un nuevo edificio de la Sexta Avenida, porque así teníamos más espacio por menos dinero, pero yo me arrepentía a diario. Nueva York se estaba convirtiendo en un bosque de cajas feas de obsidiana con ventanas polarizadas. Nuestros despachos eran como cápsulas espaciales que flotaban sobre la ciudad, herméticas y aisladas. Todo eran muebles modulares espantosos, diseñados por suecos depresivos. El «sofá» de Isaac, sin ir más lejos, era un ladrillo de piel negra puntuada por botones, apenas mejor que el banco de los Dinello. ¡Si no podías ni sentarte!

—Siéntate —dijo enseguida, a la vez que me acercaba una silla acolchada de oficina.

En las paredes había fotos enmarcadas de él con Rita y Jason en Disneylandia, todo sonrisas.

—¿Dónde está mi whisky? —dije—. Por cierto, ¿te morirías si pusieras una bandera y una planta?

—Pamela, por favor —ordenó él, pulsando un botón de su teléfono—, ¿puedes traer café para mi madre y para mí? —Salió del otro lado de la mesa y me dio una carta en papel de color limón—. Tenemos que hablar de esto.

Era de una organización de Colorado Springs que se llamaba «Defensores de la Familia», cuyo principal responsable, un sacerdote, respondía al nombre de Hubert Elkson. El reverendo

Elkson era uno de esos predicadores de nuevo cuño que parecían maniquíes de grandes almacenes y presentaban un programa de televisión de difusión nacional. Todos los domingos por la mañana denunciaba las quemas de banderas y defendía la oración en los colegios, mientras se deslizaba por la parte inferior de la pantalla una dirección para los donativos.

Por lo visto, acababa de sacar un comunicado de prensa:

«DEFENSORES DE LA FAMILIA» PONDRÁ EN MARCHA UN BOICOT EN TODO EL PAÍS CONTRA LOS HELADOS DUNKLE'S.

Hoy el Reverendo Hubert Elson ha anunciado que «Defensores de la Familia» está apelando a sus feligreses para que boicoteen los helados Dunkle's. Estas han sido sus declaraciones a Baptist Press:

«Los nuevos *shake-ups* de Dunkle's son una obscenidad. Corrompen a los niños americanos haciendo que les guste el alcohol bajo el disfraz de un "inocente" batido, pero los helados alcohólicos no tienen nada de inocente, y menos con sabores como White Russian y Kamikaze, que ensalzan descaradamente el comunismo y a nuestros enemigos de la Segunda Guerra Mundial.»

—¿Está mal de la cabeza?

Tiré el folleto a la mesa.

En el centro de la frente de mi hijo se formó una arruga que parecía una costura. Me miró a los ojos y comenzó a girar su bolígrafo entre los dedos.

—Es grave, mamá. Se ve que los de la congregación de Elkson son muy piadosos.

—¿«Piadosos»? ¡Y un cuerno! Al reverendo ese lo conocí el año pasado en una gala de recaudación de fondos para Ronald Reagan, y de lo único que hablaba era de que nuestros programas competían en la misma franja horaria. Tiene su tinglado, como todo el mundo.

Isaac abrió las manos con impotencia.

–Puede, mamá, pero tengo que decirte una cosa: que a una cadena «familiar» como la nuestra de repente le dé por sacar anuncios picantes de batidos con sabor a alcohol... La NBC ya empieza a tener miedo de que los *shake-ups* no sean el producto más indicado para los anuncios de su programa infantil más importante de los domingos por la mañana. Si ahora encima empiezan a boicotearnos las iglesias... –Tomó en sus manos el periódico de la mañana y lo tiró con mala cara por su mesa–. Acaba de prometerse el príncipe Carlos. Esperemos que durante toda esta semana nadie se fije en nada más que en él y lady Di.

Me apoyé en el respaldo, estupefacta.

–¿Me estás diciendo que estás de acuerdo con este gilipollas?

–Yo lo único que digo, mamá, es que puede haber bastantes personas que no lo vean como una tontería.

–Por favor, no pienso consentir que chantajeen a la empresa y le hagan cambiar de enfoque solo porque un idiota no sabe leer ni una puñetera etiqueta. No hay ni gota de alcohol en nada. Y no me digas que tiene algo que ver con la moral cristiana, porque yo he crecido entre cristianos. Los que me acogieron eran la mejor gente del mundo, y ni se les habría ocurrido...

Me tapé la boca con las dos manos.

–Pero serán hijos de puta... –murmuré–. Hatajo de *stronzi*...

–¿Qué? ¿Qué pasa, mamá?

Me levanté con dificultad y abrí de golpe el archivador metálico de Isaac en busca de las Páginas Amarillas.

–Necesito un detective. Uno nuevo.

–Mamá, ¿qué haces?

–Seguro que ahora tienen un enchufe con una iglesia protestante. O han sobornado a alguien en Colorado. Debería habérmelo pensado...

–¿Qué? ¿Quiénes? –dijo Isaac, perplejo.

–Unos de hace tiempo, *bubeleh*. Con ganas de venganza. De antes de que nacieses. Qué cabrones. Ya sabía yo que algo se les ocurriría. Tantos años esperando...

Isaac puso cara de pena.

—Mamá, que no se te entiende nada. Cuando te pones así no puedo hablar contigo.

Dejé el vaso. Mi hijo tenía los ojos del mismo color que yo, pero con una franja entre avellanada y amarilla que salía de la pupila derecha como un trozo de pastel. Ya tenía las mejillas cubiertas de pelitos grises y aterciopelados. Supuse que había tenido que capearme muchas veces como la peor de las tormentas. Respiré de manera entrecortada. Por alguna razón, el despacho se movía un poco. Quizá porque estábamos en la planta cuarenta y soplaba viento del Hudson.

Isaac tenía en su mesa un jueguecito heredado de Bert: una estructura rectangular de la que colgaban cinco bolas metálicas, como una hilera de péndulos iguales. Aparté una de las bolas, y al soltarla hice que chocase con las otras.

—Ya sé quién está detrás de todo esto —dije.

Para ser unos cristianos tan devotos, estaba claro que los fieles del reverendo Hubert Elkson andaban sobrados de tiempo libre. La mañana siguiente, cuando llegaron a sus tiendas los propietarios de nuestras franquicias de Cleveland, Denver, Mobile, Atlanta, Dallas y Pittsburgh, se encontraron acampados en tumbonas de playa a grupos de manifestantes que agitaban crucifijos y pancartas donde ponía ¡DEJAD DE CORROMPER A LOS NIÑOS!, o ¡EL ALCOHOL NO ES UN SABOR! Por la noche apareció el reverendo Elkson en los tres telediarios nacionales: «Los *shake-ups* de Dunkle's son un ejemplo de la decadencia moral de este país —decía a los reporteros—. ¿Lo siguiente qué será, venderles a los niños patatas fritas con aroma de tabaco? ¿Pizza con sabor a marihuana?».

Por desgracia, la única persona de todo el país que sí se había molestado en conocer los ingredientes de nuestros *shake-ups* parecía ser un gurú de las vitaminas de Berkeley, California. «Los helados Dunkle's son peligrosos e inmorales, en efecto —anunció en su programa de salud alimenticia, que se emitía nada menos que a través de cincuenta y siete radios de todo el país–. ¿Habéis leído los ingredientes? Pues cuando oigáis todos los productos químicos que os estáis comiendo, también boicotearéis vosotros el helado Dunkle's, por ser fruto del complejo militar-industrial.»

El fin de semana, en *Saturday Night Live,* un humorista gordo se disfrazó de mí, con una peluca y una bata.

–Hola, soy Lillian Dunkle, la reina de los helados –decía con alegre voz de falsete–. Hacedme caso, niños y niñas, que en nuestros *shake-ups* no hay nada de alcohol. –Luego abría un vaso de batido Dunkle's, vertía una montaña de polvo blanco en un espejo y empezaba a esnifarlo con la pajita–. ¿Lo veis? ¡Solo cien por cien cocaína peruana para uso médico!

–Uy, Lillian –dijo mi jefa de prensa el lunes, cuando vio la grabación, mientras se masajeaba el puente de la nariz–. La cosa no va bien.

Empezaron a caer las ventas en picado.

El fin de semana del 4 de julio, que era el momento álgido de nuestra temporada, casi la mitad de las franquicias informaron de graves pérdidas. También bajaron las ventas en tienda, y por primera vez en veintitrés años nos costó conseguir copatrocinadores para las bolsas de chucherías de *Domingo de sabores con Dunkle's.*

–Lo siento, Lillian –dijo el contable de Mister Bubble–, pero para serte sincero ahora mismo tu producto se considera literalmente venenoso.

–Retiremos el producto, mamá –me rogó Isaac.

–¡No! –exclamé yo–. No pienso dejar que ganen, los muy cabrones. Ni Rocco, ni Vittorio...

–¿Qué? Pero ¿de qué hablas?

–Tú espera, que del mercado yo no retiro nada. Pienso llegar hasta el fondo.

Empecé a llamar dos o tres veces al día a mi nuevo detective privado, un masticador de chicle empedernido que se llamaba Nick y ceceaba un poco.

–Oiga, señora Dunkle, que es lo que le dije. He estado buscando debajo de las piedras y de momento cero patatero. Ni donativos a Elkson, ni ningún vínculo con otras marcas de helados o lácteos, o con el tío de las vitaminas. Lo siento, pero no parece que haya ninguna relación entre las dos familias y el boicot –dijo–. A menos que estén ellos mismos entre los fanáticos que acampan en los aparcamientos.

–Sigue buscando –le ordené–, que son ellos. Lo hacen adrede. D-I-N-E-L-L-O. Asegúrate de que lo tengas bien escrito.

Seguían saliendo titulares y noticias por la tele del boicot, que si algo hacía era extenderse. Un entrenador de béisbol infantil de Tennessee se puso al frente de un «Día Anti-Dunkle's» durante el que todo un pueblo echó *shake-ups* por la alcantarilla.

Nuestras franquicias empezaron a cerrar una tras otra.

Ni con pastillas conseguía dormir. Me despertaba cada noche hacia las tres, aterrada y bañada en sudor: Isaac volvía a ser pequeño y le colgaba de un árbol una multitud que entonaba en ruso «a matar al judío». Yo era una niña pequeña que corría desesperadamente por los adoquines de la calle hasta que de repente se me caía la pierna y se alejaba como una rueda.

–Maldita sea –dije en voz alta al entrar dando tumbos en mi cocina de última generación.

Una vez sentada, mientras me bebía un whisky para tranquilizarme, con el camisón de *chiffon* pegado a las axilas, me pregunté cómo habíamos llegado adonde estábamos.

El dorado país del que tan perdidamente me había enamorado hacía años en un cinematógrafo de Hamburgo. «A-méé-ri-ca.» Con toda su abundancia y su candor. ¡Pero por Dios, que habíamos ganado dos guerras mundiales y habíamos puesto a un hombre en la Luna! ¿Y ahora se desquiciaba la gente por un batido? ¿Cuándo se había vuelto tan estrecho de miras el país, tan anquilosado, tan miedoso?

Pero ¿qué narices nos había pasado?

Me acabé el whisky y me lo rellené. Después miré a través del culo del vaso vacío, girándolo como un caleidoscopio. La luz del techo de la cocina se veía borrosa por el cristal de plomo. Vi apoyado en la encimera mi nuevo bastón con incrustaciones de estrás, que se mezclaban y se refractaban en la luz. Mi bastón. Caí en la cuenta de que me acompañaba desde hacía más tiempo que ninguna otra cosa. ¿Que había empezado a tratarlo como una joya? ¿Y qué? Al menos nadie podía acusarme de que no sacaba el máximo provecho a mi minusvalía.

Dejé el vaso de golpe y me puse con dificultad en pie, extrañada de que no se me hubiera ocurrido antes. Entré cojeando en mi estudio y descolgué el auricular de mi teléfono antiguo para llamar a MKG. Dejé un mensaje en el contestador. Claro, siendo las tres de la madrugada... Después llamé a casa de Isaac.

—¡Despierta! ¡Despierta! —vociferé por su nuevo contestador—. He tenido una idea tan brillante que creo que me dará un infarto. —Me entró hipo—. Llámame.

Llegué al alba a la oficina, emocionada hasta la efervescencia. Reconozco que casi todas las notas que había escrito a las tres de la mañana en mi papel de cartas personal me resultaban ilegibles, pero mi visión de lo que había que hacer, de la nueva campaña de publicidad que lanzaría Dunkle's, y del vuelco que íbamos a dar, transformando el problema en una baza, era cristalina.

Dado que ahora, por lo visto, nunca llegaba nadie a la puñetera oficina antes de las diez, fui yo quien puse manos a la obra. ¡Qué inspiración más desbordante! De hecho, me latía el corazón con tanto frenesí que me pareció lo más sensato sofocarlo con un poco más de whisky. Después de servirme un vaso empecé a hacer dibujos en mi libreta. Las posibilidades acudían tan deprisa a mí que era como si se me enredasen las manos y los dedos. Se me caía todo el rato el lápiz. Maldita artritis. De repente escribir era como hacer encaje.

«Pecaminosamente delicioso», escribí, y debajo puse un dibujo de un demonio de aspecto travieso. Yo artista no soy, qué le vamos a hacer. Ahora bien, la idea en cuanto tal era brillante. «Mae West», pensé de pronto mientras cojeaba en busca de una nueva dosis hacia el mueble bar. ¿Dónde demonios estaba el sacapuntas? Mae West. ¿No había dicho algo así como que «cuando soy buena soy muy buena, pero cuando soy mala soy mucho mejor»? Pues sería nuestro nuevo lema. ¿Estaba registrado? ¿Dónde podía encontrar sus palabras exactas? Decidí llamar a mis abogados, pero al acercar la mano al teléfono se me cayó la Rolodex, llenándolo todo de tarjetas. Me quedé en suspenso. Mae West. ¿Y por qué no la usaba a ella? No, mejor aún. Cuánta genialidad, queridos. ¿Por qué no salían todas las malas famosas y los renegados de la historia? Lady Godiva. Galileo. Oscar Wilde. Rosa Parks. Elvis en la época de su primera aparición televisiva. (¡Qué escándalo se armó! ¡Decían que era el demonio!) ¡Podían ser las nuevas estrellas de Dunkle's! Seguro que había alguna manera de retocar retratos famosos para que pareciese que varios personajes escandalosos y rebeldes de la historia comían nuestro helado. ¡Podía salir la propia Eva en el jardín del Edén, comiéndose un cucurucho de helado Dunkle's en vez de una manzana! ¡Y el marqués de Sade con un batido de chocolate! Anda, ¿y por qué no? ¿Y cómo se llamaba aquel director de cine escandinavo tan pesado, el que había sido acusado de pornografía? ¡Ah! Y aquella chica secuestrada, Patty Hearst. ¿Estaría dispuesta a posar con un Fudgie Puppie? Un cantante. Con el pelo naranja. Y botas como de astronauta. Ahora mismo no me venía el nombre. ¡Las sufragistas, por supuesto! Evel Knievel... Mis ideas eran un torrente. Daba igual. Hoy en día, con el Xerox y las serigrafías, los diseñadores gráficos podían hacer cualquier cosa. Me lo imaginaba perfectamente. Fotos en blanco y negro donde lo único que saldría en colores vivos serían nuestros cucuruchos, nuestras copas heladas y nuestros *shake-ups*.

¡Dios mío, pero si ya era la hora de comer! ¿Por qué no se había tomado nadie la molestia de devolverme la llamada, ni siquiera mi hijo? Me dejé caer en la silla giratoria y marqué otra vez al número de Isaac, aunque vi que me costaba acertar los botones. Los apretaba varias veces.

—¿Dónde estabas? —dije a pleno pulmón—. Ven aquí ahora mismo. Tu madre es un genio, querido. Lo tengo todo en la cabeza, una nueva campaña que salvará los *shake-ups* y toda la compañía. Ya he llamado a los de MKG. Ah, y al archivo Bettmann. ¿Sabes lo fantásticos que son? El ayudante habla igual que Ernest Borgnine...

–Mamá, escucha...

A veces, cuando tartamudeaba, mi hijo sonaba idéntico a su padre.

–Vas a estar más orgulloso... Están preparando una carpeta. Unas fotos geniales. Lo he organizado yo personalmente. Ya verás, cariño, ya verás...

–Mamá. Para. –De repente la voz de Isaac parecía un mazo–. Para, por favor. Siéntate y espérame.

No tardó mucho en aparecer, sin aliento, y desde la puerta, con las manos en sus caderas de hombre maduro, su corbata de cuadros y su americana mostaza, lanzó una mirada a las montañas de dibujos dejados de cualquier manera, las notas garabateadas en libretas y servilletas, la bandeja del desayuno y la papelera que por alguna razón se había volcado y me había llenado la alfombra de bolas de papel. Tengo que reconocer que parecía que me hubieran registrado el despacho, a pesar de sus magníficas antigüedades. Era por culpa del traslado a aquel edificio nuevo y tan feo. Seda rosa en las paredes, había tenido yo en nuestra antigua sede. Un palacio.

–¿Mamá?

Tuve un ataque de vértigo y retrocedí, perdiendo el equilibrio. Se me movieron las gafas en la nariz.

Isaac me quitó suavemente el vaso de las manos.

–Para, mamá. –Tomó con fuerza mis dos manos en una de las suyas, para sujetarme–. Ya está. Los he retirado. Se acabó.

Desde entonces, cada vez que aparecía en la oficina se hacía un silencio peculiar, como el de una nevada.

–Hola, señora Dunkle –murmuraban los repartidores, los contables y las secretarias que se cruzaban conmigo en el pasillo con una deferencia sobrecogedora.

Supongo que se les había grabado en la memoria mi imagen barriendo aquella tarde todas las mesas con mi bastón. Es que me había llevado un disgusto muy grande. Qué le vamos a hacer.

Ahora en el rincón sur de la oficina, donde se había instalado el traidor de mi hijo, me negaba a poner el pie. El nuevo consejo asesor que había nombrado Isaac en secreto mientras Rita se me llevaba a los salones de belleza para distraerme. Los nuevos abogados que había contratado. El hecho de que hubiera despedido a mis espaldas a Edgar y MKG. Su «restructuración» radical.

—¡Esto es un golpe de Estado! —bramé—. ¡Este imperio lo he levantado yo, no tú!

—Mamá, que aún eres la presidenta. Eso no puede quitártelo nadie. Pero ¿cuánto tiempo podrás seguir haciendo lo que haces? Ya has cumplido setenta y cuatro. Es una locura, un desgaste tremendo. Y seamos sinceros. Bebes demasiado. —Intentó parecer compasivo—. Es hora de pasar la antorcha.

—¿Pasar la antorcha? —El batacazo fue descomunal. Era a mí a quien me tocaba darle la empresa a Isaac. Mi legado. ¿Por qué no me permitía legársela? ¿Por que no me dejaba ni aquel placer materno? Por una vez en la vida podría haber sido noble, una madre generosa, pero hasta eso me lo cicateaba Isaac. Él derecho a lo suyo, sin contemplaciones—. ¿Sabes cuánto he trabajado para mantener todo esto y protegerlo para cuando fuera tuyo? —Me puse a llorar—. ¿Y vas y lo robas?

—Mamá, por favor, que yo no robo nada. Sabes que papá nunca puso nada por escrito. No hubo ningún acuerdo formal. Lo que pasa es que el sistema que teníamos... Seguro que te dabas cuenta de que no iba bien. Los *shake-ups* han sido un desastre.

—¡Porque nunca me escuchas! ¡Me ignoras, me lo robas todo y luego me dejas tirada en la basura!

Isaac se levantó.

—Nadie se te está quitando de encima, mamá —dijo, cansado—. Sigues siendo la reina de los helados. Y ahora que hemos sacado los *shake-ups* del mercado, de hecho serás tú quien pueda convencer a los americanos de que vuelvan a Dunkle's. −Intentó sonreír con poca convicción−. A fin de cuentas, ¿quién puede negarte nada?

Lo único que vieron los espectadores fue a mí, Lillian Dunkle, en el horrible vestido de ir por casa que me caracterizaba. Me acercaba a los labios un batido, bebía un poco, hacía una mueca y lo tiraba. Entonces aparecía a mi lado Virutas −un actor cualquiera elegido por el director− con dos cucuruchos de helado Dunkle's de los de siempre. Vainilla y nata y chocolate. Me daba uno sin decir nada y nos poníamos los dos a comer. Poco a poco sonreíamos, y por primera vez yo miraba la cámara.

−Mmm −decía−. Mucho mejor, ¿no?

Me acercaba.

−Hace poco Dunkle's probó algo un poco diferente. −Me encogía de hombros−. No funcionó, qué le vamos a hacer. Pero yo soy madre, y sé por experiencia que a veces todos nos equivocamos, pero que la vida, y los helados, siguen, queridos. Así que volved a Dunkle's, por favor. Nuestro famoso helado cremoso sigue siendo el mismo y delicioso placer que hace más de cuarenta y cinco años que todo el país conoce. Y como regalo de bienvenida os ofrecemos durante todo el mes el mítico dos por uno en copas heladas. −Le daba otra vez un buen mordisco al cucurucho−. Porque el perdón, queridos... −añadía y luego sonreía−, siempre debería tener un sabor dulce.

¡Qué rabia me dio rebajarme de aquel modo en público! Como si cada palabra fuera un trozo de alambre de espino en mi boca. Estaba segura de que en alguna parte de Brooklyn y Mineola los hermanos Dinello y sus compinches brindaban con *spumante,* todo sonrisas, y tiraban bolas de papel de aluminio a la pantalla de televisión, burlándose a gritos. De hecho me habría negado a hacer el anuncio, pero es que el año antes, sin saberlo, había firmado un contrato por el que me comprometía a hacerlo; contrato ideado por Isaac supuestamente para «proteger y asegurar» mi cargo de «portavoz y presidenta» de la empresa.

¿Perdón? ¿Y de qué tenía que disculparme, a ver? Eso quería saber yo.

«El Dunkle's pródigo», nos llamó el reverendo Elkson en los medios de comunicación.

–Lillian –me dijo el día en que me llamó personalmente por teléfono–, no sabes cuánto me alegra el corazón, y cuánto le complace a nuestro señor y salvador Jesucristo que te hayas dado cuenta de que estabas equivocada. «Antes estaba ciega, pero ahora veo», ¿eh? Qué te puedo decir, Lillian... Solo que tus disculpas por televisión a todo el país han enseñado algo muy valioso a los niños sobre la humildad y la redención, y sobre lo que pasa cuando das la espalda al pecado y te acercas a la luz del amor de Dios. Te invito a venir cualquier domingo a mi iglesia de Colorado Springs, como invitada especial de honor...

Colgué de golpe. Los domingos ya tenía mi programa, gracias. Encima Elkson lo sabía. ¡Qué desfachatez!

Sí, es verdad que los manifestantes recogieron sus pancartas, sus tumbonas, sus neveras de picnic de poliestireno y sus pelotas de playa donde ponía JESÚS TE AMA, y lo metieron todo en los maleteros de sus Ford Fiesta. Es verdad que se acabaron los rumores y empezaron a volver los clientes. Hasta presentamos un «cucurucho infantil» con pepitas que contribuyó a un aumento de las ventas trimestrales por primera vez en un año, pero solo de manera modesta, cosa que por otra parte no me sorprendió: la contrición y la falta de carácter nunca son buenas estrategias comerciales. A nadie la gusta la debilidad. «Lo sentimos» no es una herramienta de marketing.

Por lo que me dijo mi nieto, Isaac sudaba la gota gorda para elaborar un helado «Deluxe Premium» capaz de competir directamente con Diéresis. Por lo visto, se harían sin usar para nada las máquinas patentadas de Bert, en remesas pequeñas y «exclusivas» de sabores como Chocolate trufa, Vainilla de Madagascar y Java con crema, que no sé qué carajo sería. Dieciséis por ciento de materia grasa. Poco aire. Pues que le fuera bien.

De todos modos, yo ya lo sabía: el daño era irreparable.

17

Mi cardiólogo pulmonar dijo que me iría bien el aire fresco y la vegetación. Ya. Es lo que dicen cuando no se les ocurre nada más.

—Para tu edad estás muy bien —comentó, con una mirada furtiva a mi pierna—. La verdad, yo no veo que te pase nada.

—Pues entonces ¿por qué narices se me dispara siempre tanto el corazón? ¿Por qué me falta la respiración y noto que tiemblo sin ningún motivo?

—Lo único que tienes que hacer es relajarte —dijo el médico cuando se guardó el bolígrafo en el bolsillo.

—¿Que necesito «relajarme»? ¿Qué birria de consejo es ese? Es obvio que si pudiera relajarme ya lo haría, puñeta.

¡Si para colmo apenas trabajaba! Lo único que hacía cada mes era prestarme a la complicada farsa orquestada por Isaac. Llegaba a la sede de Dunkle's como la viuda de algún gran personaje, e Isaac me retiraba la silla como todo un caballero en cabeza de una mesa de reuniones con la misma forma de lo que usan los médicos para bajarte la lengua.

—¿Le apetece un té, señora Dunkle? —decía su secretaria, con un bote de galletas danesas de mantequilla que nadie se molestaba en abrir.

En principio, aquel ritual era para «mantenerme informada». Los contables, los del departamento de marketing... Todos me hablaban más alto de lo normal, con una deferencia exagerada, como si fuera una niña sorda y tonta. Cada vez que carraspeaba para decir algo, como pedir cuentas por determinados gastos o decisiones de marketing, se hacía un silencio de ultratumba y las miradas rebotaban entre sí como bolas de billar.

—Pues claro que sí, señora Dunkle —decían con gestos de aquiescencia y sonrisas indulgentes—. No faltaría más. Lo tendremos en cuenta.

No sé a quién coño se pensaban que engañaban.

Bueno, sí, también estaba entretenida con las reuniones de la fundación y con galas benéficas. Recepciones en museos donde no tocaba nadie la ensalada y los invitados bebían a sorbitos chardonnay con regusto de orina, mientras los guardias de seguridad se mantenían discretamente al margen y el alcalde Koch iba de mesa en mesa como una mosca cojonera. Siempre que podía me llevaba a *Petunia* dentro del bolso, y durante los discursos le daba trocitos de los panecillos de semillas. («No eres lista ni nada —me susurró una vez Brooke Astor, sentado enfrente de mí—. La próxima vez me traigo mi periquito.»)

Aparte de las visitas esporádicas y por obligación de mi nieto, lo que más ilusión me hacía era presentar *Domingo de sabores con Dunkle's*. Ya hacía veintitrés años que se emitía mi programa, aunque en otoño de 1982 lo redujeron de tres a dos horas. El desgraciado del reverendo Elkson y su *Nuevo Club Cristiano de los Evangelios de Siempre* se habían zampado casi todas las franjas horarias del domingo por la mañana a lo largo y ancho del país, y ahora *Domingo de sabores con Dunkle's* solo se emitía en once cadenas locales fuera de Nueva York. Se me informó de que a partir de 1983 también dejaríamos de emitir en directo. Sería un programa enlatado, como casi todos.

—Ya no tendrá que levantarse nadie los domingos con el sol —dijo entusiasmado el productor, pero si algo sabía reconocer yo era una medida de ahorro.

A mí, queridos, me encanta la tele en directo. Por eso insistí tanto tiempo en no grabar. Los programas en vivo te permiten no estar cohibido. Solo tienes que actuar ahí mismo y punto. ¡Y tiene toda la energía de la calle!

Mientras tanto, antes de que dieran el paso de vivo a enlatado, seguí llegando al estudio a la hora de siempre, los domingos a las seis de la mañana, peinada y maquillada como me gustaba, con la ropa planchada —me había pasado a los trajes pantalón de colores vivos de Bill Blass, para no quedarme desfasada— y, bien metidos en mi bolso, el bote de laca, los medicamentos para la artritis y un frasco vacío de Geritol lleno de vodka. No es que me haya gustado nunca especialmente el vodka, pero no huele a nada, y si algo soy yo es profesional, queridos.

Sin embargo, un domingo, antes de que empezasen a entrar los niños desde la sala verde, Elliot Paulson, mi productor, me llamó a su despacho del piso de arriba, cosa nada habitual, y supe que no podía ser nada bueno. Después de varios tragos cortos del frasco de Geritol me puse en la lengua dos gotas de Binaca Gold y me estiré la americana. A pesar de todo hice esperar diez minutos a Elliot. Siempre hay que recordarle a la gente quién es la estrella.

—Lillian —dijo él con una magnanimidad exagerada.

Tenía un despacho que parecía un búnker, con todos los muebles a punto de caerse bajo el peso de carpetas, guiones y periódicos; caos que tenía como anexo un gran tablón colgado en la pared. Cincuenta y siete años había cumplido mi productor, pero tenía vasos de chupito, bolas de nieve y todas esas figuritas de *Star Wars* que tan locos traen a los niños pequeños. ¿Cómo narices se podía trabajar así?

Ya me había preparado un vaso de poliestireno con agua y una silla giratoria acolchada traída de otro despacho. No presagiaba nada bueno. Lamenté no haber llevado el bolso. Elliot sonrió con nerviosismo. Su ayudante, un chaval estirado, con corbata estrecha de raso, se quedó cerca con una carpeta en las manos.

—¿Te apetece algo más que agua, Lillian? ¿Un café? ¿Un Perrier?

—Por favor, ahórrame el parloteo. —Resuelta, dejé el agua a un lado. El vodka no surtía efecto—. ¿Qué pasa, Elliot?

—¿Pasar?

Levantó una nave espacial triangular en miniatura, a la que dio vueltas en sus manos, ausente. Me acordé de que Jason había tenido una igual. Y a aquel amigo suyo, Bodhisattva

461

Rosenblatt, le habían hecho un Bar Mitzvah temático de *Star Wars.*

—Es que acabo de pensar que como falta poco para las vacaciones podríamos hablar unos minutos de los cambios. De cara al paso al programa grabado.

Acerqué la mano al vaso de agua y bebí un buen trago, que no pasó del todo bien. Tuve que darme palmadas en la base del cuello.

—Vale —dije no sin afabilidad. Si alguien entendía la necesidad de innovar era yo—. ¿Sabes qué? Que a mí también se me han ocurrido unas cuantas ideas. —Era verdad, queridos. Como tenía más tiempo libre...—. Por ejemplo, me gustaría cambiar el nombre de *Domingo de sabores* a *Sabores a toda marcha,* que para mí suena mucho más moderno.

Elliot sacó el labio inferior.

—No está mal —dijo con ecuanimidad, y extrajo una libreta del desbarajuste de su escritorio para apuntárselo.

—Hablando de «más moderno», Lillian... —Exhaló—. Hemos estado pensando... Bueno, la verdad es que lo dicen los de arriba; te aseguro que no ha sido idea mía, pero se ha tomado la decisión de que la presentadora de *Domingo de sabores* también debería tener un look más fresco.

Me lo quedé mirando, a la vez que algo hacía clic en mi cabeza. Tardó un solo segundo. Supongo que ya me lo esperaba.

—Ah, cabroncetes... —dije—. Tengo contrato, ¿eh?

—Pues claro, Lillian, pues claro. Lo tenemos en cuenta. Sigues siendo la reina de los helados. No puede sustituirte nadie. —Elliot levantó las manos como si parase el tráfico—. Justamente por eso los jefazos quieren que tengas una nueva copresentadora. La princesa de los helados. Alguien joven. Una actriz profesional. Segura, animada... Con la que puedan identificarse más los niños. Así, el día en que te jubiles, ya la conocerán y la querrán, y no perderemos más cuota de audiencia.

—¿Quién carajo ha dicho nada de jubilarse?

—Hombre, Lillian... ¿Cuántos años tienes? ¿Setenta y cuatro? ¿Setenta y cinco? ¿Cuánto tiempo podrás seguir como hasta ahora?

—Ah, ¿y te crees que una adolescente descerebrada se lo podrá tomar con más calma? —Di un golpe muy fuerte en el suelo con mi bastón—. Yo soy un tractor.

—Eso está clarísimo, Lillian. ¡Anda que no! Si yo no tengo ni la mitad de energía que tú... Pero en este mundillo, la cruda verdad... —Elliot se señaló con cara de impotencia—. ¡Si yo mismo soy un dinosaurio! Y más ahora, con todo esto de la MTV y del cable. Ahora los niños de nueve años ya no quieren ver a una señora mayor que hace humor judío de la década de los cuarenta. Lo tenemos estudiado. —Sacó un informe del alud de papeles de la mesa y lo empujó hacia mí—. Léelo tú misma.

Ladeé la cabeza.

—¡Aún tenemos noventa y ocho franquicias en todo el país! Los ingresos que le reportamos a la NBC... Desde 1954...

Elliot asintió con énfasis.

—Por eso podrás ayudar a elegir a tu sucesora y a preparar tu legado. Mira, ya hemos hecho unas convocatorias de *casting* y hay varias chicas la mar de inteligentes y telegénicas.

Su ayudante se acercó como una seda, con un fajo de fotos.

—Esta es Heather, y esta Samantha. Aimee...

Se lo arranqué de las manos, haciendo que llovieran a mi alrededor una docena de fotos brillantes de veinte por veinticinco, todas de adolescentes guapas con el pelo largo y reluciente, y sonrisas blanquísimas, que miraban alegres hacia algún punto fijo del futuro. Y ya os digo yo que cojear no cojeaba ninguna.

Cuando volví a mi camerino me eché dos tapones seguidos de vodka. Era como si se me hubiera dilatado todo el sistema nervioso central. Faltaba media hora para salir en directo. Elliot no era tonto, pero sí un hombre débil e infantil, y como tal con gran pericia para las maniobras de evasión. Yo no tenía ninguna razón para dudar de que se hubiera guardado varios meses la noticia, mientras daba largas, hacía pruebas a chicas jóvenes y guapas que entraban y salían de la sala de pruebas con olor a polvos de talco y pintalabios de fresa y se limpiaba las babas con un pañuelo de seda. Venga a jugar con sus muñecos de *Star Wars,* y dejar que en sus ridículas bolas de cristal nevasen trocitos químicos sobre Key West y Las Vegas en miniatura, mientras se convencía a sí mismo de que aún no era el momento de informarme... O yo conocía mal a Elliot —y ya os digo que no, queridos—, o «el momento» quería decir precisamente eso, media hora antes de que saliera yo en directo, cuando menos ganas tuviera de montar un pollo. Elliot contaba con mi profesionalidad, aunque me tratase como a una niña. Su cobardía era espantosa. ¡Idiotas, idiotas por todas partes! ¡Qué harta estaba de que hubiera tantos! Me eché otro tapón de vodka entre pecho y espalda.

¡Cómo me habría gustado que estuviera Bert! De repente lo eché tanto de menos que la pena tomó un cariz violento. Mamá. Papá. Flora. Rose. Bella. Los señores Dinello. Orson Maytree Jr. La señora Preminger. Edgar. Harvey Ballentine, cuya marcha había sido tan brusca que ni en despedirse se había molestado, y del que desde entonces no había recibido ni una triste postal de Navidad...Y Bert. Mi Bert. Pensar en él a mi lado, pecho contra espalda, en su mano derecha amoldada a mis pechos, en su barbilla rasposa apoyada en mi cuello mientras miraba el libro que yo le leía en voz alta, libro cuyas palabras seguía con la mirada sin poder descifrarlas, y respirábamos los dos al unísono en la estrecha cama de Thompson Street, bajo el zumbido de la luz eléctrica, mientras la tetera de esmalte azul con manchas se calentaba lentamente ante nosotros sobre el pequeño fogón...Y tan jóvenes los dos, tan deslumbrados...

Me salió de muy adentro un sonido ahogado. Sentía el corazón como una esponja, de la que el propio Bert escurría hasta la última gota de sangre. Me apreté la barriga con la mano. Desde su pequeño cojín de raso del rincón, *Petunia* saltó a mi regazo. Cuando la estreché contra mi cuerpo, no reconocí mis propias manos agrietadas. Mi piel parecía helado medio derretido de chocolate con trozos, que se caía de mis huesos.

En cuanto dejaron de temblar mis dedos, me bebí otro tapón de vodka.

En el pasillo, el ayudante de producción dio golpes en mi puerta.

—¡Cinco minutos! —gritó.

Entre bambalinas, justo al lado del plató, la ayudante de vestuario me pasó por los hombros la falsa capa de pieles y me la ciñó con la cadena, exageradamente grande. Después me puso recta la corona de helado de plástico, con su copa, de plástico también, encima. Ya había empezado a sonar la sintonía, con su alegría de organillo; esa sintonía a la que le quedaba poco tiempo de vida y que llenaba el estudio de ecos estridentes y ensordecedores. Ahora el programa empezaba con Virutas, que cantaba:

> ¡Niños de todo el país,
> venid a aquí a jugar!
> Una bola, dos, tres bolas...
> ¿Quién se podrá aguantar?

A este Virutas, el más nuevo, lo habían contratado los de Personal de la NBC, sin consultarme en absoluto, faltaría más. Otro desaire. Se trataba de un «payaso profesional», un tal Jared, actor y encima budista, o sea, que imaginaos. A la vez que cantaba daba saltos por el borde del escenario como si bailara el pogo, y era grotesco el entusiasmo con el que animaba a los niños cruzando y descruzando los brazos en alto, como si intentara hacer bajar un helicóptero.

—¡Venga, niños y niñas! —los azuzaba, y todo el público empezaba a mover los brazos al compás—. ¿Os gusta el helado? ¿Queréis divertiros y ganar premios esta mañana?

—¡SÍ! —respondían los niños a coro.

—¡Pues a mover los brazos!

«Eso, mimados del carajo, a moverlos», pensé mientras me bamboleaba hacia el telón. Seguro que empezaron así las

Juventudes Hitlerianas. «Tomad un caramelo y, ahora, a marchar.» Si es que había que verlos, a aquellos muñequitos, con sus Levi's en miniatura, sus camisas de cuadros, sus trajes de pana, sus collares lacados Lender's Bagel llevados con orgullo alrededor de cuellos finos, acicalados todos para salir bien en la tele por madres histéricas que se ponían de rodillas frente a ellos y en el último momento escupían en un pañuelo para quitarles los restos secos de gelatina de los mofletes... Angelitos privilegiados que nunca habían tenido que acarrear cubos de carbón ni hacer encaje en la penumbra de una fábrica tuberculosa, ni bañarse en un barreño de agua helada y en una cocina plagada de ratas... «Chavales» con estuches de lápices y mochilas de colorines comían comida procesada del supermercado a la que se daba expresamente forma de letras del alfabeto y de animales. Solo esa mañana, en la sala verde, ya habían recibido de sus padres más amor, adoración y atención que yo en todos mis setenta y cuatro años del carajo.

Al final la sintonía dejaba paso a un redoble de tambor, y cuando se apagaban las luces aparecía sobre el escenario en letras luminosas DOMINGO DE SABORES CON DUNKLE'S, en grandes bombillas rosas, blancas y doradas, una locura. Se posó un foco en el telón de raso y, como desde hacía veintitrés años, Don Pardo anunció:

—¡Buenos días, niños y niñas! Bienvenidos a *Domingo de sabores con Dunkle's,* en directo desde los estudios de la NBC en Nueva York. ¡Por favor, demos la bienvenida a nuestra presentadora, Lillian Dunkle, la reina de los helados!

Mientras parpadeaba en alto el demencial cartel de aplausos, los niños enloquecían de emoción y se ponían a gritar y dar brincos, a la vez que agitaban las manos y reían con fanático alborozo. Por un momento, queridos, yo podría haber sido Benny Goodman y Frank Sinatra. Podría haber sido Elvis y los Beatles. «Toma ya, Elliot —pensé—. Que te den, soplagaitas. Ni te atrevas a decirme que a los niños no les interesa verme.»

Bruscamente se encendió la luz y se cortó la música de golpe. Desde que nos habían comprimido la franja horaria solo disponíamos de cuarenta y cinco segundos para poner en marcha el programa. La ayudante de producción que estaba al lado de la cámara se inclinó junto al gran tarjetón de cartulina e hizo girar su índice. Preparados, listos... ¡ya!

—¡Hola, chavales! ¿Quién quiere helado? —dije con todas mis fuerzas.

—¡NOSOTROS!

—Buenos días, señá Lillian —dijo Virutas con voz de tonto, sin la menor gracia.

—Buenos días, Virutas. ¡Niños, niñas! ¿Preparados para divertiros?

—¡SÍ! —bramó la multitud.

—Pues claro que sí —dije yo—. Total, mañana no tenéis que ir a ninguna fábrica, ¿verdad? Aquí los niños no trabajan.

La chica del tarjetón se estremeció. Por favor... Lo primero que improvisaba en veintitrés años, carajo. Yo, sin embargo, sonreí de oreja a oreja. Tenía a los niños de mi parte. Mis vasallos. Mis tontitos que no entendían nada y que aplaudían incluso sin cartel.

—Es estupendo teneros hoy aquí, chavales —dije, volviendo al guión.

Los focos del estudio eran horribles, como los calefactores de un bufé. Apestaba a limpiador de suelos. Tuve vértigo.

—Esta mañana Virutas y yo os traemos muchas cosas buenas. ¿Qué tal si se lo cuentas a todos, Virutas?

Frotándose las manos con un regocijo exagerado, Virutas anunció «la discoteca de Dunkle's» (¡bien!), dibujos animados (¡bien!) y, como apoteosis final, el concurso de comer sundaes (¡requetebién!). Lo que ya no había era cantantes invitados. Por lo visto, entre que el programa tenía cada vez menos espectadores y que no dejaba de subir aquello nuevo de la MTV, cada vez eran menos los artistas con ganas de despertarse a las cinco de la mañana de un domingo para cantar en directo para cien niños de primaria.

Adiós a otro de mis amores.

Aprovechando una pausa comercial me metí entre bastidores, arrastrando los pies.

—¿Lillian? —me llamó el asistente de dirección.

Hurgué en mi bolso, desenrosqué el tapón de mi frasco de Geritol, me bebí un trago y me di un golpe en el pecho.

—Es que una, sin sus vitaminas...

Volví rápidamente a mi sitio, justo a tiempo para que me atacase la cara la maquilladora con la polvera.

—Lillian, ¿estás bien? ¿Qué pasa? —dijo el asistente de dirección, saltando por encima de la maraña de cables para acercarse.

Pero en ese momento empezó la cuenta atrás el director.

—Cinco... cuatro...

Sentí una oleada de calor. Los focos. El alcohol. Me sentía como el azúcar cuando se deshace. De repente rodeó mi antebrazo un guante de color fresa, y me di cuenta de que alguien me decía algo. El payaso Virutas.

—Le decía, señá Lillian..., esto... ¿Quiere leer la primera carta de hoy de uno de nuestros chavales? —repitió.

Miré a mi alrededor, parpadeando, y me di cuenta de que ya estábamos otra vez en directo, empezando la primera sección del programa. «Querido Virutas» seguía teniendo una enorme popularidad. A fin de cuentas, los niños necesitaban que los orientasen como el agua de mayo. Autoridad, pautas morales... Cosas que me había fijado en que hoy en día brillaban por su ausencia. Claro, como los padres estaban tan ocupados en «buscarse»...Y en divorciarse...Y en salir a correr...

Al mismo tiempo, los problemas por los que nos escribían los niños se habían vuelto cada vez más complicados. Antes las cartas solían ser sobre prohibir a las niñas que subieran a las cabañas de los árboles, pero ahora, queridos, los niños le preguntaban a Virutas qué tenían que hacer si los presionaban para que tomaran drogas, robaran en las tiendas, fumaran... O cómo asimilar un cambio de ciudad. O con qué padre vivir mientras litigaban por la custodia. De vez en cuando hasta preguntaban si podían tener relaciones sexuales. De hecho, había habido algunos casos en que los productores se habían sentido obligados a ponerse en contacto con los servicios sociales.

Por suerte el primer dilema de hoy, que leí a los niños en voz alta, era benigno. «Querido Virutas, la semana pasada le robé el cubo Rubik a mi mejor amigo. ¿Qué hago? Ya sé que estuvo mal. Firmado, Jeffrey, de Nueva Jersey.»

Sospeché que la carta la había amañado el personal del programa. Por algo, ahora el cubo de Rubik era uno de los patrocinadores de *Domingo de sabores con Dunkle's*. En todo caso, les planteaba a los niños el típico dilema moral, y Virutas, lanzándose de lleno, le preguntó al público:

—Eh, chavales, ¿qué os parece que tenemos que aconsejar a Jeffrey?

Me fui del escenario y me senté en mi taburete para hacerme un masaje en la pierna, que volvía a dolerme. Después me tomé discretamente otro sorbo de mi frasco de Geritol y esperé a que me tocara salir.

Al menos la segunda carta resultó más sustanciosa: «Querido Virutas, cada día, cuando voy al colegio en autobús, hay una niña que les dice a todos los otros niños que no me dejen sentarse a su lado porque estoy "contaminada". Me engancha chicle en el pelo, me llama "cuatro ojos" y me levanta la falda. Dice que si me chivo a alguien vendrá con sus amigas "a por mí". Ahora me da miedo ir al colegio. ¿Qué puedo hacer? Firmado: Lila, de Connecticut».

—Mmm. —Virutas frunció más de la cuenta el ceño y se dejó caer al borde del escenario, con la barbilla apoyada en las manos—. Pues sí que parece un problema, sí... ¿Verdad, niños? ¿A vosotros qué os parece que tenemos que decirle a Lila?

Se levantaron varias manos.

—A lo mejor tendría que contárselo a su profesora —propuso una niña.

—Debería ponerse lentillas, para que ya no se burlen los niños de ella por las gafas —dijo un niño.

—Yo creo que tendría que insultar ella a la niña mala —sugirió otro niño.

Me pareció la primera buena idea que oía en toda la mañana, qué caray. En cambio, Virutas lo miró con cara de no estar muy seguro.

—Mm... Bueno, no estaría muy bien hecho, ¿no? —dijo—. Ya sabes que las cosas no se arreglan portándose mal, aunque se porten mal los otros.

Dirigió una mirada sensiblera al público.

—Mirad, es que a veces, cuando la gente va de abusona, en el fondo es porque no se gustan a sí mismos. Puede que a Lila le fuera bien intentar hablar a solas con la niña y preguntarle por qué la trata así. ¿Qué os parece, chavales?

Los niños se lo pensaron, y como intuían que era la respuesta con la que más probabilidades tenían de que los recompensara Virutas, empezaron a asentir.

—¿Os parece la mejor solución? —los animó él.

Debió de encenderse justo entonces el cartel de aplausos, porque los niños se pusieron a dar palmas de un momento a otro como locos.

—¡Pues muy bien! —Virutas se levantó de un salto—. ¿Quién me ayuda a enseñarle a Lila, de Connecticut, cómo puede hablar con la niña?

Para entonces ya me sentía las piernas como de goma, queridos. Tomé otro sorbito mientras Virutas elegía entre el público a una niña pequeña, que se llamaba Tara, para que hiciese de Lila. Era una niña escuchimizada, con una boca pequeña, que temblaba, y unos grandes ojos negros de cervatillo que parecían ocupar media cara.

—Ven —dijo Virutas.

La tomó por la muñeca y la llevó al centro del escenario, donde la situó enfrente de Kaitlyn, una niña mayor y más alta, con coletas, a la que había elegido para hacer de abusona.

—¿Puedes ser mala? —le dijo Virutas a Kaitlyn, que se encogió de hombros.

—Llámala «cuatro ojos» y ya está —le indicó él.

—Eh, cuatro ojos —repitió Kaitlyn como una cotorra.

—Muy bien, muy bien. —Virutas se puso en cuclillas entre las dos—. Ahora...

—Gafotas. Dentuda —añadió Kaitlyn, cada vez más metida, se notaba, en el papel.

Miró a Virutas para ver si lo hacía bien.

—Vale —dijo él—. Perfecto. Ahora, Tara, si fueras Lila, ¿qué tendrías que decirle a esta niña que se porta tan mal contigo?

Tara se encogió de hombros, cortada y a disgusto, retorciendo una pierna por detrás de la otra. Llevaba un vestido marrón y naranja, con un lazo naranja en el cuello, y unas zapatillas deportivas de color rojo muy pequeñas. Miró al público de reojo, como si estuviera pensando en correr a su asiento. Tuve la sensación de que mi taburete se movía. Mi cuello se inclinó por su propio peso, con un crujido.

—¡Eres una cuatro ojos y una tonta! —pinchó Kaitlyn a Tara.

—¡Para! —gritó esta última, y se giró a mirarla.

De repente parecía que fuera a llorar de verdad.

—Bueno, bueno, Tara, a ver. Acuérdate de que solo es un juego —dijo enseguida Virutas, apretándole el hombro para que se tranquilizase—. Estamos intentando enseñarle a una niña que nos ve desde su casa cómo tiene que hablar con la otra niña. ¿Por qué no le preguntas por qué se burla de ti?

Tara, no muy convencida, los miró; primero a él y luego a Kaitlyn.

—¿Por qué te burlas de mí? —dijo en voz baja.

Kaitlyn se puso en jarras.

—Porque eres una cuatro ojos y una fea.

Tenía un don, se le notaba. No me extrañó. Arriba no paraban ni un momento de zumbar los focos de colores.

—Vamos a ver, Tara —dijo Virutas, dando instrucciones—. Podrías contestar que cuando te dicen algo así sienta muy mal, ¿no? Y preguntarle para qué es tan cruel...

—¡Pero bueno, por Dios! —vociferé.

Mi corazón latía tan deprisa que creaba una especie de eco sincopado. Estaba al mismo tiempo dentro de mi cuerpo y fuera de él, flotando. Sentí que me levantaba de entre bambalinas y cruzaba el escenario, arrastrando mi pierna a la mayor velocidad posible.

—¿Qué es toda esta tontería? ¿Te parece la manera de tratar a una abusona, zopenco? —le espeté a Virutas—. ¿Se puede saber qué te pasa?

En algún sitio, se rieron unos niños. Puede que cruzaran el estudio algunas miradas de pánico. Lo que está claro es que de pronto estaban todos muy atentos, tanto el productor como los de la sala de control.

—Pero ¿qué pasa? —oí que murmuraba alguien.

Arrojé al suelo mi bastón con rayas de menta y no sin dificultad me puse de rodillas al lado de la pequeña Tara, a la vez que hacía que se apartase Kaitlyn.

—¡Anda, pero si es la señá Lillian! ¡Hola! —dijo Virutas con un tono de alegría artificial, lanzando una mirada de alarma al productor encima de las cabezas de los niños—. Veo que hoy tiene ganas de participar en el debate.

—¿Quieres saber cómo se trata a los abusones? —le dije a Tara—. Así.

Le enseñé la postura, con la rodilla adelantada para no perder el equilibrio, y cerré las manos alrededor de las suyas para que apretase los puños.

—Mete el brazo hacia dentro. No, hacia el lado no. Pegado al pecho, para protegerte. Y el otro a la altura de la barbilla. Más arriba. Así, ¿lo ves?

Levanté sus brazos, pequeños y carnosos, y los puse en la misma postura que los míos.

—Ahora quiero que pegues desde aquí, no desde el codo, para que al dar el puñetazo aproveches toda la fuerza del hombro, que es muy grande. ¿Lo ves?

De repente empezó a sonar la sintonía de *Domingo de sabores,* supongo que para intentar que se acabara la sección, pero la cortaron tan de golpe como había empezado. Caminé sobre las rodillas para ponerme delante de Tara, que no había cambiado de postura. Los colores chillones del nuevo plató, pintado con espray —azul cobalto, amarillo clara de huevo y mandarina, con gruesas líneas negras en plan cómic—, empezaron a palpitar alrededor de mí como una migraña. Todo el escenario se había puesto a girar.

Pero ¿qué narices hacía yo con aquella capa tan ridícula y aquella corona de plástico que se me clavaba en las sienes? Las baterías de focos y las barricadas del público formaban una jaula inextricable. Me enfocaban varias cámaras, como escopetas desde una torre de vigilancia. Y yo con una niña que temblaba, servidas ambas en bandeja al público televisivo como monos amaestrados... Las enfermeras del dispensario Beth Israel, hacía tantos años, con sus especulaciones insidiosas acerca de mi futuro... Profecías es lo que eran, queridos. Tenían toda la razón. Me había convertido en un fenómeno de barraca de feria.

—¡Echa el brazo hacia atrás, echa el brazo hacia atrás! —me desgañité, mientras ponía las dos manos delante de Tara como sacos de boxeo.

De repente ya no estaba en un plató de los estudios de la NBC en Nueva York, no, para nada, sino en Hamburgo, Alemania, en el dormitorio masculino del centro de detención de la Hilfsverein, con su peste a tabaco y col hervida, rodeada de emigrantes con camisetas sucias y sombreros negros de fieltro que fumaban, se deshacían en risas y abucheos y, bajo una luz de un amarillo enfermizo, se pasaban una petaca mientras mi padre, con una sonrisa de oreja a oreja, daba vueltas en cuclillas a mi alrededor como una pantera y me impartía instrucciones a pleno pulmón.

—¡Derecha, izquierda! ¡Derecha, izquierda, *kindeleh!*

Tara, vacilante, dio un puñetazo en la palma de mi mano, como le había pedido.

—¡Muy bien! —exclamé—. Muy bien. Otra vez. ¡Más fuerte!

Se oyeron entre el público algunas aclamaciones quejumbrosas.

—¡Más fuerte! —empezaron a gritar algunos niños.

Oí llegar de alguna parte los gritos de mi director.

—¡Pasad a publicidad! ¡Que paséis a publicidad, joder!

Sin embargo, los cámaras estaban clavados al suelo, incapaces, al parecer, de apartar la vista. Es que esto era real, queridos. Esto sí que era tele en directo.

—¡Pégame más fuerte! —exclamé—. No te quedes ahí plantada. Pelea con la abusona. ¡Contraataca con fuerza! ¡Que vean quién manda! ¡Derecha! ¡Izquierda!

Los niños del público empezaron a alentar a Tara sin que se lo indicase ningún cartel. Reconfortada por sus ánimos, y por los míos, empezó a pegarme con más confianza y más ritmo en las manos, primero la derecha y después la izquierda, como lo había hecho yo hacía muchos años en las manos de papá. Supe con exactitud lo que sentía: el subidón de fuerza inesperada, el despertar de una sensación de poder y dominio...

—¡Así! ¡Más! —exclamé—. ¡Pega! ¡Pega a la abusona!

Los niños del público estaban tan emocionados que empezaron a entonar conmigo: «¡Derecha! ¡Izquierda! ¡Derecha! ¡Izquierda!».

—¡Lillian, por favor! ¡Para! —exclamó a mis espaldas Virutas, con voz ronca—. Niños, que no es manera de arreglar los problemas.

—¡Así! ¡Más fuerte! —grité yo—. Ya lo has pillado. ¡Derecha! ¡Izquierda! ¡Dale en toda la boca a la abusona esta!

Aun siendo una niña menuda, Tara pegaba con todo el cuerpo. Tenía los ojos muy abiertos, las zapatillas rojas plantadas en el suelo y una expresión reconcentrada mientras repartía puñetazos. Derecha, izquierda. Derecha, izquierda. Cada vez me daba golpes más fuertes en las manos, hasta que empezaron a oírse blandamente los impactos en mis palmas, el satisfactorio beso de los puñetazos. Hasta es posible que me hubiera dolido un poco, si no hubiera tenido las manos tan gélidas e insensibles.

—¡Derecha! ¡Izquierda! ¡Derecha! ¡Izquierda! —repetían felices los niños; algunos habían empezado incluso a saltar con las manos en alto.

—¿Luego podré probar? —rogaban—. ¿Puedo, por favor?

—¿Lo ves? ¿Lo ves, so pánfilo budista? —gruñí por encima del hombro—. Se pelea así.

Pero al lanzarle a Virutas una mirada desafiante bajé un poco las manos. Solo un momento. Igual que mi padre hacía muchos años, en el dormitorio de Hamburgo. Y como entonces, con la guardia baja, el siguiente golpe de Tara me alcanzó de lleno en la mandíbula, como el mío en la de mi padre. Durante unas décimas de segundo el aluvión de colores tóxicos explotó y se fundió en un blanco candente. Retrocedí de rodillas, tambaleándome, y tuve una punzada de dolor en la pierna derecha. Nadie respiraba. No se oía nada. Todo era silencio. Al fondo de un largo túnel de viento oí cortarse colectivamente la respiración.

—¡Ay, Dios mío! —gritó un hombre.

Luego, sin embargo, recuperé el equilibrio, parpadeando, y con dolor en la mandíbula tragué una enorme bocanada de aire y solté un tosco alarido.

Acto seguido, de forma maquinal y sin pensarlo ni un momento, respondí con otro puñetazo.

18

He dedicado a los helados más de cincuenta años de mi vida. Y a los Estados Unidos de América, queridos, con sinceridad. Gracias a los personajes de dibujos animados y los «sabores divertidos» creados por mí he inyectado alegría, fantasía y dulzura en un mundo brutal y traicionero. Hice mi aportación al esfuerzo bélico de la Segunda Guerra Mundial, les llevé calor de hogar a los chicos que combatían en Corea y Vietnam y ayudé a innumerables veteranos de guerra a montar su propio negocio. Tampoco hace falta que os recuerde que fui yo, Lillian Dunkle, la impulsora de la cura de la polio. Una promotora de la música popular. Una pieza decisiva en el surgimiento de la cultura de los coches, la televisión y esa gran institución democrática que son las franquicias de comida rápida. Ahora la gente va de fina y mira mal los McDonald's y compañía; de repente la comida asequible y de producción masiva es «basura», «cutre», pero habrá que agradecerle a una servidora que hoy en día el americano medio pueda adquirir su propio negocio ya montado, a sabiendas de que apuesta por un modelo de eficacia demostrada. Además, ¿en qué otra parte del mundo se tiene la tranquilidad de poder parar en cualquier carretera, a cualquier hora, y matar el gusanillo a un precio razonable, sabiendo que será igual de bueno lo que se coma en San Diego, en Toledo o en Atlanta? ¡Son posibilidades que de niña, cuando me moría de hambre en Orchard Street, no podría haberme imaginado! Y no es poca hazaña, queridos. He contribuido a alimentar y transformar este país, y a lo largo de veintitrés años hasta les he hecho de canguro a los niños durante tres horas cada puñetero domingo por la mañana, para que sus padres pudieran dormir hasta tarde. ¡No me diréis que es poca cosa!

Y una vez, solo una, le di un puñetazo sin querer a una niña pequeña por la tele, en directo. Y de repente es lo único que le interesa a la gente.

Yo creo que es por eso por lo que el 22 de junio de 1983 me declara culpable un jurado de tres cargos de evasión fiscal. El juicio federal al que se me somete no tiene nada que ver con el accidente de mi programa de televisión. Son demandas distintas. Pero... Pero...

Es profundamente alarmante, qué le vamos a hacer. ¡Cuánta injusticia! ¡Cuánta ingratitud! Total, que pocos momentos antes de comparecer ante el Tribunal Supremo del estado por la demanda civil de Tara Newhouse es posible que me digne quedarme algo más de la cuenta en el servicio de señoras.

La alguacil, la negra descomunal de las cejas pintadas, dice que ha notado olor a marihuana al poco rato de que yo saliera cojeando. Encuentra un trocito chamuscado de cigarrillo que aún no se ha consumido del todo en el alféizar, y tras mojar la punta lo deposita en una toallita de papel para mostrárselo al tribunal. Hay que ver qué santito es todo el mundo en este edificio. Miran el trocito marrón de ceniza, y luego a mí: el juez Kulinsky, el señor Beecham y la señorita Slocum, con sus trajes grises sin una sola arruga. El abogado de los Newhouse, Tottle, con sus marcas de viruela. (¿Por qué será que al ver una piel con agujeros siempre dan ganas de pasarle un papel de lija?) Jason me sujeta por el codo para que no pierda el equilibrio frente al juez. De repente me fijo en que mi nieto lleva al cuello una cadena con un candado de metal. Seguro que es otra de sus «tomas de postura».

–Bueno. –El juez Kulinsky suspira, pero no es a mí ni a los abogados a quienes se dirige, sino a la alguacil–. Esto sí que no lo había visto nunca.

—Pero si mi abuela no va colocada —suelta Jason—. Lo único que le pasa es que..., pues que está vieja.

—Jason —le advierten al unísono la señorita Slocum y el señor Beecham.

—¿Perdón? —dice el juez.

Supongo que yo no ayudo mucho, porque justo en ese momento, queridos, me aguanto la risa. No puedo evitarlo. Es que es tan absurdo, la verdad... Todo. Me puede el mareo. Es como si de repente tuviera un cosquilleo que no he sentido desde hace años, o en toda la vida. Las risas que me salen de dentro amenazan con salir disparadas como cuando retienes el agua en una manguera de jardín.

La alguacil levanta las cejas y cruza los brazos con aire de suficiencia.

—Emm —dice con una cadencia cuya traducción está muy clara: «Ya se lo decía».

Me giro, y con el puño en la boca carraspeo como si intentase no toser, momento en que mi vista topa con los Newhouse, que están sentados en la mesa de los demandantes: el padre, con su barba recortada, tan germánica, y sus ojos como balas; la atribulada madre, que no se ha maquillado adrede, y que aprieta mucho los labios. Entre los dos está sentada la pequeña Tara Newhouse, con su enorme rectángulo de gasa en el ojo derecho. Balancea tímidamente las piernas y mira a todas partes con perplejidad, como si no supiera muy bien dónde está, pero cuando fijo yo la vista en ella se le nubla la cara en señal de reconocimiento, y su ojo destapado empieza a parpadear a lo bestia. Sí que sabe quién soy, sí. De ciega no tiene nada, la niña. ¿Tienen alguna idea de con quién se enfrentan?

—Lo siento muchísimo, señor juez —digo con mi voz más frágil y galletosa—. Debe de ser que me marean los nuevos medicamentos que me han puesto para la tensión.

Cuando lo oye el señor Tottle, prácticamente escupe.

—¡Venga ya! ¡Por favor! ¡Mírela, señoría! Ya solo las pupilas...

—Señor Tottle —le reconviene el juez con la mano en alto—. ¿Señora Dunkle?

El señor Tottle, sin embargo, no puede aguantarse.

—Señoría, por favor. Es imposible que se crea usted una sola palabra de lo que dice la acusada. —Se hace con una carpeta y la hojea como si fuera una revista para enseñarle el contenido: recortes del *New York Post,* de *Newsweek* y del *Times*—. En todas partes está documentado que la señora Dunkle ha mentido públicamente acerca de casi todo.

—¡Señoría! —protestan mis abogados.

Desde que me detuvieron en la NBC, y me condenaron por evasión de impuestos, se ha abierto la veda contra Lillian Dunkle. ¿Que bombardean la embajada de Estados Unidos en Beirut? ¿Qué el presidente Reagan anuncia el despliegue de un escudo antimisiles en el espacio? ¡Qué más da! Parece que hay algunos periodistas con cara de rata que lo más importante que tienen que hacer es echarme porquería encima.

¡Qué titulares, por Dios! Cuánta tergiversación en letra impresa.

Newsday: Desclasificados documentos que demuestran que Lillian Dunkle apoyó en secreto las cazas de brujas del senador Joseph McCarthy.

Daily News: ¡Mientras Lillian Dunkle vivía a todo tren en una mansión de Palm Beach, su padre, diabético, falleció en soledad y en la más absoluta miseria en una residencia de Paterson, Nueva Jersey! (Lo acompañan con una foto que parece sacada de una grabación de seguridad, en la que sale un viejo arrugado con una máscara de oxígeno, y una entrevista «en exclusiva» con un tal Samuel Pratt.)

National Enquirer: ¡Lillian Dunkle mintió durante años a la opinión pública sobre su condición de italiana! El padre Anthony Dinello, sacerdote de la iglesia de San Francisco de Bay Ridge, Brooklyn, declaró hace poco al *Enquirer* que sus bisabuelos, dos emigrantes napolitanos, adoptaron a Lillian y la criaron como a su propia hija después de que fuera abandonada en un accidente ocurrido en las calles del barrio judío del Lower East Side de Nueva York.

New York Times: Documentos de archivo del dispensario Beth Israel confirman que el nombre de nacimiento de Dunkle era Malka Bialystoker, y que lo cierto es que nunca estuvo aquejada de polio. Al parecer, Dunkle fingió la enfermedad para despertar compasión y publicidad a escala nacional para la marca de helados de su esposo.

En el *New York Post* sale una foto de cuando entro en el juzgado, y encima, en letras enormes: ¡MALKA! Ni que fuera delito cambiarse de nombre... Se repite lo del patio del colegio del Lower East Side.

Hasta han localizado a varias exsecretarias resentidas, los reporteros. «La peor jefa de mi vida», es como me describen estas insignificantes señoritas. «Trabajar con ella, una pesadilla total.» ¿Que cuáles son los miles de «abusos» de los que por lo visto soy culpable? Gritar, no dar paga extra de Navidad, prohibirle a todo el mundo llevar perfume Charlie en la oficina... Pues me perdonaréis, queridos, pero la única razón de que grite es que la gente no me escucha, o sea, que a ver de quién es la culpa... ¿Y por qué tengo que hacer yo de Papá Noel, a ver?

Luego, cómo no, está el bodrio de entrevista con Harvey Ballentine. Y en la versión recién resucitada de *Vanity Fair* una de mis criadas revela que siempre que volvía de un viaje de negocios tenía los bolsillos llenos de cubiertos y saleros en miniatura de las líneas aéreas. Que por la mañana, en Bedford, cuando me hacía unos largos, la obligaba a correr de una punta a otra de la piscina con una bandeja de plata con montaditos de arenque y, según ella, al final de cada largo le gritaba «¡dale de comer al pececito!» y abría la boca en espera de que se agachase y me pusiera uno en la boca.

¡Pero bueno, por Dios, que eso era un juego! Y encima seguro que estaba borracha.

Por si fuera poco, la semana pasada salió en portada de la revista *Time* la famosa, y espantosa, foto donde parezco Joan Crawford, con el titular de ¡ME DERRITO!

De repente todo el mundo, digo bien, todo el mundo, queridos, se anuda la servilleta al cuello, afila el cuchillo y se abre paso hacia la tabla de trinchar.

Que es lo mismo que está haciendo, aquí en el juzgado, el señor Tottle.

Sin embargo, el juez Kuklinsky se desentiende de los artículos con un gesto de la mano.

—Señor Tottle —dice, seco—, si en esta sala se admitiesen como pruebas artículos del *New York Post,* estaría imputada media área metropolitana.

Se gira otra vez hacia mí.

—Bueno, a ver, señora Dunkle, la verdad —exige—. Por favor. Ahora mismo. ¿Está usted drogada o con las facultades mentales mermadas por algún motivo?

Tal como me mira, no soy tan tonta como para intentar hacerme la sabionda.

—Bueno —digo con tono de disculpa—, la verdad es que este medicamento que he empezado a tomar para la tensión me ha mareado una barbaridad, señoría.

—¿Lleva encima la receta?

—¿Mamá? —dice una voz lastimera de niña, sin darme tiempo de contestar.

Nos giramos todos hacia la mesa de los demandantes. La pequeña Tara Newhouse se aprieta las manos con las piernas y salta nerviosa en su silla, con su vaporoso vestido de fiesta.

—Tengo que ir al lavabo —anuncia.

—Eh... ¿Señoría? —dice el señor Tottle—. ¿Podríamos...?

El juez Kuklinsky le hace señas cansinamente a la alguacil.

—¿Le importa, señora Kendriks?

—Ya la llevo yo, señoría —dice la señora Newhouse con una sonrisa nerviosa.

—Creo que es mejor que la alguacil...

—Puedo ir yo sola —declara Tara, que asiente con vehemencia—. Ya tengo siete años.

Baja de la silla, se mete debajo de la mesa sin que se lo pueda impedir su madre, se arrastra como un cangrejo, con sus zapatos de piel tan monos, y se levanta triunfante al otro lado, a la vez que se estira el borde del vestido para ponérselo bien.

—¿Mamá? —Se vuelve otra vez hacia la mesa—. ¿Puedo llevarme mi libro?

—¿Tara? ¿Te llamas así? —dice amablemente el juez Kuklinsky, mirando la declaración.

Tara asiente con timidez. El juez sonríe.

—Mira, Tara, ya sabemos que eres bastante mayor para ir sola al baño, pero te acompañará la señora Kendriks, la alguacil, para que no te pierdas, ¿vale?

—¡Vale!

Tara asiente, se gira con una pequeña pirueta y sale corriendo hacia la puerta. La alguacil lanza una mirada al juez Kuklinsky mientras se bambolea en su persecución.

—Ciega de un ojo y minusválida de por vida, ¿eh? —le dice el juez Kuklinsky al señor Tottle, hojeando la declaración.

Se hace un silencio incómodo. Al final el juez suspira, aparta los papeles y junta las manos.

—Bueno, vamos a ver —dice con exasperación—. A juzgar por las conductas que he empezado a ver, se me antoja que lo más probable es que esta demanda constituya una pérdida de tiempo y recursos para el tribunal. No estamos en el Madison Square Garden. Si por mí fuera, desestimaría la demanda por frívola y de mala fe, pero es que hasta yo, señora Dunkle, he visto en las noticias las imágenes en que pega a esta niña en su programa de televisión. Es posible que no lo hiciera a posta, pero creó un clima de imprudencia y de paso puso en peligro a una niña. Yo creo que esta pequeña se merece que se haga justicia, de modo que procederé a lo siguiente: voy a programar una consulta para dentro de tres días. Por la vía rápida. Si para entonces no han llegado las dos partes a un acuerdo extrajudicial, como les encarezco que hagan —dando por supuesto, señora Dunkle, que a esas alturas se habrá serenado usted lo suficiente para poder pensar con claridad—, el jueves pondré fecha al juicio, cosa que les aseguro que no redunda en interés de nadie. Si lo que anhelan es dar un espectáculo, que es la impresión que tengo, les advierto que un juicio les saldrá muy caro a todos y que no gozarán de ninguna indulgencia por parte de este tribunal. ¿Me he explicado?

Con un golpe de mazo se levanta la sesión.

Todos los abogados están furibundos.

—¿No le basta con la posibilidad de ir a la cárcel por un delito grave? Cuando volvamos tendrá que estar completamente lúcida, ¿me entiende? —susurra Beecham mientras me hace salir del edificio—. La única suerte que hemos tenido esta mañana es que el juez estaba igual de cabreado con los demandantes.

De todos modos, me siento líquida. Como una bufanda de chifón lanzada al aire, así me siento.

—Mmm —digo con los ojos cerrados una vez sentada con Jason en la parte trasera del coche—. ¿Ahora no te comerías un buen sándwich de carne enlatada?

—¡Dios mío! —se ríe Jason—. Estás flipadísima, abuela.

Lo miro parpadeando por encima del borde de las gafas.

—Estaba nerviosa, *tateleh*.

—Ya. —Jason exhala—. Yo también.

Le doy una palmada en la rodilla, de broma.

—Oye, no se lo cuentes a nadie, ¿eh?

Él hace crujir sus nudillos con una gran sonrisa.

—No, claro que no.

Pasan las calles temblando, mojadas por la lluvia, como un aluvión de colores mezclados. Después de que Hector haya pasado a recoger nuestros sándwiches Reuben y nuestras gaseosas, le pido que deje a Jason en su casa y siga conmigo hasta Park Avenue. Como los abogados están negociando un acuerdo, tengo instrucciones de no alejarme mucho. Ya hace varios meses que no vivo en nuestro apartamento de Park Avenue. Ni siquiera me acompaña *Petunia*. Cuando abro la puerta, el ruido de las llaves resuena en el parqué. Es como entrar en una iglesia abandonada. Se me pasa de golpe el mareo del juzgado.

Cuelgo el abrigo y miro el correo que ha mandado Isaac de la oficina. Desde hace un año recibo cada vez menos correspondencia. Me sirvo algo de beber. Aparte de los bocinazos que llegan con sordina de la calle, hay un silencio que me pone nerviosa. Me dispongo a poner música cuando suena el teléfono. Casi nunca me llama nadie a casa.

—Hola, ¿es la señora Lillian Dunkle? —dice una voz de hombre cuando me pongo.

—¿De parte?

—Soy Trevor Marks, de la sección de Sociedad del *New York Post...*

—Perdone, pero ¿de dónde ha sacado el número? Esto es un domicilio par...

—Solo es para saber si quiere hacer algún comentario, señora Dunkle. Hoy me ha dicho una fuente del juzgado que ha comparecido drogada ante el juez, y que parecía que hubiera fumado marihuana...

Cuelgo de golpe, pero me tiemblan las manos. ¿Quién le habrá contado a la puñetera prensa lo ocurrido en la sala? La tal Kendriks, la alguacil, que me tenía manía. Hasta que me doy cuenta: el abogado de los Newhouse, Tottle, intenta desacreditarme aún más en la prensa, el muy desgraciado.

Después de dejar un mensaje en Beecham, Mather & Greene me siento en el sofá y me acabo el whisky. Francamente, no sé qué demonios hacer. Me niego a pensar en el lío que he armado, y en lo mal que le va a Dunkle's. Tanto dinero perdido... Se me deshace todo en las manos como cartón mojado.

Es posible que justo después de la muerte de Bert pecara de precipitación. También es posible que no pagase los impuestos que tenía que pagar sobre la venta de *Bella Flora*. Y no digo que algunos de mis viajes de compras a todo trapo a Londres y París no los cargase directamente a Dunkle's Ice Cream Corporation. ¿Es mi culpa haber creído que eran gastos de empresa justificados? Como imagen pública de Dunkle's, ¿no me correspondía ir bien vestida? En cuanto a todas las reformas de mis residencias «privadas» que haya podido cargarle a la empresa... Bueno, vale, quizá Edgar me retocase alguna que otra factura, para que cuadrasen mejor los

números, pero siendo yo, para empezar, la presidenta y funda-
dora de todo el tinglado, queridos, ¿en el fondo qué más
daba? ¿Qué es lo que puede llevar a confusión? Yo no lo veo,
qué le vamos a hacer.

Cribo despacio el correo. Casi todo basura. Todo tipo de
organizaciones que me piden dinero. Justo cuando estoy a
punto de tirar un sobre me llama algo raro la atención. La
dirección está escrita a mano.

Pone «Malka Treynovsky».

Dentro, en una sola hoja con membrete verde donde
pone: RESIDENCIA Y HOSPITAL DE LA TERCERA EDAD PARA ACTO-
RES. RYE BROOK, NUEVA YORK, hay una carta escrita en letra
pulcra y redonda.

Querida Malka (Sra. Lillian Dunkle):

*Soy auxiliar de enfermería en la RHTEA La semana pasa-
da le leí en voz alta un artículo sobre usted a una de nuestras
residentes, una bailarina jubilada que se llama Florence
Halloway y es un encanto, y al oír que usted se había llamado
Malka Bialystoker soltó un grito y dijo que era el nombre de una
hermana a quien había perdido la pista hace muchos años. El
nombre artístico de esta señora es Florence Halloway, pero dice
que nació en Rusia y se llamaba «Flora Treynovsky».*

*Me he tomado la libertad de ponerme en contacto con usted
de su parte. La señora Halloway tuvo hace poco una embolia, y
aunque ya no puede leer ni escribir tiene bastantes momentos de
lucidez y está animada. Tiene miedo de que usted no la recuerde, y dice que no quiere ser una molestia, pero yo creo que para
ella sería muy importante tener noticias suyas, siempre que le
parezca bien a usted.*

*Por favor, no dude en contactar conmigo en lo referente a esta
cuestión. Estaremos encantados de recibirla en cualquier momento.*

Atentamente,
Tricia Knox

Tardo mucho en apartar la vista de la carta. ¿Flora? Tres agencias de detectives, tres, he contratado con el paso de los años. La última, la de Nick, encontró documentación oficial sobre una tal «Millie Bialy», de «aproximadamente 45 años», fallecida en 1921 en un asilo psiquiátrico de Rochester, Nueva York. Era lo más parecido al nombre de mi madre. Me resigné a que con toda probabilidad fuese ella, pero ¿y mis dos hermanas?

–He encontrado sus nombres en la lista de pasajeros del *Amerika* cuando llegó de Hamburgo –me dijo el detective–, pero nada más. Ni expediente escolar, ni partida de matrimonio, ni certificado de defunción... Nada. Claro que entonces... La gente desaparecía y punto.

Como es natural, yo daba por supuesto que Flora había muerto. Con lo famélica que estaba... De tuberculosis.

Releo la carta.

–¿Qué es esto, una broma? –digo en voz alta.

Se oye el eco de mi voz en el piso vacío. Que yo sepa, nada impide que algún pícaro haya leído la revista *New York* y se haya inventado a «Florence Halloway» como una manera de engañarme y exponerme a nuevas humillaciones. Alguien lo bastante listo, y con bastante cara dura y mala intención... ¿Los Dinello, quizá? ¿Mis supuestos hermanastros?

Me imagino a una joven de piel grasa, con bata de hospital, que come una lata de raviolis en un piso pegado a las vías del tren. A su lado, en un sofá hundido, su novio en paro piratea un canal de pago mientras urde estafas por correo con amigos que guardan gran parecido con los compinches que tenía mi padre. El membrete de la RHTEA es una falsificación. En cuanto llame por teléfono me largarán un melodrama. «Ay, es que acaba de morirse Florence, y falta dinero para el entierro...» Y me pedirá un cheque, la tal «Tricia Knox».

Me sirvo otra copa y me paseo por la casa, pero no puedo evitar que mi cabeza dé vueltas como una centrifugadora. Que Flora se hubiera cambiado de nombre explicaría que no hubiera podido encontrarla. Ni ella a mí, por supuesto. A fin de cuentas yo me había hecho mayor con el nombre de Lillian.

Por no hablar de todas mis pequeñas operaciones cosméticas. Ni de mi rubio oxigenado. Y eso antes de salir por la tele. ¡Cómo me había transformado en mi ir y venir por el país!

Mis manos tiemblan al marcar el número que sale en el membrete. Cuando la telefonista me pone con la habitación de Florence Halloway, cosa que me pilla algo desprevenida, el teléfono suena sin parar. «No, si es una pérdida de tiempo», me digo. Me sorprende estar tan abatida. Sin embargo, justo cuando voy a colgar, se pone alguien. Solo oigo ruidos, golpes de plástico con plástico y un rumor sordo coclear.

—¿Hola? —digo en voz alta.

Al cabo de un momento se oye una voz rota sobre los silbidos de un aliento laborioso.

—¿Diga?

—¿Hola? ¿Florence Halloway?

—¿Sí?

Tengo un arrechucho de vértigo.

—¿También es Flora Treynovsky? —digo.

Al otro lado solo se oye un resuello.

—¿Malka? —jadea finalmente con sorpresa la voz—. ¿Eres tú? —añade, estupefacta—. ¿Te acuerdas de mí?

Me recorre todo el cuerpo un escalofrío.

—¿Es una broma? —grito—. Por favor, por favor, no seas una bromista. ¿Eres tú, de verdad?

—Pues c-c-claro —tartamudea la voz.

No puedo aguantarme.

—Pues demuéstramelo.

Al principio no se oye nada. Después la voz empieza a decir en un yiddish lento y oxidado:

—¿A que es el pollo más delicioso que hemos comido en toda la vida? ¡Y qué patatas! Con el perejil.

Llama mi abogado, el señor Beecham, y me pilla lidiando con mi abrigo.

—Tengo buenas y malas noticias —dice—. Los Newhouse se prestan a un acuerdo.

—A ver si lo adivino. Quieren más dinero que Dios, los muy timadores.

—Se niegan a aceptar nada por debajo de los siete dígitos. Insisten todo el rato en que ahora su hija tendrá que ir a colegios «especiales», ya no podrá ganarse la vida y hasta puede que cuando sea mayor nadie quiera casarse con ella, porque está «medio ciega» y «minusválida», y bla bla bla.

—¿Ah, sí? ¿Es lo que piensan? —digo con acritud. Menuda panda de tarados. Qué poco saben—. Bueno, pues ¿sabes qué, querido? Que yo tampoco pacto. Así de claro. Diles que iremos a juicio.

El señor Beecham traga saliva como si estuviera bebiendo un vaso de agua a sorbitos, y se le hubiera ido por el otro lado.

—Señora Dunkle, no se lo aconsejo. Francamente se lo digo —responde—. Suerte tenemos de que en este caso hayan desestimado todas las acusaciones de delito grave...

—Quiero presentarme delante de los tribunales —digo—. Ya estoy harta de toda esta tontería. Ahora me toca hablar a mí.

Cuelgo. Ya no puedo más, queridos. Por fin me oiréis todos a mí, todos, el mundo entero. Mi versión.

Saco una libreta y empiezo a componer estos pensamientos durante el viaje en coche. Todo lo que os estoy confesando aquí y ahora. Todo lo que tengo que decir.

La Residencia y Hospital de la Tercera Edad para Actores ocupa una casa de ladrillo de estilo colonial, como de plantación, y según el cartel la fundaron el gremio de actores de cine y el de teatro como centro social para actores, actrices, bailarines, cantantes y veteranos del vodevil jubilados y caídos en el olvido. Tiene un césped elegante, salpicado de robles y de sillas blancas de jardín un poco desconchadas. Se llega desde la carretera por un camino de acceso ovalado. A lo lejos se oye el zumbido incesante de los coches que pasan a toda pastilla por la autopista, al otro lado de un bosque. A la izquierda hay unos cuantos árboles que disimulan un pequeño centro comercial con un supermercado A&P, una mercería, una peluquería canina y un Sub Hub, pero ningún Dunkle's, para mi disgusto. Nos quedan ochenta y dos franquicias en todo el país.

A medida que Hector conduce hacia la casa entre los árboles, veo que al fondo hay otros edificios más nuevos y más feos, con paneles prefabricados de color sorbete de naranja.

–¿Qué, señora Dunkle –dice Hector–, se está planteando venir a vivir aquí?

–Debería despedirte por preguntarlo –respondo.

Si la enfermera de guardia me reconoce, no lo demuestra. «Malka Treynovsky.» Es la primera vez en toda mi vida que escribo mi nombre de nacimiento.

–Ahora su hermana va en silla de ruedas, así que la hemos trasladado a la planta baja, por cuestiones de movilidad. –La enfermera me hace señas de que la siga. Luego se para–. Ah, perdone, ¿usted también quiere una silla de ruedas?

Contesto que no con la cabeza. «Su hermana», ha dicho. «Su. Hermana. Suhermana.»

La habitación de Flora está al final del ala este del pabellón principal. Son pasillos largos, con ese olor rancio y trasnochado, como de champiñones, de la vejez, la comida de cafetería y el polvo de moqueta. En los tablones de anuncios hay carteles donde pone MARTES DE CABARET y SIMON NIGHT TE INVITA A CANTAR CON ÉL. Cuando la enfermera da unos golpes en la puerta y dice «¿Florence? ¿Estás aquí, Florence? Tienes visita. Ha venido tu hermana Malka», se me para el corazón.

Oigo un golpe y un clac.

–Judy –dice una voz frágil y aristocrática–, ¿puedes ayudarme, por favor?

Durante un momento se me dispara de tal manera el pulso que pienso que me voy a desmayar. Imagináoslo: venir de tan lejos y después de tantos años para caer inconsciente en la puerta de mi hermana... Sin embargo, se abre la puerta con un clic y una auxiliar de enfermería gorda, con bata de tela sintética, que según la placa se llama Judy, vocifera:

–¡AH, HAS VENIDO! DEBES DE SER LA HERMANA DE FLORENCE. TE ESPERÁBAMOS. ACABO DE

HACERLE TÉ A FLORENCE. AQUÍ HAY UN TIMBRE. —Señala un botón en la pared, debajo del interruptor de la luz—. SI NECESITÁIS ALGO MÁS ESTOY AL FONDO DEL PASILLO, CHICAS.

Luego acerca a Flora en la silla de ruedas como si me diera un premio.

Mi hermana.

Su piel es como un pergamino traslúcido tensado sobre la bonita osamenta de su cráneo, un pergamino que se arruga alrededor de sus ojos y su boca temblorosa cuando me sonríe. Es increíble el contraste entre la viveza de sus ojos, que conservan su azul de canica, y el blanco mortuorio de su piel.

—¿Malka? —dice en voz baja.

Lleva un jersey de chándal rosa chicle donde pone REDONDO BEACH en letras de tela de cuadros, y una manta azul claro, muy suave, metida alrededor de las piernas. Su pelo blanco parece de bebé. Barba de maíz. Diente de león.

—Vaya por Dios —dice con voz rasposa mientras acerca la silla de ruedas para verme mejor.

A simple vista no la reconozco, para nada. Esta Flora es una mujer vieja, menuda y fantasmal. Me resulta sumamente desazonador. Venía con la clara idea de atisbar en su rostro algún vestigio de como había sido antes, pero no, nada, salvo el color de sus ojos. Aun así, cuando me fijo en ella me doy cuenta de que en otros tiempos fue toda una belleza. De hecho, aún tiene los pómulos marcados, y los ojos brillantes; y por mucho que tiemble, su porte es regio. Mi hermana es una flor magnífica y marchita. Sufre temblores y pequeñas sacudidas en todo el cuerpo, como si le administrasen descargas eléctricas. Levanta sus dos manos trémulas para tomar entre ellas una de las mías. Desprende un olor enfermizo, a desinfectante industrial. Perfume fuerte, demasiado floral. Y un posible toque de orina.

Durante un segundo me atraviesa el pánico. Sí, queridos, vieja lo soy yo también, pero no tanto. Siento la necesidad de ahuyentar todo este deterioro como una nube de moscas y apartarme, pero mi hermana me señala pícara, agitando el dedo.

—Yo ya sabía cómo eras. Te he visto por la tele —dice con ironía, pronunciando con dificultad—, pero yo... Te habrás llevado un *shock*. Tendrás que disculparme por mi aspecto, pero es que de la vanidad decidí prescindir cuando era presidente Nixon.

Ah. De repente lo veo. Sí que es ella, sí.

—Vaya —digo, riendo entre dientes mientras doy algunos pasos más.

Hay una cocina diminuta y un rincón comedor separados de la sala de estar por un suave arco. El fregadero, los interruptores, los asientos... Todo está un poco más bajo de lo normal, para que pueda usarlo alguien en silla de ruedas. Es muy acogedora, esta «residencia», con su madera marrón claro en las paredes, y la lámpara verde de rejilla que cuelga de una cadena sobre la mesa del comedor. Encima de un sofá muy mullido hay una manta de punto que parece hecha con agarradores de cocina, y detrás una ventana grande con vistas al césped trasero y a una piscina terapéutica en desuso, salpicada por las primeras hojas amarillentas y encogidas del otoño. Sin embargo, mientras me fijo en todo siento un aleteo de desesperación. ¿Aquí acaba mi hermana, después de huir de tantas cosas en Rusia y de vivir en las casas de vecinos? ¿En un pisito barato con rosas de plástico en un jarrón recuerdo de Saint Louis y barandillas en la cama? ¿Del que entran y salen enfermeras como Pedro por su casa? Apenas hay más espacio o intimidad que en Orchard Street.

—Así que ahora vives aquí —digo, mirando de reojo una maceta con una planta artificial, una repisa llena de figuritas en un rincón, el cuarto de baño, con sus horripilantes barandas y su peste de medicamentos, no sea que te olvides un momento de que estás en una residencia...

Flora da unos golpecitos en el lado de su silla de ruedas.

—¿Dónde voy a estar? ¿Esquiando en Saint Moritz? ¿Navegando en el *QE2?* —Señala con la barbilla por encima de mi hombro—. Al menos aquí estoy con otros de la farándula, y para ser una pandilla de carcamales la verdad es que nos animamos bastante.

Miro detrás de mí. Toda la pared está cubierta de carteles deslavados con marcos de colores. Veo que mi hermana hacía claqué y fue bailarina de revista. ¡Y chica Ziegfeld! ¡Pero si hasta hizo cine! *La melodía de Broadway. La calle 42* y *Vampiresas de 1933,* de Busby Berkeley. («No, nada, en el grupo de baile. Por cierto, vaya mujeriego, el director de fotografía –dice–. Nos daban anfetaminas para que no nos despistásemos.») Durante una temporada, como tocaba el clarinete, también estuvo viajando por el país con un grupo femenino de jazz, Rayleen Dupree and Her Red-Hot Swinging Sweetheart's All-Girl Orchestra.

–Fue como conocí a mi primer marido –dice, señalando el cartel del concierto que dieron en las afueras de Davenport, Iowa, en el King's Café–. Tocaba el trombón. De hecho, estuvo una temporada con Bix Beiderbecke. ¡Cómo tocaba! –Frunce el ceño–. Casi tan bien como bebía, por desgracia.

–¿Era un borracho, tu primer marido?

–No, Bix. Mi primer marido... Bueno, ese lo que era es aburrido. Quiso que dejara de actuar en cuanto nos casamos. Por eso no duró. –Flora me mira con incredulidad–. He estado casi cuarenta años en la farándula, Malka, y te tenía siempre muy presente, porque me hiciste empezar tú. ¿Te acuerdas de tus numeritos en los rellanos de Orchard Street?

–Pues claro. –Me río–. Un penique por cantar y bailar, y otro por que nos callásemos.

Las Hermanitas Músicas y Limpiadoras Bialystoker.

–Pues en cuanto pude me fui de casa de los Lefkowitz a base de hacer claqué. Vivíamos en Brooklyn. Qué chabolas, hay que ver... Aprendí yo sola, mirando a los negros. Me pasé un montón de años de teatro en teatro, con gardenias, raso, lentejuelas y canutillos hasta las tetas. Creo que hasta la sangre se me volvió crema para el cutis. –La expresión de Flora se diluye en las lejanías de la nostalgia–. Hasta que un día, al despertar, me dije: «¿Pero se puede saber por qué me mato con estos tacones? Ya estoy vieja para según qué cosas». Total, que ya no me teñí más el pelo y encontré trabajo de telefonista. No te mira nadie, y puedes pasarte el día sentada. –Señala las zapatillas de toalla que asoman por debajo de la manta, en las plataformas para los pies–. Y desde entonces he usado calzado cómodo. El maquillaje, los sujetadores, las fajas... Ya estaba harta de todo eso.

Me lleva a la pared de al lado de la cocina, y claramente complacida empieza a señalar fotos de bebés, niños y un hombre joven con uniforme. Yo no sé nada de su vida, pero ella de la mía mucho. Gracias a los medios de comunicación está al corriente de todas las decisiones desastrosas que he tomado, de las leyes que he infringido, del dinero que debo, de las baratijas que he robado y de lo mal que he tratado a mis criadas.

Cojeo junto a la pared para contemplar el museo de Florence Halloway. Una foto en blanco y negro de un hombre con gafas de carey y esmoquin blanco, plantado muy tieso delante de una villa, junto a una fuente con un pez de bronce que escupe agua hacia arriba. Instantáneas de una rubia despampanante, supongo que Flora a los veintipocos años, posando en el Monte Rushmore. En el Gran Cañón. En las cataratas del Niágara. Una chica con *shorts* de encaje blanco, un hombre con bigote de guías retorcidas y pantalones de cuadros de pata de elefante. Bebés con gorrito, en un tríptico de marcos ovalados. Un montón de gente con cócteles en la mano apretándose delante de un árbol de Navidad de plástico. Al verlos, al ver semejante aglomeración de amor exuberante, siento una punzada.

–¿Son todos de tu familia?

–Mmm. –Flora asiente con la cabeza–. Mi segundo marido era católico irlandés, así que nos salían sobrinos hasta por las orejas. Aunque a mí en el fondo nunca me vieron con buenos ojos. –Abre con cuidado las gafas que lleva colgadas del cuello con una cadenita, y se las pone por detrás de las orejas, aunque le cuesta un poco. Le ayudo. Se acerca a una foto y la toca suavemente–. No por judía, sino por artista. Su madre me consideraba una buscona. Después de la muerte de Joe no los vi mucho. –Su dedo tiembla al señalar a la chica que se casa en *shorts*–. Mi Molly, la mayor, ahora está en Nuevo

México y trabaja en una reserva con los indios Pueblo. ¿Tú te crees? Henry... Bueno. –Fija una mirada de desolación en el retrato del joven de uniforme–. No sé cómo aguantó mamá que se le murieran cuatro.

–No aguantó –digo yo en voz baja.

Nos quedamos calladas un momento. No me doy cuenta de la suerte que tengo.

–En fin. –Flora se seca un poco los ojos–. Este... –dice con una alegría forzada mientras acerca la silla de ruedas a la foto de un hombre jovial, con chaqueta de flecos y sombrero Stetson–. Este es Angus, mi tercer marido.

–¡Flora! ¿Has estado casada con un vaquero?

–No, por Dios. Era una fiesta de Halloween. Angus era vendedor de instrumental médico. Autoclaves, esterilizadores...

–Falleció, supongo.

–Qué va. Siento decirlo, pero me divorcié de él para casarme con mi cuarto marido. Allen. Es que... –Jadea–. Hay que ir dándole interés a la vida.

Me doy cuenta con orgullo de que también mi hermana está hecha una sabionda.

–Dentro de lo malo, Allen era el mejor –recuerda, riéndose entre dientes–. Claro que yo tampoco es que sea muy buena esposa, por si te lo preguntabas. Pasó a mejor vida en el 76.

–Ah... El mismo año que mi Bert.

–Tu Bert –dice afectuosamente Flora–. ¿Sabes que...? –Me hace señas y acerca la silla a la mesita de la cocina, cubierta con un mantel de plástico a cuadros. La auxiliar de enfermería ya ha echado el agua en el té, que se ha quedado frío. Hay unos cuantos barquillos de nata distribuidos en un plato descascarillado–. Si no fuera por Bert, puede que nunca hubiera vuelto a encontrarte.

–¿Cómo dices?

He empezado a sentarme en la silla, que tiene un cojín de vinilo agrietado.

–Hace años –dice Flora–, cuando actuaba en un teatro yiddish de la Segunda Avenida, vino a los camerinos un hombre joven y muy guapo que una noche se me presentó después del espectáculo. Era clavado a Errol Flynn. Me dijo que se llamaba...

—Albert Dunkle —digo, incómoda.

De repente me pesa la taza de té en las manos. Frieda. «Al menos creo que es como se llama —había dicho Bert—. Es que soy tan desastre con los nombres...» Era la actriz rubia y guapa que le traía loco. Se apodera de mí una sensación de náuseas.

—Exacto, Albert Dunkle. —Flora sonríe, encantada—. Nunca se me ha olvidado. Era tan guapo que le aconsejamos que se plantease hacer carrera en el teatro, pero cuando vino a hacer una prueba para la compañía... ¡Qué manera más tremenda de tartamudear! Casi era cómico. Nos partimos todos de risa.

—Para él fue humillante —digo con voz gélida.

—Ah, pues yo recuerdo que se lo tomó estupendamente. Aunque desde entonces ya no lo vi más. Al menos hasta que empezó a salir en los anuncios de helado —dice como si tal cosa.

Su tono suaviza mi malestar. Bert es una simple anécdota en su vida, uno de tantos pasajeros vistos al pasar en un andén. Nada más. Una mera nota al pie. Mi hermana no tiene la menor idea de que Bert estuvo loco por ella, ni de que ya me conocía en el momento de su visita al camerino de aquel teatro de la Segunda Avenida. Tampoco sospecha que en su momento me corroyeran los celos, y me muriera de rabia solo de pensar en que Bert la quisiera y eligiera a ella, no a mí; una puñalada posesiva y feroz, una angustia que se repite exactamente igual más de medio siglo después, en la Residencia y Hospital de la Tercera Edad para actores, aunque haga siete años que Bert haya muerto.

—Qué coincidencia, ¿verdad? —dice mientras se esfuerza por ponerse un barquillo de nata entre el pulgar y el índice—. Haber coincidido hace tanto tiempo con él...

De repente pienso: ¿y si aquel día hubiera acompañado a Bert a la prueba? Lo más seguro es que nos hubiéramos reconocido, Flora y yo, ¿verdad? Habría tenido toda la vida a mi hermana. Claro que también es posible que en mi presencia

Bert no hubiera tartamudeado durante la prueba, y la hubiera conquistado. ¿Qué habría ocurrido entonces?

–¿Cómo iba yo a saber que Lillian Dunkle, la reina de los helados de Bert, era nada menos que mi hermana? –dice Flora, perpleja, mientras deja otra vez la galleta en el plato–. Si no hubiera conocido a Bert hace tantos años, lo más probable es que el artículo sobre ti no hubiera despertado mi interés, pero vino Tricia a preguntar qué me apetecía que me leyese, y entre todas las revistas que trajo estaba la de la portada con tu foto, y pensé ¿por qué no? Podía ser interesante saber algo de la mujer con quien se había casado aquel tontorrón encantador de Albert Dunkle. Luego, cuando oí que «el verdadero nombre de Lillian Dunkle es Malka Bialystoker»... ¡Madre de dios! Casi me caigo de la silla de ruedas. –Flora sonríe efusivamente–. Y comprenderás que no es fácil.

Miro a mi hermana, tan radiante y menuda como un algodoncillo.

–Y pensar que podría haberle pedido que me leyese el *National Geographic...*

Hace una mueca burlona.

Señoras y señores. Lectores. Compatriotas. Miembros de la prensa. Miembros del jurado. Ya os he contado muchas cosas, y algunas, pocas, me las guardaré. Flora y yo tenemos que ponernos al día sobre casi setenta años. Su carrera, sus cuatro maridos prometedores pero incompetentes, el señor Lefkowitz, mamá, Bella, papá (y ese resto, ah, de vergüenza que aún arrastro)... Nos explicamos todo lo posible, lo que se puede asimilar en una sola tarde. La luz empieza a sesgarse en el césped, como grandes parábolas. Las enfermeras de guardia se impacientan y nos interrumpen cada vez más a menudo, ansiosas sin duda por fichar.

Cuando empieza a ponerse el sol de finales de verano, también Flora va desfalleciendo. Está menos coherente y más cansada. Empieza a repetirse. Deja una frase a medias, confundida, y se apodera de nosotras un silencio incómodo, como si fuéramos una pareja joven en una cita a ciegas. Me quedo mirando sus ojos vidriosos, de un azul que llama la atención. Su palma huesuda tiembla en la mía como una cría de pájaro.

—Ay, Flora —digo en voz baja, finalmente—, me parece que iré a la cárcel.

Es la primera vez que se lo digo a alguien de viva voz. La primera vez que lo reconozco yo misma.

—¿Por lo de la niña aquella? —dice ella con voz rota, y se le cierran los ojos. Durante un momento no dice nada, pero justo cuando pienso que se ha dormido se incorpora y anuncia—: Pero si se veía muy claro que fue un accidente, Malka. Le pegaste por reflejo.

—No —digo yo sin rodeos—, por los impuestos. En junio me declararon culpable de tres delitos de evasión fiscal. La semana que viene es la vista de la sentencia.

—¿Debes mucho?

Flora, que ha cambiado de postura en la silla de ruedas, me estudia con la cabeza ladeada. Yo suspiro.

—Mucho no, más. Estaba de luto, qué le vamos a hacer, y me despreocupé. Como echaba de menos a Bert empecé a ir de compras y... Pues que supongo que algunas las cargué donde no tenía que cargarlas, qué caray. Supongo que me agenciaría unas cuantas cosillas. Me tomé algunas libertades con la verdad.

Flora asiente, comprensiva.

—¿No podrías devolverlo y ya está?

Me encojo de hombros.

—A estas alturas no creo que se trate solo del dinero.

—Pero eres una mujer mayor, con un problema en la pierna. Tampoco es que vayas a escaparte, Malka. ¡No irán a encerrarte de verdad!

—Es que el juez de este caso... es duro, y puede que quiera dar ejemplo. —Sonrío, contrita—. No sé si últimamente has leído los periódicos, pero ahora mismo no soy el sabor preferido del país.

Miro sin rodeos a mi hermana, tan menuda, y de repente pienso que es la verdadera princesa de los helados. Tan elegante incluso en la decrepitud, con un pelo como de algodón de azúcar, y esos ojos como canicas de cristal azul...

—¿A cuánto te condenarían? –pregunta.

—No sé. Puede que a unos dieciocho meses. Igual llega a tres años... Dicen mis abogados que pedirán que se me condone la pena por «buena conducta», pero me temo que últimamente no es que la haya demostrado mucho.

Flora me sonríe, pícara.

—Lo vi ayer por la noche, en las noticias. Decían que quizá hubieras fumado droga en los lavabos del juzgado. –Sacude la cabeza y se ríe por lo bajo, pero sin maldad–. Ay, Malka... Tenía razón mamá. Qué bocaza la tuya.

Enlaza su mano de apopléjica en la mía y la aprieta, sonriendo.

—Siempre has sido una luchadora.

—Flora. *Mia sorella* –digo yo con dulzura. ¡Qué ganas de añadir: «Tengo miedo, Flora. Estoy sola, Flora. Lo he fastidiado todo, Flora»!, pero solo me encojo de hombros–. Bueno, vale, un poco intratable sí que soy.

—Ya iré a verte a la cárcel –dice ella alegremente.

—¡No me digas!

Me río, mirando de reojo su silla de ruedas.

—Pues claro que sí. –Ella hace otra mueca burlona–. Montaremos un numerito.

—Vale –digo.

—Cantaré yo –dice Flora– y bailarás tú.

El lunes siguiente usa el mazo otro juez, y suena como si disparase una pistola. Percibo vagamente un brillo de esposas en el cinturón del alguacil y gritos en el pasillo. Mi sentencia es de un año y un día en el «centro» federal de mínima seguridad para mujeres de Alderson, Virginia Occidental. Con buena conducta podré salir en ocho meses, me susurra mi abogado. Nos acercamos al estrado para fijar la fecha y la hora de mi «entrega voluntaria». Mi familia, que está detrás de mí, entre el público, se queda anonadada. Yo no. ¿Sabéis las estacadas que había antes en las plazas? A todo el mundo le encantan los parias, queridos. ¿Quién puede resistirse a enviarme a mí a la cárcel, a la reina de los helados?

A mis setenta y cinco años, yo, Lillian Dunkle, soy una delincuente convicta. Puedo apelar, claro está, pero lo más probable es que antes de que se haya fijado la fecha del nuevo juicio ya haya cumplido mi condena. Supongo que lucharé, aunque solo sea para restablecer mi buen nombre, pero hay una parte de mí, queridos, que lo único que quiere es pasar página. Francamente, empiezo a cansarme de luchar.

Accedo a ingresar en prisión justo después del día del Trabajo. Me digo que en otoño Virginia Occidental es bonito. Durante la Depresión dormimos Bert y yo en la camioneta, al pie de unos árboles de hojas cobrizas, rodeados de niebla, respirando la dulce fragancia matinal del humo de leña.

He viajado de Rusia a Estados Unidos. De pobre a rica. Y ahora me asignarán un número y un uniforme. Jason parece a punto de venirse abajo en medio del juzgado. Rita me aprieta la mano con tal fuerza que creo que me romperá los metacarpianos.

—Lillian, Lillian —se lamenta.

Isaac me abraza sin parar, como nunca en la vida. Respiro el olor jabonoso de su desodorante y las fibras almizcladas de su americana Pierre Cardin. Sus brazos son como pan cocido. Todavía me sorprende lo robusto que se ha vuelto. Yo había ansiado toda la vida que me abrazase mi hijo así, llamándome mamá y apretándome contra su cuerpo, pero ahora es demasiado, y me supera.

—Por favor —digo, soltándome—, marchaos ya todos, que nos vemos en el vestíbulo.

Me afano en recoger la bufanda y el bolso para no mirar sus caras destrozadas, pero en cuanto se alejan me quedo de piedra. ¿Por qué los he ahuyentado? Me doy cuenta de que no tengo remedio. Dios mío. Es como un tic, algo tremendo, un reflejo. Aunque me rodeen alguaciles con la esperanza de sacarme cuanto antes de la sala, la soledad que siento es desgarradora. Miro a mi alrededor, tristísima. Queda un solo espectador.

En la última fila de bancos, que parecen de iglesia, está Harvey Ballentine de pie. Lleva una americana azul sin una arruga, pero debajo se le ve cadavérico. Aprieta en una mano una bolsa de papel marrón de Gristede's, una bolsa arrugada de la compra. En el momento en que voy hacia la puerta, sale al pasillo.

—Lillian —dice con tono marcial.

—Vaya, pero quién está aquí. —Trago saliva—. ¿Has venido a regodearte? ¿A asegurarte de que me encierren de verdad?

—¡Anda! ¿Cómo lo has adivinado? De hecho tengo a todos los enanitos aquí fuera, haciendo cola. Francamente, Lillian... —Pone los ojos en blanco de manera teatral—. Yo solo me regodeo cuando el que gana soy yo.

Se le arrugan las comisuras de los párpados como papel crepé. Todavía me cuesta acostumbrarme a la cara de Harvey sin maquillaje de payaso, y sin lo sonrosado de la juventud. Estos mofletes grisáceos y desinflados, estas venas en el cuello...

—Bueno, pues entonces acompáñame. —Me sorprende que me tiemblen tanto las piernas. Nos apoyamos el uno en el otro con la precariedad de dos palillos chinos. Yo hago un esfuerzo por no sonreír ni delatar mi exagerada gratitud—. ¿Justo ahora te decides a aparecer? —digo.

—Ya, ya lo sé. Las emboscadas ya no se llevan... Pero es que te he llamado mil veces a tu piso y nunca...

Me paro.

—Más vale que no hayas venido para compadecerte, Harvey. —Doy un golpe de bastón en el suelo—. Porque como sea para eso te arreo un coscorrón.

—Pero, cariño, por favooor... —Harvey me abre la puerta—. Solo he venido para fastidiarte. Te lo juro.

»De todos modos —añade tímidamente, parado en el pasillo—, con las hordas que rondan aquí fuera, todo este horror de reporteros chabacanos... Reconozco que he pensado... pues que... —Hurga en la bolsa de papel marrón y saca una nariz roja de payaso, de plástico, y una anodina corona infantil de cumpleaños, de las que venden en los bazares, de cartón dorado, con una goma elástica como un garrote–. Se me ha ocurrido que si quieres podríamos enfrentarnos juntos a la muchedumbre. Aunque ahora no lo tengo tan claro. ¿A ti qué te parece? –Se pone un brazo en la cadera y forma con su boca una coma asimétrica–. ¿Demasiado cursi? ¿Demasiado hortera?

Lo miro con malicia. Harvey Ballentine. Mi payaso Virutas.

–Que se vayan a freír espárragos –digo mientras pido por señas la corona–. ¿Quieren un «circo mediático»? Pues se lo vamos a dar.

Al final cruzamos la gran máquina de azotes de la prensa, y nos encontramos a mis abogados y parientes apiñados en la acera. Hay una fila de coches esperando, pero le hago señas a Harvey de que venga a mi Cadillac.

–Ha sido fantástico –digo–. Ven, que te llevo.

–¿Estás segura?

Sujeta con fuerza la bolsa por delante, como si fuera un cojín. Ya se ha quitado su nariz de payaso. Me imagino las fotos que saldrán de los dos en los periódicos, y en las noticias de la noche.

–Jason, cariño... –Me giro hacia mi nieto y lo empujo con el codo para que salga del asiento trasero–. Ve delante, con tus padres, que tengo que hablar con Harvey.

Mientras Hector, al volante, se aleja del juzgado, le doy a Harvey un golpe en la rótula.

–Estás demasiado flaco –digo–. Voy a comprarte una empanada judía.

–Puaj, Lillian. Ya sabes que las odio.

–Bueno, pues un *cannolo*. Lo que sea. Tengo ganas de dar un paseo en coche.

Siento el impulso de ir a Whitehall Street y la terminal del South Ferry, el ventoso extremo de Manhattan, para echarle un vistazo al puerto y la Estatua de la Libertad, y estar justo donde desembarqué con mis padres y mis hermanas hace setenta años, parpadeando ante el sol que se ponía en América. Es magnético el tirón de tantos fantasmas, la última bocanada de consuelo, nostalgia y delirante libertad, pero ahora la zona está patas arriba, con obras en todas partes. Traen tierra de Nueva Jersey y la apisonan a orillas del Hudson. Se está levantando un nuevo barrio en la ribera, a la sombra del World Trade Centre, un complejo de edificios con el poco elegante nombre de Battery Park City. Supuestamente habrá un jardín de invierno, un puerto deportivo y un paseo en plan pijo. Me dice Hector que tiene un cuñado salvadoreño que trabaja en las obras.

Le mando, pues, que vaya al norte con el Cadillac.

—Ven —le digo a Harvey, dándole un codazo—, que te enseño algo.

Orchard Street huele a productos de tintorería y comida china recién hecha. Descubro que siguen en su sitio las casas de vecinos, bajas y feas, pero que ahora muchas tienen puertas cortaincendios abolladas, y donuts de fluorescentes que zumban espasmódicos en los portales. Por una ventana sale el latido de una música como la de Jason, y es como si hiciera vibrar el edificio entero. Hay tiendas baratas donde venden ropa cutre de poliéster fabricada en Taiwán. Sobre los escaparates se mecen aún con desamparo algunos carteles oxidados en letras hebreas, pero la mayoría están en chino.

—Creía que era aquí —digo mientras desembarco con Harvey del asiento trasero.

De repente no estoy tan segura. Lo han repintado todo, y algunas paredes están cubiertas de grafitis.

—Yo creo que era aquí. Vivíamos arriba, en el último piso. Seis en una habitación. Con gallinas en el patio y lavabos comunes en el pasillo.

Harvey entorna los ojos al mirar hacia arriba, y asiente, cumplidor, pero yo empiezo a ponerme nerviosa. Es tan humillante la vejez, queridos... Llega un punto en que ya es imposible camuflar tu deterioro, y los puntos fuertes que has adquirido en el camino no los ve nadie. Inestable, señalo una fachada. Era esta, la casa de vecinos, ¿no?

Apenas nos va mejor en Mulberry Street. Little Italy ha quedado reducida a unas cuantas manzanas que parecen haberse convertido en una parodia de sí mismas. Hay carteles a rayas rojas, blancas y verdes que presumen de servir ¡AUTÉNTICA COCINA ITALIANA, COMO LA DE LA MAMMA! Todo está lleno de tiendas que venden ristras lívidas de *pepperoni* y botellas turbias de aceite de oliva. Un hombre con sombrero de media copa toca con su órgano portátil Hammond «That's Amore», ante un grupo de turistas. La planta baja de la casa de vecinos de los Dinello es un «cappuccino bar» de aspecto caro. Al lado una lavandería automática, con un pinball que parpadea y pita. Espero todo el rato alguna sensación monumental, pero solo me siento tonta, y frágil.

Lo que ha sobrevivido al derribo, por lo visto, lo ha hecho a base de reinventarse. Renovarse. En cierto modo, de renacer.

De vuelta al coche nos comemos los *cannoli* en silencio, Harvey y yo, y al morderlos destrozamos sus cáscaras doradas con burbujas. Mientras trago miro por la ventanilla, y al ver pasar los edificios intento recordar el mundo como era antes y a mí misma como quien fui. ¡Cuánto quise y cuánto conseguí! Y sin embargo... Qué poco preparada estaba para las miles de maneras que tiene la vida de deformarte, para cómo te dan patadas en las tripas una y otra vez la pena, la rabia, la amargura y la desolación, hasta dejarte tirada por la calle... La niña pequeña que entonaba sus cancioncillas quejumbrosas por los rellanos de Orchard Street tiembla y ondula ante mí como un espejismo.

—Harvey —digo en voz baja—, ¿soy muy mala persona?

Harvey pega un buen mordisco a su pasta, haciendo que salga el relleno.

—Mmm. ¿Cuál sería la definición exacta de «muy mala»? —Como no respondo, dice diplomáticamente—: Bueno, cariño, está claro que tenías tus cosas. —Se limpia con la lengua un poco de *ricotta* en la media luna de carne entre el pulgar y el índice. Después dobla pulcramente en cuatro el papel traslúcido de pastelería y lo mete en la caja–. Pero malas y buenas. Buenas y malas. Como todo el mundo, ¿no?

Le aprieto un poco la mano, aunque sea germófobo.

–Oye, una cosa... –Se gira en el asiento de cuero para mirarme–. El «centro» este adonde irás, Lil... Lo he estado pensando, y creo que deberías tomártelo como una especie de balneario.

–¿Perdón?

–Bueno, pues como una desintoxicación. Imagínatelo como el Betty Ford, pero con tema carcelario. Piensa que en estos sitios hacen reuniones, como en todas partes. Y anónimos lo son...

–¿Me estás diciendo que tengo un problema, Harvey? ¿Te parece que bebo demasiado, en serio? Ja. Perdona, pero viniendo de ti... No me marees con tus locuras –replico, pero en cuanto salen las palabras de mi boca me doy cuenta de que son mentira.

Pues claro que tengo un problema. Pero bueno, queridos, por Dios... Que le he pegado a una niña pequeña en directo, por la tele. Está claro, clarísimo, que una conducta así... Para empezar, buena para los negocios no es.

–Yo lo único que digo, Lillian –aclara Harvey con delicadeza–, es que si un día decides que sí, que quieres cambiar... pues podría ayudarte el sitio adonde irás.

La noche antes de que me acompañen mis abogados a la cárcel de Alderson, Virginia Occidental, Isaac y Rita proponen que vayamos a cenar a algún sitio especial.

–¿La Grenouille? ¿La Côte Basque? Adonde tú quieras, mamá.

–¿Y que me mire todo el mundo mientras como foie gras? –digo, resoplando por la nariz–. No, gracias. Prefiero que nos reunamos en mi piso y pidamos comida china.

Jason llega temprano con sus discos y una pequeña nevera de poliestireno en equilibrio sobre un hombro. Flexiona ostentosamente la musculatura y le brillan las gafas de sol.

–Dentro de nada llegan mamá y papá –anuncia, dejando la caja en el suelo de la cocina–. Mandan esto. ¡Tachán! Recién salido del congelador.

Dentro hay una selección de lo último en helados Deluxe Premium de Dunkle's. Las tapas de las tarrinas llevan remolinos dorados de fantasía que me marean solo de mirarlos.

–Este está de vicio. –Jason lanza un tarro por los aires y lo recoge–. Vainilla de Madagascar. ¡Toma ya!

–Sí que estás animado.

–Lo intento –dice, encantador, a la vez que se quita las gafas de sol y las deja con cuidado en la repisa. Luego se agacha hacia la nevera–. Creo que este también te gustará, abuela. Java con crema aunque en realidad es café y punto. Ah, y Trufa. –Mira a su alrededor–. ¿Las cucharas dónde las guardas? ¿Tienes una bandeja?

–Ah. –Me río–. ¿Qué pasa, que ahora me haces de camarero?

–He pensado que antes de que lleguen mamá y papá podríamos montarnos tú y yo una fiesta especial de despedida.

Mueve las cejas y se saca del bolsillo de los vaqueros negros un cigarrillo retorcido.

–Uy, *tateleh*. –Le pongo una mano en la mejilla, que quema como hielo seco–. Gracias, pero creo que ahora mismo será mejor que esté lúcida.

Asiente con solemnidad y se lo guarda. Nos miramos un momento sin hacer nada, solo respirar.

–Abuela –dice él en voz baja–, ¿tienes miedo?

–Bueno, no es que lo haya pensado mucho –digo tan tranquila, pero la verdad, queridos, es que miento.

Mi corazón es un pájaro furioso. A saber qué abusos, violencias o miserias me esperan. Ya he recibido amenazas de muerte por correo. «Espero que te mueras atragantada. Deberían clavarte un cuchillo las presas. Muérete, zorra. Muérete.» Locos, por supuesto. Mis abogados me han asegurado de que en este centro de mínima seguridad reina la buena educación, pero aun así... Quizá sea para bien que casi todo el país haya visto por la tele mi gancho derecho. A ver si mi padre, al final, me enseñó algo útil...

Yo ya soy vieja. Está claro que no es como tenía pensado pasar mis últimos días, y me resulta insoportable pensar mucho tiempo en el tema, pero me he informado por la normativa de la cárcel de que hay trabajos obligatorios, en la cocina o en la biblioteca, y es algo que me alivia enormemente. Por otra parte, he tenido varias ideas. El problema de este helado premium tan sofisticado que intenta pregonar ahora mi hijo es que se limita a imitar a la competencia. Es necesario que Dunkle's haga algo más atrevido e ingenioso. Con la MTV, y los walkman portátiles con los que escuchan música los chavales de ahora, ¿por qué no fabricar helado con nombres de músicos pop? He tomado notas a partir de los discos que me ha puesto Jason: Grandmaster Fudge, Bananarama Split, U2tti Frutti... Dudo que para trabajar sea mucho peor una cárcel que vivir hacinada en una casa de vecinos, o sea, que ocupada seguro que estaré. Siempre, siempre hay algo nuevo que inventar, queridos.

—¿Por qué no sales al patio y preparo yo el aperitivo? —dice Jason, magnánimo.

Se sale de la cocina por una puerta acristalada. Como Sunny ha estado casi todo el verano fuera, se han secado las jardineras de las ventanas y los arbolitos, dentro de sus enormes tiestos de cerámica; más que una terraza parecen ruinas romanas infestadas de maleza. Correteanpor el cielo una ligera y cálida brisa de finales de verano. Este ático lo compramos Bert y yo precisamente por la vista. Si miras hacia el oeste ves las ondulaciones de Central Park, con el lago incrustado como un rombo de topacio azul. Detrás monta guardia el *skyline* del Upper West Side, con el sol que brilla por detrás de las torres de agua y de los campanarios. Me acomodo en una silla de hierro colado. La verdad es que aquí fuera se está de maravilla, a pesar de la fina capa de hollín negro y del incipiente fragor de la ciudad.

Sale Jason pisando con cuidado y haciendo equilibrios con una bandeja. Ha sacado las cinco tarrinas de helado, y cucharas, y dos de mis platos de cristal de Murano, que en principio solo son de adorno. Da igual. Se nota que se esfuerza, mi nieto.

—Pero qué bien, *tateleh*.

Sonríe de oreja a oreja.

—Para servirla.

Pobre nieto mío. Se le ve afectado de verdad por mi ingreso en prisión. Es tan solícito, ¡y tan estupendamente divertido! Quizá sea una lástima que no vaya a heredar nada de mi fortuna.

Hoy mismo, al reunirme con mis abogados para dejarlo todo ultimado, he hecho modificaciones en mi testamento. Jason recibirá mi colección de discos y treinta y cinco mil dólares, lo justo para que se establezca por su cuenta, como payaso kung fu, artista de *performances* o cualquier otra memez a la que aspire si decide evitar el negocio familiar. Pero nada más. El favor que le hago es enorme, queridos. En última instancia siempre es mejor ganarse uno mismo su dinero. Si no te sirve de nada trabajar, pues simplemente no trabajas. Mi nieto es listo, y creativo, y quiero que siga siéndolo. Mi participación en la Dunkle's Ice Cream Corporation, cuyo valor, incluso ahora, es de varios millones, se la quedará mi criada, Sunny. Se lo ha ganado a pulso. Así al final no podrá decir todo el mundo que soy «la peor jefa del mundo», dicho sea de paso.

Isaac, por supuesto, como presidente de Dunkle's, ya se ha adueñado con creces de su parte. En cuanto a Flora, tendrá pagada su manutención durante lo que le quede de vida. También Harvey Ballentine tendrá para pagarse el hospital y los gastos procesales, si es que se llega a eso, Dios no lo quiera. He decidido que también se quede una parte la GMHC, esa asociación suya de gays contra el sida, aunque solo sea para que rabie mi jefa de prensa.

¿Y el resto de mi fortuna? Pues lo que no se quede el Gobierno se lo dejaré a mi perro.

Jason acaba de poner los platos en la mesa.

—¿Qué te parece si antes de que pasemos al ataque entro y pongo algo de música, abuela?

—Estupendo —digo. *Petunia* salta en mi regazo—. Deja la puerta entreabierta y pon el equipo a tope, para que podamos oírlo.

Jason vuelve tranquilamente a la cocina, y se le marcan los omoplatos por la camiseta como dos pequeñas y bonitas alas.

Al otro lado del golfo de Park Avenue se eleva la ciudad, con su amasijo de ventanas y azoteas que arden con la luz dorada del atardecer: vidas y más vidas apretujadas en compartimentos de yeso y acero, hacinadas en bloques de pisos, casas de vecinos y grandes monolitos de cristal. Familias llegadas a flote por las aguas o transportadas por los aires, con miedo o esperanza, pletóricas de anhelos. Pues que tengan todos suerte. Una bandada de palomas se dispersa por el cielo como purpurina y se posa aleteando en los alféizares y las cornisas, o en las cabezas de ángeles medio deshechos, tallados en piedra caliza.

Jason se asoma por la puerta de la cocina.

–Yaya, ¿qué quieres escuchar? –Me enseña alegremente varios discos–. ¿Te apetece Benny Goodman? ¿Algo de Billie Holiday? ¿Un poco de Johnny Cash?

Cierro los ojos y levanto la cara hacia el sol para recibir en la cara su último beso de calor.

–No, qué va, pon algo diferente. Pon algo nuevo, *tateleh* –le digo.

Sorpréndeme.

AGRADECIMIENTOS

Este libro no existiría sin la amplitud de miras, la paciencia y las dotes de administración de mi editora, Helen Atsma. Tampoco existiría sin mi agente, Irene Skolnick, que hace años que me guía sabiamente. Tampoco existiría sin Jamie Raab, Allyson Rudolph, Tareth Mitch, Caitlin Mulrooney-Lyski y el personal de Grand Central Publishing, que siguen velando por mí.

Durante mis investigaciones tuve la gran suerte de que me acogiera el generoso y afectuoso Zaya Givargidze, dueño de la heladería Carvel de Massapequa, Nueva York, que no solo me enseñó los entresijos de la profesión, sino que me dejó trabajar detrás del mostrador y en la cocina. Un gran saludo neoyorquino de reconocimiento para él y sus empleados: Vincenza Pisa, Samantha Spinnato y Keri Strejlau.

El trabajo de mi prima Susan Dalsimer como correctora y consejera cuando estaba perdida en el desierto no tiene precio. Lo mismo digo de mis amigos y colegas de escritura Marc Acito, Elizabeth Coleman, Carla Drysdale, Anne Korkeakivi y Maureen McSherry.

Los gloriosos Lisa Campisi, Emanuel Campisi (alias Big Manny) y Frank DeSanto me han ayudado en todo lo relativo a Nápoles, al igual que el bendito de Luigi Cosentino (alias Louie), copropietario de Gemelli Fine Foods, en Babylon, Long Island. *Grazie mille* a todos, y también a mi querido Franco Beneduce, que en paz descanse, por su ejemplo y su fuerza vital.

John C. Crow, Mark Bradford, «Esq.», David Gilman y Fred Schneider me han iluminado sobre varios aspectos legales. Al abogado Laurence Lebowitz le corresponde una reverencia especial de agradecimiento.

Está visto que soy incapaz de escribir un libro si no lo empiezo en casa de Susie Walker, o no me anima mi prima Joan Stern, o no me acompaña mi hermano, John Seeger Gilman, crucial como lector, compañero de *brainstormings* y sostén.

Se impone levantar también varias veces la copa por... El resto del mejor de los clubes de lectura, que con sus ánimos me ha hecho perseverar: Brigette De Lay, Margot Hendry, Anne Kerr, Suzanne Muskin, Cristina Negrie, Mary Pecaut y Joan Swanson. Michael Cannan y Hannah Serota, por su imprescindible inspiración. Stephane Gehringer, Anke Lock y el personal del Cambrian Adelboden. Mis maestros y mentores, los escritores Charles Baxter, Rosellen Brown, Nicholas Delbanco y Al Young, cuyas clases siguen resonando en mi vida y mi trabajo. Y el novelista Richard Bausch, por haberme apoyado con sus sabios posts.

La New York Historical Society y el Tenement Museum me han aportado recursos decisivos, al igual que Avvo.com. Entre los muchos libros y artículos que me han resultado imprescindibles cabe citar *Of Sugar and Snow: A History of Ice Cream making*, de Jeri Quinzio, «History of Ice Cream Cones» y la web de What's Cooking America, ambos de Linda Stradley, *Una Storia Segreta: The Secret History of Italian American Evacuation and Internment During World War II*, de Lawrence DiStasi, *97 Orchard: An Edible History of Five Immigrant Families in One Tenement*, de Jane Ziegelman, *The Emperor of Ice Cream: The True Story of Häagen-Dazs*, de Rose Vesel Mattus, y *Streets: A Memoir of the Lower East Side*, de Bella Spewack.

En último lugar, pero no en importancia, me derrito de gratitud ante mi marido, Bob Stefanski, que ha leído, corregido y debatido conmigo sin descanso esta novela. Amor mío, cualquier reconocimiento es poco ante tu perspicacia, tu sentido del humor, tu fe, tu pasión, tu amistad, tu paciencia, tu exquisito criterio y tu bondad. Lo haces todo posible. *Je t'aime*.